四部合戦状本平家物語全釈

巻十一

早川厚一・佐伯真一・生形貴重　校注

和泉書院

はしがき

我々三名は、一九八四年以来、共同作業として「四部合戦状本平家物語評釈」を発表してきた。当初は試行的注釈のつもりで『名古屋学院大学論集』に連載させていただき、途中から私家版として刊行してきたが、一九九六年に巻五後半を刊行した段階で、ようやく試行の段階を終えたものと判断し、『四部合戦状本平家物語全釈』として、新たに刊行を始めるものである。従来、「評釈」を巻五まで刊行してきた経緯により、本書は巻六から刊行を始め、巻十二・灌頂巻まで刊行後、改めて巻一から五までを刊行し、索引・解説を付す予定である。「評釈」への御支援に心から感謝すると共に、新たな出発への一層の御声援を乞う次第である(なお、四部合戦状本は、巻二・巻八が欠巻である)。

なお、「評釈」には、三名各々の個人責任による「考察」の欄を設けていたが、本書ではそれを廃止した。「評釈」を刊行してきた間に、四部合戦状本に対する三名の意見が基本線で一致を見るようになり、統一見解のみによって注釈をまとめることが可能となったためである。同時に、「評釈」にはなかった「原文」欄を設け、四部合戦状本の本文を明確に提示することとした。

二〇〇〇年一月

早川厚一
佐伯真一
生形貴重

「四部合戦状本平家物語評釈」一覧

（一）（巻一）『名古屋学院大学論集（人文・自然科学篇）』二〇巻二号、一九八四年一月
（二）（巻一）　同　　右　　　　　　　　　　　　　二一巻一号、一九八四年五月
（三）（巻一）　同　　右　　　　　　　　　　　　　二一巻二号、一九八五年一月
（四）（巻三）　同　　右　　　　　　　　　　　　　二二巻一号、一九八五年五月
（五）（巻三）　私　家　版　　　　　　　　　　　　　　　　　　一九八五年一二月
（六）（巻三）　同　右　　　　　　　　　　　　　　　　　　　　一九八六年六月
（七）（巻四）　同　右　　　　　　　　　　　　　　　　　　　　一九八七年一二月
（八）（巻五前半）同　右　　　　　　　　　　　　　　　　　　　一九九一年九月
（九）（巻五後半）同　右　　　　　　　　　　　　　　　　　　　一九九六年一二月

目次

巻十一

凡　例

本書は、【原文】【釈文】【校異・訓読】【注解】の四部分から成る。以下、各々について凡例を記した後、【校異・訓読】と【注解】に共通する略号の一覧を掲げる。

【原文】

(一)底本とした慶応義塾図書館(現・三田メディアセンター)蔵本の本文を翻刻した。この点は、野村本による巻四を除き同様である。

(二)字体は、一部の異体字を除き、現在通行のものに改めた。片仮名の合字などについても同様である。但し、四部本や真名本『曽我物語』などに特有の異体字については、そのまま残すように努めた。

(三)底本及び四部本諸伝本には目次・章段名は無いが、便宜上、私意により本文を区切り、他諸本に倣った章段名を付した。左記汲古書院刊本の目次は大いに参考とさせていただいたが、区切りや章段名が一致しない場合もある。

(四)底本の影印本(斯道文庫編・松本隆信解題、汲古書院一九六七・3)の頁数を、新たな頁に移る最初の字の右側に、「▽一右」といった形で示した。

(五)底本の一部にある改行・一字下げなどはそのまま生かした。

(六)底本にある傍書・補入は〔　〕に入れ、割注は〈　〉に入れて示した。

(七)底本の振り仮名・送り仮名は片仮名、ヲコト点は平仮名で示した。なお、底本には全体に訓点(送り仮名・返り点)がある他、部分的(巻一・二・三・五及び巻六の一部)にヲコト点が付されている。底本のヲコト点については、前掲汲古書院刊本・別冊のヲコト点付き箇所一覧表を参照されたい。

(八)底本にある音読符・訓読符は、訓読に際して特に必要と思われる場合を除き、原則として省略した。

【釈文】

(一)右記の原文を、訓読文(仮名交じり文)に書き下した。本来は漢文体である書状の類も、すべて書き下した。

(二)訓読に当たっては、底本以外に、昭和女子大本・書陵部本を参照した。この点は、静嘉堂本・京大本が存する巻一、野村本による巻四を除き、同様である。

(三)底本には一部に改行があるが、釈文では底本の改行に関わりなく、内容によって段落分けし、改行した。但し、各巻頭などの一字下げ部分については、釈文もその形によった。

(四)誤字・宛字と思われるものや、仮名遣いや文法などの面で現在の基準に合わない字については、正しいと思われる字を当て、その下に底本の用字を( )内に入れて示した。

(例) 〔底本〕「入内此」→〔釈文〕「入内の比(此)」
〔底本〕「聞ヘシ」 →〔釈文〕「聞こえ(へ)し」

(五)助詞・助動詞にあたる漢字、「自・従(より)」、「乍(ながら)」、「可(べし)」「被(る・らる)」、「之(の)」、「乎(か)」、「如(ごとし)」、「也(なり)」などは、平仮名に改めた。

(六)訓読に当たっては、底本などにある訓点を生かすように努めたが、それによるだけでは必ずしも完全な書き下し文にはならない上、訓点の中には誤りと見られるものもあるため、それによらずに私意に書き下した場合もある。そこで、底本に存する訓点による訓と校訂者の読解による訓とを区別するために、底本に存する訓点(送り仮名・振り仮名・ヲコト点)に従って付けた送り仮名などはゴチックで示した。それ以外の仮名は、校訂者の判断で付したものである。

（例）〔底本〕「帝王《の》少《ク》御在《には》」→〔釈文〕「帝王**の**少**く**御在す**には**」

（七）右のゴチック部分について、助動詞にあたる漢字「可」「被」「不」等、及び訓点中の「玉・下（たまふ）」等については、次のように処置した。

1、いずれも、振り仮名が付いている場合は、その振り仮名に従ってゴチックにした。

（例）〔底本〕「不《ヌ》レ参」→〔釈文〕「参ら**ぬ**」

2、振り仮名・送り仮名が付いていない場合は、「可」「玉・下（たまふ）」「被（らる）」等については、語幹のみゴチックとした。固定的な語幹の無い「被（る）」「不」等は、ゴチックにしなかった。

（例）〔底本〕「可レ参《玉》」→〔釈文〕「参り**たまふべし**」

〔底本〕「不レ参」→〔釈文〕「参らず」（「参らぬ」「参らざりけり」等とも訓める）

〔底本〕「被レ遷」→〔釈文〕「遷さる」（「遷されて」「遷さるる」等とも訓める）

3、振り仮名はないが、送り仮名または送り仮名に当たるヲコト点がある場合は、その訓点によって確定できる訓をゴチックとした。

（例）〔底本〕「不《リケリ》レ参」→〔釈文〕「参ら**ざりけり**」

〔底本〕「被《て》レ遷」→〔釈文〕「遷さ**れて**」

（八）振り仮名は、底本にあるもの（ヲコト点を含む）を片仮名、私意によるものを平仮名で示した。この点、原文の欄における平仮名（ヲコト点を示す）とは意味が異なるので、注意されたい。なお、片仮名の振り仮名については底本の形のままとし、濁点を付さなかった。

（九）送り仮名は現在の一般的基準に従い、底本にないものも多く送った。

（一〇）底本にある傍書・補入は〔　〕に入れ、割注は〈　〉に入れて示した。
（一一）底本に明らかな脱落がある場合、推定される脱字を私意に補い、《　》に入れて示した。
（一二）反復記号（おどり字）は、基本的に原文のままとしたが、書き下しにより原文と文字の順序が異なる関係で、通常の文字に置換した場合がある。
（一三）原文の頁数及び校異番号については、原文に対応する箇所に注記した。

【校異・訓読】

（一）四部本諸伝本内の校異、及び訓読上の問題点を扱う。
（二）巻一・四を除く諸巻では、昭和女子大本（略号〈昭〉）と書陵部本（略号〈書〉）との異同を記した。但し、昭和女子大本との異同は、訓点の問題も含めてできるだけ摘記したが、書陵部本については、巻十二を除いて訓点が無く、誤りも多いので、参考となる可能性のある箇所に限って異同を掲げた。
（三）訓読上、問題のある点については、右記諸本間に相違点が無くとも項目を立てた場合がある。
（四）音読符・訓読符については、訓読上、特に問題のある場合に限って示した。
（五）校異番号は、原文・釈文に共通で対応する。

【注解】

（一）四部本の読解上の問題について、いわゆる語釈の範囲を超えて注記・解説を記した。既成の注釈に記されている事柄には敢えて触れず、新たな問題点の発掘に努めた。
（二）項目は、釈文の一部を示す形で立項した。

(三)四部本以外の『平家物語』諸本との異同はここで扱う。但し、異同を網羅しようとしたものではない。

(四)古典作品や記録などの文献の引用に際しては、本文に句読点・訓点などを私意に加えた。なお、原文に割注がある場合は、〈 〉内に入れて示した。

(五)研究文献の引用に際しては、原則として文中には論文著者名を記すのみで、各章段末に【引用研究文献】の欄を設け、著者五十音順で列挙した。発行年月は、西暦により「一九九〇・5」(一九九〇年5月)のように示す。同一章段内に同一著者の論文を複数引く場合には、引用順に「早川厚一①②」等のように番号を付し、区別した。但し、左記のように略号を設定したものは掲げていない。

〈略号〉

【注解】及び【校異・訓読】欄では、左記の諸書については略号を以て示した。

○『平家物語』諸本…左記の諸本については略号を用い、各々の刊本により頁数または丁数を示した。

〈闘〉……源平闘諍録。『内閣文庫蔵・源平闘諍録』(和泉書院一九八〇)影印。

〈延〉……延慶本。『延慶本平家物語(一～六)』(汲古書院一九八二～一九八三)影印。

〈長〉……長門本。『岡山大学本平家物語二十巻(一～五)』(福武書店一九七五～一九七七)翻刻。

〈盛〉……源平盛衰記。『源平盛衰記慶長古活字版(一～六)』(勉誠社一九七七～一九七八)影印。

〈松〉……松雲本。弓削繁「大東急記念文庫蔵松雲本平家物語巻十一(翻刻)」(岐阜大学教育学部研究報告人文科学四七巻1号、一九九八・10)

〈南〉……南都本。『南都本・南都異本平家物語(上・下)』(汲古書院一九七二)影印。

〈南異〉…南都異本。『南都本・南都異本平家物語(上・下)』(汲古書院一九七二)影印。

〈屋〉……屋代本。『屋代本平家物語（貴重古典籍叢刊）』（角川書店一九六六）影印。

〈覚〉……覚一本。『平家物語（上・下）（新日本古典文学大系）』（岩波書店一九九一～一九九三）翻刻。

〈中〉……中院本。『校訂中院本平家物語（上・下）』（三弥井書店二〇一〇～二〇一一）翻刻。

○辞書・参考書・注釈書その他

〈日国大〉………『日本国語大辞典第二版』（小学館二〇〇〇～二〇〇二）
〈吉田地名〉……吉田東伍『大日本地名辞書』（冨山房）
〈角川地名〉……『日本地名大辞典』（角川書店）
〈平凡社地名〉…『日本歴史地名大系』（平凡社）
〈姓氏〉…………太田亮『姓氏家系大辞典』（角川書店）
〈名義抄〉………『類聚名義抄』（観智院本。風間書房一九五四～一九五五）
〈補任〉…………『公卿補任』（国史大系）
〈尊卑〉…………『尊卑分脈』（国史大系）
〈略解〉…………御橋悳言『平家物語略解』（宝文館一九二九）
〈評講〉…………佐々木八郎『平家物語評講（上・下）』（明治書院一九六三）
〈全注釈〉………冨倉徳次郎『平家物語全注釈（上・中・下一・下二）』（角川書店一九六六～一九六八）
〈集成〉…………水原一『平家物語（上・中・下）（日本古典集成）』（新潮社一九七九～一九八一）
〈高山釈文〉……高山利弘『訓読四部合戦状本平家物語』（有精堂一九九五）

なお、これらの諸書の他にも、多くの研究を参考とさせていただいた。特に、松本隆信氏による右記汲古書院刊本別冊附録、服部幸造氏「釈文四部合戦状本平家物語ノート（一～七）」（『名古屋大学軍記物語研究会会報』3・4

号、改称『軍記研究ノート』5～9号、一九七四～一九八〇）、村上學氏「四部合戦状本平家物語訓例索引稿（一・二）」（『静岡女子短大研究紀要』14・15号、一九六八～一九六九）は、釈文の作成や基本的な読解及び章段区分などについて、大いに参考とさせていただいた。この場を借りて、厚く感謝申し上げる。

義経院参

【原文】

▽一四六左平家物語巻第十一
幷序　四部合戦状第三番闘諍
[1]元暦弐年乙巳正月十九日九郎大夫判官義経為平家追罰趣西国矣
先《ッ》院参《シ》以大蔵卿泰《ヤ》経朝臣被申平氏宿報皆尽神明《モ》奉《リ》放《タレ》出都外[2]淀《ラ》[3]波上之落人此▽一四七右二[4]〔三イ〕箇年間于今[5]不《マシ》取
討塞多《ク》国々事心憂《キ》事《キ》[6]候《ヘ》今度人不可知於義経不責落《サ》平氏不可帰《ル》王城《ヘ》高麗鬼界天竺震旦陸及《ハン》駒足限海[7]一
立二《タレ》船櫓械一定《メ》義経命候《ハン》限可責之由申勇《ク》聞《ヘ》御勅答不日亡《シ》逆臣且奉返入三種神器且可《シ》預無双▽一四七左勲功云々出
院御所自打立国々源氏幷大名《モ》院如申言[8]《フケル》少《シモ》践《ミ》尻《ロ》足《モ》惜《マン》命之人帰参《リ》下《ヘ》鎌倉《ヘ》義経承《タレ》今度大将軍勅宣
是《クソ》申《トソ》言

【釈文】

▽一四六左平家物語巻第十一
幷びに序　四部合戦状第三番闘諍

[1]元暦弐年乙巳正月十九日、九郎大夫判官義経、平家追罰の為に西国へ趣く。

先づ院参して、大蔵卿泰経《やすつね》朝臣を以て申されけるは、「平氏は宿報皆尽きて、神明にも放たれ奉り、[2]都の外へ出でて、波の上に[3]淀《ただよ》ふ(ら)落人を、▽一四七右 此の[4]二〔三イ〕箇年の間、[5]今まで討ち取らずして、多くの国々を塞ぎたる事は[6]心憂き事にて候へば、今度は、人をば知るべからず、義経に於いては、平氏を責め落とさずは王城へ帰るべからず。高麗・鬼界・天竺・震旦までも、陸《くが》は駒の足の及ばんを限り、[7]海は船の櫓械の立ちたる(れ)を定めて、義経命の候はん限り責むべき由」を申す。勇《ゆゆ》しくぞ聞こえ(へ)し。御勅答には、「不日に逆臣を亡ぼし、且つは三種の神器を返し入れ奉り、且つは▽一四七左 無双の勲功に預かるべし」と云々。院の御所を出でて、打ち立ちけるより、国々の源氏幷びに大名にも、院にて申しつるがごとく[8]言ひけるは、「少しも尻《うしろ》足《あし》をも践《ふ》み、命をも惜しまん人は、鎌倉へ帰り参りたまへ。義経は今度の大将軍にて、勅宣を承りたれば、是くぞ申す」とぞ言ひける。

【校異・訓読】 1〈底・昭・書〉、以下、「趣西国矣」まで一字下げ。2以下、「都の外に出でたり。波の上に…」」、「都の外に出でて、波の上に淀ふ。」など、いくつかの訓読が可能。3〈底・昭〉「淀ラ」。4〈底・昭〉「二」の左に「三イ」と傍書。但し、〈昭〉の傍書は左行の「憂」に付した振仮名のように見える。〈書〉「二箇年」、傍書なし。5〈昭〉「于ニ今」。6〈昭〉「事申」。7〈底・昭〉「海二」返り点不審。注解参照。8〈底・昭〉「言フケル」。

【注解】 **〇元暦弐年乙巳正月十九日、九郎大夫判官義経、平家追罰の為に西国へ趣く**　巻十一の序の部分だが、この記事は、〈延・盛〉の記事にほぼ一致する。〈四〉は、祇園精舎で始める巻一と灌頂の巻を除けば、総ての巻の序を干支（巻三・四・九・十二では、干支は割注で記されている。に対して、巻五・六・七・十・十一では通常行に記す。同形態を取る妙本字本『曽我物語』に見るように、割注で記すのが本来の形であろう）を交えた編年記事で始め、終わりを「矣」で結ぶ（巻十「首渡①」冒頭注解参照）。また、その巻頭の編年記事の多くは年頭記事。巻十一の場合、正月の記事ではあるが、元旦の様子や年頭行事などを記しているわけではなく、厳密には年頭記事とは言い難い（巻七「寿永元年年頭記事」冒頭注解参照）。巻十一巻頭を元暦二年（一一八五。八月十四日改元、文治元年）正月記事から始める点は、〈延・屋・覚・中〉同様。〈長〉は巻十八の巻頭記事に置く。に対して、〈盛〉は巻四十一の途中、〈南〉は巻十一の途中。〈闘・南異〉は該当部現存せず。「十九日」は、〈延・盛・南・屋・覚・中〉「十日」、〈長〉「十六日」。但し、〈延・盛〉では「正月十日、九郎大夫判官義経、平家追討《ツイタウ》ノタメニ西国へ下向ス。先院御所へ参テ…」（〈延〉二オ）のように、十日は発向の日付であり、その前置きとして院参を記す形。〈四〉も日付は異なるもののこれに近い。〈四・延・盛〉では、義経が院御所に参ったのは発向と同日かもしれないが、それよりも前とも読める。一方、〈長・南・屋・覚・中〉では院参の日付を示すと読め、〈長〉では十六日、〈南・屋・覚・中〉では十日に院御所に参った後、発向したと読める。〈長〉「元暦二《元か》年正月十六日、九郎大夫判官義経、院の御所へまいりて、大蔵卿高階泰経朝臣をもて申されけるは」（5―七六頁）。史実としては、『吉記』正月八日条に、義経が四国下向の意向を院に伝えたが、京都の警護を不安視する声もあり、経房は下向を認めよと意見を具申したという記事が見え、その後、『吉記』十日条に「大夫判官義経発㆓向西国㆒云々」、『百練抄』十日条に「為㆔追㆓討平氏㆒検非違使左衛門尉源義経発㆓向西海㆒了」とある。これらによれば、義経は八日またはその直前に、院御所に西国下向の意向を伝え、議論の結果それが許されて、十日に発向したことになる。但し、十日は下向を申し出て許された直後であり、「義経・範頼西国発向」の段に見るように、義経が実際に船を出すのは二月半ばである。従って、十日の発向は形式的なものであり、実際に西国へ向かうための準備を開始したということであろう。その点、〈盛〉が正月十三日に十万余騎を率いて渡辺に向かったとするのは、事実としては信じ難い。なお、この義経発向は、範頼の戦果がはかばかしくないため頼朝が命じたものと見るのが、従来一般的な見解であり、近年では、菱沼一憲が、「頼朝の無計画性・読み違い」（一四六頁）により範頼軍が苦境に陥ったため、頼朝が義経に出撃命令を下したものとする。しかし、笠榮治は、義経を平家追討使とする件については、『吾妻鏡』元暦元年八月十七日に「暫有二御猶予一」とあり、以後、これを改めたという記録はないので、「義経の平家追討進発に頼朝の指令は考え難い」（①五頁）、「頼朝の預り知らぬ所で計画実行された」（②六五頁）とした。また、宮田敬三は、初期の論では、この出陣は頼朝の追討計画とは異なるものであり、「義経の奏上に基づいて、公家政権から出された」（①一二頁）命令によって出陣したものと見る（②四三〜四四頁）。さらに近時の論では、「義経の出陣は、頼朝の命令を受けたものでも、後白河院から命じられたものでもない。民庶が逃散することによって範頼軍が兵粮に窮し、それが京都に伝わって、義経に発向を思い立たせた」（③一〇〇頁、他に④八二頁）と義経の主体性をより強調する論となり、頼朝も後白河院も義経を本来の任務である京都守護に復帰させようとしていたと考える（⑤二七四頁）。に対して、元木泰雄①は、頼朝の構想の中で義経の出撃がどう位置づけられるのか不明確であるという点は認めつつ、義経と入れ替わるように中原久経・近藤国平が上洛したことや、頼朝に無断で出立したとしても頼朝が察知しないはずはないことなどから、「義経の行動が頼朝に無断であったとは考え難い」（一一〇頁）とする。

○先づ院参して、大蔵卿泰経朝臣を以て申されけるは…　泰経を通じて奏上したとする点、諸本同様。高階泰経は後白河院の側近。『玉葉』「隆房者法皇第一之近臣泰経之聟也」（元暦元年七月二十五日条）。義仲滅亡後は院中にあって後白河院の伝奏を勤めていた（菊池紳一、一二〇頁）。今回の件については、『吉記』正月八日条にも、「大府卿於レ院等《示歟》云、廷尉義経可レ向二四国一之由、所レ申也」云々とあり、義経の奏上の内容を伝えた「大府卿」（大蔵卿の唐名）が、泰経のことである。なお、泰経は、義経が船出する直前に、それを制止しようと渡辺に行ったという（『玉葉』『吾妻鏡』文治元年二月十六日条）。泰経自身は、後白河院の意を受け、義経の西国下向に消極的で、京都の警護を重視する立場であったと見ることができよう。文治元年十一月には、義経による頼朝追討の宣旨を泰経が伝奏したことの罪を問われ、泰経は解官の上伊豆へ配流されることとなったが、後白河院の取りなしにより赦されている（『吾妻鏡』文治二年五月九日条）。　**○平氏は宿報皆尽きて、神明にも放たれ奉り…**　「神明」に放たれたためとする点、〈延〉「神明仏天」（二オ）、〈長〉「神明神道」（七六頁）、〈南〉「神明ニモ放タレ、仏陀ニモ捨ラレ奉リ」（八一四頁）、〈盛・屋・覚・中〉「神明にもはなたれ奉り、君にも捨てられまいらせて」（〈覚〉二五九頁）。以下の本文は、主語・述語の照応が不分明であり、校異・訓読2に見たように、「都の外へ出でたり」や「波の上に淀ふ」で文を終止して、「波の上に淀ふ落人を…」とは別の一文とすることも可能。〈延〉「平家ハ宿報尽テ、神明仏天ニモ棄《ステ》ラレ奉テ都ヲ出、浪ノ上ニ漂フ零人ヲ」（二オ）や、〈長〉「平家は宿報みなつきて、神明神道にもはなたれ奉て、都の外にまよひ出て浪の上にたゞよふ落人を」（5―七六頁）も、各々、「都ヲ出」や「たゞよふ」で文を切ることが可能である。〈覚〉「平家は神明にもはなたれ奉り…（中略）おちうととなれり。しかるを…」（下―二五九頁）。但し、掲出本文のように連続した一文としても、「平氏は宿報皆尽きて…（中略）波の上に淀ふ落人（なる）を」というように、「なる」を補って、「平家は落人であるのに」といった意で解釈すれば、さほど不自然な文とも言えまい。　**○此の二〔三ィ〕箇年の間**　〈延・盛・南・覚〉「三箇年」、〈長・屋〉「二三か年」（〈長〉）、〈中〉「両三か年」。寿永二年七月末の平家都落ちから元暦二年正月まで、足かけ三年、実質約一年半。故に「二」も「三」も成り立つが、「二年」のみ記す本文は未見。次段にも、平家の立場から「都を出でて既に三箇年」とある。　**○今度は、人をば知るべからず、義経に於いては、平氏を責め落とさずは王城へ帰るべからず**　「人をば知るべからず」は、〈延・長・盛〉同様、〈南・屋・覚・中〉無し。範頼を意識した表現か。『平家物語』諸本では、義経の範頼に対する直接的な批判はあまり描かれないが、重衡の身柄を範頼に引き渡したことに対しては、「物ノ用ニモ立ヌ蒲殿ガ見参ニ入ル事コソ心得ネ」（〈延〉巻十―一三ウ9）という、厳しい批判がある（〈長・南異〉では〈延〉と同様の位置、〈南・覚〉では「腰越」にある言葉。元木泰雄②七五・八三頁参照）。なお、『吾妻鏡』二月十六日条によれば、西国発向を制止しようとした泰経に対して、義経は「殊有㆓存念㆒於㆓一陣㆒欲㆑棄㆑命」と述べたという。　**○高麗・鬼界・天竺・震旦までも**　〈延・屋・覚・中〉「鬼界・高麗・天竺・

振旦マデモ」（〈延〉二一オ）、〈長〉「新羅・高麗・荊丹・百済にいたるまで」（5―七六頁）、〈盛〉「鬼界・高麗・新羅・百済マデモ」（6―五〇頁）、〈南〉「鬼海・高麗・天竺・震旦・新羅・百済マデモ」（下―八一四頁）。「鬼界（鬼海）島」は、日本の領土の西の果てで、朝鮮や中国への境界に位置すると観念されていた。平家が天皇や三種の神器を擁して海外に逃亡する可能性を意識した表現とも、単なる観念的な表現とも解し得る。なお、鈴木彰は、〈延〉などでは、屋島合戦を、壇浦合戦の前哨戦として描いていると読む観点から、当該記事でも義経の「高麗・鬼界…」までも攻め続けようとの発言は、屋島では平家追討を完結させられない可能性があることを吐露する内容となっていると解する（四八八〜四九〇頁）。　**〇陸は駒の足の及ばんを限り、海は船の櫓械の立ちたるを定めて**　「海㆒立㆓タレ船櫓械㆒定メ」の訓読は不審。「定めて」は、「船の櫓が立つところを限りと定めて」の意と解したが、あるいは、「海は船の櫓械の立ちたれば、定めて義経は…」と、「義経」以下にかかるか。〈延・長・南・屋・覚・中〉では、兵への下知の中の言葉とする。〈盛〉なし。〈延〉「陸ハ馬ノ足ノ及バムホド、海ハロカヒノ立ム所マデ」（二一ウ）、〈覚〉「陸は駒の足の及ばむを限り、海はろかいのとづかん程」（二五九頁）。なお、室町時代の河野氏の家記『予章記』に「東ハ駒ノ蹄《ヒヅメ》ノ届《イタル》ホド、西ハ櫓械ノ及ホド、賀茂ノ御領ニアラズト云事ナシ」（伝承文学注釈叢書1、三二頁）と、類句が見られる。この句について、網野善彦は、「鴨脚《いちょう》秀文文書」により、賀茂及び鴨（下鴨）神社の供祭人がしばしば主張した漁撈、交通上の特権の表現であると指摘する。　**〇不日に逆臣を亡ぼし、且つは三種の神器を返し入れ奉り、且つは無双の勲功に預かるべし**　院の返答。〈延〉「義経ガ度々ノ忠、感思召ニ余アリ。早朝敵ヲ追討シテ逆鱗ヲ休メ奉レ」（二一オ）。〈長〉「あひかまへて三種神器、事ゆへなくかへし入べし」（5―七六頁）、〈南・覚〉「相構テ夜ヲ日ニツイデ勝負ヲ決スベキ由」（〈南〉下―八一四頁）。〈盛・屋・中〉なし。「三種神器」云々は、〈四〉では次々段「三社へ奉幣使を立てらるる事」にも繰り返される。後白河院の返答の中に、すべての諸本が三種神器について触れない点や、安徳天皇の生還に触れられない点については、「内侍所都入」の注解「大将軍前内大臣宗盛以下生執にして」参照。「無双の勲功」云々は〈四〉独自。院が義経に対して勲功を云々する点は、本段冒頭注解に見たような、この義経発向の指令のあり方を考える上で興味深いものがあるが、〈四〉は、この後の叙述で、義経への行賞など、院の義経への配慮を記すわけではない。次々項注解参照。　**○少しも尻足をも践み、命をも惜しまん人は**　「尻ロ足」は「うしろあし」と訓む。次段にも見られる。〈盛〉は本段該当部に「後足ヲモ踏」（6—五〇頁）。〈長〉は次段該当部に「うしろあしをもふみ」（5—七七頁）。「しりあし」と同様、尻込みする、ためらう意。以下の義経の言葉は、ごく大まかには諸本同様だが、前掲注解のように、「陸は駒の足の及ばんを限り…」云々は、〈延・長・南・屋・覚・中〉では、院への奏上ではなく、この軍兵への言葉とする。また、次項に見る点も小異。　**○義経は今度の大将軍にて、勅宣を承りたれば、是くぞ申す**　〈延・長・盛・南・屋・覚・中〉は、「義経ハ鎌倉殿ノ御代官ニテ勅宣ヲ奉リタレバ、カクハ申ゾ」（〈延〉二ウ）のように、「鎌倉殿の代官」として勅命を受けたとする。〈四〉の場合、頼朝の代官と言わず、大将軍としての勅宣を受けたとする点は、前々項にも関連して、本段冒頭注解に見た、義経発向の指令のあり方を考える上で、興味深いものがある。但し、「大将軍」という言葉は、『吉記』正月八日条では経房の言葉に「大将軍不二下向一、差二遣郎従等一之間、雖ㇾ有二諸国責一、無二追討之実一歟」、『吾妻鏡』二月十六日条では泰経の言葉に「為二大将軍一者、未三必競二一陣一歟。先可ㇾ被ㇾ遣二次将一哉」とも見えている。『平家物語』諸本も、多くは一般的な軍事指揮者の意味で用いている語であり、ここでは、院が義経に公的な地位を与えたというような意味で用いられているわけではあるまい。

【引用研究文献】

＊網野善彦「南北朝内乱の社会史的意義」（『河野氏と伊予の中世』愛媛県教科図書一九八七・12。『海と列島の中世』日本エディタースクール出版部一九九二・1再録）、「中世から見た古代の海民」（『日本の古代8　海人の伝統』中央公論社一九八七・2、『日本社会再考—海民と列島文化—』小学館一九九四・5、『網野善彦著作集・一〇』岩波書店二〇〇七・7再録。引用は『日本社会再考』による）

＊菊池紳一「後白河院々司の構成とその動向―その三（完）―」（学習院史学一六号、一九八〇・3）

＊鈴木彰「『平家物語』における合戦叙述の類型―屋島合戦の位置と〈壇ノ浦合戦〉の創出―」（『中世文学と隣接諸学4　中世の軍記物語と歴史叙述』竹林舎二〇一一・4）

＊菱沼一憲『源義経の合戦と戦略―その伝説と実像―』（角川書店二〇〇五・4）

＊宮田敬三①「元暦西海合戦試論―「範頼苦戦と義経出陣」論の再検討―」（立命館文学五五四号、一九九八・3）

＊宮田敬三②「都落ち後の平氏と後白河院―西海合戦の政治史的意味―」（年報中世史研究二四号、一九九九・5）

＊宮田敬三③「屋島・壇ノ浦合戦と源義経」（川合康編『平家物語を読む』吉川弘文館二〇〇九・1）

＊宮田敬三④「十二世紀末の内乱と軍制―兵粮米問題を中心として―」（日本史研究五〇一号、二〇〇四・5）

＊宮田敬三⑤「西海合戦と源頼朝」（立命館文学六二四号、二〇一二・1）

＊元木泰雄①『源義経』（吉川弘文館二〇〇七・2）

＊元木泰雄②「延慶本『平家物語』にみる源義経」（『中世文学と隣接諸学4　中世の軍記物語と歴史叙述』竹林舎二〇一一・4）

＊笠栄治①「「見るべき程の事は見つ」考（上）―平家物語「壇の浦」合戦譚群の構成―」（福岡教育大学国語国文学会誌二九号、一九八八・1）

＊笠栄治②「「壇の浦」合戦譚群の形成と展開（Ⅰ）―「一院御使　検非違使五位尉　源義経」をめぐって―」（久留米大学文学部紀要国際文化学科編七号、一九九五・6）

平家の人々歎く事

【原文】

二月八日屋島間《ヒマ》[1]行駒足早ク正月モ立成リヌ二二月モ一春影晩驚キ秋風々々罷《ヤンテ》成リヌ春草モ送迎ヘ▽一四八右[2]成リヌ三年《セ》モ自東国聞シ兵襲来ル又[3]成スレ何女房達差聚ヒツ、泣モ下哀只付モ何事無自泣外事内大臣被仰出都既三箇年浦伝島伝イテ明ケ暮《クラ》スハ不事数ナラ入道譲ヒ下[4]世被シニ三レ下二福原ヘ手合セ一奉シ取リ逃カシ高倉宮之程無心憂カリシ事有シ新中納言々自出シ都少シ可践ム[5]尻ロ足不リシ思一谷戦ヒ[6]▽一四八左思二此御有様見了進セン一[7]与武蔵守一所不リシ死事コソ口惜ケレ凡東国北国奴《ツ》原随分蒙リシ[8]タリシカトモ重恩コソ忽忘レ恩変シ契リ皆被キレ[9]語頼朝西国モ有スラメ佐コソ思シ只都討死モ[10]射死シモ館懸火成ト塵灰モ思シ身不ネ[11]一事ナラ人並々浮歩出見ル斯ル憂目泣フ下誠ニト覚哀

【釈文】

二月八日、屋島には間《ヒマ》[1]行く駒の足早くして、正月も立ち、二月にも成りぬ。春の影晩《く》れて、秋の風に驚き、秋の風罷《ヤ》んで、春の草にも成りぬ。送り迎へ▽一四八右て三年《とせ》にも成りぬ[2]。東国より兵襲ひ来たると聞こえしかば、「又何《い》かが成らん[3]ずらん」とて、女房達、差し聚《つど》ひつつ泣きたまふも哀れなり。只何事に付けても泣くより外の事ぞ無き。

内大臣仰せられけるは、「都を出でて既に三箇年、浦伝ひ島伝ひ(い)して明かし(け)暮《ク》らすは事の数ならず。入道、世を譲りたまひて福原へ下[4]られし手合はせに、高倉宮を取り逃がし奉りし程、心憂かりし事こそ無かりしか」と有れば、新中納言言《のたま》ひけるは、「都を出でしより、少しも尻《うしろ》足《あし》を践《ふ》[5]むべしとは思はざりしに、一谷の戦[6]▽一四八左ひにて、此の御有様を見了《は》て進[7]らせんと思ひて、武蔵守と一所にて死なざりし事こそ口惜しけれ。凡《およ》そ東国・北国の奴原《やツばら》も、随分重恩をこそ蒙[8]りたりしかども、忽ちに恩を忘れ、契りを変じて、皆頼朝に語[9]らはれにき。西国とても佐《さ》こそ有らんずらめと思ひしかば、只都にて討ち死にをも射[10]死にをもして、館に火を懸けて塵灰とも成らんと思ひしを、身一つの事なら[11]ねば、人並々に浮《うか》れ歩出でて、斯かる憂き目を見ることそ」とて、泣きたまふ。誠にもと覚えて哀れなり。

【校異・訓読】 1〈底・昭〉「間」の左に「ヒ」、右に「マ」と振仮名。付訓「ヒマ」が左右に分かれて付されたか。〈書〉なし。2〈昭〉「成」。3〈昭〉「成ヌ」。4〈昭〉「被レ下シニ二」。5〈昭〉「践」。6〈昭〉「戦」。7〈昭〉「進セン」。8〈昭〉「象リシタリシカトモ」、〈書〉「象」。9〈昭〉「被キ」。10〈底・昭〉「射死シモ」。あるいは「射死モシ」の誤りか。11〈昭〉「不」。

【注解】 **〇二月八日** 本段の内容は基本的に他本にも共有されるが、この日付は他本なし。次に「二月にも成りぬ」とあるので、無意味な日付。八日であるべき特別な意味も見当たらない。以下の平家の人々の歎きの記事は、〈延・長・松・南・屋・覚・中〉も同様の位置に置く。一方、〈盛〉は、三社奉幣使記事(〈四〉次段に該当)の後にこの記事を置くが(6―五二頁)、二月になったとは記さず、文脈上、正月の記事の続きのように読める(次段冒頭注解参照)。また、〈長〉は、「元暦元年二月もたち、三月もすぎ四月にもなり、春草かれて…」(5―七七頁)と、元暦元年の二月(一谷合戦を想起するか)以降の回想とするが、後出形態と考えられる。あるいは、本来義経側の行動に関わる日付であったなど、誤りが考えられよう。 **〇屋島には間行く駒の足早くして、正月も立ち、二月にも成りぬ** 以下の平家の人々の歎き、〈延・長・南・屋・覚・中〉も同様。〈松〉は、「屋島ニハ金烏飛去テ年改リ玉兎旋転シテ三月ニモ成ヌ」と異文。「隙行駒」は、馬の走るのを、ものの隙間から見たようだという比喩で、歳月の過ぎるのが早いことをいう。『荘子』知北遊篇「人生二天地之間一、若二白駒之過一レ郤、忽然而已」による。なお、屋島で日を送る平家の歎きは、巻十後半にも記されていた（「平家屋島にて歎く事」巻十―三六九頁以下）。その記事の中では、都落ちから一周年を迎えたことが描かれていた。　**○春の影晩れて、秋の風に驚き、秋の風罷んで、春の草にも成りぬ**　〈長〉に一部一致、〈南・屋・覚・中〉の形に近い。〈長〉「春草かれて、秋風におとろへ、秋かぜやみて、冬もすぎ」（5―七七頁）、〈覚〉「春の草暮れて、秋の風におどろき、秋の風やんで、春の草になれり」（下―二六〇頁）。これらは、江文通「恨賦」（『文選』巻八）の、「春草暮兮秋風驚、秋風罷兮春草生」（新釈漢文大系『文選・賦篇・下』二三五頁）によりつつ、季節の変化を記すことにより、時の経過を記そうとするもの。〈屋・覚・中〉が、『文選』の形をよく留めているのに対し、〈四〉の「春の影晩れて」、〈南〉「春ノ花クレテ」は形を一部崩している。大きく形を変えている〈長〉は後出形態であろう。一方、〈延〉「春ハ花ニアクガル、昔ヲ思出シテ日ヲクラシ、秋ハ吹カワル風ノ音、夜寒ニヨハル虫ノ音ニ明シクラシツ、…」（二ウ）は、平家の心情に即しつつ、春は昔の宮中の生活の記憶、秋は屋島での現実を対照的に語る。〈盛〉は、「春ハ賤ガ軒端ニ匂フ梅、庭ノ桜モ散ヌレバ…」（6―五二頁）云々と、四季の移り変わりを詳しく描く。〈盛〉については、前々項の注解参照。　**○送り迎へて三年にも成りぬ**　都落ちから足かけ三年。この後にも、宗盛の言葉の中に、「都を出でて既に三箇年」とある。前段「義経院参」の「此の二（三ィ）箇年の間」注解参照。　**○東国より兵襲ひ来たると聞こえしかば…**　同様の記事は、〈延・長・盛・松・南・屋・覚〉にもあり、〈中〉なし。但し、〈覚〉はこの後に、「鎮西より、臼杵・戸次・松浦党同心して、をしわたるとも申あへり」（二六〇頁）とあり、それを受けて「かれを聞き、これを聞くにも…」と恐れる形なので、全般的な情勢の不利を言ったもので、特に具体的な敵勢の情報を言うわけではないと読める。〈四・延・長・盛・松・南・屋〉の場合、「東国より兵襲ひ来たる」とは、この後に発向を描かれる義経勢・範頼勢を指すようにも読めるが、屋島合戦の描写では、平家が東国勢の来襲を予期していた様子は見えない。東国勢来襲への漠然とした不安と解するべきか。　**○女房達、差し聚ひつつ泣きたまふも哀れなり**　〈長・盛・松・南〉も、同様に「女房達」の歎きを描く。但し、「泣きたまふ」とするのは〈四〉のみ。「泣くも」とあるべきところだろう。〈延〉は「国母ヲ奉始、北政所、女房達、賤キシヅノメシヅノヲニ至マデ」（三オ）、〈覚〉「女房達は女院・二位殿をはじめまいらせて」（二六〇頁）。〈屋〉「男女ノ公達」。〈中〉なし。　**○内大臣仰せられけるは…**　以下の宗盛の言葉は、〈延・長・盛〉ほぼ同様。〈松・南・屋・覚・中〉なし。　**○都を出でて既に三箇年、浦伝ひ島伝ひして明かし暮らすは事の数ならず**　都落ちしてから三カ年、源氏に追われ浦伝い島伝いして転々と居を移しながら明かし暮らしてきたその辛さは何ほどでもないの意。　**○入道、世を譲りたまひて福原へ下られし手合はせに、高倉宮を取り逃がし奉りし程、心憂かりし事こそ無かりしか**　〈延・長・盛〉同様。「手合」は、〈延・長〉同、〈盛〉「其跡」。宗盛自らの真価を問われる初めての合戦にの意。巻四「高倉宮都を落ち御在す事」で、以仁王の御所脱出を記した後に、「入道の嫡子小松内大臣重盛、去年八月に失せたまひしかば、次男前右大将宗盛卿に分く方无く世間の事を譲り、福原へ下向せし手合はせに、大将不覚して宮を取り逃し奉る。『口惜し』とぞ人は申しける」（『四部合戦状本平家物語評釈』七―六九頁）とあった。該当部は、〈延・長〉同様、〈盛〉も類似。清盛が福原に隠退した直後、世を譲られた宗盛が最初に出会った事件で大きな失敗をした意であり、呼応している。水原一は、〈延〉における本段の文を、単なる巻四の記事の繰り返しではなく、元暦二年に及んで、なお以仁王追捕失敗を悔しがる宗盛の述懐には、以仁王生存の風説が平家を追い詰める結果となったことが投影されていると見る（五三五～五三六頁）。一方、武久堅は、この呼応を、宗盛への否定的な評価の表れと読む（一四九～一五一頁）。　**○新中納言言ひけるは…**　以下の知盛の言葉は、〈延・長・盛〉が最も〈四〉に近いが、一部を欠く（次項以下注解参照）。〈松・南・覚〉は「凡そ東国・北国の奴原も…」以下に該当する部分あり。〈屋・中〉なし。　**○都を出でしより、少しも尻足を践むべしとは思はざ**

りしに　〈延・長・盛〉は、本項該当部はあるが、次項の、知章と共に死なかったことを悔やむ言葉はなく、「東国・北国の奴原…」の内容に続く。その場合、知盛の発言の趣旨は、「都を出た日から自分はずっと敵に背を見せることがあろうとは考えてこなかった。東国・北国の武士たちの裏切りから、西国の武士も同様だろうと予想できたので、都で討ち死にしようとだけ考えていたのに、自分だけのことではないので、他の人々と共に都をさまよい出て、こんな憂き目を見るのだ」といった意、つまりは一門都落ちの折には不本意にも宗盛に従って戦うことなく都落ちしてしまったが、やはり都落ちすべきでなく死を覚悟で決戦すべきであったという悔恨を記すのであろう。知盛や貞能が都での決戦を主張していたことは、巻七「一門都落」にも見えていた(本全釈巻七―二八〇頁)。に対して、宗盛は、後白河法皇が御所から脱出を企てている丁度その頃、建礼門院のもとを訪れ、「『都にて何かにも成らん』と申す人人も候へども、其も然るべからず候ふ。叶はざらんまでも、筑紫の方へ趣かんと試み候はばやとぞ思ひたまふる」と語っていた(本全釈巻七―二二七頁)。つまりは、知盛のこの発言は、宗盛自身の悔恨記事と共に、宗盛への批判記事としても読まれねばならないのである。それを、〈四〉は、「都を出でしより、少しも尻足を践むべしとは思」わなかった知盛が、子供を見殺しにして逃げてきてしまった悔恨譚の導入句としてしまっているのである。宗盛の悔恨譚に付して、知盛も悔恨譚を付け加えた形にするのが〈四〉である。以倉紘平は、「没落の見通しに暗い凡庸な宗盛に、没落のみじめさをはっきりわからせるために、自分は一の谷で、子息知章と、一所で、死すべきであったと悔いているのである」(一九頁)と解する。次項参照。なお、「尻足」(うしろあし)を践むは、〈長〉同、〈延〉「足引」(三オ)、〈盛〉「後足ヲ可引」(五三頁)。いずれも、敵を避け、逃げること。前段「義経院参」の「少しも尻足をも践み…」注解参照。　**○一谷の戦ひにて、此の御有様を見了て進らせんと思ひて、武蔵守と一所にて死なざりし事こそ口惜しけれ**　前項に見たように、〈四〉の独自異文。以倉紘平は、「宗盛に対して、『此御有様』を、一の谷で、子息知章と一緒に自分も死ぬことによって、早く『見了(テ)参セ』るべきであったと、口惜しがっている」(二二一頁)と解する。つまり、「此の御有様」を、「一の谷の敗戦後の屋島における、みじめな没落の惨状」（一九頁）と解し、「見了てる」を、「平家の惨状を宗盛にわからせる」意と解したものだが、むしろ、ここは、「平家一門の運命を最後まで見届けようと思ったために、知章と共に死なずに生き延びてしまった」意と解するべきであろう。つまり、知盛は、たとえば〈覚〉巻九「知章最期」の「我身の上に成ぬれば、よう命はおしひ物で候けり」（下―一七九頁）という言葉に見るような生への本能で生き延びたのではなく、大将軍としての立場上、一ノ谷で命を捨てるわけにはいかず、平家の運命を見届けようとして生き延びたのだと述べているのだろう（なお、そのように読めば、「子を捨てて逃げる他なかった将軍」（一九頁）という以倉紘平の〈四〉の読解と、結果的には一致する）。しかし、〈四〉巻九「知章最期」では、「何かなる父なれば、子を捨てて逃ぐるやらん。終には遁るまじきもの故、身ながらも口惜し」（本全釈巻九―三六八頁）と悔やむ知盛の言葉から、そうした意志は感じ取れない。他本も、直接的にはそうした記述はない。一門の指揮官としての自覚のために命を捨てられなかったという述懐は、そのような知盛形象の中ではやや唐突なものだが、次々項に見るように、本段での知盛は、指揮官としての責任上、恥を忍んでここまで生き延びてきたこともやむを得なかったと考えているようにも読める。そうした理解から、「知章最期」の行動を解釈した言葉といえようか。が、いずれにしても、前項の注解にも見るように、こうした知盛像に古態的要素は見出しがたく、改変されたものだろう。**〇凡そ東国・北国の奴原も、随分重恩をこそ蒙りたりしかども…**　以下、〈延・長・盛・松・南・覚〉も同様。東国・北国の武士に対する怒りは、都落ち以前のものであり、それ故に西国武士の裏切りも当然予想されたので、都を落ちる際に決戦し、玉砕すべきであったとの回想。**〇西国とても佐こそ有らんずらめと思ひしかば**　例えば、壇浦合戦で平家を裏切った阿波民部成良等を想起させる。このように人の心の変わりやすさを見て、都落ちするよりも死を覚悟で決戦すべきであったとする知盛の思いは、〈延〉では既に巻七「二十六　頼盛道ヨリ返給事」に記されていた。都落ちの折、頼盛が都へ引き返し、小松家の者達も来ない中、心細く思い涙を流す宗盛を見て、知盛は次のように言ったとする場面である(四重田陽美八〜九頁)。「今更驚ベキニアラズ。都ヲ出テ未ダ一日ヲダニモスギヌニ、人ノ心モ皆替リヌ。行末トテモサコソ有ラムズラメ。我身一ノ事ナラネバ、スミナレシ旧里ヲ出ヌル心ウサヨトヲシハカラレ、只都ニテイカニモナルベカリツル者ヲ』トテ、大臣殿ノ方ヲツラゲニ見ヤリ給ケルコソ、ゲニト覚ヘテアワレナレ」(七三オ〜七三ウ)。

〇身一つの事ならねば、人並々に浮歩出でて、斯かる憂き目を見るこそ　〈延・長・盛・南・覚〉基本的に同様。「身一つの事ならねば」は、〈延〉「我身一ノ事ナラネバ」(三ウ)、〈盛〉「身一人ノ事ナラネバトテ」(6―五四頁)。〈長〉なし。前項に引いた〈延〉巻七にも、「我身一ノ事ナラネバ」とあるように、さらに都での決戦を主張する貞能に対して、宗盛が反論した言葉に、「此夜半計ヨリハ院モワタラセ給ワズ。各ガ身一ナラバイカヾセム。女院、二位殿ヲ始奉テ、女房共アマタアリ。怱ニウキ目ヲミセム事モ無慚ナレバ、一マドモヤト思フゾカシ」(七六ウ)ともあるように、自分の生死は我が身一つの名誉の問題ではなく、天皇や女院、二位殿や女房達もいるので、その責任も考えて身を処さねばならない。そうした立場があるために、都での決戦ではなく都落ちという選択をしたのだが、それ以来、諸国をさまよって辛い思いをしてきたという(四重田陽美九頁)。今回の知盛の悔恨も、「人並々に浮歩出でて、斯かる憂き目を見るこそ」と涙するように、都落ちの折の判断を悔いているわけである。

【引用研究文献】
＊以倉紘平「二ツの知盛像―四部合戦状本から屋代本・覚一本へ―」(日本文学一九六八・6)
＊武久堅「「大臣殿物語」の主人公―宗盛伝承の様式と平家物語の構想―」(日本文芸研究三八巻三・四号、一九八六・10、一九八七・1。『平家物語の全体像』和泉書院一九九六・8再録。引用は後者による)
＊水原一「以仁王の幻影―『平家物語』広本系異本の歴史的関連にふれて―」(二松学舎大学論集創立百周年記念号、一九七七・10。『延慶本平家物語論考』加藤中道館一九七九・10加筆再録。引用は後者による)
＊四重田(宇野)陽美「延慶本における人物対比の方法―宗盛像をめぐって―」(同志社国文学三四号、一九九一・3)

三社へ奉幣使を立てらるる事

【原文】

▽一四九右 同十四日伊勢石清《シ》水加茂社被[1]ル立奉幣使平家ヲ追罰シ并三種神器無ク事故ヘ奉レラン返シ入都ヘ自[2]シ今日神祇官人諸社司本社本宮可ニ祈申一之由自院被[3]ラル召シ仰セ

【釈文】

▽一四九右 同じき十四日、伊勢・石清《いはシ》水《みづ》・加茂の社に奉幣使を立て**らる**[1]。「平家**を**追罰**し**、并びに三種の神器事故《へ》無**く**都**へ**返**し**入れ奉**れ**」と、今日**より****して**[2]、神祇の官人・諸社の司、本社・本宮にて祈り申すべき由、院**より**召**し**仰**せらる**[3]。

【校異・訓読】 1〈昭〉「被」。2〈昭〉「自モ」。「モ」は「シ」にも見える。3〈昭〉「被」。

【注解】 **○同じき十四日** 〈延・盛・松〉同。但し、〈延・松〉は〈四〉と同様、二月十四日と読めるが、〈盛〉は、これまでの文脈からは正月十四日と読める（6—五二頁）。もっとも、〈盛〉の場合、この後、「二月」と記さないまま義経の発向・解纜（巻四十二）へと続いてしまうので、そのまま読むと屋島合戦も正月のことであるかのように読めてしまう（那須与一の記事に入って、「二月廿日」とする。6—九七頁）。編集上の誤りにより、これ以前に記すべき「二月」の記載を失ったものか。〈南・屋・覚・中〉「十三日」は二月と読める。〈長〉は本段の記事を欠く。 **○伊勢・石清**

水・加茂の社に奉幣使を立てらる　〈延・盛・松〉同。〈南・覚〉は春日を加える。〈屋・中〉は「廿二社」として個々の社名を記さない。『山槐記』からの抄出とされる『達幸故実抄』第三に、「文治元二十二。三社奉幣定。（中略）又召二外記一仰云、奉二幣伊勢石清水賀茂社一之例文硯持参レ」（群書二五―四三二頁）云々とあり、奉幣の正確な日付はわからないが、諸本の日付がおそらく概ね史実に近いこと、奉幣先は、〈四・延・盛〉の伊勢・石清水・賀茂が正しいことがわかる。臨時奉幣の対象となる二十二社の内、今回は、上位の「伊勢・石清水・賀茂」が選定されたもの。伊勢の使には王が卜定により定められ、賀茂には参議（闕あるときは行事の中納言）が、石清水には四位または五位の王氏、平安末からは中納言が、あてられた（岡田荘司一五二～一五三頁）。なお、〈延・盛〉は上卿を忠親とする。『達幸故実抄』からは、この奉幣について忠親が中心的な役割を果たしていたことが見て取れる。　**○平家を追罰し、幷びに三種の神器事故無く都へ返し入れ奉れ**　〈延・盛・南〉同様。〈屋・覚・中〉は、「平家追罰（追討）」がなく、〈屋・中〉は三種の神器のことのみ記し、〈覚〉は、「主上幷三種の神器」（下―二六一頁）と記す。〈四〉では前々段「義経院参」にも、義経への勅答の言葉の中に、「不日に逆臣を亡ぼし、且つは三種の神器を返し入れ奉り」云々とあった。その両記事における諸本の対応関係を示せば次のようになる。祈禱の内容を、①平家討滅②三種の神器返還③主上還御と示せば上図のとおり。×は該当記事がないことを示す。

	「義経院参」	「三社へ奉幣使を立てらるる事」
〈四〉	①②	①②
〈延・松・南〉	①	①②
〈長〉	②	×
〈盛〉	×	①②
〈屋・中〉	×	②
〈覚〉	①	②③

両記事で対応するのは、〈四〉のみ。さらに遡れば、巻十「屋島院宣」に「彼の三種の神器、事故無く花洛に返し入れ奉らば」（全釈巻十―八三頁）とあった。「三種の神器」という表現が、鎌倉時代前半頃までは定着していなかったこと、「事故無く返し入

れ…」という表現が類型となってゆくことなどについては、該当部注解（本全釈巻十―九三頁）参照。屋島追討時の実際の祈禱の内容は不明だが、『吉記』元暦二年正月八日条に「御祈禱微々、不便無レ極事也。雖レ無二其用途一、尤可レ被レ仰二諸社諸寺一也。三種宝物事、能々可レ被レ運レ籌之由申レ之」とあり、三種の神器のことで祈禱がなされたのは事実である可能性が高い。　**○今日よりして、神祇の官人・諸社の司、本社・本宮にて祈り申すべき由、院より召し仰せらる**　〈延・盛・南・覚〉に類似の文あり。但し、「祈り申すべき」を、〈延〉は「調伏法ヲ行ベキ」（五オ）とし、〈盛〉はさらに延暦寺・園城寺・東寺・仁和寺で調伏の秘法を始めたとも記す。〈長・松・屋〉なし。

【引用研究文献】

＊岡田荘司「王朝国家祭祀と公卿・殿上人・諸大夫制」（古代学協会編『後期摂関時代史の研究』吉川弘文館一九八〇・3。『平安時代の国家と祭祀』続群書類従完成会一九九四・1再録。引用は後者による）

義経・範頼西国発向

【原文】

二月十八日ニ大夫判官義経下向渡辺参河守範頼下向ス神崎ヘ此日来両所船調ヘシ▽一四九左今日欲解纜大風俄吹来船共散々打損間為修理今日逗留参河守範頼土肥次郎実平侍大将軍シ以数千艘船経山陽道欲レ下《タ》ト長門国ヘ大夫判官義経梶

原平三景時侍大将軍《シ》[1]百五十艘船渡阿波国《ヘ》欲落《サン》讃岐屋島相随輩誰々《ソ》▽一五〇右伊豆国住人田代官者信綱佐渡守重行遠江守義定大内冠者惟義土谷三郎宗遠後藤兵衛真基子息新《ク》兵衛基清小河小太郎資義河越大郎重頼子息小大郎重房師岳兵衛尉重澄椎名五郎胤光渋谷庄司重国子息馬允重助▽一五〇左横山大郎時兼金子十郎家忠同与一近則猪俣近平六則綱大河戸《ノ》大郎広行同三郎忠行仲条《ノ》藤次家長三浦十郎義連和田小大郎義盛同三郎宗実熊谷次郎直実平山武者所季重平左近《ノ》大郎為重山田大郎重澄原小次郎清益▽一五一右庄《ウ》三《サマ》郎忠家同五郎広方佐々木三郎[2]《ヒ》忠《ヒ》家盛綱同四郎高綱同五郎義清等

【釈文】

二月十八日に、大夫判官義経、渡辺へ下向す。参河守範頼、神崎へ下向す。此の日来《ひごろ》、両所にて船調▽一四九左へしけるが、今日纜《ともづな》を解かんと欲《す》。大風俄かに吹き来たりければ、船共散々に打ち損じける間、修理の為に今日は逗留す。参河守範頼は、土肥次郎実平を侍大将軍として、数千艘の船を以て、山陽道を経て長門国へ下《くタ》らんと欲《す》。大夫判官義経は、梶原平三景時を侍大将軍[1]として、百五十艘の船にて阿波国へ渡し、讃岐の屋島を落とさんと欲《す》。

相随ふ輩は誰々ぞ。▽一五〇右伊豆国の住人田代冠（官）者信綱・佐渡守重行・遠江守義定・大内冠者惟義・土谷三郎宗遠・後藤兵衛真基・子息新《ク》兵衛基清・小河小太郎資義・河越太（大）郎重頼・子息小太（大）郎重房・師岳兵衛尉重澄・椎名五郎胤光・渋谷庄司重国・子息馬允重助・▽一五〇左横山太（大）郎時兼・金子十郎家忠・同与一近則・猪俣近平六則綱・大河戸《ノ》太（大）郎広行・同三郎忠行・仲条《ノ》藤次家長・三浦十郎義連・和田小太（大）郎義盛・同三郎宗実・熊谷次郎直実・平山武者所季重・平左近《ノ》太（大）郎為重・山田太（大）郎重澄・原小次郎清益・▽一五一右庄ゥ三郎忠家・同五郎広方・佐々木三郎[2]盛綱・同四郎高綱・同五郎義清等なり。

【校異・訓読】 1〈昭〉「軍也」（「也」は難読）。2〈底・昭〉「忠家」の右に「ヒ」を書いて見せ消ち。〈書〉「忠家」なし。「忠家」は上の庄三郎の「三郎」の目移りによる衍字か。

【注解】 **○二月十八日に、大夫判官義経、渡辺へ下向す**　以下に見る〈延・盛・松・南〉によれば、義経は、淀から渡辺へ下向したのであろう。その渡辺下向の日付は、〈延〉では淀を「十三日」（三ウ）に出立、これは二月十三日と読める。〈盛〉では、正月十日の記事に続けて淀を「同十三日」（6―五一頁）出立とあるので、正月十三日に渡辺へ下向と読める。しかし、〈盛〉はその後、二月になったと記さず、そのまま「同十五日」（6―五四頁）に西国へ船出とし、それ以降も那須与一記事の中の「二月廿日ノ事ナルニ」（6―九七頁）まで、二月になったことを記さないのだが、西国への船出が正月であったとすれば、整合性に問題がある。どこかで二月になったことを記しておかねばならなかったはずで、編集上の誤りか。〈松〉は、「二月□□□郎判官、淀ヲ立テ渡部へ著ク」と一部不明。〈南・覚〉は「二月三日」に、〈南〉は淀、〈覚〉は都を発ち、渡辺で船揃をしたとする。一方、〈長〉は、次項に見るように、二月十五日範頼が神崎から西国へ発向したとする記事の後に、義経の四国発向記事を記す。このように〈長〉では、渡辺下向を記さないまま、逆櫓・船出の記事に至り、逆櫓論議や船出の場所も船揃えしていたとされる渡辺か神崎なのか曖昧になっている。〈屋・中〉も渡辺下向を記さないまま、「二月十四日」に、範頼は神崎から山陽道へ、義経は二百余艘の船で「東河渡部ヨリ南海道へ趣ク」（〈屋〉七四五頁）とする。実際には、「義経院参」冒頭注解に見たように、義経は正月十日に「発二向西国一」（『吉記』同日条）したようだが、その後、二月の船出までの具体的な行動については未詳。『吾妻鏡』二月十八日条は、渡部（渡辺）からの船出を記す。なお、渡辺（現大阪市内）に下向した義経が、次段末尾では「河尻《リ》安《ア》麻《マカ》崎《サキ》」から船出したとされる齟齬（〈延・盛〉も同様）については、次段冒頭注解参照。　**○参河守範頼、神崎へ下向す**　範頼がこの時、西国に下向したとする記事は諸本にある。〈延・長・盛・松〉は二月十五日に神崎を船出、〈南〉は二月三日神崎へ下向、〈屋・中〉は二月十四日神崎から船出、〈覚〉は二月三日神崎から船出。しかし、〈南・覚〉は、都を立って神崎へとはするが、多くの諸本は範頼が神崎へ下向する前に都にいたのかどうか記さない、冒頭に見た院参記事ではいずれの諸本も義経のみを記すように、範頼の神崎への下向記事はやや唐突である。その点については、〈全注釈〉（下一―四一一頁）等が指摘するように、この時期の範頼の発向は史実とも違い、また、既に藤戸合戦などで西国で戦っている範頼を描いていたこととも矛盾する。〈四〉の場合、巻十「範頼西国下向」に九月二日西国発向とし、巻十末尾では、「十二月廿日比までは、参河守範頼、西国に安ら居て、仕《シ》出だしたる事も無く、年も既に晩るるなり」（「大嘗会行はるる事」四二二頁）としていた。他本も基本的に同様である（但し〈闘〉は三月末下向とする）。その後、都に戻って再出発というのは無理な話である。『吾妻鏡』等によれば、九月初め頃に京都を発ったようで、その後も範頼の動静の記事が多く、西国で戦っていたことは疑いない。なぜ『平家物語』にこの時期の範頼の出発を記す記述があるのかは不明で、物語の文脈としても整合しない上、そのような記録などがあったとも考えにくい（範頼が義経と同時期に出発したとする記事は、『保暦間記』（『校本保暦間記』五四頁）や慈光寺本『承久記』（新大系三〇二頁）にも見出せるが、いずれも『平家物語』によったものか）。強いて言えば、義経発向の記事に、範頼の発向記事をも加えてしまったものか。平田俊春は、「語りのために義経を語る際に範頼のことも一言するということか、あるいは範頼の消息が不明のためかによって作為されたものであろう」（一一三一～一一三二頁）とする。『徒然草』二二六段にも記されるように、『平家物語』諸本の記述が範頼の動向について不正確であるのは、全体的な傾向といえよう。鈴木彰は、以上のことを具体的に検証しながら追認し、義経の出陣と揃える形で、範頼再度の出陣をやや無理をしてでも語ろうとしたのはなぜかを考える。〈延〉では一貫して、屋島を攻撃する義経とは別に、範頼は平家追討のために長門国をめざしたと記されることから、範頼再度の出陣は、来たるべき壇浦合戦を見越して、そこに照準をあわせた動きとして描こうとするためと考える（四八六～四九一頁）。なお、神崎と渡辺は淀川水系に位置する。〈長〉は「西河神崎」（5―七七頁）、〈屋・中〉は「東河渡部」（〈屋〉七四五頁）とする。山陽道に出るには、神崎が至便の地であった。「大阪から山陽道筋への街道が神崎川を越える神崎の渡（現淀川区の神崎橋）付近が、中世には河港として栄え、河関が置かれていた」（〈平凡社地名・大阪府〉I―三六頁）。**〇此の日来、両所にて船調へしけるが、今日纜を解かんと欲**　〈四〉では下向したその日に船出しようとしたとする。義経渡辺下向から船出までの日数は、前々項・次項注解に見るように、〈延・盛〉では二、三日程度だが、〈南・覚〉では十数日ある。従って、〈四〉や〈延・盛〉の場合、「船調へ」をしていたのは義経自身ではないが、〈南・覚〉等では義経自身も船揃えに関わっていたと読める。この点、〈延・長・盛・松〉では、「淀江内忠利」（〈延〉五オ～五ウ。表記は〈長・盛〉小異）を案内者として船揃えをしていたとするので、忠利は義経到着以前に、船を調達する責任者であったと見られよう。この忠利は、淀の住人で、淀川水運を司る者なのだろう、〈延・盛〉によれば、大物浜（浦）で、〈長〉では神崎・渡辺で船揃えをしていたとする。〈四〉はこうした人名を記さないが、到着したその日に船出とあるので、同様の理解と見られようか。ただ、それにしても時間に余裕はない。次項注解参照。**〇大風俄かに吹き来たりければ、船共散々に打ち損じける間、修理の為に今日は逗留す**〈四〉の場合、義経は二月十八日に渡辺に下向、その日に船出しようとしたが大風で一日逗留、次段「逆櫓」で、逆櫓論議の後、同日つまり十八日の丑刻に船出と読める（この「丑刻」を同日、現代の表現では翌日未明と読むことなど、時刻と日付の関係については、次段「逆櫓」末尾「丑剋に河尻・安麻崎を立ちて」注解参照）。同様に、嵐の記事を次段「逆櫓」記事の前に置くのは、他に〈南・屋・覚・中〉だが、〈南〉は二月三日渡辺下向、十六日卯刻に船出しようとしたが大風で船が破損、十六日丑刻に船出（八二二頁）。〈覚〉も〈南〉と同様だが、船出を試みた時刻は不記（下―二六三頁）。〈屋・中〉は渡辺下向の日付不記、十六日卯刻に船出しようとしたが嵐で船が破損、同日丑刻船出（〈屋〉七四九頁）。一方、〈延・長・盛・松〉では、嵐の記事を逆櫓の後に置く。〈延〉では、十三日渡辺下向（三ウ）、逆櫓論議の後、十六日に大物浦を出発したが大風で船が破損（八オ）、十八日寅刻に船出（八ウ）。〈長〉では、渡辺下向の日付はなく、十五日に解纜（5―七七～七八頁）を記すが、その後に逆櫓論議があり、十六日に大風で船が破損、十七日寅刻に船出（同七九頁）。〈盛〉では、十三日に渡辺下向（6―五一頁）、十五日に大物浜で解纜（同五四頁）、その後、逆櫓論議を経て十六日に船出したが大風で船が破損、十七日寅刻に再度船出（同六七頁。本段冒頭注解に見たように、二月十七日のはずだが文脈上は正月と読める）。以上〈松〉を含めて簡単に表示すると、次のようになる。「×」は日付なし。（　）内は明記されていないが推測できる日付。

	〈四〉	〈延〉	〈長〉	〈盛〉	〈松〉	〈南・覚〉	〈屋〉	〈中〉
渡辺下向	18日	13日	×	13日	□□（不明）	3日	×	×
船の破損	（同日）	16日	16日	16日	16日	16日	16日	14日
船出	（同日）丑刻	18日寅刻	17日寅刻	17日寅刻	17日暁	16日丑刻	16日丑刻	16日丑刻

以上のように、〈四〉では、二月十八日に下向、その日のうちに船出しようとしたが、嵐で船が破損、その後に逆櫓論議もあったが、その日の夜中に出発したと読める。下向から船の破損を修理して出発するまでの時間について、最も余裕の無い構成。船の破損から出発までは、他本もさして時間をかけていないが、〈南・屋〉のように十六日卯刻に船出を試みて船が破損、一日逗留して夜半に船出、という記述は無理がない。〈四〉の場合、渡辺下向を十八日とするため、下向・船出・破損・逆櫓論議・再度の船出がすべて一日の内に設定される点、やや無理があり、「今日は逗留」という記述がわかりにくい。

○参河守範頼は、土肥次郎実平を侍大将軍として、数千艘の船を以て、山陽道を経て長門国へ下らんと欲　〈四〉は「下らんと欲」とするが、〈延・長・盛・松〉では十五日、〈屋・中〉では十四日に、範頼は実際に発向したとする。〈南・覚〉は範頼の実際の船出を明記しない。山陽道を目指したとする点諸本は変わらないが、さらに長門国を目指したとするのは、他に〈延・長・盛・松〉。この時期、九州の御家人等に送られた下文によれば、頼朝は、義経に四国を、範頼に九州を攻撃させようとしていた（「参河守向二九国一、以二九郎判官一所レ被レ遣二四国一也」『吾妻鏡』元暦二年正月六日条）。このとき平氏は屋島とともに長門を拠点とし、九州に原田・松浦・山鹿氏など、多くの家人がいた。また、『玉葉』元暦元年十月十三日条によれば、長門国に駐留していた葦敷（重隆か）は、教盛に追い落とされている（元木泰雄①一六八〜一六九頁）。「伝聞、為二教盛卿等一在二長門国一之源氏〈葦敷〉、被二追洛一了云々」。範頼が山陽道を経て長門国へ下ろうとしたとの記事は、こうした事実の反映と考えられる。また、土肥実平を範頼勢の侍大将としたことは、〈延・長・盛・屋〉には見えず、〈延・松〉では義経勢に数えられている。その〈延〉が記す範頼麾下の名寄せは、諸本が巻十「範頼西国下向」に引く名寄せにほぼ一致する。〈延〉にのみ見られる範頼麾下の名寄せは、元暦二年二月十三日、義経と範頼が西国攻めに当たり引く名寄せに転用するため、巻十から取り込まれたものであろう。なお、〈四〉の場合、次項の梶原景時との対で、範頼麾下の侍大将を一人、明記しているようだが、このように侍大将を一人ずつ記す理由は不明。実平は、巻十「範頼西国下向」でも、範頼勢の侍大将とされていた。本全釈巻十—三八七頁「土肥次郎を侍大将軍として…」注解にも見たように、『吾妻鏡』寿永三年二月十八日、同二十六日条、同年（元暦元年）四月二十九日条によれば、実平は梶原景時と共に山陽道の惣追捕使として発向したようであり、『玉葉』同年六月十六日条によれば、備後で平家に敗れている。また、『吾妻鏡』元暦元年十二月十六日条によれば、実平は当時備前国にあり、同二年二月十四日条では、頼朝が範頼に、「土肥二郎・梶原平三」と相談して九州の武士を召すように命じている。範頼のこの時期の発向自体、前掲「参河守範頼、神崎へ下向す」注解に見たようにあり得ないことだが、実平もこの時期に京都を出発することはあり得ない。いずれにしても、当該記事は、巻十「範頼西国下向」の「今度は土肥次郎を侍大将軍と為《シ》て、山陽道を経て長門国へ下《くだ》らんと欲《ス》」（三八六頁）を取り込んだものだろう。

○大夫判官義経は、梶原平三景時を侍大将軍として、百五十艘の船にて阿波国へ渡し、讃岐の屋島を落とさんと欲　同文は他本に見られない。比較的類似する文を挙げれば、〈南〉「三百余艘ヲ相具シテ、阿波国へ渡リテ、讃岐ノ八島ヘ寄テ責落サントス」（八一七～八一八頁）、〈屋〉「九郎大輔判官義経、二百余艘ノ船ニ乗テ、東河渡部ヨリ南海道ヘ趣ク」（七四五頁）など。梶原景時一人を侍大将として特記する点は独自。〈四〉は、前項に見たように、範頼勢の土肥実平と対の形で、侍大将を明記しようとしたものか。〈四〉は、この後の義経勢の名寄の中に梶原の名を記さないので、他の武士とは別格として扱っているといえよう。但し、〈四〉が特に梶原に好意的なわけではない。梶原の名を挙げるのは、この後の逆櫓論争などを意識したものか。景時は、前項注解で見たように、寿永三年前半に土肥実平と共に西国に発向しており、『吾妻鏡』元暦二年二月十四日条によれば、その時点でも範頼と行動を共にしているようにも見えるが、『吾妻鏡』同月二十二日条には景時が屋島に着いたとあり、義経の後を追ってきたようでもある。さらに、『吾妻鏡』同年四月二十一日条所載の景時の報告によれば、「被三発二遣舎弟両将於西海一之時、軍士等事、為レ令二奉行被レ付二義盛於参州一、被レ付二景時於廷尉一」とあり、景時は義経と行動を共にしていたとされる。**〇相随ふ輩は誰々ぞ**　以下、義経に従った武士の名寄。類似の列挙は、他に〈延・盛・松・南〉に見られる。〈長・屋・覚・中〉なし。なお、〈延〉では、これに該当する名寄（三ウ～四ウ）の後、屋島で戦う義経のもとに遅れて駆けつけた武士たちの名寄（一八オ～一八ウ）があるが、後者の多くは他本の範頼勢に該当する（巻十―三八九～三九一頁の対照表の〈延2〉）。また、〈盛〉では、この部分に該当する名寄（〈盛1〉。6―五一頁）の後で、逆櫓論争の後にも義経に従った者の名を列挙する（〈盛2〉。6―五九頁）。文脈上、〈盛2〉は最初から義経勢に属した者の一部であるべきだが、本段該当部の名寄には無かった名をも含んでいる。さらに、〈闘〉は巻八下の末尾に、前年十一月末、義経を大将として西国へ下向するよう、鎌倉から遣わされた武士の名を列挙するが、内容的には〈延〉などの範頼勢に該当する人名であり、その転用か（早川厚一）。以下、〈四・延・盛・松・南〉の義経勢名寄を対照する。〈四〉の挙げる人名を先にまとめ、その他は〈延・盛・松・南〉の順で登場する人名に番号を付し、後に注解を加える。人名の表記の小異は無視した。「（和田）」などの（　）内表記は、本来は「同」などとあるもの。

	〈四〉	〈延〉	〈盛1〉	〈盛2〉	〈松〉	〈南〉
①田代冠者信綱	○	○	○	×	○	○
②佐渡守重行	○	○	佐渡守義定	×	○	○
③遠江守義定	○	○	佐渡守義定	×	近江守	○
④大内冠者惟義	○	○	○	×	三郎	○
⑤土谷三郎宗遠	○	○	×	×	○	×
⑥後藤兵衛真基	○	○	×	×	実基	○
⑦子息新兵衛基清	○	○	×	×	○	○
⑧小河小太郎資義	○	小次郎	×	×	×	×
⑨河越太郎重頼	○	○	×	×	○	○
⑩子息小太郎重房	○	○	×	×	×	○
⑪師岳兵衛尉重澄	○	×	×	×	重経	兵衛重綱
⑫椎名五郎胤光	○	六郎胤平	六郎胤平	×	五郎胤平	五郎有種
⑬渋谷庄司重国	○	○	×	○	○	○
⑭子息馬允重助	○	○	×	○	○	○
⑮横山太郎時兼	○	○	○	×	○	○
⑯金子十郎家忠	○	○	×	○	○	○
⑰同与一近則	○	家員	×	×	親則	親範
⑱猪俣近平六則綱	○	○	×	×	○	○
⑲大河戸太郎広行	○	○	×	×	大川辺	○
⑳同三郎忠行	○	○	×	×	×	広重
㉑仲条藤次家長	○	○	×	×	○	○

以下、登場する人名に簡単に注解を付しておく。多くの人名が巻九「三草勢揃」の侍大将名寄に重なり、そこで注した者も多いので、「三草勢揃」で大手（範頼勢）・搦手（義経勢）のいずれに見えるか、また、本全釈巻九の該当部注解でつけた番号を記しておく。その他、巻十「範頼西国下向」の名寄せも含めて、本全釈巻九・巻十において、系譜やその時期の動向に関する注解の載る頁数を記しておくので、参照されたい。**①伊豆国の住人田代冠者信綱** 信綱にのみ「伊豆国住人」と記し、以後の人名には住国を記さない理由は不明。田代信綱は、輔仁親王の五代の孫とされる。〈南・屋・覚・中〉では、この後、義経と共に船出した五艘の船のうち、第二の船に乗ったとされる。『吾妻鏡』文治元年二月十九日条の屋

㉒三浦十郎義連	○	○	○	×	○	○
㉓和田小太郎義盛	○	○	○	○	○	○
㉔同三郎宗実	○	○	○	×	○	○
㉕熊谷次郎直実	○	○	×	○	×	○
㉖平山武者所季重	○	○	○	○	○	○
㉗平左近太郎為重	○	○	○	×	×	重実
㉘山田太郎重澄	○	×	×	×	×	○
㉙原小次郎清益	○	○	×	×	三郎	○
㉚庄三郎忠家	○	○	太郎家長	×	四郎	○
㉛同五郎広方	○	○	○	×	○	×
㉜佐々木三郎盛綱	○	×	×	×	×	×
㉝同四郎高綱	○	○	○	○	○	×
㉞同五郎義清	○	×	×	×	×	×
㉟斎院次官親能	×	○	×	×	×	×
㊱畠山庄司次郎重忠	×	○	○	○	○	×
㊲土肥次郎実平	×	○	×	○（遠平も）	○	×
㊳三浦新介義澄	×	○	×	×	×	×
㊴同男平六義村	×	○	×	×	×	×
㊵（和田）次郎義茂	×	○	×	×	×	×
㊶同四郎義胤	×	○	○	×	×	×
㊷大多和次郎義成	×	○	×	×	×	×
㊸多々良五郎義春	×	○	○	×	×	×
㊹梶原平三景時	×	○	○	×	○	○

島合戦に義経麾下の兵として載る。「三草勢揃」では搦手の副将軍とされており、三草合戦で夜討を提案、素姓を紹介されていた（巻九―二二一～二二二頁）。**②佐渡守重行**　〈盛〉は「佐渡守義定」とするが、目移りによって次項の「遠江守義定」と混同したものであろう。〈四〉では他に登場せず。清和源氏満政流、八島冠者・佐渡源太を称した重実の子孫だろう。〈尊卑〉によれば、葦敷二郎重頼の甥または子に佐渡守を称する重隆（重高）があり、その子に重行がある（重隆の子には「正治二年被誅」、重高の子には「葦敷三郎」と注記あり）。また、佐々木紀一が紹介する北酒出本『源氏系図』には、「重頼〈葦敷二郎〉―重隆〈建久元年有レ事流二常陸国一〉―重行〈正治二七十六被レ誅了。佐渡太郎。イ本葦敷太郎〉」

	〈四〉	〈延〉	〈盛1〉	〈盛2〉	〈松〉	〈南〉
㊺同源太景季	×	○	○	×	○	○
㊻同平次景高	×	○	○	×	○	○
㊼同三郎景義	×	○	○	×	景能	×
㊽伊勢三郎能盛	×	○	○	○	○	○
㊾（熊谷）小次郎直家	×	○	×	×	×	○
㊿小川太郎重成	×	○	×	×	×	×
51片岡八郎為春	×	○	○	○	×	×
52美尾野四郎	×	○	×	×	○	×
53同藤七	×	○	×	×	○	×
54二宇次郎	×	○	×	×	四郎	×
55木曽仲次	×	○	×	×	○	○
56武蔵房弁慶	×	○	○	○	○	○
57鎌田藤次光政	×	×	○	○	×	×
58渡部源五馬允昵	×	×	×	○	×	×
59佐藤三郎兵衛継信	×	×	×	○	次信	×
60四郎兵衛忠信	×	×	×	○	○	×
61同二郎親義	×	×	×	×	○	×
62（三浦）四郎義胤	×	×	×	×	○	×
63糟屋藤次有季	×	×	×	×	○	×
64山名三郎義行	×	×	×	×	義範	○
65浅利余一義盛	×	×	×	×	×	○

（八三頁）とある。〈盛〉については前項参照。③**遠江守義定**　安田三郎義定。甲斐源氏。武田清光の男（〈尊卑〉3—三四八頁）、あるいは武田義清の男（『吾妻鏡』建久五年八月十九日条）。彦由一太は、一般的には清光の子、信義の弟と考えられているが、義清の子、つまり信義の叔父とするのが良いとする。恐らくは清光の養子となったかとする。このように考えてこそ、義定を内乱過程における甲斐源氏の一方の雄として理解できるとする（三二頁）。「宇治川」「三草勢揃」では搦手の副将軍。巻九—二一頁。④**大内冠者惟義**　信濃源氏。平賀義信の男。「宇治川」「三草勢揃」では義経勢の副将軍。巻九—二一頁。⑤**土谷三郎宗遠**　〈延・松〉「土屋」。桓武平氏、中村宗平の男。相模国住人。〈闘〉では「三草勢揃」に

(66)天野二郎直経	×	×	×	×	×	○
(67)堀弥太郎親家	×	×	×	×	堀弥太郎	○
(68)源八広綱	×	×	×	×	○	○
(69)枝源三	×	×	×	×	江田	○
(70)熊井太郎	×	×	×	×	○	○

搦手として見えていた（搦手⑳参照）。巻九―一九七頁。**⑥後藤兵衛真基**「屋島合戦①」に見える「実基」が一般的な表記。藤原氏秀郷流、実遠の男実基。実基は義朝の家人であったが、平治の乱の敗北の折、義朝から頼朝の妹を託された。その娘がのちに一条能保の正妻となったことにより、実基は一条家の家人となり、治承の乱の開始まで同家に身を寄せていた。その縁により、基清も一条家の家人となったらしい。その能保が、屋島合戦当時、頼朝の推薦により讃岐守に任じられていた（『吾妻鏡』元暦元年六月二十日条）。この能保の讃岐守任命は、屋島攻略のための頼朝の方策と考えられる。文治四年（一一八八）十月日の申条写（『正閏史料外編』所収文書）によれば、文治元年三月三十日、長門国の二宮八幡宮の領主有経は、壇浦合戦後、平氏追討のため長門国に入ってきた義経軍と遭遇し、「讃岐御目代字後藤兵衛尉」の率いる軍勢により証拠文書を強奪されたと訴え出ている。この文書によれば、実基父子は、国司である能保の目代として屋島合戦に義経に帯同したと考えられる（田中健二、五二～五四頁）。なお、実基は、この後の屋島合戦で、諸本で古兵としての活躍を見せる。『吾妻鏡』文治元年二月十九日条の屋島合戦に義経麾下の兵として基清と共に載る。「三草勢揃」搦手㉘。巻九―二〇一頁。**⑦子息新兵衛基清**　前項実基の養子、実父は佐藤仲清。「三草勢揃」搦手㉙。巻九―二〇一頁。**⑧小河小太郎資義**〈闘・延・長・盛・南・覚〉の「三草勢揃」の搦手に見える「小川小次郎助義」（〈延〉）、「小河小次郎祐義」（『吾妻鏡』寿永三年二月五日条）、大手に見える「小河小太郎助義」（〈南〉）であろう（西党、武蔵国住人か）。巻九―一八七頁（大手(67)祐義）。**⑨河越太郎重頼**　桓武平氏良文流秩父一族、河越能隆の男。武蔵国住人。「三草勢揃」の搦手⑤。娘が義経の妻となっていた（『吾妻鏡』元暦元年九月十四日条）。巻九―一九九頁。**⑩子息小太郎重房**　前項重頼の男。「三草勢揃」

搦手⑥。巻九―一九九頁。⑪**師岳兵衛尉重澄** 〈松〉「重経」、〈南〉「重綱」。『吾妻鏡』は「重経」（寿永元年八月十二日条）。また、「諸岡」とも表記。秩父一族。菊池紳一（三六頁）は、「佐野本秩父系図」により、河越重頼の弟と指摘する。五位の検非違使に任じられた義経が、院のもとに拝賀に赴いた時の記録『大夫尉義経畏申記』（群書七―六二八頁）には、義経に従った兵の一人として、「〈師岡兵衛〉左兵衛尉平重保」が載る（野口実二〇〇四頁）。「三草勢揃」の搦手⑦（諸岡兵衛重経）。巻九―一九九頁。⑫**椎名五郎胤光** 〈延・盛〉「六郎胤平」、〈松〉「五郎胤平」、〈南〉「五郎有種」。桓武平氏千葉一族、下総国住人。常胤の弟か。〈四〉では「三草勢揃」の搦手⑲、〈闘〉では「宇治川」に見える。但し、「三草勢揃」で、他本では千葉一族は大手に見えていた。巻九―一九頁、一八〇頁、二〇一頁参照。胤平は、胤光の子。また、〈闘〉によれば、胤光の子に有胤があり、〈南〉の「有種」はこれか。千葉一族は、この時期、範頼麾下で戦っていたと見られる（『吾妻鏡』元暦二年三月十一日条）。巻十―三九三頁。⑬**渋谷庄司重国** 桓武平氏良文流、秩父一族。渋谷重家の男。相模国住人。『吾妻鏡』元暦二年正月二十六日条によれば、範頼麾下の兵。「三草勢揃」では大手㊵。巻九―一八六頁。⑭**子息馬允重助** 前項重国の男。『吾妻鏡』元暦二年四月十五日条に見るように、重助は初め平家に属していたが、義仲、ついで義経に属している。また、父重国は「在国」とあるように、父は在国経営を担い、子の重助が在京活動を分担していた（長村祥知①一四七～一四八頁）。「三草勢揃」では大手㊶。巻九―一八六頁。⑮**横山太郎時兼** 横山党、横山時広の男か。武蔵国住人。「三草勢揃」の搦手(64)。巻九―二〇五頁。⑯**金子十郎家忠** 村山党、武蔵国住人。金子家範の男か。〈南・覚〉では、この後、義経と共に船出した五艘の船のうち、第四の船に乗ったとされる。『吾妻鏡』文治元年二月十九日条の屋島合戦に義経麾下の兵として、金子与一近則と共に載る。「三草勢揃」の搦手⑩に所見。巻九―一九九頁。⑰**同与一近則** 〈南〉「親範」の表記が一般的。前項家忠の弟。〈延〉の「家員」は、「親範」と改名する前の名。「三草勢揃」の搦手⑪。巻九―一九九～二〇〇頁。⑱**猪俣近平六則綱** 猪俣党、資綱の男か。武蔵国住人。「三草勢揃」では大手㊴、搦手⑮に所見。越中前司盛俊を討ち取ったことで著名。巻九―一八六頁、三四五頁。⑲**大河戸太郎広行**　藤原氏秀郷流、行方の男か。武蔵国住人。『吾妻鏡』元暦二年正月二十六日条によれば、同三郎、中條藤次家長と共に範頼麾下の兵。「三草勢揃」では搦手(71)。巻九―一八九頁。⑳**同三郎忠行**　〈延〉「三郎」のみ。〈南〉「広重」。前項広行の縁者だろうが、未詳。『太田系図』(『新編埼玉県史別編4』八二頁)によれば、行方の三男は、高柳三郎行基で該当しない。㉑**仲条藤次家長**　横山党、武蔵国住人。義勝房成尋の子。父の成尋は上洛して鳥羽城南寺の執行となっていた「馴京都之輩」。宇都宮氏および頼朝乳母の縁で頼朝に仕えたらしく仏教儀礼によく用いられた。子の家長も吏務に長じ、嘉禄元年に評定衆に加えられている(目崎徳衛一〇頁)。〈闘・延・長・盛〉の「三草勢揃」では、大手㉛(「中条」)。巻九―一八五頁。㉒**三浦十郎義連**　以下、㉔宗実まで、桓武平氏良文流、三浦一族。〈四・延・盛・南〉ともここで名を記すが、実際には、三浦一族は範頼に従っていたと見られる。『吾妻鏡』元暦元年八月八日条、同元暦二年正月二十六日条の名寄に、義澄・義村・義盛・宗実の名が見え、『平家物語』諸本巻十の範頼勢西国下向の名寄にも、諸本によって異同はあるが、登場する(〈四〉では義澄・義村が登場。巻十「範頼西国下向」三九三頁参照。また次項参照)。従って、この名寄に登場するのは疑問。但し、義連は、〈延〉では、屋島に遅れて到着した軍兵の名寄にも見える。義連は義明の男。相模国住人。「三草勢揃」では搦手②に副将格として所見。巻九―一九七頁。㉓**和田小太郎義盛**　三浦一族、義宗の男。「三草勢揃」搦手㉓。巻九―一九七頁。次段にも「和田・畠山」として登場。しかし、ここに名を挙げるのは、前項に見たように疑問。義盛がこの時期、範頼麾下にあって苦戦していたことは、『吾妻鏡』元暦二年正月十二日条からも明らかである。『吾妻鏡』同年四月二十一日条所載の景時の報告にも、義盛は範頼に属したものと見られる(前掲「大夫判官義経は、梶原平三景時を侍大将軍として…」注解参照)。さらに、同四月二十四日条には、自専の思いが強かった義経に対して、範頼は大小事を常胤や義盛に諮ったとされることからも明らかである。㉔**同三郎宗実**　前項義盛の弟。「三草勢揃」搦手(68)。巻九―一九七頁。㉕**熊谷次郎直実**　桓武平氏(異説もあり)、熊谷直貞の男か。「三草勢揃」では搦手⑫。敦盛を討ったことで著名。巻九―二〇〇頁。㉖**平山武者所季重**　西党、平山直季（真季とも）の男か。武蔵国住人。「三草勢揃」では搦手⑭。熊谷直実と先陣を争ったことなど、一ノ谷合戦での逸話で著名。巻九―二〇〇頁。㉗**平左近太郎為重**　表記は〈延〉「比良佐古太郎為重」、〈盛〉「平佐古太郎為重」、〈南〉「平佐古《サコ》太郎重実」。三浦一族、円海の男か。「平佐古」は、現横須賀市平作。「三草勢揃」では搦手㊸。巻九―二〇二頁。㉘**山田太郎重澄**　清和源氏満政流、尾張国住人の葦敷太郎重澄か。重隆とも。かつては義仲の命で京中守護を分担していたが、早くから義仲を見限り、義経等と通謀していたかとされる（元木泰雄②六一頁）。但し、『玉葉』元暦元年十月十三日条によれば、長門国に駐留していた葦敷（重隆か）は、教盛に追い落とされていることからすれば、範頼麾下に属していたことになる。「三草勢揃」では大手⑩。巻九―一七九頁。㉙**原小次郎清益**　藤原南家、乙麿の子孫、清行の男。駿河国住人。「三草勢揃」では搦手⑨。巻九―一九九頁。㉚**庄三郎忠家**　児玉党、家弘の男か。武蔵国住人。「三草勢揃」大手⑮。巻九―一八一頁。また、重衡生捕に関わって、巻九―三五八頁参照。㉛**同五郎広方**　前項忠家の弟か。「三草勢揃」大手⑯。巻九―一八一頁。㉜**佐々木三郎盛綱**　宇多源氏、佐々木秀義の三男。近江国住人。「三草勢揃」には見えていなかった。巻十「範頼西国下向」の名寄せにも見え、「藤戸」における活躍で著名であり、ここで義経と共に発向とするのは疑問。巻十「範頼西国下向」三九四頁参照。㉝**同四郎高綱**　宇多源氏、佐々木秀義の四男。近江国住人。〈延・盛〉では、この後、船出場面では五艘のうち第五の船に乗ったとも記す。「三草勢揃」では搦手④。巻九「宇治川②」における先陣争いで著名。巻九―一九八頁。㉞**同五郎義清**　宇多源氏、佐々木秀義の五男。近江国住人。「三草勢揃」では搦手㊵。巻九―一九八頁。㉟**斎院次官親能**　以下〈四〉には見えない人名。親能はここでは〈延〉のみ所見。中原氏、広季の男（養子とも）。親能は、相模の波多野義通の弟四郎経家に養われていて、頼朝とは年来知音であった。また、源雅頼の家人となったが、親義の妻（経家女か）は雅頼の子兼忠の乳母であった。謀叛期に活動した京下官人として、公武折衝に果たした役割は大きかった（目崎徳衛八〜九頁）。「三草勢揃」では、搦手の副将軍（該当部では、〈四・覚〉は親能の名を欠くが、『玉葉』寿永三年二月二日条により、参戦は確か。巻九―一九一頁）。本来武士ではないが、〈延〉では壇浦合戦で親能が活躍する場面がある（三三ウ～三四オ）。**㊱畠山庄司次郎重忠**　桓武平氏良文流、秩父一族。重能の男。「三草勢揃」では大手④。〈四〉では、巻十「範頼西国下向」では範頼と共に西下したとされていたが、次段では義経と景時を仲裁した人物として「和田・畠山」の名が見える。〈延・盛〉でも「逆櫓」場面に同様に登場、特に〈延〉では、義経に求められて発言をしたり、先頭を切って義経の船出に従うなど、独自の描写が目立つ。重忠が屋島合戦に参加したのかどうか未詳だが、〈延・盛〉では重忠の活躍を描く（〈延〉では巻十一―一五ウなど）。**㊲土肥次郎実平**　桓武平氏、中村宗平の男。〈四〉では、この時には範頼勢の侍大将とされていた（前掲「参河守範頼は、土肥次郎実平を侍大将軍として…」注解参照）。該当部の名寄では〈延〉に登場、また〈盛〉は本段該当場面（〈盛1〉）には記さないが、逆櫓の後（〈盛2〉）では、子息遠平も伴って登場させ、さらに、船出場面では五艘のうち第三の船に乗ったとも記す。〈延・盛〉では「逆櫓」場面にも仲裁者として登場、〈長・松・南・屋・覚〉では、壇浦合戦直前に義経と景時の先陣争いの仲裁者として登場する。実平は、石橋山合戦以来、頼朝軍の中核を担ってきた一人。「三草勢揃」では、搦手①。巻九―一九七頁。**㊳三浦新介義澄**　ここでは〈延〉のみ記すが、〈延・盛〉では「逆櫓」場面で義経と景時を仲裁し、〈長・松・南・屋・覚〉では、壇浦合戦直前に義経と景時の先陣争いを仲裁したと記される。以下㊸義春まで、㉒～㉔と同じ三浦一族。㉒義連の注解にも見たように、三浦一族は、実際には範頼に従って西下していたと見られる。『吾妻鏡』元暦二年正月二十六日条によれば、義澄は選ばれて周防国の防衛にあたったという。さらに、同年三月二十二日条によれば、数十艘の兵船を挑発した義経は、この時周防にいた義澄を呼び寄せ、「汝已見二門司関一者也」として、案内者を務めさせたとする。範頼に従い門司関の地理に明るく、水軍の扱いに詳しい義澄の力を義経は買ったのである。義澄は義明の男、義宗の弟。「三草勢揃」では搦手㉒。巻九―一九七頁。**㊴同男平六義村**　ここでは〈延〉のみ。前項・義澄の男。「三草勢揃」では搦手㊿。巻九―一九七頁。巻十「範頼西国下向」に名が見える点は義澄と同様。㊵**（和田）次郎義茂**　ここでは〈延〉のみ。三浦義宗の男、㉓和田義盛の弟。「三草勢揃」では搦手(67)。巻九―一九七頁。なお、和田義茂は、頼朝の死去と前後して第一線を退き、名字地「高井」に居を移し、高井兵衛尉を称したとの説（高橋秀樹一八頁）もあるが、須藤聡は、『吾妻鏡』では寿永元年（一一八二）十二月七日条を最後にその活動がなぜか消えることと、『中条家本　三浦和田系図』の義茂に「寿永元年得□□□□落馬而死去」という朱書きが見られることから、義茂は寿永元年に死去したかとする。㊶**同四郎義胤**　三浦義宗の男、㉓和田義盛、㉔宗実の弟（『和田系図』続群六上―二四頁）。「三草勢揃」には見えず。㊷**大多和次郎義成**　ここでは〈延〉のみ。大多和義久（義明の男、義澄の弟）の男（『三浦系図』続群六上―一三頁）。「三草勢揃」には見えないが、巻十「範頼西国下向」には、範頼麾下の兵として載る。巻十―三九五頁。㊸**多々良五郎義春**　義明の男、義宗の弟。〈延・盛〉では、「逆櫓」場面で仲裁者として登場する。「三草勢揃」では搦手⑱。巻九―一九七頁。㊹**梶原平三景時**　桓武平氏鎌倉党。「三草勢揃」では、大手①。巻九―一七七頁。西海の合戦で梶原景時が義経麾下に属したのは、『平家物語』諸本では「逆櫓」の逸話からも明らかである。〈四〉がここで名を欠くのは、既に侍大将として名を特記しているためであろう。前掲「大夫判官義経は、梶原平三景時を侍大将軍として…」注解参照。㊺**同源太景季**　景時の長男。㊻**同平次景高**　景時の次男。㊼**同三郎景義**　景時の三男。「景義」は〈延〉の表記だが、〈盛〉は「景能」、〈南〉なし。但し、「逆櫓」場面の〈延〉七オや〈盛〉五八頁では「景茂」とあり、この方が一般的表記。「三草勢揃」では大手52「景家」。巻九―一七七頁。㊽**伊勢三郎能盛**　義経の郎等。〈延・長〉では、この後、義経と共に船出した五艘のうち、第四の船に乗ったとされる。「三草勢揃」でも、〈四〉では「能盛」の表記。搦手(71)。巻九―二〇六頁。㊾**（熊谷）小次郎直家**　㉕直実の男。「三草勢揃」では搦手⑬。巻九―二〇〇頁。㊿**小川太郎重成**　ここでは〈延〉のみ。未詳。⑧小河小太郎資義の一族か。あるいは、名寄せでは次に平山季重が続くことからすれば、その係累か。とすれば、『小河系図』

（『新編埼玉県史別編4』一二五〜一二七頁）に見る宗季の係累の一人か。㉛**片岡八郎為春**　義経の郎等。「三草勢揃」では搦手83（〈盛〉に登場）。巻九―二〇七頁。㉜**美尾野四郎**・㉝**同藤七**・㉞**二宇次郎**　ここでは〈延・松〉のみ。武蔵国三尾谷（三保谷。現埼玉県比企郡川島町）の住人か。「三草勢揃」には登場せず。「美尾野四郎」に類する名の武士は、諸本で屋島合戦の景清錣引場面に登場する。〈四〉では、「見尾屋四郎・同藤七・同十郎・信濃国住人木曽仲太」（一六六左）と、「見尾屋」一族の者達の名が記される。あるいは、〈延〉では、屋島合戦の義経配下の兵に、「武蔵国住人丹生屋十郎、同四郎、上野国住人ミヲノヤノ四郎」（二一ウ）とあり、〈覚〉には、「武蔵国の住人、みをの屋の四郎・同藤七・同十郎、上野国の住人丹生の四郎」（下―二七七頁）と、「丹生屋」と「みをの屋」の姓が入れ替わった形で名寄せが記される。に対して、『吾妻鏡』文治元年（一一八五）十月十七日条には、土佐坊に従って義経討伐のため襲撃した人物に、「水尾谷十郎」がいる。この「水尾谷十郎」と、〈四・覚〉が記す「〈見尾屋・みをの屋〉十郎」とは同一人物と考えてよいのかどうか。あるいは、〈延〉の「丹生屋十郎」も同一人物と考えて良いのだろうか。例えば、『吾妻鏡』文治二年六月十八日条によれば、平頼盛の死去に際し、弔慰の使者として「水尾谷藤七」が遣わされている。この人物は、〈四・延・覚〉等に見る「藤七」と同一人物と考えられ、頼朝配下の武士と考えられよう。とすれば、昌俊に従って上洛した「水尾谷十郎」とも無関係ではなく、同一親族の者と考えられる。いずれにしても、諸本間には、美尾野（見尾屋・ミヲノヤ・みをの屋・三穂屋等）と、丹生屋との混乱が見られることは確かである。とすれば、当該の「二宇次郎」も、「美尾屋十郎」、つまり「丹生屋十郎」が転訛した人名の可能性もあろう。㉟**木曽仲次**　ここでは〈延・南〉のみ。前項に見たように、錣引の場面に登場する「木曽仲太」と同人か。長村祥知②は、もとは義仲の被官で、義仲亡き後、在京のまま鎌倉軍に編制された可能性を指摘する（二六七頁）。㊱**武蔵房弁慶**　義経の郎等。「三草勢揃」では搦手77。巻九―二〇七頁。㊲**鎌田藤次光政**　ここでは〈盛1・2〉のみ。〈盛〉ではしばしば名を挙げられ、鎌田政清の子で兄藤太盛政と共に義経郎等の四天王の一人だったが屋島合戦で討たれたとして、佐藤継信と共に手厚く葬られたと描かれる（6―一二一～一二三頁）。(58)**渡部源五馬允昵**　以下、(60)忠信まで、〈盛2〉（逆櫓の後に義経に従った者の名寄。6―五九頁）にのみ見える者。渡辺（部）昵は渡辺党の武士で、壇浦合戦で入水した建礼門院を海から救い上げたとされる。〈延・盛〉の該当箇所では渡辺番の子とされる。(59)**佐藤三郎兵衛継信**(60)**四郎兵衛忠信**　佐藤兄弟は、藤原秀衡から遣わされた義経の郎等。義経の郎等は、名を挙げるまでもなく義経に従ったはずだが、〈盛2〉や以下に見る〈南〉では名を挙げている。〈四〉では、この後の屋島合戦に登場し、〈長・屋〉では、義経と共に船出した五艘のうちに乗った将としても名が見える。「三草勢揃」の搦手に登場。義経の手の郎等。巻九―二〇五～二〇六頁。(61)**同二郎親義**　ここでは〈松〉のみ。③義定に続いて記される。〈尊卑〉（三―三四八頁）に義定の兄弟に親義はいない。親族に岡田冠者親義（〈尊卑〉三―三五三頁）がいるが関係未詳。(62)**（三浦）四郎義胤**　ここでは〈松〉のみ。㉓和田義盛㉔宗実に続けて記される。義盛の弟に「義胤〈和田四郎〉」（続群六上―二四頁）。(63)**糟屋藤次有季**　ここでは〈松〉のみ。糟屋藤太が一般的呼称。『糟谷系図』によれば、盛久の孫、糟屋荘司久綱の子（続群六下―一一六頁）。別本では、盛久の子（続群六下―一一八頁）。宇治川橋桁渡りの一人。本全釈巻九―五〇頁。(64)**山名三郎義行**　ここでは〈松・南〉のみが挙げる人名。「山名三郎義行」の名は、〈覚〉の「三草勢揃」に、大手範頼麾下、侍大将の前に記されていた。〈四〉では大手の武士の中に「山名小次郎則義」が見えていた。「三草勢揃」大手⑪義範㉙義行、巻九―一七九～一八〇頁。(65)**浅利余一義盛**　ここでは〈南〉のみ。諸本の壇浦合戦（遠矢）で活躍する。〈四〉では「阿佐里与一」の名で登場。「壇浦合戦（②遠矢）」参照。(66)**天野二郎直経**　ここでは〈南〉のみ。「三草勢揃」では搦手㉖、〈覚〉などに見えていた。巻九―二〇一頁。伊豆国住人の天野遠景ゆかりの者か。あるいは、天羽直常の訛伝か。巻九―二〇一頁。(67)**堀弥太郎親家**　以下(70)熊井太郎まで、〈松・南〉のみ。義経配下の武士。諸本の壇浦合戦に登場、飛騨三郎左衛門景経を討ち取る。名は「親経」とも。〈四〉では「堀弥太郎」。壇浦合戦（⑤宗盛生捕）参照。(68)**源八広綱**　義経の郎等。「内侍所都入」では、壇浦合戦報告の使者を務める。また、その後、「一門大路渡（②宗盛の悲哀）」では、江田源三・熊井太郎と共に、宗盛父子を預かって守護したと描かれる。また、土佐房昌尊の夜討の際、負傷したとされる。「三草勢揃」では搦手⑱。巻九―二〇七頁。⑲**枝源三**　義経の郎等、江田源三。前項参照。「三草勢揃」では搦手⑳。巻九―二〇八頁。⑳**熊井太郎**　義経の郎等。前々項参照。〈四〉では土佐房昌尊の夜討の際、討ち死にしたとされる。「三草勢揃」では搦手㉑。巻九―二〇八頁。

【引用研究文献】

＊菊池紳一「源平の争乱と武蔵武士―『平家物語』の世界―」（関幸彦編『武蔵武士団』吉川弘文館二〇一四・3）
＊佐々木紀一「溢れ源氏考証（上）」（米沢国語国文二九号、二〇〇〇・6）
＊鈴木彰「『平家物語』における合戦叙述の類型―屋島合戦の位置と〈壇ノ浦合戦〉の創出―」（中世文学と隣接諸学4『中世の軍記物語と歴史叙述』竹林舎二〇一一・4）
＊須藤聡「下野藤姓足利一族と清和源氏」（高橋修編『実像の中世武士団』高志書院二〇一〇・8）
＊高橋秀樹「越後和田氏の動向と中世家族の諸問題―名字・婚姻・養子聟―」（三浦一族研究一号、一九九七・5）
＊田中健二「鎌倉幕府の成立と展開」（『香川県史第二巻通史編中世』一九八九・3）
＊長村祥知①「在京を継続した東国武士」（高橋修編『実像の中世武士団』高志書院二〇一〇・8）
＊長村祥知②「治承・寿永内乱期の在京武士」（立命館文学六二四号、二〇一二・1）
＊野口実「武蔵武士団の形成」（『兵の時代―古代末期の東国社会―』横浜歴史博物館一九九八・10）
＊早川厚一「源平闘諍録考―巻立てから見た巻八下の読みについて―」（中世文学三一号、一九八六・5）
＊彦由一太「甲斐源氏と治承寿永争乱―『内乱過程に於ける甲斐源氏の史的評価』改題―」（日本史研究四三号、一九五九・7）
＊平田俊春『平家物語の批判的研究　中巻』（国書刊行会一九九〇・6）
＊目崎徳衛「鎌倉幕府草創期の吏僚について」（三浦古文化一五号、一九七四・5）

＊元木泰雄①『治承・寿永の内乱と平氏』（吉川弘文館二〇一三・4）
＊元木泰雄②『源義経』（吉川弘文館二〇〇七・2）

逆櫓

【原文】

梶原進ミ出逆櫓立[1]候ハヤ申セ大夫判官聞下之逆櫓何物リ梶原申馬懸ケン思ヘ懸ツ引カン思引ツ弓手ヘモ妻手ヘモ廻《ク》[2]シ安キ物候船急難キ還[3]シトモ物候ヘ艫《ヘ》方モ立梠候ハヤ申セ大夫判官此事聞不シ聞候▽一五一左軍申物一引モ不マシ引ク約束シタニモ便宜悪シケレ有引事[4]一自本為二逃儲何《ナ》可吉カル言[5]人々嗚借リケレ恐梶原高ク不レ咲《ラ》判官言殿原船逆梠立下ヘ百町モ千町モ義経船不可立一町モ言梶原承申吉大将軍申シ候可懸之処懸ケ可引之処引キ全シ我身以亡敵為《スレ》吉トハ片[6]趣ムキ猪鹿武者吉不為セ申セ▽一五二右判官気色替リ下弁慶等候二御前依主御気色各々色共替而和田畠山被ケレ有合無別子細判官被仰不知猪鹿軍勝ソ心地吉キ言ヘ皆人入レ興梶原無本意気思船共修理[7]シカラ早ク仕《ツカマ》[8]モ被ケレ仰水取梶取共向風[9]候過普通候ヘ洋《キ》今少シ荒ソ候申[10]セ判官瞋リ向[11]レヒ▽一五二左風出レセ船中サコソ僻事ナラメ追ヒ手不シ出船申コソ不思議ナレ百千一ツモ敵船渡告タラモ源氏已渡ル平家モ可不用意[12]歟入[13]火業入レモ水業言ヘ伊勢三郎義盛進[14]一出差[15]シ二咬《ハケ》片手矢中ヤ矢[16]《シ》死ヌヘキカ出[17]レ《キカ》船ナ云ヘ水取梶取聞之無益只出セ百五十艘船中只出シ五艘ソ梶原

留レ爾留リシ恐風留リシ人不出ネ▽一五三右敵向ヘ前不可留ル引レ帆《ホ》[18]ヲ走ラ篝リモ多不可有義経船守レ舳艫《トモ》[19]篝大[20]〔火〕太多有ラ大勢渡[21]ル

思ハントソ言爾押シ渡[22]レ可[23]キ着三ケ日一渡リ只三時コソ渡タレ丑剋立二河尻安《リア》麻崎《マカサキ》卯刻馳付阿波国鉢《ハチ》麻浦ソ

【釈文】

梶原進み出でて、「逆櫓を立て[1]候はばや」と申せば、大夫判官之《これ》を聞きたまひて、「逆櫓とは何物ぞ(り)」。梶原申しけるは、「馬は懸けんと思へば懸けつつ、引かんと思へば引きつつ、弓手へも妻手《めて》へも[2]廻《めぐ》らし安き物にて候ふ。船は急《きつ》と[3]還さん(し)とも難き物に候へば、艫《へ》の方にも櫓《ろ》を立て候はばや」と申せば、大夫判官、「此の事、聞くとも聞き候はじ。▽一五一左軍と申す物は、『一引きも引くまじ』と約束したるだにも、便宜悪しければ[4]引く事有り。本より逃げ儲け為《し》たらんには、何《なに》かは吉《よ》かるべき」と[5]言《のたま》へば、人々嗚《を》借《か》しかりけれども、梶原に恐れて高くは咲《わら》はず。判官言《のたま》ひけるは、「殿原の船には逆櫓を百町も千町も立てたまへ。義経が船には一町も立つべからず」と言《のたま》へば、梶原承りて申しけるは、「吉き大将軍と申し候ふは、懸くべき処をば懸け、引くべき処をば引き、我が身を全《まった》うして敵を亡ぼすを以て、吉《よ》しとは為《す》れば、[6]片趣《かたおもムキ》なるをば、猪鹿武者と▽一五二右て吉きには為《せ》ず」と申せば、判官気色替はりたまひぬ。弁慶等も御前に候ひけるが、主の御気色に依りて、各々色共を替へけり。而れども和田・畠山、有り合はせられければ、別の子細無かりけり。判官仰せられけるは、「猪鹿は知らず、軍は勝ちたるぞ心地《ここち》吉《よ》き」と言《のたま》へば、皆人興に入りけり。梶原は本意無気に思ひけり。

「船共を修理[7]したらば、早く[8]仕《ツカマつ》れ」と仰せられければ、水取・梶取共、「[9]向かひ風に候ふ。普通には過ぎて候へば、洋《おき》は今少し荒れてぞ候ふらん」と[10]申せば、判官瞋りて、▽一五二左「『[11]風に向かひて船を出ださせ』と申さばこそ僻事ならめ、『追ひ手に船を出ださじ』と申すこそ不思議なれ。百千に一つも、敵に船の渡らんを告げたらば、『源氏已に渡る』とて、平家も用意せ[12]ざるべきか。火に[13]入らんも業、水に入らんも業」と言へば、伊勢三郎義盛[14]進み出でて、片手矢[15]差し咬《ハ》げて、「矢に中《あた》りてや[16]死《シ》ぬべきか、[17]船出《ふなで》すべきか」と云へば、水取・梶取之《これ》を聞きて、「益無し。只出だせ」とて、百五十艘の船の中、只五艘ぞ出だしける。「梶原留まれば爾て留まりしか、風を恐れて留まりしか。人の出で▽一五三右ねばとて、敵に向かふ前《まへ》に留まるべからず。[18]帆《ホ》を引きて走らば、篝《かがり》も多く有るべからず。義経が船の[19]舳艫《トモヘ》の篝を守れ。[20]火太多《あまた》有らば、大勢[21]渡ると思はん」とぞ言《のたま》ひける。爾ても押し[22]渡れば、三ヶ日にて[23]着くべき渡りを、只三時にこそ渡りたれ。丑剋に河尻《かはじり》・安《ア》麻崎《マガサキ》を立ちて、卯刻には阿波国鉢麻《ハチま》の浦にぞ馳せ付きにける。

【校異・訓読】1〈底・昭〉「立」を小書き。〈書〉通常表記。2〈昭〉「廻《ラシ》」。3〈底・昭〉「還《シトモ》」。「シ」は「ン」の誤りと見た。4〈昭〉「引《ク》」。5〈昭〉「言《ヘ》」。6〈昭〉「行趣《ムキ》」、〈書〉「行趣」。7〈昭〉「修理《シヤラ》」。8〈底〉「仕《ツカニ》《モ》」にも見える。〈昭〉「仕《ツカニ》レ」。9〈昭〉「向レ風」。10〈昭〉「申」。11〈昭〉「向《ヒ》風」。12〈昭〉「不《ル》」。13〈昭〉「入《モ》レ」。14〈昭〉「進」。15〈昭〉「差《シ》二咬《ハテ》」。16〈昭〉「死《シ》ヌヘキヤ」。17〈昭〉「出レ《ヘキカ》」。18〈昭〉「帆《ホ》《ラ》」。19〈底・昭〉「舳艫《トモ》」。振仮名「トモ」は、「舳」「艫」二字の中央にあり。20〈底・昭〉「大」の右に傍書「火」。誤記訂正と見た。〈書〉「火」通常表記。21〈昭〉「渡」。22〈昭〉「渡」。23〈昭〉「可着二」。

【注解】〇梶原進み出でて　〈四〉は、前段を義経勢の名寄せで終わっており、本段の始まりは唐突な形である。前段から続けて読めば、二月十八日に渡辺に下向し、直ちに船出しようとしたが嵐に遭って一日逗留している時のことであるはずだが、わかりにくい。諸本のように、渡航前に軍評定をしたという場面設定があるべきだろう。〈四〉も同様の設定であるはずだが、略述か。記事構成として、嵐による船出延期の後に逆櫓論議を置く点は、〈南・屋・覚・中〉

も同様。〈延・長・盛・松〉では嵐による延期の前に逆櫓論議を置く（前段「範頼・義経西国発向」の、「大風俄かに吹き来たりければ…」注解参照）。軍評定の場は、〈延・盛〉では、大物浜（大物浦。現兵庫県尼崎市大物町東半分と杭瀬南新町西半分の地域。浅瀬の多い尼崎沖の中でかなりの大型船が入港できる入江が大物浦。〈角川地名・兵庫県〉八六二頁）。一方、〈屋・覚・中〉は渡辺で評定があったとする。〈長・松・南〉では、渡辺・神崎で船揃をしていたとして軍評定の記事に移り、評定が、渡辺（現大阪市内）と神崎（現尼崎市内。武庫平野東部、神崎川・藻川・猪名川の合流付近に位置する。河口に州や島が形成されると、港津としてのにぎわいを下流の梶島や杭瀬・大物などに奪われた。〈角川地名・兵庫県〉四七二～四七三頁）のいずれでなされたのかはわかりにくいが、船出の記事から見て渡辺と読むのが穏当（本段末尾「丑剋に河尻・安麻崎を立ちて」注解参照）。〈四〉の場合、本段末尾に「河尻《リ》安《ア》麻崎《マカサキ》」を発ったとあるので、〈延・盛〉同様、大物浜とするようである（河尻は神崎川河尻の意で、現在の尼崎市今福一～二丁目・杭瀬寺島一～二丁目あたり。当時の尼崎は大物の南に位置していた。〈角川地名・兵庫県〉四六二頁）。なお、『吾妻鏡』に逆櫓論議の記載はないが、阿波に向かった際の出港地は「渡部」（文治元年二月十八日条）。また、〈四・延・盛〉では、この前に義経が渡辺に下向したとの記事があり（前段「義経・範頼西国発向」冒頭参照）、渡辺から、いつ大物浜に移ったのか不明で、文脈に問題を抱えている。なお、頼朝と義経との確執の因を記す巻十二の記事では、〈延〉は「渡辺、神崎両所ニテ舟ゾロノ時、舟共ニ逆櫓ヲ立ム、タテジト、梶原ト判官ト口論セシ時」（一四オ）と記すのに対し、〈長・盛・屋・覚・中〉は、「これは去春わたなべにて合戦の評定しけるに」（〈長〉5―一五九頁）とする。〈四・南〉は当該記事不記。なお、梶原景時が義経勢に加わっていることについては、前段の「大夫判官義経は、梶原平三景時を侍大将軍として…」注解参照。　**○逆櫓を立て候はばや**　梶原が「逆櫓」の提案をする点は諸本同様。「逆櫓」は、通常船尾（艫）に設置して漕ぐ櫓を船首（舳）にも設置することをいうようである。『日葡辞書』に、「Sacaro　船を後ろの方へ進めるために、反対に取り付けた櫓。ただ一回だけ Feiqe（平家）の中にこの語が使われている」（『邦訳日葡辞書』五四六頁)とある。『日葡辞書』は『平家物語』に拠った記述だが、『太平記』巻十七、同巻二十二にも例があることを指摘している。そのうち、『太平記』巻二十二「義助朝臣病死事付鞆軍事」の例は、「伊予・土佐ノ舟ハ皆小舟ナレバ、逆櫓ヲ立テ縦横ニ相当ル」(旧大系2—三八二頁)と見えるもの。この例によれば、「逆櫓」は実際に船戦で用いられたこともあったかと見られるが、未詳。なお、「逆櫓」の語は、「逆櫓おす立石崎の白波は悪しきしほにもかゝりけるかな」(『聞書集』雑歌・一九六)のようにも用いられるが、これは前後に櫓を付けた逆櫓の意ではなく、「櫓を押すのに逆らって、水勢・波が櫓を押し戻すこと」(『角川古語大辞典』)、あるいは、「転覆を避けるため逆に櫓を押す漕ぎ方か」(『和歌文学大系　山家集／聞書集／残集』)などといわれる。また、逆櫓論争事件の史実性は不明。〈評講〉(下—一三四四頁)は、「義経と景時との間に意見の衝突はあり得た」と見るが、〈全注釈〉(下一—四二二頁)は、「多分に虚構を含んだものであることは動かしがたい」と見る。上横手雅敬は、義経と景時の対立がこの頃から始まったという時期的設定は正しいとする(三一六〜三一七頁)。佐藤和夫は、逆櫓は「珍案」であり、「景時がこんな提案をするはずもな」いとする(八六頁)。但し、佐藤は一方で、「惣追捕使・守護としての梶原氏の権力基盤が、梶原水軍を成立せしめた」(一五七頁)とも想定しており、そうした想定に立つとすれば、水軍の指揮をめぐって義経と景時が対立すること自体はあり得たと考えられようか。山本幸司はタキトゥス『年代記』に見えるゲルマニアの例から逆櫓の現実性を考えつつ(一四六頁)、佐藤和夫の研究によって、梶原氏と水軍の関係が古代末期までさかのぼるとすれば、東国武者の景時が逆櫓についての知識を持っていたことも説明できるとする(一九四頁)。一方、川合康は、「播磨国惣追捕使として現地に赴いていた梶原景時は、当時、範頼軍と協力関係にあったと考えられ、義経軍には参加していなかったと判断される。おそらくは渡海前の義経と高階泰経のやり取りなどが、のちに義経と景時の対立を象徴的に示す逆櫓論争として説話化されたものと推測されよう」(一六九頁)とする。**〇馬は懸けんと思へば懸けつつ、引かんと思へば引きつつ…**　〈延・盛〉は、義経の「逆櫓トハナンゾ」(〈延〉五ウ)の問いに対して、景時が、①

「船ノ舳ノ方向テ、又櫓ヲ立候也」（〈延〉）と直答し、その後に②「其故ハ…」と逆櫓がなぜ必要なのかを答える形。に対して、〈四・松・南・屋・覚・中〉は、②①の順。なお、〈南〉「馬ハカケント思バユンデヘモメテヘモマハシ安シ」（八一八頁）は、〈覚〉も同様だが、「引く」を欠く。しかし、逆櫓の主な問題は引くことだろうから、「引かんと思へば引く」は、ある方がわかりやすい。　**○船は急と還さんとも難き物に候へば**　【校異・訓読】3参照。送り仮名は不審だが、〈覚〉「舟はきッとをしもどすが大事候」（下―二六一頁）のように、船は急に引き返すことが難しい意であろう。諸本基本的に同様。　**○艫の方にも梠を立て候はばや**　「艫」に「へ」の振仮名があるが、「艫」は一般に「トモ」即ち船尾の意である。しかし、「トモ」（船尾）に櫓を立てるのは当たり前のことで、「トモの方にも櫓を立て候はばや」では意味をなさない。〈名義抄〉には、「舳　へ　トモ」「艫　トモ　へ」（仏下本二）とあるように、「艫」「舳」とも、「トモ」「へ」いずれにも用いたものか。〈四〉はこの後、「舳艫」二字の中央に「トモ」の振仮名を付してもいる（【校異・訓読】19参照）。〈四〉本段では、「艫」を「へ」と訓み、船首の意味で用いていると解すべきであろう。なお、「梠」は、『大漢和辞典』では「ひさしの端の横木」とするが、〈四〉は「櫓」の意味で用いている。　**○此の事、聞くとも聞き候はじ**　義経が梶原の発言を否定する点は諸本同様。該当の表現は、〈盛〉「逆櫓ト云事聞トモ聞ジ」（6―五七頁）、〈延〉「名字ヲダニモ聞タカラズ」（六オ）などがあるが、もう少し問答を経た後に置かれている。これに類する表現は、〈覚〉巻六「祇園女御」に、邦綱が「斑竹湘浦」の朗詠を禁忌であるとして、「かゝる事聞くとも聞かじ」（上―三五九頁）と言って逃げ出したという例がある（〈四〉の該当部は「斯かる事を聞かじ」。全釈巻六―一五〇頁）。あるいは『平治物語』一類本には、信頼を嘲笑する場面に、信頼の名は、源頼光の弟頼信の名を逆転させた名なのに、なぜあれ程臆病なのかとの問いに、ある人が「壁に耳、石に口といふ事あり。聞くともきかじ」（新大系一七二頁）と答えたとする。聞きたくもない、聞かなかったことにしたいの意。　**○軍と申す物は、『一引きも引くまじ』と約束したるだにも、便宜悪しければ引く事有り**　諸本基本的に同様。「一引きも引かず」は、「熊谷父子は、一引きも引かざりけり」（全釈巻九—二六四頁）のように、慣用的な表現。〈覚〉巻九「一二之懸」の「季重におゐてはひッとひきもひくまじひ物を」（下—一五四頁）は、独り言で自らに誓う言葉。「便宜悪しければ」に該当する語は、〈長〉「びんぎにしたがへば」（5—七八頁）、〈覚〉「あはひあしければ」（下—二六一頁）など。その場の形勢が悪ければ、の意。　**○本より逃げ儲け為たらんには、何かは吉かるべき**　諸本基本的に同様。「逃げ儲け」は〈松・南・覚〉同、〈延・長・屋〉「逃支度」も同義。〈盛〉は双方の語あり。最初から逃げる準備をしていては、まともに戦えない意。**○人々鳴借しかりけれども、梶原に恐れて高くは咲はず**　人々が笑ったという記述は、〈延・長・盛・南・覚〉にあり、〈松・屋〉なし。また、笑ったのは、〈盛・南〉では、義経の「和殿ガ大将軍承タラン時ハ逃儲シテ百挺千挺ノ逆櫓ヲモ立給ヘ」（〈盛〉6—五七頁）云々の言葉の後、〈覚〉では「猪のしゝ、鹿のしゝは知らず」（下—二六二頁）の後。〈長〉ではその二つの言葉が続いた後。〈延〉では、さらにそれらの後で、意見を求められた畠山重忠が義経寄りの発言をした後である。〈四〉では、笑いの前に、さほど滑稽味を帯びた言葉がない。なお、高くは笑わなかったとする点は、〈延・南・覚〉も同様だが、〈長・盛〉は〈長〉「満座とよみて皤笑けり」（七八頁）、〈盛〉「一度ニド、笑フ」（五七頁）とする。　**○殿原の船には逆櫓を百町も千町も立てたまへ。義経が船には一町も立つべからず**　義経の発言。諸本基本的に同様。「百町・千町」は、〈長・盛・南・屋・覚〉も同様だが、「町」の表記は〈盛〉「挺」、〈南〉「張」、〈屋〉「廷」（〈長・覚〉は仮名書）。〈延〉「千帳・万帳」。〈日国大〉が、「鋤・槍・銃・艪・墨・蝋燭・三味線など、細長い器具の類を数えるのに用いる」とする「挺・梃・丁」が一般的な用字であり、〈四〉の「町」は当て字というべきだろう。　**○吉き大将軍と申し候ふは、懸くべき処をば懸け、引くべき処をば引き…**　梶原の発言。本項の類句は、〈松・長・南・覚〉にあり。〈長〉「武者の能と申は、かくべき所をばかけ、ひくべきところをばひき候こそよきと申候へ」（5—七八頁）。一方、〈屋・中〉は、「余リニ大将軍ノ可レ懸処可レ引所ヲ知ラセ給ハヌヲバ猪武者ト申テ…」（〈屋〉七四六頁）云々と、類句を否定的な形で引く（この否定的な表現は〈長〉にも見られる）。〈延・盛〉は類句がなく、〈屋・中〉に類似する文脈で、〈延〉「向敵ヲ皆打取テ、命ノ失ヲ不顧、当リヲ破ル兵ヲバ、猪武者トテアブナキ事ニテ候」（〈延〉六オ）のように、「猪武者」を形容する。

○我が身を全うして敵を亡ぼすを以て、吉しとは為れば　〈延・盛・松・南・覚・中〉に類句あり。〈南・覚〉では前項に続いており、〈四〉と類似。〈長・屋〉なし。〈盛〉では、この後、猪武者発言を咎められた場面でも、景時が「イカニモ身ヲ全シテ平家ヲ亡スベキ謀ヲ申景時ニ…」（6―五七～五八頁）と述べる。なお、「身ヲ全シテ敵ヲ亡」は、後代の資料ながら、『太平記評判秘伝理尽鈔』巻三三に、「味方ヲ不レ損、身ヲ全シテ敵ヲ亡ヲ以テ善謀トスルナメリ」と見える。また、この句にやや類似する「身を全して君に仕」（〈覚〉上―七頁）の句が、諸本の巻一「殿上闇打」該当部に見える（〈四〉はこの句なし）。この典拠は『雲州往来』が挙げられるが、はっきりしない。なお、〈四〉巻七「真守最期」には、〈四〉の独自異文として「生きて罷り返らじ」と言う実盛に対し、宗盛が、次のように問い返す言葉は、当該の景時の言葉に近い。「軍に先を懸くる者の法は、事に依り躰に随ひて進退す。勇士の賢き習ひは、相ひ構へて身を全くし、命を救けて、此の御有様を見るべし」（本全釈巻七―一〇七頁）。また、〈長〉では本段後半該当部で、強風の中の船出を強いられた水手梶取が「身をまたうしてきみにつかへよと申事こそ候へ」（5―七九頁）と言ったとし、〈闘〉では同様の句が、巻八下の生田森合戦で、景時の言葉として所見（一三オ）。なお、山本幸司は、『吾妻鏡』元暦二年正月六日条や、『渋柿』に引かれる頼朝書状などによって、当時の武士が暴勇に走るのみではなく、慎重な配慮を重視したと指摘し、逆櫓論争に見える景時の態度も、そうした常識に近いものであったと見る（一四五頁）。

○片趣なるをば、猪鹿武者とて吉きには為ず　〈南・覚〉ほぼ同。「片趣」の語は、ここでは〈延・長・盛・松・屋・中〉には見えない。〈松〉「片向」（五頁）。「片趣」は、「一方にだけ心を寄せて、他を顧みないこと」（〈日国大〉）。この後の半井本『保元物語』に引く「片顔無し」とほぼ同様の意で、「猪武者」の形容として記される。「猪鹿武者」は、「いのししむしゃ」と訓むか。〈延・盛・松・南・屋〉「猪武者」、〈長〉「いのしゝ、武者」、〈覚〉「猪のしゝ、武者」、〈中〉「いのしゝ、むしや」。この後の義経の発言「猪鹿は知らず」は、「いのしし・かのししは知らず」と訓むのだろうから、ここでは「猪武者」とある方がわかりやすい。「鹿」は衍字か。何を指して「猪武者」というかについては、〈長・松・南・屋・覚・中〉では前掲のように「懸くべき処をば懸け、引くべき処をば引き…」、あるいは「我が身を全うして敵を亡ぼす」といった心得を持たない者、〈延・盛〉では前々項に見たように、敵を片端からすべて討ち取ろうとして、自分の安全を考えないような者としている。概ね同内容といえよう。なお、「猪武者」の用例としては、半井本『保元物語』巻中の、山田小三郎是行を評した、「限モナク甲ノ者、ソバヒラ見ズノ猪武者、方カヲナキ若者」（新大系四九～五〇頁）や、〈延〉「前左兵衛尉長谷部信連トテ、天下第一ノ甲ノ者、ソバヒラミズノ猪武者アリ」（巻四―一七オ）、〈延〉「殊ニ景廉ハクラキリナキ甲ノ者、ソバヒラミズノ猪武者ニテ有ケルガ」（巻五―五〇オ）などがある。 **○弁慶等も御前に候ひけるが、主の御気色に依りて、各々色共を替へけり** 逆櫓論議から、義経・梶原双方が血相を変え、同士討ち寸前の対立に展開したとする記述は、本段では他に〈延・盛〉にあり。〈延・盛〉では、景時の「猪武者」発言に怒った義経が、「景時取テ引落セ」（〈延〉六ウ）と郎等に命じ、梶原も身構えたが、三浦や畠山の仲裁によって事なきを得たとする。但し、〈四〉は義経の郎等として「弁慶等」とするが、〈延・盛〉は、伊勢三郎義盛と片岡八郎為春の名を加える。一方、〈長・松・南・屋・覚〉の場合、本段ではそこまでの展開はないが、壇浦合戦直前に、梶原が先陣を所望したが義経がこれを拒否したことによる対立の記事に、類似の場面が見られる。〈四〉は、〈延・盛〉に近似する本文に拠りつつ、略述したものか。 **○而れども和田・畠山、有り合はせられければ、別の子細無かりけり** 和田義盛や畠山重忠といった有力武士がその場に居合わせ、仲裁したので、大事に至らなかった意であろう。「有り合はせられければ」の語は他本になし。その場に居合わせる意であろう。真名本『曽我物語』巻四に、「筥王は合二て友の僧一に在二合ける座席一に人々を追二てソ次第一を問ける」（貴重古典籍・七六頁）の例がある。〈延・盛〉では、三浦義澄が義経を、畠山重忠が景時を、土肥実平が景季を、多々良五郎義春が（景茂〈延〉）または景高（〈盛〉）を抱き留めたとする。〈延〉では、畠山は、その前に、義経に意見を求められ、義経寄りの発言をしてもいる。また、〈長・南・

屋・覚・中〉の壇浦先陣争い場面（前項注解参照）では、義経を三浦義澄が、景時を土肥実平が留めたとする。〈松〉では、義経を実平と義澄が留めたとする。〈四〉の場合、和田義盛は前段の名寄に見えていたが（対照表㉓）、畠山重忠は見えていなかった（対照表㊱）。また、三浦義澄は〈盛〉の名寄には欠けていた（対照表㊳）。さらに、前段注解にも見たように、和田義盛や三浦義澄、土肥実平等は、範頼と共に西下していたはずで、実際には義経と行動を共にしていたとは考えられない。〈長・南・屋・覚・中〉の壇ノ浦先陣争い場面も含めて、この場面の人名は、仲裁役にふさわしい有力な武士の名を適宜挙げたものであり、これらの人物の実際の動向とは無関係であるといえよう。　**○猪鹿は知らず**　「猪鹿」は〈盛・松・南・屋〉同様。〈長〉「かのしゝ猪」（七八頁）、〈覚〉「猪のしゝ、鹿のしゝ」（二六二頁）、〈中〉「ゐのしゝ・かのしゝ」（一三五頁）。〈延〉「イサ猪ノ事ハ不知ニ」（六オ）。「いのしし・かのしし」と訓むのだろう。前掲「片趣なるをば、猪鹿武者とて吉きには為ず」注解参照。梶原の発言に対して、「猪だか鹿だか知らないが」と、嘲ったもの。次段「勝浦合戦」の「吉し、何家にても有れ」も、やや類似する言葉遊びと言えよう。　**○軍は勝ちたるぞ心地吉き**　〈盛〉「義経ハ只敵ニ打勝タルゾ心地ハヨキ」（6—五六頁）、〈松〉「軍ニハ様モナウ勝タルゾ心地ハ吉レ」（五頁）が比較的近いが、〈四〉は梶原への反論としてはわかりにくい。〈長・南・屋・覚・中〉は、〈覚〉「いくさは、たゞひら攻めに攻めてかッたるぞ心地はよき」（下—二六二頁）などの形。「ひら攻め」云々は、「防禦のことなど考えず、ただひたすら攻撃一辺倒で攻め勝つのが心地よい」の意か。〈延〉「ヤウモナク義経ハ敵ニ打勝タルゾ心地ハヨキ」（六オ）も同様であろう。　**○梶原は本意無気に思ひけり**　〈四〉はここで義経と梶原の争いに関する記述を打ち切る。〈長・南・屋・覚〉も、ここでは梶原の不満を記して終わる。〈長・南・屋・覚・中〉の場合、ここで、次のA・B・Cのいずれかを記して終わる形。

（A）梶原が「義経を大将軍としては、いくさはできない」とつぶやいた。

（B）義経と梶原の同士討ちがあるのではないかと見えた。

（C）梶原はそれから義経を憎み始め、ついに讒言して失った。

〈長・中〉はAC、〈南〉はABC、〈屋〉はA、〈覚〉はBである。〈長・南・屋・覚・中〉は、屋島合戦の後、梶原勢が遅れて到着し、「会にあはぬ花」と笑われたと描かれ、さらに義経と梶原が壇浦合戦の先陣争いを展開する（前掲「弁慶等も御前に候ひけるが…」注解参照）。〈南・屋・覚・中〉はその先陣争い記事を右のCでしめくくる（〈南〉は本段と重複するが、壇浦合戦の先陣争い記事冒頭には、「其日判官ト梶原ト既ニ又ドシ軍セントスル事アリケリ」と、重複を意識した書きぶりを見せる。八五六頁）。〈全注釈〉（下一―四二一頁）は、「語りもの系」（右では〈屋・覚・中〉に該当）について、逆櫓の場面には景時が義経を恨んだとの記述はなく、壇浦合戦の先陣争い場面に右記Cを記すものの、巻十一で頼朝義経不和を記す場面では、逆櫓論争を遺恨の始まりとしているという齟齬を指摘し、「読みもの系」の形を本来とする。いずれにせよ、〈長・南・屋・覚・中〉が、この後も梶原は義経麾下にあったとしているのに対して、〈延・松〉は、「梶原ハナヲ鬱ヲ含テ、判官ノ手ニ付テ軍セジトテ、参川守ニ付テ長門国ヘゾ渡ニケル」（〈延〉七ウ）として、梶原は義経勢から離脱したとする。〈盛〉も、義経勢の名寄の後に同様の文あり（6―五九～六〇頁）。但し、〈延〉はこの後、梶原が義経と行動を共にしたように描く記事がないが、〈盛〉は巻四三に梶原屋島遅着の記事があり（6―一四一頁）、齟齬を見せる。〈四〉の場合、ここで梶原の義経勢離脱を描くわけではなく、屋島遅着も記すので（「田内左衛門生捕」末尾）、梶原は引き続き義経麾下にあったことになるが、義経と梶原の先陣争い記事はなく、巻十一では、両者の対立の記事はここで終わることになる。故に、〈四〉は、義経と景時との対立関係を語るという点では、諸本中最も稀薄であるといえる（鈴木則郎三六頁）。だが、巻十二の義経・頼朝不快記事では、両者の対立の原因は梶原の讒言にあったとするので（但し逆櫓がきっかけとは記さない）、右記〈長・南・屋・覚・中〉のC記事に見るような認識は基本的に共有している。

○船共を修理したらば、早く仕れ　義経が水手・梶取に言った言葉だが、逆櫓論議の後、突然の発言で、これも唐突。前段「義経・範頼西国発向」に、「大風俄かに吹き来たりければ、船共散々に打ち損じける間、修理の為に今日は逗留す」とあったのを受ける。該当部の注解に見たように、〈四〉及び〈南・屋・覚・中〉では、逆櫓論議の前にこの嵐を記すが、〈延・長・盛・松〉では、逆櫓論議を終えて船出しようとしたところ、嵐に遭ったと描く。〈南・屋・覚・中〉では、逆櫓論議の後、夜になってから、義経は酒宴の用意をするように見せて、「とく〳〵つかまつれ」（〈覚〉下―二六二頁）と命じたという。風向きなどに関する詳しい記述はなく、この後、義経と水手・梶取の会話で触れる形。一方、〈延〉では、十六日に激しい北風が吹き、一度は南を指して船出したが、南風が激しく吹いてきて船が破損、南風は三日間やまず、三日目の寅の刻には一転して北風が激しくなったが、その中を「二月十八日寅時計」（八ウ）に船出したとする。〈長・盛・松〉では、十六日に南風が激しく吹いて船が破損し、十七日の寅の刻には一転して北風が激しく吹いたが、その中を船出したとする。激しい風の中で船出を命ずる際、「トク〳〵此舟共出セ」（〈延〉八オ）に類する言葉は諸本に見られる。**○向かひ風に候ふ。普通には過ぎて候へば、洋は今少し荒れてぞ候ふらん**　「向かひ風に候ふ」は、【校異・訓読】9に引いたように、〈昭〉によれば「風に向かひて候ふ」と訓めるが、いずれにせよ、向かい風の意味になろう。しかし、向かい風が吹いていたとするのでは、この後の義経の言葉「『風に向かひて船を出だせ』と申さばこそ僻事ならめ、『追ひ手に船を出ださじ』と申すこそ不思議なれ」が、意味をなさない。前項に見たように、〈延・長・盛・松〉では風向きに関する説明が地の文で明確になされる。一方、〈南・屋・覚・中〉では、〈四〉と同様、義経と水手・梶取の会話によって風の様子を説明するが、とりわけ〈覚〉「此風はおい手にて候へども、普通に過ぎたる風で候。奥はさぞ吹いて候らん」（下―二六二頁）が、〈四〉に近い。〈南〉も〈覚〉に近いが、「奥はさぞ…」以下を欠く。〈屋〉「風ハ鎮テ候へ共、奥ハ猶勁ウゾ候ラン」（七四七頁）。〈四〉は〈覚〉に近い本文に基づきつつ誤って生じた本文か。**○『風に向かひて船を出だせ』と申さばこそ僻事ならめ、『追ひ手に船を出ださじ』と申すこそ不思議なれ**　義経の言葉。「向かい風の中で船を出せというのなら無理な話だが、強風とはいえ、順風なのに、船を出さないというのはおかしな話だ」の意。同様の言葉は、〈延・盛・松・南・覚〉に見られる。〈長・屋・中〉はこれを欠き、〈長〉は、①「どこで死ぬのも前世の宿業次第である」（次々項注解参照）、②「こうした時に渡ってこそ攻撃の効果がある」、③「義経の命令に従わない者は朝敵である」といった内容を述べる。〈屋・中〉は①③があり、②を欠く。順風の強調は、この後、驚異的な速度の四国到着に結びつくので、物語の文脈上は効果的なものといえよう。　**○百千に一つも、敵に船の渡らんを告げたらば、『源氏已に渡る』とて、平家も用意せざるべきか**　他本に類句が見られず、訓読と解釈が難しい。掲出のように読めば、「万一、私達の行動を敵に通報する者があれば、『源氏が攻めてきた』というので、平家も戦う準備をするだろう」の意となろう。他に、「百千に一つも敵の船の渡らんや。『源氏已に渡る』と告げたらば、平家も用意せざるべきか」などと読み、「これほどの大風ならば、海上には敵の船がいないだろうが、（敵の船がいる時に渡ると）『源氏が攻めてきた』と通報され、平家に準備を整えられる恐れがある」といった意味に読むこともできようか。敵の油断を突くためには、荒天こそ好機であるという趣旨の言葉は、〈延・盛〉では、「其上、日ヨリモヨク海上モ静ナラバ、『今日コソ源氏渡ラメ』トテ、平家用心ヲモシ勢ヲモソロエテ待ム所ヘ渡付テハ、是程ノ小勢ニテハ争カ渡ルベキ。『カヽル大風ニハヨモ渡ラジ。船モ通ハジ』ナムド思テ、平家不寄思□所ヘスルリト渡テコソ、敵ヲハ打ムズレ」（〈延〉八オ～八ウ）と詳しい。〈長・南・覚〉にも、より簡略だが、同趣旨の言葉がある（〈南・覚〉では船出の後）。　**○火に入らんも業、水に入らんも業**　〈延〉「火ニ入モ業、水ニ溺モ業ト云事ノアルゾ」（八ウ）が近い。〈長〉「野のすゑ山のおくにてしぬるも、海河に入て死も、しかしながらせんぜの宿業也」（5—七九頁）。〈屋・覚・中〉も〈長〉に近い。〈四・延〉の場合、「火の中で焼け死ぬのも、水の中でおぼれ死ぬのも、前世からの宿業なので、結局は避けられないことだ」といった意であろう。類例未詳。　**○伊勢三郎義盛進み出でて**　水手・梶取を脅した人物として伊勢三郎を挙げる点は、〈延・長・盛・松・南〉同。〈覚〉は伊勢三郎の他に佐藤嗣信を挙げる。〈屋〉は佐藤兄弟と弁慶を挙げて、伊勢三郎を挙げないが、〈中〉は、伊勢三郎を含め四名の名を記す。　**○百五十艘の船の中、只五艘ぞ出だしける**　「百五十艘」は〈延・長〉同、〈南・屋・覚・中〉

「二百余艘」、〈盛〉「数千艘」、〈松〉「数百艘」。一方、「五艘」は諸本同様で、〈延・長・盛・松・南・屋・覚・中〉は各々の船に乗った将の名も記す（左掲一覧表※）。『吾妻鏡』元暦二年二月十八日条にも、義経が「舟五艘」を出したとあり、同二十二日条には、梶原率いる部隊が「百四十余艘」で遅れて到着したとある。従って総数はおおよそ百五十艘だったことになる。〈長〉は「ほうぐわんのせい六千余騎が船百五十そうなり」（5―七九頁）とし、船五艘に「むねとのもの五十余人」が乗ったとする。〈盛〉は、五艘に馬や兵糧米、「下部・歩走リ」なども乗せたので、「一百余騎ニハ過ズ」（6―六九頁）とする。また、次段では、〈四〉は、五艘の船に馬・物を積み、調《ひた》甲五十騎程が乗っていたとし、〈延〉は「船五艘ニ兵五十余人、馬五十疋」（九オ）が乗っていたとする。〈覚・中〉の記載もほぼそれに近い。また、『吾妻鏡』二月十八日条は、五艘に百五十余騎が乗っていたと読める。以上によれば、一艘あたり、十人から三十人、馬も十頭から三十頭、それに兵粮米や下部等を載せていたことになる。これらの兵や馬を運ぶためには、かなり大きな船が必要とされたと思われるが、石井謙治によれば、これらの船は、軍船として作られたものではなく、平時は荘園年貢などを輸送している内航用の荷船だろうという。その船は二つ以上の刳船《くりぶね》（丸木船）部材を継ぎ合わせて造った準構造船で、貨客を多く積むため、両舷にセガイと呼ぶ張り出しを設け、その上で水手が櫓を漕ぐように工夫されて

※他本に見える五艘の舟の武将名一覧表（注1　〈中〉「さねとも」）

	〈延〉	〈長〉	〈盛〉	〈松〉	〈南〉	〈屋・中〉	〈覚〉
一	義経	義経	義経	義経	義経	義経	義経
二	畠山重忠	佐藤次信	畠山重忠	畠山重忠	田代信綱	田代信綱	田代信綱
三	土肥次郎	佐藤忠信	土肥次郎	佐藤兄弟	後藤実基	後藤実基注1	後藤実基父子
四	伊勢三郎	伊勢三郎	和田義盛	伊勢三郎	金子家忠	佐藤兄弟	金子兄弟
五	佐々木高綱	淀江内忠俊	佐々木高綱	淀江内忠俊	淀江内忠俊	淀江内忠俊	淀江内忠俊

いたという。さらに筵製の帆がかかっていたとする。その帆によって、折からの強風を受け驚くべき早さで敵地に上陸したことになる（三〇〜三五頁。他に、高橋昌明八五〜八八頁。佐藤和夫九一〜九七頁）。

○梶原留まれば爾て留まりしか、風を恐れて留まりしか　掲出の形は、百五十艘のうちほとんどが留まったのを見て、義経が、「ついて来なかった者達は、梶原が留まったから自分も留まったのか、それとも、風を恐れて留まったのか」と言ったと解してみたもの。「いずれにせよ、留まった者のことは気にするな」といった気持ちで、次項に続くことになろう。類句は〈南・覚・中〉にある（地の文）。〈覚〉「残りの船はかぜにおそるゝか、梶原におづるかして、みなとゞまりぬ」（下―二六三頁）とある。〈屋〉「残ノ舟ハ風ニ恐テ不ㇾ出サ」（七四八頁）。**○人の出でねばとて、敵に向かふ前に留まるべからず**　類句は、〈南・覚〉にあり。〈覚〉「人の出でねばとて、とゞまるべきにあらず」（下―二六三頁）。「敵に向かふ前に」は、「これから敵と戦おうと出発する前に」といった意味か。この後、普通の時には敵も用心するという内容が続く。その内容は、前掲「百千に一つも、敵に船の渡らんを告げたらば…」注解に見たように、〈延・長・盛・南〉にも共通する。上横手雅敬は、「人の出でねばとて留まるべきにあらず」と「勝手に船出した」ことに、「諸将に対する強力な統率権を与えられていない」義経の位置が表れているとする（三一五頁）。**○帆を引きて走らば、篝も多く有るべからず**　かがり火を多く焚くなという義経の指示は、諸本共通。「帆を引きて走らば」は、「船が帆に風を受けて海上を本格的に進み出してからは」の意であろう。「帆を引く」の例は、〈盛〉「究竟ノ者共ニテ船ヲ乗直シ〳〵テ、帆柱ヲ立テ帆ヲ引事不ㇾ高、手打懸ル計也」（6―六九頁）などとある。多くのかがり火を焚くことを禁止する理由は次々項注解参照。**○義経が船の舳艫の篝を守れ**　義経の乗った第一の船にのみかがり火を焚き、それを目印にせよという指示は、基本的に諸本共通。**○火太多有らば、大勢渡ると思はん**　義経の乗った船以外、かがり火を焚かない理由は、〈延〉では「敵ニ船ノ数知ラスナ」（九オ）とあり、〈長・盛・松・屋・中〉も同様。〈南〉「火数多ク見ヘバ敵恐テ用心シテンズラン」（八二二頁）。〈覚〉も〈南〉と同様。〈南・覚〉の場合、かがり火の数が多いと敵に見つかりやすいといった意か。〈四〉の場合、大勢であると思われることを警戒しているとするが、たった五艘なので、大勢と思われることは考えにくい。〈延・長・盛・屋〉が船数を知られるなとするのは、むしろ少数であることを悟らせない意と読めよう（屋島を急襲した時には、大勢に見せかけて成功している）。〈四〉の本文は、〈南・覚〉のような本文に基づきつつ、誤解によって生じたものか。この点、前掲の「向かひ風に候ふ…」も同様の事例であった。

○爾ても押し渡れば、三ヶ日にて着くべき渡りを、只三時にこそ渡りたれ　本来は三日かかるはずの航路であるとする点は、諸本同様。三時で渡ったとする点は、〈盛・松・南・屋・覚・中〉及び『吾妻鏡』二月十八日条も同様（「丑刻先出二舟五艘一、卯刻着二阿波国椿浦一〈常行程三ヶ日也〉」）。〈延・長〉は二時とする。『玉葉』三月四日条が記す義経の申状に、「去月十六日解纜、十七日着二阿波国一」とある。また、『吾妻鏡』三月八日条が記す義経の飛脚の報告では、十七日に解纜、「翌日卯剋」に阿波国に着いたとする。安田元久は、実際には十七日未明に出発、十八日朝に到着という、一日と四時間の渡海であったと見た（一四四頁）。しかし、平田俊春は、『玉葉』二月二十日条や『吾妻鏡』同十九日条に見える住吉神社の奏状（鳴鏑が十六日に西方に飛んだとする）などをもふまえて、現在の表記でいえば十七日午前一時過ぎに出発、同日午前七時前に阿波に到着したものと見る。佐藤和夫は、当時の船の速度や海流などを検討した上で、『吾妻鏡』三月八日条により、一日と数時間の渡海という安田説に近い結論に至る（九七頁）。「三時」が厳密に史実であるかどうかはともかく、義経がきわめて迅速に渡海したのは事実であろう。次項注解参照。

○丑剋に河尻・安麻崎を立ちて　「河尻・安麻崎」は、現兵庫県尼崎市あたり。本段冒頭「梶原進み出でて」注解に見たように、〈延・盛〉が大物浜（大物浦）を発ったとするのに近い。〈南・屋・覚〉は「渡辺福島」からの船出。〈南〉は船出の場所を「渡辺福島」とするので、渡辺と見るのが穏当か。〈長〉は船出の場所を「渡辺富嶋」とするが、「富嶋」は内閣文庫本に「福嶋」とあるとされる（5―七九頁）。従って、〈南〉と同様と見てよかろう。「福島」も現大阪市内。次に、「丑刻」船出とする問題。〈四〉は前段に記していた日付「十八日」の丑刻であろう。〈南・屋・覚・

中〉も丑刻だが、これらは二月十六日の丑刻と明記する。〈延〉「二月十八日寅時計」（八ウ）、〈長〉「二月十七日のとらのこく」（5―七九頁）、〈盛〉「十七日ノ夜ノ寅時」（6―六七頁）、〈松〉「十七日暁」（五頁）。『吾妻鏡』二月十八日条は、同日の「丑剋」とする。ところで、小林賢章は、語り系諸本の日付変更時刻は丑の刻と寅の刻の間だが、〈延〉など「増補系諸本」の日付変更時刻は夜明けで統一されているとする（一八三頁）。いずれにせよ、現代のように子の刻で日付が変わるという認識は見られないようである。〈四〉も、ここでは前段に記していた「十八日」の日付を受け継いで、現代でいえば「十九日未明」となる時間を、十八日の深夜として表現していると読めよう。このように考えて、諸本の記す船出の時刻を現代の表記に改めて記せば、〈四〉は十九日午前二時頃、〈延〉は十九日午前四時頃、〈長・盛〉は十八日午前四時頃、〈南・屋・覚・中〉は十七日午前二時頃となろう。一方、『吾妻鏡』十八日条の記す「丑剋」は、その日のうちに阿波国での合戦をも記しているところから見て、十八日午前二時頃と読むべきか。○**卯刻には阿波国鉢麻の浦にぞ馳せ付きにける**　阿波国への到着時刻「卯刻」は、〈南・屋・覚・中〉同。〈四・南・屋・覚・中〉は、丑刻出発・卯刻到着で、所要時間を「三時ばかり」と表現するわけである。〈延・長・盛・松〉は到着時刻を明記しないが、〈延・長〉は、寅時から「二時」かかったとするので、卯時到着と読める。〈長〉は「十八日のいまだあけざるに」（5―八〇頁）とも記す。〈盛〉は「三時」とするので、辰刻到着とするか。『吾妻鏡』二月十八日条「卯剋」。次段「勝浦合戦」の注解「十九日の申酉剋ばかりに勝浦を出でて」参照。次に、「鉢麻の浦」は、〈延〉「蜂間尼子ノ浦」（九オ）、〈長〉「八間浦尼子が津」（5―八〇頁）、〈盛〉「ハチマアマコノ浦」（6―七〇頁）、〈松〉「八幡ノ尼子ノ浦」（五頁）。「鉢麻」は旧名東郡八万村、現徳島市八万町。一方、〈屋〉は「阿波ノ勝浦」（七四九頁）に着いたとする（〈中〉も同様）。〈南・覚〉は「阿波ノ地」として、勝浦合戦後に現地の者に尋ねて「勝浦」の地名を知る形。『吾妻鏡』二月十八日条の記す到着地は、国史大系底本の北条本では「椿浦」。「椿浦」は不明だが、あるいは現阿南市椿町の海岸をいうか。しかし、阿南市椿町ではやや南方に寄っていて、上陸後直ちに勝浦合戦があったとする物語の記述に合わない。「椿浦」は、『吾妻鏡』吉川本には「桂浦」とある（国史大系頭注参照）。従って「桂浦」の誤りかともいわれるが、続く文中に「於二路次桂浦一、攻二桜庭介良遠一」とあるため、「桂浦」にも疑問が残る。〈四・延・長・盛・松〉の「尼子」（アマコ）は、勝浦郡余戸郷にあたるか。但し、その位置については説が分かれ、〈平凡社地名・徳島県〉（八〇頁）は、鳴門市撫養町・里浦町地区かとする。しかし、この地であるとすると、『平家物語』諸本の記す勝浦合戦の地よりは吉野川を越えて北方にあたり、物語の文脈には合わない。原水民樹は、「あまこ」の所在地は不明だが、〈延・長・盛〉の書きぶりによれば勝浦郡ではなく八万郷の一部を指すはずであり、現徳島市八万町周辺に求めるべきであるとする。「勝浦」は現徳島県勝浦郡として名が残るが、ここでは現小松島市あたりの海岸をいうか。原水は、「はちまあまこ」と「勝浦」は別の地を指すもので、「はちまあまこ」説と「勝浦」説とは、本来別の説として発生したものだと考え、単なる事実の報告といった感のある「はちまあまこ」説に対して、「勝浦」説は地名の縁起の良さに対する説話的な興味を核として形成されたものであると見る。次段「勝浦合戦」の注解「此の勝浦と申す小浦にこそ」参照。

【引用研究文献】

＊石井謙治『図説和船史話』（至誠堂一九八三・7）
＊上横手雅敬『平家物語の虚構と真実』（講談社一九七三・6）
＊川合康『源平の内乱と公武政権』（吉川弘文館二〇〇九・11）
＊小林賢章「『平家物語』の日付変更時刻」（軍記と語り物二二号、一九八六・3。『アカツキの研究—平安人の時間—』和泉書院二〇〇三・2再録。引用は後者による）
＊佐藤和夫『日本中世水軍の研究—梶原氏とその時代—』（錦正社一九九三・7）
＊鈴木則郎「『平家物語』における源義経像についての一考察」（東北大学日本文化研究所研究報告二二号、一九八六・3）

＊高橋昌明「騎兵と水軍」（有斐閣新書『日本史　中世1』有斐閣一九七八・9）
＊原水民樹「義経阿波上陸地点考」（徳島大学教育学部国語科研究会報一号、一九七六・3）
＊平田俊春「屋島合戦の日時の再検討」（日本歴史四七四号、一九八七・11）
＊安田元久『日本の武将7　源義経』（人物往来社一九六六・2）
＊山本幸司『頼朝の精神史』（講談社一九九八・11）

勝浦合戦

【原文】

夜䮒々《ホノ〳〵》程見レ汀方見ヘ赤旗判官咹《アハヤシ》為我等儲寄セン渚ヘ々ニモ船践ミ傾ケ下サ馬共定成敵的▽一五三左我等船被レナン射渚ヘ不レヌ付先馬共追下ロシ船引付々々ケ游鞍爪見ユル程ナラ飛迖々々乗懸ヨ[1]下知ヌレ馬共追下々々游キ成ヌ[2]馬《ケレ》足立リ程各々乗馬[3]喚懸ク五艘ノ船ニ馬立物積ラントシケル[4]調甲ハ有五十騎計リ敵モ有五十騎計有雑引テソ[5]退間ヒ隔テ一町計取ル陣判官召伊勢三郎咹中有ル可▽一五四右然之者ヤ召参レ言ヘ行向着タレ[6]赤革鬼鎧者脱セ甲却《ハッ》サセ弓将《ヰ》[7]参ル判官汝可然者カ[8]佐ン候何《ナニ》者ソ阿波国住人坂西近藤六近家トコソ申タレ吉シ有レ何《ニ》家モ具ヨ屋島私[9]〔弘〕承逃行射殺セトソ言爾屋島平家勢有ルソ何《カ》程被ケレ尋千騎トコソ承リ候ヘ申セ何《ナト》無勢ヲ阿波讃岐浦々島々四五十騎百騎ツ、▽一五四左被分置候上《ヘ》阿波民部成良《シケ》子息田内左衛門尉則良召二セ[10]伊与国住人河野四

郎通信不《ヌ》参候之間責《カン》[11]之三千余騎超《ヘ》候申《セ》吉《キ》隙《マ》《コナンナレ》言《トソ》此辺無可然者尋《下ヘ》此勝浦申小浦《コソ》阿波民部舎弟桜間介良遠申者候《ヘ》申《セ》勢有《ル》何程五十騎計候申《セ》去来▽一五五右寄《セン》作《ル》時合声堀《ヲ》々《リ》塞《二タレ》逆木樹馬《ニテ》堀《ヲハ》[12]越《ヘ》《ヌ》却《ケサセ》逆木樹《一》懸《ケ》入《ル》城内《ヘ》良遠乗《ケレ》吉馬郎等共防矢射《サス》落《ケリ》防《ク》者共討[13]《一》取廿余人[14]《一》切[15]首祭《リ》[16]軍神《マリ》作《リ》喜時此何《コ、イクト》云《フト》[17]問《マヘ》勝《ッ》浦《トコソ》申《タレ》式代一定候下藹共申安《キ》任《マ、》勝浦候《レ》申文字書勝浦《ラ》候申[18]《セ》朏《テ》事哉軍手合勝浦《ニテ》勝《ットソ》言▽一五五左屋島《ヘ》有何《イ》程二日路候申而《ラ》[19]敵不《ヌ》聞先打《キ》《ヤ》十九日申酉剋計出勝浦成懸是歩《マセッ、》竟夜超《ラ》《ヘ下ヘハ》阿波与讃岐中山《上》立文用男超《ヘケレ》讃岐方《ヘ》大夫判官見《下》之《ラ》此文何[20]《クッソ》問《下ヘ》大臣殿[21]《ヘ》候申云《レ》何有《ルソ》文下藹御使計候争可知候申《セ》現佐《ッ》有而《モ》云《フ》何《ト》文思候源氏▽一五六右出浮河尻之由《ヲコソ》被申候《ラメ》阿波国御家人共参《ルヲ》屋島思是[22]《ク》申《ナレ》現佐《ッ》有取文水《ヘ》投《ケ》入《レ》是不《ッ》何《ナ》切《リ》罪造此《コ、》縛《シ》付《ヨ》山中大木縛《リ》付《ソ》被通

翌日廿日寅時南山口取陳息人馬気

【釈文】

夜驍々《ホノホノ》としける程に、汀の方を見**れ**ば赤旗見え(**へ**)たり。判官、「唼《ア》**はや**我等が儲《まう》けは為《シ》たりけるは。渚**へ**寄**せん**に、渚**にても**船を践**み**傾**け**て馬共を下ろ**さ**ば、定めて敵の的と成りて、▽一五三左我等が船射**られなん**ず。渚**へ**付か**ぬ**先に、馬共を追ひ下**ろし**、船に引き付け引き付**け**游がせよ。鞍爪見**ゆる**程**なら**ば、飛迖《ひた》飛迖《ひた》と乗りて懸け**よ**」と[1]下知し**ぬれ**ば、馬共を追ひ下ろし追ひ下ろし游**ぎ**て、馬の足の立つ(**り**)程に[2]成り**ぬ**れば、各々[3]馬に乗りて喚いて懸**く**。五艘**の**船**に**馬を立て、[4]物積みな**んどしける**に、調甲《ひたかぶと》**は**五十騎**ばかり**有りけり。敵**も**五十騎**ばかり**有りて、雑と引き**てぞ**[5]退きにける。間《あひだ》二町**ばかり**隔**て**て陣を取**る**。

判官、伊勢三郎を召して、「唼《あ》の中に然る▽一五四右**べ**き者**や**有**る**。召して参**れ**」と言**へ**ば、行き向かひて、赤革鬼《をどし》

の鎧着[6]たる者を、甲を脱がせ弓を却《ハツ》させて将《キ》[7]て参る。判官、「汝は然るべき者か[8]」。「佐《さ》ん候ふ」。「何者《ナニもの》ぞ」。「阿波国の住人坂西の近藤六近家」とこそ申したれ。「吉《よ》し、何家《なニ》にても有れ、屋島への仕(私)[9]承に具せよ。逃げて行かば射殺せ」とぞ言ひける。「爾ても屋島に平家の勢は何程《いかほど》有るぞ」と尋ねられければ、「千騎とこそ承り候へ」と申せば、「何《ナ》ど無勢なるぞ」。「阿波・讃岐の浦々島々に、四五十騎、▽一五四左百騎づつ分かち置かれて候ふ上《うへ》、阿波民部成良《シケよし》が子息、田内左衛門尉則良は、伊与国の住人河野四郎通信を召せ[10]ども参り候はぬ間、之《これ》を責[11]めんとて、三千余騎にて超え(へ)候ふ」と申せば、「吉き隙《ひま》ごさ(な)んなれ」とぞ言ひける。

「此の辺に然るべき者は無きか」と尋ねたまへば、「此の勝浦と申す小浦にこそ、阿波民部が舎弟、桜間介良遠と申す者候へ」と申せば、「勢は何程か有る」。「五十騎ばかり候ふ」と申せば、「去来《いざ》、▽一五五右寄せん」とて、時を作る。声を合はせたり。堀を掘(堀)り、逆木樹《さかもぎ》にて塞ぎたれば、馬にて[12]堀をば越え(へ)ぬ。逆木樹を却《の》けさせて、城内へ懸け入る。良遠吉き馬に乗りければ、郎等共に防矢射させて落ちにけり。防く者共廿余人[14]討[13]ち取りて首を切[15]り、軍[16]神にこそ祭りけれ。喜びの時を作りけり。

「此《ココ》をば何《イヅ》くと云ふぞ」と問[17]ひたまへば、「勝浦《カツウラ》」とこそ申したれ。「式代な」。「一定候ふ。下臈共の申し安き任《ママ》に『勝浦』と申し候へども、文字には『勝浦《かつうラ》』と書きて候ふ」と申[18]せば、「聞《めテた》き事かな。軍の手合はせに勝浦にて勝つ」とぞ▽一五五左言ひける。

「屋島へは何程《イかほど》有るぞ」。「二日路で候ふ」と申す。「而[19]らば敵の聞かぬ先《さキ》に打てや」とて、十九日の中酉の剋ばかりに勝浦を出でて、懸け足(是)に成りて歩ませつつ、竟夜《よもすがラ》阿波と讃岐との中山を超え(へ)たまへば、立文用《も》ちたる男、讃岐の方へ超え(へ)ければ、大夫判官之《これ》を見たまひて、「此の文は何[20]《いづ》くへぞ」と問ひたまへば、「大臣殿[21]へ候ふ」と申す。「何と云ふ文にて有るぞ」。「下﨟は御使ばかりにて候へば、争《いかで》か知り候ふべき」と申せば、「現《げ》にも佐ぞ有るらん。而るにても何と云ふ文と思ひ候ふか」。「源氏、▽一五六右河尻に出でて浮かぶ由をこそ申され候ふらめ」。阿波国の御家人共の屋島へ参るぞと思ひて是[22]く申すなれ。「現《げ》にも佐ぞ有るらん」とて、文を取りて水へ投げ入れ、「是何《ナ》切りぞ。罪造りに。此《ココ》へ縛《シば》り付けよ」とて、山中の大木に縛り付けてぞ通られける。

翌日廿日の寅の時に、南の山口に陣(陳)を取りて、人馬の気をぞ息《やす》めける。

【校異・訓読】 1〈昭〉「下知スレ」。2〈昭〉「成ス馬《ケン》」。「ケン」は〈底〉の「ケレ」が正しく、本来は「成」の送り仮名か。3〈昭〉「乗レ馬」。4〈昭〉「積マントシケレ」。5〈底・昭〉「退」の右下に、平仮名「く」またはおどり字「〳〵」のような文字あり。不審。6〈昭〉「着タル」。7〈昭〉「将」。8〈昭〉「者ャ」。9〈底・昭〉「私」の右下に「弘」と傍書。また、各々の字の左下に返点「一」のような印あり。「私」を「弘」と訂正する意であろうが、「弘」としても文意不通。〈書〉「私」。10〈昭〉「召セ」。11〈底・昭〉「責《カン》」。振仮名「カン」は「セメ」あるいは「メン」の誤りか。12〈昭〉「堀」。13〈昭〉「討」。14〈昭〉「人」。15〈底・昭〉「切」の下に一文字分空白あり。16〈昭〉「軍神コソ」。17〈昭〉「問アヘ」。振仮名・送仮名はいずれも「トへ」の誤りか。18〈昭〉「申」。19〈昭〉「而テ」。20〈昭〉「何スッ問」。21〈昭〉「殿」。22〈昭〉「是ラ申ケレ」。

【注解】 **○夜駢々としける程に**　〈四〉では二月十九日の夜明け(前段「逆櫓」の「丑剋に河尻・安麻崎を立ちて」注解参照)。〈長〉「十八日のいまだあけざるに」(5—八〇頁)。当該記事に近似するのは、〈屋・中〉。〈屋〉「夜ノホノ々々ト明ケルニ」(七四九頁)。『吾妻鏡』二月十八日条「卯剋着二阿波国椿浦一」。他に、〈松〉「夜モ既ニ明ケレバ、浜ヲ少シ引上テ、岡ノ上ニ赤旗見エケリ」(五頁)。　**○咹はや我等が儲けは為たりけるは**　〈南〉ほぼ同文。〈屋・

覚・中〉も同様の表現あり。「儲け」は準備・用意をいうが、特に饗応の支度などをいうことがある。ここは、防戦の準備を饗応にたとえた、滑稽味のある表現と見るべきか。この前後、義経の言葉にはこうした表現が目立つ。後掲「吉し、何家にても有れ、屋島へ具せよ」注解参照。　**○渚にても船を践み傾けて馬共を下ろさば、定めて敵の的と成りて、我等が船射られなんず**　以下、敵前で上陸するための指示。類似記事は諸本にあるが、特に〈延・盛〉は詳細。船から馬を下ろすのを、海岸近くなってからではなく、馬の足が立たないうちからとする理由として、海岸が近づいてから船を止めて馬を下ろしていると敵の的になるからとする点、〈長・南・覚〉同様。〈屋〉「船共平付ニ着テ敵ノ的ニ射サスナ」（七四九頁）。〈中〉も同様）も類似。一方、〈延・盛・松〉では、〈延〉「浪ニユラレ風ニ吹レテ立スクミタル馬、無左右ニ下シテ、アヤマチスナ」（九ウ）のように、船に揺られていた馬に急に乗って失敗しないよう、しばらく泳がせる意。義経は、一谷合戦での坂落としに見るような陸地での馬の活用もさることながら、屋島合戦では積極的に海中に馬を乗り入れる戦法を採る。当該箇所以外にも、屋島合戦における「那須与一」や「弓流」の他、「志度合戦」においても、馬を海に乗り入れての戦いを描く（鷹尾純六四一～六四二頁）。　**○渚へ付かぬ先に、馬共を追ひ下ろし、船に引き付け引き付け游がせよ**　宇治川合戦の折、足利又太郎忠綱が渡河する者達に対し、次のように注意を喚起している場面が想起される。〈延〉「加様ノ大河ヲ渡ニハ、ツヨキ馬ヲ面ニ立、ヨハキ馬ヲ下ニ立テ、肩ヲ並べ手ヲ取クミテ渡スベシ。其中ニ馬モ弱テ流レムヲバ、弓ノハズヲ指出テ取付セヨ。余タガ力ヲ一ニ合スベシ。馬ノ足ノトヅカム程ハ、手綱ヲクレテ歩マセヨ。…」（巻四―五九ウ）。宇治川では、義仲討伐の折にも、梶原景季と佐々木四郎高綱との渡河譚が記されるように、武士達にとって渡河や渡海の戦術も当然身につけておくべきものであったことがわかる。　**○鞍爪見ゆる程ならば、飛汰飛汰と乗りて懸けよ**　〈南〉「馬ノ足立鞍ツメ見ル程ニ成バ、ヒタ〳〵ト乗テ懸ヨ」（八二二頁）。〈覚〉も同様だが、「鞍づめひたる程」（下―二六四頁）とする。「鞍爪」は、鞍の前輪と後輪の下端。鞍爪が「見ゆる」「ひたる」は、どちらも、この部分が水面すれすれになる意であろう。馬が泳いでいる時は鞍の大部分が水面下に沈むが、馬の足が水底に届き、体が水面の上に出てくる様子をいう。〈延・盛〉「馬ノ足トヅカバ」（〈延〉九ウ。「トヅカバ」は「届かば」）。〈長〉「あしたつならば」（5―八〇頁）、〈松〉「馬ノ足立テ・鞍立テ・鞍爪見ユル程ナラバ」（五頁）、〈屋〉「馬足立程ニナラバ」（七四九頁）。類似の場面が、「流布本」の巻八「水島合戦」にも見られる。「平家は舟に馬を立てたりければ、船共乗傾け〳〵、馬共追下し〳〵、船に引付け〳〵游がす。馬の足立ち鞍爪ひたる程にも成りしかば、ひた〳〵と打乗つて、能登殿五百余騎喚いて先を懸け給へば、源氏の方には、大将軍は討たれぬ」（梶原正昭校注『平家物語』桜楓社四九五頁）。**○五艘の船に馬を立て、物積みなんどしけるに、調甲は五十騎ばかり有りけり**　「調甲」は「ひたかぶと」。易林本『節用集』に、「直冑《ヒタカブト》」に同じとする（『改訂新版古本節用集六種研究並びに総合索引』五三九頁）。次段「屋島合戦①」にも同じ表記が見られる。完全武装の兵。僅か五艘の船に馬や武具などを載せたので、十分に武装した兵は五十騎程度しかいなかったとする。雑人は除いた数だろう。〈松〉「五艘ニ宗徒ノ兵五十余人、乗替ニ及バス、馬一疋ニ舎人一人ヅツゾ具シタリケル」（五頁）。〈南〉「五艘ノ舟ニ物具ツミ雑人共乗タリケレバ、馬只五十余疋ゾ立タリケル」（八二二〜八二三頁）、〈覚〉「五艘の舟に物の具入れ、兵粮米積んだりければ、馬たゞ五十余疋ぞ立てたりける」（下―二六四頁）は、馬が五十余だったとするが、基本的に同内容か。五十騎とする点は、〈延・中〉同様。〈盛〉は百五十余騎とする。〈長〉は船出のところで「むねとのもの五十余人」（5―七九頁）と記していた。〈屋〉はこの点を記さないが、次項該当部には「敵モ五十騎斗」とあり、義経勢も五十騎ほどであることを脱落させたか。『吾妻鏡』二月十八日条「率二百五十騎一上陸」。なお、直甲の武装は、〈延・盛〉が「息ヨリ追ヲロセ。船ニ付テヲヨガセヨ。馬ノ足トヅカバ船ヨリ鞍ハヲケ。其間ニ鎧具足ハ取付テ、船ヨリ馬ノ足トヅカバ、浪ノ上ニテ弓引ナ」（〈延〉九ウ）と記すように、馬に乗り移る直前に行ったと考えられる。**○敵も五十騎ばかり有りて**　海岸で迎撃した敵を五十騎ほどとする点、〈長・屋・中〉同。〈松・南・覚〉は百騎ばかりとする。以上は、この敵を近藤六親家とするものだが、〈延・盛〉では、最初に現れたのは桜間外記大夫良遠（良連）の勢三百余騎とする（次項注解及び後掲注解「阿波国の住人坂西の近藤六近家」参照）。但し、〈延・盛〉は、その後に現れた近藤勢は百騎ほどだったとする。　**○雑と引きてぞ退きにける**　最初に現れた近藤六親家が、さして戦わずに退き、二町（約二百メートル余り）隔ててにらみ合ったものの、伊勢三郎が向かうと降伏するという展開は、〈長・松・南・屋・覚・中〉同様。一方、〈延・盛〉では、最初に現れた桜間勢は義経勢と戦って敗れるが、次に現れた近藤六親家は義経に従ったとする。〈四・長・松・南・屋・覚・中〉と〈延・盛〉では、近藤六と桜間の登場順序が逆であるわけだが、近藤六に抵抗の意志がなかったと描く点では同様。なお、〈延・盛〉では、義経が屋島へ向かう途中に現れ出た近藤六は、百騎ばかりの勢で、「旗モサヽズ、笠ジルシモナシ。源氏ノ軍兵ニテモナシ、平家ノ軍兵トモミヘズ」（〈延〉一〇ウ）という様子であった。　**○判官、伊勢三郎を召して**　親家への使者を伊勢三郎とする点は諸本同様（〈延・盛〉は後出）。伊勢三郎については、巻九「三草勢揃」の注解㉑「能盛」（二一〇六頁）参照。〈屋〉では、伊勢三郎が「何トカアヒシラヒ申タリケム」（七五〇頁）と、巧妙に交渉したらしい様子を描く（〈南・覚・中〉も類似）。この後、「義盛田内左衛門生捕」で、使者に立って田内左衛門を生け捕ってくるのも伊勢三郎の役割であり、弁舌に優れた交渉役としての造型であろう。　**○咹の中に然るべき者や有る**　「然るべき者」は、〈松・南・屋・覚・中〉同様。〈長〉「むねとのもの」（5―八〇頁）と同義であろう。大将格の者、兵を統率している者。〈延・盛〉は該当場面なし。〈盛〉は、親家の登場場面に、「大将軍ト覚シクテ」（6―七八頁）と記す。　**○甲を脱がせ弓を却させて将て参る**　この男は次項に見る近家（親家）。近家の態度と扱いは、〈四・屋・覚・中〉と〈延・長・盛・松〉とでやや差がある。〈四・屋・覚・中〉では、義経は赤旗を掲げていたとされる近家（親家）を捕らえ、捕虜として厳しく扱っているが、〈延・長・盛・松〉では、親家が自分から「（源氏でも平家でも）我国ノ主トナラセ給ム人ヲ、主ト憑進セ候ベシ」（〈延〉一一オ。〈盛〉も同様）、あるいは「もとより源氏の御かたに心ざしをおもひまいらせ候」（〈長〉5―八〇～八一頁）と言う。〈南〉はこの前後では〈四・屋・覚・中〉に近いが、道案内を命じられた後では、親家が「遠国ノ者ハ誰ヲ誰トカ思参セ候ベキ。我国ノ御ヌシタランヲ君トセン」（八二四頁）と言い、〈延・長・盛・松〉にも似る。〈四・屋・覚・中〉的な形と〈延・長・盛・松〉的な形の混態とも解し得るが、「遠国ノ者ハ誰ヲ誰トカ…」は、〈覚〉「志渡合戦」の田内左衛門教能の配下の武士の言葉にも似るので、その場面の言葉をこちらに移した可能性もあろうか。『吾妻鏡』二月十八日条「召二当国住人近藤七親家一為二仕承一発二向屋島一」。　**○阿波国の住人坂西の近藤六近家**　〈南・屋・覚・中〉も同様だが、「近家」は、〈南・屋・覚〉「親家」。〈長〉「阿波国坂西のおく臼井の近藤六親家」（八〇頁）、〈松〉「当国ノ住人坂西ノ近藤六近家」（五頁）。〈延・盛〉は右の注解に見てきたように後出だが、〈延〉「当国住人坂西近藤六親家」（一一オ）、〈盛〉「阿波国住人臼井近藤六親家」（七九頁）。〈長・盛〉の「臼井」は未詳。『吾妻鏡』「近藤七親家」（前項参照）。『阿波志』巻三に、「藤原親家　居板西称近藤六師光第六子」とあり、西光（師光）の子とする伝承が記される（国会図書館蔵写本による）。〈覚〉巻一「俊寛沙汰　鵜川軍」に、「師光は阿波国の在庁」（上―四八頁）とあり、一般に西光（師光）は阿波出身で、本姓は近藤とされる。山下知之は、それが事実である可能性は強いと見る（一五六頁）。さらに後白河院勢力と結びついた近藤氏の勢力に対抗するために、田口成良（桜間良遠は弟）もまた、平氏と関係を結ぶことになったとする（山下知之一六〇〜一六二頁、元木泰雄一一五〜一一六頁）。なお、現徳島県板野郡板野町に、近藤六親家の城跡と伝承される坂西城跡が残る（〈平凡社地名・徳島県〉一三九頁）。　**○吉し、何家にても有れ**　〈南・屋・覚・中〉同様。〈松〉「何ニテモ有レ」（五頁）。〈延・長・盛〉なし。「チカイエだかナニイエだか知らないが」と、笑いを誘う言い回し。前段「逆櫓」の「猪鹿は知らず」とやや似る。本段冒頭の「我等が儲けは為たりけるは」も含めて、この前後の〈四・南・屋・覚・中〉における義経の言葉には、ユーモラスな要素が目立つ。　**○屋島への仕（私）承に具せよ**　校異・訓読9参照。他本に該当句はないが、前掲注解「甲を脱がせ弓を却させて将て参る」に見たように、『吾妻鏡』に親家を「仕承」として屋島へ向かったとある。「私承」は、「仕承」の誤りないし宛字か。「仕承」は、案内すること。また、その者。道しるべ（〈日国大〉）。『吾妻鏡』「其後以二永実一為二仕承一密々致二筥根山一給」（治承四年八月二十四日条）。永実を道案内として密かに筥根山に到着されたの意。〈盛〉「屋島ノ尋承セヨ」（6―七九頁）。**○逃げて行かば射殺せ**　〈松・南・屋・覚・中〉同。〈延・長・盛〉なし。〈南・屋・覚・中〉では、「物の具な脱がせそ」（〈覚〉下―二六五頁）とする。その理由について明記しないが、諸注釈では、「鎧を脱がせると身軽になって逃げるというのであろう」（〈全注釈〉下一―四二八頁）とか、「場合によっては合戦の矢面に立たせる意か」（三弥井古典文庫下―二七七頁）、「つぎの八島への案内の任につかせるための配慮である」（新大系下―二六四頁）と多様に解する。一方、〈延・長・盛〉では逆に物の具を脱がせたともある。前掲注解「甲を脱がせ弓を却させて将て参る」に見たように、〈四・屋・覚・中〉では、義経は近家を捕らえ、捕虜として厳しく扱っているが、〈延・長・盛・松〉では、親家は自らの意志で義経に従っていると読める。〈盛〉に、「所存ヲ知ラン程ハ物具ヲバ不可免』トテ、甲冑ヲヌガセテ召具シ」（6―七九頁）とあるように、無防備な状態にして裏切らないようにしたのであろう。但し、〈全注釈〉では、「親家の武装が大将軍のものであるというので脱がせる事になっている」（下一―四二八～四二九頁）とする。**○爾ても屋島に平家の勢は何程有るぞ**　以下、〈四〉では、屋島の平家勢について尋ねた後、桜間との合戦、「勝浦」の地名問答の順で話が展開する。この構成は〈長・松〉も同様。〈南・屋・覚・中〉は、勝浦問答、桜間合戦、屋島平家勢問答の順。〈延〉では、桜間合戦、勝浦問答の後に親家が服属、屋島平家勢問答に続く。〈盛〉では、桜間良連との合戦、桜間良遠との合戦、勝浦問答、親家服属、屋島平家勢問答の順。但し、屋島の平家勢について尋ねた相手を近家（親家）とする点は諸本同様。**○千騎とこそ承り候へ**　屋島の平家勢を千騎程度とする点、〈延・盛・南・屋・覚・中〉同。〈長〉「一二千騎」（八一頁）。〈盛〉は「凡ハ五千余騎トコソ承シカ共」（七九頁）云々とする。〈松〉は不記。この頃の屋島の平家の兵力をおよそ五千騎ほどとする認識は、概ね諸本に共有されているか。但し、〈延〉はやや問題あり。次項注解参照。**○阿波・讃岐の浦々島々に、四五十騎、百騎づつ分かち置かれて候ふ**　以下、各所に僅かずつ配置している上、則良が三千余騎を率いて遠征しているとする点、〈長・松・南・屋・覚・中〉は基本的に同様。〈延・盛〉は、その前に、九州の緒方一族や松浦党を攻めに向かっているともある。前項注解に見たように、〈盛〉はその総数を五千余騎とする。その記述は〈延〉にはないが、各地に分散した兵と九州攻めの兵、則良（成直）率いる勢を合わせると、やはり五千余騎程度を想定しているものだろうか。但し、〈延〉の場合、九州攻めの大将軍として教経の名を挙げるが、教経はこの後、屋島合戦で活躍するので、この点は矛盾。**○阿波民部成良が子息、田内左衛門尉則良**　「則良」の名は、〈松〉同、〈屋〉「範義」、〈覚〉「教能」、〈中〉「のりよし」。〈南〉はここでは「範長〈良イ〉」（八二五頁）とあるが、この後では「範良」（八五〇～八五二頁）とあり、「長」は「良」の誤写であろう。これらが「のりよし」であるのに対して、〈延・長・盛〉は「成直」。五味文彦は、『山槐記』治承二年（一一七八）十月十九日条に、高倉天皇中宮の御産用途に左右兵衛尉功として七千疋の成功に募ったことが記される「内舎人粟田則良」が田内左衛門尉教能ではなかったかとする。また、「田内」とは、「粟田内舎人」の略であり、「左衛門尉」は兵衛尉の後に得た官職とする（四〇七頁）。「則良」の表記が〈四・松〉に一致する点注意される。なお、『鎌倉大日記』では、範能は、建久八年（一一九七）十月に誅されたとする。事実は不明。「十月阿波民部成良子田口範能、和田被㆓仰付㆒三浦浜被㆑誅」（増補続史料大成五一・一九二頁）。

成秀―┬―成能――教能
　　　└―良遠

（『古代氏族系譜集成・上』四四〇～四四一頁）

○伊与国の住人河野四郎通信を召せども参り候はぬ間、之を責めんとて、三千余騎にて超え候ふ　河野通信は伊予の豪族。通清の男。反平家の立場で戦っていたことは、巻六「怒何入道、河野と合戦の事」、巻九「六ヶ度軍（①讃岐～河野）」などに記されていた。ここで、則良（成直）が三千余騎で河野攻めに向かっていたとする点は、〈長・盛・松・南・屋・覚・中〉同様。一方、〈延〉は、成直は「勝ノ宮」という所に、三千余騎で陣を取っているとして（一一ウ）、河野攻めには触れない。しかし、この後では他本と同じように、屋島合戦直前には、河野攻めから帰ってきた成直が描かれるし（一三ウ）、屋島合戦の後でも、成直は河野攻めに向かっていたとされるので（一六オ）、矛盾している。この点、〈盛〉では「今卅町計罷テ勝宮ト云社アリ。彼ニ、阿波民部大輔成良ガ子息、伝内左衛門尉成直、三千余騎ニテ陣ヲ取タリツルガ、此間、河野四郎通信ヲセメントテ、伊予国へ越タリト聞ユ」（6―八〇頁）とあり、〈延〉は傍線部脱落と考えられる（原田敦史一七～一八頁）。次項注解参照。

○吉き隙ごさんなれ　義経の言葉。三千余騎という大部隊がよそへ行っているのは、隙を狙うのにちょうどよい意。〈延・松・覚〉同。〈長・盛・南・屋・中〉なし。〈延〉の場合、前項注解に見たように、成直が河野攻めに行って留守であるという記述を欠くが、それではこの句が意味をなさない。

○此の辺に然るべき者は無きか　〈延〉「屋島ヨリコナタニ平家ノ家人ハ無カ」（一一ウ）、〈長〉「このさきにいくさしつべき所やある」（5―八一頁）、〈松〉「屋島ヨリ此方ニ敵ハ有カ」（五頁）、〈屋〉「サテ是ニ平家ノ方人シツベキ者ハ無カ」（七五一頁）。〈南・覚・中〉は〈屋〉に近似。いずれも近（親）家に問う形。〈盛〉では、桜間良連との合戦の後で、「平家ノ軍兵ハ屋島ヨリコナタニハ何所ニカ在」（6―七五頁）との問いがある一方、この後仲間とした親家にも、義経は「偖屋島ヨリコナタニ敵アリヤ」（6―八〇頁）と尋ねている。それに対して、良連の生け捕りは、「此ヨリ三十余町罷候テ、阿波民部大夫ノ弟ニ、桜間介良遠ト申者コソ五十余騎計ニテ陣ヲ取テ候へ」（6―七五頁）と応え、親家は「今卅町計罷テ勝宮ト云社アリ。彼ニ阿波民部大輔成能ガ子息、伝内左衛門尉成直、三千余騎ニテ陣ヲ取タリツルガ」（6―八〇頁）と応えている。傍線部にほぼ同じ表現が見られるのは、両記事のいずれかが増補された痕跡と考えられるか。また、〈延〉では、先の発問の後に、三千余騎という大軍の存在が明かされたにもかかわらず、わずか五十騎の義経勢が何の脅威も感じていないのは不自然である上に、実際には敵と接触することもなくあっさり屋島へ到着してしまうのもおかしい。その点〈盛〉には、「『偖屋島ヨリコナタニ敵アリヤ』ト問バ、近藤六申ケレ《ママ》ハ、『今卅町計罷テ勝宮ト云社アリ。彼ニ阿波民部大輔成能ガ子息、伝内左衛門尉成直、三千余騎ニテ陣ヲ取タリツルガ、此間河野四郎通信ヲセメントテ、伊予国へ越タリト聞ユ。余勢ナドハ少々モ候ラン』ト云ケレバ、判官『急々』トテ、畠山庄司次郎重忠、…一人当千ノ者共ヲ先トシテ、『打ヤ〳〵』トテ勝社ニ押寄テ見レバ、伝内左衛門尉ガ兵士ニ置タリケル歩兵等少々在ケレ共、散々ニ蹴散テ、逃ハタマ〳〵

遁ケリ。向フ奴原一々ニ頸切懸テ打程ニ」（6—八〇～八一頁）とあり、傍線部の記述によって不自然さのない整合的な内容となっている（原田敦史一七～一八頁）。なお、先に見た「然るべき者」は大将格の者の意だったが（前掲注解「咳の中に然るべき者や有る」参照）、ここでは「抵抗するはずの者」「戦うべき相手」といった意味だろう。**○此の勝浦と申す小浦にこそ**　近家の言葉。桜間良遠のいる場所を勝浦とする。〈松〉も同じ。〈四・松〉の場合、ここで既に桜間のいる場所を「勝浦」と教えているので、この後、勝浦で戦ってから「此をば何くと云ふぞ」と問い、改めて「勝浦」と知るのは文脈上の矛盾。〈四・松〉と同様の構成を取る〈長〉では、ここでは「一里ばかり」離れた所とするのみで「勝浦」の名を出さず、桜間を破ってから勝浦の地名を知るので、〈四・松〉のような問題はない。なお、〈延〉では、「蜂間尼子ノ浦」（九オ）に上陸した義経が、迎え撃った桜間良遠を破り、「浦ノ長次郎大夫」に尋ねて「勝浦」と知る（一〇オ）。この形だと、「蜂間尼子ノ浦」と「勝浦」はほとんど同じ場所と読める。〈盛〉では、「ハチマアマコノ浦」（6—七〇頁）に着いた後、桜間良連を破り、続いて「三十余町」離れたところに城を構えていた桜間良遠を破るが、そこが「勝浦」（6—七六頁）。〈南・屋・覚・中〉では、義経が上陸し、すぐに近藤六親家と若干戦った地が勝浦。「勝浦」は、現徳島県勝浦郡として名が残る。なお、成良の願になる東大寺に移築された浄土堂が、現徳島市丈六町所在の丈六寺の前身ではなかったかとする五味文彦は、丈六寺の位置や、元暦二年の源義経の上陸地勝浦がともに中世において仁和寺領篠原荘内に所属したことから、義経は阿波水軍成良の根拠地を急襲すべく勝浦に渡ったとする（四〇六～四〇九頁）。これに対して、山下知之は、丈六寺の前身は不明ながらも、同寺の前身に関連するような寺院遺構の検出は見られないことから、成良と丈六寺との間には現段階では関係が認められず、篠原荘との関係についても同様とする。以上からも、義経が成良の根拠地（篠原荘内）を急襲すべく勝浦に渡ったとする推定には、なお検討が必要とする（一六五～一六六頁）。前段「逆櫓」の注解「卯刻には阿波国鉢麻の浦にぞ馳せ付きにける」参照。**○阿波民部が舎弟、桜間介良遠と申す者候へ**　「桜間介良遠」は、〈延〉「阿波民部大夫成良ガ叔父、桜間外記ノ大夫良遠」(九オ)、〈長〉「阿波民部が伯父桜馬助良遠」(5―八一頁)、〈盛〉「阿波民部大夫ノ弟ニ桜間介良遠」(6―七五頁。但しこの前に「阿波民部太輔成良ガ伯父桜間ノ外記大夫良連」を記す。6―七二頁)、〈松〉「阿波ノ民部ガ弟ニ桜場介良近」(五頁)、〈南〉「阿波民部ガ舎弟桜葉ノ助良遠」(八二五頁)、〈覚〉「阿波民部重能がおと、、桜間の介能遠」(下―二六五頁。〈屋・中〉も同様)。阿波民部の「舎弟」(弟)とする点は、〈盛・松・南・屋・覚・中〉同様。〈延〉「叔父」、〈長〉「伯父」。「桜間」(桜庭)は、現徳島県名西郡石井町高川原桜間及び徳島市国府町桜間あたりか。五味文彦は、先の注解「阿波民部成良が子息、田内左衛門尉則良」に記したように、阿波民部大夫成良を粟田成良と解し、粟田氏は代々阿波国の有力在庁であったとする(一五九頁)。これに対し、山下知之は、民部丞を帯した粟田姓の人物名と成良との間に名前の上で共通した字が見られないことに多少の疑問を感じるとして、阿波民部成良を通説であった田口氏と考え、田口氏は桜間を本拠地に国府近辺の国衙領を領有していたと推定する。また島田泉山の、田口成良を一宮社司家河人氏の出身とする研究(一五三〜一五五頁)に対して、成良は一宮社司の家系から出たとするよりも、成良がその勢力を伸長する過程で一宮社司の地位・基盤を奪ったと見るべきかとした(四六二〜四六三頁)。しかし近時、野口実は、成良の弟桜庭介良遠(成遠)の本拠が国衙近傍であることや、中世を通じて一宮社の神官が「成」を名の通字にしていた事実を指摘し、成良は一宮社司河人氏の系譜を引く存在と見られるとした(五五〜五七頁)。さらに五味の指摘の後、成良の一族と見られる粟田氏の記録における所見が多数見られることから、成良の一族は阿波国で在庁の地位を占めるとともに京都に出仕して滝口・内舎人・兵衛尉・近衛将監などの武職・武官を歴任するのみならず、外記・民部丞といった文官としても活動して五位に至る家格を形成していたことを明らかにした(六二一〜六二三頁)。また、菱沼一憲は、巻九「六ヶ度軍」に、通盛が派遣されたとある阿波国花園(本全釈巻九―一四六頁参照)が、桜間に近いことから、桜間は平家の重要拠点であり、それ故に義経は真っ先にここを攻撃したのだと見る(一六〇頁。野口実六六頁)。

○五十騎ばかり候ふ　桜間良遠勢は、〈延〉では、義経の上陸地に陣取っていたのに対し、〈長〉では上陸地よりさらに「一里ばかり」(5―八一頁)、〈盛〉では「卅町計」(6―八〇頁)離れた地にいるのに対し、〈松・南・屋・覚・中〉は、上陸地からの距離を記さず、良(能)遠の名を聞き出すと、兵を率いて「能遠が城にをしよせて見れば」(〈覚〉下―二六五頁)とする。上陸地よりそれほど離れていない地とするのであろう。距離を記さない〈四〉の場合も、同様に解して良いであろう。良遠の兵数、〈延〉「三百余騎」、〈長〉「八十余騎」、〈盛〉「五十余騎」(但しこの前に戦った桜間良連は三百余騎)、〈松〉「五十騎バカリ」、〈南〉「小勢」、〈屋・覚・中〉兵数不記。〈盛〉が、良連三百余騎・良遠五十余騎とする点、〈四〉と〈延〉の良遠の兵数に一致するのは、両者を継ぎ合わせた結果とも考えられようか。　**○声を合はせたり。堀を掘り、逆木樹にて塞ぎたれば…**　声を合わせたのは、義経勢の鬨の声に応じた良遠勢。堀を掘り、逆木樹の準備も整っていたように、相応の準備は出来ていたものの、義経軍は手こずることなく良遠軍を打ち破ったとするのであろう。成良の本隊三千余騎が河野通信攻めのために、本拠地を留守にしていた虚を衝いたのである。桜間良遠の城郭描写、やや類似するのは、〈盛〉「大堀々テ水ヲ湛、岸ニ管植、櫓掻テ待受タリ」(6―七五頁)、〈松〉「大堀ヲホリテ水ヲ湛へ、岸ニ掻楯・矢倉ヲ掻テ待請タリ」(五頁)。〈南・屋・覚・中〉は、三方は沼、一方は堀であったとする。〈延・長〉は城郭を描かない。なお、徳島県名西郡石井町高川原桜間に桜間城跡が残る(〈平凡社地名・徳島県〉五三九頁)。近くには広大な面積を占めていた桜間の池があり、『平家物語』の描写からも、当時の桜間は水に囲まれた地形であったことが想定される。成良の一族は国衙の在庁官人としての立場を占めていたから、この地は河川水系を通じた阿波国府の外港のごとき機能を担っていたのかもしれない(野口実六四～六六頁)。　**○良遠吉き馬に乗りければ、郎等共に防矢射させて落ちにけり**　類似するのは、〈松〉「桜場介、能馬ニ乗タリケレハ、堀ヲ越エ馬ニ任セテ落引ヌ。防キ戦ケル家子・郎等」(五頁)、〈覚〉「家子・郎等にふせき矢射させ、我身は究竟の馬を持(ッ)たりければうち乗(ッ)て、希有にして落にけり」(下―二六五頁)。〈南〉も良遠は良い馬に乗って落ちたとし、防矢も描く。〈屋・中〉は防ぎ矢が不明確。〈盛〉は、良遠勢は我先に落ちたとしつつ、家子郎等は「良遠ヲ延サント」して防矢を射たと描く。〈延〉は良遠を生け捕ったとする。以上の諸本は良遠の戦いを描くが、〈長〉は、良遠は一矢も射ずに落ちたとする。『吾妻鏡』二月十八日条「良遠辞レ城逐電云々」。このように、〈延〉のみが、勝浦合戦を良遠との上陸戦として描くため、城攻め記事を欠き、さらに良遠の生け捕り記事を記すように、かなり特異な記事を記す（原田敦史一六頁）。

○防く者共廿余人討ち取りて首を切り、軍神にこそ祭りけれ　桜間良遠の郎等の首を「軍神」に祀ることを描く点、〈松・南・屋・覚・中〉同様。〈延〉は、良遠との戦いの前に、義経が「一々ニ頸切懸テ軍神ニ祭レヤ」（一〇オ）と命じたとする。また、〈盛〉は、勝浦に上陸、桜間良連に出会った義経が、「一々ニ首切懸テ軍神ニ奉レ」（6—七二頁）と命じ、合戦に勝った後で「頸ドモ四五十切懸テ奉二軍神一」（6—七三頁）、さらに桜間良遠との合戦の後でも「忽ニ被レ刎レ首、被レ祭二軍神一」（6—七六頁）と繰り返す。一方、〈長〉は、この場面ではなく、渡辺から船出しようとする際、嵐のために船出をためらう水手・梶取に対して、怒った義経が「きやつばらがくびをきりて、いくさ神にまつれや」（5—七九頁）と言ったとする。「軍神」の語は、その他、〈盛〉では巻三十五「巴関東下向事」（5—二三二頁）、巻三十七「義経落二鵯越一」（5—三五六頁）、〈覚〉では巻九「宇治川先陣」（下—二二四頁）、巻十二「判官都落」（下—三五四頁）に見られる。多くは、合戦ないし一連の行動の手始めに敵の首を取って「軍神」に捧げるなどという場面である。類似の例は、金刀比羅本『保元物語』巻中（旧大系九九頁）、『太平記』巻六「赤坂合戦事」（旧大系二〇七頁）などにも見られる。従来、こうした軍記物語の「軍神」の語は、『梁塵秘抄』巻二・四句神歌（二四八・二四九）に歌われる東西の軍神や、兵法書などに見られる軍神と同一のものと考えられてきたが、佐伯真一は、軍記物語に見える「軍神」と、『梁塵秘抄』に歌われる軍事的・武的性格を帯びた神々としての「軍神」、兵法書などに見える戦勝祈願の対象としての「軍神」は、各々性格が異なり、基本的に分けて考える必要があるとし、軍記物語に見える、合戦で取った首を祀る「軍神」は、首を生贄に供えていた実感に即した表現である可能性が強いとする。但し、『平家物語』の多くの用例が勝浦合戦前後に見られる理由は不明。　**○「此をば何くと云ふぞ」と問ひたまへ**

ば、「勝浦」とこそ申したれ　〈四〉では、「勝浦」と答える主体が明らかではない。この点、〈長〉も同様。〈松〉は、首を軍神に祭った後、近家に、〈南・屋・覚・中〉は、上陸後すぐに近藤六親家に尋ねたとする。〈延〉は「浦ノ長次郎大夫」（一〇オ）、〈盛〉は「浦人」）（6―七六頁）。〈四〉の場合、「此の辺に然るべき者は無きか」「此をば何くと云ふぞ」「屋島へは何程ぞ」と、この前後は親家への質問が続いていると読むのが穏当か。長谷川隆は、〈覚〉などの形を、親家によって話題のつながりを強めたものと推定する（一四六頁）。「勝浦」の地については、前掲注解「此の勝浦と申す小浦にこそ」、前段「逆櫓」の注解「卯刻には阿波国鉢麻の浦にぞ馳せ付きにける」参照。　**〇式代な**　義経の言葉。「式代」は「色代」に同。「色体」「式体」「式退」等とも表記する。ここではお世辞、おべっか。「勝浦」という名を聞いた義経が色代と判断した点は諸本同様だが、〈盛〉ではその判断に伴って激怒したとして、首を切れとまで言う（6―七六頁）。一方、〈南・屋・覚・中〉では、笑いながらこう言ったとする。〈延・長・中〉はそのいずれとも記さない。〈盛〉の義経の怒りは極端で、そこまで怒る理由はややわかりにくい。　**〇下臈共の申し安き任に『勝浦』と申し候へども、文字には『勝浦』と書きて候ふ**　諸本、下臈は「かつら」と発音するが、文字表記としては「勝浦」だと述べる。〈四〉は下臈の言葉も文字表記も「勝浦」で、区別がつかない。真名表記が本来的でないことを示す一例ともいえようか。なお、『吾妻鏡』吉川本には「桂浦」とある（前段「逆櫓」の注解「卯刻には阿波国鉢麻の浦にぞ馳せ付きにける」参照）。また、〈延〉は「仁和寺ノ御室御領、五ヶ庄ノ内」（一〇ウ）であるとする。〈長・盛・松〉も同様。勝浦庄が、平安末期には仁和寺御室領となっていたことは、「御室御所高野山御参籠日記」（高野山文書）久安二年（一一四七）五月二十日条、『玉葉』建久二年（一一九一）七月十五日条などで確認できる（〈平凡社地名・徳島県〉五一五頁）。さらに、〈長〉は「崇道尽敬天皇」の異賊退治、〈盛〉は天武天皇に供御を勧めた「月下ノ勝磨」の由来談を記す。典拠は未詳だが、〈盛〉の「月下ノ勝磨」の由来譚は、地名がこの後の合戦の勝利を予測する話で、義経の勝浦合戦をなぞる形で展開している。そうした話の展開は、〈盛〉では、例えば巻一の「きりう」譚（1―一二六頁）にも見られる。〈盛〉

の異本の蓬左文庫本や静嘉堂本が、行間に「本説可尋」と注記するように、異本書写段階で早くも典拠が分からない話であり、その話と忠盛が殿上人からの陵辱を逃れ得た話とが余りにも酷似することからも、その「きりう」譚は、日本で創作された話である可能性があるように（『源平盛衰記』全釈（二―巻一―2）一七～一九頁）、「月下ノ勝磨」の由来談も同様な事情を想定することが出来ようか。 **○「屋島へは何程有るぞ」「二日路で候ふ」** 同様の問答は、〈長・盛・松・南・屋・覚・中〉にあり。〈延〉なし。〈延〉には、「此の辺に然るべき者は無きか」の注解に記したように、勝浦合戦譚には、何らかの脱落があると考えられる箇所があり、当該の問答もそうした可能性を考えるべきか（原田敦史一六～一七頁）。〈四〉では右の「此をば何くと云ふぞ」と同様、尋ねた相手が記されないが、〈長・松・南・屋・覚・中〉では近藤六親家。〈四〉も近家か。〈盛〉「浦ノ人」（6―七八頁）。 **○十九日の申酉の剋ばかりに勝浦を出でて** 〈四〉では、義経は二月十九日の夕暮に勝浦を発って、翌二十日の寅刻に「南の山口」（中山か）に到着、その日の辰刻に高松を襲うことになる（次段「屋島合戦①」）。二日路を一日もかけずに行ったことになろう。〈延〉はここでは日時不記だが、十八日寅の刻に船出、勝浦合戦を経て、中山の近く金仙寺の観音講に乱入したのも十八日（一二オ）。この文脈からすると、屋島に到着した「次日」（一三ウ）とは十九日のことと読める。しかし、船出・勝浦合戦・金仙寺観音講の三つをすべて十八日とするのは無理があるし、〈延〉はその後、屋島合戦当日の夕刻に位置づける那須余一の記事を「二月ノ中ノ十日」（一九ウ）とし、さらに総括的記事の中で「二月十九日勝浦ノ戦、廿日屋島軍、廿一日志度ノ戦」（二八オ）とも述べていて、そこでは屋島合戦を二十日とする齟齬がある。大橋直義は、十八日に船出・阿波到着、十九日勝浦合戦、二十日屋島合戦とする方が無理がなく、金仙寺観音講記事の補入により、混乱が生じていると指摘する。〈長〉は十八日の夜明け前に阿波着、十九日の夜に中山を発ち、金山寺を経て、二十日寅刻に屋島へ。〈盛〉は十七日の寅刻に船出して以降、途中の日時を記さず、屋島に攻め寄せたのが二十日卯の刻。〈松〉は十七日の丑刻に渡部・福島より船出、三時かけて阿波の八幡の尼子の浦に到着、勝浦合戦は総括的記事に見るように十八日のこととして良い。金仙寺が十八日であることからも、勝浦出発は十八日のことと考えられる。「那須与一」を十九日のこととするが、総括的記事では、「廿日屋島ヲ攻メ、廿一日ニ追落ス」（一一頁）とする。〈南〉は十七日卯刻に阿波勝浦着、「十八日ノ卯ノ時」に「讃岐国ヒケタ」着（八二七頁）、その日の内に屋島へ攻め寄せたとする。〈屋・覚・中〉は、十七日卯刻に阿波勝浦着、十八日の朝（〈覚〉寅の刻）に讃岐の引田に着き、その日のうちに屋島へ攻め寄せたとする。以上を表示すると、次のようになる。日付は各本の記載による。×は記事なし、─は日時の記載なし。〈延・松〉の「＊」は、総括的記事。右記のように、〈延〉は一九ウ・二八オの記事、〈松〉は一一頁の記事の日付。船出と阿波到着の時間については、前段「逆櫓」の注解「丑剋に河尻・安麻崎を立ちて」「卯刻には阿波国鉢麻の浦にぞ馳せ付きにける」参照。

	船出	阿波着	勝浦出発	金仙寺	山口着	引田着	屋島合戦
〈四〉	18日丑刻	卯刻	19日申酉	×	20日寅刻	×	辰刻
〈延〉	18日寅刻	（二時後）	─ ＊19日	18日	其日	×	次日 ＊20日
〈長〉	17日寅刻	18日未明	─	19日	19日	×	20日寅刻
〈盛〉	17日寅卯	（三時後）	─	─	其日	×	20日卯刻
〈松〉	17日丑刻	（三時後）	─ ＊18日	18日	19日寅刻	×	19日 ＊20日
〈南〉	16日丑刻	17日卯刻	─	×	×	18日卯刻	（同日）
〈屋・覚・中〉	16日丑刻	17日卯刻	─	×	×	18日朝	（同日）
吾妻鏡	17日丑刻	18日卯刻	─	×	×	×	19日辰刻

船出の段階では、〈四・延〉十八日、〈長・盛・松〉十七日、〈南・屋・覚・中〉十六日と、日付にずれがあるが（史実については「逆櫓」の注解「爾ても押し渡れば…」以下参照）、勝浦合戦以後、屋島までの道のりについては、〈四・延・松・南・屋・覚・中〉では、おおよそ、二日の道を一日で行ったと読めよう。〈長〉の場合、阿波に着いてから十九日夜に中山を発つまでが時間がかかっているため、親家に「二日路」と聞いてから屋島までちょうど二日近くかかっているように読める。また、〈盛〉は、十七日寅刻の船出以降、途中の日時を記さないが、十八日朝に阿波着であろう。桜間良連・桜間良遠の二人と戦った後で「二日路」と聞いたのが十八日午後とすれば、それから一日半ほどで屋島に着いたことになる。『吾妻鏡』二月十九日条は、二月十八日の夜から十九日朝にかけて山越、十九日辰剋に屋島を襲ったとする。なお、金仙寺観音講の記事は、〈延・長・盛・松〉の他、東寺執行本などの八坂系一類本や国民文庫本などの八坂系二類本などにも見られる。観音講が一般に十八日であることは、日付の構成にも影響したか（但し〈長〉は大風で一日延びたとして、十九日に観音講を記す）。金仙寺（金山寺）は、徳島県板野郡板野町大寺の古刹、金泉寺をモデルとすると見られるが、板野郡上板町大山の大山寺も、〈盛〉に依拠した寺伝を伝える（原水民樹）。大橋直義は、「『義経記』などに先立つ最初期の弁慶説話が『平家物語』に増補されたもの」ととらえる。**〇竟夜阿波と讃岐との中山を超えたまへば**　「中山」を越えたという表現は、〈延・長・盛〉及び『吾妻鏡』二月十九日条にも見られる。〈延〉は、「中山ノ道ヨリ一丁計入タル竹ノ内」（一二オ）にあった金仙寺に立ち寄った後、使者捕縛の件があり、「サテ其日ハ阿波国坂東坂西打過テ、阿波ト讃岐ノ境ナル中山ノコナタノ山口ニ陣ヲ取ル」（一三ウ）とする。〈盛〉もこれに近く、金仙寺・使者捕縛の後、「阿波ト讃岐ノ境ナル中山ノ山口ノ南ニ陣ヲ取」（6—八八頁）とする。一方、〈長〉では、「阿波の国坂東坂西うち過て、阿波と讃岐のさかひなる中山の南口」（5—八一～八二頁）に陣を取った後、「翌日十九日に夜だちして中山をうちこえ」（同八二頁）る途中で、金山寺に立ち寄ることになる。金仙寺（金山寺）を前項に見た金泉寺であると考え、「中山」を「大坂越」（大坂峠）のことと考えれば、この寺を過ぎてから中山を越えるとする〈延・盛〉が、地理的に正しい。また、〈松〉は、山中を通った折に見つけた金山寺に立ち寄った後、「阿波ト讃岐ノ山中」（六頁）を越える際に使者を捕縛したとする。一方、〈南・屋・覚・中〉は、ここでは「大坂越」の語を用い、「中山」とは言わないが、〈南・屋・覚〉の屋島合戦が終わった晩の記事には、義経勢は「夜もすがらなか山こえ」（〈覚〉下―二八〇頁）とあり、「大坂」と「中山」はほぼ同義で用いていると見て良いようである。「大坂越」（大坂峠）は、「大坂と香川県大川郡引田町坂元とを結ぶ道筋の板野町と鳴門市の境にある峠で、標高約二七〇メートル」（〈平凡社地名・徳島県〉一三五頁）。但し、〈四〉の場合、本段末尾に「翌日廿日の寅の時に、南の山口に陣を取」ったとあり、この「南の山口」が大坂越の南側であるとすると、「竟夜阿波と讃岐との中山」を越えた後に「南の山口」に至るというのはおかしな記述である。「中山」を、「板野町と鳴門市の境にある峠」という一地点よりももう少し広く、阿波・讃岐の境界付近の山並みを漠然と言ったものととらえることも可能かもしれないが、だとしても、「南の山口」云々の記述との関係は不明。後掲注解「翌日廿日の寅の時に、南の山口に…」参照。**○立文用ちたる男、讃岐の方へ超えければ…**　以下、京都から屋島の平家に宛てた手紙を義経が奪い取る話。諸本にあり。〈南・屋・覚・中〉では〈四〉と同位置。〈延・長・盛〉では金仙寺観音講記事の後。〈松〉も同様だが、「阿波ト讃岐ノ山中」を越える折。なお、〈中〉では男を三人とする。立文は手紙を礼紙で巻き、白紙に包んで上下をひねったもの。『春日権現験記絵』巻三に見られる。　**○此の文は何くへぞ**　義経が使者に問いかけた言葉。〈南〉同様。〈覚〉も同様だが、この前に「うちとけてこま〴〵と物語をぞ申しける」（下―二六六頁）とある。問いかけの言葉は、他に、〈延〉「イヅクヨリイヅクへ行人ゾ」（一二三オ）、〈屋〉「ドコノ者ゾ」（七五三頁）、〈松〉「汝ハ何者ゾ。イヅクへ行ク人ゾ」（六頁）など。〈長・盛〉では〈延〉と同様に問いかけた後、破子を食わせるなどして使者の機嫌を取って情報を引き出す義経を描く。〈屋・中〉も糒（干し飯）を食わせたなどと描く。　**○何と云ふ文にて有るぞ**　他本はこの前に、誰からの手紙かとの問いがあり、〈延・長・盛・松〉では「六条摂政殿ノ北政所」から、〈南・屋・覚・中〉では単に「女房」からと答える。〈延・長・

盛・松〉の「六条摂政殿ノ北政所」は藤原基実室・平盛子をいうはずだが、治承三年（一一七九）に既に没している。基通室完子は平家と同行している。〈集成〉は、訛伝か、あるいは平信範女で基実室となった人かとする（下—二一九頁）。平信範女には、基通室で道経の母となった女性もいる（〈尊卑〉1—六七頁）。但し、〈盛〉の場合は、使者が「六条摂政殿ノ北政所ト大臣殿トハ御兄弟ノ御中ニテマシマセバ」（6—八七頁）云々とも語るので、信範女は該当しない。

〇下﨟は御使ばかりにて候へば、争か知り候ふべき　手紙の内容を問われた男が、自分は下﨟なので、使者を務めているだけで内容は分からないと答える点は、〈盛・屋・中〉同様。〈延・松・南・覚〉ではこのやりとりはなく、男はすぐに次項の内容を答える。〈長〉では手紙の内容ではなく、屋島の様子を尋ねる。屋島の様子を尋ねる点は、〈松〉も同様。

〇源氏、河尻に出でて浮かぶ由をこそ申され候ふらめ　〈松・南・屋・覚・中〉も同様。〈中〉は源氏の大将に関する知識なども問う。源氏勢が海を渡って攻め寄せる準備をしていることを警告するのだろうと使者が推測する点は、〈延・盛〉も基本的に同様。但し〈盛〉は詳細で、範頼勢のことなどにも触れる。〈長〉は使者の推測は述べず、奪い取った手紙にそうした内容が書かれていたとする。

〇阿波国の御家人共の屋島へ参るぞと思ひて是く申すなれ　〈松〉も同様。「阿波国ノ国人ドモノ屋島ヘ参ゾト心得テ心静ニ問ハズ語ヲゾシケルニ」（六頁）。〈松〉の場合、この前に「是ハ京ヨリ屋島ノ方ヘ下候」という使者に対して、義経が「哉殿、誰モ召レテ参ルガ、道ヲ知ラズ」と、自分も屋島に参る者だと偽っていた。義経のこうした言葉は、〈延・長・覚〉では「是モ屋島ノ御所ヘ参ガ」（〈延〉一三オ）、〈盛・屋・中〉では「ヤ殿、是ハ阿波国ノ者ニテアルガ、屋島ノ大臣殿ノ依御催参者ゾ」（〈盛〉6—八五頁）などとある。〈四〉ではこうした偽装の言葉がないが、やはり使者は義経使者はこうした義経の偽装を信じてしまったわけである。〈四〉ではこうした偽装の言葉がないが、やはり使者は義経を阿波から屋島に参る平家の家人と思ったわけであろう。

〇文を取りて水へ投げ入れ　〈延・盛〉も同様。「水」は〈盛〉「海」。海岸近くであったとするようだが、〈延・盛〉の記すように金仙寺から大坂越に至る道筋でのことであれば、海はやや遠い。一方、〈長・南・屋・覚・中〉は、文を奪って読んだところ、「九郎はすゝどきおのこにてさぶらふなれば、大風・大浪をもきらはず、よせさぶらふらんとおぼえさぶらふ」（〈覚〉下―一六七頁）云々とあったとして、義経はこの手紙を頼朝に見せようと、大事に保存したとする。また、〈松〉では、文には、「源氏範頼・義経既ニ都ヲ立ヌ。浪風静ニ成ラバ渡リ候ベシ。能々御心得有ベシ」（六頁）と〈延〉に近似する文の内容を記すが〈盛〉では、文を奪い取った後、海の中に投げ捨てている）、その文を、義経は、大いに喜んで「冑ノ胸板」にしまっている。**〇是何切りそ。罪造りに。此へ縛り付けよ**　「何」は禁止を表す副詞「な」の表記として用いる。この使者を殺さず、山中の木に縛り付けていったとする点は、諸本同様。**〇翌日廿日の寅の時に、南の山口に陣を取りて、人馬の気をぞ息めける**　「廿日」の日付については、前掲注解「十九日の申酉の刻ばかりに勝浦を出でて」の対照表参照。屋島合戦当日となる。「南の山口」に類する言葉は、〈延・長・盛・松〉に見える。〈延〉「阿波ト讃岐ノ境ナル中山ノコナタノ山口」（一三ウ）、〈長〉「阿波と讃岐のさかひなる中山の南口」（5―八一～八二頁）、〈盛〉「阿波ト讃岐ノ境ナル中山ノ山口ノ南」（6―八八頁）。〈延・盛〉では、「竟夜阿波と讃岐との中山を超えたまへば」注解に見た、大坂越（大坂峠。板野町と鳴門市の境にある峠）の南側の登り口の意で、そこで休み、翌朝山を越えて屋島に向かったと解して問題ない。〈長〉の場合、この山口に陣を取った後、金山寺（金仙寺）に至るとするので、地理が分かりにくい。〈四〉の場合、先にあった「竟夜阿波と讃岐との中山を超えたまへば」、あるいは次段「屋島合戦①」で、宗盛が「竟夜ら山を超え候ふらん」と想定することとの関係がわかりにくい。前掲注解に見たように、「中山」を、このあたりの山地全体の意として広く用いたと見るとしても、次段には「辰の剋に、屋島に近き武礼・高松と云ふ処に火出で来たり」とあるので、義経勢が屋島近くに到着するのは辰の剋頃。ここで、「南の山口」に陣を取り、一旦休憩した時間を含めて四時間程度しかかかっていない。「寅時」には屋島にかなり近づいていたということになり、そうした想定に適した「山」は見当たらない。〈松〉でも、〈四〉と同様に、屋島に近い地とし、「十九日ノ寅ノ刻ニ南ノ山口ニ馳上テ陣ヲ取テ、馬ノ息ヲ休メケル」（六頁）と、〈四〉とほぼ同文を記すが、「十九日」のこととする。

【引用研究文献】

＊大橋直義「金仙寺観音講説話の系譜―『平家物語』に関わる説話利用の一端―」（軍記と語り物三七号、二〇〇一・3。『転形期の歴史叙述―縁起、巡礼、その空間と物語―』慶應義塾大学出版会二〇一〇・10）
＊五味文彦「阿波民部大夫と六条殿尼御前」（日本歴史四〇六号、一九八二・3。『院政期社会の研究』山川出版社一九八四・11に改変の上再録。引用は後者による）
＊佐伯真一「「軍神」（いくさがみ）考」（国立歴史民俗博物館研究報告一八二集、二〇一四・1）
＊島田泉山（麻寿吉）『徳島市郷土史論』（泉山会出版部一九三二・10）
＊鷹尾純「馬と水」（樋口芳麻呂編『王朝和歌と史的展開』笠間書院一九九七・12）
＊野口実「十二世紀末における阿波国の武士団の存在形態―いわゆる「田口成良」の実像を中心に―」（京都女子大学宗教・文化研究所研究紀要二七号、二〇一四・3）
＊長谷川隆「『平家物語』屋島の合戦における近藤六親家」（高松工業高等専門学校研究紀要二八号、一九九三・3）
＊原田敦史「屋島合戦譚本文考」（『平家物語の文学史』東京大学出版会二〇一二・12）
＊原水民樹「阿波における義経伝承」（徳島大学教育学部国語科研究会報三号、一九七八・3）
＊菱沼一憲『源義経の合戦と戦略―その伝説と実像―』（角川書店二〇〇五・4）
＊元木泰雄『源義経』（吉川弘文館二〇〇七・2）
＊山下知之「阿波国における武士団の成立と展開―平安末期を中心に―」（立命館文学五二一号、一九九一・6）

屋島合戦（①義経の急襲）

【原文】

卯時田内左衛門尉則良打漏シ河野四郎▽一五六左伯父吹ク浦三郎以下切百五十余人首奉ル屋島ヘ内裏被ルレン実見不二穏便《ヲタヤカナラ》一大臣殿下被ケリ実見セ惣シ首百五十六大臣殿[1]小《コ》博士《ハカセウ》御使被レ仰二セ能登守許ヘ源九郎義経昨日付二鉢麻浦一[2]候ソ放逸者候ナレ竟夜テ超レ山候被レ[3]用意候ヘ被レ仰程辰剋屋島近云二[4]武《ム》礼《レイ》▽一五七右高松一之処火出来咹《ア》焼亡《ヒ》申セ老キ軍兵共申夜明ケ候ヘ謬世モ不シ候敵寄セ懸火候コソ申時成良早ク可被召御船共候不一ネ申モ了一惣門前ヘ渚有ケレ船共思々乗下御所船女院二位殿北政所以下女房達モ奉乗大臣殿父子同ク乗リ下[5]爾余人々我先乗或一町或七八段▽一五七左或四五段押シ出シ[6]処惣門前渚[7]ヘ調甲ニテ[8]五騎樋出来真《マ》先懸武士着下赤地錦直垂紫裾重鎧鍬形打甲上[9]黒キ馬太リ〔胞〕[10]肥置黄伏輪鞍乗見送リ船名乗下一院御使検非違使五位尉源義経[11]昔《サ》音モ聞ツ今目《メ》モ見ヨヤ喚懸其次常陸国住人鹿島六郎家綱名乗ル▽一五八右則連武蔵国住人金子十郎家忠名乗ル同与一近則喚懸[12]伊勢三郎義盛馳セ重平家見之有大将軍者哀レ不トコソ討後悔スレ自モ船射ル之五騎武者モ射ル船成弓手成妻散々射通ル引挙船昇楯モ戦フ送レ馳勢四五十騎出来ル是モ見船名乗奥州佐藤▽一五八左三郎兵衛次信名乗レ同四郎兵衛忠信連懸[13]レ後藤兵衛実基連ク子息新兵衛基清名乗船目不懸ケ乱レ入御所ヤ内裏ヘ手々放レツ火成リ[14]ニ片時煙

【釈文】

卯の時に、田内左衛門尉則良、河野四郎を▽一五六左打ち漏らして、伯父吹浦《ふくら》三郎以下百五十余人が首を切りて、屋島へ奉る。「内裏にて実見せられんは穏便《ヲタヤカ》ならず」とて、大臣殿の下《もと》にて実見せられけり。惣じて首は百五十六なり。

大臣殿、[1]小《コ》博士《ハカセ》を御使にて能登守の許へ仰せられけるは、「源九郎義経、昨日鉢麻[2]の浦に付き候ふぞ。放逸の者にて候ふなれば、竟夜《よもすが》ら(て)山を超え候ふらん。用意せられ[3]候へ」と仰せられける程に、辰の剋に、屋島に近き[4]武《ム》礼《レイ》・▽一五七右高松と云ふ処に火出で来たり。「唼《ア》はや焼亡よ」と申せば、老《をとな》しき軍兵共の申しけるは、「夜明けて候へば、謬《あやま》ちにては世《よ》も候はじ。敵の寄せて火を懸けて候ふにこそ」と申しける時、成良、「早く御船共に召され候ふべし」と申しも了てねば、惣門の前《まへ》の渚に船共有りければ、思ひ思ひに乗りたまふ。御所の船には、女院・二位殿・北政所以下の女房達も乗り奉る。大臣殿父子[5]、同じく乗りたまふ。爾ても余の人々も、我先にと乗りて、或は一町、或は七八段、▽一五七左或は四五段押[6]し出だしたる処に、惣門の[7]前《まへ》の渚に[8]調甲《ひたかぶと》にて五騎、樋《つつ》と出で来たり。

真《マ》先に懸けたる武士は、赤地の錦の直垂に、紫裾《すそご》重の鎧に、鍬形打ちたる甲着て[9]、黒き馬の太く(り)[10]胞《たくま》しきに、黄伏輪の鞍置きてぞ乗りたりける。船を見送りて名乗りたまふ。「一院の御使、検非違使五位尉源義経[11]。昔は音にも聞きつらん、今は目《メ》にも見よや」とて、喚《をめ》きて懸く。其の次に、「常陸国の住人鹿島六郎家綱」と名乗る。▽一五八右則《やが》て連《つづ》きて、「武蔵国の住人金子十郎家忠」と名乗る。「同じく与一近則」とて、喚《をめ》きて懸く[12]れば、「伊勢三郎義盛」とて馳せ重なる。平家之を見て、「大将軍にて有る者ぞ。哀れ討たずして」とこそ後悔すれば、船よりも之《これ》を射る。五騎の武者も船を射る。弓手に成し妻〔手〕に成して、散々に射て通るに、船の昇楯も引き挙げて戦ふ。

送れ馳せの勢、四五十騎ぞ出で来たる。是も船を見て名乗りけり。「奥州の佐藤三郎兵衛次信」▽一五八左と名乗れば、「同じく四郎兵衛忠信」と連きて[13]懸くれば、「後藤兵衛実基」と連く。「子息新兵衛基清」と名乗る。船には目も懸けず、御所や内裏へ乱れ入り、手々に火を放つ。[14]片時の煙と成りにけり。

【校異・訓読】1〈昭〉「小博士《コハカセラ》」。2〈昭〉「浦」。3〈昭〉「被」。4〈昭〉「武礼《ムレイノ》高松」。5〈底〉「父」は「文」にも見える。〈昭・書〉「文」。6〈昭〉「押出」。7〈昭〉「前」。8〈昭〉「調甲」。9〈底・昭〉「甲」の下の返点「上」は「二」や「レ」に似る。10〈底〉「肥」の右上に「胞」と傍書。〈昭〉「肥」の右に「胞」と傍書。〈書〉傍書なし。11〈底・昭〉「経」に「サ」の振仮名あり。不審。12〈昭〉「懸レ」。13〈昭〉「懸」。14〈昭〉「片《ニ》時ノ」。〈底・昭〉にある「片」の振仮名「ニ」は、上の「成リ」に続くべきものか。

【注解】〇卯の時に、田内左衛門尉則良、河野四郎を打ち漏らして…　「卯の時」は、元暦二年二月二十日。ここまでの日付の異同については、前段「勝浦合戦」の注解「十九日の申酉の剋ばかりに勝浦を出でて」参照。則良（〈延・長・盛〉「成直」）が河野通信を攻めに向かっていたことは（前段「勝浦合戦」の注解「伊与国の住人河野四郎通信を召せども参り候はぬ間…」参照。通信を打ち漏らし、屋島に戻って首実検をしたとする点は、〈延・盛・松・南・屋・覚・中〉も同様だが、その時間「卯」の時（刻）を記すのは〈四・松〉のみ。〈長〉は首実検の記事なし。但し、屋島合戦の後に成直が生け捕られる場面で、「田内左衛門は河野をばうちにがしけれ共、河野が伯父福茂新次郎以下のともがら、百六十人がくびを切て…」（5―九四頁）云々と記す。　〇伯父吹浦三郎以下百五十余人が首を切りて　「伯父吹浦三郎」は、〈延〉「伯父福浦新三郎」、〈盛・松〉「伯父福良新三郎」。〈長〉は前項に見た記事で「伯父福茂新次郎」とする。〈南・屋・覚・中〉不記。未詳。「福良」だとすれば淡路島の福良（現兵庫県南あわじ市）か。河野通信の伯父というが、『予章記』には登場しない。この記事に信憑性を認めれば、河野の勢力が淡路島南端部に浸透していたことになる。但し、吹浦三郎は、伊予での合戦で討たれたと考えられる。首の数について、〈四〉は「百五十余」とした後に、「惣じて首は百五十六なり」とする。この点は〈覚〉に一致する。〈南〉も、「百五十ガ頸」とした後で、改めて「百五十人ガ頸ナリ」として類似。だが、「吹浦三郎」の名を記す点などは、〈南・覚〉とは一致しない。その他諸本は、〈延・長・盛〉百六十、〈松〉百五十六首、〈屋・中〉百余とし、いずれも数を再度記すことはしない。なお、この後の則良(成良)の生執譚では、「河野先立テ落ニケレバ、家子郎等アマタ生取ニシテ」(〈延〉二六オ)と記す。頸の数の多さからも分かるように河野討伐戦では大変な成果を上げたのではあるが、肝心の通信を逃がしてしまったとするのである。　**○屋島へ奉る**　一見、則良自身が首を持って帰参したようにも見えるが、そうではなく、首を奉って、則良自身は未だ帰参していないことは、屋島合戦後に「義守田内左衛門生捕」の段で生け捕られることからも明らかである。この点は諸本同様。〈屋〉はこの部分で、「我身ハ伊与ニ在ナガラ」(七五五頁)と明記する。なお、生捕譚の折の田内左衛門の勢は依然として「三千余騎」と記される。敵の頸は内裏に運ばれたものの、則良の本隊は依然として屋島御所に帰還していなかったとするのである。頸のみがなぜ先に運ばれたのかその理由を物語は明らかにしないが、そうした設定が、この後の義経による屋島攻撃を可能とさせたのであり、さらに屋島合戦後には、僅か十五騎余りの伊勢三郎が、三千余騎の田内左衛門を生け捕るというような物語を置きえたのである。　**○「内裏にて実見せられんは穏便ならず」とて、大臣殿の下にて実見せられけり**　首実検を内裏では行わず、宗盛の御所で行ったとする点は、〈延・盛・松・南・屋・覚・中〉同様。〈四・延・盛〉は、首実検の件を記した後に牟礼・高松の火災、義経の来襲を記すが、〈南・屋・覚・中〉は、義経勢が高松の在家に火をかけて屋島に寄せたと記してから、屋島では首実検をしているところだったと記す形。とりわけ〈屋・中〉は、潮を蹴立てて寄せる義経勢の姿を描いてから首実検の話に移る。　**○大臣殿、○惣じて首は百五十六なり**　〈松・覚〉同。前掲注解「伯父吹浦三郎以下百五十余人が首を切りて」参照。

小博士を御使にて能登守の許へ仰せられけるは　以下、宗盛が教経に義経の来襲を警戒するよう呼びかけた記事は、〈延・盛・松〉にもあり。〈長・南・屋・覚・中〉なし。宗盛がどうして義経の四国上陸を知ったのかは、説明がなくわからない。義経に捕まった京からの使者以外にも、色々なルートからの密使が宗盛のもとに遣わされていたと考えることになるのだろうが、義経が平家にとって想定外だった奇襲をかけたという物語の流れからすれば、不審な一文とすべきだろう。また、この前後の記事構成が〈四〉と類似する〈延・盛〉は、この後、牟礼・高松の火事を明け方のこととして記すが（次項注解参照）、だとすれば、直前に記していた首実検は夜明け前に行っていたことになり、疑問。あるいは記事の継ぎ合わせの跡を示すか。なお、「小博士」は、陰陽師であろう。〈延・盛〉では「清基」の名を記す。未詳だが、〈延〉では、壇浦合戦でイルカの動向を見て敗勢を占った「小博士清基」（三五ウ）の名と一致する。「小博士」「語義未詳。明経博士を大博士と称したのに対し、陰陽博士（陰陽寮に属した教授の官）を称したものか」（〈日国大〉）。但し、そうした小博士が、恐らくは城戸口の一角を守備していた教経のもとになぜ遣わされたのかは不明。

○放逸の者にて候ふなれば、竟夜ら山を超え候ふらん　「放逸の者」は、〈延〉「サル者」（一四オ）、〈盛・松〉なし。「放逸」は、『日葡辞書』では「Fŏit　残忍無慈悲」（『邦訳日葡辞書』）とされ、また、「勝手気ままに振る舞うこと」「手荒く乱暴なこと」（〈日国大〉）などの意とされる。ここでは機敏、神出鬼没といった意味で用いるか。

○辰の剋に、屋島に近き武礼・高松と云ふ処に火出で来たり　「辰の剋に」の該当句、〈延〉「猿程ニ夜ノアケボノニ」（一四オ）、〈盛〉「去程ニ夜モ明ヌ」（6―八九頁）、〈松〉「明ケレバ」（六頁）。前項注解参照。〈南〉「未《ヒツジ》ノ時ニ」（八二八頁）。〈覚〉はこの後の平家の言葉に「ひるで候へば」（下―二六八頁）とある。「武礼・高松」は、〈延・南〉「ムレ高松」、〈盛・松〉「武例高松」、〈覚〉「高松」。〈屋・中〉は地名がなく、平家が発見する焼亡は屋島のことであるようにも読める。「武礼」は牟礼（旧木田郡、現高松市牟礼町）、「高松」はいわゆる古高松（現高松市高松町周辺）であろう。屋島が島であった時代には、対岸に当たる。なお、この直前に、〈南・覚〉は「高松の在家に火をかけて」（〈覚〉下―

二六七頁〉の句があり、平家側からの火事の発見と対応する。〈四・延・盛〉は放火を義経側からは記さず、平家の発見を記すのみだが、義経のしわざであることは明らかである。この後火の手を見た成良が、〈四〉「敵の寄せて火を懸けて候ふにこそ」、〈延〉「源氏ノ勢既ニ近付テ、所々ニ火係テ焼払ト覚候。定大勢ニテゾ候ラン」（一四オ）、〈盛・松〉「今ノ焼亡誤ニアラジ。源氏所々ニ火ヲ懸テ焼払ト覚タリ。敵ハ六万余騎ノ大勢ト聞、御方ハ折節無勢也。急御舟ニ召、敵ノ勢ニ随テ、船ヲ指寄々々御軍アルベシ」（〈盛〉6—八九〜九〇頁）との声を発したように、義経勢の放火は、義経勢の接近を確認させ、火の手が次々と上がることにより、平家を恐怖に巻き込むと同時に、大軍が近づいていると錯覚させることにあったと考えられよう。〈長〉は、火災の件を記さない。ただ、平家があわてて船に逃げた理由として、義経勢を大軍と見誤ったことを挙げる。「平家のかたには敵の馬のひづめにけたてられて、塩花のあがるをば二三千きの大勢とこそはみたりけれ。かれにとりこめられなばかなふまじ。とく〳〵御船にめさるべしとて」（5—八四頁）。伊勢三郎を先頭として波を蹴立てて進む義経軍を二三千騎の大軍と見誤ったというのである。〈屋・中〉も、〈長〉と同様、義経軍が水しぶきを上げて襲撃したのを大軍と見誤ったと述べた後、折しも、田内左衛門が河野通信との戦闘で討ち取った頸の実検の折で、兵たちが「焼亡アリ」と騒いだが、よく見ると、「焼亡ニテハ無リケリ。アハヤ、敵ノ既ニ寄候ゾヤ」（七五五〜七五六頁）とする。これ以前に焼亡のことを記していないので、わかりにくい本文になっている。

○夜明けて候へば、謬ちにては世も候はじ　「老しき軍兵共」の言葉。類似するのは〈南・覚〉「ひるで候へば、手あやまちではよも候はじ」（〈覚〉下—二六八頁）。夜間ならば失火の可能性もあるが、もう夜が明けているので失火ではあるまい、の意。発言者は〈南〉「阿波民部」、〈覚〉「物共」。〈延・盛〉では阿波民部成良が、失火ではないと判断するが、根拠は不記。〈屋・中〉では、よく見たところ、火事ではないとわかったとする。**○成良、「早く御船共に召され候ふべし」と申しも了てねば**　成良が船に乗るよう進言したとする点は、〈延・盛・松・南〉同様。〈長・屋・覚・中〉はこの場面に成良を登場させない。**○惣門の前の渚に船共有りければ、思ひ思ひに乗**

りたまふ　惣門の前の渚から船に乗るという表現は、〈延・長・盛・松・南・覚〉に共通。惣門は、邸宅の外郭にある最も大がかりな正門〈日国大〉。屋島の内裏では、海岸に面して惣門が建っていたとするのだろう。**○御所の船には、女院・二位殿・北政所以下の女房達も乗り奉る**　女院は建礼門院、二位殿は時子、北政所は基通室。〈松・南・屋・覚・中〉ほぼ同。但し、〈松・屋・覚・中〉は、〈四〉と同様、「御所の御舟には、女院・北の政所・二位殿以下の女房達めされけり。大臣殿父子はひとつ舟に乗り給ふ」（〈覚〉下―二六八頁）とあるが、〈南〉では、「大臣殿父子ヒトツ御舟ニ召レケリ。御所ノ御舟ニ女院・北政所・二位殿以下女房達乗給フ」（八二九頁）の順。〈延〉は、「先帝ヲ初進セテ、女院、北政所、大臣殿以下ノ人々」（一四オ）が乗船したと記した後、「去年ノ春一谷ニテ打漏サレシ人々」として、教盛・知盛・経盛以下の人々を記し、その後、改めて「大臣殿父子ハ一ツ御船ニ乗給ヘリ」（一四ウ）と記す。宗盛については傍線部で重複している。〈盛〉は〈延〉に近いが、前者の部分で「大臣殿」の代わりに「公卿殿上人」を記しており（6―九〇頁）、重複はない。次項注解参照。**○大臣殿父子、同じく乗りたまふ**　「同じく」は、〈四〉では曖昧。前の文を受けて、宗盛父子も御所船に同じく乗った意か。あるいは、宗盛と清宗が同じ船（一つの船）に乗った意か。前項注解に見たように、〈南〉や〈覚〉では宗盛父子が同船したことと御所船のことを別々に記している。一方、〈延〉では、教盛以下の武者は、「皆船ニ乗給フ。大臣殿父子ハ一ツ御船ニ乗給ヘリ」（一四ウ）とした後、清宗が鎧を着て出陣しようとしたが、宗盛はそれを制し、清宗の手を取り、いつものように女房達の中に入っていったとする。宗盛と清宗は御所船に乗り、そして、それを見た人々も儲け船に争うように乗ったとするわけである。この点、〈盛〉は、小松の公達や教経と侍たちは城中に籠もって戦おうとし、清宗はその様子を見て出陣しようとしたが、やはり宗盛に止められたとする（6―九〇～九一頁）。いずれも、宗盛父子が逃げたことに違いはないが、〈延〉ではその様子を見て他の人々も逃げたとするのに対して、〈盛〉では、なお城中に残って戦う人々の存在を描き、清宗はそれに刺激されて闘志を見せたと描くわけである。〈延〉の場合、「右衛門督モ鎧キテ打立タムトセラレケルヲ」（一四ウ）とあるが、この

「モ」を戦う人々の存在を前提にすると読めば、〈盛〉に見るような城中に残って戦う人々の存在を略述したとも見られようか。原田敦史は、〈盛〉の文意が明瞭であると判断しつつ、〈延〉が〈盛〉に基づく誤脱というわけではないとする（一八〜一九頁）。〈松〉も清宗が出陣しようとして止められたことを記すが、それを見た人々が儲け船に乗ったという〈延〉のような記事や、城中に籠もって戦おうとした人々がいたという〈盛〉のような記事はない。なお、日下力は、〈延〉の宗盛と清宗が同じ船に乗ったと記すことについて、「親子して生捕りの身となる壇浦への明らかな伏線」（三二八頁）とする。 **○爾ても余の人々も、我先にと乗りて** 平家の者達は全員船に乗って海上に出たとする点、〈延・長・松・南・屋・覚・中〉同。『吾妻鏡』でも、平家の者達は全員が海上に出たとする。「今日辰剋、到二于屋島内裏之向浦一、焼二‐払牟礼・高松民屋一。依レ之先帝令レ出二内裏一御。前内府又相二‐率一族等一浮二海上一」（元暦二年二月十九日条）。絵画資料などでも、屋島合戦は、海の平家と陸の源氏の戦いという構図が一般的である。一方、〈盛〉は前項の注解に見たように、小松兄弟や教経、侍達が城中に籠もったとして、この後、駆けつけた義経軍五十余騎と城中の平家が戦闘を交わすこととなる。〈盛〉「源氏五十余騎ニテ、屋島ノ館ノ後ヨリ責寄テ時ノ声ヲ発ス。平家モ声ヲ合テ戦」（6―九一頁）。 **○惣門の前の渚に調甲にて五騎、樋と出で来たり** 「調甲」（ひたかぶと）の訓については、前段「勝浦合戦」の注解「五艘の船に馬を立て、物積みなんどしけるに…」参照。惣門の前の渚に少数の武者が走ってくる記述は、〈延・長・松・屋〉に共通。武者の数は、〈延・松〉七騎。但し、この後の記事では、義経以外に、畠山重忠以下七騎の武者が名乗りを上げている（原田敦史二一〜二二頁）。〈長〉五騎、〈屋〉六騎。〈南・覚〉では、「ひた甲七八十騎」〈覚〉下―二六八頁）。〈盛〉「源氏五十余騎ニテ屋島ノ館ノ後ヨリ責寄テ時ノ声ヲ発ス」（6―九一頁）とするが、この後の合戦では、義経を先頭として土谷小次郎義清等七騎の戦闘が描かれ（6―九三〜九四頁）、さらにこの直後の合戦では、同じく義経を先頭として畠山重忠等七騎の戦闘が記される（6―九五〜九六頁）。後掲注解「是も船を見て名乗りけり」参照。〈中〉は源氏が百騎ばかりで押し寄せた中で、五騎が進み出、その先頭を切ったのが義経であったとする。

いずれも華やかな合戦場面だが、特に義経をはじめとした少数の武士が先頭を切って惣門の前に現れる〈四・延・長・屋〉は、絵画的あるいは演劇的ともいえる情景を展開させている。屋島合戦の持つ「明るいパフォーマンスの絵柄」（佐伯真一、二〇頁）が、早くも見られる場面とも言えよう。なお、〈長・松・南・屋・覚・中〉ではこの前に、馬で海を渡って屋島に上陸する義経勢の蹴立てる浪が霞のようになって、多数に見えたという描写がある（〈長〉はその前に伊勢三郎義盛が覚悟を語る言葉を記す）。このあたり、諸本に細かい異同が多いので、本段末尾までの記事を対照しておく。ゴシックの「義経5騎」などの項は、ここで義経が何騎で現れたかを記すもの。「遅馳到着」は、この後の「送れ馳せの勢、四五十騎ぞ出で来たる」に該当する記事。（　）内は、〈四〉では次段以降に記される記事。

〈四〉	〈延〉	〈長〉	〈盛〉	〈松〉	〈南・覚〉	〈屋〉	〈中〉
高松焼亡	高松焼亡	浪の霞	高松焼亡	高松焼亡	高松焼亡	浪の霞	浪の霞
平家乗船	平家乗船	平家乗船	平家乗船	平家乗船	平家乗船	焼亡騒ぎ	焼亡騒ぎ
義経5騎	**義経7騎**	**義経5騎**	**義経50騎**	浪の霞	浪の霞	平家乗船	平家乗船
矢戦	矢戦	御所焼払	（詞戦）	**義経7騎**	**義経70〜80騎**	**義経6騎**	**義経100騎**
遅馳到着	（継信最期）	矢戦	矢戦	矢戦	矢戦	矢戦	矢戦
御所焼払	遅馳到着	遅馳到着	御所焼払	遅馳到着	御所焼払	御所焼払	御所焼払
				御所焼払			

〇真先に懸けたる武士は　以下、義経が真っ先を駆けていたとする点、〈延・長・松・屋・中〉同様。〈盛・南・覚〉は真っ先駆けたとはしないが、義経の武装描写に続く点は同様。　**〇赤地の錦の直垂に、紫裾重の鎧に、鍬形打ちたる甲着て**　義経の武装描写。赤地錦の直垂・紫裾濃の鎧は、多くの諸本に共通するが、それ以外は異同が多いので、対照しておく。『吾妻鏡』二月十九日条にも記述があるので、併載する。×は記事なし。表記は適宜統一した。

	直垂	鎧	兜	母衣	矢	太刀	弓
〈四〉	赤地錦	紫裾重	鍬形	×	×	×	×
〈延〉	赤地錦	紫裾濃	鍬形白星	濃紅	小中黒	金作	滋籐
〈長〉	赤地錦	唐紅裾滋	×	×	×	×	×
〈盛〉	紺地錦	紫裾滋	鍬模白星	滋紅	小中黒	金作	滋籐
〈松〉	赤地錦	紫坐滋	鍬形白星	紅	×	金作	滋籐
〈南〉	赤地錦	紅裾濃	鍬形	×	切文	金作	滋籐
〈屋〉	赤地錦	紅裾紺	×	×	切文	金作	塗籠籐
〈覚〉	赤地錦	紫裾濃	×	×	切文	金作	滋籐
〈中〉	赤地錦	紫裾濃	五枚兜	×	大中黒	金作	塗籠籐
吾妻鏡	赤地錦	紅下濃	×	×	×	×	×

他に謡曲「八島」に、「大将軍のおん出立には、赤地の錦の直垂に、紫裾濃のおん着背長」（古典集成『謡曲集』下―三三三頁）とある。　**○黒き馬の太く胞しきに、黄伏輪の鞍置きてぞ乗りたりける**　黒い馬という点は、〈延・長・盛・松・南・屋・中〉及び『吾妻鏡』同様。〈覚〉は馬に触れない。「屋島合戦③」で、次信の供養のために僧に与えたという「大夫黒」であろう。「黄伏輪」（金覆輪）は、〈長・松・南・屋・中〉同様。〈延・盛〉「白覆輪」。　**○船を見送りて名乗りたまふ**　「見送りて」は、〈延〉「マボラエテ」（一五オ）、〈南〉「マモリテ」（八三〇頁）、〈覚〉「にらまへ」（下―二六九頁）、〈松〉「向ヒ」（七頁）。〈長・盛・屋・中〉該当語なし。〈盛〉は城郭戦として記す。「見送る」が、「遠ざかっていくものを、その場にいてながめやる。去って行く人の姿を後方から見守る」（〈日国大〉）、「別れを惜しんで、去って行く人を注視し続ける」（『角川古語大辞典』）といった意味であるとすれば、ここでは不適切。あるいは「見遣ッ」の誤写などの可能性もあろうか。また、〈屋・中〉はここで、名乗る義経の姿を、〈屋〉「鐙踏張リ立上テ」（七五七頁）と描き、鎌倉本・百二十句本や八坂系の如白本・南部本などにも類似の句が見える。この点、謡曲「八島」は、「鐙踏ん張り鞍笠に突つ立ち上がり」（古典集成『謡曲集』下―三三三頁）と描き、この点は幸若舞曲「八島」

にも共通する。〈屋・中〉などと似てはいるが、特徴的な句ともいえよう。島津忠夫は、これを、屋島合戦の日付を「三月十八日」とすることと共に、謡曲「八島」・幸若舞曲「八島」に共通する特色と指摘、『平家物語』とは異なる、「八島語り」の特色である可能性を指摘した（二一〇～二一一頁）。なお、「八島語り」は、折口信夫の発言に由来し、屋島合戦に関する語り物があちこちに存在することを説明する概念として、一九七〇年代を中心に多く用いられたが、これを固定的な詞章を持った一つの作品のように想定するのは困難か。研究史については佐伯真一参照。**〇一院の御使、検非違使五位尉源義経**　義経が「一院の御使」とのみ名乗る点、〈長・松・南・屋・覚・中〉同。〈延〉は「鎌倉兵衛佐頼朝ガ舎弟」（一五オ）と加える。〈盛〉では義経自身は名乗らず、伊勢三郎義盛が問いに答えて「清和帝ノ十代ノ後胤八幡太郎義家ニ四代ノ孫、鎌倉右兵衛権佐殿御弟九郎大夫判官殿」（6―九一～九二頁）と述べ、そのまま詞戦に入る。謡曲「八島」に、「一院のおん使源氏の大将検非違使五位の尉源の義経」（古典集成『謡曲集』下―三三三頁）。宮田敬三は、義経の西海出陣には「院使」としての性格が強かったと見るが、「一院の御使」という名乗りは、そうした側面に関わるものと見ることもできようか。また、笠栄治は、「逆櫓」論争以降に見られる義経と梶原景時との確執も、一院御使の義経と鎌倉殿の御代官景時と認識する両者のずれに起因すると考える（一八頁）。**〇昔は音にも聞きつらん、今は目にも見よや**　〈四〉の独自文。〈四〉には、当該句に類似する名乗りは他に五箇所見られるが、〈四〉全体ではA型五例とB型一例とに分類できる。A型。当該句と全く同じ「昔は音にも聞きつらん、今は目にも見よ」の型。巻九の①木曽義仲②熊谷直実直家父子③越中次郎兵衛尉盛次の名乗り、巻十一の④上総七郎兵衛尉景清の名乗りに見える。B型。「遠き者は音にも聞きつらん、近き者は目にも見よ」の型。巻九の①梶原景時の名乗りに見える。『平家物語』諸本でも、圧倒的にA型の名乗りが多い。本全釈巻九「木曽最期①」「昔は音にも聞きつらん、今は目にも見よ。信濃国の住人木曽左馬頭兼伊予守」（八六頁）の注解参照。**〇常陸国の住人鹿島六郎家綱**　以下、〈四〉は義経に続く武士を四名挙げる。武士の名は〈長〉にほぼ一致、〈南・屋・覚〉とも近い。この七本及び『吾妻鏡』

二月十九日条を対照しておく(『吾妻鏡』の人名については、北川忠彦・八六頁が語り本との近接を指摘している)。名の異同については、上欄の傍線部分に関する相違を（　）内に示した。

	〈四〉	〈長〉	〈松〉	〈南〉	〈屋〉	〈覚〉	〈中〉	吾妻鏡
鹿島六郎家綱	○	（惟明）	（宗綱）	×	×	×	×	×
田代冠者信綱	×	×	○	○	○	○	○	○
畠山二郎重忠	×	×	○	×	×	×	×	×
金子十郎家忠	○	（家貞）	○	○	○	○	（いゑただ）	○
同与一近則	○	（家忠）	○	（親範）	（親範）	（親範）	（ちかのり）	○
伊勢三郎義盛	○	○	○	○	○	○	○	○
後藤兵衛実基	×	×	×	×	○	○	○	×

〈延〉は、畠山重忠・熊谷直実・平山季重・佐藤継信・佐藤忠信・和田義盛・佐々木高綱として、全く異なる。畠山や和田のような大武士団の棟梁が、熊谷や平山と並んで各々一騎ずつで登場するのは現実的とはいえず、著名な武士を並べたものに見える。また、〈盛〉はすぐに詞戦の記述に移るが、詞戦を終わらせたのが金子与一の矢であったとした後、土屋義清・後藤実基・同基清・小河資能・諸身能行・椎名胤平等が戦ったとし、さらに屋島の在家への放火を描いた後に、畠山重忠・熊谷直実・平山季重・土肥実平・和田義盛・佐々木高綱と、〈延〉と一部重なる名を挙げる。「鹿島六郎」（家綱・惟明・宗綱）は、ここでは〈四・長・松〉にしか見えないが、〈延・盛〉では、この後の戦いで討死したとされる武士の中に、「鹿島六郎宗綱」の名が見える（〈延〉一六オ、〈盛〉6―一一八頁。後掲注解「送れ馳せの勢、四五十騎ぞ出で来たる」参照）。また、〈盛〉には、巻三十五冒頭の義仲攻めの東国勢名寄で、義経勢の中に「鹿島六郎維明」（5―一七一頁）の名もあるが、〈長〉の名に一致するように、同一人物を指すと考えられる。但し、『吾妻鏡』

では、文治五年八月十二日条以下に、「鹿島六郎」の名が見え(『全訳吾妻鏡』は頼幹とする)、建久二年十二月二十六日条では鹿島社に神馬を送る役を仰せつかっているので、討死はしていないことになる。常陸国鹿島の者と見られる。坂東平氏、常陸大掾維幹の子孫の鹿島氏か。中条家本『桓武平氏諸流系図』では、景幹(行方七郎)の男・為幹を「鹿島六郎」とする(『奥山庄史料集』一八四頁)。『常陸大掾系図』は、成幹(鹿島三郎肥前権守)等を鹿島氏とする(続群六下—四六頁)。同系図に従って示せば、次のようになる(四四~四六頁)。

繁幹—清幹—盛幹
　　　　　　忠幹〈行方次郎〉—景幹〈行方太郎〉—為幹
　　　　　　成幹〈鹿島三郎〉—政幹〈鹿島三郎〉

義経に従った片岡太郎常春も坂東平氏で常陸国住人であり、鹿島郡片岡を名字の地とするので(野口実、一〇三頁)、あるいは縁戚関係などを想定できようか。目立った活躍はないにもかかわらず、〈四・延・長・盛・松〉の屋島合戦に「鹿島六郎」の名が見えるのは、何らかの根拠のあることと考えるべきか。　**○武蔵国の住人金子十郎家忠**　「義経・範頼西国発向」の名寄の注解⑯参照。　**○同じく与一近則**　「義経・範頼西国発向」の名寄の注解⑰参照。　**○「大将軍にて有る者ぞ。哀れ討たずして」とこそ後悔すれば**　義経の登場に対する平家側の反応。この位置にある本文としては、〈長〉「あれや源九郎にて有けるものを。あれうてや」(5—八四頁)、〈屋〉「コハ何ニ。大将軍ニテ有ケルゾヤ。射取ヤ々々」(七五七頁)、〈中〉「大将軍にてありけるぞや、いおとせ」(下—二四一頁)が近いが、これらは「後悔」というよりは敵将を発見して討ち取れというもの。「哀れ討たずして…後悔すれば」は、むしろ、〈延〉「此武者ハ聞ユル九郎ニテ有ケルゾヤ。僅ニ七騎ニテ有ケル物ヲ。分取ニモ足ザリケリ。今暫モアリセバ打テシ物ヲ」(一五オ)のように、「敵は小勢だったのだから、逃げずに戦って討ち取れば良かった」の文脈に近い。この後悔は、〈松・南・屋・覚・中〉では、この後、内裏が焼かれた後に記される。〈屋〉「源氏多クモ無リケル物ヲ。アハテ、内裏ヤ御所焼セツル事コソ安カラネ」（七五八頁）。また、〈長〉では詞戦の後に、教経の後悔として、「くちおしきものかな。うんのつくるとてなになるらむ。あれほどの無下の小勢を、大ぜいと見て城をすて丶、御所内裏をやかせられぬるこそやすからね」（5―八六頁）とある。〈四〉は、次段「屋島合戦②」に、「源氏は無勢なりけるものを。僅かに四五十騎とこそ見れ。口惜しき事かな。暫く陸に留まりて戦ふべかりしものを。内裏を焼かせぬるこそ安からね」と、〈松・南・屋・覚・中〉と同様の宗盛の言葉があり、本項と重複する感もある。**○船よりも之を射る。五騎の武者も船を射る**　船に乗った平家勢と、陸の少数の源氏勢の矢戦を描く。前掲注解「惣門の前の渚に調甲にて五騎、樋と出で来たり」に見たように、惣門の前の渚に少数の武者が現れたとするのは、他に〈延・長・松・屋〉だが、その中で〈長〉は、内裏に火をかけた後に「五きのものども、弓手にあゆませ、めてにすらせていいてとをる」（5―八五頁）とあり、〈四〉に比較的近い。〈延〉「七騎ノ人々、馬ノ足ヲモヤスメ、我身ノ息ヲモツガムトテハ、渚ニヨセヲイタル舟ノカクレニ馳ヨテ、シバシ息ヲモ休メテケレバ、又ハセ出シテ、名乗係テ散々ニイル」（一六オ）。〈屋〉は該当記事なし。むしろ、「七八十騎」で押し寄せたとする〈南・覚〉に、類似の描写が見られる（次項注解参照）。**○弓手に成し妻手に成して、散々に射て通るに**　〈長〉に類似記事があるのは前項参照。〈南・覚〉は、「七八十騎」で押し寄せた義経勢が、「弓手になしては射てとほり、馬手になしては射てとほり、あげをいたる舟のかげを馬やすめ処にして、おめきさけんで攻めた丶かふ」（〈覚〉下―二六九頁）とする。また、源氏が百騎ばかりで押し寄せた中で、五騎が進み出たとする〈中〉は、はかりごとによってその後も五騎ずつ続いて現れ、名乗ったとするが、後続の勢は戦わずに内裏に火をかけたとする。前項に引用した〈延〉も含めて、敵に狙われないように静止せず、馬を走らせながら射る様子であろう。渚に上げてあった船を防御に用いるのは、〈延・松・南・覚〉共通。**○船の昇楯も引き挙げて戦ふ**　〈延〉「平家モ、ヘヤカタニカヒダテカキテ、是モ散々ニイル」（一五ウ～一六オ）、〈盛〉「平家ハ兼テ海上ニ舟ヲ浮べ、舳屋形ニ垣楯掻タリケレバ、彼ニ乗移テ、或一艘或二艘、漕寄々々散々ニ射」（6―九五頁）。その他諸本は該当記事なし。「船の昇楯も引き挙げて」との文はやや分かりにくいが、船の方でも昇楯を構えて、といった意か。**○送れ馳せの勢、四五十騎ぞ出で来たる**　先陣を切った義経等少数の武士に続いて、数十騎の勢が現れたとする点は、〈長・松〉も同様で、四十余騎の兵が続いたとし、そのうち後藤実基等の名乗りを記す（次項注解参照）。〈延〉では、A義経を含む七騎の源氏勢、惣門前の渚に到着。義経名乗り。B無勢と見た平家は教経が出陣。畠山重忠・熊谷直実・平山季重・佐藤継信・佐藤忠信・和田義盛・佐々木高綱七騎の源氏武者が応戦。C義経矢面に立ち戦うに、義経を討たせじと佐藤継信・忠信・後藤実基・子の基清矢面に立つ。Dこの時、常陸国の住人鹿島宗綱・行方余一等、四十余人討たれる。E「能登守ハ小船ニ乗テスルリト指寄テ、指ツメ〳〵射サセテ引退ク。次ニ片岡兵衛経俊、胸板ノ余リヲ射サセテ同引退ク。次河村三郎能高、内甲ヲ射サセテ、矢ト共ニ落ニケリ」（一六オ）の戦闘が描かれた後に、「継信最期」が記され、その後、F勝浦で戦った源氏の軍兵、足利義兼を初めとして四十余人馳せ加わるとして、名寄せが記される。AからFの記事の問題点については、既に原田敦史が分析を加えている。Aでは義経を含めて七騎であったが、Bでは、義経を除いて七騎。Cでは、その七騎のうちなぜか佐藤兄弟だけが、いつ現れたのかも分からない後藤父子と共に戦っている。Dでは、この「四十余人」が源氏勢だとした場合、阿波に上陸した義経勢は「五十余人」だったはずで、この時点で四十余人を失うことは壊滅に等しい。また、Eの記事もこのままでは意味が取れないが、〈盛〉の「能登守ハ心モ甲ニ力モ強ク、精兵ノ手聞ナリ。源氏ガ懸廻シ〳〵テ、チト踉蹡所ヲ見負テ、指詰々々射ケル矢ニ、武蔵国住人河越三郎宗頼、目ノ前ニ被射テ引退。次ニ片岡兵衛経俊、胸板イラレテ引退ク」（6―一一八頁）ならば正しく理解できる。さらに、Fの名寄せに登場する二十五人のうち十三人は、巻十一冒頭に記される範頼軍の構成員と重複することを指摘する（一二一～一二三頁）。この内、Dに記される鹿島氏と行方氏について補足すれば、常陸平氏の両氏は、当初は佐竹氏と行動を共にし頼朝に敵対していたが、その後両氏は他の常陸平氏（多気氏や下妻氏などの一族）と袂を分かち、いち早く頼朝に従った可能性が高いという（前川辰徳一二四四～一二四五頁）。以上のようにとらえた上で、〈盛〉と対比させると、①〈延〉で様々な矛盾をはらんでいたB～Fの諸要素が、〈盛〉では全く異なる配置となっている②〈盛〉は、これらの記事を、初めは小勢だった義経軍が徐々に人数を増やしていくという流れの中に配している点が指摘できるとする。しかし、〈盛〉を、〈延〉を増補・再編して作られたと見ることはできず、かといって〈盛〉から〈延〉という直接関係を想定することもためらわせる。結論として、〈延・盛〉が他の『平家物語』諸本には見られない新たな情報を受容した層を共有していると考えるのが、最も妥当であるとする（一二三～一二四頁）。また、〈南・屋・覚・中〉は、遅ればせに着いたとは描かないが、続いて名乗る武士達を描く（次項注解参照）。**○是も船を見て名乗りけり**　義経等数名（前掲注解「常陸国の住人鹿島六郎家綱」参照）の次に続いた者達の名乗りをこの位置に記すのは、他に〈長・松・南・屋・覚〉。人名は次の通り（表記の相違は無視した）。

	〈四〉	〈長〉	〈松・南〉	〈屋〉	〈覚〉	〈中〉
佐藤次信	○	○	○	○	○	○
佐藤忠信	○	○	○	○	○	○
後藤実基	○	○	○	○	○	×
後藤基清	○	○	○	○	○	×
片岡経忠	×	○	×	×	×	×
渋谷重助	×	×	×	○	×	×
江田源三	×	×	×	×	○	×
熊井太郎	×	×	×	×	○	×
弁慶	×	×	×	×	○	○
伊勢三郎	×	×	×	×	×	○

〈延〉では、次信最期のあたりまでは七騎で戦っていたように読めるが、その後、遅れ馳せに着いた四十余人の名寄として、「足利蔵人義兼、北条四郎時政、武田兵衛有義」（一八オ）以下、二十五名の名を記す。しかし、そこに挙げられる人名は、〈延〉が四ウから五オにかけて記していた範頼勢の名寄に多く重なるものであり（前項のFでの指摘。原田敦史二二頁）、ここに記すのは不審。しかも、足利・北条・武田や三浦・小山など名だたる武士の名を多く記しながら、総計が「四十余人」というのも奇妙である。何らかの誤り、あるいは編集上の失敗があるのであろう。また、〈延〉はその後さらに、藤次兵衛尉範忠率いる七騎の到着を記す（範忠率いる七騎の到着は、〈長〉は、5―八九頁、

〈盛〉は、6―九六～九七頁に記す。いずれも〈延〉と同じく「那須余一」の前に記す）。〈盛〉は、前掲注解「惣門の前の渚に調甲にて五騎、樋と出で来たり」に見たように、義経勢は五十余騎で来襲したと記していた。その後、城中に籠もった平家と義経率いる源氏軍との戦いが記されるが、初めの言葉争いの場面では、伊勢義盛と金子家忠と弟金子与一が登場する。その後の合戦では、義経を先頭として、土屋義清等六騎の武将の名が記される。この時の合戦では、教経により、源氏の兵の多くが討たれたとする。そこで内裏に火を懸けたところ、城内の平家の軍兵は争って儲船に乗ったとする。その後、船に乗って攻め寄せる平家とそれを迎え撃つ義経を先とする源氏七騎との間で矢軍が始まるが、膠着状態になったその時に後続部隊が到着し、さらにその後、〈延〉と同様に藤次兵衛尉範忠率いる七騎が到着したとする。その時の義経麾下の総数が、扇の的の話の後に記される「源氏三百余騎」（6―一一二頁）なのであろうが、義経勢の数がわかりにくい。　**〇奥州の佐藤三郎兵衛次信**　佐藤次信・忠信兄弟については、「義経・範頼西国発向」の名寄の注解59参照。　**〇後藤兵衛実基**　後藤実基・基清父子については、「義経・範頼西国発向」の名寄の注解⑥⑦参照。　**〇船には目も懸けず、御所や内裏へ乱れ入り、手々に火を放つ**　内裏に火をかけたのは、〈四〉では佐藤兄弟・後藤父子をはじめとした四五十騎全体とするか。〈中〉も遅れ馳せに来た者達と読める。〈南・覚〉では後藤実基、〈屋〉では佐藤兄弟と渋谷重助。これらは、名乗りを上げたにもかかわらず、戦わずに内裏に火をかけたとする点、ややちぐはぐな感もあるが、この位置で放火を記すことは、合戦記述の構成上は問題ない。〈長〉は義経に続く五騎（鹿島六郎等）が現れた段階で、「城をすてぬるうへは、敵城内にかけ入て」（5―八四～八五頁）放火したとする（火をかけた者の名は不記）。〈盛〉は、詞戦を終えて本格的な城内に籠もった平家軍と合戦が始まったところで、義経が、「平家大勢也。御方ノ勢ハイマダ続カズ。敵内裏ニ引籠テ、出合々々戦ンニハ優々敷大事、其上兵船海上ニ数ヲ不知、屋島ノ在家ヲ焼払テ、一方ニ付テ責ベシ」（6―九四頁）と言って屋島の在家に火をかけたところ、西風が強く、内裏も焼亡したとする。〈松〉では、義経以下七騎が戦う中、残る四十余騎も駆けつけ名乗りを上げるも、義経は、「平家ハ大勢ナリ。御方ノ勢ハツヾカズ。敵内裏ニ引籠テ打出々々戦バ、由々敷大事ナルベシ。急ギ内裏ニ火ヲ係ケ焼払ヒ、一方ニ付テ攻ヨ」（七頁）と言って内裏に火を懸けたとする。〈盛〉に近似するが、〈松〉は城郭戦ではなく、船に乗った平家との矢軍である。このままでは平家が再上陸して内裏に籠もるようなことになれば一大事になるとして、先手を打って内裏に火を懸けたとするのである。〈延〉は、合戦の前に牟礼・高松の放火は記すが、内裏の放火は記さない。しかし、日没後には、「平家ハ、御所ハ焼レヌ、何クニ留ルベシトモナケレバ、焼内裏ノ前ニ陣ヲトル」（一二三オ）とあり、内裏の焼亡を記さないのは明らかに手落ちである（原田敦史二二頁）。編集上の錯誤による脱落か。『吾妻鏡』二月十九日条も、この焼き払いを記しており、佐藤兄弟や後藤父子が焼いたと読める。屋島合戦は、北川忠彦が、記録類における記載の少なさから「小ぜりあいに過ぎなかった」（八三頁）とするように、平家側主要人物の討死や生捕は確認されず、戦闘の規模がさほど大きかったとは思えない。しかし、平家を拠点としてきた屋島から追い出した点に、戦略上の大きな意義、あるいは歴史的重要性があったはずで（佐伯真一、一六～一七頁）、その意味では御所焼払は重要な記事だったはずである。なお、屋島合戦に同時代の記録は少ないが、一つは『玉葉』の記録が注意される。「伝聞、九郎去十六日解纜、無為着阿波国了云々」（文治元年二月二十七日条）、「隆職注送追討之間事、自義経許申上状云々、去月十六日解纜、十七日着阿波国、十八日寄屋島、追落凶党了、然而未伐取平家云々」（同年三月四日条）。内裏焼打の件は確認できないが、『平家物語』が記すように、義経の攻撃は迅速に行われたことが確認できる。今一つ、早くから重要な合戦として意識されたことを示す史料に、建久八年（一一九七）十月四日の源親長敬白文（鎌倉遺文九三七号。但馬進美寺文書）の、「被語逆臣渡南海族者、失浮生於八島之浪上」という一節がある（源平合戦の代表として、篠原合戦との対で屋島合戦を挙げたもの）。また、屋島合戦全体の大まかな記事構成に関する諸本異同については、次段「屋島合戦②」冒頭の注解参照。

【引用研究文献】

＊折口信夫「「八島」語りの研究」（多磨八巻二号、一九三九・2。能楽画報三五巻一・二号、一九四〇・1、2。『折口信夫全集・一七』中央公論社一九五六・9、『折口信夫全集・二一』中央公論社一九九六・11再録）
＊北川忠彦「八嶋合戦の語りべ『論集日本文学・日本語3中世』角川書店一九七八・6。『軍記物論考』三弥井書店一九八九・8再録。引用は後者による）。
＊日下力「『平家物語』四兄弟の論―宗盛と知盛、そして重衡を中心に」（梶原正昭先生古稀記念論文集『軍記文学の系譜と展開』汲古書院一九九八・3。『平家物語の誕生』岩波書店二〇〇一・4再録）
＊佐伯真一「屋島合戦と「八島語り」についての覚書」（『ドラマツルギーの研究』青山学院大学総合研究所人文学系研究センター一九九八・7）
＊島津忠夫「八島の語りと平家・猿楽・舞」（『論集日本文学・日本語3中世』角川書店一九七八・6。『島津忠夫著作集・一一　芸能史』和泉書院二〇〇七・3再録。引用は後者による）
＊野口実「義経を支えた人たち」（上横手雅敬編『源義経流浪の勇者―京都・鎌倉・平泉―』文英堂二〇〇四・9）
＊原田敦史「屋島合戦譚本文考」（『平家物語の文学史』東京大学出版会二〇一二・12）
＊前川辰徳「常陸一の宮・鹿島社の武士たち」（高橋修編『実像の中世武士団―北関東のもののふたち―』高志書院二〇一〇・8）
＊宮田敬三「元暦西海合戦試論―「範頼苦戦と義経出陣」論の再検討―」（立命館文学五五四号、一九九八・3）
＊笠榮治「「見るべき程の事は見つ」考(下)―平家物語「壇の浦」合戦譚群の構成―」（福岡教育大学国語国文学会誌三〇号、一九八九・2）

屋島合戦（②盛次・義守、詞戦）

【原文】

大臣殿仰セ源氏無勢者僅見《ミレ》[1]二四五十騎トコソ口惜キ事哉暫ク留陸可カ戦物内裏焼セヌルコソ不安《ネ》[2]ラ能登殿上陸ヘ為《シ》下ヘ軍言ヘ佐承候ヌ▽一五九右侍越中次郎兵衛尉盛次以下五百余騎押寄セ渚ヘ焼ケ内裏惣門前ノ渚《ヘ》[3]取ル陣源氏モ五十余騎寄ス[4]矢此[5]引フヘ越中次郎兵衛尉申名乗聞ツレ海上遥譙カ不聞抑モ今日大将軍ハ誰ソヤ申セ伊勢三郎義守歩マセ出テ咹《アナ》事モ愚カヤ清和天王十代御苗裔八幡殿ハ四代御孫▽一五九左鎌倉殿御舎弟九郎大夫判官殿ソカシ申セ盛次有而ル事ニ一年成《セ》二金商人従者一粮料用下奥州ヘ小冠者事カトソ申義守亦申[6]是ク申ス負土浪山軍山被追籠生辛キ命懸リ北陸道泣々乞食シ上者カヨ申セハ盛次不取リ[7]〔敢ヘ〕君御恩自レ若ク不レ乏《トモシ》カラ衣食何《ニ》トテカ可乞食東国者共ハ皆有《ナ》リシカ▽一六〇右蚑跪《ヒサマツイテコソ》《ツクハイテコソ》汝コソ盗シ養ト妻子聞ケ其レ世モ[8]不シナント諍ソヒ[9]申セ余リ立レテ腹喚《ヲウト》云懸ル処金子十郎同与一立二判官弓手一妻手雑言ソ無益伊勢三郎殿何事言去年春一ノ谷見ッ武蔵相模人々手並物打出テヨカシ不キ寄ル口聞タ物云ヒヒ[10]与一吉引放ッ矢盛次胸板健《シタ、カ》当後詞戦留リヌ判官盛次被悪口セ▽一六〇左真先《キ》懸ケ為《シ》下ヘ手取セント奥州佐藤三郎兵衛同四郎兵衛金子十郎同与一後藤兵衛父子塞リ前不奉懸サセ

【釈文】

大臣殿の仰せに、「源氏は無勢なりける**ものを**。僅かに四五十騎**とこそ**見《ミ》[1]**れ**。口惜しき事**かな**。暫く陸に

留まりて戦ふべかりしものを。内裏を焼かせぬるこそ安[2]からね。能登殿、陸へ上がりて軍為《シ》たまへ」と言へば、「佐承り▽一五九右候ひぬ」とて、侍に越中次郎兵衛尉盛次以下、五百余騎にて渚へ押し寄せ、焼けたる内裏・惣門の前《まへ》[3]の渚に陣を取る。源氏も五十余騎、矢比[5]（此）に寄せ（す）[4]て引かへたり。

越中次郎兵衛尉申しけるは、「名乗りは聞きつれども、海上遥かにて慥《たし》かにも聞かず。抑《そもそ》も今日の大将軍は誰ぞや」と申せば、伊勢三郎義守、歩ませ出でて、「咹《ア》な、事も愚かや。清和天王十代の御苗裔、八幡殿には四代の御孫、▽一五九左鎌倉殿の御舎弟、九郎大夫判官殿ぞかし」と申せば、盛次、「而る事有り。一年《ひととせ》、金商人の従者に成り、粮料を用ちて奥州へ下りし小冠者が事か」とぞ申しける。義守亦申しけるは、「是[6]く申すは、土《と》浪《なみ》山の軍に負けて、山に追ひ籠められ、辛き命生きて北陸道に懸かり、泣く泣く乞食して上りける者かとよ」と申せば、盛次取り敢[7]へず、「君の御恩にて、若くより衣食に乏《トモ》しからず。何《なに》とてか乞食すべき。東国の者共は、皆《みナ》▽一六〇右蚑跪《はひヒサマツ》いてこそ有りしか。汝こそ盗みして妻子を養ふと聞け。其れ世《よ》も[8]諍《あらソ》は（ひ）じ」なんど申[9]せば、余りに腹を立てて、「喚《ヲウ》」と云ひて懸くる処に、金子十郎・同じき与一、判官の弓手・妻手に立ちて、「雑言ぞ。無益の伊勢三郎殿よ。何かなる事言ふとも、去年の春、一の谷にて、武蔵・相模の人々の手並は見つるものを。打ち出でよかし。口聞きたらんには寄るまじきものを」と云[10]ひければ、与一が吉く引きて放つ矢、盛次が胸板に健《シタヽ》かに当たりければ、後は詞戦ひは留まりぬ。

判官、盛次に悪口▽一六〇左せられて、真先《まつさキ》に懸け、手取りにせんと為《シ》たまへども、奥州の佐藤三郎兵衛・同じき四郎兵衛・金子十郎・同じき与一・後藤兵衛父子、前に塞がりて懸けさせ奉らず。

【校異・訓読】 1〈底・昭〉「見《ミレ》二」と「四五十騎」の間に「見」を書き、〈底〉は○印、〈昭〉はレ点で見せ消ち。衍字であろう。〈書〉は「見」の重複なし。2〈昭〉「不《ケ》安」。3〈昭〉「前」。4〈昭〉「寄《ヌ》」。5〈昭・書〉「比」。6〈昭〉「是《イ》」。7〈底・昭〉「不取《リ》」の右下に「敢へ」と傍書。〈書〉「不取敢」。8〈昭〉「不諍《ソヒ》」。9〈昭〉「申」。10〈底〉「云《ヒヒ》」の右側の「ヒ」は難読。〈昭〉「云《ヘヒ》」。

【注解】〇大臣殿の仰せに…　以下、宗盛の下知により平家勢が上陸し、詞戦が始まる。詞戦は諸本にあるが、位置はさまざまであり、そもそも、屋島合戦の構成は諸本により大きく異なる。ここで、その諸要素の順序を大まかに対照しておく。本項に該当する「宗盛下知」及びそれに類似する〈長〉「教経後悔」をゴシックで表す。屋島合戦と志度合戦はどこかに夜間の休戦（表の「夜休戦」）を挟んで描かれるが、〈四〉では休戦の後は志度合戦とされ、那須与一・景清錣引・弓流といった屋島合戦の著名な話題を志度合戦の中に位置づける特異な構成。

〈四〉	〈延〉	〈長〉	〈盛〉	〈松〉	〈南・屋・覚・中〉
義経来襲	義経来襲	義経来襲	義経来襲	義経来襲	義経来襲
矢戦	**宗盛下知**	御所焼払	詞戦	矢戦	矢戦
御所焼払	矢戦	矢戦	矢戦	御所焼払	御所焼払
宗盛下知	嗣信最期	詞戦	御所焼払	**宗盛下知**	**宗盛下知**
詞戦	那須与一	**教経後悔**	那須与一	詞戦	詞戦
次信最期	景清錣引	嗣信最期	景清錣引	継信最期	嗣信最期
（夜休戦）	弓流	（夜休戦）	弓流	那須与一	那須与一
志度合戦	（夜休戦）	那須与一	盛嗣錣引	景清錣引	景清錣引
那須与一	詞戦	景清錣引	**宗盛下知**	（夜休戦）	弓流
景清錣引		弓流	嗣信最期	弓流	（夜休戦）
弓流			（夜休戦）	志度合戦	志度合戦

宗盛の下知は〈長〉を除く諸本にあるが、内容は、位置・前後の記述の在り方によって異なる。大体、義経の小勢におびえて船に乗り、御所を焼かせてしまったことが後悔の内容だが、〈延〉では御所焼払が記されておらず、また義経勢がこの時点では未だ七騎とされるので、宗盛下知（一五オ）では、小勢と判断できなかった悔しさのみが記される（但し、〈延〉は後に御所焼亡を記しており〔一二三オ〕、義経勢による焼払を描かないのは矛盾〔原田敦史二一一頁〕。前段「屋島

合戦①」末尾「船には目も懸けず…」注解参照）。〈長〉では宗盛が御所焼払を残念に思った記述はなく、詞戦の後で教経が後悔し、自ら戦う（5―八六頁）という展開。〈盛〉では、御所焼払の後、那須与一や景清錣引などの合戦が展開され、宗盛の下知は、ずっと後で、義経を討ち漏らしたことへの無念として語られる。「大臣殿船中ニテ是ヲ見給テ、能登殿へ被仰ケルハ、源氏ノ軍将九郎冠者ヲ、度々目ニ懸テ討ハヅシヌル事、返々遺恨也。最前七騎ニテ寄タリシニハ、残党ニ恐テ不討留。海上ニ馳入ル、時ハ、盛嗣熊手ニ懸馳ヌ」（6―一一五〜一一六頁）。〈盛〉の場合、御所焼払は、源平双方城郭戦の中、多勢の平家が内裏に籠もる戦法を採った時、小勢の義経軍は不利と考え、義経は在家に火を放ったところ、西風に煽られて火が内裏に燃え移ったとする。そのために城内の平家の軍兵は船に乗り移ったとする。こうした事情から、〈盛〉の宗盛は、御所を焼かせてしまったことへの後悔を口にしないのであろう。ただその時、義経が最初に七騎で現れた時に討ち留め得なかったことの後悔と、錣引きの折にもやはり逃してしまったことへの後悔を語るのであろう。一方、〈松〉の場合、平家は在家の焼亡と義経軍が干潟を渡る際に蹴上げた潮煙を大軍の襲来と考えたため海上に撤退したとする。その後海上の平家軍との間に矢戦が始まるが、「敵内裏ニ引籠テ打出々々戦バ、由々敷大事ナルベシ」（七頁）と考えた義経は、内裏に火を放ったとする。故に、宗盛は、たった四五十騎余りの義経軍を大軍の襲来と間違え海上に撤退してしまったがために内裏を焼かせてしまったことを後悔するのである。〈南・屋・覚・中〉は宗盛下知に関しては〈四・松〉に近く、この点に関しては比較的無理のない構成といえよう。北川忠彦は、このような多様さを、「八嶋合戦に関する各説話が、個々別々、各種各様に成立し、それを後にまとめて、語り本に完成されたかたちでみられるような八嶋合戦の物語として統一したらしい」（八四頁）と見る。比較的整っている〈南・屋・覚・中〉でも、夕暮れになって合戦をやめようとした頃に配置される那須与一の後、錣引・弓流と、なお活発な合戦が展開されるという不合理は残っている。佐伯真一は、屋島合戦を構成する多くの話題を一続きの合戦譚として叙述するのは難しいとして、「そもそも屋島合戦には話材が過剰なのではないか」（一七頁）ととらえる。　**○源**

氏は無勢なりけるものを。僅かに四五十騎とこそ見れ　宗盛の後悔。〈四〉前段では、義経は当初五騎で現れ、続いて「送れ馳せの勢、四五十騎」が攻め寄せていた。宗盛の言葉の中では、義経勢の数を〈延〉は七騎とし、義経の登場場面と対応。〈盛〉も「最前七騎ニテ寄タリシニハ残党ニ恐テ不二討留一」（6—一一六頁）とするが、〈盛〉では最初から「五十余騎」（6—九一頁）とあり齟齬がある。恐らくは、矢戦の場面で描かれる義経を先とする七騎と越中次郎盛嗣等との攻防戦（6—九三〜九四頁）を指すのであろうか。〈長〉は教経の後悔の中で、「あれほどの無下の小勢を」（5—八六頁）とするが、義経の登場場面の「五騎うちつれてぞかけたる」（八四頁）を指すと考えられる。〈松〉は、〈四〉と同じく「僅四五十騎コソ有ケレ」（七頁）とするが、義経の登場の場面では「先ヅ惣門ノ前ニ七騎馳来テ」とし、その後の矢戦の場面では、「残リ四十余騎モ馳著タリ」（七頁）とする。〈屋・中〉も小勢であったという表現だが、〈南・覚〉は、「髪のすぢを一すぢづゝわけてとるとも、此勢にはたるまじかりける物を」（〈覚〉下—二七〇頁）と、源氏の少数を強調するが、当該記事には「七八十騎」（〈覚〉二六九頁）とする。義経登場場面の「源氏のつは物ども、ひた甲七八十騎、惣門のまへのなぎさにつッと出できたり」（〈覚〉二六八頁）に対応する。**〇口惜しき事かな。暫く陸に留まりて戦ふべかりしものを。内裏を焼かせぬるこそ安からね**　宗盛の後悔は、戦わずに内裏を焼かれてしまったことに力点がある。この点、〈松・南・屋・覚・中〉及び〈長〉の教経の後悔（5—八六頁）も同様。この点、〈延・盛〉では宗盛の後悔に内裏を焼かせたことが含まれないが、〈延〉では内裏放火が描かれず、〈盛〉では、当初城内に籠もった平家と源氏との戦闘の後、義経が在家に火を懸け、その火が内裏に燃え移ったため城内にいた平家軍は争うようにして海上に逃げたとする。〈盛〉が、城内に留まって内裏焼失を防ぐべきであったとする記事を欠くのは、そうした事情によると考えられる。**〇能登殿、陸へ上がりて軍為たまへ**　教経に戦闘を命ずる点、〈延・盛・松・南・屋・覚・中〉同様。〈長〉は教経が自ら上陸する。〈屋・中〉は「寄テ一軍シ給へ」（〈屋〉七五八頁）といった表現だが、諸本とも上陸しての合戦を意識したものと読めよう（次々項参照）。**〇侍に越中次郎兵衛尉盛次以下、五百余騎にて渚へ押し寄せ**　命じられたのは教経なのに、盛次以下が出動するというのは分かりにくいが、〈覚〉「越中次郎兵衛盛次をあひ具して」（下―二七〇頁。〈南〉も同様）の内容を、やや舌足らずに述べたものか。盛次を伴ったことは、〈延・長・屋・中〉では記さない。〈盛〉では、教経は景経・景俊・盛嗣・忠光・景清・家村・高村以下三十余人を、〈松〉では、盛次・忠光・景清以下三十余人を伴ったとする。なお、次々項に見るように、この後、詞戦を展開する平家側の人物は、〈盛〉を除き盛次。北川忠彦は、〈屋〉などでは平家方から寄せたのが教経であると記されながら盛次が詞戦をしているのに対し、〈覚〉では最初から「盛次もあひ具して」寄せたと合理化し、詞戦を文脈中に定着させていると見た（八九頁）。一方、川鶴進一は、〈長〉で盛次が唐突に登場するのは、〈覚〉的な形の取り込みによって生じた形と見る（六一頁）。なお、反撃に向かった平家勢の数は、〈延〉「三十余艘」（一五ウ）、〈松〉「三十余人」（五九ウ）、〈南〉「五百余人」（八三二頁）、〈屋〉「二百余人」（七五八頁）、〈中〉「小舟百そう」（下―二四二頁）。〈長・盛・覚〉は明記しない。「勝浦合戦」では、近藤六親家が、屋島の平家勢を千騎ほどと述べており、本段では義経勢よりははるかに多い人数とされているので、「五百余」という数は妥当か。但し、一度船に乗った者達なので、騎馬ではなく、〈南〉のように「五百余人」とする方がより適切か。

○焼けたる内裏・惣門の前の渚に陣を取る　教経及び盛次が惣門前の渚に陣取ったとする点、〈南・覚〉同様。「惣門の前の渚」とは、前段「屋島合戦①」で、義経が五騎で走ってきた場所である。〈四・南・覚〉では、教経率いる平家がその地点を奪回し、以下の詞戦を陸上で展開したと読めそうであり、〈屋・中〉も同様に読めそうに見える。〈延〉は弓流記事の後、平家が焼け内裏の前に陣取って一晩を過ごし、翌朝、詞戦をしたとする。〈盛〉では開戦早々、攻め寄せた義経勢に対して武蔵三郎左衛門有国が、「城ノ木戸ノ櫓」（6―九一頁）から大音声を上げたとする。このように見ると、詞戦は陸上で展開されたとする諸本が多いようだが、〈長〉は、「越中次郎兵衛盛次が、舟の屋かたのうへにのぼりて申けるは」（5―八五頁）と、船上にいたと明記する（但し〈長〉の詞戦は、教経が反撃する前）。また、〈覚〉では「越中次郎兵衛盛次、舟のおもてに立出で、大音声をあげて」（下―二七〇頁）ともあり、教経の童菊王丸討たれの場面では、「能登守これを見て、急ぎ舟よりとんでおり」（下―二七二頁）とあるように、盛次や教経はなおも船上にいるように読める。さらに、次信最期場面（次段「屋島合戦③」）では、〈四〉は、教経が「船軍は子細有るものぞ」と発言し、「橋船の舳に立ちて、大将軍を射んと欲たまへば」「渚へ飛び下りけり」などとあり、教経は明らかに船上にいると読める。〈覚〉も「急ぎ舟よりとんでおり」（下―二七二頁）とあるなど、同様。〈延〉では「船ノ舳ニカヒダテカキテ」「ヘヤカタニカヒダテカキテ」（一五ウ）とあるように、船には昇楯などの防禦具があったはずである。従って、〈四・南・覚〉でも、船を惣門前の海岸に着け、船を拠点としながら戦うことを「渚に陣を取る」と表現したのだと考えることもできるかもしれない。但し、〈松〉は、「船ヲ渚へ押寄テ、焼跡惣門ノ前ニ陣ヲ取ル」（七頁）とする。その〈松〉では、継信最期の後、教経の奮戦はあったものの、平家は駆け散らされ海上に退いたとして、次の「那須与一」に続く。いずれにせよ、〈四・延・松・南・屋・覚・中〉では、本段の内容を、海上の平家と陸地の源氏という構図の中で描こうとするのであろう。一方、〈長・盛〉では、教経は陸上にいたと読める（次段冒頭の注解「能登守、「船軍は子細有るものぞ」…」参照）。但し、〈長・盛〉でも、那須与一の妙技は、海上の平家と陸地の源氏が見守るという構図の中で描かれている。　**○越中次郎兵衛尉申しけるは**　以下、詞戦が展開される。これを詞戦と呼ぶことは、最後に「後は詞戦ひは留まりぬ」とあることからも明らか。平家側の話者を盛次とする点は、〈延・長・松・南・屋・覚・中〉同様。〈盛〉は武蔵三郎左衛門有国とする。但し、有国は、〈盛〉では北陸合戦で討死したとあり（巻三十。4―三四三頁）、その後、一谷でも討死を描かれ（5―四一〇頁）、さらに、壇浦で自害したとも記される（6―一七四頁）。詞戦は、〈四〉では巻九「熊谷平山一二の懸③」（本全釈巻九―二八四頁）に見えていた「詞諍ヒ」と同義であろう（該当部、〈延〉「詞戦」、〈南〉「詞タヽカイ」）。他に、本文では「詞戦」の語を用いないものの、〈延〉では石橋山合戦における北条時政と大庭景親（巻五―五七オ）、横田河原合戦における佐井弘資と富部家俊（巻六―八二ウ）なども、詞戦の例といえよう。小此木敏明は、屋島合戦で「詞戦」があったことが、謡曲「八島」や「次信」などにも触れられていることを指摘する。詞戦について、北川忠彦は、合戦の開始に当たってその成否を占うものと考え、当然合戦の冒頭に置かれるべきものであるが、〈延〉のようにこれを二日目に置くあり方は不自然であるとする（八八頁）。藤木久志（九〇～一二八頁）は、多くの具体例を指摘しつつ、在地の慣行に基礎を置いて古代から存在したと想定される詞戦が、集団間の戦闘の発端から、私的かつ個人的な口論へと変化する様相を指摘した。　**○名乗りは聞きつれども、海上遥かにて慥かにも聞かず**　詞戦の初めにこうした言葉を置く点は、〈延・長・松・南・屋・覚・中〉同様。〈四・長・松・南・屋・覚・中〉では、義経等の名乗りが、海上にいて聞き取れなかった意（前段「屋島合戦①」参照）。なお、〈延〉の場合は、当該話を二日目の朝に位置づけるので「昨日名乗給トハ聞シカドモ…」（二三ウ）とする（詞戦記事の位置については、本段冒頭の注解「大臣殿の仰せに…」に掲げた対照表を参照）。だが、北川忠彦が、「合戦の開始に当ってその成否を占う諍いを二日目に持って来るのは何としても不合理」（八八頁）と指摘するとおりであろう。一方、〈盛〉は、義経来襲の直後に詞戦を置くが、義経の奇襲は、突然、問答無用で襲いかかるところに意味があるはずで、小勢に過ぎない義経勢が最初に長々と詞戦を展開するのは、平家があわてて海へ逃れるという展開にもうまくつながっておらず、文脈上、自然な展開とはいえない。但し、北川がそうした不合理ゆえに詞戦記事を後補記事とするのは如何か。こうした文脈の不整合は、屋島合戦では、多かれ少なかれ、いずれの諸本にも見られる。それは、どの記事が後補であるという問題ではなく、屋島合戦の叙述が、バラバラで過剰気味の話題の継ぎ合わせによって成り立っており、諸本は各々なりの編集・整理を加えたが、どれもそれを十分整合的には構成しきれていないというように見るべきか。　**○伊勢三郎義守、歩ませ出でて**　伊勢三郎が、源氏側の話者になる点は、諸本同。「勝浦合戦」では近藤六親家を服従させ、「義盛田内左衛門生捕」では田内左衛門則良を生け捕るように、弁舌に優れた者としての造型であろう。　**○咬な、事も愚かや。清和天王十代の御苗裔、八幡殿には四代の御孫、鎌倉殿の御舎弟、九郎大夫判官殿ぞかし**　〈延・長・盛・松・南〉同様。〈屋・覚・中〉は「八幡殿には四代の御孫」なし。

〈延〉は、桜間良遠との合戦でも、清和天皇より十代、頼朝の舎弟と名乗りを上げている（九ウ）。なお、前段では、海上に退避しようとする平家に義経が上げた名乗りには、「一院の御使、検非違使五位尉源義経」とあった。**○一年、金商人の従者に成り、粮料を用ちて奥州へ下りし小冠者が事か**　諸本基本的には同様だが、〈延〉が「金商人」の名を「三条ノ橘次」とし、〈長・南・屋・覚・中〉が平治の乱の顚末に触れるなど、異同が多い。〈延・盛〉では、壇浦合戦でも家長が「金商人」の従者が源氏の大将軍として安徳天皇に弓を引くことを嘆いている（〈延〉三二オ、〈盛〉6―一四九頁）。義経を伴って奥州へ行った金商人の名は、〈盛〉巻四十六「義経始終有様事」（6―三七三頁）や、一類本『平治物語』巻下「牛若奥州下りの事」（新大系二七八頁）などでは、「金商人」とあるのみで、名なし。古活字本『平治物語』は「吉次」（旧大系四六二頁）とし、後の名を堀弥太郎とする。『剣巻』「五条ノ橘次末春」（『校訂剣巻』『磯馴帖・村雨篇』三二二頁）。田中本『義経記』巻一「吉次宗高」（新編全集三四頁）。古活字本『義経記』「吉次信高」（旧大系四七頁）。『異本義経記』「三条の橘次季春」（高橋貞一翻刻一八二頁）。幸若舞曲「烏帽子折」は「吉次」（『舞の本』三一二頁）で、「吉内、吉六」という兄弟がいたとも記す（同三三二頁）。幸若舞曲「鞍馬出」は「吉次」（『幸若舞曲研究・七』二五六頁）。柳田國男が炭焼長者伝説との関連を考えるように、多分に伝承的な人物だが、義経が金商人に伴われて奥州に赴いたことは、鎌倉時代から語られていたことであり、事実である可能性もあろう。なお、五味文彦によれば、金売り吉次は、院の御厩の舎人であったかと考えられ、京に本拠地をもって、京と奥州とを馬で往来しながら取引を行う金商人かとする（一一九～一三三頁）。**○土浪山の軍に負けて、山に追ひ籠められ、辛き命生きて北陸道に懸かり、泣く泣く乞食して上りける者かとよ**　諸本基本的に同様。〈長〉はこの前に、義経への悪口をとがめ、「明日はかひなき命のをしからむずれば、たすけさせ給へとこそ申さんずらめ」（5―八五頁）とあり。「土浪山」は、〈四〉巻七―一八五左（全釈巻七―五三頁）以降に頻出する表記。なお、〈四〉巻七では、北陸合戦に敗れた平家勢は、「所々の戦ひに皆討ち落とされて、然るべき人々も皆馬を離れ、物具を捨てて、或は東山道に懸かり、或は北陸道に臨み、思ひ思ひ心々に都へこそ上りけれ」（本全釈巻七—一〇七頁）と描かれていた。また、『玉葉』寿永二年六月五日条は、その惨状を「盛俊・景家・忠経等〈已上三人、彼家第一之勇士也〉、各小帷ニ前ヲ結テ、本鳥ヲ引クタシテ逃去、希有雖ニ存命一、不レ伴ニ僕従一人一」と記す。**○東国の者共は、皆蚊跪いてこそ有りしか**　「東国の者共」を、〈長〉は「さ申人ども」（5—八五頁）、〈盛〉は「東国ノ者共ハ党モ高家モ」（6—九二頁）とする。〈延〉は、「アワレ、盛次ガ武蔵国ヲ賜テ下タリシニハ、東国ノ大名小名、党モ高家モ、ハイヒザマヅキテコソ有シカ」（二四ウ）とする。盛次に武蔵守の経歴は確認できない。但し、武蔵国は当時、平知盛の知行国であり、平家家人が下向していたため、盛継が在国した可能性もあるか（野口実①八一頁）。〈南・屋・覚・中〉なし。なお、「蚊跪」の訓として、右訓によれば、「はひひざまづいて」となり、左訓によれば、「はひつくばいてこそ」となる。〈延・松〉「ハイヒザマヅイテコソ」（〈松〉七頁）、〈長〉「蚑跪」（5—八五頁）、〈盛〉「蚑跪」（6—九二頁）。〈名義抄〉「蚑　ハフ」（僧下二六）。**○汝こそ盗みして妻子を養ふと聞け**　〈延〉同。〈長〉は「高瀬両村の辺」（5—八六頁）で、〈盛・松・南・屋・覚・中〉は鈴鹿山中で、山賊をしていたという。「高瀬両村」は不明。伊勢三郎について、〈長〉の金山寺観音講記事では「日光そだちの児」（5—八二頁）とあり、〈盛〉巻四十六「義経始終有様」では、伊勢国住人で、伯母聟を殺した咎で禁獄され、赦免後は東国に落ちて上野国荒蒔郷に住んだとする。本段が記す盗賊としての経歴は著名で、一般に信用され、義盛は無頼の徒と見られる傾向にあろう。しかし、野口実②は、『吾妻鏡』元暦二年四月二十六日条で、宗盛等、壇浦合戦の捕虜の入洛にあたって、義盛が土肥実平と共に警護を務めていることや、同五月十七日条で、後藤基清と対等の立場で渡り合っていることなどから、「かれが盗賊出身の得体の知れない存在とはとても思えない」（八八頁）とする。但し、由緒正しい武士ならば盗賊を働いたりしない、というわけではない。〈延〉によれば、源行家でさえ、所領がないために、近隣の在家を追捕し、「夜討強盗」をして世を過ごしていたという（巻七—一一オ）。十分な収入のない武士が盗賊を働くことはあり得るわけで、伊勢三郎がれっきとした武士階級の出身であったとしても、そのことと、彼に盗賊の経験があるということとは特に矛盾しないだろう。　**○其れ世も諍は（ひ）じ**　その点については、反論の余地がないだろう、の意。〈延・長・盛・松・屋・中〉諸本基本的に同様。〈南・覚〉なし。　**○「喚」と云ひて懸くる処に**　激高した伊勢三郎が突撃しようとしたとの記事は、他本に見えない。狡知に長けた伊勢三郎の一般的な造型には、ややそぐわないところ。　**○金子十郎・同じき与一、判官の弓手・妻手に立ちて**　金子十郎家忠または与一近則が、詞戦を無益ととどめ、矢を放ったとする点は、諸本同様。〈四〉では次の「雑言ぞ」以下が、金子兄弟のどちらの言葉なのか不鮮明だが、他諸本では、十郎家忠が詞戦を無益と言い、与一近則が矢を放つ。　**○雑言ぞ**　他本は「雑言無益也」（〈延〉二四ウ）とする。「雑言」は、『日葡辞書』では「Zôgon 無礼な言葉、または、侮辱する言葉」（『邦訳日葡辞書』）とある。　**○口聞きたらんには寄るまじきものを**　〈延〉同。〈盛・松〉「合戦ノ法ハ利口ニ依ズ」（〈盛〉6―九三頁）と同様、「合戦は弁舌によって勝つわけではない」意だろう。〈長・南・屋・覚・中〉該当句なし。

○与一が吉く引きて放つ矢、盛次が胸板に健かに当たりければ、後は詞戦ひは留まりぬ　盛次に矢が当たって詞戦が終わったとする点は、諸本同様。〈延・盛・松〉は、盛次が「矢風」を負ったとし、〈延〉はさらに「敵モ御方モ一同ニハト咲」（二四ウ）ったとする（二四ウ）。　**○判官、盛次に悪口せられて、真先に懸け、手取りにせんと為たまへども**　義経が盛次の悪口に怒り、突進しようとしたが、配下の武士達が止めたとの記述は他本になし。〈延〉は、「東国ノ輩、九郎判官ヲ始トシテ、身々ノ[illegible]ヲ云レテ、不安一ト思テ、我先ヲ係ト進ケレドモ」（二四ウ～二五オ）と、義経だけではなく、皆が一斉に進んだとする。〈盛〉も、平家側の言葉に怒ったわけではないが、詞戦の後、義経勢が我先にと進んだとする。〈長・松・南・屋・覚・中〉では教経の描写に移るが、〈長〉では、教経が寄せる敵を待ち、先頭を切って進んでくる佐藤次信を射たとするので、義経勢は突撃したと読める。〈南・屋・覚・中〉該当記事なし。次項注解参照。　**○奥州の佐藤三郎兵衛・同じき四郎兵衛・金子十郎・同じき与一・後藤兵衛父子、前に塞がりて懸けさせ奉らず**　詞戦の後、〈南・屋・覚・中〉では教経の弓射の記述に移り、その矢から義経を守ろうとして、佐藤次信以下が立ちふさがり、次信最後へと展開する。〈四〉はそれに似た展開だが、教経から義経を守る防戦ではなく、前項に見たように突撃しようとする義経を制止するために立ちふさがったとする点が異なる。〈四〉では、教経の矢から義経を守ろうとする記述は、次段「屋島合戦③」に、「郎等共塞ぎければ力及ばず」と、簡単に見られる。一方、〈延・長・盛〉では、詞戦の後、義経勢が攻勢をかけたとする（前項参照）。〈延〉では、この段階では未だ七騎に過ぎない義経勢が平家勢と戦う中で、佐藤兄弟や後藤父子が義経を討たせまいと、「判官ノ面ニ立」（一六オ）、戦ったとする。〈四〉の本項に似る面もあろう。〈長・盛〉には、武士達が義経を守って立ちふさがるという記述はないが、〈盛〉では、詞戦の後、「九郎判官ヲ先トシテ」、土屋義清・後藤実基・同基清・小河資能・諸身能行・椎名胤平等が争って先を駆けたとの記述がある（6―九三～九四頁）。

【引用研究文献】

＊小此木敏明「「詞戦」考―延慶本『平家物語』を中心として―」（立正大学国語国文四三号、二〇〇五・3）
＊川鶴進一「長門本『平家物語』の屋嶋合戦譚―構成面からの検討―」（早稲田大学大学院文学研究科紀要四二輯、一九九七・2）
＊北川忠彦「八嶋合戦の語りべ」（『論集日本文学・日本語3中世』角川書店一九七八・6。『軍記物論考』三弥井書店一九八九・8再録。引用は後者による）
＊五味文彦「日宋貿易の社会構造」（『国史学論集』今井林太郎先生喜寿記念論文集刊行会一九八八・1）
＊佐伯真一「屋島合戦と「八島語り」についての覚書」（『ドラマツルギーの研究』青山学院大学総合研究所人文学系研究センター一九九八・7）
＊高橋貞一「異本義経記」（仏教大学研究紀要五七号、一九七三・3）
＊野口実①「鎌倉武士の心性―畠山重忠と三浦一族―」（五味文彦・馬淵和雄編『中世都市鎌倉の実像と境界』高志書院二

〇〇四・9）

＊野口実②「義経を支えた人たち」（上横手雅敬編『源義経流浪の勇者—京都・鎌倉・平泉—』文英堂二〇〇四・9）

＊原田敦史「屋島合戦譚本文考」（『平家物語の文学史』東京大学出版会二〇一二・12）

＊藤木久志「言葉戦い」（『戦国の作法—村の紛争解決—』平凡社一九八七・1）

＊柳田国男「炭焼小五郎が事」（『海南小記』大岡山書店一九二五・4。『定本柳田國男集・一』筑摩書房一九七五・2、三二三頁）

屋島合戦（③次信最期）

【原文】

能登守船軍有ル子《サ》細物ソト不着下直垂小袴着下[1]俗衣唐巻染小袖唐綾鬼鎧白星甲上負《ヲイ》高鸕尾征矢廿四差シ持ツ、繁藤弓

立《タテ》一橋船舳欲《シ下ヘハ》レ射大将軍一▽一六一右郎等共塞ケレ[2]不及力廻ル矢崎者一々被射落凡上臈モ下臈モ無能登殿程精兵手聞十三束三伏

打咬《クワセ》 強弓放《ツ》ケレハ[3]奥州佐藤三郎兵衛自二黒革鬼鎧弓手肩一妻手腋ヘ[4]樋[5]射通ヲ且シモ不手留ラ落能登守童云菊王丸有大

力豪者萌《モヨキ》[6]黄ノ腹巻ト三枚甲緒一▽一六一左大々刀帯《ハキタリ》 本[7]仕ヘカ越前三位[8]通盛二被[9]レ下討之後弟ノ付能登守取主射落シ敵首ラ抜太刀

渚ヘ飛ヒ下リ佐《ヲ》藤四郎兵衛不討セ兄吉引童腹巻引合健射ケレ辷ヒヌ[10]犬居能登守不シ討童渚ヘ飛ヒ下リ下左手持弓右手搏ミ[11]童

臂投ケ入ケレ下小船ヘ即チ死ヌ大夫判官三郎兵衛舁[12]キ二出セ陣後ヘ▽一六二右自馬下リ何カニト言ヘ今限リ候申セ無思ヒ置ク事被ケレレ仰君渡ラセ下ハンレ世不シテレ奉レ見死ニ[13]候ハン事コソ懸リ心候ヘ爾取ル弓者中レ矢死事所レ願候就レ中源平両家御合戦名所曝シ骸末代マ残シレ[14]名候ハン事面目コソ候ヘ申死ヌ判官尋ネレ僧我乗毎度被高名黒キ馬太肥被成五位尉之時同ク被ケレレ成サ二五位一云▽一六二左大夫黒一置黄伏輪鞍一為ヨ孝養賜ヒ[15]郎等共見之為君捨ニ命事自リモ塵挨《アクタ》可シトソ軽カル感

【釈文】

能登守、「船軍《ふないくさ》は子細有るものぞ」とて、直垂・小袴は着たまはず。俗衣に、唐巻染の小袖に、唐綾鬼《をどし》の鎧、白星の甲を着て、[1]高鷗尾《たかうすべふ》の征矢廿四差したるを負《ヲ》ひ（い）、繁籐の弓を持ちつつ、橋船《はしぶね》の舳《へ》に立《タ》ちて、大▽一六一右将軍を射んと欲《シ》たまへば、郎等共塞ぎ[2]ければ、力及ばず、矢崎に廻る者、一々に射落とさる。凡そ上臈も下臈も、能登殿程の精兵の手聞《てきき》は無し。

十三束三伏を強弓に打咬《クワ》せて放ちければ、奥州[3]の佐藤三郎兵衛が黒革鬼の鎧の弓手の肩より妻手の腋[4]へ、樋《つつ》と射通[5]して、▽一六一左且しも手留《たま》らず落ちにけり。能登守の童に菊王丸と云ふ大力の豪の者有り。萌黄《モヨキ》[6]の腹巻に、三枚甲の緒をト《し》めて、大太（大）刀を帯《ハ》きたり。本は越前三位通盛[8]に仕[7]へけるが、討[9]たれたまひて後は、弟の能登守に付きたりけり。主の射落としたる敵の首を取らんとて、太刀を抜き、渚へ飛び下《ヲ》りけり。佐藤四郎兵衛、「兄を討たせじ」とて、吉く引きて、童が腹巻の引合を健《したた》かに射ければ、犬[10]居に辷《まろ》びぬ。能登守、「童を討たせじ」とて、渚へ飛び下りたまふ。左手に弓を持ち、右手に童が臂を搏[11]みて小船へ投げ入れたまひければ、即ち死にぬ。

大夫判官は、三郎兵衛を陣の後▽一六二右12ろへ舁き出ださせ、馬より下り、「何《い》かに」と言へば、「今は限りに候ふ」

と申せば、「思ひ置く事は無きか」と仰せ**られければ**、「君の世に渡**らせたまはん**を見奉ら**ずして**、死[13]**に候はん**事**こそ**心に懸か**り**候**へ**。爾ても弓取**る**者の、矢に中りて死ぬる事は願ふ所に候ふ。就中に、源平両家の御合戦の名所にて骸を曝**し**、末代**まで**名[14]を残**し**候**はん**事、面目に**こそ**候**へ**」と申して死に**ぬ**。

判官、僧を尋**ね**て、我が乗りて毎度高名せ**られ**ける黒**き**馬の太く肥《たくま》しきを、五位尉に成されける時、同じ**く**五位に成**されければ**、「▽一六二左大夫黒」と云ひけるに、黄伏輪の鞍を置きて、「孝養に為《せ》**よ**」とて賜**び**[15]けり。郎等共之を見て、「君の為に命を捨つる事、塵埃《アクタ》**より**も軽**かるべし**」**とぞ**感じける。

【校異・訓読】 1〈昭〉「着」。2〈底〉「塞ケレ」の「ケレ」の左に「レ」様のものあり。〈昭〉は、次行の「上臈モ」の右下、乃至は「塞ケレ」の左に「レ」様のものを記す。3〈昭〉「奥州ノ」。4〈昭〉「腋」。5〈底・昭〉「射通ヲ」。「ヲ」は「〆」（シテ）の誤りか。6〈昭〉「萌黄《ミヨキ》ノ」。7〈昭〉「仕」。8〈昭〉「通盛」。9〈昭〉「被レ討」。10〈昭〉「大居」。11〈昭〉「搏ニ」。12〈昭〉「昇キ」。13〈昭〉「死」。14〈昭〉「残名」。15〈昭〉「賜」。

【注解】○能登守、「船軍は子細有るものぞ」とて、直垂・小袴は着たまはず 教経がこのような言葉を吐き、軽装で活躍する点、〈長・南・屋・覚・中〉同。「船軍」とは、船に乗った戦いであろう。〈延〉「悪七兵衛景清ガ中ケルハ、『中坂東ノ者共ハ馬ノ上ニテゾ口ハ聞候ドモ、船軍ナンドハイツカナレ候べキ」（巻十一―三一ウ）。〈四〉本段では、この後、「橋船の舳に立ちて、大将軍を射んと欲たまへば」、「渚へ飛び下りけり」などとあることからも、教経が船に乗っていたことは明瞭である。しかし、前段「屋島合戦②」では、教経は「陸へ上がりて軍為たまへ」と命じられ、「焼けたる内裏・惣門の前の渚に陣を取」ったはずであった。該当部注解に見たように、教経は海岸に着けた船の中にいて、それを「渚に陣を取る」と表現したのだと読むこともできるかもしれないが、ややわかりにくい。いずれにせよ、〈四・南・屋・覚・中〉の本段では、教経は船上での振る舞いに適した姿で、船の中から弓を射ていると読めよう。また、〈松〉の場合も、教経や盛次等三十余人は、「船ヲ渚へ押寄テ、焼跡惣門ノ前ニ陳ヲ取ル」（七頁）と記すものの、当該の本文では、教経は義経を射落とそうと、「船ノ舳ニ進出」（七頁）ていたとするように、船軍として記している。〈延〉の場合、「船軍」云々の発言はないが、「能登守ハ小船ニ乗テスルリト指寄テ、指ツメ〳〵射サセテ引退ク」（一六オ）とあり、また、菊王丸が倒れた場面では「船ヨリ飛下」（一六ウ）ともあるので、教経は船上にいたことが明らかである。しかし、〈長〉の場合、「船いくさはやうあるものぞ」（5―八六頁）という発言があるにもかかわらず、その後、「なぎさにとびをりて、内裏のまゑのしばついぢにかひそひて、よするかたきをまち給ふ」（5―八六頁）と、明確に上陸して戦う教経を描く。また、〈盛〉の次信最期場面は、屋島合戦の末尾近くにあたるが（前段「屋島合戦②」冒頭の注解「大臣殿の仰せに…」の対照表参照）、その場面は、「平家ハ歩立ニテ芝築地ヨリ打出テ、引詰々々馬ノ上ヲ射」（6―一一七頁）と、やはり「芝築地」に拠ったものと描かれる。教経の戦いの描写には、海上とするものと陸上とするものがあるわけで、〈四・長・松・南・覚〉などでは、両者が交錯していると考えるべきなのかもしれない。後代の絵巻・絵本類の描く屋島合戦では、海上の平家勢と陸上の源氏勢の対比が目立ち、とりわけ、林原美術館本『平家物語絵巻』では、詞戦の末に射られる盛次の姿も、義経に向かって矢を放つ教経の姿も、海上にいるものとして描かれている（中央公論社版五一～五六頁）。但し、根津美術館本『平家物語画帖』（根津美術館二〇一二・9刊。七八頁）では、陸上に上がった教経を描く。

〇俗衣に、唐巻染の小袖　〈長〉「唐巻染の小袖にたうさぎかきて」（5―八六頁）、〈南〉「香巻染ノ小袖ニ下《シタ》ニタウサギヲカキテ」（八三四頁）が近い。〈覚・中〉は「唐巻染の小袖」、〈屋〉は「巻染ノ小袖」のみで、「俗衣」の該当語なし。〈延・盛・松〉は該当記事なし。「俗衣」は、〈長・南〉の言う「たうさぎ」（たふさぎ）であろう。陰部を覆う下着（『角川古語大辞典』）。『名語記』巻九・二五ウ「スマヒノタウサキ如何　犢鼻褌トモ浴衣トモカケル歟」によれば、「タウサギ」は「浴衣」と表記した。水浴する時などに着ける意か。この「浴衣」を「俗衣」と表記した例が、〈延〉の木曽最期場面に見られる。深田の中で死んだ義仲の首を取るために、郎等が「俗衣《タウサキ》ヲカキ」（巻九―三二ウ）とあるもの。また、「俗衣」を「タフサギ」「タウサギ」と訓む例は、『伊京集』（タ・衣服項）、文明本『節用集』（『文明本節用集研究並びに索引』三四〇頁）、『塵芥』（上―七四ウ）にも見られる。「小袖」は、「口を狭くした垂領《たりくび》の長着《ながぎ》。肌着として用い、貴族も宿直衣《とのいぎぬ》のいちばん下に着けた」（〈日国大〉）。従って、下着の上に直接鎧を着たというに近い軽装である。特に袴を略し、下半身を身軽にして、衣類が海水に濡れて足にまつわりつくことを避けた点に意味があろう。前項の注解に引用した景清の言に見るように、中坂東の武士とは異なり、船軍に手慣れた教経という設定があろう。「唐巻染」は、巻いた絹の上を緒《お》で巻いて染めた絞り染め（〈日国大〉）。なお、〈四・長・南・屋・覚・中〉は、何らかの形で教経の軽装を描くが、幸若舞曲「八島」などでは、教経の装束を描いても軽装には触れない。　**○唐綾鬼の鎧、白星の甲を着て**　教経の甲冑。唐綾縅の鎧は、〈長・南・覚〉同。唐織りの綾で威した鎧。〈屋・中〉は黒糸縅。白星の甲は、〈南〉同。兜の鉢を釘づけする鋲頭の星の表面を銀で包んだもの（〈日国大〉）。〈中〉は五枚甲。〈延・盛・松〉は教経の武装描写なし。　**○高鷗尾の征矢廿四差したるを負い**　たかうすべふの矢は〈覚〉同。〈南・屋・中〉は大中黒の矢とする。「高鷗尾」（鷹護田鳥尾・鷹護田鳥斑・高護田鳥斑）は、護田鳥尾《うすびょう》の薄黒い斑の部分が羽の上の方まであるもの。また、その矢羽をつけた矢（〈日国大〉）。その他、〈南・覚・中〉は、「いか物づくりの大太刀」（〈覚〉下―二七一頁）も記す。　**○繁籐の弓を持ちつつ**　〈南・屋・覚・中〉同。〈松〉も、「能登守、滋藤ノ弓三人張ニ大矢打喰《クハ》セ」（七頁）とする。　**○橋船の舳に立ちて**　他本にはないが、〈延〉「能登守ハ小船ニ乗テスルリト指寄テ、指ツメ〳〵射サセテ引退ク」（一六オ）が近い。「橋船」は、本船に対する端船で、大型船に積み込み、人馬・貨物の積みおろしや陸岸との連絡用として使用する（〈日国大〉）。教経が船に乗っていることは、本段冒頭の注解「能登守、「船軍は子細有る物ぞ」とて…」参照。　**○大将軍を射んと欲たまへば、郎等共塞ぎければ、力及ばず、矢崎に廻る者、一々に射落とさる**　「力及ばず」は、教経が義経を狙ったものの、郎等達に防がれて義経を射止めることができないの意か、あるいは、郎等達が教経の矢を防ごうとするものの、次々と倒されてしまう意か。類似の記述は〈松・南・屋・覚・中〉に見られるが、「力及ばず」を共有する〈覚〉は、「（郎等達が）大将軍の矢おもてにふさがりければ、ちから及び給はず、「矢おもての雑人原、そこのき候へ」とて…」（下―二七一頁）とあり、前者。掲出の訓読はこれを参考にしているが、〈四〉は教経の弓の威力を強調する文に続くので、後者のように郎等達の矢を防ぐ力が及ばない意ととる余地もあろう。その場合、「郎等共塞ぎければ」は、「…塞ぎけれども」と訓むこととなろう。なお、前段「屋島合戦②」末尾には、「判官、盛次に悪口せられて、真先《まつさき》に懸け、手取りにせんと為《シ》たまへども、奥州の佐藤三郎兵衛・同じき四郎兵衛・金子十郎・同じき与一・後藤兵衛父子、前に塞がりて懸けさせ奉らず」とあり、本項の「郎等共塞ぎければ」はやや重複気味。〈南・屋・覚・中〉では、前段末尾の該当記事はなく、佐藤兄弟等は、教経の矢から義経を守ろうとして立ちふさがったとするのみ。また、〈延〉では、むしろ矢面に立って戦おうとする義経を佐藤兄弟等が守ったとあって、本項該当部よりは前段の記述に近い。一方、〈長〉では、佐藤次信は、義経を守ろうとしたのではなく、教経に向かって突進して射られる。〈盛〉でも、激戦の中で義経勢が、河越宗頼・片岡経俊・河村能高・大田重綱と、教経に次々と射られる中で、次信も射られたもので、義経をかばって射られたわけではない。〈長・盛〉のような描き方もあったわけで、この後、菊王丸が次信の首を取りに来る記述とのつながりからは、次信は義経からある程度離れた所にいたと考える方が自然であろう。次信が、多くの武士達と共に義経の傍らにいたとすれば、菊王丸が単身でその首を取りに来るのは、少々無理な行動と考えられるからである。しかし、後代では、次信は義経の身代わりとなって討たれたとするのが一般的。舞曲「八島」では、教経と対峙した義経の前に、次信がただ一騎で立ちふさがり、「能登殿の大矢を真直中に受けとめて、死んで閻魔の庁にて訴へにせん」と呼びかけ、討たれる（新大系『舞の本』四一六頁）。謡曲「摂待」では、次信が教経の前で「義経これにありや」と名乗って討たれたと、話が発展している（『謡曲大観』一六六一頁）。屋島寺蔵『屋島檀浦合戦縁起』は、基本的には〈盛〉に依拠して作られたものだが、この場面では次信は「能登殿ノ大箭ヲ胸板ニ請ケ留メ名ヲ後代ニ残《サン》」と呼ばわり、義経の身代わりとなったと描く（井川昌文翻刻・二〇三頁）。幸若舞曲の影響であろう。なお、『屋島檀浦合戦縁起』（屋島合戦縁起）は、早く後藤丹治によって紹介され、『国史叢書』などにも翻刻されて、屋島合戦に関わる資料として注目されてきたものだが、岩崎雅彦によって、慶長十六年（一六一一）から始まった屋島寺勧進に利用するために作成されたものと論証されている。武久堅によって紹介された「屋島軍断簡」も、その略述されたものか（岩崎雅彦）。その他、番外謡曲「次信」、同「屋島寺」などでも、次信は義経の身代わりとなったとされる。**〇凡そ上﨟も下﨟も、能登殿程の精兵の手聞は無し**　類似の記述は、〈盛・南・屋・覚・中〉にあり。〈延・長・松〉なし。〈盛〉「能登守ハ心モ甲ニ力モ強ク精兵ノ手聞ナリ」（6―一一八頁）、〈覚〉「王城一のつよ弓・精兵」（下―二七一頁）など、詞章はまちまち。以下、この教経の強弓によって次信が倒れる展開は諸本同様だが、『吾妻鏡』二月十九日条では、次信は盛継や忠光等と戦って討ち取られたものとする（『吾妻鏡』では、教経は一谷合戦で討ち取られたことになっている。元暦元年二月七日条）。　**〇十三束三伏を強弓に打咬せて放ちければ**　「十三束三伏」は、〈延・長・盛・南・屋・覚・中〉なし。〈松〉は「大矢」「十四束」（七頁）とする。〈盛〉では、「能登守教経ハ、打物取テモ鬼神ノ如シ。弓矢ヲ取テモ精兵ノ手聞也ケレバ」（6―九四頁）、「能登守ハ心モ甲ニ力モ強ク、精兵ノ手聞ナリ。源氏ガ懸廻シ々々テ、チト踉蹡所ヲ見負テ、指詰々々射【ケル矢ニ、武蔵国住人河越三郎宗頼目ノ前ニ被射】テ引退」（6―一一八頁）とあり、〈延〉にも、「能登守ハ小船ニ乗テ、スルリト指寄テ、指ツメ〳〵射サセテ引退ク」（一六オ。〈延〉には、〈盛〉の【】部分の脱落の可能性があろう。原田敦史二三頁）とあるように、〈延・盛〉では、教経は強弓大矢を射る武将ではなく、「指ツメ〳〵射」る「精兵ノ手聞」として造型されていると言えよう。一方、「王城一のつよ弓・精兵にておはせしかば、矢さきにまはる物、射とほされずといふ事なし」（〈覚〉下―二七一頁）と記す〈南・屋・覚〉の場合、教経は、「強弓」と同時に「精兵」として造型されていると言える。なお、直前の詞戦の最後に、金子与一が射た矢が、〈南〉「十三束三フセ」（下―八三四頁）、〈覚〉「十二束二ブセ」（下―二七一頁。〈屋・中〉不記）。舞曲「八島」に「十五束みつがけ」（新大系四一七頁）。〈四〉では、「壇浦合戦②（遠矢）」で、和田義盛が射た矢が十三束三伏、新居紀四郎が十四束、阿佐里与一が十四束三伏。十三束三伏は大矢ではあるが、類を見ない大きさというほどではない。但し、半井本『保元物語』で、為朝と対峙した山田小三郎是行が、「安芸守ノ中ニハ、弓矢取ニハ許サレタル男也。強弓精兵ノ者也。十三束二伏ヲゾ射ケル」（新大系五一頁）と記されるように、〈四〉の記す教経像も、強弓大矢を射る武将として造型されていると同時に、先に「能登殿程の精兵の手聞は無し」とも記されていたように、「精兵の手聞」として造型されているとも言えよう。　**○奥州の佐藤三郎兵衛が黒革鬼の鎧の弓手の肩より妻手の腋へ、樋と射通して**「弓手の肩より妻手の腋へ」は、〈松・南・覚〉同。〈長〉「弓手のわきをめてへ」（5―八六頁）、〈中〉「よろひのひきあはせ、うしろへつとい出されて」（下―一四四頁）。〈延・盛〉は頸の骨を射られたとし、〈屋〉は「胸板後へ」射抜かれたとする（七六二頁）。その射られ方の違いは、前項に見たように、教経を「精兵手聞」として造型する〈延・盛〉の場合と、「強弓大矢」「強弓精兵」として造型する〈四・松・南・屋・覚・中〉と分類することができよう。また、〈長〉は、射られ方としては後者に属するが、教経像に特別な造型はない。なお、〈屋〉のように「胸板」とする点は、舞曲「八島」などに似る。舞曲「八島」は、胸板から鎧の背の押付に射通されたとし、謡曲「摂待」では、鎧の胸板に当たった矢が、背を抜けて、後ろに射た義経の鎧の草摺に当たったとする（一人を射通した矢がもう一人に当たるという空想的な描写は、『保元物語』で為朝の放った矢が、弟伊藤六郎を貫通し、後にいた兄伊藤五郎の鎧の袖に当たって止まったという本文を想起させる）。『屋島檀浦合戦縁起』は、「胸板被レ射」（二〇三頁）のみ。　**○能登守の童に菊王丸と云ふ大力の豪の者有り**　以下、菊王丸が次信の首を取ろうとして駆け寄り、忠信に射られる展開は、諸本同様。舞曲「八島」、謡曲「摂待」「次信」「屋島寺」、『屋島檀浦合戦縁起』なども同様。但し、菊王丸を「大力の豪の者」と紹介する点は、〈長・松・南・覚〉同様、〈延〉「大力ノ早者」（一―六ウ）、〈盛・屋・中〉なし。また、舞曲・謡曲などは、菊王丸の剛勇にはあまり触れないが、舞曲「八島」及び『屋島檀浦合戦縁起』では、菊王丸は、義経の命に代わろうとする次信を殊勝と見て、討つのをためらう教経に、佐藤兄弟は剛のものであるから討てと進言する役割を持つ。

○萌黄の腹巻に、三枚甲の緒をトめて、大太刀を帯きたり　菊王丸の武装描写、〈長〉は射られた場面に「あさぎいとをどしのはらまき」（5—八六頁）とするのみだが、〈延・盛・松・南・屋・覚・中〉は、腹巻と三枚甲はほぼ同じだが、大太刀については、〈延・盛・松〉「太(大)刀」、〈南〉「長太刀」、〈屋・覚〉「長刀」、〈中〉「大長刀」、他に「左右ノ小手」を記すのが〈延・盛・松〉。舞曲「八島」や謡曲「摂待」、『屋島檀浦合戦縁起』などは、描写なし。**○本は越前三位通盛に仕へけるが、討たれたまひて後は、弟の能登守に付きたりけり**　菊王丸の経歴、〈延・盛・松・南・覚・中〉に同様の記述あり。但し、〈南・覚・中〉は菊王丸の死後に記す。**○渚へ飛び下りけり**　菊王丸が船から海岸に飛び降りたとする点、〈延・松・南・屋・中〉も同様の記述あり。〈長・盛・覚〉なし。〈四・延・松・南・屋・覚・中〉では、教経や菊王丸は船に乗って戦っていたと読めるが、問題もあることは、本段冒頭の注解「能登守、「船軍は子細有る物ぞ」とて…」参照。但し、〈覚〉はこの後、菊王丸を助けようと教経が船から飛び降りるという記述は〈四〉などと同様。**○童が腹巻の引合を健かに射ければ**　「腹巻の引合」を射たとする点、〈延・長・盛・松・南・屋・覚・中〉同。但し、京師本・葉子十行本・流布本などは「草摺のはづれ」を射られたとし、相沢浩通によれば、八坂系二類本A種の彰考館本・秘閣粘葉本も「草摺のはづれ」。舞曲「八島」、謡曲「屋島寺」は「膝口」、「摂待」は「真中」、「次信」は「弓手の脇より目ての脇」。「腹巻の引合」を、〈評講〉などは背中の合わせ目とする。しかし、本来「腹巻」は右脇引合せ構造であったが、鎌倉時代末期により簡便な背面引合せ構造の鎧が出現し、それが「腹巻」と呼ばれるようになると、本来の腹巻は「胴丸」と呼ばれるようになり、「腹巻」は背面引合せ構造のものをいうと理解されるようになった。すると前方から走り懸かる菊王丸に対して、佐藤四郎は、背面にある引合せを射たこととなり、極めて不自然なことになるため、「ひざの口」や「草摺のはづれ」などへと改変されたのであろう（相沢浩通）。

○犬居に汢びぬ　〈長〉「犬居にふす」（5—八六頁）、〈南・屋・覚〉「犬居にたふれぬ」（〈覚〉下—二七二頁）、〈中〉

「いぬゐにこそまろびけれ」（下―二四四頁）。〈延・盛〉は「犬居」を用いず、〈延〉「ウツブシニ倒レニケリ」（6―三六頁）、〈盛〉「覆倒」。舞曲「八島」「犬居にどうど伏す」（『舞の本』四一八頁）。謡曲「摂待」「かつぱと転べば」（『謡曲大観』一六六二頁）。「犬居」は、〈日国大〉「しりもちをついた姿、また、はいつくばった姿の形容」、『角川古語大辞典』「犬がすわったような姿勢。すわって両手を前についた姿」とされるが、〈集成〉（下―二二四頁）は、〈延〉の「ウツブシ」や、〈長〉「犬居にふす」により、両手をついて這った姿勢とする。〈四・中〉の「まろぶ」や〈南・屋・覚〉の「たふれぬ」、及び舞曲の「犬居にどうど伏す」等も勘案すれば、しりもちというよりは体全体が倒れたのであろう。〈集成〉の説が妥当か。『古語大鑑』は、「犬のように四つ這いになること」とする。　**○右手に童が臂を搏みて小船へ投げ入れたまひければ、即ち死にぬ**　〈延〉「童ガカイナヲムズト取テ、船へ投入給ケレバ、童ハ船ノ内ニテ死ニケリ」（一六ウ～一七オ）。〈覚〉「右の手で菊王丸をひッさげて、舟へからりとなげられたれば、かたきに頸はとられねども、いた手なれば死ににけり」（下―二七二頁。〈南〉同様）。〈屋・中〉は投げたとはせず、「きくわうをひさげて舟にのり給。きくわう丸、かたきにくびはとられねども、いたでなりければ、つゐにはかなくなりにけり」（〈中〉下―二四四頁）。これらでは、死因は矢傷であると読めよう。しかし、〈長〉「かたきにくびをばとられねども、いたでをひたるものをつよくなげられて、なじかはたすかるべき、やがて船のそこにてしにゝけり」（5―八七頁）や、〈盛〉「暫シハ生ベクヤ有ケンニ、余強被レ抛テ、後言モセズ死ニケリ」（6―一一九頁）、〈松〉「舟へ投入給へバ、童ハ即死ニケリ」（七頁）では、矢傷もさることながら、教経に強く投げられたことが直接の死因であるような書き方である。謡曲「次信」の「いた手は負たり。大力に投られて」（古典文庫『番外謡曲・続』五五頁）も、〈長・盛・松〉に近い。舞曲「八島」では、「この手にて看病するならば、死ぬまじかりつる者なれども、大力に船の船枻《せがい》にしたゝかに投げ付けられて、頭微塵に砕けて、遂にはかなく成つたりけり」（四一八頁）と、投げられたために頭が砕けたとまでいう。謡曲「摂待」は、投げ入れられて程なく死んだとするのみ。謡曲「屋島寺」や『屋島檀浦合戦縁起』は、菊王丸の死に触れない。　**○大夫判官は、三郎兵衛を陣の後ろへ舁き出ださせ**　「陣の後ろへ舁き出ださせ」は、〈松・南・屋・覚・中〉ほぼ同様。とりわけ、〈中〉「判官は手をいたるつぎのぶを、ぢんのうしろへかきいださせて」（下―二四五頁）が近い。〈盛〉は忠信が次信を肩にかけて「陣ノ中へ負入タリ」（6―一二〇頁）とする。義経勢が「陣」をどのように構えていたのか、必ずしも明らかではない。〈四〉の前段「屋島合戦②」には、平家が「焼けたる内裏・惣門の前の渚に陣を取」ったのに対して、「源氏も五十余騎、矢比に寄せて引かへたり」とあり、五十余騎が平家と適度な距離をとって対峙したと記されていたのみである。ここでは、平家と向かい合った集団の後ろの位置をいうか。「屋島合戦①」の「弓手に成し妻手に成して、散々に射て通るに」注解に見たように、〈延・南・覚〉では「あげをいたる舟のかげを馬やすめ処にして」（〈覚〉下―二六九頁）などとあり、そうしたものを「陣」としている可能性もあろうか。なお、〈長〉はここで、「ほうぐわん、たのみたりつるめのと子うたれて」（5―八七頁）とするが、次信を義経の乳母子とするのは不審。秀衡から派遣されたという経歴から見て、幼時に義経（牛若丸）と共に生活したとは考えられない。舞曲「八島」では、弁慶の活躍で平家勢を追い払った後、「戌亥の刻」となり、忠信が夜の闇の中で次信を探し出して、義経と対面させる。　**○「今は限りに候ふ」と申せば、「思ひ置く事は無きか」と仰せられければ**　次信が先に「今は限り」などの言葉を漏らすのは〈四〉独自。他本は、義経が話しかける。だが、義経が遺言を求め、次信が答えるという展開は諸本及び謡曲「摂待」なども同様。舞曲「八島」では、息も絶え絶えで義経の問いかけに答えられない次信を忠信が励まし、言葉を引き出す。　**○君の世に渡らせたまはんを見奉らずして、死に候はん事こそ心に懸かり候へ**　以下、次信の遺言。〈四〉では、①義経の出世を見届けられないことが残念である。②武士が矢に当たって死ぬのは覚悟の上である。③源平合戦の名所で死に、末代まで名を残すのは名誉なことである、の三つに整理できる。〈延〉は②①、〈長〉は③①、〈松〉は②③①の順。〈盛〉は、まず②を語り、続いて「只思事トテハ、老タル母ヲモ捨置、親キ者共ニモ別テ、遥ニ奥州ヨリ付奉シ志ハ、平家討亡シテ日本国ヲ奉行シ給ハンヲ見奉ラントコソ存シニ、先立奉計コソ心ニ懸リ侍シ。老母ガ歎モ労シ」（6―一二〇〜一二一頁）と、①の内容に老母への思いをからめた形。〈屋・中〉や百二十句本などでは、「先ッ奥州ニ留置候シ老母ヲ今一度見候ハヌ事」（〈屋〉七六三頁）と、まず老母への思いを語り、次に①を語る形。〈中〉も〈屋〉に同。渥美かをる（二九八頁）、〈全注釈〉（下一―四五二頁）、〈集成〉（下―二二四頁）などは、主として〈屋〉と〈覚〉との相違の問題ととらえ、〈屋〉のような素朴な人情味のある記述を、武人的英雄化を図って書き変えたのが〈覚〉であると理解する。〈集成〉下―二二四頁頭注は、謡曲「摂待」のような説話も、〈屋〉のような「母を思う人の子の真情を告白する」物語から派生したものとする。一方、島津忠夫は、摂待や舞曲「八島」に見える次信の老母（老尼）の物語の流れを検討して、こうした「尼公に語るという形の一つの語り」の存在を想定し、〈屋〉などからそうした語りが作られたと言うよりは、むしろ、「その語りとの交わり」によって、老母への思いを語る『平家物語』諸本が作られたのではないかとする（二一二〜二一三頁）。舞曲「八島」や謡曲「摂待」は、屋島合戦の有様を、弁慶が次信の老母に語って聞かせる物語であり、その枠組み自体が老母を意識している。その語りの中での次信最期場面においては、舞曲「八島」では、故郷の父母や妻子等への形見、忠信への戒めなどを語り、「摂待」では、『平家物語』諸本の②の内容の後に老母と息子への思いを語る。『屋島檀浦合戦縁起』では、②の内容のみで、老母への思いは語らない。謡曲「次信」や「屋島寺」では、次信の遺言を記さない。〈盛・屋・中〉のように老母への思いを語る形が『平家物語』の古態なのか、あるいは「摂待」的な伝承（いわゆる「八島語り」）を受けた改作なのかは、判断が難しい。それは、「摂待」的な伝承が、『平家物語』本文からの影響として生まれたのか、それとも『平家物語』からは別途に生まれたのか、という想定の問題でもある。麻原美子は、文治五年の奥州攻めの際に捕縛された佐藤兄弟の父・佐藤基治（『吾妻鏡』同年十月二日条に赦免記事あり）の助命嘆願のために嘆願書が提出され、それが佐藤兄弟の母をめぐる物語の原型となった可能性を想定する（六一五頁）。佐伯真一は、天野文雄による「直接体験者の語り」の想定などをふまえ、「八島語り」として想定すべきは、合戦の経験者が屋島合戦の顛末を語るという枠組み自体であると考えた（一九頁）。　**○爾ても弓取る者の、矢に中りて死ぬる事は願ふ所に候ふ**　前項で整理した②にあたる。〈延・長・盛・松・南・覚〉にあり。但し〈盛〉は、「敵ノ矢ニ中テ主君ノ命ニ替ハ兼テ存ル処ナレバ」（6―一二〇頁）と、主君の命に代わるという要素を交える。　**○就中に、源平両家の御合戦の名所にて骸を曝し、末代まで名を残し候はん事、面目にこそ候へ**　前々項で整理した③にあたる。〈長・松・南・覚〉にも類似の句があるが、〈松〉「源平ノ合戦場ニテ骸ヲ曝シ、名ヲ後世ニ残ン事本望ニ候」（八頁）が最も近い。次に、〈長〉「源平の御あらそひのはじめに、屋島のうらにてかばねをさらしたりし次信といはれんこそ後代のめんぼくなれ」（5―八七頁）が近い。〈南・覚〉では、〈覚〉「讃岐国八島のいそにて、主の御命にかはりたてまッて、討たれにけり」（下―二七三頁）のように、義経に代わって討たれたことを重要な要素とする。このように、〈四・長・松・南・覚〉は、後世に「屋島合戦」として名を留めることとなる合戦で継信が骸を曝し、末代まで名を残すことになるであろうことを、物語の上で早くも先取りして描くことになっている。なお、〈延・盛・屋・中〉では該当句がなく、特に〈盛・屋・中〉では老母への思いを語るので、〈四・長・松・南・覚〉とは対照的な印象がある。前々項注解参照。また、『屋島檀浦合戦縁起』では、後に次信の墓を尋ねた信空という僧が「いたはしや君の命を継信がしるしの石は苔衣きて」の歌を読みかけると、継信が、「惜しむともよもいままではながらへじ身を捨てこそ名をば継のぶ」の歌を返したという所伝を付記する（井川昌文翻刻―二〇五頁）。謡曲「屋島寺」では、継信の歌の下の句が、「身を捨（て）て社《こそ》名をば継信」（古典文庫『未刊謡曲集・七』一五三頁）とあるが、類似。これらは、『月庵酔醒記』「昔今詩歌ノ物語」に「石屋和尚」の話として載る話の異伝であろう。『月庵酔醒記』では、継信の歌は「哀とも事問ふ人のはかなさよ身を捨てこそ名を残しけれ」（三弥井中世の文学『月庵酔醒記』上―一一〇頁）となっている。岩崎雅彦は、この歌が『新撰狂歌集』などにも見えることを指摘し、『月庵酔醒記』が最も先行すると判定する。　**○判官、僧を尋ねて…**　以下、在地の僧に手厚い供養を依頼する記述は、諸本基本的に同様。〈盛〉は、佐藤兄弟と鎌田盛政・光政が郎等の中で四天王と呼ばれていたとし、そのうち光政を一谷で失い、今回は又次信と二人を失ったとして、義経の悲しみを強調する。『吾妻鏡』二月十九日条も、この供養のことを記しており、北川忠彦（八六頁）は、『平家物語』の多彩な屋島合戦譚のうち、『吾妻鏡』とは次信最期のみ一致することから、次信最期譚以外の説話が『平家物語』に入った時期は遅いのではないかと推測する。但し、『吾妻鏡』が、古い段階の『平家物語』やその依拠資料から、合戦結果として比較的重要な本話を選択したのだと考えることもできるので、次信最期のみが古いとは必ずしも言えまい。なお、この僧の素姓は、諸本とも記さない。〈延〉「近キ所」、〈屋・覚〉「此辺」の僧を探し出したとする程度。幸若舞曲「八島」は、これを「四度の道場」（志度寺）の僧とする（新大系『舞の本』四二五頁）他、奥浄瑠璃の「尼公物語」も「さぬきのしどの僧正ぐして参る」（『奥浄瑠璃集　翻刻と解題』和泉書院、二六六頁）とする。大橋直義は、舞曲「八島」で増補されたかに見える「志度の聖」という叙述の背景に、「八島語り」を通じて、志度寺を称揚する唱導圏の存在、特に律僧唱導の関与が考えられるとする（八八〜九〇頁）。　**○我が乗りて毎度高名せられける黒き馬の太く肥しきを…**　以下、義経が大事にしていた名馬を供養のために惜しげもなく与えたとする点、諸本同様で、『吾妻鏡』二月十九日条にも所見。舞曲「八島」や『義経記』巻五「忠信吉野に留まる事」などにも見える。黒い馬であったとする点は諸本同様だが、馬の由来については異同あり。次項参照。　**○五位尉に成されける時、同じく五位に成されければ、「大夫黒」と云ひける**　義経の五位尉任官の際に、この馬も「大夫黒」（大夫は五位の通称）と名付けたとする点は、諸本ほぼ同様。但し、〈延〉「大夫黒トモ名付ラレタリ」（一七ウ）、〈盛〉「此馬ニ乗タリケレバ、私ニハ大夫トモ呼ケリ」（6―一二三頁）、〈松〉「判官ニ成テハ大夫黒ト云テ秘蔵ノ馬ナリ」（八頁）などは、単に五位と見なして「大夫」の名で呼んだといった意味だろうが、〈四〉の形や、〈長・南・覚〉「五位になして、大夫黒と名付て」（〈長〉5―八七頁）、〈屋・中〉「余リニ秘蔵シテ、我五位尉ヲバ此馬ニ譲也」（〈屋〉七六四頁）などは、この馬を五位に任ずる儀礼めいたものを実際に行ったようにも解される。なお、〈盛〉は「大夫」、〈屋〉は「大輔黒」、〈松〉「大夫くろ」とする。〈延・長・盛・松〉は、この馬を秀衡から贈られた馬とする。〈延〉は「貞信ガヲキ墨ノ朱ト申黒馬ノ、スコシチヒサカリケルガ、名ヲバ薄墨ト申テ」（一七ウ）とするが、傍線部は分かりにくい。〈盛〉の「貞任ガヲキ墨ノ末トテ、墨キ馬ノ少シチイサカリケルガ」（6―一二二頁）、〈松〉の「貞任ガ息墨ノ末ニ、薄墨トテ黒キ馬ノ七寸ニ余リ」（八頁）によれば、安倍貞任が乗っていた「ヲキ墨」という馬の子孫であった意か。「薄墨」の名は〈盛・松〉にも記されるが、〈延〉では、佐々木高綱のイケズキと宇治川先陣を争った梶原景季の馬と同じ名（第五本・四オ）。また、〈長〉は、前の名は「するすみ」であったとして、これも景季の馬と同名。〈延・南・屋・覚・中〉は、鵯越を落とす時にも乗った馬だとし、〈延〉ではそのために「吉例」と名付けられたとする。さらに、〈盛・松〉は、宇治川をも渡したことを付け加える。一方、『吾妻鏡』は、もとは院の御厩の馬であり、行幸に供奉した時に賜り、戦場に赴くたびに乗っていたとする。院の厩の馬という経歴は、〈覚〉などの巻九「知章最期」で、知盛が手放した井上黒（河越黒）と同様。さらに、舞曲「八島」は、秀衡が「大黒」「小黒」という二頭の名馬を持っていたが、その「大黒」がこの「大夫黒」であり、「青海波」の別名もあったこと、生前、次信が所望していたことなどを詳細に語る（次項参照）。**○「孝養に為よ」とて賜びけり**　供養のために僧に与えたとする点は、諸本同様。〈延・南・屋・覚・中〉は「一日経」、〈盛〉は「卒兜婆教」を書くよう依頼したとする。一方、舞曲「八島」では、生前、次信が所望していた馬であったため、義経自ら次信の回りを引き回した後、忠信に賜ったとして、僧に与えたとは語らない。

【引用研究文献】

＊相沢浩通「屋島合戦譚に菊王丸の矢所を追う―『平家物語』語り本を起点として―」（古典遺産四一号、一九九一・2）

＊麻原美子「『平家物語』屋島合戦譚とその芸能空間をめぐって」（国学院雑誌八五巻一一号、一九八四・11。『平家物語世界の創成』勉誠出版二〇一四・2再録。引用は後者による）

＊渥美かをる『平家物語の基礎的研究』（三省堂一九六二・3）

＊天野文雄「能における語り物の摂取―直接体験者の語りをめぐって―」（芸能史研究六六号、一九七九・7）
＊井川昌文「翻刻・解説　屋島寺蔵「八島檀浦合戦縁起」」（国文学言語と文芸八五号、一九七七・12）
＊岩崎雅彦「八島合戦譚への一視点―番外謡曲「屋島寺」の周辺―」（日本文学論究四六号、一九八七・3。『能楽演出の歴史的研究』三弥井書店二〇〇九・6再録）
＊大橋直義「「嗣信最期」説話の享受と展開―屋島・志度の中世律僧唱導圏―」（伝承文学研究五一号、二〇〇一・3。『転形期の歴史叙述―縁起　巡礼、その空間と物語―』慶應義塾大学出版会二〇一〇・10再録。引用は後者による）
＊北川忠彦「八嶋合戦の語りべ」（『論集日本文学・日本語3中世』角川書店一九七八・6。『軍記物論考』三弥井書店一九八九・8再録。引用は後者による）
＊後藤丹治「屋島合戦縁起に就いて」（藝文〔京都文学会〕一六年一〇号、一九二五・10）
＊佐伯真一「屋島合戦と「八島語り」についての覚書」（『ドラマツルギーの研究』青山学院大学総合研究所人文学系研究センター一九九八・7）
＊島津忠夫「八島の語りと平家・猿楽・舞」（『論集日本文学・日本語3中世』角川書店一九七八・6。『島津忠夫著作集・一一　芸能史』和泉書院二〇〇七・3再録。引用は後者による）
＊武久堅「合戦譚伝承の一系譜―「屋島軍」の場合―」（広島女学院大学国語国文学誌六号、一九七六年・12。『平家物語成立過程考』桜楓社一九八六・10再録。引用は後者による）
＊原田敦史「屋島合戦譚本文考」（『平家物語の文学史』東京大学出版会二〇一二・12）

平家夜討の沙汰

【原文】

而ル程阿波讃岐者共悉ク背平氏待源氏従此彼十騎廿騎四五十騎百騎馳集レ成三百余騎ソ日暮ケレ互不決セ勝負源氏武礼ノ高松中毛無山取陣三ヶ日間馳引キノ軍ナレ▽一六三右身モ疲レ馬モ不働ネ[1]ラカ鎧袖為《シ》枕脱レキ甲ヲ脇息シ皆寄伏伊勢三郎義盛計リ少シモ不ニ横[2]エ臥[3]フ一シモセ上高所臨ミムニ敵寄一隠窪所敵ヤ来ル待懸自平家方源氏寄ニセタテハ[4]夜討ニ一一人モ不レ漏サ討マシ[5]責運極為《セン》夜討乍レ議越中次郎兵衛尉ハ美作国住人江美次郎諍フ先陣後陣之程夜明

【釈文】

而る程に、阿波・讃岐の者共、悉く平氏を背きて源氏を待ちけるが、此彼《ここかしこ》より十騎、廿騎、四五十騎、百騎馳せ集まれば、三百余騎にぞ成りにける。日暮れければ、互ひに勝負を決せず。源氏は武礼の高松の中なる毛無山に陣を取る。三ヶ日が間、馳せ引きの軍なれば、▽一六三右身も疲れ馬も働[1]《ラ》かねば、鎧の袖を枕と為《シ》、甲を脱ぎて脇息とし、皆寄り伏したりけり。伊勢三郎義盛ばかりぞ、少しも横[2]臥[3]《フ》しもせず、高き所に上りて「敵や寄する」と臨み、窪き所に隠れて「敵や来る」と待ち懸けたり。平家の方より源氏を夜討ちに寄せ[4]たらば、一人も漏らさず討ち[5]なまし。責めての運の極めなり。夜討ちに

為《セ》んと議《はか》りながら、越中次郎兵衛尉は、美作国の住人江美次郎と先陣・後陣を諍ふ程に、夜明けにけり。

【校異・訓読】 1「働」の送り仮名「ラカ」、〈昭〉は難読。「働《ラカ》」か。2〈昭〉「横《コ》」。3〈昭〉「川《フシ》一《モセ》」。〈書〉は「川」の右に点を加えた字体。4〈底〉「寄《セテハ》二」の「セ」の右下に「タ」を補入する形、〈昭〉「寄《セ□ハ》二」の「セ」の右下に「タ」を補入。□は難読。5〈昭〉「討《フシ》」。

【注解】〇而る程に、阿波・讃岐の者共、悉く平氏を背きて源氏を待ちけるが　阿波や讃岐の武士達が、以前から平家を背き、源氏勢の到来を期待していたので、義経勢を見て続々集まってきたとする。次信最期に続いてこうした記事を置く点、〈南・屋・覚・中〉も同様。但し、〈南・屋・覚・中〉は、阿波・讃岐の者達が「悉く」平氏を背いていたとは記さない。〈四〉でも、「勝浦合戦」では、阿波の桜間良遠が義経と戦ったことを描いていたわけだから、もとより平家方の武士もいたとするわけである。〈長〉は類似記事を、平家勢の夜討失敗の後、翌朝のこととして記す（5―八九頁）。〈延・盛〉は該当記事なし。〈延〉では遅れ馳せに着いた者達二十五名の名を記すが不審な記事であり、〈盛〉では義経勢の数が不明確である。〈松〉では、夜討ち失敗記事の前に、「平家ヲ背ク輩、阿波・讃岐ノ野山ニ隠居タリケルガ、屋島ノ浦ノ烟ヲ見テ、軍已ニ始レリ。判官殿ハ小勢ニ御座ゾ、急ゲ〳〵トテ、五騎十騎追著々々馳参ル程ニ、日既ニ暮タリ。夜陰ノ軍ハ有ルベカラズトテ高松ニ陣ヲ取ル」（一〇頁）とあり。「屋島合戦①」の注解「是も船を見て名乗りけり」参照。　**〇此彼より十騎、廿騎、四五十騎、百騎馳せ集まれば、三百余騎にぞ成りにける**　「十騎…百騎」の部分は異同があるが、阿波・讃岐から集まった勢で三百余騎になったとする点は、〈長・南・屋・覚・中〉同様。〈長〉はその他に、「八幡殿の御めのと子に、雲上の後藤内範明が三代の孫、後藤兵衛範忠」（5―八九頁）が、七騎で駆けつけたとする。阿波・讃岐から少しずつ勢が集まったという記事を記さない〈延・盛〉も、この記事はあり（「範明」は、〈盛〉同。〈延〉「範朝」）。〈盛〉の場合、当初から五十余騎で来襲したとするものの、その後、範忠以外の援軍の到着を記さないまま、扇の的の話題の後では「源氏三百余騎」（6―一一二頁）とあって、不審。〈松〉は、前項に引いたように「三百余騎」になったとはしないが、続く「弓流」の冒頭に、「判官ハ能ク休テ明ニケレバ、イザヤ軍セントテ、三百余騎平家ノ陣ヘ押寄テ時ヲツクル」（一〇頁）とある。**〇日暮れければ、互ひに勝負を決せず**　次信最期の直後に日が暮れて休戦になったと記すのは、〈四〉のみ。「屋島合戦②」冒頭の注解「大臣殿の仰せに…」に掲げた諸本対照表を、強調箇所を変えて再掲しておく。

〈四〉	〈延〉	〈長〉	〈盛〉	〈松〉	〈南・屋・覚・中〉
義経来襲	義経来襲	義経来襲	義経来襲	義経来襲	義経来襲
矢戦	宗盛下知	御所焼払	詞戦	矢戦	矢戦
御所焼払	矢戦	矢戦	矢戦	御所焼払	御所焼払
宗盛下知	嗣信最期	詞戦	御所焼払	宗盛下知	宗盛下知
詞戦	那須与一	教経後悔	那須与一	詞戦	詞戦
次信最期	景清錣引	嗣信最期	景清錣引	継信最期	嗣信最期
(夜休戦)	弓流	**(夜休戦)**	弓流	那須与一	那須与一
志度合戦	**(夜休戦)**	那須与一	盛嗣錣引	景清錣引	景清錣引
那須与一	詞戦	景清錣引	宗盛下知	**(夜休戦)**	弓流
景清錣引		弓流	嗣信最期	弓流	**(夜休戦)**
弓流			**(夜休戦)**	志度合戦	志度合戦

〈四〉は、那須与一・景清錣引・弓流といった話題を、翌日、志度合戦でのこととする特異な構成だが、那須与一以下を二日目のこととする構成は、〈長〉も同様。〈長〉の場合、次信最期の後に、なおも義経側から片岡兵衛経忠や新兵衛基清が進んでは教経に射倒されるという記述があり、「其日判官いくさにまけて引退けり」（5―八八頁）とする。北川忠彦は、那須与一以下の話題を二日目に持って行くための工作として、義経が敗れて合戦が続いたことにしたものかと見る（八七頁）。この日の合戦を義経の負けと総括する点、〈松〉も一時は義経勢が七騎に討ちなされたとして類似するが（九頁）、「負け」とまで描くのは〈長〉独自。また、〈松〉は、「弓流」を二日目のこととする。なお、〈延〉は詞戦を翌朝のこととするが、合戦の終結近くに詞戦いを置く点などに無理があり、さらに、詞戦いの後に再び戦闘を描いた後、「サル程ニ夜モ明ニケリ」（6―二五オ）と、もう一度夜明けを記す点は、混乱しているというべきだろう。一方、

〈盛〉や〈南・屋・覚・中〉では、一日目にほとんどの話題を詰め込んだ結果、日が暮れてその日の合戦が終わる頃の話題であるはずの那須与一の件の後に、なおも延々と戦いが展開されるという矛盾をはらんでいる。諸本はそれぞれに問題を抱えているといえよう。　**○源氏は武礼の高松の中なる毛無山に陣を取る**　原文「武礼ノ」の「ノ」は、あるいは衍字か。牟礼（武礼）と高松は、「屋島合戦①」の注解「辰の剋に、屋島に近き武礼・高松と云ふ処に火出で来たり」に見たように、屋島の対岸に当たる地名（いずれも現在の高松市内）。〈延〉「当国ノ中、芝山ムレタカマツト云毛無山」（二三オ）、〈長〉「当国内、牟礼松（高松―内閣本）のさかひなる野山」（5―八八頁）、〈松〉「高松」（一〇頁）、〈南〉「ムレ高松ノ堺ナル野山」（八四七頁）、〈屋〉「当国ノ内、牟礼・高松」（七七五頁）、〈覚〉「むれ・高松のなかなる野山」（下―二八〇頁）、〈中〉「むれ・高松のさかいなるのはら」（下―二五一頁）。〈盛〉は「武例・高松」（6―一二三頁）とするのみだが、その前に、継信と光政を失った義経は、二人の死骸と共に「武例・高松ト云柴山」（一二二頁）に帰り、僧を呼んで供養したとする。〈四・延〉の「毛無山」は、〈延〉の用法から見て地名ではなく、木の生えていない山をいうか。　**○三ヶ日が間、馳せ引きの軍なれば**　類似の句は、〈南・屋・覚〉に、〈覚〉「この三日が間は臥さざりけり」（下―二八〇頁）などとある。〈長〉「一昨日渡辺より阿波国へたゞ三ときにはしりて、大浪にゆられて又はやうちして、今日終日にたゝかひくらしたる」（5―八九頁）、〈中〉「去ぬる十六日のうしのこくに、わたなべふく島をいで、昨日かつうらのいくさ、けふたゝかひくらしたれば」（下―二五二頁）。船出から屋島合戦にかけての日付は、「勝浦合戦」の注解「十九日の申酉剋ばかりに勝浦を出でて」の対照表に見たように諸本に異同があるが、勝浦合戦から屋島合戦初日までは二日間とする点では諸本同様であろう。〈四〉の場合、勝浦合戦が十九日、屋島合戦が二十日。その前の十八日深夜に船出して、風波の中で渡海した夜を含めて三日間、寝られなかったとするのが穏当であろう。なお、「馳せ引きの軍」とするのは、〈四〉のみ。攻めたり引いたりを繰り返す戦いを言おう。　**○鎧の袖を枕と為、甲を脱ぎて脇息とし、皆寄り伏したりけり**　類似の描写は〈長・盛・松・南・屋・覚〉にあり。〈長〉は、帥典侍の半物（はしたもの。召使い）であった関屋の夫、葛原又太郎という者が義経勢の様子を偵察しに向かったとする独自の記述の中で、兜や箙を枕にする者の他、「手負て吟居たるもあり、いたみて東西をしらざるもあり」（5―八八頁）と、負傷者の存在をも描く。前掲注解「日暮れければ、互ひに勝負を決せず」に見たように、この日の合戦を義経の負けととらえる姿勢に関わるか。　**○伊勢三郎義盛ばかりぞ、少しも横臥しもせず…**　「横臥」は、〈松〉「横臥モセズ」（一〇頁）を参考とした。伊勢三郎だけが起きていたとする点、〈延・盛〉同。〈南・屋・覚・中〉は義経と伊勢三郎、〈長〉は義経・片岡経春・伊勢三郎の三人、〈松〉は伊勢三郎・片岡経春の二人。〈四〉の場合、この後の描写に問題あり。次項注解参照。　**○高き所に上りて「敵や寄する」と臨み、窪き所に隠れて「敵や来る」と待ち懸けたり**　類似の描写は、〈南・屋・覚・中〉にあるが、〈覚〉「判官はたかき所にのぼりあがッて、敵やよするとを見し給へば、伊勢三郎は、くぼき処にかくれゐて、かたきよせば、まづ馬の腹射んとてまちかけたり」（下―一八〇頁）のように、義経と伊勢三郎が、各々の持ち場を分担していたという描き方。「高き所」と「窪き所」の両方を一人で見張ったとするのは無理があり、〈南・屋・覚・中〉の形が自然だろう。　**○平家の方より源氏を夜討ちに寄せたらば、一人も漏らさず討ちなまし**　以下、義経勢は少数の上に疲労していたので、夜討ちをかければ勝てていたのに、先陣争いの同士討ちにより果たせなかったとする点、諸本同様。史実は未詳だが、北陸合戦の平家敗北について、『玉葉』寿永二年六月五日条は、「彼三人郎等・大将軍等、相二争権勢一之間、有二此敗一」ととらえている。「彼三人」は、盛俊・景家・忠経を指しており、平家の侍大将格であった武士達の内紛が平家の敗戦を招いたと見るわけである。こうした争いが実際にあったことは想像できるといえようか。　**○夜討ちに為んと議りながら、越中次郎兵衛尉は、美作国の住人江美次郎と先陣・後陣を諍ふ程に、夜明けにけり**　越中次郎兵衛盛次と江美次郎の先陣争いとする点は、諸本同様。〈長・松〉は、教経が大将、副将として盛次・景清・江美次郎が寄せるはずだったとするが、先陣争いの同士討ちとする点は同様。「江美次郎」は、〈長・南・屋・覚・中〉同様。但し、「エミ」の表記に〈長〉「恵美」、〈南・覚〉「海老」、〈屋〉

「江見」といった異同があり、名を〈南・屋〉は「盛方」、〈覚〉は「守方」とする。〈延〉「江見太郎時直」（二三ウ）、〈盛〉「江見太郎守方」（6―二二四頁）、〈松〉「恵美太郎宗方」（一〇頁）。「美作国住人」とする点は、〈延・盛・松・南・屋〉同、〈長〉は「美濃国住人」とするが、誤りか。〈覚・中〉不記。〈四〉では巻九「三草合戦①」に、「美作国の住人江（エ）美（ミ）次郎守方」と見えていた（本全釈巻九―二二五頁）。該当部注解参照。

【引用研究文献】

＊北川忠彦「八嶋合戦の語りべ」（『論集日本文学・日本語3中世』角川書店一九七八・6。『軍記物論考』三弥井書店一九八九・8再録。引用は後者による）

志度合戦

【原文】

平家不トヤ叶▽一六三左思ケン明モ不シ戦ヒハセ当国内着[1]シ〔志〕[2]ト度浦ツ源氏吉ク寐《ネ》択《エラヒ》 乗志強キ馬共撰定シ八十五騎志度ヘ追懸ル平家船内見之咹《アレ》見ヨヤ例大将軍進ム覚[3]ハル討取レヤ云ヒ自船打出七八百人[4]ノ中取リ込メ欲レスレ射平家方馬武者少ク歩《ア》[5]キ武者勝《チ》ニテ戦《タヽカ》ヒケレ判官奥州佐藤四郎兵衛与伊勢三郎立弓手▽一六四右妻手金子十郎同与一矢面後藤兵衛尉父子立ツ、[6]後ロ懸ケレハ平家面[7]モ不合セ引ク処後《ク》[8]レ馳兵共二百余騎出来ケレ大勢連ク船込ミ乗被引塩随風被レ涌《ユ》ラ行クソ于何ツ覚ヘ哀レ

【釈文】

平家は叶はじ▽一六三左とや思ひけん、明けても戦ひはせずして、当国の内[1]志《シ》[2]度《ト》の浦にぞ着きにける。源氏は吉《よ》く寐《ネ》、志強き馬共に択《エラ》び乗り、八十五騎を撰定して、志度へ追ひてぞ懸くる。

平家、船の内にて之を見て、「唼《ア》れ見よや。例の大将軍の進むと[3]覚ゆ(は)るは。討ち取れや」と云ひて、船より打ち出でて、七八百人[4]の中に取り込めて射んと欲《ス》れども、平家の方は馬武者少なく[5]歩武《かちむ》者《しゃが》勝ちにて戦《タヽカ》ひければ、判官、奥州の佐藤四郎兵衛と伊勢三郎とを▽一六四右弓手・妻手に立て、金子十郎・同じき与一を矢面、後藤兵衛尉父子を後ろに立て[6]つつ懸けければ、平家は[7]面《おもて》も合はせず引く処に、[8]後《おク》れ馳せの兵共二百余騎出で来たりければ、「大勢の連《つづ》くは」とて、船に込み乗りて、塩に引かれ、風に随ひて涌《ユ》られ行くぞ、何《いツ》くへと覚え(へ)て哀れなり。

【校異・訓読】1〈底・昭〉「志《シ》」は右に傍書。〈書〉「志」通常表記。2〈昭〉「度」。3〈昭〉「覚ユル」か。但し「ユ」は難読。4〈昭〉「人」。5〈昭〉「歩アテ」か。但し「テ」は存疑。あるいは、「歩《あるき》武者」と訓むか。6〈昭〉「立ッ」。7〈昭・書〉「而」。8〈昭〉「後レ」。

【注解】〇平家は叶はじとや思ひけん、明けても戦ひはせずして　屋島合戦のあった翌日、二月二十一日のこととして記す。前段「平家夜討の沙汰」に見たように、平家は夜討を企図したが果たせず、翌朝には屋島から退いたとする。前段の注解「日暮れければ、互ひに勝負を決せず」に掲げた対照表に見たように、〈延・長・盛・松〉では夜が明けた後、屋島で戦闘が再開される。但し、〈延〉では「其夜モ明ニケリ」(二三ウ)として詞戦いと若干の戦闘を描いた後、もう一度夜明けが記され、混乱している。〈延〉は合計三日間の戦闘を描いているようにも見えるが、二日目の戦闘を描いた後の「…源氏ノ軍兵多打レニケリ。サル程ニ夜モ明ニケリ。夜明ニケレバ風止ヌ。風止ケレバ、浦々島々ニ吹付ラレタル源氏共、船漕来テ判官ニ付ケリ」（二五オ）という記述は、屋島でもう一日戦い暮らして夜を迎え、三日目の夜が明けたとは読みにくい。むしろ、夜明けの記述が、二三ウと二五オとで重複し、混乱していると見るべきだろう（北川忠彦八八〜八九頁）。〈長〉は、日が暮れてから源氏に勢が加わったとして（5―八九頁）、夜明けの後に多くの戦いの記事を記す（但し、夜明けの記事の後にすぐ夕刻の那須与一記事を記す点は不自然）。〈盛〉は、夜明けの後、教経等が戦ったが、遅れていた源氏勢が到着した上、熊野別当湛増・河野通信の加勢もあって、平家は遂に屋島を放棄したと描く（巻四十二末尾〜四十三冒頭）。〈松〉は、夜明けの後に弓流しや盛嗣錣引を記し、湛増や通信の加勢があって平家が志度へ退くという展開だが（一〇頁）、志度へ退いた平家を義経が追撃する記事は〈四〉にやや近い。〈松〉「二日ノ巳刻ニ平家終ニ屋島ノ礒ヲ攻落サレテ、当国ノ内志度ノ浦ニゾ著給フ」（一〇頁。「二日」は、屋島合戦二日目の意か）。一方、〈南・屋・覚〉は、夜が明けると平家は志度に退いたとする点で、〈四〉に近い。中でも、〈南・覚〉は、義経が八十余騎をすぐって追いかけたとして若干の戦闘を描く点で〈四〉に近く、特に〈南〉は、この後の具体的な詞章においても〈四〉に最も近似する（後掲注解「咹れ見よや。例の大将軍の進むと覚ゆ（は）るは…」「平家の方は馬武者少なく歩武者勝ちにて戦ひければ」「判官、奥州の佐藤四郎兵衛と伊勢三郎とを弓手・妻手に立て…」等参照）。しかし、〈南・覚〉も、那須与一・錣引・弓流といった屋島合戦の主要な話材は、その他諸本と同様に屋島で語り終えていて、これらをこの後に配置する構成は〈四〉独自（但し、『保暦間記』が簡略ながら類似の構成をとる）。〈屋〉は、平家が志度の道場に退いたとは記すものの（七七六頁）、志度での戦いは記さず、田内左衛門生捕の記述に移る。〈中〉は、日暮れの後に平家が「しどのだうじやうにこもられければ」（下―二五二頁）とするが、平家がその夜のうちに源氏を夜討にしようとしたと記し、矛盾。志度道場（志度寺）の位置を理解していない記述だろう。〈中〉はその後、夜明け後の平家の動向を記さず、田内左衛門生け捕りの記述に移る（下―二五二頁）。次項注解参照。　**〇当国の内志度の浦にぞ着きにける**　〈長・盛・松・南・屋・覚・中〉も平家が志度に退いたことを記す。〈延〉はこれを記さない。但し、〈延〉は、田内左衛門生捕の記事の後に、「判官ハ、二月十九日勝浦ノ戦、廿日屋島軍、廿一日志度ノ戦ニ討勝テケレバ」（二八オ）とある。伊勢三郎が田内左衛門を欺いた言葉の中に、「余党僅ニ有ツルハ、志度浦ニテ皆討レヌ」（二七オ）とあるのも、志度で合戦があったことを前提としていよう。従って、平家が志度に退いたことを記す記事がないのは不審。編集上の混乱があろう。『吾妻鏡』二月二十一日条も、「平家籠二于讃岐国志度道場一、廷尉引二八十騎兵一、追到二彼所一」とする。ここで、この前後の諸本記事を対照しておく。

〈四〉	〈延〉	〈長〉	〈盛〉	〈松〉	〈南・覚〉	〈屋〉	〈中〉
次信最期	嗣信最期	詞戦	那須与一	詞戦	詞戦	詞戦	詞戦
夜討失敗	那須与一	教経後悔	景清名乗	継信最期	嗣信最期	嗣信最期	嗣信最期
志度へ	景清錣引	嗣信最期	弓流	那須与一	那須与一	那須与一	那須与一
義経追撃	弓流	夜討失敗	盛嗣錣引	景清錣引	景清錣引	景清錣引	景清錣引
平家逃亡	夜討失敗	源氏加勢	宗盛下知	夜討失敗	弓流	弓流	弓流
那須与一	詞戦	那須与一	嗣信最期	弓流	夜討失敗	夜討失敗	**志度へ**
景清錣引	戦闘	景清錣引	夜討失敗	盛嗣錣引	**志度へ**	**志度へ**	夜討失敗
弓流	再び夜明	弓流	戦闘	湛増通信	義経追撃	教能生捕	のりよし生捕
則良生捕	源氏加勢	湛増通信	源氏加勢	**志度へ**	源氏加勢	湛増通信	湛増通信
通信湛増	湛増通信	**志度へ**	湛増通信	義経追撃	平家逃亡	平家逃亡	
	平家逃亡	成直生捕	**志度へ**	平家逃亡	教能生捕		
	成直生捕	平家逃亡	成直生捕	則良生捕			
			平家逃亡				

「志度」は、現香川県さぬき市志度。志度道場（志度寺）がある。志度道場は、『梁塵秘抄』巻二・霊験所歌に「四方の霊験所は、伊豆の走湯…（中略）…土佐の室生門、讃岐の志度の道場とこそ聞け」（三一〇）と歌われるなど、古くから

著名であった（志度寺は現在は真言宗善通寺派。本田典子は、屋島の戦語りや白峯の御霊語りには、志度寺の絵解僧を中心とした、語りの人々の集散の姿が見えてきはしないかとする（九六頁）。あるいは、大橋直義は、志度寺縁起に西大寺流の律僧が関与していると見る）。位置は屋島に近く、その東南にあたる。北川忠彦は、「八嶋で敗れた平家がわざわざ東方の志度へ退いたというのは、いささか不審でもある」（九〇頁）として、志度は、高松の西方槌ノ戸の瀬戸を誤った可能性（槌《ツチ》ノ戸→椎途《ツチノト》（シヒド）→志度）を指摘するが、安徳天皇をはじめとする貴人を多く抱えた平家が、屋島の御所を焼かれた後、とりあえず立派な建物のある志度道場に行き場を求めたとしても不思議ではない。〈盛〉は「先帝ヲ奉始テ、女院・二位殿・女房・男方、ムネトノ人々ハ讃岐志渡ヘゾオハシケル」（6―一三四～一三五頁）とする。仮の御所にふさわしい場所は、近辺には他に存在しなかったのだろう。義経勢は少数で屋島を急襲しただけで、未だ阿波から讃岐の地域を占領・支配したわけではないので、屋島より東方に当たることは安全性とはあまり関係ないといえよう。〈長〉が「当国のうち、しどの道場にこもりて、伊与の国の勢をぞあひまちける」（5―九四頁）と記すように、もし、四国の武士達に対する平家の支配力がなお保たれていれば、志度を拠点に義経勢を追い出し、四国の支配を復活させる可能性もなかったとはいえまい。しかし、長らく拠点としてきた屋島の陥落という事態は親平家勢力を動揺させ、平家は現地で兵力を集めることはできず、志度をもすぐに撤退せざるを得なかったものと推測されよう。　**○源氏は吉く寐**　前段では、伊勢三郎だけが起きて敵を見張っていたと描かれる。「伊勢三郎義盛ばかりぞ、少しも横臥しもせず…」注解参照。その他の兵はよく寝て疲労を回復させたとするのだろう。　**○志強き馬共に択び乗り、八十五騎を撰定して、志度へ追ひてぞ懸くる**　類似の記述は、〈松・南・覚〉にあり（右表「義経追撃」）。〈松〉「判官、大勢ノ中ニ馬強ク能キ者ドモ百騎勝テ、志度ノ浦ニ追テ寄ス」（一一〇頁）。〈覚〉「判官、三百余騎がなかより、馬や人をすぐッて八十余騎追ッてぞかゝりける」（下―二八一頁）。〈南〉は〈覚〉に近い。『吾妻鏡』も八十騎（前々項注解参照）、『保暦間記』も「先ヅ八十騎計ニテ義経前駈シテ押寄タリ」（『校本保暦間記』五七頁）とする。「志強き馬」

とは、名馬のことを「悍馬・荒馬・跳馬・悪馬」とも言うように（池田哲朗一六頁）、気性の荒い元気の良い馬の意か。「八十五騎」は〈南・覚〉及び『吾妻鏡』『保暦間記』の「八十（余）騎」に近い。前段「平家夜討の沙汰」で、義経勢には阿波・讃岐の兵が加わって三百余騎になったと描いていたので、その中から先発隊を選抜したことになる。残りの二百余騎も遅れて馳せ参じたと、この後に述べる（「平家は面も合はせず引く処に、後れ馳せの兵共二百余騎出で来たりければ」）。　**〇平家、船の内にて之を見て**　右に「志度の浦にぞ着きにける」とあったが、平家は船で志度の浦には着いたものの、上陸はしていなかったということになろうか。〈松・南・覚〉も同様に読める。一方、〈長〉「当国のうち、しどの道場にこもりて、伊与国の勢をぞあひまちける」（5―九四頁）の場合、一度は上陸して志度道場に籠もったと読める。〈屋〉も「志度道場ニゾ被籠ケル」（七七六頁）も、「籠もる」という表現（但し、〈長・屋〉は志度での合戦は描かない）。また、〈盛〉は先に引いた「讃岐志渡ヘゾオハシケル」（6―一三四～一三五頁）ではやや曖昧だが、義経が「讃岐志渡ヲ被攻ケリ」（6―一四一頁）、平家が「コ、ヲモ被攻出テ」（同前）と描く点では、やはり平家は一度志度に拠点を構えようとしたが、攻撃されて追い出されたのだと読めよう。但し、〈盛〉では、義経がいつ志度を攻めたのか、時期は曖昧である（「田内左衛門生捕」冒頭の注解参照）。　**〇咹れ見よや。例の大将軍の進むと覚ゆ（は）るは。討ち取れや**　平家側の言葉。「例の大将軍」は昨日屋島に来襲した義経を指す。〈南〉「昨日ニナラヒテ源氏ノ大将打ン」「昨日ノ大将打ヤ者共」（八四八～八四九頁）が比較的近い。〈覚〉「かたきは小勢なり。なかにとりこめて討てや」（下―二八一頁）。　**〇船より打ち出でて、七八百人の中に取り込めて射んと欲れども**　この場面の平家勢の数を記すのは、他に〈南〉「千余人」（八四九頁）があるぐらいか。〈松〉は「大勢押寄セ」（一〇頁）。『保暦間記』は「平家宗トノ人々其勢八十余人」（『校本保暦間記』五七頁）と、少数。屋島合戦（②盛次・義守、詞戦）の注解「侍に越中次郎兵衛尉盛次以下、五百余騎にて渚へ押し寄せ」に見たように、この時屋島にいた平家勢の数は千人程度とされ、屋島合戦ではそのうち「五百余騎」が反撃に出ていた。〈四〉の場合、ここで、屋島合戦より多い「七八百人」が戦う理由は不明だが、〈南〉も、屋島では「五百余人」（八三二頁）、志度では「千余人」が戦ったとされる。　**〇平家の方は馬武者少なく歩武者勝ちにて戦ひければ**　この場面で最も近い記述を有するのは〈南〉「平家ハ馬ズクナニテ、ヲウヤウカチニテ有ケレバ」（八四九頁。「ヲウヤウ」は「大様」で「大体・おおよそ」の意であろう）。〈松〉「歩行ノ兵ナル上、国々ノ駈武者ナレバ、散々ニ係散サル」（一〇～一一頁）も類似。但し〈南〉は「平家ノ馬ドモハ、皆田内佐衛門範良ガ伊与へ越トテ引セタリケレバ、皆カチ武者ニテゾ有ケル」（八四九頁）と説明するが、平家に馬が少ない理由としては、義経の攻撃を避けて船に乗ってしまったために馬を伴うことが難しかったという問題が重要だろう。この後の「弓流」に、「咹は歩武者なり、是は馬武者にて懸ければ、一人も支へず、散々に懸けられて皆船に乗りぬ」ともあるように、平家は船から上陸したため、徒歩武者であったのに対し、源氏は騎馬武者が中心であったのであろう。〈長〉に「源氏は馬武者にて、さん〴〵にかけては引退て、馬のいきをやすめ、又をしよせてはさん〴〵にせめ、我身をもやすめ、平家徒武者にて、敵のよするをばふせげども、引時敵におつかけず。平家はさん〴〵にかけられてけちらされ、こらへずしてとる物もとりあへず、我先にと船にとり乗てをしいだす」（5—九三頁）とあるのも、そうした事情を記すのであろう。源氏が騎馬、平家が徒歩という点は、屋島合戦では基本的に諸本共通の問題といえようし、〈盛〉「平家ハ歩立ニテ芝築地ヨリ打出テ…源氏ハ馬上ヨリ指当〳〵…」（6—一一七頁）、〈屋〉「平家ノ兵ハ皆徒立也」（七七三頁）、〈覚〉「平家の兵物ども、馬には乗らず、大略かち武者にてありければ」（下—二七九頁）などと記されるが、平家に馬が少ないということは必ずしも明記されない。　**〇判官、奥州の佐藤四郎兵衛と伊勢三郎とを弓手・妻手に立て、金子十郎・同じき与一を矢面、後藤兵衛尉父子を後ろに立てつつ懸けければ**　先に「屋島合戦②盛次義盛詞戦）」に、「金子十郎・同じき与一、判官の弓手・妻手に立ちて」とする場面があった。〈四〉の当該記事に最も近似するのは、〈南〉「大夫判官、佐藤四郎兵衛・伊勢三郎、弓手妻手ニ立テ、金子十郎・同与一・後藤兵衛父子、是等ヲ前ニ立テ、後ロニハ田代冠者ヲ立テ、八十余騎ニテヲメヒテカクレバ」（八四九頁）。〈松〉も、この位置に「判官ハ、奥州ノ佐藤四郎兵衛・伊勢三郎・金子十郎・同与一・後藤兵衛父子・武蔵坊弁慶、此等ヲ前後ニ立並テ係ラレケレバ」（一〇頁）とある。義経の周囲を武士達が囲んで守った記述としては、〈延〉の次信最期の場面、「奥州住人佐藤三郎兵衛、同舎弟四郎兵衛、後藤兵衛実基、同子息新兵衛基清等、大将軍ヲ打セジトテ、判官ノ面ニ立戦ケリ」（一六オ）や、〈覚〉の「弓流」における「後藤兵衛父子、金子兄弟をさきに立て、奥州の佐藤四郎兵衛・伊勢ノ三郎を弓手・馬手に立て、田代の冠者をうしろに立てて」（下―二七九頁）等もあるが、志度合戦のこの場面には類例が見当たらず、〈四〉と〈松・南〉、特に〈南〉の類似が際立っている。なお、屋島合戦譚には、一谷合戦話には登場しない古つわものの金子十郎家忠や後藤兵衛実基といった武者が登場する点注意される（北川忠彦九五～九九頁）。**○平家は面も合はせず引く処に、後れ馳せの兵共二百余騎出で来たりければ**　前掲注解「志強き馬共に択び乗り、八十五騎を撰定して、志度へ追ひてぞ懸くる」に見たように、義経は三百余騎の勢のうち、八十五騎をすぐって来ていた。残る二百余騎が遅れて到着した意。〈松・南・覚〉も類似の記述あり。〈覚〉「八島に残りとゞまッたりける二百余騎のつは物共、おくればせに馳来る」（下―二八一頁）。**○大勢の連くは**　平家の言葉。訓読は、〈覚〉「すはや源氏の大勢のつゞくは」（下―二八一頁）を参考とした。源氏の大勢が続いていると見て志度をも撤退したと描く点は、〈松・南・覚〉も同様。徒歩とはいえ、平家には〈四〉「七八百人」、〈南〉「千余人」の兵がいたわけなので（前掲注解「船より打ち出でて、七八百人の中に取り込めて射んと欲れども」）、二百余騎の加勢を「大勢」と恐れて逃げるのはやや不審。〈松・南〉は、〈松〉「アレヲ見ヨヤ、大勢コソ列タレ。四五万騎モ有ラン。取籠ラレテ叶ベカラズ」（一一頁）、〈南〉「アレヲ見ヨ、源氏ノ大勢ツヾキタリ。二三万騎モヤ有ラン、叶マジ」（八四九頁）と、敵を大勢と錯覚したとする。〈四・覚〉も、あるいは同様の要素があるか。しかし、敵を大勢と錯覚して逃げるのは屋島で犯したのと同じ誤りであり、二日続けて同じ錯覚をしたと描くのはやや疑問が残る（但し〈松・南〉は、平家が不利だった理由として馬が少なかったことなども記す。前掲注解「平家の方は馬武者少なく歩武者勝ちにて戦ひければ」参照）。志度を撤退した理由は、〈長〉では田内左衛門成直生捕。〈盛〉では田内左衛門生捕後の源氏勢による攻撃。〈屋〉では明記されない。〈延・中〉は志度への立ち寄りを明記しない。

○船に込み乗りて、塩に引かれ、風に随ひて涌られ行くぞ、何くへと覚えて哀れなり　「何《いツ》くへと」は、「何《いツ》ちにと」「何《いツ》までと」などとも訓める。類似の文は諸本にある（前掲注解「当国の内志度の浦にぞ着きにける」に掲げた対照表の「平家逃亡」）。そのうち、該当の文を〈四〉と同様の位置に置くのは、〈松・南・覚〉。〈松〉「各舟ニ乗テ、塩ニ引カレ風ニ任セテ、イヅクトモナク流行ク」（一一頁）。〈南〉「又舟ニ乗リテ、塩ニ引レ風ニ随テ落行ヌ」（八四九頁）、〈覚〉「又舟にとり乗ッて、塩にひかれ、かぜにしたがッて、いづくをさすともなく落ちゆきぬ」（下—二八一頁）。これらはいずれも、この後に中有の旅のようであったとの比喩を加える。〈延〉は志度合戦を記さず、屋島合戦を「第二日ノ巳剋ニハ、屋島ヲ漕出テ、塩ニ引レ風ニ随テ、イヅクヲ指テ行トモナク、ユラレ行コソ悲シケレ」（二五ウ〜二六オ）と締めくくる。〈長〉は、田内左衛門生捕の後、「たのむ木のもとに雨のたまらぬ心地して、しどの浦をもをしいだし、浪にゆられ風にしたがひてぞたゞよひける」（5—九五頁）と描く。〈盛〉は、湛増と河野通信が源氏に加勢した記事の後に「二十一日ノ巳刻ニハ、屋島ノ渚ヲ漕出テ、塩ニ引レ浪ニ諍、何ヲ指トハナケレ共、任風動行コソ悲ケレ」（6—二三四頁）と記し、また、平家が箱崎の津をも追われたところで「何所ヲ宿ト不定バ、浪ト共ニ諍テ漕レ行コソ哀ナレ」（6—一四一頁）とする文も、やや類似する。〈屋〉も、湛増・通信が源氏に加勢した記事の後に志度撤退を記し、「船ニコミ乗リ、風ニ任セ塩ニ引レテ、何チトモ無クユラレ行コソ悲ケレ」（七八〇頁）とする。〈中〉は、前掲の対照表には入りきれなかったが、湛増・通信の加勢に続けて住吉神主の奇瑞奏上、神功皇后故事を記した後、壇浦合戦直前に、「去程に平家は、九国の内へはいれられず、さぬきの八島をもをひいだされ、なみにたゞよひ、風にまかせて、いづちともなくゆられつゝ、いまだせんやう、さいかいのしほぢにまよひ給けり」（下—二五五頁）とする。『保暦間記』は、志度での戦いを「大勢連タレバ、平家モ又引退ク」（『校本保暦間記』五七頁）とした後、那須与一の話題を挟んでから、「平家、風ニ随ヒ波ニ引レテ漂ヒケリ」（同前）とする。以上のように、この文は、平家が屋島近辺で完全に敗北し、瀬戸内海をあてどもなく落ちて行ったさまを描くものであり、〈四〉のように、この文の後に那須与一や錣引・弓流といった戦闘場面を配するのは適切ではない。志度合戦の末尾にこの文を置く〈松・南・覚〉と同じ型の本文に基づきつつ、那須与一・錣引・弓流記事の置き場に困って、それらをこの後に配置してしまった編集の不手際であろう。本項の一文に関しては〈四〉の不手際が際立っているが、夕刻のことであるはずの那須与一の逸話の後に錣引・弓流といった戦闘が展開されるなど、屋島合戦の構成には、諸本にわたって問題が多い（次段冒頭注解参照）。

【引用研究文献】

＊池田哲朗「中世前期の合戦における騎馬の実態」（日本史学集録二七号、二〇〇四・5）

＊大橋直義「珠取説話の伝承圏―志度寺縁起と南都・律僧勧進―」（藝文研究八〇号、二〇〇一・6。『転形期の歴史叙述―縁起　巡礼、その空間と物語―』慶應義塾大学出版会二〇一〇・10再録）

＊北川忠彦「八嶋合戦の語りべ」（『論集日本文学・日本語3中世』角川書店一九七八・6。『軍記物論考』三弥井書店一九八九・8再録。引用は後者による）

＊本多典子「『白峯寺縁起』覚書き―讃岐と都・地方と中央―」（『伝承文学論〈ジャンルをこえて〉』東京都立大学大学院国文学専攻中世文学ゼミ報告一九九二・3）

那須与一

【原文】

源氏無キ船間引《タ》ヘ陸《クカ》待ツ勢之処最《イ》無キレ大モ船新シキ尋常装束シ閑《シツ》々漕セ来ル恠見ル程何無シ安堵仕態ヤ[1]▽一六四左船成横様《マ》二月廿日比事柳五ツ重キ[2]紅袴着女房見ユル二十七八一紅扇月出仕《ツ》ヒ立出船艫屋形源氏兵ル[3]射ヨレ之挟ミ立扇入屋形内ヘ源氏兵共見之失色誰レ承[4]思フ処武蔵坊弁慶射ヨ被〔[5]謂不ランモ射〕無下思以和田太郎可射[6]ヒ申セ金子十郎申和田小太郎強弓精兵無▽一六五右左右事ナレ[7]少サキ物ハ少揣《アハ》ラニヤ候立重ネヲ鎧甲不及子細那須庄司重隆子那須与一宗隆コソ弓勢少シ劣リ候手細定物可ク射ツ候申セ判官与一射セヨ言ヘ与一海中馬打入一段計歩マセ寄セ見レ海上七八段計見[8]レ折節風劇シ此程大風波モ未タ閑ラ扇𨀉《クルリ》々遶《マハ》リ差何ク可射不リケレ見ヘ与一▽一六五左且ク塞キ目心中祈念シ我国仏神殊日光権現垂レレ[9]哀在セ是レ射損物ナラ只今海ヘ可沈ミ候今一度返サセ下ヘ本国ヘ申シ目見開キタレ扇閑リ射吉気時打咬根堀鏑十一束三伏引[10]キ懸ケ鏑上《ヘ》且シ持シ放テハ長鳴シ扇鹿目本[11]ソ破他射破テ海雑《ツ》射入平家方ハ叩ヒ[12]船端《ナタ》入ルレ興《キヨ》ニ源氏方叩箙《ラ》感シ▽一六六右取時勇キ高名紅扇月出シ耀キ夕日浮海上面白リケレ自屋形内五十計男縈目結直垂着黒革鬼鎧白星甲用ツ、刻鈖船艫屋形上[13]シ錣《ロ》振リ仰ケ々々拍シ喜シヤ水且ク舞フ処与一取[14]ツカ吉引且シ堅放ツ何シ可キレ却所志首骨後ロヘ樋射通則海ヘ落入見之有吉射云[15]フ人モ有▽一六六左無シトレ情云フ者モ

【釈文】

源氏は船無き間《あひタ》、陸《クカ》に引かへて勢を待つ処に、最大《イと》きにも無き船の新しきに、尋常に装束して、閑々《シツしづ》と漕がせ来る。恠《あや》しと見る程に、何かなる安堵《あど》無しの仕態《しわざ》[1]にや、▽一六四左 船を横様《よこざマ》に成す。二月廿日比《ごろ》の事なるに、柳の五《いつツ》[2]重《がさね》に(き)紅の袴着たる女房の、十七八と見ゆるが、紅の扇の月出だしたるを仕《ツか》ひて、船の艫の屋形に立ち出でて、「源氏の兵、[3]之を射よ」とて、扇を挟み立てて屋形の内へ入る。源氏の兵共、之を見て色を失ひ、「誰《たレ》か承る」と思ふ[4]処に、武蔵坊弁慶、「射よ」[5]と謂はれて射ざらんも無下《むげ》に思ひて、「和田太郎を以て射[6]さ(ひ)すべし」と申せば、金子十郎が申しけるは、「和田小太郎は強弓精兵、▽一六五右 左右無き事なれども、[7]少《ちひ》さき物は少し荒《アハ》らにや候ふらん。鎧甲を立ち重ねたらんをば子細に及ばず、那須庄司重隆が子に那須与一宗隆こそ、弓勢は少し劣り候へども、手細やかにて、定めて物を射つべく候ふ」と申せば、判官、「与一に射させよ」と言へば、与一、海の中へ馬を打入れ、一段ばかり歩ませ寄せて見れば、海上七八段ばかりとこそ[8]見ゆれ。折節風劇《はげ》しくて、此の程の大風波も未だ閑まらず。扇は跳《クル》り跳《クル》りと遶《マハ》り、何《いづ》くを差して射るべしとも見え(へ)ざりければ、与一▽一六五左 且《しばら》く目を塞ぎ、心の中に祈念しけるは、「我が国の仏神、殊には日光権現、[9]哀れみを垂れ在せ。是《これ》を射損ずる物ならば、只今海へ沈み候ふべし。今一度本国へ返させたまへ」と申して、目を見開きたれば、扇閑まりて射吉気《いよげ》なる時に、根堀の鏑の十一束三伏を打ち咬《く》はせ、鏑の上《うへ》を[10]引き懸けて、且《しば》し持して放てば、長鳴りして、扇の鹿目《かなめ》の本を[11](そ)、破他《はた》と射破《いわ》りて、海へ雑《ざツ》とぞ射入れける。平家の方は[12]船《ふナ》端《ばタ》を叩い(ひ)て興《キョう》に入る。源氏の方は箙《えびラ》を叩いて感じけり。▽一六六右 時に取りては勇《ゆゆ》しき高名なり。紅の扇の月出だしたるが、夕日に耀きて海上に浮かびて面白かりければ、屋形の内より、五十ばかりなる男の、繁目《しげめ》結《ゆひ》の直垂に、黒革鬼《くろかはをどし》の鎧着て、白星の甲に剡鈖《なぎなた》を用《も》ちつつ、船の艫の屋形の上[13]に(し)て、鍛《しころ》を振り仰《あふの》け振り仰《あふの》け、

「喜《うれ》しや水」と拍《はや》して且《しばら》く舞ふ処に、与一取って[14]つがへ、吉く引きて、且《しば》し堅めて放つ。何《な》じかは却《はづ》すべき、志す所の首の骨を後ろへ樋《つつ》と射通しければ、則て海へ落ち入る。之《これ》を見て、「吉く射たり」と云[15]ふ人も有り、▽一六六左「情け無し」と云ふ者も有り。

【校異・訓読】 1〈昭〉「熊ャ」、〈書〉「熊」。2〈昭〉「重ヘ」。〈底・昭〉の送仮名は、あるいは「ネ」（子）の誤りの可能性もあるか。3〈昭〉「兵」。4〈昭〉「思ゥ」。5〈底・昭〉「謂不ランモ射」は右に傍書。〈書〉「謂不射」通常表記。6〈底・昭〉「射ヒ」。「ヒ」は、あるいは「サ」の異体字の誤りか。7〈昭〉「少」。8〈昭〉「見ユ」。9〈昭〉「哀ミ」。10〈昭〉「引」。11〈昭〉「本ヲ」。12〈昭〉「船ナ端ヲ」。13〈底・昭〉「上シ錣ロ」。但し、〈底〉の「シ」は「レ」にも見える。あるいは、「錣」の振仮名「シ」の位置を誤ったものか。14〈底・昭〉「取ツカ」の「ツカ」は、通常の送仮名の形（行外・小字）ではなく、漢字一字分の空白内の右側に、やや大きめに書く。〈書〉は「取」の下に一字分空白。未詳。あるいは、「番」など、「つがふ」と訓むべき漢字が脱落したか。15〈昭〉「云ラ」。

【注解】 **○源氏は船無き間、陸に引かへて勢を待つ処に**　那須与一の記事は諸本にある。位置については前々段「平家夜討の沙汰」や前段「志度合戦」に掲げた対照表参照。これを屋島ではなく志度でのこととするのは〈四〉のみ（但し『保暦間記』〈五七頁〉も同様の構成）。那須与一記事は、激しかった戦いが一旦やみかけたところで女房の乗った船が静かに進んでくるという場面設定から始まる。〈四〉の場合、平家は志度での戦いを避けて船に乗り、源氏は船がないので追撃できないという設定なので、戦いが休止状態にあったという点は問題ないが、前段末尾で平家があてもなく波に揺られて去って行ったとした後で、再び船の無い源氏は陸に控えて平家の勢を待っていたとする点はおかしいし、さらに那須与一から錣引・弓流と合戦記事を続ける構成には無理があろう。去って行ったはずの平家が激しく戦う錣引・弓流も奇妙だが、那須与一の場合、戦いの行方を占うような意味があろうから、未だ勝敗の行方が見えない時点の方がふさわしいといえよう。だが、他諸本の構成も問題がないわけではない。〈南・屋・覚・中〉では、記事の冒頭近くに、〈覚〉「「けふは日暮れぬ、勝負を決すべからず」とて、引退く処に」（下―二七四頁）のように、日が暮れかけたので戦いを休止しようとしたという一文がある。だが、その後、那須与一の話題に続いて錣引・弓流と戦闘場面が続く点は、日が暮れて一旦は戦闘をやめた後のこととしてはやや無理があろう。〈長〉の場合は、合戦二日目の夕刻にこれを位置づけるが、二日目の夜明け前からの戦いを「たがひに時をつくりて寄合。ときうつるまで射あひけり」（5―九〇頁）などといった短文で強引に終わらせ、「さるほどに日もくれ程になりて…」（同前）と、那須与一の話題に移り、さらに錣引・弓流と続く。川鶴進一が「夜明けから夕暮れへとすぐに移行して」いる「省筆」（六四頁）と指摘するように、これも無理のある構成というべきか。〈四・延・盛・松〉の記事冒頭には時刻を示す一文がないが、夕暮れであったことは、この後、扇が夕陽に照らされて輝くという描写がいずれの本にも見られることから確認できる。その意味では、〈延・盛・松〉も、那須与一の後に長々と合戦描写を続ける点に問題があることは同様だろう。特に〈盛〉は継信最期をも那須与一の後に語る形。〈松〉も、那須与一の後に「太胡ノ小橋太」の水練、景清錣引、さらに「一人当千ノ兵ドモ轡ヲ並テ、寄ツ返シツ、追ツ追レツ、入替々々戦ケリ」（九頁）と、激戦の記述を置いている。詞戦や次信最期と那須与一・錣引・弓流などの話題を、一つの合戦の中で順序立てて語ることは相当に困難であり、記述に問題が起きるのはある程度やむを得ないことであるともいえよう。屋島合戦にはそもそも話材が過剰であり、構成上の無理は必然的に生まれているという視点が必要であろう（佐伯真一①一六～一七頁）。

〇最大きにも無き船の新しきに、尋常に装束して、閑々と漕がせ来る　扇の的を立てる船の描写として、さほど大きくはないとする点は、〈松・南・屋・覚・中〉が「小舟」とするのに類似。「装束」は、「家屋、庭、また道具などを装飾すること」（〈日国大〉）。船が美しく飾り立ててあったとする点は、〈長・盛・南・屋・覚・中〉同様。〈松〉「尋常ナル」も美しい、立派の意であろう。さほど大きくはないとはいえ、飾り立てた屋形のある船ではあったわけである。なお、〈延〉はこの船を「浦船カト見ルホドニ、兵一人モ不乗ケリ」（一九オ）と描く。但し、「浦船」は、この後に兵が一人も乗っていないとわざわざ断ることからも、字形の近似する「師船」の誤りか（今井正之助六三頁）、例えば巻二―九八オに見る「師《イク》サ」の旁とほぼ一致することからすれば、ここは「師船」と校訂すべきであろう。さて、与一の射芸に感動して舞った男はこの船に乗っていたはずであり（後掲注解「船の艫の屋形の上に（し）て」参照）、見えなかったとすれば隠れていたというべきか（今井正之助五六頁）。**〇怯しと見る程に、何かなる安堵無しの仕態にや、船を横様に成す**

　横腹を見せるようにして船を泊めたのを、「安堵無し」（馬鹿者）の所業と見た意であろう。なお、〈延・松・屋・中〉では、船は渚から、〈延〉「一丁余」（一九オ）、〈松〉「一町バカリ」（八頁）、〈屋〉「一町斗リ」（七六五頁）、〈中〉「一ちやうばかり」（二四六頁）のところで止まったとする。〈南・覚〉は、「七八段ばかり」（〈覚〉下―二七四頁）。「一町（丁）」は約一〇九メートル。おそらく、当時の弓矢では相互に攻撃しにくい、安全な距離を保ったものであろう。後掲注解「与一、海の中へ馬を打入れ、一段ばかり歩ませ寄せて…」参照。なお、船を横様に泊めたとするのは、〈南・屋・覚・中〉同。〈長〉「船を平付になをす」（5―九〇頁）。同様の意か。〈屋〉「船共平付ニ着テ敵ノ的ニ射サスナ」（七四九頁）。**〇二月廿日比の事なるに**　那須与一記事の中に見える日付は、記事の冒頭では、〈盛〉「二月廿日ノ事ナルニ」（6―九七頁）、〈松〉「比ハ二月十九日ノ事ナルニ」（八頁）、〈南〉「二月十八日酉ノ時斗ノ事ナルニ」（八三八頁）。与一が射手として選ばれた後で記されるのは、〈延〉「二月ノ中ノ十日ノ事ナレバ」（一九ウ）、〈覚〉「二月十八日の酉刻ばかりの事なるに」（下―二七五～二七六頁）。〈長・屋・中〉は那須与一記事の中で日付を記さない。但し、〈長〉は本話に入る直前に「あくる廿一日の未あけざるに」（5―八九頁）とあり、その日の夕刻のこととする。また、〈屋・中〉は、直前の次信最期の中で、次信は「二月十八日ノ酉剋」（〈屋〉七六四頁）に亡くなったとする。諸本における屋島合戦の日付については、「勝浦合戦」の注解「十九日の申酉の剋ばかりに勝浦を出でて」に掲げた対照表に見たとおり。〈四〉では「勝浦合戦」末尾に「廿日の寅の時」とあり、その日のうちに屋島を襲撃したと見られる。

志度合戦はその翌日のこととされるので、二十一日のこととなる。この後、「田内左衛門生捕」にも「廿一日志度合戦」と明記されているにもかかわらず、ここで「廿一日」といわずに「廿日比」とぼかす理由は不明。たとえば〈松〉には、平家が海上に逃げたことを記して「廿日比ノ塩ナレバ、遠浅マデ平家ノ大船上ジト沖へ漕テ出ス」（八頁）とあり、このように潮の流れをいう文脈であれば「廿日比」という表現をとる意味もあるが、〈四〉のこの場面ではそうでもない。他諸本では、〈延・松〉の日付に混乱が見られることは、「勝浦合戦」の注解「十九日の申酉の剋ばかりに勝浦を出でて」に見たとおり。なお、大森亮尚（二二頁）・島津忠夫（二一一頁）は、『平家物語』諸本のこのあたりに見られる日付が、謡曲「八島」や西浦田楽「やしまだんのうら」など、いわゆる八島語りの諸芸能の「三月十八日」（幸若舞曲「那須与一」も三月十八日、同「八島」や謡曲「景清」は三月下旬）と食い違うことを、八島語りの芸能が『平家物語』と並行して独立的に存在したことを示す根拠の一つとする。なお、元暦二年（一一八五）二月十八日から二十一日にかけての日の入り時刻（高松地方）は、午後六時十六分から十九分頃か。　**○柳の五重に紅の袴着たる女房の、十七八と見ゆるが**　「柳の五重に紅の袴」は、〈盛〉同。〈延〉「柳裏ニ紅ノ袴」（一九オ）、〈松〉「柳裏ノ五衣ニ赤袴」（八頁）、〈南・屋・覚・中〉も、「柳のいつゝぎぬにくれなゐのはかま」（〈覚〉下―二七四頁）などとして、ほぼ同様。〈長〉は「柳の五衣」（5―九〇頁）のみ。「柳」は「柳襲」（やなぎがさね）の略。「表は白、裏は青。女房の襲では五衣《いつつぎぬ》のいずれも表白、裏青、これに紅の単衣を着る。冬から春まで用いる」（〈日国大〉）。また、「五重」（いつつがさね）は、「五衣」（いつつぎぬ）に同。「五衣」は、「女房装束の一。もと袿《うちき》を五つ重ねた名称であったが、必ずしも五枚でなくとも、多く重ねたのをいうようになった」（『角川古語大辞典』）。この女房の年齢「十七八」は、〈中〉同。他諸本は、若く記す順で、〈長・松・覚〉「十八九」、〈盛〉「十九」、〈延〉「廿計」。〈南・屋〉不記。また、〈長・盛・松・屋・覚・中〉は、多かれ少なかれ、この女性の美しさを述べる（〈長〉は話末）。なお、この女房の名を、〈長・盛・松〉は「玉虫」とする。〈長〉は話末に記し、もとは建春門院の雑仕「玉むし」、「当時は平大納言時忠の卿の中愛の前」とする（5―九一頁）。また、〈盛〉はこの位置に記し、建礼門院の雑司「玉虫」、別名「舞前」とする（6―九七頁）。「舞前」の名は、鶴見大学図書館蔵のいわゆる長門切にも見られる（松尾葦江五一三頁）。〈松〉は、本話直前に、義経をおびき出す謀として美女「玉虫」を小舟に乗せて出したと記す、独自の構成（八頁）。**○紅の扇の月出だしたる**　扇の描写は、〈延・松〉ほぼ同（「紅」は「皆紅」）。〈盛〉「皆紅ノ扇ニ日出タル」（6―九七頁）。〈南・屋・覚・中〉は〈盛〉にほぼ同。〈長〉は、ここでは「紅のあふぎ」（九〇頁）のみだが、扇が射落とされたところで「月出したるあふぎ」（5―九一頁）とする。菊地仁は、平安時代には月を描いた扇の例は多いが、日輪を描いた例は比較的少ないと指摘する（二九～三〇頁）。村上學は、「月」を原態と見つつ、章段の冒頭で扇を「みな紅の扇の日出したる」と描いた句を後に夕陽の光の中でもう一度繰り返す〈覚〉などの表現技法を〈かたり〉の情報伝達の方法として評価する（二一三～二一九頁）。なお、〈盛〉は、この扇を厳島社で賜ったものとして、これを射当てるかどうかが「軍ノ占形」（6―九八頁）であるとする。他本でもこれが一種の占いであると読むことは可能だが、このように明文化することはない。なお、村松剛は、『厳島道芝記』によって扇の的と厳島神事の関連を推測する（一一七～一一八頁）。また、鈴木正彦（三一～三三頁）や本田安次（六六三～六六五頁）は、宮城県栗原郡津久毛の小迫祭の中で、「馬乗渡し」と称して与一が扇の的を射る場面が演じられることを紹介したが、徳江元正（四五九～四六〇頁）は、それを、本来は年占の神事だったところに、武将が導入されたものと見る。弓で的を射る弓神事が占いと結び付くのは一般的なことだろう。『日本民俗事典』（弘文堂）の「弓神事」の項によれば、現在も各地に残る的射の行事は、本来は神意を卜占しようとする意図に発したものとされるという（但し、弓神事を年占と見ることを疑う萩原法子の説もある）。藤田成子も、「軍の占形」としての面を重視した読解を見せる。徳江元正（四五六頁）が指摘するように扇の的の場面は風流などにとりいれられるが、年占などの民俗行事との関連が、そうした芸能との関係の潜在的基盤となっている可能性も考えられよう。**○船の艫の屋形に立ち出でて**　美女は船の「艫《とも》」即ち後端部、船尾に立ち、扇を挟み立てたとする。〈長・盛・松〉は、扇を船の舳先（船首）に立てたとする。一方、〈南・覚・中〉は、扇を船のせがい（船べり）に立てたとする。〈屋〉「舷」（七六五頁）も船ばたの意で、〈南・覚・中〉と同様であろう。〈延〉は、「扇ノ月出シタルヲハサミテ、船ノ舳ニ立テ、」とした後、「持タル扇ニ指ヲサシテ、扇ヲセガヒニ立テ入ニケリ」とし、分かりにくい（いずれも一九オ。この後、与一の射芸に感動して舞う男は「扇立ツルセガヒノ上」（二一オ）で舞ったとする）。絵画類では、寛文五年版『源平盛衰記』や『源平盛衰記絵巻』、海の見える杜美術館蔵『源平盛衰記』奈良絵本などの盛衰記関係絵巻・絵本のみならず、一方系本文の絵入本である明暦二年版・寛文十一年版・延宝五年版『平家物語』や、林原本『平家物語絵巻』、永青文庫本『平家物語』絵本なども、いずれも舳先に扇を立てた図柄を描く。屋島・壇浦合戦に関する絵では、旗を立てる場所は舳・艫のいずれも見られ、また、せがいに竿を立てることも合理的ではあろうから、これらはいずれも成り立つ表現なのだろう。　**○「源氏の兵、之を射よ」とて**　「源氏の兵、之を射よ」は、美女の言葉であるようにも読めるが、源氏勢との距離はこの後に「海上七八段」とあり、この女性が源氏の耳に届くほどの大声で叫んだわけではあるまい。しぐさ、態度でそのように示した意であろう。他本は、〈延〉「是ヲ射ヨトオボシクテ、源氏ノ方ヲ招テ、持タル扇ニ指ヲサシテ」（一九オ）、〈長〉「これを射よとぞ叩たる」（5―九〇頁）、〈盛・松〉「是ヲ射ヨトテ、源氏ノ方ヲゾ招タル」（〈盛〉6―九七頁）、〈南・屋・覚・中〉「陸へむひてぞまねひたる」（〈覚〉下―二七四頁）など、いずれもそうした意味にとれる。但し、〈盛〉の系統に連なる本文からの略述、改作とされる「屋島軍断簡」は、「源氏兵連是射給々々と被申」（武久堅四六六頁）とする。　**○扇を挟み立てて屋形の内へ入る**　「扇を挟み立て」るという表現は、〈延〉「皆紅ノ扇ノ月出シタルヲハサミテ、船ノ舳ニ立テ、」（一九オ）、〈覚〉「みな紅の扇の日出したるを、舟のせがいにはさみ立てて」（下―二七四頁）なども同様だが、〈長〉「紅のあふぎをくしにはさみて、船の舳前にさしあげて」（5―九〇頁）、〈盛〉「皆紅ノ扇ニ日出タルヲ杭ニ挟テ、船ノ舳頭ニ立テ」（6―九七頁）などのように、長い串などの先に扇を挟み、舟の上に立てた意であろう。　**○源氏の兵共、之を見て色を失ひ、「誰か承る」と思ふ処に**

扇の的を見て、源氏の武士達が「色を失」ったという記述は、他本に見えない。但し〈盛〉では、扇の的を見て、「此扇誰射ヨト仰セラレント、肝膾ヲ作リ、堅唾ヲ飲ル者モアリ」（6―九九頁）とした後、射手の候補に挙げられた畠山重忠が辞退したところで、「諸人色ヲ失へリ」（6―一〇〇頁）とする。また、「屋島軍断簡」には、美女玉虫前の美しさの形容として「諸人失色姿船之表立」（四六六頁）とある。〈四〉は〈盛〉に似た記述と見るべきだろうが、やや舌足らずである。**○武蔵坊弁慶**　以下、与一の指名に至る過程は、ほぼ〈四〉の独自記事。まず、弁慶が扇の的を射ることを判断し、射手を選ぶ役割を務める。扇の的への対処を考え、射手を選んで義経に推薦するのは、〈延・長・南・屋・覚・中〉では、後藤兵衛実基の役。〈盛・松〉では畠山重忠がやや似た役を果たす（自分自身が候補に挙がって辞退する点は異なる）。屋島合戦前後における弁慶の登場は、〈延・長・盛・松〉では金仙寺観音講に見られる他、名のみ挙げる例は諸本に多いが、その中でも、逆櫓論義の折、〈延・盛〉では、仲裁役として、弁慶の他に伊勢三郎義盛と片岡八郎為春の名を加えるのに対し、〈四〉では「弁慶等」と弁慶主導の形で記すあり方と関わろう。このように、義経の参謀のような役割を弁慶が果たすのは、『平家物語』諸本では珍しく、たとえば『義経記』や幸若舞曲「富樫」などに見える、いわゆる「勧進帳」など、弁慶主導の物語の世界への近接を感じさせるといえようか。**○「射よ」と謂はれて射ざらんも無下に思ひて**　弁慶は、敵に「射よ」と言われてそれに応えないのは不名誉であると思い、射るべきだと判断したとする。〈長〉では義経が、「いかゞはすべき、射ざらむも無下なるべし。いはづしたらんもふかくなり」（5―九〇頁）と迷った上で、射手を後藤兵衛真基に相談する。傍線部は〈四〉に類似。その他諸本には、類似の表現は見当たらない。一方、扇の的に対して、義経が美女を見ているところを射ようという計略ではないかという反応を記すのは、〈盛・南・屋・覚・中〉。また、〈長〉は話末に、義経を射ようという計略だったという説明を詳しく記し、この計略は蘇武の故事によるものだったとする。蘇武の件は典拠不明。さらに、〈松〉は、那須与一記事直前に同様の計略を記す。また、鶴見大学図書館蔵の長門切にも、「平家方に又被儀けるは、『九郎は傾城にめづる者にてあんなれば、ちかづく事もあらむず。便宜よくは射てとれ』とて、弓の上手を一人のせられけり」（松尾葦江五一三頁）とする。〈延〉は「射ざらむも無下」、計略の疑いとするいずれの趣向も記さない。**〇和田太郎を以て射さすべし**「和田太郎」は、次に「和田小太郎」とあるように、義盛を指す。義盛は、諸本の壇浦合戦「遠矢」でも強弓として知られるが、ここで和田の名を挙げるのは〈四〉独自。那須与一が指名される以前に、別の候補が挙がる類例としては、〈盛・松〉がある。〈盛〉では、畠山重忠が指名されて辞退し、代わって那須十郎兄弟を指名、十郎が辞退して与一が選ばれる。義盛も重忠も合力伝承を持つ武者。そうした事情から、先ず指名されたのであろう。また、〈松〉は、伊勢三郎等が評定した中で、畠山重忠が那須太郎父子を指名、父が辞退して与一に決まったとする。一方、〈延・長・南・屋・覚・中〉では、後藤兵衛実基が那須与一を指名する。兵藤裕己は、畠山重忠や那須十郎について詳しく叙述する〈盛〉について、時間的進行を寸断する過度の説明的描写であるとし、〈盛〉那須与一記事にはそうした記述が多いと指摘する。**〇金子十郎が申しけるは**「金子十郎」は、家忠。家範の男。金子家忠をここで登場させる点も〈四〉独自。屋島合戦①義経の急襲）では義経・鹿島家綱に続いて名乗り、屋島合戦②盛次・義守、詞戦）では、詞戦いを終結させる矢を射ていた。北川忠彦は、金子十郎家忠や、先の後藤兵衛実基等が、屋島合戦譚に至って実質的に登場することに注目する。両人は、『保元物語』や『平治物語』ではそれぞれ武勲を馳せていて、「古つわもの」と呼んで良い人物である。義経の手郎党の人々は、総て義経とともに姿を消していったなか、彼ら達は、この屋島合戦に従軍し、それを体験談として語りうる条件にかなう人物であるとする（九五〜九七頁）。**〇和田小太郎は強弓精兵、左右無き事なれども、少さき物は少し揣らにや候ふらん** 和田義盛は強弓精兵の並び無き武者であるが、小さい的を射る場合にはやや正確さに欠ける意。この後に描かれる与一の特色「手細やかにて、定めて物を射つべく候ふ」との対比。〈松〉の重忠の辞退「遠矢ナドハ仰ヲ蒙ルベク候ト申」と、与一の「小兵ニテ候ヘドモ、懸鳥ハ二矢ニ一ハ射テ取候ト申ケリ」（八頁）の対比なども同様に見なせようか。なお〈盛〉では畠山重忠と那須十郎が辞退するが、重忠の辞退は、「打ち物（刀剣類）は得意だが、もともと脚気である上に、このところ馬に揺られて、弓射が不正確になっている」といったものであり、また、那須十郎の辞退は、「一谷で左手を負傷して完治しておらず、手が震える」といった内容（6—九九～一〇一頁）。〈松〉の那須太郎の辞退は〈盛〉の那須十郎に類似。　**○鎧甲を立ち重ねたらんをば子細に及ばず**　他本なし。「もしも鎧兜を重ねて射抜くような弓矢の威力が必要であるというなら話は別ですが」の意。もし、そうした強弓が要求されるなら和田義盛が適任だろうが、今必要なのはそうした力強さではなく、小さい的を正確に射当てる能力であるとする。『保元物語』には、義家が「金能鎧ヲ木ノ枝ニ三両懸テ、六重ヲ射通シ」たとか、為朝についても、「一人シテ鎧ノ四五両モ重テ着ザランニハ、人種有マジ」（新大系四九頁）と記される。　**○那須庄司重隆が子に那須与一宗隆**　那須与一の父の名は、〈延〉「那須太郎資宗」（一九オ）、〈長〉「奈須太郎助高」（九〇頁）、〈盛〉「那須太郎助宗」（一〇〇頁）、〈南〉「那須ノ太郎宗高」（八三九頁）、〈屋〉「那須ノ太郎助宗」（七六六頁）、〈覚〉「那須太郎資高」（二七四頁）、〈中〉「なすの太郎すけたゞ」（二四六頁）。「スケムネ」か「ムネタカ」「スケタカ」が多い。また、与一の名は〈延〉「資高」、〈長〉「惟宗」、〈南〉「助高」、〈屋〉「助孝《ノリ》」、〈覚〉「宗高」、〈中〉「すけむね」、〈盛〉不記。「スケタカ」をはじめ、「スケ」「ムネ」「タカ」等の字が入り交じっている。〈松〉は、当初「那須太郎助信父子」（八頁）としつつ、その後、父の名を「助宗」とし、父は助信とも助宗とも称したかのように解しうるが、あるいは「那須太郎・助信父子」と解すれば、父の那須太郎は助宗（〈盛・屋〉同、〈延〉「資宗」）、子の与一は助信と解することになろう。続群本『那須系図』の一本は、「宗資〈那須武者所〉—資隆〈那須太郎〉—宗隆〈与一後改名資隆〉」とし（続群六上—三三七～三三八頁）、また、もう一本は、「宗資〈武者所〉—資高〈那須太郎〉—宗隆〈那須与一資隆改名〉」とする（同前—三四一頁）。『国史大辞典』の「那須与一」の項では、与一の名も功による「所領拝領のことも確かな史料にはみえず、物語上の人物としての色彩がきわめて濃い」とする。また、山本隆志（六五～六九頁）は、「南北朝～戦国時代に那須家は大変動を経験しており、江戸期の系図は史料として利用するには慎重でなければならない」とし、

「那須家に関わる系図で、戦国以前に作成されたもの」として、『山内首藤家文書』所収の山内首藤氏系図、『玉燭宝典』紙背文書所収那須系図の二つを指摘する。前者は、大日本古文書『山内首藤家文書』五六八「山内首藤氏系図」で、「資房〈号那須十郎、住下野国〉―為通〈瀧口〉―助高〈那須太郎与一云〉」（五三七頁）とする。後者は、『玉燭宝典』紙背文書・巻七―11、「資隆〈□須太郎〉―資頼〈肥前守〉―（三代略）―資忠〈越後権守〉」（今江廣道『前田本『玉燭宝典』紙背文書とその研究』六〇頁）と、系図を提出した南北朝期の資忠に至る系図であり、「資隆〈□須太郎〉」が与一にあたるか。山本隆志は、鎌倉時代の那須氏に関して、「京都六条八幡宮造営注文」その他の史料を提示する。また、山本隆志（三五～三六頁）が指摘するように、〈延〉巻四で、熊野合戦に驚いた清盛が召集した平家勢の中に、「関ヨリ東ノ侍ニハ」として畠山重忠・小山田有重・宇都宮朝綱を挙げた後、「党ノ者ニハ那須御房左衛門」（二五ウ）とする。与一との関係は不明だが、那須氏の武士としての活動を示すものであろう。那須氏はその後、本貫の地である那須の他に西国にも勢力を張ったようであり、『太平記』巻三十三「京軍事」には、那須与一を「曩祖」と仰ぐ「那須五郎」が登場する（旧大系『太平記・三』二四四～二四五頁）。これは備中国に住した那須資藤か。　**○弓勢は少し劣り候へども、手細やかにて、定めて物を射つべく候ふ**　和田義盛の「強弓精兵」即ち弓矢の威力に対して、那須与一の弓矢の正確さを対置する。与一の特長を「手細やか」云々とする点、〈盛〉で、畠山が那須十郎兄弟を推薦する言葉に「加様ノ小物ハ賢ク仕リ候へ」（6―一〇〇頁）が、やや共通するか（〈松〉は那須助信父子の特長とするが同様）。〈覚〉「小兵で候へども、手きゝで候へ」（下―二七四頁）といった評価は〈四〉以外の諸本に共通し、威力にはやや欠けるが正確な弓射という意味で、基本的には同様の評価と言えよう。また、それに続く「かけ鳥なンどをあらがうて、三に二は必ず射落す物で候」（〈覚〉同前）も、諸本共通。やはり正確な弓射を示すものといえよう。　**○判官、「与一に射させよ」と言へば**　〈四〉では、指名された与一が辞退しようとする場面を描かない。この点、〈長〉も同様。〈延〉は、「資高辞ルニ不及、」『承候ヌ』トテ」（一九ウ）とするが、御定の上は、辞退することもできずの意であろう。〈松〉は、「挟テ立タル扇ナレバ、何《イツク》ヲ射ルトモ手ノ下ナリトゾ思ケル」（八頁）と、与一は全く臆することなく立ち向かっている。一方、〈盛〉では、抗弁しようとしたが伊勢三郎・後藤実基等に封じられる。〈南・屋・覚・中〉では、抗弁するが義経に叱られ、やむを得ず向かったとする。また、〈延・長・盛・松・南・屋・覚・中〉は、与一の装束描写がある。これを欠くのは〈四〉のみ。鎧直垂は、〈延・長〉「褐衣ノ鎧直垂」（〈延〉一九ウ）、〈盛・松〉「紺村紺ノ直垂」（〈盛〉一〇一頁）と、与一の着る直垂に相応しいが、〈南・屋・覚・中〉では「かちにあか地の錦をもッて、おほくび・はた袖いろえたる直垂」（〈覚〉下―二七四頁）と、人々の期待を背負ってはなばなしく登場する与一にとって、「大将ほどの目だたしさはないけれども、赤地の錦で前えりと端袖をいろどるという、地味な中にもあるはなやかさを添え」（山下宏明一八四頁）た姿で登場する。また、弓は、〈延・屋〉では「二所籐」の弓、〈盛・松・南・覚・中〉では「滋籐」の弓というように、小兵の与一が持つ弓としてはふさわしい。山下宏明は、〈四〉について、「与一をこの場の主役としてひき出す前段階を欠くため、語り本に見るような緊張感と力感にとぼしい」（一八五頁）と評する。　**○与一、海の中へ馬を打入れ、一段ばかり歩ませ寄せて見れば、海上七八段ばかりとこそ見ゆれ**　与一が海に一段ほど入ってみたが、扇まではなお七八段の距離があったとする点、〈延・長・松・南・屋・覚・中〉は小異。〈延・南・覚〉は、海に一段ほど入り、なお七段。さらに〈延〉は、この後放たれた矢は、「浦ヒゞケト海ノ面ヲ遠鳴シテ、五六段ヲ射渡シ」（二〇ウ）と記す。〈松〉は、二段程打入り残り七八段。〈長・屋・中〉は与一が進んだ「一段」にあたる距離はなく、〈長〉は「馬のふとばらつかるまで」（5―九〇頁）入り、なお七段、〈屋・中〉は「馬ノ太腹ラ浸ル程」（〈屋〉七六八頁）入り、なお六七段とする。〈盛〉は該当句がないが、「鞍爪、鎧ノ菱縫板ノ浸マデ」（6―一〇四頁）入ったとする。〈延〉の「一段」や〈松〉の「二段」も、「馬ノムナガヒヅクシ」（〈延〉一九ウ）や「馬ノ太腹、冑ノ菱縫ノ板」（〈松〉八頁）が水に浸るまでの距離。また、海に入った理由は、〈覚〉が「矢ごろすこしとをかりければ」（下―二七五頁）と描くとおりだろう。つまり、与一は的が少し遠すぎたので近づいたのだが、馬で海に入るのは一、二段ほどが限度であり、それだけ近づいても、距離はなお七八段前後あったわけである。なお、一段は約一一メートルで、七段は約七七メートル。〈集成〉は、「七八段」を、通説によって約八〇メートル前後とする方が「劇的」だが、一段＝九尺説によって約二〇メートルと見る方が「実態に近い」とする(下―二二八頁)。しかし、本全釈巻七「倶梨伽羅落」の注解「五六段を隔てて」(九一～九二頁)に見たように、一段＝九尺説は、『平家物語』の用例にほとんど適合しない。本段の場合、前掲注解「恠しと見る程に、何かなる安堵無しの仕態にや、船を横様に成す」に見たように、〈延・松・屋・中〉では、船は渚から「一町」(一丁＝約一〇九メートル)ほどの位置に止まったが、与一は馬を遠浅の海の中に進めることによって、「七段」ほどまで間合いを詰めたとする。一〇九メートルほどあった距離を、馬を進めて八〇メートル前後まで詰めたというのは自然だが、二〇メートルまで詰めたというのでは話にならない。この点は、徳竹由明が指摘するとおりであり、徳竹は、当時の弓の射程距離を種々考察して、一段＝九尺説が成り立たないことを明らかにしている。八〇メートル前後の距離のある扇の的を射るというのは、確かに非常に困難なことだろうが、だからこそ妙技として評価されるわけであり、二〇メートル程度という現実的だが平凡な設定では、かえって文脈に合わないというべきだろう。　**〇折節風劇しくて、此の程の大風波も未だ閑まらず**　風や波が荒かったことは、基本的に諸本同様(但し、〈長〉は風によって扇が動いたとするだけで、波には触れない。一方、〈盛・松〉は波によって馬がはやり、射にくかったとも描く)。但し、〈延〉は「ケサヨリ北風吹アレテ」(一九ウ)、〈覚〉は「おりふし北風はげしくて」(下―二七六頁)とある。「ケサヨリ」(今朝より)は〈南〉同様、「おりふし」は〈屋・中〉同様。これらはこの日、またはこの時の風とするわけだが、〈四〉の「此の程の大風波」は、義経達の船を異例の早さで四国へ運んだ大風の続きと読めようか。このところ続いていた大風波がいまだ静まらず、基本的に波が荒いところへ、さらに「折節」風が吹いてきたと解し得ようか。幸若舞曲「那須与一」には、「昨日吹たる西の風、いまだ波こそ鎮まらね」(新大系『舞の本』一三三頁)とある。なお、風向きは、〈延・南・覚〉北風、〈盛・松〉及び幸若舞曲は西風。梶原正昭は、〈覚〉において、ここでは

「北風」が吹いているのに、射当てた後は「春風」と描き分けている点、「一種の感情移入を見せている」と指摘する（三二二〜三二三頁）。　**○扇は跳り跳りと遶り、何くを差して射るべしとも見えざりければ**　「跳」を「くるり」と訓む例は未詳。真名本『曽我物語』では、「椆」を「クルリ」と訓む例がある（角川貴重古典籍叢刊『妙本寺本曽我物語』一四八頁）。扇がくるりくるりと回ったという表現は、〈長・盛・松〉に類似。〈長〉「扇は風にふけて座敷にたまらず、くるり〳〵とぞめぐりける」（5—九〇頁）は、扇が風を受けて動く様子（前項注解に見たように、〈長〉は波の影響を描かない）。一方、〈盛〉「折節西風吹来テ、船ハ艫舳モ動ツヽ、扇杭ニモタマラネバ、クルリ〳〵ト廻ケリ」（6—一〇四頁）は、風と波によって船自体が動くため、扇も動く意か。〈松〉「扇ハ串ニモタマラズ、夕日ニ耀キテ、クルリ〳〵ト回リケレバ」（九頁）は、扇が動く理由を明記しない。その他、〈延〉「波ハイトヾ立マサル、船ハ浮ヌ沈ヌ漂ヘバ、立タル扇ヒラメイテ、座ニモタマラズクルメキケリ」（一九ウ）は波の影響で船が動き、扇も動く意。扇が「ひらめく」という表現を用いる〈南・覚・中〉も、船の動揺によって動く意。〈屋〉の場合、船が揺れるために「扇座敷ニモ定マラズヒラメイタリ」という記述の後に、「猶モ風鎮ラザレバ、扇座敷ニモ不定」というやや重複気味の記述があり、波と風による扇の動揺が繰り返し記されている（七六八頁）。〈四〉は船の動揺をいうか。幸若舞曲「那須与一」にも類似の描写があるが、「能登の守の謀に、源氏に恥辱をかゝせんため、枢《くるり》を構へて立たれば、浜風は激しく、ひらりくるりと舞たるは、陸を招くが如く也」（新大系『舞の本』一三三頁）と、仕掛けを作っていたため、扇が風を受けてほんとうに回転したと描くようである。　**○与一且く目を塞ぎ、心の中に祈念しけるは**　困難な状況で与一が祈るのは諸本共通。なお、〈南・屋・覚・中〉では、この直前に、源平双方の人々がみな注視していたとの記述があり、与一の責任の重さを強調している。同様の描写は、〈延〉ではこの後にある。〈盛・松〉では扇の動揺を描く直前に記され、特に〈盛〉では多くの人名を挙げて詳細。〈長〉なし。〈四・長〉では与一に重圧がかかる描写が簡略に終わっている。

○我が国の仏神、殊には日光権現、哀れみを垂れ在せ　与一の祈りの対象となる神は、〈四〉では日光権現のみ名を挙げられる。諸本で名を挙げられる神は、日光権現の他に、八幡大菩薩・宇都宮大明神・那須(湯泉)大明神など。それらを、諸本の表記を尊重しつつ挙げると、左のようになる(各本の仮名書きは漢字に直した。「×」は不記。参考として幸若舞曲「那須与一」を加えた)。

	八幡	日光権現	宇都宮大明神	那須(湯泉)大明神
〈四〉	×	日光権現	×	×
〈延〉	宇佐八幡大菩薩	日光権現	宇都宮大明神	×
〈長〉	×	日光権現	宇都宮大明神	×
〈盛〉	八幡大菩薩	日光	宇都宮	氏御神那須大明神
〈松〉	八幡大菩薩	日光権現	×	那須ノ大明神
〈南〉	八幡大菩薩	日光権現	宇佐《ママ》ノ宮	那須ノ湯泉《ユセン》大明神
〈屋〉	正八幡大菩薩	日光権現	宇都宮大明神	×
〈覚〉	八幡大菩薩	日光権現	宇都宮	那須の湯泉大明神
〈中〉	正八幡大菩薩	日光権現	宇都宮の大明神	氏神那須の湯泉大菩薩
幸若	正八幡大菩薩	×	×	那須野の竜神

諸本の挙げる神名は、八幡を除き、与一の出身地である下野の神々。八幡は、〈盛・松・南・屋・覚・中〉では全国的な信仰対象としての八幡神だが、〈延〉では「西海ノ鎮守宇佐八幡大菩薩」(二一〇オ)とあり、〈集成〉(下―二三一頁)は、瀬戸内海を支配する海神としての宇佐八幡への信仰であると指摘する。日下力は、与一が最初に八幡の神を祈ったのも、何も源氏の氏神だからではなく、頼れる武神だったからであり、地元の神こそ主であったとする(二〇三～二〇四頁)。また、佐伯真一②は、「軍記物語における武士達の祈りは、自らの氏神など出身地に関わる神や、さもなければ戦場周辺に支配力を有する神に捧げられている」(一四頁)とする。なお、日光山と那須氏との関係について、菅原信海によれば、平安末期の日光山では、那須氏の出自の禅雲と常陸国の豪族大方氏出自の隆宣とが座主争いをしたため、日光山は戦火に見舞われ、被害は堂舎にも及んだという。こうした経緯からしても、那須一族の一人である与一の日光二荒山権現への信心は殊の外深かったのではないかとする(一三六頁)。

○是を射損ずる物ならば、只今海へ沈み候ふべし　射損じたら海に沈むとする点は、〈長・南〉同様。〈延・屋・中〉は海に沈んで毒龍または大龍の眷属になろうという。〈盛〉は、当たらぬならば矢を放たぬ前に海に沈めよとする。〈覚〉は「弓きりおり自害して、人に二たび面をむかふべからず」（下―二七六頁）と、「海に沈む」とは言わない。〈松〉は、扇を射やすくしてほしいと祈るのみで、失敗した場合のことを言わない。なお、『常山紀談』巻一―二話の、天徳寺了伯が平家語りを聞いて落涙した著名な逸話では、「もし射損じなば味方の名折たるべし。馬上にて腹かき切て海に入ん」と思った与一の心情を思いやったとする（和泉書院索引叢書『常山紀談本文篇』八頁）。「海に入ん」にあたる語は、一方系語り本には見当たらず、〈四・延・長・南・屋・中〉の他、東寺執行本・国民文庫本・両足院本などの八坂系や、百二十句斯道本・同平仮名本・鎌倉本・平松家本・竹柏園本などのいわゆる覚一系周辺本文に見られるものである。**〇今一度本国へ返させたまへ**　〈覚〉「いま一度本国へむかへんとおぼしめさば、この矢はづさせ給ふな」（下―二七六頁）。〈南・屋・中〉も〈覚〉と同様。射損じた時は死ぬので本国へは帰れない、本国へ迎え入れようというなら矢を外さないようにしてほしい意。こうした「本国」意識は、先の在地の神々への祈誓と呼応している。なお、〈延・長・盛・松〉該当句なし。**〇目を見開きたれば、扇閑まりて射吉気なる時に**　祈りのためか、風が静まって扇が射やすくなったという記述に続き、与一はここぞとばかり直ちに射たとする点、〈長・南・屋・覚・中〉同様。一方、〈延・盛〉は、これに続き「サスガニ物ノ射ニク（「キ」脱）ハ、夏山ノ峯、緑ノ木ノ間ヨリ、ホノカニ見ユル小鳥ヲ殺サデ射ルコソ大事ナレ」（〈延〉二〇オ）云々の句を置く（「サスガニ物ノ射ニクキハ…」云々は、そうした難しい的に比べれば、この扇の的はまだ射やすい方だという意で、〈松〉では扇を射よと命じられた直後（八頁）、幸若舞曲「那須与一」では冒頭に類句あり（『舞の本』二三一～二三二頁））。さらに、〈延〉では源平双方の注目を集めていることを意識するなど長文を置き、〈盛〉は、扇の要を狙ったことなどを記す（次々項参照）。また、〈松〉は、ここで与一が振り返って扇のどこを射るべきかと伊勢三郎に尋ねたとして、その問答を記す（次々項参照）。こうした長文は、風が静まった瞬間に扇を射る緊迫感を壊している印象もある。池田誠は、

〈延〉においては本話前半の簡略な状況説明と、この前後の詳細な心中思惟の描写の間に断層があるとし、そうした断層のない〈覚〉などよりも古態を示すかと見る。しかし、ここで直ちに扇を射る〈長・南・屋・覚・中〉の形に対して、〈延・盛・松〉がそれぞれ異文を見せていることからは、〈延・盛・松〉が各々工夫をこらした増補であると考える方が蓋然性が高いか。

○根堀の鏑の十一束三伏を打ち咬はせ　与一の矢。「根堀の鏑」は、〈延・盛・松・南・屋・覚・中〉では単に「鏑」または「鏑矢」、〈長〉なし。「根堀の鏑」にあたる語は、妙本寺本『曽我物語』に、「鴻《(コウ)》の羽をモテ作たりける大の鹿矢に摖《ネチスケ》て二居根《(スエネ)》堀の鏑《(カフラ)》一」（貴重古典籍叢刊一四八頁）と見える。東洋文庫本の「居根堀」の注では、「鏑の目の彫り様と考えられる。矢じりに丸根・平根・鑿根など（根とは、矢の根〈鏃《やじり》〉のこと）種類があり、『貞丈雑記』（巻十、弓矢）、「かぶらは、鹿角にても又あらめの根かぶにても作るなり。猪《ゐ》の目を三方にきざむなり」とあって、これに関係あるかもしれぬ。あるいは居根堀は「猪目彫《ゐめぼり》」か」（2―一六三頁）とある。「十一束三伏」は、諸本の中で最も短い。他本、短い順に、〈長〉「十二そく」、〈延・盛・南・屋・中〉「十二束二伏」、〈松・覚〉「十二束三伏」。これに近い長さの矢としては、〈延〉巻九で千野太郎が「十二束」の矢を射ている例がある（三四オ）。『源平盛衰記武器談』が、「すべて十幾束幾伏と云は、大男の矢束を常躰の人の手にて計りいふ詞なり。其主〳〵の手にては何れも十二束あるなり。十二束は今の定る矢束なり〈十二束より上ハ引れぬものなり〉」（『平家物語古註釈大成』七八六頁）とするのはやや分かりにくい説明であり、軍記物語では、『平家物語』の「遠矢」をはじめ、十三束以上の大きな矢が多く見られることを考えると、にわかに従いがたいが、十二束が標準的と意識されていたとは言えるだろう。与一の場合、諸本に「小兵」とされることもあり（但し〈四〉では「小兵」の語なし）、十二束前後が妥当なのだろう。なお、〈南・屋・覚・中〉は「小兵といふぢやう」（〈覚〉下―二七六頁）の語を伴って矢束（長さ）を記す。この「ぢやう」は、〈旧大系〉などは逆接ととるが、〈全注釈〉（下一―四六一～四六二頁）が順接の意であると詳説して以来、これに従う注が多い。だが、〈日国大〉や〈角川古語〉が当該箇所を引いて逆接の意と解するように、「ぢやう」の用法から見ても、やはり逆接と取る方が順当であろう。ちなみに、那須与一奉納と伝承される鏑矢が、那須温泉《ゆぜん》神社（栃木県那須郡那須町湯本）に現存する（近藤好和一六六頁）。**○扇の鹿目の本を、破他と射破りて**　「鹿目《かなめ》」は要。扇の要を射たとする点は、諸本同様。但し、〈盛〉は「扇ノ紙ニハ日ヲ出シタレバ恐アリ」（6―一〇五頁）という理由で扇の要を狙ったとする。また、〈松〉は、与一が振り返り、「ヤ、扇ハイヅクヲ射候ベキ」と尋ねると、伊勢三郎が「扇ハ蚊ノ目ヨ」と答えたので、要を狙ったとする（九頁）。〈盛・松〉は与一の超人的な技量の強調に傾き、困難な技に挑戦する緊張感よりも、十分な余裕を描いているというべきだろう。**○海へ雑とぞ射入れける**　扇が単に海に落ちたとしか描かないのは〈四〉のみ。他本は、〈覚〉「鏑は海へ入ければ、扇は空へぞあがりける。しばしは虚空にひらめきけるが、春風に、一もみ二もみもまれて、海へさッとぞ散ッたりける」（下―二七六頁）などのように、一度は空に舞い上がったと記す。〈延〉は、扇が二つに裂けて、一つは海に落ちて波に揺られ、一つは空に舞い上がったとする。**○平家の方は船端を叩いて興に入る、源氏の方は箙を叩いて感じけり**　源平双方が、手近なものを叩いて音を立て、賞賛したとする。平家は船端・源氏は箙とするのは、〈四〉の他に〈長・松・南・屋・覚・中〉。その他に、〈延・盛〉は源氏に「前ツ輪」（鞍の前輪）を加え、〈延〉は平家に「船屋形」を加える。**○紅の扇の月出だしたるが、夕日に耀きて海上に浮かびて面白かりければ**　扇の「月」については、前掲注解「紅の扇の月出だしたる」参照。他本がこの場面の扇を、まずは空中に舞う形で描くことは前々項注解に見たとおりだが、その美しさは、〈四〉本項と同様、海上に落ちた扇が夕日に照らされて輝くさまについて語られる。〈延・長・盛〉では龍田川の紅葉に喩えられている。但し、〈松〉はその美しさに言及しない。なお、〈盛〉では、次項以下に見る男の舞の前に、玉虫が「時ナラヌ花ヤ紅葉ヲミツル哉芳野初瀬ノ麓ナラネド」（6―一〇六頁）の歌を詠んだとする。**○屋形の内より、五十ばかりなる男の、繁目結の直垂に、黒革鬼の鎧着て、白星の甲に刎鈖を用ちつつ…**　以下、与一の射芸に感動して舞う男を、与一が射る話。〈盛・松〉は、この男を「伊賀平内左衛門尉ガ弟ニ十郎兵衛尉家員」（〈盛〉6―一〇六頁）とし、〈南〉は、男が射殺された後の記事に、

「鎮西ノ住人松浦ノ太郎重俊」（下―八四三頁）とする。伊賀平内左衛門尉家長は、知盛の郎等。家員は未詳。また、松浦太郎重俊は、松浦党か。諸本の巻二で、西光の拷問や斬首などを務めた人物〈覚〉上―八〇頁、〈延〉巻二―一八オなど）。〈松〉では、小舟に乗った女と共に、義経を射るために、「射手ニハ九国ノ住人松浦太郎重俊ト云ケル強弓ノ精兵手垂レ、同ジ舟ニ乗ケリ」（八頁）と、義経を狙う射手だったと記されるが、〈南〉ではそうした記述はない。また、その姿は、〈盛〉「黒糸威ノ冑ニ甲ヲバ不著、引立烏帽子」（同前）、〈松〉「黒皮威ノ冑ニ、甲ヲバ著ズ、烏帽子引直シ」（九頁）と描く。その他諸本は素姓を記さず、姿を、〈延〉は「年五十余リナル武者ノ、黒革威ノ鎧キテ」（二一オ）と描く。〈長・覚〉も〈延〉に近い。〈南・屋・中〉は年齢にふれず、「節縄目ノ腹巻」（〈南〉八四二頁）とする。兜を着けていたと描くのは〈四〉のみ。但し、〈延〉の場合、この後、与一が「舞ケル武者ノ内甲」（二一オ）を射抜いたとするので、やはり兜を着けていたことになろうか。長刀については、単に「長刀」とするのは他に〈盛〉。〈延〉「大擲刀」、〈松〉「小長刀」、〈屋・覚〉「白柄長刀」、〈中〉「しらえの大長刀」。〈南〉は「長太刀」とする。〈長〉なし。このように、多くの諸本で長刀を持っていたとされるのは、〈盛〉が長刀で「水車ヲ廻シ」（6―一〇七頁）たとするように、長刀が舞の小道具に使われやすいものだったためだろう。

〇船の艫の屋形の上にて　男が舞った場所を「屋形の上」とする点は、〈四〉独自。舞った場所は、〈延〉「扇立ツルセガヒノ上」（二一オ）、〈長〉「あふぎたてたる所」（5―九一頁）、〈盛〉「扇ノ散タル所」（6―一〇六～一〇七頁）、〈松〉「舟ノセガイ」（九頁）、〈南〉「船端」（八四二頁）、〈覚〉「扇立てたりける処」（下―二七七頁）、〈中〉「あふぎのざしき」（下―二四九頁）。〈屋〉不記。〈延・長・盛・南・覚・中〉は、いずれも扇の立てられた所で舞ったことになる。〈四〉の文脈では、先に「扇を挟み立てて屋形の内へ入る」とあったように、扇の的を立てた美女が入っていった「屋形」の上で舞ったわけであろう。この男は、〈延・長・中〉の記述や、与一の射程距離にいたところなどから考えて、扇の的を立てた船に乗っていたと考えられる。今井正之助（五七頁）は、義経を狙う射手だった可能性を考える（〈延〉以外の諸本は、扇の的が、義経が美女を見ているところを射ようという計略である可能性を記していた。前掲注解「「射よ」と謂はれて射ざらんも無下に思ひて」参照）。**○錣を振り仰け**　男の舞う姿の描写。〈四〉独自（この男が兜を着けていたか否かについては前々項注解参照）。男の舞う姿の描写自体、他本では少なく、〈盛〉「（長刀で）水車ヲ廻シ」（6―一〇七頁）、〈中〉「おれこだれてぞまふたりける」（下―二四九頁）とある程度。〈延・長・松・南・屋・覚〉なし。「錣を振り仰け」は、首を振り、天を仰いだりする動作か。なお、〈長〉は「三ときばかり」（5―九一頁）、〈盛〉「一時」（6―一〇七頁）舞ったとするが、扇の的を「日もくれ程」（5―九〇頁）に始まったこととしていた点からは疑問。**○「喜しや水」と拍して且く舞ふ処に**　男が舞を始めた理由として、〈延・長・盛・松・南・屋・覚・中〉は、〈延〉「余リ感ニ不絶ザニヤ」（「ザ」の下に「ル」脱か。巻十一―二一オ）、〈長〉「此興に入て」（5―九一頁）、〈覚〉「あまりの面白さに、感にたへざるにやとおぼしくて」（下―二七七頁）等とする。いずれも男は、与一の美技に感激して舞い始めたことになる。男の舞を「うれしや水」とはやしたとするのは、他に〈松〉のみ。「うれしや水」は、諸本の巻一「額打論」や、〈四〉巻六「様々の怪異有る事」（本全釈・巻六―一〇八頁。〈延・長〉同様）、〈盛〉巻二十二「土肥焼亡舞」（3―三五三頁）その他、喜びの表現として、諸書に見える。『梁塵秘抄』「瀧は多かれど嬉しやとぞ思ふ、鳴るは瀧の水、日は照るとも絶えでとうたへ、やれことつとう」（巻二・四〇四）とあり、『梁塵秘抄口伝集』巻十には大曲「足柄」の一つとして挙げられる「滝の水」にあたると考えられる。志田延義（六七～六九頁、三三〇～三三二頁）は、叙位の祝いにおいて歌われた例（『明月記』建永元年九月二十三日条、『弁内侍日記』宝治元年十一月条）から、祝言歌謡としての足柄「滝の水」が宮廷でも歓迎され、「やれことうとう」の囃し詞が、五節の折りの「白薄様」等に取り入れられたと推測する。なお、西川学は、法住寺合戦で知泰が「ウレシヤ水」とハヤシ舞った例（巻三十四「法住寺殿城郭合戦」5―九四～九五頁）を、軍勢を鼓舞し、敵方への呪的霊力を期待したものと見る（二六四～二七一頁）。〈四・松〉の場合も、与一の美技に感動したと同時に、味方を鼓舞する様相があったと読む余地はあろうか。**○与一取つてつがへ、吉く引きて、且し堅めて放つ**　〈四〉では、与一がこの男を射たと描くのみで、この男を射たのは与一の判断であったと解されるが、射るに至る過程やその理由については何も記さない。この点、〈長・松〉も同様。〈延〉は、源氏の人々がこの男の舞を見て、射よという者と「もし外せば、先に扇を射たことが台無しになってしまうから射るな」という者があり、与一は迷ったが、「只射ヨ」という声が多かったので射たとする(二一オ)。〈盛〉も両論があったとするがより詳細で、「是程ニ感ズル者ヲバ如何無情可射。扇ヲダニモイル程ノ弓ノ上手ナレバ、増テ人ヲバ可弛トハヨモ思ハジナレバ、ナイソ」という者と、「『扇ヲバ射タレ共、武者ヲバエイズ、サレバ狐矢ニコソアレ』トイハンモ本意ナケレバ、只イヨ」という者があったが、結局、「情ハ一旦ノ事ゾ。今一人モ敵ヲ取タランハ大切也」との意見によって射ることに決めたとする(6―一〇七頁)。〈屋・中〉は、伊勢三郎が、「憎ヒ奴ノ二ノ舞哉」(〈屋〉七七〇頁)という義経の言葉を伝えて射させる。〈南・覚〉も、伊勢三郎が義経の命令を伝えたとするが、射る理由は記さない。以上の諸本からは、与一がこの男を射る理由として、三つほどの問題を抽出することができよう。第一に、〈延〉及び〈盛〉の途中までの議論からは、扇の的を射当てたのがまぐれではなかったこと、与一の腕前が確かであることを証明するという目的が窺えよう。与一がこの男を射たことに対する評価として、〈長〉に「手全くいたり」(5―九一頁)とあり、〈盛〉に「二度ノ高名」(6―一〇八頁)とあるのも、弓射の技術を評価したものであろう(次々項注解参照)。第二に、〈盛〉の結論を決めた「今一人モ敵ヲ取タランハ大切也」という言葉には、特にこの男を射るというよりも、戦場では一人でも多くの敵を殺すべきだという論理がある。石井紫郎はこの論理に注目し、国家の敵を滅ぼすためには手段を選ばないという公戦の論理が、戦場に慣習的に存したルールを破壊する例として、一騎打ちルールの崩壊やだまし討ちの横行と類似の現象ととらえた(五二頁)。第三に、〈屋・中〉からは、この男の舞が何らかの理由で義経を不快にさせたことが窺える。津本信博(五四頁)や今井正之助は、この点に注目し、特に今井は、この男の我が物顔の舞いは、「部外者が晴れの舞台を舞によって占拠した」(六〇頁)ものとして、義経や与一の不快を呼んだのだと考えた。「うれしや水」などの乱舞は、時に「一種の示威行為」、あるいは「自分たちを鼓舞する」激しさを持っていたともいわれる（沖本幸子一〇六頁）。そうした舞が目障りに感じられたという理解もあり得ようか。但し、今井はこうした読みが〈覚〉などにも適用できるとするが、少なくとも〈延・盛〉などにおいてはこうした解釈を適用する根拠には乏しく、別の読解が可能であること、また、次々項に見るように、〈屋・中〉の本文が諸本の中でやや特殊な傾向を見せていることは考慮すべきであり、〈屋・中〉による解釈を諸本全体に一般化することには慎重さも求められよう。なお、今成元昭は、この男の舞を「貴族精神に基づいた陶酔」ととらえ、それが「粗野で残忍な源氏方の行為によってたちまちに破られた」のがこの場面であり、語り本系においては「人間不在の行為に対する侮蔑の筆づかい」がなされているという読解を示している（一六九頁）。

〇何じかは却すべき、志す所の首の骨を後ろへ樋と射通しければ、則て海へ落ち入る　「何じかは却すべき」は、他本になし。但し、前項注解に見たように、〈盛〉には「扇ヲダニモイル程ノ弓ノ上手ナレバ、増テ人ヲバ可弛トハヨモ思ハジ」（6―一〇七頁）との意見があった。そのように、小さな扇を射当てた与一が、人間の的を外すわけがない意。この男の首の骨を射たとする点は、〈長・盛・松・南・屋・覚・中〉同様。〈延〉は「内甲ヲ後ヘツト射出タリケレバ」（二一オ）とする。男が海へ落ちたとする点は、〈延・長・盛・松〉同様。〈南・覚〉は船の中で倒れたと読める。〈屋・中〉は「舞倒レ」（〈屋〉七七〇頁）になったとする。舞いながらバランスを失って倒れるように、船の中で倒れたのであろう。

〇之を見て、「吉く射たり」と云ふ人も有り、「情け無し」と云ふ者も有り　この男を射たことに対して肯定・否定双方の反応があったことは、諸本に見えるが、その描き方はさまざまである。〈延〉では、船中（平家）は苦り、音もしなかったのに対して、源氏の側には「ア、イタリ〳〵」と言う者も、「無情射タリ」と言う者もあったとする（二一ウ）。〈長〉は、源平を区別せず、「こんどはにがりてをともせず。色もなういたりといふ人もあり、手全くいたりといふものもあり」（5―九一頁）とする。〈盛〉は〈延〉にやや近く、やはり船中は音もせず、「射よ」と言った者は褒め、「射るな」と言った者は「情ナシ」と言ったが、「一時ガ内ニ二度ノ高名ユ、シカリケレバ」、義経は大いに感じ入って鞍置馬を与えたとする(6―一〇八頁)。〈松〉は、源平を区別せずに賛否両論を記し、「人ノ心区ナリ」とした後で、「源氏ノ方ニハ箙ヲタ、イテ咲ケリ。舟ノ内ニハ音モセズ」と、源平の反応を対照的にも描き、さらに、義経が鞍置馬を与えたとする(九頁)。〈南〉は、源平を区別せずに「ア射タリ」と「情ナシ」の双方の反応を記す(八四三頁)。〈覚〉は、平家は音もせず、源氏は喜んだとした後、源平を区別せずに「あ射たり」と「なさけなし」の双方の反応を記す(下―二七七頁)。〈屋・中〉は、源氏は喜び、平家は「音もせず」と描き分ける。特に〈中〉の場合、「源氏のつはものどもは、一度にど、わらひけり。平家のかたには、めんぼくなければ音もせず」(下―二四九頁)と源平をはっきり描き分けており、平家はこの顛末を「面目ない」ことと感じていたとする。この男の舞を批判的に捉える視点は、〈屋・中〉、特に〈中〉に特徴的であると言えよう。その他の諸本においては、与一の行為を「情け無し」と感じる者が、源氏の側にも存在したと理解するべきか。「情け無し」という反応は、〈盛〉の「是程ニ感ズル者ヲバ如何無情可射」(6―一〇七頁)という言葉に見るように、敵味方を越えて与一の射芸に感動している者を殺すとは情けないという感情を示すものであろう。この男の舞を「憎ヒ奴」(〈屋〉七七〇頁)と感じたという反応は、やはり必ずしも一般的ではないといえよう。

【引用研究文献】

＊池田誠「「那須与一」の源流と流動」(論輯(駒沢大学大学院)一五号、一九八七・2)

＊石井紫郎「合戦と追捕―中世法と自力救済再説(一・二)―」(国家学会雑誌九一巻七・八号、一一・一二号、一九七八・7、同12。『日本国制史研究Ⅱ　日本人の国家生活』東大出版会一九八六・11再録。引用は後者による)

＊今井正之助「「扇の的」考―「とし五十ばかりなる男」の射殺をめぐって―」(日本文学二〇一四・5)

＊今江廣道『前田本『玉燭宝典』紙背文書とその研究』(続群書類従完成会二〇〇二・2)

＊今成元昭「作品鑑賞・那須与一」(『平家物語必携』学燈社一九六九・4)

＊大森亮尚「芸能「八島」序論―民俗芸能からのアプローチ―」（芸能一七巻七号、一九七五・7）
＊沖本幸子『乱舞の中世―白拍子・乱拍子・猿楽―』（吉川弘文館二〇一六・3）
＊梶原正昭「いくさ物語のパターン―「那須与一」の章段を例として―」（日本文学一九七九・10。『軍記文学の位相』汲古書院一九九八・3再録。引用は後者による）
＊川鶴進一「長門本『平家物語』の屋嶋合戦譚―構成面からの検討―」（早稲田大学大学院文学研究科紀要四二輯、一九九七・2）
＊北川忠彦「八嶋合戦の語りべ」（『論集日本文学・日本語3中世』角川書店一九七八・6。『軍記物論考』三弥井書店一九八九・8再録。引用は後者による）。
＊菊地仁「絵を生みだす歌、歌を生みだす絵」（国文学解釈と教材の研究一九九六・3）
＊日下力『いくさ物語の世界―中世軍記文学を読む』（岩波書店二〇〇八・6）
＊近藤好和「与一所用と伝える太刀と矢」（山本隆編著『那須与一伝承の誕生―歴史と伝説をめぐる相剋―』ミネルヴァ書房二〇一二・3）
＊佐伯真一①「屋島合戦と「八島語り」についての覚書」（『ドラマツルギーの研究』青山学院大学総合研究所人文学系研究センター一九九八・7）
＊佐伯真一②「「軍神」（いくさがみ）考」（国立歴史民俗博物館研究報告一八二集、二〇一四・1）
＊志田延義『日本歌謡圏史（続）』（至文堂一九六八・三）
＊島津忠夫「八島の語りと平家・猿楽・舞」（『論集日本文学・日本語』角川書店一九七八・6。『能と連歌』和泉書院一九九〇・3、『島津忠夫著作集・一一　芸能史』和泉書院二〇〇七・3再録。引用は著作集による）
＊菅原信海「日光信仰と文芸」（国文学解釈と鑑賞一九九三・3）
＊鈴木正彦「小迫祭り聞書」（芸能復興（民俗芸能の会）二号、一九五三・4）

＊武久堅「合戦譚伝承の一系譜―「屋島軍」の場合―」（広島女学院大学国語国文学誌六号、一九七六年・12。『平家物語成立過程考』桜楓社一九八六・10再録。引用は後者による）
＊津本信博「中学古典の教材化―『平家物語』「扇の的」をめぐって―」（早稲田大学大学院教育学研究科紀要二号、一九九一・12）
＊徳江元正「那須与一の風流」（華道（國學院大学華道学術講座）一五号、一九八三・8。『室町芸能史論攷』三弥井書店一九八四・10再録。引用は後者による）
＊徳竹由明「中世期「一段」考―『今昔物語集』と『平家物語』諸本の用例を中心に―」（駒場東邦研究紀要二九号、二〇〇一・3）
＊西川学「「はやす」ということ―『源平盛衰記』に見える「ウレシヤ水」の歌謡を中心に―」（日本歌謡学会編『歌謡の時空』和泉書院二〇〇四・5）
＊萩原法子「弓神事は年占か」（フォークロア七号、一九九五・3）
＊兵藤裕己「軍記物の流動と〝語り〟―平家物語論のために―」（国語と国文学一九七九・1。『日本文学研究資料新集7　平家物語　語りと原態』有精堂一九八七・5再録。引用は後者による）
＊藤田成子「『平家物語』「那須与一　扇の的」考―『源平盛衰記』を中心に―」（『伝承文学論〈ジャンルをこえて〉』東京都立大学大学院国文学専攻中世ゼミ一九九二・3）
＊本田安次『延年―日本の民俗芸能Ⅲ―』（木耳社一九六九・5）
＊松尾葦江「資料1　平家物語断簡「長門切」」（『軍記物語論究』若草書房一九九六・6）
＊村上學「『平家物語』の〈かたり〉表現ノート」（名古屋大学文学部研究論集一二四号、一九九六・3。『語り物文学の表現構造―軍記物語・幸若舞・古浄瑠璃を通じて―』風間書房二〇〇〇・12再録。引用は後者による）
＊村松剛『死の日本文学史』（新潮社一九七五・5）

＊山下宏明「平曲と文学―「那須与一」などをめぐって―」（国語と国文学一九六九・11。『軍記物語と語り物文芸』塙書房一九七二・9再録。引用は後者による）
＊山本隆編著『那須与一伝承の誕生―歴史と伝説をめぐる相剋―』（ミネルヴァ書房二〇一二・3）

錣引

【原文】

平家軍兵共見之悪シトヤ思ケン一人楯樋セ用頗鈖上《カツ》レ陸招ケレ敵源氏方武蔵国住人見[1]《ミ》尾屋四郎同藤七同十郎信濃国住人木曽仲太已上五騎喚懸見尾屋十郎進メ自楯景指シ顕シ吉引放ッ矢馬草腋健立見尾屋落チ立則抜太刀飛懸レ持チ合セ▽一六七右刎鈖欲スレ打合ハン見尾屋不トヤ叶[2]ロ思ケン昇伏シ逃刎鈖挟腋為《セン》手取追懸レ搏[3]錣欲ケレ引寄セン自鉢《チ》付板引切残リ四騎モ不《シ》射サセ馬不懸ケ其後昔音モ聞[4]ソ今日モ見ヨヤ上総七郎兵衛尉景清是クコソ先懸レ名乗レ又自モ船楯五十枚樋[5]《ツ》二カセ百余人乗橋船渚ヘ楯樋キ迎ヘ招ク敵

【釈文】

平家の軍兵共之《これ》を見て、悪《にく》**しとや**思ひ**けん**、一人に楯樋《つ》か**せ**、刎《なぎ》(頗)鈖《なた》用《も》ちて、陸に上**がつ**て敵を招き**けれ**ば、源氏の方に武蔵国の住人見[1]《ミ》尾屋《をのやの》四郎・同じき藤七・同じき十郎、信濃国の住人木曽仲太、已上五騎にて喚《をめ》きて懸く。見尾屋十郎進めば、楯の景《かげ》より指し顕はれ(し)て、吉《よ》つ引いて放つ矢、馬の草腋《くさわき》に健《したた》かに立ちて、見尾屋落ち立つ。則て太刀を抜きて飛び懸かれども、▽一六七右刎鈖を持ち合はせ、打ち合はんと欲《ス》れば、見尾屋、[2]叶は(ろ)じとや思ひけん、昇き伏して逃げけり。刎鈖《なぎなた》を腋に挟みて、手取りに為《セ》んと追ひ懸くれば、錣《しころ》を[3]摶《つか》みて引き寄せんと欲《シ》ければ、鉢付《はチつけ》の板より引き切りてけり。残り四騎も、「馬を射させじ」とて懸けず。其の後、「昔は音にも[4]聞きつ(そ)らん、今は目にも見よや。上総七郎兵衛尉景清、是くこそ先を懸くれ」と名乗れば、又船よりも楯五十枚樋かせて、[5]二百余人、橋船に乗りて、渚へ楯を樋《つ》き迎へて敵を招く。

【校異・訓読】 1〈昭〉「見尾屋」。2〈底〉「叶ロ」の「ロ」は、本来は次行の「錣」の振仮名(捨仮名)であろう。〈昭〉では本来の位置に見える。3〈昭〉「摶モ」。4〈昭〉「聞ッ」。5〈底・昭〉「二《ツ》カセ」。付訓は本来「樋」に付されたもの。

【注解】 **○平家の軍兵共之を見て、悪しとや思ひけん** 「之《これ》」は、前段末の、那須与一の射芸を称えて舞った男を、与一が射殺した件を指す。与一の行為に対する怒りから平家が戦意をかき立て、再び合戦が始まったとする。那須与一から景清の活躍に続く構成は、諸本同様(但し、〈盛〉は景清が錣引をするわけではない。後掲注解「錣を摶みて引き寄せんと欲ければ」参照。諸本の記事構成については、「志度合戦」の注解「当国の内志度の浦にぞ着きにける」参照)。また、本段の内容を、舞った男を与一が射たことへの反応として語り始める点は、〈盛・南・屋・覚・中〉も同様。〈盛〉「平家不安思」(6―一〇八頁)、〈覚〉「平家これを本意なしとや思ひけん」(下―二七七頁)など。また、〈松〉は、那須与一記事の後、「平家ノ方ニ備後国住人鞆《トモ》ノ六郎ト云者アリ…」云々として、水練に巧みな伊勢三郎の下人太胡小橘太が、鞆六郎を海に引き落とし首を取った記事を記した後、「平家安カラズ思テ…」と、本段該当記事に移る(九頁)。太胡小橘太の記事を挟むために分かりにくくなっているが、「安カラズ思テ」とは、〈盛〉などと同様、与一が男を射殺したことへの反応だろう。一方、〈延・長〉では、那須与一の話と本段記事の内容的な関連性は明示されない。書き出しは、〈延〉「平家ノ方ヨリ弓矢一人、楯ツキ一人…」（二一ウ）、〈長〉「さるほどに平家のかたより…」（5―九二頁）。〈四〉の場合、那須与一記事との関連は明確だが、その前の「志度合戦」末尾で、「後《おク》れ馳せの兵共二百余騎出で来たりければ、「大勢の連《つづ》くは」とて、船に込み乗りて、塩に引かれ、風に随ひて涌《ユ》られ行くぞ、何《いツ》くへと覚え（へ）て哀れなり」と、平家があてどもなく去って行ったように描いていたことからは、平家が反撃して戦いを繰り広げる本段への展開は理解しにくい。**〇一人に楯樋かせ、刎（頗）鈖用ちて、陸に上がつて敵を招きければ**「頗鈖」は、字体の近似する「刎鈖」の誤りと考えて良いだろう。平家の武者が小舟を寄せて上陸した。上陸したのは、〈延〉「弓矢一人、楯ツキ一人、打物持タル者三人」（二一ウ）、〈長〉「弓とり一人、打物持たる一人、たてつき一人、以上三人」（5―九二頁）、〈盛〉「楯突一人、弓取一人、打物一人、已上三人」（6―一〇八頁）。〈南・屋・覚・中〉も、〈長・盛〉と同様に、弓・楯・長刀各一人、合計三人とする。〈延〉は弓一人、楯一人、打物三人の合計五人のように見えるが、〈長・盛・南・屋・覚・中〉と対照すると、本来は「合計三人」の意か。また、〈松〉は「弓取一人、楯突キ一人」（九頁）の二人とする。〈四〉の場合、楯と長刀の双方を持った武者が、たった一人で上陸したようにも読めるが、この後、この武者は楯の陰から姿を現して弓を射ている（「楯の景より指し顕はれて、吉つ引いて放つ」）。この場面だけでも楯持ちと射手の二人が必要だろうし、本項によれば長刀も持っていたわけである。〈四〉も、「一人に楯をつかせ、一人に長刀を持たせて、弓矢を持った武者が上陸した」というように読むことになろう。〈長・盛・南・屋・覚・中〉と同様、三人の上陸を舌足らずに語ったものと理解するべきか。なお、この後の展開によれば、当時の戦法がどの程度反映されているかは不明だが、初めに楯持ちが楯をついた上で敵を招き寄せ（〈長〉「渚におりてたてをつきて、敵をよせよとまねきたり」5―九二頁）、次にその楯の陰から、弓を持つ兵が、突進してくる敵兵の乗る馬を狙い、馬から落ちた敵兵を、長刀を持った兵が打ち取るという役割を担っているように読める。**〇武蔵国の住人見尾屋四郎・同じき藤七・同じき十郎**「見尾屋」（みをのや）については、諸本で記載が異なる。〈延〉「武蔵国住人丹生屋十郎、同四郎、上野国住人ミヲノヤノ四郎」(二一ウ)、〈長〉「常陸国住人水深屋十郎、同弥藤次、同三郎」(5―九二頁。岡山大学本翻刻の頭注によれば、「水深屋」は内閣文庫本「水野ノ谷」。勉誠出版・国会本翻刻は「水保屋」)、〈盛〉「武蔵国住人丹生屋十郎、同四郎」(六―一〇九頁)、〈松〉「奥州ノ住人丹生屋ノ四郎、同与一、弥藤次、同三郎」(九頁)、〈南〉「武蔵国住人ミヲノ屋ノ四郎、同藤七、同十郎、上野国住人ニウノ四郎」(八四三〜八四四頁)、〈屋〉「武蔵国住人ミヲノヤ四郎、同七郎、同十郎、上野国住人丹生四郎」(七七一頁)、〈覚〉「武蔵国の住人みをの屋の四郎、同藤七、同十郎、上野国の住人丹生の四郎」(下―二七七頁)、〈中〉「むさしの国の住人、みおのやの四郎、同じき藤七、同じき十郎、かうづけの国のぢう人、につたの四郎」(下―二四九頁)。以上、表記には各々微妙な相違があるが、主に「みをのや」と「にうのや」があり、「にうのや」(丹生屋)は「にう」(丹生)とも表記される。「みをのや」については、「上野国住人」とする〈延〉、「武蔵国」住人とする〈四・南・屋・覚・中〉がある。〈長〉の「水深屋」(水保屋なども)も、おそらく「みをのや」であり、これは「常陸国」住人。また、「にうのや」(にう)については、「武蔵国」住人とする〈延・盛〉、「奥州」住人とする〈松〉、「上野国」住人とする〈南・屋・覚〉がある。「みをのや」は、武蔵国三尾谷(三保谷・水尾谷・美尾屋などとも。現埼玉県比企郡川島《かわじま》町か。『吾妻鏡』では、文治元年十月十七日条に、土佐房昌俊に従って義経を襲った「水尾谷十郎」、同二年六月十八日条には頼盛弔問の使節となった「水尾谷藤七」、同五年七月十九日条には、奥州攻めに進発した武士の中に「三尾谷十郎」の名が見える。菱沼一憲によれば、水尾谷氏は、近江など京都に近い場所に所領を持っていたか、あるいは京都を活動拠点としていた御家人であったかとする(二八頁)。また、「にう」(丹生)は、上野国甘楽郡丹生郷(現富岡市上丹生《かみにゅう》・下丹生)にあたるか。以上によれば、〈四〉の「武蔵国の住人見尾屋四郎・同じき藤七・同じき十郎」は、〈南・屋・覚〉等と共に、比較的信頼の置けるものといえようか。

○信濃国の住人木曽仲太　〈南・屋・中〉ほぼ同。〈覚〉も類似だが「仲太」を「中次」とする。〈延〉「信乃国住人木曽仲太、弥仲太」(二一ウ)。〈長・盛・松〉は該当人名を欠くが、代わって、

〈長〉は「武蔵国住人金子十郎、同余一」（5―九二頁）、〈松〉は「武蔵国住人金子ノ金一」（九頁）を記す。該当の人名は、〈盛〉巻二十七では横田河原合戦の義仲方の名寄に「木曽党ニハ（中略）木曽中大、弥中大」（4―一六七頁）とある。また、半井本『保元物語』上巻の義朝勢名寄に「信乃国ニハ（中略）木曽中太、弥中太」（新大系四二頁）、金刀比羅本『平治物語』上巻の義朝勢名寄にも「信濃国には（中略）木曽中太、弥中太」（旧大系二一八頁）と見える。いずれも「中太、弥中太」と並記している。これらによれば、義朝以来、源氏に仕えていたようでもあり、また、一度は義仲に従ったものの、義仲滅亡後に義経に従ったようにも見える。だが、いずれも十分に信頼の置ける史料ではなく、未詳。　**〇已上五騎にて喚きて懸く**　「五騎」とする点、〈延・長・南・屋・覚・中〉同。〈松〉「五六騎」。〈四〉の場合、「五騎」としながら、右の見尾屋四郎から木曽仲太まで四名しか記されていない。おそらく、〈延〉の「弥仲太」、または〈覚〉「上野国の住人丹生の四郎」（下―二七七頁）などにあたる人名の脱落か。　**〇見尾屋十郎進めば**　五騎の中で、見尾屋が先頭を切った意であろう。該当の記述としては、〈長〉「まさきに水深屋がすゝむを」（5―九二頁）、〈盛〉「先陣ニ進十郎」（6―一〇九頁）、〈松〉「真先ニ丹生屋ガ進ヲ」（九頁）がある。〈南・屋・覚・中〉にも、「みをの屋十郎」が真っ先に進んだことが見える（人名表記については前掲注解「武蔵国の住人見尾屋四郎・同じき藤七・同じき十郎」参照）。〈延〉には該当句がないが、この後、「丹生屋十郎」が乗る馬に矢が当たったとする。丹生屋が先頭を切っていたとするのであろう。　**〇楯の景より指し顕はれて、吉つ引いて放つ矢**　見尾屋は、上陸してきた平家の武者に向かって突進したが、それを待ち受けて、楯の陰から姿を現して矢を放ったのは、この後で名乗る悪七兵衛景清とは別の、弓を持った武者か。景清とも読めるが、諸本その点は明示しない。後掲注解「剱鉾を持ち合はせ、打合はんと欲れば」参照。「楯の景より指し顕はれて」に比較的近いのは、〈長〉「たてのかげより、くろつばのそやの、ぬりのゝ、十二そく三ぶせあるをよくひきてはなちければ」（5―九二頁）。〈松〉も〈長〉に類似。〈南・屋・覚・中〉も、「楯の陰より」に類する句はあり。諸本は、〈長・松〉の形や、〈延〉「平家ノ方ヨリ、十五束ノヌリノニ、鷲羽鷹羽鶴本白破合セニハイダリケル矢」（〈延〉二一ウ。〈盛〉傍線部なし）、〈覚〉「ぬりのにくろぼろはいだる大の矢」（下—二七八頁。〈南・屋・中〉同様）などのように、むしろ矢について詳しく描写している。**○馬の草腋に健かに立ちて、見尾屋落ち立つ**　見尾屋（または丹生屋）が、馬のくさわきを射られたとする点は、〈延・長・盛・松〉同様。〈延〉「馬草別ヲ羽ブサマデ射貫レテ」（二一ウ）。〈南・屋・覚・中〉は「むながいづくし」とする。〈覚〉「馬の左のむながひづくしを、ひやうづばと射て」（下—二七八頁）。「くさわき」も「むながいづくし」も、馬の胸のあたりを言う言葉で、ここではほとんど同義といえよう。騎馬武者との戦いでは、徒歩武者は劣勢に立つため、しばしば意図的に馬を狙い、相手が馬に乗っていられないようにしたと見られる。〈延〉の南都合戦では、「多クノ官兵、馬ノ足ヲキラレテ被討ニケリ」（巻五—一一ウ）。なお、騎射戦でも、馬を射ることが増えていたことについては、三浦実光の有名な言葉がある。〈延〉「昔様ニハ馬ヲ射事ハセザリケレドモ、中比ヨリハ、先シヤ馬ノ太腹ヲ射ツレバ、ハネヲトサレテカチ立ニナリ候」（巻五—六九ウ）。　**○則て太刀を抜きて飛び懸かれども**　落馬した見尾屋が太刀を抜いて敵に飛びかかろうとしたとする点、類似するのは〈長〉「太刀をぬいてひたいにあて、とんでかゝるに」（5—九二頁）。なお、〈南・屋・覚・中〉も、〈覚〉「やがて太刀をぞ抜いたりける」（下—二七八頁）のように、太刀を抜いたと描く。〈延・盛・松〉なし。但し、〈長〉とほぼ同文だが、〈盛〉は、「武者一人長刀ヲ額ニ当テ飛デカヽル」（6—一〇九頁）と、平家の兵のことと誤る。これを修正したのが、「武者一人楯ノ陰ヨリ大長刀ヲ持テ開テ飛デ係ルヲ」（九頁）と記す〈松〉か。**○剣鈖を持ち合はせ、打合はんと欲れば**　長刀を持って見尾屋と戦おうとしたのは景清であろう。景清が長刀を持っていたとする点は、諸本基本的に同様。〈長・松・屋・覚・中〉は「大長刀」、〈盛〉「長刀」（一〇九頁）、〈南〉「長太刀」（下—八四五頁）とする。〈延〉はここでは「打物持タル者」（二一オ）とあるのみだが、この後、「長刀ヲツカヘテ扇開ツカフテ」（二一オ）とある。しかし、諸本、ここでは景清であることを明示せず、この後の名乗りによってはじめて分かる形となっている。砂川博は、「心憎いばかりの演出」（三五四頁）と評する。**○見尾屋、叶はじとや思ひ**

けん、舁き伏して逃げけり　見尾屋が逃げたとする点は諸本同様。逃げた理由を、「叶はじとや思ひけん」とする点は、〈盛・松〉も同様。これらは「叶はじ」と思った理由が不明だが、〈長〉「しばしむかひあひけるが、大長刀にかなはじとやおもひけん」（5—九二頁）や、〈屋〉「アノ大長刀ニ我小太刀叶ハジトヤ思ケム」（七七二頁）、〈覚〉「小太刀、大長刀にかなはじとや思けむ」（下—二七八頁）では、短い太刀では長刀に対抗しきれない意。〈南・中〉も〈長・屋・覚〉と同様。〈四・盛・松〉も、〈長・南・屋・覚・中〉と同様に解釈できようか。〈延〉「イカヾ思ケン」（二二オ）は、この後抵抗せずなぜ逃げようとしたのかは不明だがの意。また、「舁き伏して逃げけり」は、諸本同様（「かいふいて」と音便化する例が多い）。姿勢を低くして、長刀による攻撃を避けつつ逃げたもの。長刀は、上から振り下ろすよりも横に振り回して薙ぐ動作による攻撃が多いので、それを避けた姿勢であろう。　**○刎鉜を腋に挟みて、手取りに為んと追ひ懸くれば**　本項から次項「錣を摶みて引き寄せんと欲ければ」まで、景清の動作。「追ひ懸くれば」の訓みは底本の訓点を尊重したものだが、次項への接続が不自然で、「追ひ懸け」などとしたいところ。具体的な動作としては、〈長〉「大長刀をば左のわきにはさみて、右の手をさしのべて、水深屋がかぶとのしころをつかまん〳〵とするが、二三どとりはづしけるが、追懸てむずとらへて」（5—九二頁）、〈松〉「長刀ヲバ脇ニ挟ミ、右ノ手ヲ指延テ、丹生屋ガ甲ノシコロヲツカマウト二三度マデス」（九頁）、〈覚〉「長刀をば左の脇にかいはさみ、右の手をさしのべて、みをの屋の十郎が甲のしころをつかまんとす」（下—二七八頁）などと同様だろう。〈南・屋〉も〈覚〉に近い。〈延・中〉は長刀を脇に挟んだことは記さないが、概ね同様に読めよう。〈盛〉は景清が錣をつかもうとしたことを記さない（次項注解参照）。　**○錣を摶みて引き寄せんと欲ければ、鉢付の板より引き切りてけり**　景清が見尾屋の兜の錣をつかんで引き、見尾屋は逃げようとして引き合った結果、錣が兜からちぎれてしまった意。〈四〉では、景清の側からのみ述べているようにも見えるが、「引き切りてけり」の主語は見尾屋か。〈延・長・松・南・屋・覚・中〉では景清と見尾屋の引き合いであり、錣をちぎった主体は、むしろ見尾屋であるように読める。〈延〉「…十郎ガ甲ノシコロニカナグリック。身命ヲ捨テ、サシウツブキテ引タリケレバ、甲ノ緒ヲフット引チギリテ取ラレニケリ」（二二オ）、〈長〉「…追懸てむずととらへて、ゑいとひく。水深屋一すまひすまうやうにぞ見えける。はちつけのいたより、しころをつと引ちぎりてぞにげたりける」（5—九二～九三頁）、〈松〉「…追著テ、ムズトツカウデ曳ト引ク。丹生屋一スマイスマウト見エケルガ、鉢付ノ板ヨリ引チギッテ逃タリケル」（九頁）、〈南〉「三度ハツカミハヅシテ、四度ノタビ、ムズトツカム。シバシゾタマリテ見シ。サレ共、ミヲノ屋モ聞ユル大力ニテ有ル間、鉢付ノ板ヨリフット引切リテニゲタリケリ」（八四五頁）、〈屋〉「三度ハツカミハヅシ、四度ニ当度、ムズト握ム。暫シタマテゾ見タリケル。ミヲノヤモサスガニ強カリケルヤラン、甲ノ鉢付ノ板フット引切テ、御方ノ中ヘ逃入テ、暫シ息ヲゾ休ケル」（七七二頁）など。見尾屋は逃げたわけであり、この後の名乗りなどから見ても、勝者は景清であるというべきだろうが、錣を引きちぎったのは見尾屋の首の力でもある。現在では首の力を競う競技というものはないため、やや分かりにくいが、中世には狂言「首引」などで知られる「首引き」の遊びもあり、〈闘・盛・南〉の一谷合戦では、業盛が首の力で敵の郎等を振り倒すという場面もある（本全釈巻九—四二〇頁参照）。つまり、この場面は景清の腕力と見尾屋の首の力が競い合い、どちらも並大抵ではなかったために、錣がちぎれるという結果を生んだものであろう。〈盛〉は景清が見尾屋（丹生屋）の錣をつかむという場面がなく、丹生屋が逃げ、景清が名乗るという展開のみを記すが、その後、越中次郎兵衛盛嗣と小林神五宗行が錣引を行い、「金剛力士ノ頸引」（6—一一四頁）と評される。また、〈松〉では、景清・丹生屋の錣引と盛次・宗行の錣引の双方が記される。このように、錣引は、必ずしも景清の専売特許ではなかったかもしれないが、謡曲「景清」でも語られるように、景清のこととして著名である（逆に言えば、景清が『平家物語』の合戦場面で活躍する場面は少なく、景清の活躍としてはこれが代表的な場面であると言わざるを得ない）。北川忠彦は、〈盛〉巻三十五の畠山重忠が巴の袖を引く例、謡曲「一来法師」で一来が浄妙房の錣を引く例、『吾妻鏡』建暦三年（一二一三）五月二日条で朝比奈義秀が足利義氏の袖を引く例、仮名本『曽我物語』や幸若舞曲「和田酒盛」における曽我五郎と朝比奈の草摺引などの例を挙げて、こうした「引く」話は諸豪傑の話として伝わっていたとしても不思議はないものだが、「いちはやく錣引の立役者としての位置を獲得したのが景清であった」（四四頁）と見る。さらにその背後の問題としては、服部幸雄が歌舞伎の「象引」から「引き合う芸能史」の存在を考え、その起源は、たとえば綱引きなどのような年占、つまり「民間の呪術宗教的儀礼」（一五九頁）に遡ると想定したように、民俗的な神事に関わる芸能を考えることができよう。扇の的の背景にも年占の神事などとの関連が想定可能であることは、前段「那須与一」の注解「紅の扇の月出だしたる」にも見たとおりだが、屋島合戦には、そうした民俗的な芸能との関わりを想定し得るような逸話が目立つと言えようか。　**○残り四騎も、「馬を射させじ」とて懸けず**　〈長〉「のこる四騎は馬をしみてかけず」（5―九三頁）が近似。〈南〉「残リ四騎ハ見物シテカケザリケリ」（八四五頁）、〈覚〉「残り四騎は、馬ををしうでかけず、見物してこそゐたりけれ」（下―二七八頁）。〈盛〉は景清の名乗りの後に、源氏側から打って出る者がなかったと記す。〈延・松・屋・中〉は類似する文なし。〈四・長・覚〉によれば、平家の徒歩武者は、敵兵よりも馬を直接狙っていた感が強い。前掲注解「馬の草腋に健かに立ちて…」参照。なお、「残り四騎」とは、本段冒頭で「見尾屋《ミをのや》四郎・同じき藤七・同じき十郎、信濃国の住人木曽仲太、已上五騎」と記されていたうちの、見尾屋十郎以外の者達だが、〈四〉には「五騎」の名が四名しか記されていなかったことは、前掲注解「已上五騎にて喚きて懸く」に見たとおり。また、先に「五騎にて喚きて懸く」とあったからには、見尾屋十郎以外の者達も、ある程度は「懸け」ていたはずだが、「懸けず」とするのは、見尾屋十郎の様子を見て途中で止まった、引き返したなどといった意か。　**○昔は音にも聞きつらん、今は目にも見よや**　以下、景清の名乗り。近似するのは、〈南・覚・中〉。〈覚〉「日ごろは音にも聞きつらん。いまは目にも見給へ」（下―二七八頁）。〈延〉「今日近来、京童部マデモ沙汰スナル、平家ノ御方ニ越中前司盛俊ガ次男、上総悪七兵衛景清」（二二一オ）、〈長〉「我をばたれとかみる。わらはべのいふなる上総悪七兵衛景清とこそ申なれ」（五―九三頁）。〈盛・松・屋〉も〈延・長〉に類似。「屋島合戦①」の「昔は音にも聞きつらん、今は目にも見よや」の注解参照。　**○上総七郎兵衛尉景清**　「七郎兵衛」を、他本は「悪七兵衛」とする〈四〉も次段「弓流」では「悪七兵衛景清」)。〈延・長・盛・松・南・屋・覚・中〉は「上総(の)悪七兵衛」。〈延〉は前項に見たように「越中前司盛俊ガ次男」とするが、その他諸本はここでは素姓を記さない。北川忠彦が指摘するように、景清は、『平家物語』では盛次・忠光と共に登場することが多い(三〇～三三頁)。盛次と並んで登場するという意味では、盛俊の男とされることも一理あるようだが、むしろ、たとえば〈延〉巻七の北陸遠征軍の名寄に、「越中前司盛俊、同子息越中判官盛綱、同次郎兵衛盛次、上総守忠清、同子息五郎兵衛忠光、七郎兵衛景清」(一七ウ)とある箇所などは、盛俊とは切り離して忠清の男と読める位置に景清の名がある。本項で諸本に「上総」と冠しているのも忠清との関係を窺わせる。また、『系図纂要』(3―五八六頁)も、忠清の男、忠綱・忠光の弟として「景清〈伊東志知兵衛〉」を記す。さらに、『山槐記』治承四年十一月四日条で、忠清によって信濃守・追討使に推挙されていることも、忠清の男であることを推測させよう(以上、『平家物語大事典』「景清」項参照)。但し、佐々木紀一は、景清が、忠綱・忠光を差し置いて信濃守に推薦される事からすれば、忠清の末子とするのは無理で、忠清の弟か、叔父である可能性を指摘する(一〇五頁)。　**○是くこそ先を懸くれ**　「このように先駆けをするのだ」の意。他本には該当句がなく、概ね、景清は名乗るのみで、「名のり捨ててぞかへりける」(〈覚〉下―二七八頁)のように描かれる。名乗り以外では、〈盛〉に「我ト思ハン人々ハ落合ヤ」(6―一〇九頁)とある程度。〈四〉の場合、巻九「熊谷平山一二の懸③」の盛次の名乗り「昔《シ》は音にも聞きつらん。今は目にも見よ。越中次郎兵衛尉盛次、是くこそ先を懸くれ」(二八三頁)に一致する。　**○又船よりも楯五十枚樋かせて、二百余人、橋船に乗りて、渚へ楯を樋き迎へて敵を招く**　ここで、平家が大勢で上陸して戦ったという描き方は、諸本に共通。〈四〉は明記しないが、〈延・長・松・南・覚〉と同様、景清の活躍によって平家が気を取り直したという文脈か。〈延〉「平家ノ方ニハ是ニゾ少シ心地ナヲリテ思ケル。平家ノ方ヨリ二百余騎、楯廿枚モタセテ、岡ニ上テ散々ニ戦フ」(二二オ)、〈長〉「平家はこれをもてすこし色なをりたり。平家かつに乗て、船三十余そうをなぎさにをしよせて、つはもの二三百人おりたちて、源氏をいる」（5―九三頁）、〈松〉「平家ノ方ニ是ヲ見テ少シ色ヲナヲシ、勝ニ乗テ船三十余艘押寄テ、陸ニ上リテ散々ニ源氏ヲ射ル」（九頁）、〈南〉「ソレニ心ヲナヲシテ、平家楯百枚計ツカセテ、ヒタ甲二百余人陸へアガル」（八四五頁）、〈覚〉「平家これに心地なをして、「悪七兵衛討たすな。つゞけや物共」とて、又二百余人なぎさにあがり…」（下―二七八～二七九頁）。一方、〈屋・中〉では、景清の名乗りを聞いた義経が、「悪七兵衛ナラバ漏スナ、射取レヤ」（〈屋〉七七二～七七三頁）と三百余騎で突撃し、それに対して平家方も景清を討たせまいと〈屋〉は小船百艘、〈中〉は小舟五十艘で押し寄せたとする。また、〈盛〉は、景清の名乗りの後に、平家方の鞆六郎を、伊勢三郎の郎等の大胡小橋太が水練の技で討ち取る記事があり、その後、「平家二百余人、船十艘ニ乗、楯二十枚ツカセテ、漕向ヘテ鏃ヲソロヘテ散々ニイル」（6―一一二頁）と、平家の反撃を記す。上陸した平家勢の数の表現は、右のように人数や船の数、楯の数などさまざまだが、〈四〉の「二百余人」は〈盛・南・覚〉と一致、〈延〉「二百余騎」（ここは騎馬の兵ではないため、他本のように「余人」とするのが良い）、〈長〉「二三百人」とも類似する。扇の的で一旦停戦状態になっていたのが、再び本格的な戦闘状態に突入したという描き方は諸本共通であり、従って、夕方になって戦闘をやめかけていたのに、再び戦いを繰り広げる矛盾も諸本共通といえよう。「志度合戦」末尾で、平家を「塩に引かれ、風に随ひて涌《ユ》られ行くぞ、何《いツ》くへと覚え（へ）て哀れなり」と描いていた〈四〉の場合は、その矛盾が一段と目立つ。

【引用研究文献】

＊北川忠彦「景清像の成立」（立命館文学二七一号、一九六八・1。『軍記物論考』三弥井書店一九八九・8再録。引用は後者による）
＊佐々木紀一「桓武平氏正盛流系図補輯之彦栄」（菊地靖彦教授追悼論集『人・ことば・文学』鼎書房二〇〇二・11）
＊砂川博「幸若舞曲『景清』の前段階―南都の景清語りの可能性―」（『幸若舞曲研究・三』三弥井書店一九八三・11。『平

家物語新考』東京美術一九八二・12再録。引用は後者による）
＊服部幸雄「象引」（国立劇場上演資料集一九九号、一九八二・1。『さかさまの幽霊』平凡社一九八九・10再録。引用は後者による）
＊菱沼一憲「源義経の挙兵と土佐房襲撃事件」（日本歴史六八四号、二〇〇五・5）

弓流

【原文】

大夫判官[1]▽一六七左 見之悪シ真《マ》先懸下ヘ一騎モ不引ヘ進程咹歩《アレカケ》武者是馬武者懸ケレ一人モ不支ヘ散々被懸皆乗リヌ船大夫判官馬是立ッ処[2]マ責メ下ヘ自船以悪七兵衛景清熊《クマ》手判官甲錣唐里々々懸却シ三度[3]マ懸却ケレ弓海ヘ懸ケ被下ヌ入レ判官取弓低ッ伏シ下ヘ敵以熊手欲スレ懸落サント源氏兵共防矢射引返シ下ヘヤ▽一六八右々々口々申ケレ以レ鞭ヲ懸テ終取リ弓上下ヌ陸ヘ後藤兵衛金子十郎田代冠者ナン面々口惜事候哉申セ判官打咲ヒ弓惜不候有二所存一義経カ弓ナン申タラ四五人シモ張タラハコソ面目ナラメ尫弱弓被取咹等是コソ大将軍弓[4]ヨナン被沙汰事恥シケレ替命モ言ヘ現ニモ皆人感シ

【釈文】

大夫判官[1]▽一六七左之を見て、「悪《にく》し」とて真《マ》先を懸けたまへば、一騎も引かへず進む程に、咹《アレ》は歩《かち》武者なり、是は馬武者にて懸ければ、一人も支へず、散々に懸けられて皆船に乗りぬ。大夫判官、馬の足（是）の立つ処ま[2]で責めたまへば、船より悪七兵衛景清、熊手《クマデ》を以て、判官の甲の錣《しころ》を唐里《からり》唐里《からり》と懸け却し、三[3]度まで懸け却しければ、弓を海へ懸け入れられたまひぬ。判官、弓を取らんとて低伏《ウツブ》したまへば、敵は熊手を以て懸け落とさんと欲《ス》れば、源氏の兵共、防き矢射て、「引き返したま▽一六八右へや、引き返したまへや」と口々に申しけれども、鞭を以て懸けて、終に弓を取り、陸へ上がりたまひぬ。後藤兵衛・金子十郎・田代冠者なんどの面々は、「口惜しき事に候ふかな」と申せば、判官打咲《わら》ひて、「弓は惜しく候はず。所存有り。義経が弓なんどと申したらば、四五人しても張りたらばこそ面目ならめ。尩弱《わうじやく》なる弓を取られて、『咹等《あれら》に、是こそ大将軍が弓よ[4]』なんど沙汰せらるる事の恥づかしければ、命にも替ふるぞかし」と言へば、「現《げ》にも」と皆人感じけり。

【校異・訓読】1〈底・昭〉一文字空白、〈書〉空白なし。2〈昭〉「処《ヒ》」。3〈昭〉「度」。4〈昭〉「弓《コナン》」

【注解】〇大夫判官之を見て、「悪し」とて真先を懸けたまへば　「之《これ》」は、前段「錣引」末尾に見た、平家の兵二百余人の楯をついての上陸を指す。前段冒頭の「平家の軍兵共之《これ》を見て、悪《にく》しとや思ひけん」と対をなすような句で、源平が互いに「之《これ》を見て、悪《にく》し」と反撃する形で叙述を進行させている。この点は、他本には見られない〈四〉の特色といえよう。但し、本項に限れば、〈南〉「大夫判官『ニクシ、アレケ散セ』トテ、我身マ前ニ進カケ給フ」（八四五～八四六頁）によく似ている。〈長〉「ほうぐわんやすからずおもひて、『せめよやものども、平ぜめにせめよ』とて、おめいてかく」（5―九三頁）も類似。「平ぜめにせめよ」は一気に攻めよの意。〈松〉「判官安カラヌ事ニ思テ、『攻ヨ者ドモ、只係ヨ』トテ、一人当千ノ兵ドモ轡ヲ並テ、寄ツ返シツ、追ツ追レツ、入替々々戦ケリ」（九頁）、〈覚〉「判官これを見て、『やすからぬ事なり』とて、後藤兵衛父子、金子兄弟をさきに立て…」（下―二七九頁）も、やや類似した展開。一方、〈延・盛・屋・中〉には、義経が腹を立てて突撃するとの記述はない。〈延〉では、平家の「二百余騎」に対して、義経勢は初めは百四五十騎だったが、あちこちから兵が加わって三百余騎になり、義経は勝に乗って攻めたという展開。〈盛・屋〉は、源氏三百余騎が平家の兵を攻め、激戦の展開から弓流に至る。〈中〉は、そうした記述がなく、次項該当の記述に移る。　**○一騎も引かへず進む程に**　「一騎」とあるように、義経を先頭とする騎馬武者の源氏勢。立ち止まる者はなく攻め寄せるとの意。　**○歩武者なり、是は馬武者にて懸けければ、一人も支へず、散々に懸けられて皆船に乗りぬ**　船から上陸した平家の徒歩武者を、源氏の騎馬武者が蹴散らしたという記述は、〈長・南・屋・覚・中〉基本的に共通。〈延・盛・松〉は、こうした記述がなく、〈延〉は、前項に見たように義経勢が増加して三百余騎になり、有利になったとする。〈盛〉は、激戦を描いた後、「平家射調レテ船共少々漕返」（6—一一二頁）とする。〈松〉は、平家の奮闘によって義経の兵が七騎まで減少し、義経が七騎落ちの先例を引いて励ましているうちに、近隣から源氏の軍兵が加わったところで日が暮れたとし、弓流は翌朝のこととする独自の構成。　**○大夫判官、馬の足の立つ処まで責めたまへば**　前項に見たように、源氏が有利となり、義経は海に攻め込んだとする。諸本の展開は前項に見たとおりだが、弓流を翌朝のこととする〈松〉は、再び激しい戦いとなり、「平家打白マサレテ、舟ドモ少々漕去ントス」（一〇頁）という状況で、義経が海に攻め込んだとする（ここだけを見れば〈盛〉に近い）。また、「馬の足の立つ処まで」は、〈南〉同様。〈屋〉も近似。〈延・長・盛・松・覚〉「馬ノ太腹マデ海へ打入テ」（〈延〉二二オ～二二ウ）。〈中〉は該当句を欠く（次項注解参照）。「馬の足の立つ処まで」は、「馬の太腹まで」と大差ないだろうが、より深くまで海に入る表現か。〈松〉「先沖ヨリ追下シテ船ニ引付テ泳セヨ。馬ノ足立テ・鞍立テ・鞍爪見ユル程ナラバ、ヒタヒタト乗テカケヨト下知セラル」（五頁）。鞍爪は、鞍の前輪・後輪の先を指す。鞍爪が見えるようになれば、馬の足が立つと言いうる状態と言えよう。　**○船より悪七兵衛景清、熊手を以て**　平家の船から熊手で義経の兜を狙ったと描く点は、〈延・長・盛・松・南・屋・覚〉同様。〈中〉はこれを記さず、「判官、あまりにふかいりをして、せめ給程に、弓をなみにとりおとして」（下—二五〇頁～二五一頁）とする。義経を狙った武士の名を景清とするのは

〈四〉のみ。〈盛・松〉は「越中次郎兵衛盛嗣」（〈盛〉6―一一二頁）。〈延・長・南・屋・覚〉は名を記さない。景清の素姓については、前段「錣引」の注解「上総七郎兵衛尉景清」参照。なお、「熊手」は、一般には「長柄の先端に、爪を曲げた鉤《かぎ》を末広に並列し」たものだが、「水中用や舟を引き寄せるためには鉄製で錨《いかり》形としたものを用いた」とされ、「『蒙古襲来絵』や『春日権現霊験記絵』には熊手使用の合戦の状態が表現され、鎖を加えた熊手の使用を伝えている」（『国史大辞典』「熊手」項。鎖付きの熊手の絵は、『蒙古襲来絵詞』日本絵巻大成七三頁、『春日権現験記絵』巻二・続日本絵巻大成一三頁、巻四・同前二四頁参照）。また、一類本『平治物語』上「待賢門の軍の事」で、逃げる頼盛を鎌田正清の郎等が襲う場面に、「鎌田が下部、腹巻に熊手もちたるが、よげなる敵と目をかけてはしりより、甲に熊手なげかけて、ゑひ声をあげてぞひきたりける」（新大系―一九二頁）とあるのも、鎖付き熊手と見られる。「熊手は柄の途中を斬り折られると使用不可能となるので、熊手の元の鐶から長い鎖をつけ、これを柄に蛭巻にして使用」（笹間良彦三九九頁）する意味もあった。ここでも、次項注解に引く〈南〉には「投懸々々」の表現があり、鎖付き熊手の可能性がある。　**○判官の甲の錣を唐里唐里と懸け却し、三度まで懸け却しければ**　〈覚〉「判官の甲のしころに、からり〳〵と二三度までうちかけけるを」（下―二七九頁）が、最も近い。「からりからり」あるいは「から」の擬音は、〈長・松〉も、この後、弓を拾おうとする義経を狙う場面にあり。熊手の先（鉄製の部分―前項注解参照）が、兜などに当たる音の表現か。〈延〉「好ム薙刀ニテ十九騎切臥テ、廿騎ニ当ル度、甲ニカラリト打当テ折ニケレバ」（巻四―五三オ）。「懸け却し」の該当句は、〈延〉「判官ノ甲ニ係ントスルヲ」（二二一ウ）、〈長〉「ほうぐわんのかぶとのしころをひかんとす」（5―九三頁）、〈盛〉「判官ヲ懸ン〳〵ト打懸ケリ」（6―一一二頁）、〈松〉「甲ノシコロヲ打係ケ引ントス」（一〇頁）、〈南〉「判官ノシコロニ投懸々々スル程ニ」（八四六頁）、〈屋〉「判官ノ甲ニ打懸テ」（七七三頁）。これらは、〈四〉でこの後、「熊手を以て懸け落とさんと欲れば」とする表現に近く、「懸け却《はづ》」すという表現は見当たらない。「懸け却《はづ》し」は、かけ損ねた意であろう。熊手を兜の錣に引っかけることには三度まで失敗したが、そうしているうちに弓を引っかけ、落としたとする。**○弓を海へ懸け入れられたまひぬ**　敵の熊手によって弓を懸け落とされたとする点、〈長・松・南・屋・覚〉同様。一方、〈延・盛〉は、敵の熊手を払いのけて戦っているうちに、弓を落としたとする。〈中〉は熊手との戦いを描かず、単に「弓をなみにとりおとし」（下―二五一頁）たとする。**○判官、弓を取らんとて低伏したまへば、敵は熊手を以て懸け落とさんと欲れば**　「低伏《うつぶ》し」て弓を取ろうとしたとする点は、〈延・長・松・南・屋・覚〉同様。その内、〈延・松〉は、〈延〉「馬ノ下腹ニ乗下リテ、指ウツブキテ、此弓ヲトラン〳〵トシケレドモ」（巻十一―二二ウ。〈松〉、傍線部「指覆テ」。「さしうつぶきて」と訓むのであろう。〈名義抄〉「覆　ウツフス」法下七一）とする。〈盛・中〉該当句なし。「熊手を以て懸け落とさん」は、義経自身を熊手に絡めて馬から海中に落とそうとした意。〈長〉「すでにしころのうへに、くまでをからとうちかけたり」（5―九二頁）、〈松〉「熊手ハカラリ〳〵ト打係ケレバ」（一〇頁）や、〈四〉前々項の「唐里唐里と懸け却し」などの様子から見て、敵の熊手は義経の体に届く距離にある。熊手は鎖付き熊手（前掲注解「船より悪七兵衛景清、熊手を以て」参照）であるとしても、敵との距離はごく近いものと見られよう。**○源氏の兵共、防き矢射て**　源氏の兵の「防き矢」を描く点は、〈四〉独自。源氏の兵による援護として、該当部には、〈中〉「伊勢の三郎よしもり、むさし房弁慶以下のつはものども、はせふさがりて、うちはらひ〳〵ぞたゝかひける」（下―二五一頁）があり、義経が弓を落とす前には、〈南〉「源氏ノ兵共大刀長大刀ヲ持テ打ノケ〳〵戦フ処ニ」（下―八四六頁）、〈屋〉「御方ノ兵共ヨテ、熊手ノ柄ヲ打払ヒ々々戦ケリ」（七七三頁）、〈覚〉「みかたの兵共、太刀・長刀でうちのけ〳〵しける程に」（下―二七九頁）といった描写がある。前項注解にも見たように、ここでは、義経と敵の間の距離はごく近いものと見られ、誤って義経に当たる可能性を考えれば、矢を射かけるのはかえって危険であろう。〈南・屋・覚・中〉のように打物で打ち払う描写が妥当であり、〈四〉は状況をとらえ切れていない描写というべきか。**○引き返したまへや、引き返したまへや**　源氏の兵たちの言葉。〈延〉「其御弓捨サセ給ヘヤ」（二二ウ）。〈盛・松・南・覚〉は〈延〉同様、弓を捨てよと言うのみ。〈長〉

「御棲枝たゞ捨てかへらせ給へや」（5―九三頁。「御棲枝」は「御たらし」即ち弓の意か）。〈屋・中〉は、〈長〉同様、弓を捨てて引き返せと言う。「引き返せ」とだけ言うのは〈四〉のみ。　**○鞭を以て懸けて、終に弓を取り、陸へ上がりたまひぬ**　弓を拾うのに鞭を用いたことは、諸本同様。〈盛〉は、「太刀ヲ以テハ熊手ヲアヒシラヒ、左ノ手ニ鞭ヲ取テ掻寄テコソ取テ上」（6―一一三頁）と描き、また、〈覚〉は、「つゐにとッて、わらうてぞかへられける」（下―二七九頁）と、この段階で笑いの要素を加える。　**○後藤兵衛・金子十郎・田代冠者なんどの面々は**　義経の行為を批判した者は、〈延・長・屋・中〉「兵（共）」（〈延〉二一ウ）、〈盛〉「軍兵等」（6―一一三頁）、〈松〉「人々」（一〇頁）、〈南・覚〉「おとなども」（〈覚〉下―二七九頁）などで、固有名詞を記すのは〈四〉のみ。後藤兵衛実基・金子十郎家忠は、〈四〉の屋島合戦では活躍が目立ち、「屋島合戦①」「屋島合戦②」「志度合戦」「那須与一」にも名が見えていた。特に「屋島合戦②」では、悪口する盛次に腹を立て駆け出そうとする義経を制止したのが、佐藤兄弟とここに記される実基と家忠であった。一方、田代冠者信綱は、諸本の屋島合戦ではある程度名の見える人物だが（「屋島合戦①」の注解「常陸国の住人鹿島六郎家綱」項の対照表等参照）、〈四〉では、「義経・範頼西国発向」で「相随ふ輩」の筆頭にあげられていたものの、その後は活躍の場を与えられていなかった。ここに記されるのは、上層の武将、あるいは〈南・覚〉に見る「おとなども」という認識によるか。　**○口惜しき事に候ふかな**　前項の武士達の言葉。〈長〉「たとへいかなる御弓にて候とも、御命にかへてとらせ給ふ事、くちをしき事候」（5―九三頁）や、〈覚〉「口惜き御事候かな。たとひ千疋・万疋にかへさせ給べき御だらしなりとも、争か御命にかへさせ給べき」（下―二七九頁。〈南〉も類似）の、傍線部に一致。弓にこだわって命を危険にさらすような行為を批判した言葉。〈延・盛・松〉は、「縦金銀ヲノベタル弓也共、イカゞ寿ニ替サセ給ベキ。浅増々々」（〈盛〉6―一一三頁）などとする。〈屋・中〉も含め、趣旨は同様。　**○義経が弓なんどと申したらば、四五人しても張りたらばこそ面目ならめ**　以下、義経が、なぜ弓の回収にこだわったかを説明する言葉。〈延・盛〉は、「義経ガ弓ト云ハゞ、三人バリ五人バリニテモアラバコソ」（〈延〉二一ウ）などとする。〈長〉「大将の弓といはむものは、五人十人してもはらばこそあらめ」（5—九三～九四頁）。〈覚〉「義経が弓と言はば、二人してもはり、若は三人してもはり、おぢの為朝が弓の様ならば、わざとも落してとらすべし」（下—二七九頁）。〈松・南・屋・中〉は、何人張りという部分はなく、為朝の弓のようであれば、面目であるとする〈松〉は傍書）。為朝の弓は、半井本『保元物語』上巻では「ナベテノ人三人シテコソハリタリケレ」（新大系三一一頁）、同・古活字本上巻では「五人張りの弓」（旧大系三五六頁）とされる。　**○尫弱なる弓を取られて、『咹等に、是こそ大将軍が弓よ』なんど沙汰せらるる事の恥づかしければ**　義経が自身の弓を「尫弱」（わうじやく。柔弱、微弱の意）と表現する点は、〈長・南・屋・覚・中〉同様。〈延〉では、たとえ強い弓であっても、「義経コソ平家ノ郎等共ニ責付ラレテ、不絶シテ弓ヲ落シタリツルヲ取タル。此ミヨヤ。弓ノヨハサ、スガタノヲロカサヨ」（二三オ）などと、取りざたされること自体が恥辱であるとする。〈盛〉「強ゾ弱ゾト披露セン事、口惜カルベシ」（6—一一三頁）、〈松〉「平家へ取ラレテ、義経ガ弓トテ取渡サレン事口惜カルベシ」（一〇頁）も同様。近藤好和は、弓流の逸話の史実性については留保しつつも、「合戦中に弓を落とすというのは、弓射騎兵にとっては大きな失態である」（一六八頁）として、現実の義経の個人技の能力は抜群ではなかったかもしれず、義経が優れていたのはむしろ戦略的能力であったと見る。また、池田敬子は、『平家物語』における義経を、「一騎打ちに強い豪傑・英雄ではなく、自らの非力があらわになることを恐れ『名を惜しむ』武士である一方で、軍兵を駆り立て連戦連勝をもたらす」（九頁）ものととらえ、そうした造型が、後代の義経造型（少年時の活躍や兵法との結びつきなど）につながったと見る。こうした義経論においては、弓流は重要な論点となる逸話といえよう。　**○「現にも」と皆人感じけり**　義経配下の武士達が賞賛したという点は諸本同様。〈四〉に比較的近いのは、〈長〉「兵共みなことはりとぞ申ける」（5—九四頁）。〈延・盛・松〉は、〈延〉「人々是ヲ聞テ、『穴怖ノ御心中ヤ』ト申テ、舌ヲ振テ感ジアヘリ」（二三オ）、〈盛〉「『実ノ大将也』ト、兵舌ヲ振ケリ」（6—一一三頁）、〈松〉「兵ドモ、『ゲニ〳〵、賢コシ〳〵。ヨキ大将軍哉』トテ、舌ヲ振感ジケリ」（一〇頁）と、恐ろしいほどの感動を示す。〈南・屋・覚・中〉は、〈覚〉「みな人これを感じける」（下―二八〇頁）のように、具体的な言葉を記さない。

【引用研究文献】

＊池田敬子「中世人の義経像―文学にたどる―」（軍記と語り物四二号、二〇〇六・3）
＊近藤好和『源義経―後代の佳名を貽す者か―』（ミネルヴァ書房二〇〇五・9）
＊笹間良彦『図説日本の〈甲冑武具〉事典』（柏書房一九八一・1）

田内左衛門生捕

【原文】

爾判官召伊勢三郎田内左衛門▽一六八左尉則良責通信首共太多取昨日付タル屋島今日是ヘ付ク聞ク打向為生執言ヘ義守賜御幡申ケレ尤賜以十五騎勢打向フ人大成疑フ心三千騎十五騎為《セ》ン生執事不定思フ程田内左衛門尉則良討漏シ河野四郎々等家子共為《シ》生執取多首共返▽一六九右伊勢三郎行向白幡赤旗間隔一町迎ヘ伊勢三郎立使者申兼モ聞下フ鎌倉兵衛佐殿御弟九郎大夫判官殿西国大将軍下一昨日勝浦和殿叔父桜間介被ヌ討昨日屋島内裏被ヌ焼大臣殿父子奉ニヌ[1]生執能登守殿自害下ヌ残人々ハ或自害或沈ミ海[2]▽一六九左惑被討余党僅籠ツル志度今朝《サ》皆被ヌ討和殿親阿波民部為降人見タク[3]親生ヤ顔参レト降人

云ヘ且ツ有ル聞事之上云似《へ》セ■ヒセ[4]則良寔ソ思脱キ甲却《ハツ》弓大将軍為是ク見皆脱甲侍セ[5]却《ツ》シ弓胖々《ミレミレ》被テソ具参召シ則良物具上人被ル預残リ者何被ケレ尋ネ是国々駈武者共打勝チ国家主タ▽一七〇右為セン我君申セ尤被具セ而ル程河野四郎通信三十艘漕来加ル源氏熊野別当湛増五十艘漕来亦加ル源氏大夫判官十九日ノ勝浦軍廿日屋島軍廿一日志度浦合戦シ所々追落シ処廿二日梶原為先[6]一百余艘付ク屋島礒見之判官兵共六日▽一七〇左菖蒲会不レヌ合花後菁莒《アヲイ》事了[7]テソ揄[8]《チキリ》可云フ此等ソ咲ヒ合

【釈文】

爾て判官、伊勢三郎を召して、「田内左衛門尉▽一六八左則良、通信を責めて、首共太多《あまた》取り、昨日屋島に付きたるが、今日是へ付くと聞く。打ち向かひて生執《いけどり》に為よ」と言《のたま》へば、義守、「御幡を賜はらん」と申しければ、「尤もなり」とて賜ひければ、十五騎の勢を以て打ち向かふ。人、大きに疑ふ心を成す。三千騎を十五騎にて生執に為《せ》ん事、不定に思ふ程に、田内左衛門尉則良、河野四郎を討ち漏らし、郎等・家子共を生執に為《シ》て、多くの首共を取りて返りけるに、伊勢三▽一六九右郎行き向かひ、白幡・赤旗の間一町を隔てて迎へたり。

伊勢三郎、使者を立てて申しけるは、「兼ねても聞きたまふらん。鎌倉の兵衛佐殿の御弟、九郎大夫判官殿、西国の大将軍として下りたまふ。一昨日、勝浦にて、和殿の叔父桜間介は討たれぬ。昨日、屋島の内裏は焼かれぬ。大臣殿父子は生執にし奉りぬ。[1]能登守殿は自害したまひぬ。残りの人々は、或は▽一六九左海に沈み、或[2](惑)は討たれぬ。余党の僅かに志度に籠りつるは、今朝《サ》皆討たれぬ。和殿の親、阿波民部は降人と為りたり。親の生きたる顔を見[3]たくば、降人に参れ」と云へば、且つは聞く事の有る上《へ》に似[4]せて云ひければ、則良、「寔《まこと》ぞ」と思ひて、甲を脱ぎ弓を却《ハツ》してけり。大将軍が是く為《す》るを見て、皆甲を脱ぎて侍らひ[5]、弓を却《はツ》して、胖々《ミレミレ》と具せられてぞ参りける。則良が物具を召して、人に預けらる。残りの者に「何かに」と尋ねられければ、「是は国々の駈《かり》武者共なれば、打ち勝ちて国家の▽一七〇右主たらんを我が君と為《セ》ん」と申せば、「尤もなり」とて具せられけり。

而る程に、河野四郎通信、三十艘にて漕ぎ来たりて源氏に加はる。熊野別当湛増、五十艘にて漕ぎ来たりて、亦源氏に加はる。大夫判官は、十九日の勝浦の軍、廿日の屋島の軍、廿一日は志度の浦にて合戦して、所々を追ひ落としける処に、廿二日には梶原を先と為[6]て、一百余艘屋島の礒に付く。之を見て、判官の兵共、「六▽一七〇左日の菖蒲、会《え》に合はぬ花、後の菁莪《アヲイ》、事了[7]てての[8]搒《チキリ》と云ふべし」とて、此等をぞ咲《わら》ひ合へる。

【校異・訓読】1〈昭〉「生執《ニ》」。2〈底・昭〉「惑」、〈書〉「或」。3〈底・昭〉「生《ャ》」。4〈底・昭〉字体未詳の字の左に「ヒ」を書いて見せ消ち。見せ消ちとされた文字■は、「似」に似るが未詳。誤って「似《セ》」を二度書きかけてやめたようにも見える。〈書〉一字分空白。5〈底・昭〉「侍《セ》」、〈書〉「侍」。あるいは「持(侍)ち」の誤りか。6〈昭〉「為《シ》」。7〈昭〉「了《ラッ》」。あるいは「了ててぞ」と訓むか。8「搒」は未詳の字。旁の部分は、あるいは「剣」(「割」の異体字―『異体字解読字典』一八〇頁)に類する字か。

【注解】〇爾て判官、伊勢三郎を召して…　田内左衛門尉への使者を伊勢三郎とする点は諸本同様。伊勢三郎については、巻九「三草勢揃」でも、近藤六親家への使者役として、伊勢三郎が記されていた。当該の注解(71)「能盛」(二〇六頁)参照。『平家物語』には、弁舌に優れた交渉役としての伊勢三郎の造型があろう。なお、以下の田内左衛門生捕の件の位置については、北川忠彦(八九頁)が指摘するように、〈長・屋〉では、平家が志度を退去する前にあり、田内左衛門生捕によって平家が志度に籠もって戦うことをあきらめ、西へ向かって逃亡したという形。一方、〈松・覚〉は、志度合戦・平家の志度退去の後にこの件を記す。〈盛〉は、二十一日に平家が志度に行ったとの記事(6―一三四～一三五頁)の後、この件を記し、その後、平家の志度からの退去を記す(6―一四一頁)。記事の配列としては〈長・

屋〉に近いが、前者の記事では「源氏ハ屋島軍ニ討勝テ三箇日逗留シテ四国ノ勢ヲ招」（6―一三五頁）と、義経は屋島合戦後三日間屋島に逗留して成直生捕を指示したと描くのに対して、後者の記事では、「二十一日ニハ屋島ヲ責落シ、二十二日ニハ讃岐志渡ヲ被攻ケリ」（6―一四一頁）と、屋島合戦の翌日に志度を攻めたとして、矛盾している。〈延・中〉は平家が志度に赴いた記述そのものが曖昧なので、前後関係も分からない。以上、諸本の記事配列については、「志度合戦」冒頭の注解「平家は叶はじとや思ひけん…」、及び「平家、船の内にて之を見て」参照。〈四〉の場合、「志度合戦」から前段「弓流」までを志度でのこととする特異な構成であり、その後に本段が続く。平家が志度を退いたことは記していないが、〈松・覚〉と同様、平家が志度を退去した後にこの件が続くと読むべきだろう。**〇田内左衛門尉則良、通信を責めて、首共太多取り…**　田内左衛門則良（〈延・長・盛〉「成直」）、河野通信については、「勝浦合戦」の注解参照。則良が河野通信を攻めに向かっていたことは、「勝浦合戦」に、A「阿波民部成良が子息、田内左衛門尉則良は、伊与国の住人河野四郎通信を召せども参り候はぬ間、之を責めんとて、三千余騎にて超え（へ）候ふ」とあり、「屋島合戦①」にも、B「卯の時に、田内左衛門尉則良、河野四郎を打ち漏らして、伯父吹浦三郎以下百五十余人が首を切りて、屋島へ奉る」とあった。諸本も同じ。「首共太多取り」とは、通信はうち漏らしたものの、伯父の吹浦三郎以下一五〇余人の首を指す。当該記事をCとすると、〈四〉の場合、BとCの間に不整合はない。〈延〉のAとBに矛盾が見られることは、「勝浦合戦」の注解「伊与国の住人河野四郎通信を召せども参り候はぬ間…」に見たが、Aの記事に脱落があると見れば問題は解消する。但し、〈延〉のBとCとの間には、次に見るような問題がある。B「屋島ニハ阿波民部大夫成良ガ子息、田内左衛門成直ヲ大将軍トシテ、三千余騎ニテ、河野四郎通信ヲ責ニ、伊与喜多郡ノ城エ向タリケルガ、河野ヲバ討逃シテ、河野ガ伯父福浦新三郎以下ノ輩百六十余人ガ首ヲ取テ、屋島へ献リタリケルヲ」（巻十一―一三ウ）、C「判官、伊勢三郎義盛ヲ召テ、『阿波民部成良ガ嫡子、田内左衛門成直ガ大将軍トシテ、三千余騎ニテ伊与国へ押渡テ、河野ヲ責ニ寄ケルト聞」（巻十一―二六オ）。Bで、河野通信を取り逃がして、伯父の吹浦新三郎以下百六十余人の首を取って、屋島に差し出したことが、Cの記事には反映されていない点である。この点で〈延〉と同様の形をとるのは、他に〈盛・中〉。これに対して、〈長〉は、「屋島合戦①」該当部にBの内容を記さず、本段の位置に、「Cほうぐわん、伊勢三郎義盛をめして、『伊与へ越たんなる阿波民部成良がちやくし、田内左衛門成直をめしとてまいれ』との給へば、よしもり、承候ぬとて、十五騎の勢にてむかひけり。B田内左衛門は河野をばうちにがしけれ共、河野が伯父福茂新次郎以下のともがら、百六十人がくびを切て前にもたせて、家子郎等あまた虜にして、たちに火をかけて焼はらふ」（5―九四〜九五頁）と、C→Bの順で記す。また、「屋島合戦①」該当部にBの内容を記していながら、田内左衛門が家子郎等百五十余の首を切って屋島に差し出したことを本段に再度記しているのが、〈松・南・覚〉。「伊勢三郎義盛を召しての給ひけるは、『阿波民部重能が嫡子田内左衛門教能は、河野四郎通信が召せども参らぬを攻めんとて、三千余騎にて伊与へ越えたりけるが、河野をば討ちもらして、家子・郎等百五十人が頸きッて、昨日八島の内裏へまいらせたりけるが、けふ是へつくと聞く。なんぢゆきむかッて、ともかうもこしらへて具して参れかし』との給ひければ」（〈覚〉下―二八一〜二八二頁）。今一つ、〈屋〉は、「屋島合戦①」該当部に他本と同様にBの内容を記すが、Cでは、「同十九日判官伊勢三郎ヲ召テ、『阿波民部ガ嫡子田内左衛門教能、河野ヲ攻ニ伊与国へ越タンナルガ、此ニ軍有ト聞テ、今日ハ定テ馳向覧。大勢入立テハ叶マジ。汝ヂ行向テ吉様ニ誘ヘテ召テ参レ』ト宣ヘバ」（七七六頁）と、独自異文の傍線部を書き添える。こうした諸本状況からすれば、本段ではBの内容を繰り返さない〈延・盛・中〉のような形がもとの形であり、〈松・南・覚〉や〈屋〉の形は後出と考えられる。

○昨日屋島に付きたるが、今日是へ付くと聞く　類似記事は、〈松・南・覚〉にも見られる。「屋島合戦①」の注解「屋島へ奉る」に見たように、則良は、打ち取った兵の首を持って帰参したのではなく、先行して首を屋島の内裏に奉り、則良自身は未だ帰参していなかった。故に、〈四〉の当該記事は、「則良は、まず通信勢の首を屋島に奉り、続いて自分自身も昨日屋島に到着、さらに今日は是（志度）に到着する」と解することになろう。〈四〉の場合、日付が明確ではないが、この後、「昨日、屋島の内裏は焼かれぬ」とあるのによれば、「今日」は屋島合戦の翌日になる。しかし、則良が「昨日」屋島合戦の最中または終了直後に屋島に着いたのだとすれば、則良は当然、屋島合戦か志度合戦に参戦していたはずで、以下の話は成り立たない。〈四〉では屋島合戦の翌日、志度で一日戦い、夕暮に那須与一が扇の的を射ていたことを考えれば、「今日」は志度合戦の翌日とするのが穏当か。だとすれば、則良は、屋島合戦に一日遅れて、志度合戦の日に屋島に着き、その翌日である「今日」、屋島から志度へ向かっていることになる。だが、そのように考えたとしても、則良は、屋島では合戦直後の戦場を見(あるいは未だ義経勢も屋島に残っていたか)、沖合ではいまだ平家の船団が盛んに行き来している状況で、志度へ向かったことになろう。そうした状況にしては、則良の行動は不自然なまでに緩慢である。一方、〈松・南・覚〉の場合、則良(教能)自身が昨日屋島に到着したとは記さない。〈松〉「伊勢三郎能盛ヲ召テ、田内左衛門則良ガ通信ヲバ討洩シテ、親者ドモ余党多ク討捕テ進セケルガ、今日是へ著ナル」(一一頁)、〈南〉「家子・郎等百五十余人ガ頸ヲ切テ、昨日八島へ参タリケルガ、今日ハ是へ付ト云」(下―八五〇頁)、〈覚〉「家子・郎等百五十人が頸きッて、昨日八島の内裏へまいらせたりけるが、けふ是へつくと聞く」(下―二八一〜二八二頁)。〈南〉では則良自身が「昨日八島へ」着いたようにも読めるが、〈覚〉は「八島の内裏へ」首を奉った意であり、〈南〉も〈覚〉と同様に読むのが穏当か。従って、則良自身の現在の所在は不明だが、波線部は、則良が志度に到着すると解するのが自然であろう(「是」は、広く屋島・志度周辺、あるいは讃岐国を指すという解釈も不可能ではないが、義経がいる志度に着くと読むのが穏当だろう)。いずれにせよ、伊予から帰ってくる則良は、屋島周辺を通って志度近辺に来るはずであり、屋島の戦場を見た後で伊勢三郎に出会ったと読める。その意味では、〈四〉と類似の読解ができよう。後掲注解「伊勢三郎行き向かひ、白幡・赤旗の間…」参照。**〇義守、「御幡を賜はらん」と申しければ、「尤もなり」とて賜ひければ**　旗を賜ったとするのは、〈延・南・屋・覚・中〉。〈長・盛・松〉は当該記事を欠く。旗の意味は、無勢の義盛が田内左衛門の多勢にいきなりぶつかって合戦となっては勝ち目がないので、いきなり合戦とはならず、ある程度距離を置いて（「間一町」など）対峙し、軍使を立てて交渉する形に持ち込むために、また、義盛が義経の使者であることを示す身分証明として、必要とされたものであろう。〈長〉は、義盛が田内左衛門に「はなつきに」行き会ったとする（5―九五頁）。「はなつき」は、「ばったりと出会うこと。であいがしらに、また、真正面にぶつかること。向き合うこと」（〈日国大〉）。旗を持たず「であいがしら」にぶつかれば、合戦になる展開も考えられるが、ここは正面から向き合ったのだろう。　**〇十五騎の勢を以て打ち向かふ**　「十五騎」とするのは、〈延・長・松〉同。〈延・松〉は、十五騎で三千余騎を生捕にしようとすることについて人々は笑ったとする。〈盛〉では、伊勢三郎は下﨟男一人を先立たせ、伝内左衛門に遭遇して言うべき事を教え（〈松〉同。但し、「下男」とする）、十七騎を率いて、一日後に向かったとするが、人々は嗚呼嗚呼しく思ったとする。〈南・屋・覚・中〉は、十六騎とし、白装束で向かったとする。〈南・屋・中〉では、生捕にすることを、〈南〉「向フ者共」が、〈屋・中〉「兵共」が、不思議に思い笑ったとする。なお、「白装束」について、諸注は、「平家の滅亡に弔意を表したと見せかけたもの」（〈全注釈〉下一―四七八）等とするが、〈中〉巻五に南都に下された妹尾兼康等は、「はかり事に、『なんぢら物具もすべからず、弓矢うち物もたいすべからず』との給へば、うけたまはりて、五百余騎にてむかひけるが、みなしらしやうぞくなり」（上―三〇六頁）から、非武装の意と見ることができるか（三弥井古典文庫『平家物語』下―二九四頁）。例えば、〈覚〉はこの後に、伊勢三郎の使者は、田内左衛門に「させるいくさ合戦のれうでも候はねば、物具もし候はず、弓矢も持たせ候はず。あけて入れさせ給へ」（下―二八二頁）とすることと関わるか。あるいは倶利伽羅合戦で、平家を南黒坂の谷底に追い落とした「三十人計ノ白装束」の者達が、「垣生新八幡ノ御計ニヤト後ニゾ思合セケル」（〈盛〉4―三〇五頁）とある例は、神人を思い描いたものか。〈日国大〉は、「白装束」を、「後世、多く神事や凶事の時に用いられた」とする。　**〇田内左衛門尉則良、河野四郎を討ち漏らし、郎等・家子共を生執に為て、多くの首共を取りて返りけるに**　当該記事、〈延・長・盛〉あり、〈松・南・屋・覚・中〉欠く。前々々項注解「昨日屋島に付きたるが…」では、〈四〉本文を「則良は、まず通信勢の首を屋島に奉り、続いて自分自身も昨日屋島に到着、さらに今日は是(志度)に到着する」と解したが、本項の記事では、則良は、多くの首と共に屋島に帰ってきたようにも読める。しかし、それでは「屋島合戦①」に見えた、多くの首を屋島に先に献上したとする記事と不整合を来すことになるし、もし則良が屋島合戦前に屋島に戻ってきたのだとすれば、本段の記述全体が成り立たない。それを考慮すれば、本項の「多くの首共を取りて返りけるに」は、「多くの首を取り、(首は屋島に送り)、帰ってきた」、あるいは「多くの首を取り、(一部は屋島に送ったが)残りの首を持って帰ってきた」などと解することになろう。この点、〈長〉「田内左衛門は河野をばうちにがしけれ共、河野が伯父福茂新次郎以下のともがら、百六十人がくびを切て前にもたせて、家子郎等あまた虜にして、たちに火をかけて焼はらふ。三千余騎の大ぜいにてゆゝしげにてかへるところに」(5―九四～九五頁)も微妙か。傍線部「前にもたせて」は、則良が首を先(前)に屋島に送ったことを指すとも読めるが、行列の先頭(前)の兵に首を持たせていた意ともとれる。後者だとすれば、屋島合戦前に屋島に送った首との関係が問題となろう。この点、〈延〉「成直ハ河野館ニ押寄テ責ケレドモ、河野先立テ落ニケレバ、家子郎等アマタ生取ニシテ、館ニ火係テ、屋島へ参ケル道ニテ能盛行合タリ」(巻十一―二六オ～二六ウ)では、則良勢は生捕を引き連れていたとは記すが、首を持っていたとは記さないので、屋島合戦冒頭の記述と矛盾はしない。〈盛〉「成直ハ河野ガ館へ推寄タレ共、通信ヲバ漏ツ、家子郎等多ク討捕、館ニ火懸テ、首ヲバ兼テ進リ、虜共アマタ編連テ、屋島モ窘トテ、伊予ヨリ讃岐へ帰ケリ」(6―一三五～一三六頁)の場合は、傍線部に見るように、成直は、首を前もって献上し、生捕を引き連れて屋島に戻る途中であったとするので、この点について矛盾はない。

○伊勢三郎行き向かひ、白幡・赤旗の間一町を隔てて迎へたり　伊勢三郎と田内左衛門とが出会った場所は、〈四〉では、先の「昨日屋島に付きたるが、今日是へ付くと聞く」からは、田内左衛門が屋島を行き過ぎ、志度の手前ということになろう。これに近いのが〈松・南・覚〉(前掲注解「昨日屋島に付きたるが、今日是へ付くと聞く」参照)。但し、〈松〉は、この後、「先下男一人ニ笠蓑持セテ、事ノ由ヲ委ク教へテ、伊与へ越ス道ニテ行合タリ」（一一頁）と、義盛が遣わした下男が伊予へ向かう道の途中で田内左衛門に出会ったとする。「伊予へ越ス道」という表現は、伊予の近くのような印象もあるが、伊予に通じる道の意で、志度・屋島の近辺であろう。これに対して、伊予から屋島乃至は讃岐に参る途中で出会ったとするのが、〈延・長・盛・中〉。〈延〉「家子郎等アマタ生取ニシテ、館ニ火係テ、屋島へ参ケル道ニテ能盛行合タリ」（巻十一—二六オ～二六ウ）、〈盛〉「家子郎等多ク討捕、館ニ火懸テ、首ヲバ兼テ進リ、虜共アマタ編連テ、屋島モ窘トテ、伊予ヨリ讃岐へ帰ケリ。道ニ夫男ニ遇」（6—一三五～一三六頁）、〈中〉「あんのごとくのりよし、八島にいくさはじまりぬときゝて、いそぎてまいる程に、いよ、とさ、さぬきの、さかいにてぞゆきあひたる」（下—二五二～二五三頁。「とさ」即ち土佐は誤りだろう）。〈長〉「田内左衛門は、……百六十人がくびを切て前にもたせて、家子郎等あまた虜にして、たちに火をかけて焼はらふ。三千余騎の大ぜいにてゆゝしげにてかへるところに、伊勢三郎義盛はなつきにこそ行あひたれ」（5—九四～九五頁）の場合は、明記されないが、同様に解して良いだろう。〈屋〉は、平家が屋島を退き、志度に籠もったとする記事に続き、「田内左衛門教能、河野ヲ攻ニ、伊与国へ越タンナルガ、此ニ軍有ト聞テ、今日ハ定テ馳向覧」（七七六頁）とある。「此ニ軍有」とは、この後に、「如案田内左衛門屋島ニ軍有ト聞テ、馳参ル路ニテ義守ニ行合タリ」（七七七頁）とあることからも、屋島を指す。従って、伊予から屋島に至るまでの地と解して良かろう。以上からすれば、遭遇の地は、〈四〉では屋島と志度の間、〈松・南・覚〉では屋島・志度近辺となり、田内左衛門は、屋島の内裏が焼け落ち、平家が敗滅したことを実際に確認していた可能性が強いのに対して、〈延・長・盛・屋・中〉の場合は、伊予から屋島に至る途中であり、田内左衛門は屋島に到着する前に、未だ十分な情報を得ていない段階で伊勢三郎に言いくるめられてしまったことになろう。〈四〉などの形によれば、田内左衛門は合戦直後の屋島を見ていたために、かえって伊勢三郎の調略に掛かりやすかったのだという理解もあろうが、田内左衛門が屋島の惨状を見て衝撃を受けたというような描写は諸本に見られない。むしろ、本来、田内左衛門は屋島合戦を噂程度しか聞いていなかったために、伊勢三郎の達者な弁舌に丸め込まれてしまったという話であったと考えるのが自然か。その意味では〈四〉などの形にはやはり疑問が残る。なお、遭遇した地での赤旗と白旗の距離を記すのは、他に〈延・南・覚〉だが、いずれも二町とする。**○伊勢三郎、使者を立てて申しけるは**　使者を立てて申したとするのは、他に〈延・南・覚・中〉。これに対して、伊勢三郎自身が話したとするのが、〈長・屋〉、一日先に先立たせた下臈男（夫男）が話したとするのが、〈盛・松〉。使者を介する形が古態か。**○兼ねても聞きたまふらん**　ここから伊勢三郎の使者の言葉。本項と同様の言葉は、〈延・南・屋・覚・中〉あり、〈長・盛・松〉なし（次項注解参照）。但し、該当句の位置は、〈延・南・屋・覚〉は〈四〉に同じだが、〈中〉では「かつき丶給つらん、御へんのをぢ、さくらばどのは…」（下―二五三頁）と、勝浦合戦の報告につながる。「兼ねてお聞きであろう」という内容は、〈四・延・南・屋・覚〉では、義経の西国下向から屋島合戦の結果あたりまでの全体を指すか。前々項に見たように、田内左衛門があらかじめどこまでの情報を得ていたかについては、田内左衛門と義盛がどこで出会ったかによって違ってくるだろうが、〈延・屋〉では、田内左衛門は屋島合戦の噂を聞いていた程度だろうが、〈四・南・覚〉、特に〈四〉では「兼ねて聞く」どころか、田内左衛門は屋島の状況を実見していたと読める。**○鎌倉の兵衛佐殿の御弟、九郎大夫判官殿、西国の大将軍として下りたまふ**　〈四〉に近似するのは、〈南・屋〉。〈屋〉「且ハ聞給ツラム。鎌倉殿御弟九郎大夫判官殿、西国ノ討手ノ大将ニ向ハセ給タリ」（七七七頁）。一方、最も詳細に記すのは、〈延〉。初めにA「アレハ阿波民部大夫成良ノ嫡子田内左衛門成直ノオワスルトミ申ハ僻事カ」と出会ったのが田内左衛門であることを確認し、次にB「且ハ聞モシ給ラン、鎌倉ノ兵衛佐殿ノ御弟、九郎大夫判官殿、院宣ヲ蒙セ給テ、西国ノ討手ノ大将軍ニ向ワセ給ヘリ」と、〈四〉に近似する記事を記し、最後にC「カウ申ハ伊勢三郎能盛ト云者也」と自己紹介をする（巻十一―二六ウ）。〈長〉は、伊勢三郎本人が問いかける形だが、「いかにわどのはいづくへとてましますぞ」（5―九五頁）とするのみ。〈盛・松〉では、夫男は偶然に出会った通行人のように見せかけるわけだから、A・B・Cの記事を欠くのは自然。〈覚・

中〉は、「これは源氏の大将軍、九郎大夫判官殿の御内に、伊勢三郎義盛と申物で候が、大将に申べき事あッて是までまかりむかッて候」（〈覚〉下―二八二頁）と、BとCを融合させた形。但し、〈中〉は、この後に、「のりよし、『じよのしんはかなふまじ。大しやうばかりを』とて、いせの三郎をぞよび入たる」（下―二五三頁）と、使者（自余の臣）ではなく大将の伊勢三郎を呼び寄せたとする。

○一昨日、勝浦にて、和殿の叔父桜間介は討たれぬ　当該記事〈長〉欠く。「一昨日」は、〈四〉では十九日のこと。〈延〉「一昨日十九日阿波勝浦ニテ」（巻十一―二六ウ）、他に「一昨日」とするのは、〈屋・覚・中〉。この後にも記されるように、勝浦合戦の翌日に屋島合戦、さらに翌日に志度合戦があったと解するのであろう（次項注解参照）。〈盛・南〉「十七日」。諸本の屋島合戦までの日時の対照表は、「勝浦合戦」の注解「十九日の申酉の剋ばかりに勝浦を出でて」を参照のこと。桜間介良遠については、「勝浦合戦」の注解「阿波民部が舎弟、桜間介良遠と申す者候へ」を参照。当該話は、伊勢三郎が弁舌巧みに田内左衛門をだますためのものであり、ありのままに語られる必要はない。そんな中、阿波合戦のあった日についてはごまかす必要は無くありのままに語られたのであろう。その点、桜間介の生死については、言葉通りに信用することはできない。実際の生死については、〈延〉が生虜とする以外は、〈四・長・盛・松・南・屋・覚・中〉はいずれも落ち延びたとする。これに対して、当該記事では、生虜とするのが、〈延・盛・松〉、討たれたとするのが、〈四・南・屋・覚・中〉。〈延〉以外、いずれも嘘をついたことになる。

○昨日、屋島の内裏は焼かれぬ　屋島合戦を「昨日」とする点は、〈延・南・屋・覚・中〉同様。「昨日」とは、この後にも記されるように、〈四〉では二十日。但し、前掲注解「昨日屋島に付きたるが、今日是へ付くと聞く」に見たように、〈四〉の場合、屋島合戦の翌日に義盛と則良が会ったのだとすると、その間にあったはずの志度合戦は、いつのことだったのかわからない。さらに、〈四〉では、則良が「昨日」即ち内裏が焼かれた日のうちに三千余騎を引き連れて屋島に到着したのであれば、なぜ屋島合戦や志度合戦に参戦しなかったのか、解し難い（〈四〉の場合、則良は実際に屋島に来ているので、内裏焼亡に関して虚言は通用せず、義盛はこの点では事実を述べているはずである）。これは、本項前後部分の単純な誤記である可能性もあるが、あるいは、志度合戦をふくらませたことによって、〈四〉の記事構成全体が混乱しているのかもしれない。〈松・南・覚〉にもこれに近い問題があろう。また、〈延〉の場合も、屋島合戦が二日かかったとしているので、その最初に当たるはずの内裏焼失が「昨日」と表現されるのはおかしい（但し〈延〉の場合は、義盛の虚言と読むこともできる）。なお、屋島内裏焼亡の件を記すのは、〈四・延・長・盛・松・南・屋・覚〉。〈中〉「昨日八島にて、平家こと〴〵くほろびさせ給候ぬ」（下―二五三頁）と焼亡の件は不記。屋島の内裏焼亡の件については、「屋島合戦①」の注解「船には目も懸けず、御所や内裏へ乱れ入り、手々に火を放つ」参照。〈四・長・盛・松・南・屋・覚・中〉は、内裏への放火を記すが、〈延〉は記さない。但し、「平家ハ、御所ハ焼レヌ、何クニ留ルベシトモナケレバ、焼内裏ノ前ニ陣ヲトル」（一二三オ）とする。　**○大臣殿父子は生執にし奉りぬ。能登守殿は自害したまひぬ。残りの人々は、或は自害し、或は海に沈み、或は討たれぬ**　〈四〉と同様に、宗盛父子は生虜、能登守教経は自害とするのは、他に〈南・覚〉。〈延〉は、宗盛父子は生虜、教経は自害、重盛の公達以下は、討死あるいは入水。〈長〉「大臣殿はいけどられ、左衛門尉殿はうちじに、新中納殿、能登殿こそいしかりつれ」（5―九五頁）。大臣殿は生け捕られ、左衛門尉殿は討死とすることから、左衛門尉殿とは、左衛門督殿の誤りで、清宗のことか。父は生け捕られたが、子の清宗は討ち死にしたとするのであろうか。「新中納殿」は新中納言殿の誤りで、知盛と教経はみごとに討ち死にしたとするのであろう。〈盛・松〉は、宗盛父子や小松殿の公達は生虜、さらに成良の降人記事の後に、「能登殿コソユ、シク御坐ケレ」（〈盛〉6―一三七頁）と記す。なお、〈松〉は、「小松殿ノ君達」に続けて「宗徒ノ人々」（一一頁）を加える。〈屋〉は、知盛と教経は、「ヨウ御坐セシ」（七七八頁）、つまり立派な最期を遂げたの意か、宗盛父子は生虜、〈中〉は「中にも新中納言殿、のと殿こそ、いうに見えさせ給しか、のと殿は御じがい」（下―二五三頁）とあるが、知盛と教経は立派に最期を遂げられたが、その中でも教経は御自害と解して良いか。北川忠彦は、諸本に見る宗盛親子が生け捕られ、知盛や教経の自害を記す記事を総括して、これは壇浦合戦の結果そのままであり、「或いは教能の父重能の壇浦における返り忠を弁護しようとする伏線としてここに挿入されたかとも思えるが、それにしてもこの内容は明らかに壇浦合戦以後の創作であり、延いては八島合戦物語の後出性につながるものとしてもよいのではあるまいか」（八九〜九〇頁）とする。しかし、これは所詮詐欺の言葉なので、創作性が強いのは当然であり、壇浦合戦以後に成立していることも当然である。こうした理由をもって「後出性」とするのは無理だろう。但し、壇浦合戦との類似という指摘は的を射たものであり、先に見たように、〈延〉では小松殿公達の入水、〈長・盛・屋〉では、知盛や知盛や教経のゆゆしき振舞等も挙げられる。**〇余党の僅かに志度に籠りつるは、今朝皆討たれぬ**　当該記事を記すのは、他に〈延・南・覚〉。「今朝」とするのは、〈四〉のみ。〈長・盛・松・屋・中〉欠く。なお、〈延〉は、志度へ退いたとする記事を欠いていた。「志度合戦」の注解「当国の内志度の浦にぞ着きにける」参照。　**〇和殿の親、阿波民部は降人と為りたり。親の生きたる顔を見たくば、降人に参れ**　〈四〉の場合、「余党の僅かに志度に籠りつるは、今朝皆討たれぬ」に続けて記されることから、志度合戦の折降人となったとするのだろう。同様に記すのは、〈南・覚〉だが、本文的には〈南〉が一番近い。〈南〉「和殿ノ父成良降人ニ参ラレタリ。父ノ生タル姿ヲ今一度見ント思ハヾ降人ニ参レヨ』トゾ云送タル」（下―八五一頁）。これに対して、勝浦合戦の折とするのが、〈延・盛・松〉。屋島合戦の折とするのが、〈長・屋・中〉。田内左衛門生捕話における、父の阿波民部が降人となったという話の流動性を示すか。　**〇且つは聞く事の有る上に似せて云ひければ**　〈四〉の独自異文。「似せて」はやや舌足らずだが、義盛の話は全くの嘘ではなく、則良が事前に耳にしていたことも含まれていた上に、いかにも実際にあり得そうな話をしたための意であろう。　**〇則良、「寔ぞ」と思ひて**　〈四〉と同様に簡略なのが、〈南〉「田内左衛門カツ聞事ニタガワネバ、父ヲ今一度ミントテ」（八五一頁）。他本は趣向を凝らし、より詳細に記す。〈延〉では、父に会うためにも降人となれ、命だけは助けようとの能盛の言に対して、田内左衛門は、聞いていたことと違わないため、父が降人となった以上は、降人となろうと思ったとする。〈長〉では、田内左衛門の兵が義盛の言葉を信じて、多くは落ち、残った古参の者も降伏を勧めたので、田内左衛門自身も力及ばず降伏したとする。〈盛・松〉では、使者の言によって心弱く思った田内左衛門は、続いて義(能)盛から父が降人となったと聞かされ、降伏を決意したとする。〈屋・覚・中〉では、「父の阿波民部は、自分が降人となったことも知らずに範能(教能)が合戦して討たれることを歎いている」と、義盛が語ったため、それを聞いた範能(教能)は降人となることを決意したとする。　**○甲を脱ぎ弓を却してけり**　〈延・南・覚〉が「甲ヲヌギ弓ヲハヅシテ郎従ニモタス」(〈延〉巻十一―二七オ)とする他は、〈盛・松・屋・中〉同。但し、〈長〉は、田内左衛門率いる三千余騎の多くは駆武者のため我先にと落ち、二三十騎が残ったが、彼らが降人となるように勧めたため、田内左衛門はしかたなく甲を脱いで降人となったとする。　**○大将軍が是く為るを見て、皆甲を脱ぎて侍らひ、弓を却して、肸々と具せられてぞ参りける**　大将軍に倣い、甲を脱いで弓をはずしたとする点、〈延・松・南・屋・覚・中〉同、〈長・盛〉欠く。「肸」の読み不明。〈底・昭〉は振仮名「ミレミレ」とするが、語意未詳。類似した表現は、〈松〉「オメ〳〵ト弓ヲ弛シ甲ヲ脱グ」(一一頁)、〈南〉「田内左衛門範良ハヲメ〳〵トタバカラレテ」(八五二頁)、〈屋〉「ヲメ々々ト被具テ参ル」(七七九頁)、〈覚〉「おめ〳〵と降人にこそ参りけれ」(下―二八三頁)、〈中〉「三千余騎のつはもの共、をめ〳〵といけどられけるは」(下―二五三頁)に見られるが、一番近似するのは〈屋〉。〈四〉の場合も、本来は「をめをめ」だったとも考えられよう。なお、真名本『曽我物語』では「をめをめ」は一例、「呴々」(『妙本寺本曽我物語』巻九―一七七頁)がある。　**○則良が物具を召して、人に預けらる**　類似記事を見せるのは、〈延〉「成直ヲ先ニ立テ判官ノ許ヘヰテ参ル。『神妙ナリ』トテ、成直ガ物具ヲ召テ、其身ヲバ能盛ニ被預ヌ」(巻十一―二七オ～二七ウ)、〈松〉「義経去コソト感ジ給テ、物具召サレ人々ニ預ラレ」(一一頁)、〈南〉「物具召レヤガテ伊勢三郎ニ預ケラル」(下―八五二頁)、〈屋〉「軈テ鎧脱セラレテ被召置人ニ預ラル」(七七九頁)、〈覚〉「やがて田内左衛門をば、物具召されて伊勢三郎にあづけらる」(下―二八三頁)、〈中〉「よしもり帰まいりて、このよしを申せば、伊勢の三郎にあづけらる」(下―二五三～二五四頁)だが、〈延〉に一番近い。ここは、〈延〉の傍線部に見るように、義経のもとに連行された田内左衛門の物具を取り上げて、田内左衛門の身柄を人に預けた意。　**○残りの者に「何かに」と尋ねられければ、「是は国々の駈武者共なれば、打ち勝ちて国家の主たらんを我が君と為ん」と申せば、「尤もなり」とて具せられけり**　類似記事を見せるのは、〈延〉「残兵共是ヲ見テ、『コレハ国々ノ駈武者ニテ候。誰ヲ誰トカ思進セ候ベキ。只草木ノ風ニ靡ガ如ニテ候ベシ。我国ノ主タランヲ君ト可奉仰』トロ々ニ申ケレバ、『サラバサニコソアンナレ』トテ、皆召具ラル」（巻十一―二七ウ）、〈南〉「判官、『範良ガ勢ハ何ニ』ト宣ヘバ、『是ハ只世ノ乱ヲ静メテ国ヲシロシメサンヲ君トセン』トゾ申ケル。『サラバ皆召具セヨ』トテ、三千余騎ヲ我勢ニゾ具セラレケル」（下―八五二頁）、〈屋〉「サテ所随ノ軍兵共ハ何ニト宣ヘバ、『是ハ吹風ニ草木ノ靡ガ如ク、何レニテモ御坐セヨ。世ノ乱ヲ鎮メ国ヲ知食コソ上トセメ』ト申ケレバ、『尤モサルベシ』トテ、皆勢ニゾ被具ケル」（七七九頁）、〈覚〉「『さて、あの勢どもはいかに』との給へば、『遠国の物どもは、誰を誰とか思ひまいらせ候べき。たゞ世のみだれをしづめて、国をしろしめさんを君とせん』と申ければ、『尤しかるべし』とて、三千余騎をみな我勢にぞ具せられける」（下―二八三頁）。他に、〈松・中〉にもやや近似した記事が見られる。

傍線部の比較からも明らかなように、〈延〉が最も近似する。〈延・長・盛〉では、先の近藤六親家も似たようなことを言っていた。〈延〉「源氏テテ《ママ》モ渡セ給へ、平氏ニテモ渡ラセ給へ、世ヲ討取セ給テ、我国ノ主トナラセ給ム人ヲ主ト憑進セ候ベシ」（巻十一―一一オ）。故に、〈延〉のみ二人が類似の言葉を言う形になる。なお、川合康は、駆武者は平氏軍固有の存在ではなく、源氏の義仲軍や後白河院の兵力としても登場し、当該箇所のように、源平両軍の間で主人を選択する駆武者の姿が明瞭に示されている箇所があることを指摘する（一四四頁）。　**○而る程に、河野四郎通信、三十艘にて漕ぎ来たりて源氏に加はる。熊野別当湛増、五十艘にて漕ぎ来たりて、亦源氏に加はる**　河野と湛増の源氏側への参加を、〈四〉と同様に、田内左衛門生虜記事の後、壇浦合戦記事の前に記すのは、他に〈南・屋・覚・中〉。

これに対して、源氏劣勢の中、湛増や通信が駆けつけたため、劣勢となった平家が屋島を落ちたとするのが〈延・

長・盛・松〉。『保暦間記』「熊野別当、河野四郎通信、源氏ニ著程ニ、大勢ニ成ニケリ。義経、勢ヲ調、船調テ、平家ノ跡ヲ尋テ向ヒケリ。平家ハ屋島ヲバ落サレヌ」（『校本保暦間記』五七頁）。湛増と通信の率いた兵力について、諸本を対照しておく。〈四〉の「三十艘」は諸本中独自だが、『吾妻鏡』元暦二年（一一八五）二月二十一日条とは一致する。「平家籠二于讃岐国志度道場一。廷尉引二八十騎兵一追到二彼所一。平氏家人田内左衛門尉帰二伏于廷尉一。亦河野四郎通信粧二三十艘之兵船一参加矣。義経主既渡二阿波国一。熊野別当湛増為三合二力源氏一同渡之由、今日風二聞洛中一云々」。他に、『予章記』も「平家物語ニ云」として「其後通信三十艘ノ兵船ニテ勝浦へ参リタリトアリ」（伝承文学注釈叢書八二頁）とする。「三十艘」とする点、〈四〉的な本文によったものと見られるが、「勝浦」へ参ったとする点は未詳。

	〈四〉	〈延〉	〈長・盛・松〉	〈南〉	〈屋〉	〈覚〉	〈中〉	吾妻鏡
湛増	五十艘	三百余艘	二百余艘	二千余人二百余艘	五十余艘	二千余人二百余艘	五十余艘	？
通信	三十艘	千余騎	千余騎	千余騎百余艘	五百余騎	百五十艘	三百余騎	三十艘

なお、『吾妻鏡』三月九日条によれば、湛増の加担は、義経の口利きとする。「熊野別当湛増、依二廷尉引汲一、承二追討使一。去比渡二讃岐国一。今又可レ入二九国一之由有二其聞一」。なお、河野四郎通信や熊野別当湛増については、巻六「怒何入道、河野と合戦の事」の注解参照。　**○大夫判官は、十九日の勝浦の軍、廿日の屋島の軍、廿一日は志度の浦にて合戦して、所々を追ひ落としける処に**　〈四〉と同様に総括記事を記すのは、他に〈延・盛・松〉。〈延〉「判官ハ二月十九日勝浦ノ戦、廿日屋島軍、廿一日志度ノ戦ニ討勝テケレバ、四国ノ兵、半ニ過テ付従ニケリ」（巻十一―一八オ）、〈盛〉「二月十七日ハ阿波勝浦ノ軍、二十一日ニハ屋島ヲ責落シ、二十二日ニハ讃岐志度ヲ被攻ケリ」（6―一四一頁）、〈松〉「二月十八日阿波ノ勝浦ノ軍、廿日屋島ヲ攻メ、廿一日ニ追落ス」（一一頁）。勝浦合戦・屋島合戦の問題点については、「勝浦合戦」の注解「十九日の申酉の剋ばかりに勝浦を出でて」参照、屋島合戦・志度合戦については、「志

度合戦」の注解「平家は叶はじとや思ひけん、明けても戦ひはせずして」「当国の内志度の浦にぞ着きにける」参照のこと。　**〇廿二日には梶原を先と為て、一百余艘屋島の礒に付く**　志度合戦のあった翌日、元暦二年（一一八五）二月二十二日に、景時が百余艘を率いて屋島の礒に着いたとする。諸本の記事と、『吾妻鏡』（元暦二年二月二十二日条）、『保暦間記』を比較すると次のようになる。

	〈四〉	〈延〉	〈長〉	〈盛〉	〈松〉	〈南〉	〈屋〉	〈覚〉	〈中〉	吾妻鏡	保暦間記
日時	廿二日	×	廿二日	廿三日	廿二日	廿二日午	廿二日巳	廿二日辰	其後	廿二日	今日
出発地	不記	×	渡辺神崎	不記	不記	渡辺	渡部	渡辺	わたなべ	不記	不記
到着地	屋島礒	×	不記	屋島渚	屋島渚	屋島礒	屋島礒	八島礒	不記	屋島礒	屋島
船の数	百余艘	×	五百余艘	不記	百四十余艘	二百余艘	二百余艘	二百余艘	不記	百四十余艘	百四十艘
逆櫓記事	百五十艘	百五十艘	百五十艘	数千艘	三百五十艘	二百余艘	二百余艘	二百余艘	二百余艘	×	×

×は当該記事がないことを示し、不記は当該記事はあるものの、その旨の記載がないことを示す。

また、逆櫓記事とは、義経が船出の折、何艘の船の内から五艘を繰り出したかの記事を指す。〈延〉で示せば、「百五十艘ノ船之内、只五艘出テ走ラカス」（巻十一―八ウ）。さて、当該記事を欠くのは〈延〉。〈延〉では、逆櫓記事の末尾に「梶原ハナヲ鬱ヲ含テ、判官ノ手ニ付テ軍セジトテ、参川守ニ付テ長門国ヘゾ渡ニケル」（巻十一―七ウ）とあるため、ここで景時が登場しないのは整合的。一方、〈盛・松〉では、〈盛〉「梶原ハ逆櫓ノ事ニ恨ヲ含、判官ニツキ軍セン事面目ナシト思ケレバ、引分レテ参川守範頼ニツキ長門ノ国ヘ向フ」（6―五九～六〇頁）、〈松〉「必シモ判官ニ付奉レト鎌倉殿ノ仰ヲ蒙タル事モナシ。所詮ハ心ノ儘ナリトテ、一類引別テ範頼ニ付テ長門国ヘ渡リケル」（五頁）と、景時の範頼勢への参加を記しながら、当該記事で屋島着を記しているのは矛盾と言えよう。なお、景時の動向については、『吾妻鏡』にも類似の矛盾が見られることについては、「義経範頼西国発向」の注解「大夫判官義経は、梶原平三景時を侍大将軍として、百五十艘の船にて阿波国へ渡し、讃岐の屋島を落とさんと欲」に見たとおりである。このように、景時の義経勢への参加を記すのは、逆櫓伝承の受容と見られようか。ここもその一環であるが、〈延〉では、逆櫓伝承が景時のその後の動向にまで影響を及ぼしていない点が注目されよう。**〇六日の菖蒲、会に合はぬ花、後の菁莪、事了てての揆と云ふべし** 当該の句は、景時の屋島到着を記す諸本にはいずれも見える。但し、A六日の菖蒲、B会に合はぬ花、C後の菁莪、D事了てての揆の四つを記すのは〈四〉のみで、〈長・覚〉ABD、〈盛〉D、〈松〉AD、〈南・屋・中〉ABC、『保暦間記』BC。「六日の菖蒲」は、端午の節句（五月五日）の翌日の菖蒲ということから、「時機に遅れて役に立たないことのたとえ」（〈日国大〉）の意。「会に合はぬ花」〈長〉「会はてゝの花」5―九六頁）は、「（法会に間に合わない花の意から）時機に遅れて役に立たないもののたとえ」（〈日国大〉）の意。「後の菁莪」〈南〉「ノチノアフヒ」下―八五二頁）は、「後の葵」の意で、「葵祭（賀茂祭）の当日に簾などにかけた葵を、祭が過ぎても取りはずさないで付けておいたもの」（〈日国大〉）の意。『徒然草』一三八段「祭過ぎぬれば、後の葵不用なり」（新大系二一七頁）。「事了てての揆」（〈長・盛・松・覚〉「いさかひはて、ゝのちぎりき」〈長〉5―九六頁）は、「（「ちぎり木」は中央をやや細くけずった棒）けんかが終わってから棒を持ち出す意で、時機に遅れてなんの役にも立たないたとえ」（〈日国大〉）の意。金刀比羅本『保元物語』「明日までものぶべくはこそ、指矢三丁も大切ならめ。いさかひはて、のちぎり木にてぞあらん」（旧大系八五～八六頁）。なお、「揆」字は未詳（〔校異・訓読〕8参照）。

【引用研究文献】

＊川合康「内乱の展開と「平家物語史観」」（『平家物語を読む』吉川弘文館二〇〇九・1）
＊北川忠彦「八島合戦の語りべ」（『論集日本文学・日本語3中世』角川書店一九七八・6。『軍記物論考』三弥井書店一九八九・8再録。引用は後者による）

住吉明神鏑矢・神功皇后の事

【原文】

同十九日住吉神主長守院参申《ケルハ》去《ヌル》《シ》[1]十六日子剋従住吉第二[2]〔三イ〕神殿鏑矢声《ヘ》[3]出〔鳴《テ》〕差《レシ》西行《ヘ》[4]奏聞《シケレ》法皇大喜《ニセ》[5]御在《シ》御剣已下色々奉幣[6]種《フ》々神宝付《ケ》神主長守被《レル》奉昔[7]▽一七一右〔延■〕神功《コフ》皇后責《下シ》新羅伊勢大神宮差《シ》副《ヘ下》二人荒《ラミ》[8]神崎《キ》二神共立御船舳艫守《リ下》故《ヤ》討平《ケ》新羅帰朝《シ玉ヘ》一神摂州留《リ下フ》[9]住吉郡即住吉大明神是一神信濃国奉《ル》崇《メ》諏方郡今諏方大明神是昔征伐事不思食忘《下》可《キニヤト》亡《ト》帝怨敵憑《クソ》覚

【釈文】

同じき十九日、住吉の神主長守、院参して申しけるは、「去んじ[1]十六日子剋に、住吉の第二[2]〔三イ〕の神殿より、鏑矢の声《ヘ》[3]出でて〔鳴りて〕、西を差して行きぬ[4]」と奏聞しければ、法皇大きに喜ばせ[5]御在して、御剣已下、色々の奉幣[6]〔弊〕・種々《フ》の神宝を神主長守に付け奉らる。

昔[7]▽一七一右〔延■〕、神功《コフ》皇后、新羅を責めたまひしに、伊勢大神宮、二人の荒《あら》[8]神崎《みさき》を差し副へたまふ。二神共、御船の舳艫に立ちて守りたまひける故にや、新羅を討ち平らげて帰朝したまへり。一神は摂州住吉郡に留まり[9]たまふ。即ち住吉大明神、是なり。一神は信濃国諏方郡に崇め奉る。今の諏方大明神、是なり。昔の征伐の事を思し食し忘れたまはず、帝《ト》の怨敵を亡ぼしたまふべきにやと、憑もしくぞ覚えける。

【校異・訓読】 1〈底・昭〉「去《シヌル》」。「ヌル」に従えば、「去んぬる」と読む。2〈底・昭〉「二」の右に傍記「三《イ》」、〈書〉傍記なし。3〈底・昭〉「出」の左下に傍記「鳴《テ》」、〈書〉「出鳴」通常表記。4〈昭〉「行《ヌ》」。底本の送り仮名「へ」は、「キ」の誤りか。5〈昭〉「喜《ハセ》」。6〈底・昭・書〉「奉弊」。7「昔」の傍記「延■」、〈底・昭〉同、〈書〉不記。「■」は難読。8〈昭〉「荒《フ》神崎《キ》」。9〈昭〉「留《リ下リ》」。

【注解】 〇同じき十九日、住吉の神主長守、院参して申しけるは 〈四〉の「同じき十九日」は、二月十九日と解し得よう。月日を明示するのが、〈延・松〉「三月十九日」、〈長〉「三月十七日」、〈盛〉「二月十六日」、他に〈南〉「去十三日判官都ヲ立レケル後」（下―八五二～八五三頁）は、二月十三日と考えられよう。〈中〉の「同じき十九日」（下―二五四頁）は、前からの繋がりから読めば二月と読めるが、この後の壇浦合戦を「おなじき廿四日」（下―二五五頁）とすることからすれば、二月とも三月とも決めがたい。〈屋〉「其比」（七八一頁）は、「廿二日」（二月と読める）の梶原屋島着の後で、二月下旬となる。〈覚〉「判官都をたちたまひて後」（下―二八四頁）、『保暦間記』「大夫判官、都ヲ出シ日」（『校本保暦間記』五七頁）。〈延・長・松〉が、三月のこととする点について、佐々木紀一①は、当該話が、屋島合戦（二月二十日）と壇浦合戦（三月二十四日）の間にあるための混乱かと考える（一四頁）。なお、『玉葉』等によれば、二月十九日のこととするのが良い。『玉葉』「範季朝臣示送云、自二住吉社一進二奏状一云、去十六日自二宝殿一神鏑指二西方一飛去了〈神官聞レ之云々〉、実希有事也。昔被三征二討将門一之時、住吉大明神合力之由有二証拠等一、今又如レ此、神明未レ棄レ国歟。但無レ徳之世猶以難レ憑歟、為二之如何一」（元暦二年二月二十日条）、「伝聞、九郎去十六日解纜、無為着二阿波国一了云々。件日住吉神鏑鳴日也、可レ謂二厳重々々一」（二月二十七日条）、『百練抄』「住吉社司言上云、去十六日子刻、自二第三神殿一流鏑指二西方一出了者。即付レ使被レ献二御剣已下宝物一了」（二月十九日条）、『吾妻鏡』「同日、住吉神主津守長盛参洛。経二奏聞一偁。去十六日、当社行二恒例御神楽一之間、及二子刻一、鳴鏑出レ自二第三神殿一指二西方一行云々。此間奉二仕追討御祈一、霊験掲焉者歟」（二月十九日条）。「長守」は、〈南〉も同じだが、「津守氏古系図」（加地宏江五九〜六一頁）によれば、『吾妻鏡』の記すように、「長盛」が正しい。同系図によれば、神官国盛の子、承久二年（一二二〇）四月六日、八十二歳没、「臨終正念往生」と記される。母は「天王寺供僧行還女、建暦二九十七入滅、五十八歳往生」とあるが、建暦二年（一二一二）は、長盛の誕生年保延五年（一一三九）と合致せず不審。長盛は久安四年（一一四八）六月に十歳で叙爵、保元三年（一一五八）十一月、父の跡を継ぎ、二十歳で権神主となり、治承二年（一一七八）十一月に四十で神主に至っている。後白河院北面でもあった（佐々木紀一②一〜二頁）。また、平家は神主家を瀬戸内海支配の補完勢力と見、厚遇したと考えられるが、源氏の勝利後、同社は頼朝の帰依も受け、特に平家与党としての追及を受けず、長盛は神主職を嫡孫に伝える事ができたという（佐々木紀一②八頁）。　**〇去んじ十六日子剋に、住吉の第二〔三ィ〕の神殿より、鏑矢の声出でて〔鳴りて〕、西を差して行きぬ**　十六日の「子の刻」とするのは、〈延・盛・松・南・中〉の他、前項注解に引用した『百練抄』『吾妻鏡』、「丑の刻」とするのは、〈長・屋・覚〉。前項注解に引用した『玉葉』二月二十七日条「九郎去十六日解纜、無為着二阿波国一了云々。件日住吉神鏑鳴日也」によれば、十六日は義経が解纜した日であった。そうした趣向を、解纜を二月十八日寅時とする〈延〉や、二月十七日寅時とする〈長・盛〉に見出すことはできない。あるいは〈松〉は、「丑ノ刻バカリニ渡辺・福島ヨリ舟ヲ出ス」（五頁）とするが、この前に「十七日暁」とあり、この後に十八日の金山寺の観音講の記事を記すことからすれば、十八日の丑刻と解することになり、これもまた同様である。あるいは〈南・中〉は十六日と合致するが、丑刻とする点、整合しない。以上からしても、そうした趣向は当初は存在しなかったようである。その点、義経の解纜を、十六日の丑刻とする〈屋・覚〉は、当該記事でも、十六日の丑刻とすることから、鏑矢が飛んだ十六日の丑刻に、義経もまた、「十六日ノ丑ノ刻ニ渡部福島ヲ出テ、推ニハ三日ニ渡所ヲ、只三時ニ、明レハ十七日卯ノ刻ニ阿波ノ勝浦ニ付ニケリ」（〈屋〉七四九頁）と解しようとするのであろう。第三の神殿とする点は、『保暦間記』や前項注解に引用した『百練抄』『吾妻鏡』も同様だが、〈延・長・盛・松・南・屋・覚・中〉も同。但し、『王年代記』や『改暦雑事記』には、共に「同ク二月十九日子ノ剋ニ、住吉第二ノ神殿ヨリ」とある点注意されるが、佐々木紀一①は、「二月十九日」のこととするのは、〈四〉略述の際の不手際かとする。今一つの傍記「出でて」と「鳴りて」については、「出でて」とするのが、〈延・盛・屋・覚・中〉『王年代記』、「鳴りて」とするのが、〈南〉。〈南〉との関係が注意される。 **○種々の神宝を神主長守に付け奉らる** 「種々」の付訓「フ」未詳。あるいは「クサグサ」の「ク」または「サ」の誤りか。なお、平田俊春は、義経の渡海には、「渡辺惣官」として渡辺に支配力を振るい、住吉社の別宮住江殿の守衛の兵士役であった渡辺氏が関与し、義経とともに「三時」ばかりで阿波に渡海したものが、折り返し帰途につき三日路の渡海を経て十九日に渡辺に帰り、住吉社にこれを報じたものかとする。これにより同社の社司は義経の出発に先立って、子剋に同社神殿より鳴鏑が西方に向かって飛び去ったとして、義経の渡海には同社の神威霊験があることを予言的に奏上したものであろうとする（八〜九頁）。 **○昔〔延■〕、神功皇后、新羅を責めたまひしに** 「昔」の傍記「延■」については、未詳。他本に該当の文字は見えない。以下の神功皇后説話は諸本にあり。〈盛〉は特に詳細。神功皇后出兵譚は、『古事記』中巻や『日本書紀』神功皇后摂政前紀（仲哀天皇九年九月）をはじめ、非常に多くの書に見られ、多田圭子などによって整理が試みられている。 **○伊勢大神宮、二人の荒神崎を差し副へたまふ** 「荒神崎」は、〈延・盛〉「荒ミサキ」、〈長〉「荒御前」、〈松〉「荒人神」、〈南〉「荒御魂」、〈屋〉「荒御崎」、〈覚・中〉「あらみさき」。『古事記』では新羅征服後、「墨江大神之荒御魂」を「国守神」としたとする（旧大系二三二頁）。また、『日本書紀』では、「荒魂」（アラミタマ）が「軍先鋒」、「和魂」が「王船鎮」となったとする（旧大系三三七頁）。『平家物語』諸本では、神功皇后の出兵を二神が助けたとする意に用いられる。この二神は住吉明神と諏訪明神であることが後述され、この点は諸本同様である。住吉明神とこの説話の結びつきは『古事記』以来であり、『宮寺縁事抄』などにも登場するが、その他の神と共に二神が協力して神功皇后を助けたとする伝承は、中世に見られるものである（二神の協力は、中世の将門追討・純友追討話にも見られ、本話と組み合わせて語られることもある―阪口光太郎）。二神の登場する記事を、阪口光太郎や清水由美子は三つのパターンに分ける。多田圭子・阪口光太郎・源健一郎・清水由美子・松本真輔・鶴巻由美・筒井大祐らの指摘を受けつつ、新たな文献を補って一覧しておく。＊印は右記の論文に指摘がないもの。

A住吉・日吉…顕昭『古今集注』巻十七（『歌学大系・別巻四』三五一頁）
『袖中抄』第九（『袖中抄校本と研究』一九八頁）
『古事談』巻五―一七（新大系―四五六頁）
『続古事談』巻四―四（新大系―七二六頁）
『野守鏡』巻下（『歌学大系・四』九〇頁）
『耀天記』四十「大宮事」（『神道大系・神社編二九・日吉』六九頁）
『正法輪蔵』太子三歳条（『日本庶民文化史料集成・二』四五一頁）
『類聚既験抄』「神明以法味増威光事」（続群書類従三下―八六頁）
＊『題未詳書（断簡）』（『金沢文庫の中世神道資料』六八頁）

B住吉・諏訪…『平家物語』諸本
『諏訪大明神画詞』上（『神道大系・神社編三〇・諏訪』四～六頁）
『八幡宇佐宮御託宣集』巻十五（現代思潮社版―四四六頁）
『金玉要集』第八「八幡大菩薩事」（『磯馴帖・村雨篇』一九九～二〇〇頁）
『太平記』巻三十九（旧大系・三―四五七頁）
『宝剣御事』（『神道大系・神社編一九・熱田』一〇七頁）
『熱田の神秘』（『室町時代物語大成・一』五二七頁）

『類聚既験抄』「諏訪幷住吉大明神」（続群書類従三下—八二頁）
＊『榻鴫暁筆』巻二・一三（中世の文学六六頁）
C住吉・高良…『八幡愚童訓』甲本・上（思想大系・寺社縁起—一七五頁。なお、宝満大菩薩・河上大明神・諏訪・熱田・三島・宗像・厳島の神の参戦をも記す）
『八幡宮巡拝記』（『京都大学国語国文資料叢書・二三』一五頁）
『八幡縁起』（サンフランシスコ・アジア美術館本『新修日本絵巻物全集・別巻二』六四頁。『八幡大菩薩御縁起』享禄本『室町時代物語大成・一〇』三七九頁も同様）

他に、本話の諏訪神に関わる記事を摘記しておく。『水鏡』前田家本・上巻には、春日明神が諏訪・住吉両神を具したとし、他に香椎・河上両神も登場する（国史大系—一九～二〇頁）。『八幡愚童訓』乙本・下四「仏法事」には、諏訪の神を単独で大将軍とする説が見える（思想大系—二五〇頁）。『神明鏡』上巻は、「鹿島・諏訪・住吉ノ威験」とする（続群書類従二九上—一〇〇頁）。八幡縁起の類にも異同があり、前掲のように住吉・高良二神を大将とするのはいわゆる甲類本。一方、乙類本では、鹿島・春日・諏訪・熱田・三島の神の参戦をも記すのだが、大将軍については、住吉・高良二神とする誉田八幡宮本『神功皇后縁起絵巻』（羽曳野市『絵巻物集』一五六頁）などと、高良のみを挙げる赤木文庫本『八幡宮御縁起』（『室町時代物語集・一』五頁）、『由原八幡縁起』（続群書類従三下—六三〇頁）などに分かれる（なお、高良神社は石清水八幡の摂社の一つ）。また、『武家繁昌』（『室町時代物語大成・一一』四〇一頁）が、鹿島・香取明神がともへに立ち、住吉明神が「あらみさき」となったとするのも、「二神協働」の変種ともいえようか。文献によっては、他にも多様な神が登場する（多田圭子・一九四頁の対照表等参照）。鶴巻由美は、そうした中で、住吉と諏訪を「荒ミサキ」とするものは、『平家物語』『八幡宇佐宮御託宣集』『金玉要集』など、ごく少数であると指摘する（「荒ミサキ」は『金玉要集』では「荒御神」）。他に『熱田の神秘』も挙げられようが、「こんはく（魂魄）といふ二人のあらみさき」といった表現は、『平家物語』とは重ならない。このように『平家物語』以前には典拠を見出せないわけである。だが、『平家物語』の当該本文とほぼ同文関係にあるのが、『八幡宇佐宮御託宣集』巻十五「人王代部」の、「昔神功皇后討新羅之坐、伊勢大神宮被差副二人荒御前。此二神立御船之舳艫、奉守之。打平新羅帰坐之後、一神留摂津国住吉郡。今住吉明神是也。一神奉崇信濃国諏方郡。今諏方大明神是也」（現代思潮社四四六頁）。阪口光太郎は〈延〉との類似を指摘するが（一〇二頁）、〈延〉では、「昔神功皇后新羅ヲ責給シ時、伊勢大神宮二人ノ荒ミサキヲ差副奉ル。カノ二人ノ御神、御船ノ艫舳ニ立テ守給ケレバ、即新羅ヲ誅平テ帰給ヘリ。一神ハ摂津国住吉郡ニ留給フ。即住吉大明神ト申ス。此明神〔ハ〕治レル世〔ヲ〕守ンガ為ニ武梁ノ塵ニ交リテ齢白髪ニ傾カセ給ヘル老人ノ翁ニテソ渡セ給ケル。一神ハ信乃国諏方郡ニ御宮造モ神サビテ、行合ノ間ノ霜ヲ厭給フ、崇奉ル。即諏方大明神ト申ス是也」（二八ウ～二九オ）と、傍線部の異文がある。〈長・盛・松〉も類似の増補があり（次々項注解参照）、現存本文ではむしろ、〈四・南・屋・覚・中〉、とりわけ〈四〉に近いといえよう（「舳艫」の表記の一致や、「奉守之」が、〈南・屋・覚・中〉では〈覚〉「新羅をやすく攻め落されぬ」（下―二八四頁）などとある点）。但し、「奉守之」については、〈延・長・盛・松〉にも〈延〉「守給ケレバ」に類する文があり、各々が増補を加える以前の形は〈四〉と同様だった可能性もある。従って、『八幡宇佐宮御託宣集』が〈四〉的本文の『平家物語』に依拠しているとしても、それが現存〈四〉に近い本なのか、諸本の共通祖型に近い本文というべきなのかは、なお検討が必要だろう。なお、村井章介は、神功皇后の出兵の動機が、『日本書紀』では財宝への欲望に発するものだったのに対して、『八幡愚童訓』甲本になると仇討となることや、朝鮮に対する露骨な蔑視が見られるようになることを蒙古襲来以降の変化と考える（三七頁）。この説話の蒙古襲来による変化を考える点は多田圭子（二〇〇頁）なども同様である。　**○舳艫**　〈延・盛・松・屋〉「艫舳」、〈長・南・覚・中〉「ともへ」。「へとも」という語は知られず、〈四〉も訓は「ともへ」であろう。〈名義抄〉（仏下本・二）では、「艫」にも「舳」にも「トモ」「へ」両様の訓がある。前項注解に引いた『八幡宇佐宮御託宣集』も

「舳艫」とする。　**○一神は信濃国諏方郡に崇め奉る。今の諏方大明神、是なり**　〈延〉「一神ハ信乃国諏方郡ニ御宮造モ神サビテ、行合ノ間ノ霜ヲ厭給フ、崇奉ル。即諏方大明神ト申ス、是也」（巻十一―二九オ）。傍線を付した記事については、黒田彰・鶴巻由美（三九～四〇頁）に検証があるように、〈延〉の諏訪社の形容である傍線部は、〈長・盛〉では共に住吉社の形容となっている。ここは、住吉社の形容として記されるのが正しく、〈延〉は、〈長・盛〉のような住吉社の形容を誤って取り込んだと考えられる。神功皇后出兵譚で諏訪明神が登場する理由については、たとえば、石井由紀夫（一〇二頁）などが指摘するように、まずはその軍神的性格が挙げられよう。だが、〈延・盛〉が、ここで勝尾寺縁起に関わる開成皇子説話を語ることに関連させることも可能か（〈盛〉はより詳細）。開成皇子は、勝尾寺開山の善仲・善算に従って出家し、大般若経を書写したが、その際、諏訪明神が八幡大菩薩の命を受けて天竺白鷺池の水を汲んできてくれたという。『勝尾寺縁起』としては、『勝尾寺古流記』（『箕面市史・史料編一』一～二頁）、醍醐寺本『諸寺縁起集』（『校刊美術史料・寺院篇・上』九八頁）、『阿娑縛抄諸寺略記』（同前二四五頁）、護国寺本『諸寺縁起集』（同前二八五～二八六頁）に見える他、『拾遺往生伝』上―二（思想大系―二八二頁）、『宝物集』第二種七巻本巻五（新大系―二四六～二四八頁）、『言泉集』（角川版『安居院唱導集』六五～六六頁）、『神祇秘伝　八幡』（『金沢文庫の中世神道資料』三六頁）、『八幡宮巡拝記』（『京都大学国語国文資料叢書・二三』四〇～四三頁）、『八幡愚童訓』乙本・下四（思想大系―二五〇頁）、『元亨釈書』巻十五（国史大系―二二五～二二六頁）、『諏訪大明神画詞』上（『神道大系・神社編三〇・諏訪』六～七頁）など、多くの書に見られる。小島瓔禮は、諏訪・住吉の三韓征伐先導説話は、この開成皇子説話と共通基盤を持っていたとして、住吉と関係の深い摂津広田社には古来諏訪明神が祀られていたので、『諏訪大明神画詞』に見られる八幡・諏訪・住吉の同体説はそうした基盤の上に考えられるとする（三六三～三六四頁）。また、源健一郎は、住吉・諏訪二神の協働する神宮皇后説話や開成皇子説話の話材を関東に伝え、あるいは広めたのは、「勝尾寺とゆかりの深かった安居院のごとき唱導のネットワークであった」（三六頁）とする。　**○憑もし**

くぞ覚えける〈四〉と同様に、頼もしくお思いになった人物を明記しないのは、〈盛・松〉。〈延〉「法皇憑クゾ被思食ケル」（巻十一―二九オ）とも、〈南・覚〉「君も臣もたのもしうぞおぼしめされける」（〈覚〉下―二八四頁）とも取れよう。

【引用研究文献】

＊石井由紀夫「諏訪信仰と文芸」（国文学解釈と鑑賞一九九三・3）
＊加地宏江「津守氏系図について」（関西学院大学人文論究三七巻一号、一九八七・7）
＊黒田彰「千木の片殺神さびて―源平盛衰記難語考―」（国文学〈関西大学国文学会〉七三号、一九九五・12）
＊小島瓔禮『中世唱導文学の研究』（泰流社一九八七・7）
＊阪口光太郎「延慶本『平家物語』に見える二神協働譚について」（『延慶本平家物語考証・二』新典社一九九二・5）
＊佐々木紀一①「『王年代記』所引の四部合戦状本『平家物語』について（上）」（山形県立米沢女子短期大学附属生活文化研究所報告二八号、二〇〇一・3）
＊佐々木紀一②「住吉神主津守長盛伝」（米沢史学二〇号、二〇〇四・10）
＊清水由美子「延慶本『平家物語』と『八幡愚童訓』―中世に語られた神功皇后三韓出兵譚―」（国語と国文学二〇〇三・7）
＊多田圭子「中世における神功皇后像の展開―縁起から『太平記』へ―」（国文目白三一号、一九九一・11）
＊筒井大祐「延慶本『平家物語』と聖徳太子伝―神功皇后新羅出兵譚をめぐって―」（仏教大学総合研究所紀要二一号、二〇一四・3）
＊鶴巻由美「『延慶本平家物語』の神功皇后譚」（国語国文二〇一二・9）
＊平田俊春「屋島合戦の日時の再検討―吾妻鏡の記事の批判を中心として―」（日本歴史四七四号、一九八七・11）
＊松本真輔「古代・中世における仮想敵国としての新羅」（『日本と〈異国〉の合戦と文学』笠間書院二〇一二・10）

＊源健一郎「源平盛衰記と勝尾寺縁起―神功皇后三韓出兵譚との連関から―」（日本文学一九九五・9）
＊村井章介「中世日本の国際意識について」（『歴史学研究・大会別冊特集　民衆の生活・文化と変革主体』青木書店一九八二・11。『アジアのなかの中世日本』校倉書房一九八八・11再録。引用は後者による）

平家壇浦に着く事

【原文】

平家被ヌ落サ屋島不被入[1]▽一七一左九国ヘ無ク寄ル方一モ浮歩レ於モ長門国壇浦筑前国門司赤間一淀ヒ波上船内[2]シ送ル日程参河守範頼相具シ千葉介常胤渡ル九国地ヘ九郎大夫判官義経付阿波勝浦落屋島平家亦付ク長門国引ク浦名詮字姓可有如何難シ知之

【釈文】

平家は屋島を落と**され**ぬ。[1]▽一七一左九国**へ**は入れ**られ**ず、寄**る**方**も**無**く**浮歩《あくが》**れ**て、長門国壇浦、筑前国門司・赤間に於て**も**、波の上に淀《ただよ》**ひ**、船の内[2]に**し**て日を送**る**程に、参河守範頼は、千葉介常胤を相ひ具**し**て九国の地**へ**渡**る**。九郎大夫判官義経は、阿波勝浦に付き、屋島を落とす。平家は亦長門国引《ク》浦に付**く**。名詮字姓は如何有る**べ**き。之を知り難**し**。

【校異・訓読】1〈昭〉「九国」。2〈昭〉「内」。

【注解】〇平家は屋島を落とされぬ… 「船の内にして日を送る程に」まで、〈延・盛・松・中〉同様。但し、〈中〉は、具体的地名を記さず、「いまだせんやう、さいかいのしほぢにまよひ給けり」(下―二五五頁)とする。〈長・南・屋・覚〉は該当文なし。また、〈延〉は、当該記事の前に、次の記事あり。「平家屋島ヲ落ヌト聞ヘケレバ、定テ長門国ヘゾ着ンズラントテ、参川守範頼ハ相従所ノ棟ノ軍兵卅余人ヲ相具テ、安芸・周防ヲ靡テ、長門地ニテ待懸タリ。緒方三郎惟栄ハ九国ノ者共駈具テ、数千艘ノ船ヲ浮テ、唐地ヲゾ塞ギケル」(巻十一―三〇オ)。緒方三郎惟栄の記事は、早く益田勝実が、「唐路《からじ》を絶つ―事と次第では、平家は大陸へ脱出したかもしれない、という想像が、延慶本の作者あたりには、現実に抱かれていたらしいのである」(一九頁)として注目した記事である。最近では上川通夫も指摘するように、『平家物語』には、平家が国外に逃亡する可能性に触れた記事がいくつも見える。〈延〉で示せば、次のようになる。巻七の都落ちの場面では、①「設日本国ノ外ナル新羅高麗ナリトモ、雲ノハテ海ノハテナリトモ、ヲクレ奉ベカラズ」(九〇オ)、巻八の平家山鹿城に籠もることでは、②「鬼海、高麗ヘモ渡ナバヤト覚セドモ、浪風向テ叶ネバ、山鹿ノ兵藤次秀遠ニ伴テ、山鹿城ニゾ籠給フ」(二六オ)、巻八の平家九国より讃岐へ落ちる場面では、③「都ニハ法皇御歎ナノメナラズ。其故者、三種ノ神祇外土ニ御坐事、月日多重リヌレバ、追討ノ使ヲ被遣一ニ付テモ、異国ノ宝トモ成、海底ノ塵トモヤ成ラムズラムト思食ス」(二九ウ)、巻十の宗盛院宣の請文には、④「若シ不ハ雪メ会稽之恥一ヲ者人王八十一代之御宇牽レ浪一ニ随テ風一ニ可シ零チ行御《マシマス》新羅高麗百済鶏旦一ニ終ニ可レキ成ル異国之財一ト歟」(六ウ)、巻十一の義経西国へ下ることでは、⑤「義経ニヲキテハ、平氏ヲ不責落一者、永ク不可帰王城一。鬼界高麗天竺振旦マデモ、義経有命一之程ハ可責一」(二一オ)とある。こうした記事から、上川通夫は、「まったくわずかな可能性としてながら、ここからは、培ってきた経験に由来する意識として、東アジア世界を現実の地理空間として射程に入れる、平家軍の指揮者らの覚悟が推測される」(一六三頁)とした。とうに滅亡した新羅・百済や鶏旦(契丹)を挙げ、あるいは「鬼界」

と並べ、さらには行き着けるはずもない天竺を挙げることからも明らかなように、これらは、現実の東アジアへの認識を踏まえるとは言い難い観念的な表現だが、それらが平家や追討使義経の覚悟の程を示す言葉としてばかりではなく、③の法皇の懸念としても表現されている点には注意が必要か。平家が屋島を落ちたことを聞いた範頼が、長門で待ち懸けたとする記事や、緒方三郎惟栄が唐地を塞いだとする当該記事も、こうした脈絡の中で読み取る必要があろう。　**○九国へは入れられず**　屋島を落ちた平家が、なぜ九国（九州）に入れなかったのか、基本的には巻八で緒方氏等によって追い出された際の状況が続いていると理解すべきなのだろうが、その後の九国の情勢は必ずしも明確ではない。また、この後の、範頼が常胤を伴って九国に渡ったとする記事とも、関係が分かりにくい。その点、〈延〉には、この前に、「引島ヲモ漕出テ、浦伝島伝シテ、筑前国筥崎ノ津ニ着給ヌ。九国ノ輩モサナガラ源氏ニ心ヲ通シテ、筥崎ノ津へ寄ベシト聞ヘケレバ、筥崎ノ津ヲモ出給ヌ。何クヲ定テ落着給ベシトモナケレバ、海上ニ漂ヒテ、涙ト共ニ落給ケルコソ無慚ナレ」（二八オ〜二八ウ）とある。引島（彦島）を出た平家は、筑前の筥崎の津に到着したのだが、九国の者達の来襲を聞き、再び海上を漂うことになったとするのである。〈延〉「九国へハ不被入ニ」（三〇オ）とは、そうした状況を言うと読めよう。『吾妻鏡』二月一日条によれば、範頼勢は、平家方の原田氏と「葦屋浦」で戦った（「葦屋」は筑前国とするのが一般的だが、金澤正大は豊前国と見る―二四一〜二四二頁）。金澤正大は、その後、範頼が北九州一帯を制圧して大きな成果を上げ、平家はそのために彦島以外の拠点を失ったと考える（二四五頁）。こうした見方によれば、平家が九州に入れなかったのは範頼の戦いのためだということになろう。次々項注解参照。　**○長門国壇浦、筑前国門司・赤間に於ても**　赤間は長門国、門司は豊前国が正しい。この点、〈延・盛・松〉も正確ではない。〈延〉「長門国檀浦、門司関ニテ」（巻十一―三〇オ）、〈盛〉「長門壇浦赤間文字関引島ニ」（6―一四六頁）、〈松〉「長門国檀ノ浦赤間《アカマ》門司《モジ》ガ関引ク島ニ」（一一頁）。　**○参河守範頼は、千葉介常胤を相ひ具して九国の地へ渡る**　この後に引く〈盛〉の一部に近似するが、関係は未詳。範頼の動向については、問題が多い。巻十で藤戸合戦を描き、巻十末尾「大嘗会行はるる事」では「十二月廿日比まで」西国に滞在したと描きながら、巻十一冒頭で改めて西国発向を描くことなどは、「義経範頼西国発向」の注解「参河守範頼、神崎へ下向す」に見たとおり。その後、本段直前の動向を諸本に調べると、〈四〉では、「義経範頼西国発向」で、範頼は実平を侍大将軍として、山陽道を経て長門国へ下ろうとしていた（一四九左）。〈延〉では、「平家屋島ヲ落ヌト聞ヘケレバ、定テ長門国ヘゾ着ンズラントテ、参川守範頼ハ相従所ノ棟ノ軍兵卅余人ヲ相具テ、安芸・周防ヲ靡テ、長門地ニテ待懸タリ」（巻十一―三〇オ）とあった。〈長〉は、「二月十五日、三河守範頼、西河神崎を出て西国へ下向す。山陽道より長門国におもむく」（5―七七頁）が直近の記事。〈盛〉は、「懸シ程ニ豊後国住人等、船ヲ艤テ官兵ヲ迎ケレバ、参川守範頼已下彼国へ入ニケリ」（6―七四頁）で、豊後に入ったとし、壇浦合戦の記事では、「参川守範頼、千葉介常胤、稲毛、榛谷、海老名、中條、相馬、大田、大胡、広瀬、小代、中村、久下、塩谷、三万余騎ニテ九国ノ地ニ著、前ヲキル」（6―一四七頁）と改めて九国に着いたとする。〈松〉は、屋島合戦前の記事では「（景時は）所詮ハ心ノ儘ナリトテ、一類引別テ範頼ニ付テ長門国へ渡リケル」（五頁）と、範頼は長門にいたとするが、屋島合戦後の記事では、「三河守範頼ハ三万余騎ニテ九国ノ地ニ著テ前ヲ切ル」（一二頁）とある。〈南・覚・中〉は、「さる程に、九郎大夫判官義経、周防の地におしわたッて、兄の美川守とひとつになる」（〈覚〉下―二八四頁。但し、〈中〉は、本段冒頭の注解に記すように、〈四・延・盛・松〉に近似する本文も持つ）、〈屋〉「判官、周防ノ地ニ推渡テ、兄ノ参河守ト一ニ成テ鎮西へ渡覧トス」（七八二頁）とする。

範頼の九州攻めについて、『吾妻鏡』元暦二年正月六日条によれば、頼朝は、九州の武士を味方につけてゆっくり平家を攻めるよう、範頼に指令していた。同日条や同十二日条、二月十四日条などによれば、範頼は兵糧不足で苦しんでいたが、同二十六日条では、臼杵惟隆や緒方惟栄等の協力を得て、豊後上陸を果たしている。その後、二月一日の「葦屋浦」合戦に勝利したのは前々項注解に見たとおり。『吾妻鏡』三月九日条によれば、熊野別当湛増の九州入国の噂を聞いた範頼が、「四国事者義経奉レ之、九州事者、範頼奉之処、更又被レ抽二如レ然之輩一者、匪三啻失二身之面目一、已似レ無二他之勇士一」（三月九日条）との抗議の書状を頼朝に送っており、四国は義経、九州は範頼と、明確な分担を意識していたようである。但し、『吾妻鏡』三月二十一日条によれば、「周防国在庁船所五郎正利」が、義経に数十艘の船を献じており、また、同二十二日条によれば、三浦義澄が義経勢に加わって案内役を務めているので、範頼の義経に対する協力は認められる（〈全注釈〉下一―四八六頁、菱沼一憲―六四頁）。また、平家滅亡後も、義経には生虜を具した上洛が命じられるが、範頼はしばらくは事後処理すべく九州にいるように申し渡されている（『吾妻鏡』四月十二日条）。同年七月十二日条にも、なお範頼が九州で戦後処理にあたっていたことが見えるが、菱沼一憲は、それを「幕府の鎮西支配にとって大きな役割を果たしていた」（六五頁）と評価する。なお、千葉常胤が範頼と共に九州に入国したことは、『吾妻鏡』の正月二十六日条や、三月十一日条に確認できる。このように見てくると、〈南・屋・覚・中〉が記すように、範頼勢と義経勢が一体化したということは事実としては考えにくい。〈四・延・盛・松〉が、範頼と義経の連携を描きつつ、一体化とは語らないのは比較的穏当か。もっとも、鈴木彰（四九一頁）が、「範頼と義経の二人が揃った出陣」から壇浦合戦に至る「ひとまとまりの追討戦」の叙述が「『平家物語』の歴史叙述の基調」であるとするように、壇浦における平家滅亡をあらかじめ終着点に設定し、そこに至る動きとして義経・範頼の行動を描く傾向は諸本に共通と言えよう。

○九郎大夫判官義経は、阿波勝浦に付き、屋島を落とす。平家は亦長門国引浦に付く　〈延〉「源氏ハ阿波国勝浦ニツキ、軍ニ勝チ、平家ハ白鳥丹生社ヲスギ、長門国引島ニ付ク」（巻十一―二八オ。「住吉明神鏑矢」の前に記す）、〈長〉「源氏は三月十八日長門国おいつ・へいつに陣をとれば、平家は門司の関だんのうら・ひく島に陣をとれ。勝浦引島いかゞあるべからんおぼつかなし」（5―九六頁）、〈南・覚〉「源氏阿波国勝浦ニ付テ八島ノ戦ニ勝ツ。其上平家ヒク島ニト聞ヘシカバ、源氏ハ同国追津ニ付コソ不思議ナレ」（〈南〉下―八五四頁）。〈南・覚〉では、さらに、平家の「引」に対して、源氏の「追」が対照されている。〈四〉の「阿波勝浦」は、「阿波国勝浦」が、「引浦」は、「引島」が良いだろう。勝浦に着いた義経は、屋島で勝利を収め、引島（彦島）に着いた平家はこの後引き退くことになったと対照される。　**○名詮字姓**　「名詮字性」が良いが、〈四〉では、巻五「都遷先蹤」でも、独自異文の中に、同様の用字でこの語を用いていた。名がそのものの性質を表している意で、ここでは、字のとおり、源氏は勝浦で勝ち、平家は引島へ引き退くことになったの意。

【引用研究文献】

＊金澤正大「平家追討使三河守源範頼の九州侵攻―「芦屋浦」合戦を中心に―」（政治経済史学三〇〇号、一九九一・6。シリーズ・中世関東武士の研究・一四『源範頼』戎光祥出版二〇一五・4再録。引用は後者による）

＊上川通夫「東アジア仏教世界と平家物語」（川合康編『平家物語を読む』吉川弘文館二〇〇九・1）

＊鈴木彰「『平家物語』における合戦叙述の類型―屋島合戦の位置と〈壇ノ浦合戦〉の創出―」（『中世文学と隣接諸学4　中世の軍記物語と歴史叙述』竹林舎二〇一一・4）

＊菱沼一憲「総論　章立てと先行研究・人物史」（シリーズ・中世関東武士の研究・一四『源範頼』戎光祥出版二〇一五・4）

＊益田勝実「平家物語創造者たちの営み」（国文学解釈と教材の研究一九六八・10）

壇浦合戦（①知盛下知）

【原文】

▽一七二右
三月廿四日源氏付[1]下ク長門国壇浦云ニ追津平津《ヘイツ》浦上兵船三千余艘平家亦五百余艘待儲源平両家船間《ヒ》ハ隔三十町新中

納言進ミ出船艫被仰日本我朝天竺震旦モ雖モ無双明将勇士一ナリト運命尽ヌレ不及力而名コソ惜ケレ東国者共随ク[2]〔陋〕不[3]ナ見ユル何ッ料一命可キソ惜シ[4]▽一七二左為テモ何モ取九郎冠者入ヨ[5]海ヘ今其[6]ミク有ケレハ思フ事ナルト越中次郎兵衛尉候各々承[7]リ下ヌヤ下ヘヤ此仰云[8]飛騨三郎左衛門尉景経中坂東《ナカハン》者共馬上コソ口聞ク船軍何《サ》可ナレハ調練《テウレン》一々海ヘ取没セ候ナントソ云悪七兵衛申心コソ武ク小冠者〔有リ〕[9]何事挟ミ[10]行[11]脇ヘ入ナンス海ヘ申セ越中次郎兵衛申九郎色白キ男長短キカ▽一七三右向歯二ッ差シ出タルカ験《シルシ》ナルソ衰《ヤツ》レシ身不着《サル》尋常鎧ナントモ構ヘ組[12]ヌトソ云景清申ケルハ懸ケン目何《ナ》シ可キトソ不ル緩[13]マ云新中納言是ク下知シ下大臣殿御船今日御方兵共殊吉ク勇シ気ニ[14]見ヘ候但シ成良心替リシ奴ッ[15]候切首候ハヤ被ケレ仰大臣殿聞下之無ク見ヘ事モ何カニモ無二モ召[16]成良其日木蘭地《ムクラン》[17]直垂着洗革鎧跪ッ御前▽一七三左候ヒケレ大臣殿何成良今日コソ陋ク見[18]ユレ臆シ四国者共軍吉《サ》ク為ヨ云ヘカシ被[19]《タレ》レハ仰何シ可ト臆シ候立新中納言哀[20]レ々トソ被仰

【釈文】

▽一七二右三月廿四日、源氏、長門国壇浦の追津《おいつ》・平津《ヘイツ》と云ふ浦に付**く**。[1] 兵船は三千余艘、平家は亦五百余艘にて待ち儲けたり。源平両家の船の間《あヒ》**は**三十町を隔てたり。新中納言、船の艫《とも》に進**み**出でて仰せ**ら**れけるは、「日本我が朝・天竺・震旦に**も**、双び無き明将勇士**なりと**雖**も**、運命尽き**ぬれ**ば力及ばず。而れども名**こそ**惜し**けれ**。東国の者共に陋[2]**く**見[3]**ゆるな**。何《いッ》の料に命を惜しむ**べきぞ**。[4]▽一七二左何かに**も**為**て**九郎冠者を取りて海**へ**入[5]れ**よ**。今は其[6]れの**みぞ**思**ふ**事**なる**」**と**有り**ければ**、越中次郎兵衛尉候ひけるが、「各々此の仰せを承[7]**りたまへや**」と云[8]ひければ、飛騨三郎左衛門尉景経、「中坂東《ナカハン》の者共は、馬の上にて**こそ**口は聞**く**とも、船軍《ふないくさ》は何《いっ》調練《テウレン》す**べきなれば**、一々に海**へ**取り没**ませ**候ひ**なん**」**とぞ**云ひける。悪七兵衛が申しけるは、「心**こそ**武**く**とも、小冠者何事の有[9]らんぞ。片[11](行)脇**へ**挟[10]**み**て海**へ**入れ**なんず**」と申**せ**ば、越中次郎兵衛が申しけるは、「九郎

は色白き男の長短きが、▽一七三右 向歯《むかば》二つ差し出でたるが験《シルシ》なるぞ。身を哀《ヤツ》して尋常なる鎧なんども着ざるなり。構へて組め[12]」とぞ云ひける。景清が申しけるは、「目に懸けんに、何《ナ》じかは緩《く》[13]まざるべき」とぞ云ひける。

新中納言は是く下知したまひて、大臣殿の御船にて、「今日は御方の兵共、殊に吉く勇《ゆゆ》し気[14]に見え(へ)候ふ。但し成良は心替はりしたる奴《ツ》[15]にてぞ候ふ。首を切り候はばや」と仰せられければ、大臣殿之を聞きたまひて、「見え(へ)たる事も無くて、何《い》かにも三《さう》も無く」とて、成良を召す[16]。其の日は木蘭地《ムクラン》[17]の直垂に洗革の鎧着て、▽一七三左 御前に跪《ツ》きて候ひければ、大臣殿、「何かに成良、今日こそ陋く見ゆれ[18]。臆したるか。四国の者共に、『軍吉く為《サ》よ』と云へかし」と仰せ[19]られたれば、「何じかは臆し候ふべき」とて立ちにけり。新中納言、「哀れ哀れ[20]」とぞ仰せられける。

【校異・訓読】 1〈昭〉「付ク」。2〈底・昭〉「随ク」に「陋」と傍書、〈書〉「陋」。3〈底・昭〉「不《ナ》見ユル」。4〈底・昭〉「為《シ》テモ何モ」。5〈昭〉「入」。6〈昭〉「其ミソ」。7〈底・昭〉「承リ下ヌヤ下ヘヤ」。8〈昭〉「云ケレ」。9〈底・昭〉「有リ」補入、〈書〉通常行。10〈昭〉「挟ヨ」。11〈昭・書〉読みがたいが、「片」様の字。12〈底・昭〉「組ヌトツ」。13〈昭〉「緩」。14〈昭〉「気」。15〈昭〉「奴ツ」。16〈昭〉「呂」。17〈昭〉「木蘭地《ムノラン》」。18〈昭〉「見」。19〈昭〉「被レ仰ルレ」。20〈昭〉「哀」。

【注解】〇三月廿四日、源氏、長門国壇浦の追津・平津と云ふ浦に付く　前段に見たように、範頼は九州(〈延〉では長門)で待っていたとするので、この「源氏」は義経を中心とした勢力を指すのだろう。〈四〉は、三月二十四日に長門国追津・平津に、〈松〉は、同日に長門国檀《五郡》ノ於井《大津》津郡井津に着いたとするが、〈延・長・盛・南・屋・覚・中〉は、いずれもこの日以前に(〈長〉は「三月十八日」〔5―九六頁〕と明記)、源氏が壇浦近くに布陣・待機していて、二十四日を期して決戦となったとする。〈四〉でも、平家は「待ち儲けたり」とあるように、以下に描かれる知盛の下知や平家の侍大将達の発言は、そうした状況の中で最後の決戦を待ち受ける感覚であろう。『吾妻鏡』によれば、文治元年(一一八五）三月二十一日に、壇浦を目指すも雨で延引、二十二日に、数十艘の兵船と共に、三浦義澄を案内者として壇浦の奥津辺（平家の陣から三十余町の地）に到着。平家はこれを聞いて彦島を出る。二十四日に、「於二長門国赤間関壇浦海上一、源平相逢。各隔二三町一、艚二向舟船一。平家五百余艘分二三手一。以二山峨兵藤次秀遠幷松浦党等一為二大将軍一挑二戦于源氏之将帥一。及二午剋一平氏終敗績」とある。また、『玉葉』四月四日条には、「追討大将軍義経、去夜進二飛脚一〈相二副札一〉申云、去三月廿四日午刻、於二長門国団一合戦〈於二海上一合戦云々〉、自二午正一至二晡時一」とある。合戦時間が、『吾妻鏡』と『玉葉』とでは異なるが、合戦報告として記される『玉葉』が正しいか。「追津・平津」の地名について、〈南・覚・中〉は、「平家ひく島につくと聞えしかば、源氏は同国のうち、おい津につくこそ不思議なれ」（〈覚〉下—二八五頁）と、「おい津」を源氏の攻勢を表す名とする。〈長〉「源氏は三月十八日長門国おいつ、へいつに陣をとれば、平家は門司の関だんのうら、ひく島に陣をとれ《るカ》。勝浦引島いかゞあるべからんおぼつかなし」（5—九六頁）と記すのも同様だろうが、源氏の攻勢の象徴は「勝浦」とする。〈延〉「源氏ハ阿波国勝浦ニ付テ軍ニ打勝、平家ノ跡目ニ係テ、長門国赤間関、興津辺津ト云所ニ着ニケリ」（三一オ）は、「おいつ」（興津）にそうした意味を与えているのか否か、微妙。〈盛〉「源氏ハ於井津・部井津ト云所ニ着」（6—一四六頁）は、そうした意味を与えないようである（〈松〉は〈盛〉に類似。上記は本項注解冒頭に見たとおり）。〈屋〉は該当の地名を記さない。現在では、「奥津・平津」の表記が一般的で、現山口県下関市長府地域の南東海上にある干珠・満珠の両島を指すとされる。伝宗祇作『名所方角抄』長門国豊浦嶋の条に、「奥津・平津とて二つ島あり。干満の二珠を被納云々。みちひの島と申也。沖なる満珠なり、汀ちかき干珠也。平津也」（寛文六年〈一六六六〉刊本、一四〇ウ。国文研データセットによる。なお、沖を満珠、海岸近くを干珠とする点は異説もある—〈平凡社地名・山口県〉）。〈四〉は「追津・平津と云ふ浦」とするが、その意味では、「島」ないしは「所」とする方が良いかもしれない。但し、「豊浦」の地名に見るように、この島の辺り一帯を「浦」と呼ぶことも可能か。なお、〈延〉では、源氏の「興津辺津」到着直前に、知盛の下知を記す（巻十一—三〇ウ）。

後掲「新中納言、船の艫に進み出でて…」、「何の料に命を惜しむべきぞ…」注解参照。**〇兵船は三千余艘、平家は亦五百余艘にて待ち儲けたり**　〈四〉は、源氏が三千余艘に対して、平家は、五百余艘とする。同様に記すのが、〈長〉。〈延〉は、三千余艘に対し、七百余艘。〈盛〉は、七百余艘に対し五百余艘、〈松〉は千八百余艘に対し七百余艘、〈南・屋・覚・中〉は、三千余艘に対し千余艘とする。『吾妻鏡』文治元年三月二十二日条には、源氏の船は記さず、平家は、五百余艘とする。〈盛〉を除いて、いずれの諸本も、圧倒的な勢力差の中での船軍として記す。但し、〈盛〉も、この後では、「源氏ハ大勢也。平家ハ小勢也。勝ニ乗テ攻戦。今日ヲ限ト振舞ケリ」（6―一五六頁）とする。『吾妻鏡』文治元年三月二十一日条には、周防国の在庁船所五郎正利が当国の舟船奉行であったのだが、数十艘献じた旨の記事がある。周防の国は知盛の勢力圏内にあったと考えられるが、船所正利の義経への加担は、平氏水軍が厳島から彦島へ漕ぎ向かったであろう後に、つまり、平氏（知盛）勢力西退の後に行われたのであろう（笠榮治八一～八二頁）。このようにして、源氏方へ加担する者達が続いたと見られる。湛増が源氏側に付いたことを『平家物語』が裏切りのように記すのは虚構だが（「田内左衛門生捕」の段参照）、周辺の勢力がこのように次々と源氏側に付いた状況を反映したものとはいえよう。そのようにして、合戦直前には戦力に大差がついていたものと見られる。**〇源平両家の船の間は三十町を隔てたり**　〈延・長・南・覚〉同、〈盛〉「二十余町」（6―一四六～一四七頁）、〈松〉「十余町」（一二頁）、〈屋・中〉不記。『吾妻鏡』「進到二于壇浦奥津辺一〈去二平家陣一卅余町也〉」（文治元年三月二十二日条）。平家の陣彦島までの距離。前々項注解に引用した『吾妻鏡』三月二十四日条によれば、実際に合戦の火蓋が切られたのは、両陣の距離が三町程に迫った時だったようである。次段に見る遠矢の記事からも、それより遠距離では矢がほとんど届かなかったと考えられよう。**〇新中納言、船の艫に進み出でて仰せられけるは**　「船の艫」、〈屋〉同。〈延・盛〉「船ノ舳」（〈延〉三二オ）、〈南〉「舟ノ面」（八五九頁）。〈長・覚〉「船のやかた」（〈長〉5―九九頁）。現在一般に「艫」は「とも」、「舳」は「へ」と訓むが、〈名義抄〉「艫　トモ、へ」、「舳　へ、トモ」（仏下本・二二）。〈長・覚〉と同様と考えれば、ここは「船のとも」（の屋形）と解されよう。船の後部に設置された屋形部分の上に登って大声で下知したものであろう。「那須与一」で扇の的を立てた女房も、「船の艫の屋形に立ち出でて」とあった。〈延〉では、源氏の「興津辺津」到着直前に記された「新中納言知盛宣ケルハ」（巻十一―三〇ウ）を初めとして、当該の記事「新中納言知盛、船ノ舳ニ立出テ宣ケルハ」（三一オ）に続いて、「新中納言ハカク下知シ給テ」（三二オ）、「新中納言ハ」（三五オ）、「新中納言ハ…トゾ宣ケル」（三五ウ〜三六オ）、「新中納言宣ケルハ」（四〇オ）と、知盛の発言が繰り返される。この様式で進行する物語に着目した生形貴重は、「新中納言物語」とでも呼ぶべき伝承、或いは物語を想定し、それが『平家物語』の素材として採り入れられたのではないかとする（三二一〜三二五頁）。なお、本項の知盛の発言は、本来ならば物語の中で「大将軍」とも呼ばれる宗盛が発するべきだが、既に屋島合戦の場面で「大将軍カラモシタマワザル」（〈延〉巻十一―一四ウ）と記されるように、宗盛は大将軍の器に無い人物として描かれ、以降はその役割を知盛が担うことになっている（池田敬子二二九〜二三〇頁）。実際には、『吾妻鏡』二月十六日条に、屋島合戦直前、「新中納言〈知盛〉、相二具九国官兵一、固二門司関一、以二彦島一定レ営、相二待追討使一」とあるように、門司・彦島・壇浦周辺は、知盛が責任者として軍事その他の指揮をとっていたと考えられ、その事情が物語に反映しているとも考えられようか。

○東国の者共に陋く見ゆるな　「陋く」、〈延〉「悪クテ」（巻十一―三一ウ）、〈長・南・屋・覚・中〉「よはげ」（5―九九頁）、〈盛〉「ワルビレテ」（6―一四八頁）、〈松〉「悪気」（一二頁）。〈名義抄〉「陋　イヤシ、ヒキカクス、ワル、ツタナシ、セハシ」（法中四六）、「随　シタカフ、ユク、オフ、テラフ、アシ」（法中三九）。以上によれば、「アシク」「ワル（ロ）ク」とも両様に読めるが、〈四〉には、「陋（わる）し」「陋臆（わるびる）」の例が見られることからすれば、この後の事例と同様に「わる（ろ）く」と訓むのが良いだろう。『保暦間記』「東国ノ者共ニ悪クテ見ユルナト有ケレバ」（校本『保暦間記』五八頁）。次に、「見ゆるな」。「な」は古くは終止形接続だが、「院政期以後、連体形が終止形の位置に進出するにつれて連体形を承けるように変わった」（『岩波古語辞典』）。〈日国大〉は「中世以降」の変化とし、連用形接続も記す。連体形接続の用例は金刀比羅本『保元物語』など。用例としてあまり古いものはなく、〈四〉の訓点が比較的新しいことを示す例かもしれない。なお、こうした東国武士を意識する知盛の発言は、小林美和が指摘するように、「弓矢取る家」に生まれた者としての誇りからだろう。義仲から平家と組んで関東勢を撃退せんとの義仲の密書に対して、知盛は、「頼朝ガ思ワン所モハヅカシク候。弓矢取ル家ハ名コソ惜候へ。君カクテ渡セ御ワシマセバ、甲ヲ抜ギ弓ヲハヅシテ降人ニ参ルベシ」（〈延〉巻八―六七ウ）と言ったとする場面に重なる（一六二～一六三頁）。

〇何の料に命を惜しむべきぞ。何かにも為て九郎冠者を取りて海へ入れよ　〈延・盛・松〉同、〈長・南・屋・覚・中〉は、「何かにも為て九郎冠者を取りて海へ入れよ」を欠く（義経を討とうという話題は、この後、侍大将達の会話の中で展開される）。この違いに注目した以倉紘平は、〈四〉では、あくまで知盛を平家軍の大将軍として見て、それ以上、知盛という一人の人間の内奥の問題に関わろうとはしていないと評したが（一九頁）、〈延〉において〈四〉以上に義経に執着する知盛像が描かれている点には触れなかった。現存本全体を見渡す視点に立つならば、義経への執着は〈四・延・盛・松〉の、とりわけ〈延〉に最も顕著な特色と言って良かろう。たとえば、生形貴重が指摘するように、〈延〉では、「源氏の興津辺津」到着前に、知盛が「唐船カラクリ」の策を指示したとする（貴人が乗っていそうに見える唐船に雑兵を乗せ、敵が唐船を攻めるところを背後から攻めようとの策略）。この策略は〈四・長・盛・松・南・屋・覚・中〉では合戦の後半、源氏の勝利が見えてきたあたりの位置に、その失敗を記すものだが、〈延〉の「唐船カラクリ」記事は、「度々ノ軍ニ九郎一人ニ被責落ヌルコソ安カラネ。今ハ運命尽ヌレバ、軍ニ可勝トハ思ワズ。何ニモシテ九郎一人ヲ取テ海ニ入ヨ」（三〇ウ）と、知盛が義経に対する激烈な怨念を語る言葉と結びついている。知盛の義経に対する熾烈で執拗な怨念は、この後の〈延〉の壇浦合戦の物語にも一貫して描かれていることから、生形は、〈延〉の形は本来的なものである可能性が高いとする（二八頁）。〈延〉の独自形態に古態を見るか否かは別としても、もはや名誉のみを考えた知盛の下知が侍大将達の会話の中で義経を狙い撃とうという方向へと展開する〈長・南・屋・覚・中〉の形よりも、義経を目標とした知盛の下知の実現のために、侍大将達がこの後義経の特徴をあげつらう〈四・延・盛〉の形の方が、より自然であるとはいえようか。おそらく、以倉が想定するように、運命の洞察者としての知盛像は語り本において完成されていったわけであろうが、『平家物語』本来の知盛像は、義経への怨念に強く支配されたものであったろう。戦後、そうした知盛像があまり注目されなかった理由としては、〈覚〉によった石母田正の読解があまりにも魅力的であったために、冷静な知将としての知盛像ばかりが有名になり、怨念に満ちた知盛像が忘れられてしまったという問題があろう。だが、語り本においても、石母田正風の読解しか成立しないわけではない。〈覚〉から冷静な知盛像を読み取った先蹤としては、石母田正以前に佐藤信彦の論があるものの、さらに時代を遡れば、こうした知盛像が伝統的だったとは言えない。むしろ、謡曲の「船弁慶」や幸若舞曲「四国落」から人形浄瑠璃および歌舞伎の「義経千本桜」に引き継がれてゆく怨霊知盛、復讐者知盛という造型の伝統は、知盛という人物に対する一般的な理解のあり方をよく示していると言えよう。なお、こうした知盛の義経に対する怨念の理由として、小林美和は、「度々ノ軍ニ九郎一人ニ被責落ヌルコソ安カラネ」（巻十一―三〇ウ）に注目する。つまり、「度々ノ軍」において、義経一人の戦略にしてやられたことが、同じ武門の一人として、知盛の誇りを痛く傷つけたためとする。そうした武門の名門の中枢にあるという誇り、「弓矢取る家」としての名を惜しむ知盛像が〈延〉には濃厚に描かれているとする（一六一～一六六頁）。なお、「壇浦合戦（⑦能登守最期）」の注解「大将軍に組めとごさんなれとて」「見るべき事は見つ。今は何かに為ん」等参照。

○越中次郎兵衛尉候ひけるが、「各々此の仰せを承りたまへや」と云ければ　同様に記すのは〈延〉。〈長〉「越中次郎兵衛盛次がさぶらひども、このおほせうけ給れと申ければ、あはれおなじくは大将ぐん九郎義経にくまばやといふ」（5―九九～一〇〇頁）。知盛の言葉の後、盛次が侍達に、「知盛公の仰せをよく承れ」と言うと、侍のうちの何者かが、「どうせ戦うならば大将軍義経と組み打ちをしたい」と言ったとするのだろう（前項注解に見たように、〈長・南・屋・覚・中〉では、義経を討とうという意志を、知盛ではなく侍達が発言する）。知盛の言葉をよく聞けと、侍達に命じた人物は、〈四・延・長〉では盛次だが、〈盛〉では武蔵三郎左衛門有国、〈松・南・屋・覚・中〉では、飛騨三郎左衛門景経（〈中〉「かげつな」）。「景経」が正しい）。ここに盛次を登場させるのは、基本的には、盛次が一谷合戦では西の木戸口で熊谷父子と対峙し、屋島合戦では言葉戦をするなど、平家の侍大将の代表的存在だったからではあろうが、知盛の言葉を取り次いでいる点からは、盛次が、知盛の知行国武蔵に目代として下向、ないしは在国していた（野口実八一頁）親交によるとも考えられようか。次に、〈盛〉の記す武蔵三郎左衛門有国は、『古系図集』によれば、清盛の郎等平有成の養子左衛門尉有国。武蔵の称は不明だが、同人である可能性は高い（佐々木紀一、九七～一〇一頁）。有国も有力な侍大将の一人であり、〈盛〉では、屋島合戦で詞戦いをしているので（巻四十二。6―九一頁）、こうした場面にふさわしいとされたものか。〈盛〉では巻三十の篠原合戦で、「新中納言殿ノ侍ニ武蔵三郎左衛門尉有国ト名乗テ腹掻切テ失ニケリ」（4―三四三頁）としていたように、知盛の侍とすることと関わるのかもしれない。但し、〈盛〉の場合、有国はこの篠原合戦の折に死んだとされた後、一ノ谷合戦でも梟首されたとされ（巻三十八。5―四一一頁）、矛盾が多い。〈松・南・屋・覚・中〉の飛騨三郎左衛門景経は、次項注解に見るように、宗盛の乳母子とされる。ここで、〈松・南・屋・覚・中〉が景経を登場させるのは、宗盛の代弁者としての役割を与えられたためとも考えられるか。但し、北川忠彦（二八～三二頁）が指摘したように、景清・盛次・忠光をはじめとする平家の侍大将達の人名は入れ替わりやすいものであり、人物の実像をどこまで意識しているか、わからない面もあろう。　**○飛騨三郎左衛門尉景経、「中坂東の者共は、馬の上にてこそ口は聞くとも、船軍は何調練すべきなれば、一々に海へ取り没ませ候ひなん」とぞ云ひける**　当該話者を他に景経とする諸本はなく、〈延・盛・松・南・屋・覚〉「悪七兵衛景清」、〈長〉は話者不記のため不明、〈中〉「盛次」。〈四〉の「景経」は宗盛の乳母子。藤原景家の子。景家たちは宗盛の一家に仕える存在。これに対し、景家の兄忠清は維盛の乳父であったように重盛の家人であった（西村隆一二四頁）。景清については、次項注解参照。「中坂東」、〈延・長・盛・松・

屋・中〉同、〈南・覚〉「坂東武者は」（〈覚〉下―二八七頁）。「中坂東」の用例、〈闘〉では当該箇所は欠巻部のため不明だが、それ以外に二箇所ある。『全注釈源平闘諍録』（講談社）は、いずれも「中にも坂東」と訓むが（下―四〇〇頁、四二三頁）、「中坂東」の用例はこれ以外にもいくつか見られる。〈闘〉の用例を含めて以下記す。①〈闘〉「中坂東ノ奴原カ馬上ニハ達者ナリ」（巻八下―五ウ）、②「梶原カ手ニ河原太郎高直同次郎盛直乗ニ越逆茂木ヲ打ニ振太刀ヲ係ニ入大勢中ヘ平家方ニ見此穴《ナ》勇中坂東ノ者心ノ武サヤ」（巻八下―一二オ～一二ウ）。③金刀比羅本『保元物語』「是よりいそぎ東国へ御下向あつて、今度の合戦に参向候はぬ三浦介義明・畠山庄司重能・小山田別当有重なんどを召寄て仰合られ、中坂東に城墎をかまへ、足柄・箱根をうちふさぎ」（旧大系一三七頁）。④〈南〉「大音アゲテ申ケルハ、サリトモ中坂東ノ殿原ハ日来ハ音ニモキ、ツラン。今ハ目ニモ見ヨ。信濃国ノ住人木曽殿ノ乳母子中三権頭兼遠カ次男今《四イ》井四郎兼平」（下―五九三頁）。「中坂東」は「関東の中央」（『新編日本古典文学全集保元物語』三三〇頁）の意か。②では武蔵国の住人の河原兄弟を「中坂東」の者と言い、③でも相模・武蔵辺を指して言っているようである。なお、中坂東の者が馬上に達者であることは、①からも明らかとなる。「没ませ」の訓みについては、〈名義抄〉に「没　イル、シツム、カクル、シヌ、ウス、ツクス、ホロフ、ヲサム、ツキヌ」（法上四二）とあることから、「シヅマセ」と訓んだ可能性もあるが未詳。〈延〉「漬候ナンズ」（巻十一―三一ウ）、〈長〉「いらんずる」（5―一〇〇頁）、〈盛〉「入ナン」（6―一四八頁）、〈松〉「ツケン」（一二頁）、〈南・屋・覚・中〉「ツケ候ハン」（〈屋〉七八五頁）。

○悪七兵衛が申しけるは、「心こそ武くとも、小冠者何事の有らんぞ。片(行)脇へ挟みて海へ入れなんず」と申せば　景清は、忠清の男か。代表的な侍大将の一人。「錣引」の注解「上総七郎兵衛尉景清」参照。ここで、先に見た知盛の下知以下、各人の発言を次に整理する。知盛の下知を（A）とし、それぞれの発言を、次のように記号で記す。?は発言者が不明なことを示す。

B…各々此の仰せを承りたまへや

C…中坂東の者共は、馬の上にてこそ～

D…心こそ武くとも、小冠者何事の～（当該記事）　E…九郎は色白き男の長短きが～
F…目を懸けんに、何じかは緩まざるべき　G…世ハ不思議ノ事哉。金商人ガ所従ノ～

〈四〉知盛（A）→盛次（B）→景経（C）→景清（D）→盛次（E）→景清（F）
〈延〉知盛（A）→盛次（B）→景清（C）→盛次（E）→景清（D）→家長（G）
〈長〉知盛（A）→盛次（B）→？「義経にくまばや」→盛次（E）→？（C・D・F）
〈盛〉知盛（A）→有国（B）→景清（C）→盛次（E）→人々（D）→家長（G）
〈松〉知盛（A）→景経（B）→景清（C）→盛次（E）→人々（F）→人々（D）
〈南〉知盛（A）→景経（B）→景清（C）→盛次「九郎ニクマバヤ」→景清（D）→盛次（E）
〈屋〉知盛（A）→景経（B）→景清（C）→盛次（E）
〈覚〉知盛（A）→景経（B）→景清（C）→盛次（E）→景清（D）
〈中〉知盛（A）→景綱（B）→盛次（C）→景清（E）

盛次と景清が掛け合いのように発言する形が基本形と言えようか。〈長〉はそうした形態を大きく崩している。北川忠彦は、〈覚〉では景清が重要な位置を占めていると指摘する（四一頁）。〈四〉は、景清と盛次が発言する点は他本と基本的に同様だが、当該記事のDをEの前に置くが、〈延〉は、E→Dの順。〈四〉の場合、その前の景経の発言（C）の中に、義経に関わる発言はないので、「心こそ武くとも」はやや唐突な感あり。また、〈四・延〉に見る「小冠者」は、義経を指すが、ここは年若いこわっぱという意味と同時に（義経はこの時二十七歳）、小柄の男の意もかけられているとすれば、Eの「九郎は色白き男の長短きが」を先に記す〈延〉形態の本文が古態を留めていると言えようか。　**〇九郎は色白き男の長短きが、向歯二つ差し出でたるが験なるぞ**　発言者は、〈延・長・盛・松・南・屋・覚〉「盛次」、〈中〉「景清」。「向歯二つ差し出でたるが」とする点、〈屋・中〉同。〈延・盛〉は、盛次が義経の風体に詳しい理由として、

「九郎ハ誅手ニ上ルト承テ、縁ニフレテ九郎ガ有様ヲ委ク尋候シカバ」（〈延〉三一ウ）と記す。「短キガ」の訓未詳。〈名義抄〉「短　ミジカシ、トカ、ソシル、ツタナシ」（僧中三三）、天文本『字鏡鈔』「短　トカ、ミシカシ、ソシル、ハチ、アヤマツ、ツタナシ」（九三五）。〈延・屋〉「ヒキ、ガ」（〈延〉巻十一―三一ウ）、〈長〉「ちさき」（5―一〇〇頁）、〈盛〉「短」（6―一四九頁）、〈松〉「短ク」（一二頁）、〈南〉「少キガ」（下―八六〇頁）、〈覚〉「ちいさきが」（下―二八八頁）、〈中〉「ちいさかんなる」（下―二五七頁）。なお、巨大な歯が人間離れした威容の形象とされることがある（『吾妻鏡』養和元年閏二月二十五日条の足利又太郎忠綱の形象「其歯一寸也云々」、『由原八幡縁起』の神功皇后の形象「御歯ハ一寸五分」続群書三下―六三〇頁）。元木泰雄はそれによって、ここは義経の「精悍で獰猛な性格を象徴」しているとするが、ここは人間離れした威容ではなく、現実的な人相の特徴を問題にしているところ。義経の歯については、幸若舞曲「富樫」（新大系『舞の本』三八〇頁）や「笈捜」（同三九五頁）に、「向歯反つて、猿眼」とあるのが著名。『平家物語』諸本の本項のような記事が戯画的な方向に発展したものと言えようか。　**○身を衰して尋常なる鎧なんども着ざるなり**　〈延・長・盛・松〉も同様だが、この前後に、〈延〉「昨日キル鎧ヲバ今日ハキズ、朝夕着鎧ヲバ日中ニハ着替ナリ。直垂鎧ノ無ヲ常ニ着替ナル時ニ、遠矢ニモ射ラルマジカンナルゾ」（巻十一―三二オ）のように、常に直垂や鎧を着替えているという記述を加える。〈覚〉は、「尋常なる鎧」云々を欠き、鎧を着替える件のみ記す。〈南・屋・中〉は本項該当記事を欠く。〈延〉では、教経との接近を避けたと描く場面（壇浦合戦⑦能登守最期）にも、「判官サル人ニテ、心得テ鎧ヲ着替、身ヲヤツシテ、尋常ナル鎧モキ給ワズ、アチ、ガヒ、コチ、ガヒ、ツマル事無リケルガ」（四〇オ）とある。「尋常なる鎧」は、〈延・長・松〉同、〈盛〉「ヨキ鎧」（6―一四九頁）。大将軍らしい立派な鎧の意。合戦の場で、鎧の縅毛や馬によって人物を識別する「毛付け」の慣習があったことは、美濃部重克が指摘している（二四頁、三九～四〇頁）。義経はそうした方法で識別されることを防いでいるわけである。義経の人相がわざわざ記されるのは、彼の変幻自在な鎧装束にあった。人相でしか見分けがつかないからである（石井紫郎五二頁）。このように考えれば、前掲の〈延〉の傍線部（〈長・盛・松・覚〉も基本的に同様）がある方が、わかりやすい。　**〇景清が申しけるは、「目に懸けんに、何じかは緩まざるべき」とぞ云ひける**　〈四〉の当該記事、前掲注解に見たF「目に懸けんに、何じかは緩まざるべき」は、〈長〉の発言者不明の次の一節の傍線部Fに一致する。〈長〉「中坂東のやつばらは、馬のうへにてこそ口はきくとも、船いくさはいつならふべきぞ。うをの木にのぼりたるにてこそあらんずれ。九郎はこゝろこそ猛とも、せいちいさきものなれば、目かけてんにはなじかはくまざるべき。ひくんで海へいらんずるものをとぞ申ける」（5—一〇〇頁）。また、同じくF記事を記す〈松〉は、人々の発言として、次のように記す。〈松〉「人々面々ニ目ニ懸ナバ、ナドカ組ザルベキ。心コソ猛クトモ何事ノアランゾ。其小冠者片脇ニ挟テ海へ入ナントゾ申ケル」（一二頁）。〈長・松〉によれば、F記事は、D記事と深い関係を持っていることが分かる。これを〈四〉は、Eの盛次の発言を挟んで、前後に景清の発言として引くのである。　**〇但し成良は心替はりしたる奴にてぞ候ふ。首を切り候はばや**　〈延・長・盛・松・南・屋・覚・中〉同。成良の裏切りが平氏の敗北に決定的に関わるという設定の中で、知盛の進言を用いなかった宗盛の愚鈍さを、知盛の姿と対照的に描くのは、『平家物語』の基本的な人物形象の方法である（生形貴重二一九頁）。また、成良の裏切りを見抜く知盛の洞察力を強調することは、逆に宗盛の愚鈍さ、もしくは優柔な人格に照明を当てることになる（小林美和一四三頁）。なお、『平家物語』は成良の平家に対する忠誠ぶりを、これまでかなり用意周到に描いてきた。全面的に依拠していた成良の突然の裏切りの衝撃は、平家にとって決定的なものであった。こうした描写は、壇浦合戦における成良の裏切りの持つ劇的な意味を強調しようとする物語的構想と無関係ではなかった（小林美和一三八～一四一頁）。なお、知盛が、いかにして成良の裏切りを悟ったかについては諸本とも明記しない。但し、成良の裏切りの理由については、田内左衛門の生捕によって成良が変心したとの旨を、〈延・長・盛〉では田内左衛門生捕の直後で、〈松・南・屋・覚〉では壇浦合戦の途中、裏切り決行の時点で記している。〈四・中〉がそのどちらでも記していないのは疑問。変心の理由は文脈上、当然読み取れるところではあるが、やはり明記してあるべき事柄であろう。一方、〈延・盛〉では、成良の変心を記す際に、成良はそのまま源氏に帯同して阿波に渡ってしまったと記すが、この段階で成良が離脱してしまったのでは、壇浦での成良の離脱の話が成り立たなくなってしまう。その点、〈長〉は記事の位置は同様だが、「阿波民部も、田内左衛門いけどられぬときゝしかば、うら〳〵しま〴〵につきたれども、きもこゝろも身にそはず、我が子のゆくゑをぞかなしみける」（5―九五頁）と、源氏に帯同の件を記さない。こうした〈長〉や、語り本の形は、〈延・盛〉的形態が改変されたものであろう。なお、成良が、壇浦で生け捕られたことについては、『平家物語』の他、『吾妻鏡』元暦二年四月十一日条や『醍醐雑事記』巻十（醍醐寺刊限定版・四〇七頁）にも見え、史実と考えて良かろう。　**〇見えたる事も無くて、何かにも三も無く**　近似本文を記すのは〈長・南・屋・覚〉だが、特に近似するのが〈長・屋〉。〈長〉「たゞいま見えたる事もなきに、いかゞさうなくきらんずるぞ」（5―一〇〇頁）、〈屋〉「如何ガ見ヘタル事モ無テ、無左右頸ヲバ可切」（七八六頁）。従って、「三」は「さう」の宛字と判断できる。はっきりとした証拠もなくて、どうして簡単に（斬ってしまうことなどできようか）の意。　**〇今日こそ陋く見ゆれ**　「陋く」に該当する語、〈延〉「悪ク」、〈盛・松〉「ワルビレテ」、〈南〉「ワロク」、〈覚〉「わるう」。「わるく」「わろく」と訓んで良かろう。今日は覇気なく見えるぞの意。「陋」については、前掲注解「東国の者共に陋く見ゆな」参照。　**〇新中納言、「哀れ哀れ」とぞ仰せられける**　知盛が、「哀れ哀れ」と口に出したとするのは他に〈延〉。「大臣殿、『ソモ一定ヲ聞定テコソ。若僻事ニテモアラバ、不便ノ事ニテ候ベシ』トテ、詳モ宣ハザリケレバ、新中納言ハ、『アワレ〳〵』ト度々宣テ、成良ヲ召ス」（巻十一―三二ウ）。〈延〉では、宗盛の発言の後、成良を召す場面で用いられているのに対し、〈四〉は、成良が辞去した場面で用いられている。また、〈四〉は、〈延・長・盛・松・南・屋・覚・中〉が記す「『哀、サラバシヤ頸ヲ切バヤ』ト知盛思給ヘドモ、大臣殿免シ給ネバ不力及ニ」（巻十一―三二ウ）を欠く。知盛が成良を斬り捨てたいということはわかっているわけなので、宗盛の優柔な処置に絶望した知盛が、「哀れ哀れ」とつぶやいたと読めよう。これに対して、〈延〉の場合は、宗盛が果断な処置を取らないことが成良を召す前に見えてしまい、「『アワレ〳〵』ト度々宣」うことになるのであろう。

【引用研究文献】

＊以倉紘平「二ツの知盛像―四部合戦状本から屋代本・覚一本へ―」（日本文学一九六八・6）
＊池田敬子「覚一本の知盛」（国文学二〇一四・10）
＊石井紫郎「合戦と追捕―中世法と自力救済再説（一・二）―」（国家学会雑誌九一巻七・八号、一一・一二号、一九七八・7、12。『日本国制史研究Ⅱ　日本人の国家生活』東京大学出版会一九八六・11再録。引用は後者による）
＊石母田正『平家物語』（岩波書店一九五七・11）
＊生形貴重「『新中納言物語』の可能性―延慶本『平家物語』壇浦合戦をめぐって―」（大谷女子短期大学紀要三一号、一九八八・3）
＊北川忠彦「景清像の成立」（立命館文学二七一号、一九六八・1。『軍記物論考』三弥井書店一九八九・8再録。引用は後者による）
＊小林美和「滅びに至る一つの脈絡―延慶本の阿波民部と知盛をとおして―」（山下宏明編『軍記物語の生成と表現』和泉書院一九九五・3。『平家物語の成立』和泉書院二〇〇〇・3再録。引用は後者による）
＊佐藤信彦「平家物語と人間探究」（『日本諸学振興委員会研究報告』文部省教学局一九四一・11。『人間の美しさ』私家版一九七八・2再録。引用は後者による）
＊西村隆「平氏の新旧家人たち―相伝家人と門客」（野口実編『治承～文治の内乱と鎌倉幕府の成立』清文堂出版二〇一四・6）
＊野口実「鎌倉武士の心性―畠山重忠と三浦一族―」（五味文彦・馬淵和雄編『中世都市鎌倉の実像と境界』高志書院二〇〇四・9）

＊美濃部重克「戦場の働きの価値化―合戦の日記、聞書き、家伝そして文学―」（国語と国文学一九九三・12。『美濃部重克著作集・二　中世文学』三弥井書店二〇一三・7再録。引用は後者による）

＊元木泰雄「延慶本『平家物語』にみる源義経」（『中世文学と隣接諸学4　中世の軍記物語と歴史叙述』竹林舎二〇一一・4）

＊笠栄治「平知盛」（国文学一九六七・3）

壇浦合戦（②遠矢）

【原文】

平家五百余艘作ル三手山鹿兵藤次秀遠九国第一精兵彼為シ宗強弓[1]〔精〕兵五百余人立船艫三百余艘向フ二先《ナリ》陣一二陣[2]松浦党一百余艘連ク三陣▽一七四右平家一門幷可キ然侍共一百余艘押シ遶[3]リテ《ラス》調[4]精兵手聞射サスレ源氏先陣被二射白ラ一マ之処自源氏方白篠十三束三伏以鵠《ク、》[5]鴾鶴《タウツル》羽作矢自[6]踏纏《クツマキ》一束置キ[7]和田小太郎[8]義盛為シ焼キ験シ遠クモ行キ物モ強ク立義盛船不シ乗ラ渚打立脱[9]鎧[10]鐙モ[11]践ミ張リ樋立挙射不却ツセ三町▽一七四左内外ト者殊遠ク射矢平家方伊与国住人[12]新居紀《アライノキ》四郎云者射返セ射サセ義盛後[13]《コ》一段計[14]リノ射超シ其後不射遠矢判官抜セ此矢見下ヘ切逼《リツメ》十四束伊与国住人新居紀四郎墨書此矢誰可射返云甲斐国源氏阿佐利《アサリ》与一義成トテ有精兵以之射返サント云ヘ▽一七五右此矢篠[15]レ弱ク矢束短[16]レ義成矢仕一町四五段計船艫着黒革鬼鎧男ノ勝レ人大立方ヲ見奴仕態覚ヘ候十四束三伏矢吉引放中胸板程不知死生其後不射彼矢大方義成不却二町内外者後[17]ニハ義盛義成乗小船漕セ射ケレ平家深[18]シ重中鎧モ不手留ラ持楯モ▽一七五左不残

【釈文】

平家は五百余艘を三手に作る。山鹿兵藤次秀遠は九国第一の精兵なれば、彼を宗《むね》と為《シ》て、強弓精兵[1]五百余人を船の艫に立て、三百余艘にて先陣に向かふなり。二陣（陳）[2]は松浦党一百余艘にて連く。▽一七四右三陣は平家一門并びに然るべき侍共一百余艘にて押し遶《めぐ》[3]らす。

精兵の手間を調《そろ》[4]へて射さすれば、源氏の先陣、射白《しラ》まされける処に、源氏の方より、白篠の十三束三伏に、鵠《クヾひ》[5]・鴾《タウ》・鶴《ツル》の羽を以て作《は》ぎたる矢の、踏纏《クツマキ》[6]より一束置き[7]て「和田小太（大）[8]郎義盛」と焼き験《しるシ》を為《シ》たりけるぞ、遠くにも行き、物にも強く立ちける。義盛、船に乗らずして渚に打立ち、鎧を脱ぎ[9]、鐙[10]践[11]み張り樋《つ》き立ち挙がりて射る。▽一七四左三町が内外《ト》の者は却《はツ》さず。殊に遠く射ける矢を、平家の方は、伊与国の住人新居《アライノキ》[12]紀四郎と云ふ者に、「射返せ」とて射させたり。義盛の後ろ[13]一段ばかり[14]ぞ射超しける。其の後、遠矢は射ざりけり。判官、此の矢を抜かせて見たまへば、切逼《きリツメ》の十四束に、「伊与国住人、新居紀四郎」とぞ墨にて書きたりける。「此の矢誰か射返すべき」と云へば、「甲斐国の源氏に阿佐利《アサリ》与一義成とて精兵有り。之を以て射返させん」と云へば、▽一七五右「此の矢は篠[15]なれば弱く、矢束《やづか》も短け[16]れば、義成が矢にて、一町四五段ばかり仕らん」とて、船の艫に黒革鬼《をどし》の鎧着たる男の、人に勝れて大きなるが立つ方を見て、「奴の仕態と覚え（へ）候ふ」とて、十四束三伏の矢を吉く引きて放つ。胸板に中《あた》りたる程に、死生は知らず、其の後は彼の矢を射ざりけり。大方、義成は二町が内外の者は却《はづ》さざりけり。後[17]には義盛・義成は、小船に乗りて漕がせ、平家の[18]深重《シぐらう》だる中を射ければ、鎧も手留《たま》らず、持楯▽一七五左も残らず。

【校異・訓読】1〈底・昭〉「精」傍書補入、〈書〉通常表記。2〈底・昭〉「陳」、〈書〉「陣」。3〈底・昭〉「遶《リテ》《ラス》」。4〈昭〉「調《ヘ》」。5〈昭〉「鵠」。6〈昭〉「踏纏《クツマト》」。7〈昭〉「置」。8〈底・昭〉「大」、〈書〉「太」。9〈昭〉「脱《キ》」。10〈昭〉「鐙《ミ》」。但し、「ミ」は「モ」にも見え、微妙。11〈昭〉「践」。12〈昭〉「新居紀四郎」。13〈昭〉「後《ロ》」。14〈昭〉「計《リソ》」。15〈昭〉「篠《モ》」。但し、「モ」は「シ」にも見え、微妙。16〈昭〉「短《シ》」。17〈昭〉「後」。18〈昭〉「深」。

【注解】**○平家は五百余艘を三手に作る** 『平家物語』諸本と『吾妻鏡』（文治元年三月二十四日条。次項参照）に見る異同を表にして示す。

〈四〉	〈延〉	〈長〉	〈盛〉	〈松〉	〈南・屋・覚・中〉	吾妻鏡
五百余艘三手	七百余艘四手	五百余艘三手	五百余艘*1	七百余艘三手	千余艘三手	五百余艘三手
①山鹿秀遠三百余	①山鹿秀遠二百余	①松浦党百余	①菊池原田三百余	①山鹿秀遠三百余	①山鹿秀遠五百余	①山峨秀遠
②松浦党百余	②成良百余	②山鹿秀遠三百余	②成良三百余*2	②成良百余	②松浦党三百余	②松浦党
③平家一門百余	③平家公達三百余	③平家一門百余		③平家公達三百余	③平家公達二百余	③平家*3
	④菊池原田百余				（〈南〉「三百余」）	

＊1 「五百余艘」（一四七頁）による。①②の合計では六百余艘となる。
＊2 「四国ノ軍兵三百余艘」（一五六頁）による。
＊3 「平家」との記載はない。類推による。

山鹿秀遠を記すのが、〈四・延・長・松・南・屋・覚・中〉『吾妻鏡』、松浦党を記すのが、〈四・長・南・屋・覚・中〉『吾妻鏡』、平家一門を記すのが、〈四・延・長・松・南・屋・覚・中〉、成良を記すのが、〈延・盛・松〉、菊池・原田を記すのが、〈延・盛〉。平家一門の記載は当然あるべきだし、この後に成良の裏切りを記す以上、成良の記載も当然あるべきであろう。**○山鹿兵藤次秀遠は九国第一の精兵なれば…**　〈四・延・松・南・屋・覚・中〉は、山鹿秀遠を筆頭に記す。山鹿秀遠は、九州第一の精兵であったため、彼を中心として、強弓精兵の兵五百余人を船の艫に立てて攻撃したとする。〈四〉に比較的近似する本文は、〈南・覚〉。「兵藤次秀遠は、九国一番の勢兵にてありけるが、我程こそなけれども、普通ざまの勢兵ども五百人をすぐッて、舟々のともへにたて、肩を一面に並べて、五百の矢を一度にはなつ」（〈覚〉下―二八九頁）。「五百余人」のことを記すのは、〈長・南・屋・覚・中〉。但し、〈南・屋・覚・中〉では、五百人の兵は秀遠麾下の兵であるのに対し、〈長〉では、山鹿秀遠・菊池孝康の兵の数。なお、『菊池系図』によれば、秀遠の系譜は次のようになる。

経頼〈兵藤四郎〉
- 経宗〈兵藤武者〉――経直〈菊池七郎〉――隆直〈次郎肥後守〉
- 経遠〈薩摩四郎〉――秀遠〈兵藤次、山鹿居住〉

山鹿氏は本姓藤原氏で、十一世紀以降大宰府の府官であった藤原氏との関連があり、粥田氏や肥後の菊池氏とも同族の関係にあった。山鹿荘三百五十町と称される荘園の実質的支配権が山鹿氏の勢力の根源であった。菊池氏や原田氏以下の九州諸豪族が平氏側に立ったが、秀遠もそれに加わり、一時は山鹿城に平氏一門を迎えるまでとなったのであろう（恵良宏六～七頁）。『吾妻鏡』には、次のようにある。文治元年三月二十四日条「平家五百余艘分㆓三手㆒。以㆓山峨兵藤次秀遠并松浦党等㆒為㆓大将軍㆒、挑㆓戦于源氏之将帥㆒」、七月十二日条「重被㆑下㆓院宣㆒之間、平家没官領、種直・種遠・秀遠等所領、原田・板井・山鹿以下所処事、被㆑定㆓補地頭㆒之程者、差㆓置沙汰人㆒、心静可㆑被㆓帰洛㆒之由、今日所㆑被㆔仰㆓遣参州之許㆒也」、十二月六日条「種直・隆直・種遠・秀遠之所領者、依㆑為㆓没官之所㆒、任㆓先例㆒、可㆑置㆓沙汰人職㆒之由雖㆓令㆑存候㆒、且先乍㆑申㆓事之由㆒、尚輙于㆑今不㆓成敗㆒候」。原田種直・原田隆直・板井種遠・山鹿秀遠等が平家側に立って源氏に刃向かったことは確かである。**○二陣（陳）は松浦党一百余艘にて連く**　松浦党を記すのは、〈四・長・南・屋・覚・中〉『吾妻鏡』。〈延・盛〉では、松浦党は緒方一族と共に反平家の立場で戦っていたとされることが多く、ここも同様である。〈四〉も、巻十「平家屋島にて歎く事」では、元暦元年末の情勢として、「緒方三郎・臼木・戸津木・松浦党」が屋島に攻めて来るという噂を描いていた（本全釈巻十―三六九頁）。該当部注解（三七三～三七四頁）に見たように、そこでは、〈延・長・盛・南異・屋〉も同様に記していたので、〈四・長・屋〉では、巻十末尾と本段で、松浦党の立場を全く逆に記す結果になっている。そのような形になる理由は不明だが、そもそも九州の武士達、特に松浦党のような集団については、『平家物語』は十分な情報に基づいて書かれているとは言いがたいのではないか。さらに言えば、『吾妻鏡』も、この点について『平家物語』に比べてどれほど信頼できるのか、一考を要しよう。松浦党は壇浦合戦では平家方だったとされることが多いが、それは『吾妻鏡』や〈覚〉などによるものと見られ、疑う余地もあろう（本全釈巻六―七二頁参照）。なお、松浦党の出自については、『剣巻』などに見える安倍宗任後裔説と、嵯峨天皇末孫説の二説がある。後者は、嵯峨天皇の皇子が臣籍に降って源融となり、その数代後の源久が土着して松浦党の祖となったとするもの。近世松浦藩で編纂された松浦氏の家譜『家世伝』巻三に載る。〈尊卑〉（3―一四頁）では源久に「鎮西松浦」との記載があるが、これを基礎としながらも、江戸時代になって松浦氏などの間で主張されだしたものか。いずれの説によるとしても不明な点が多い（外山幹夫一三～三三頁）。また、村井章介によれば、党を構成する各家は互いに独立の存在で、上下の差は見られない。一族でありながら、ひとりの代表者すなわち惣領が存在せず、その機能を寄合が代行している。このような結合形態をもつ一族を、外から見て「松浦党」と呼んだとする（一三三～一三九頁）。**〇三陣は平家一門幷びに然るべき侍共一百余艘にて押し遶らす**　平家一門を記すのは、〈四・延・長・松・南・屋・覚・中〉。陣形としては、北九州の山鹿・菊池・原田・松浦党を前面に押し立て、平家が後陣を固めたのであろう。**〇精兵の手聞を調へて射さすれば、源氏の先陣、射白まされける処に**

平家の矢軍による猛攻撃に耐えきれず、この後源氏が劣勢を強いられたとする点は諸本同じだが、猛攻撃をかけたのを山鹿秀遠とするのは、〈延・松・南・屋・覚・中〉。いずれも秀遠を先陣として記す諸本。〈長〉は山鹿秀遠、菊池孝康。但し、先陣・後陣の件は記さず。〈盛〉は、「肥後国住人菊池次郎高直・原田大夫種直等ハ平家ニ相従タリケレバ、三百余艘先陣ニ漕向ヘ弓ノ上手・大矢共ヲソロヘテ」（6―一五〇～一五一頁）と、先陣の彼らが散々に射たとする。このように、先陣に進んだ者達の攻撃により、源氏軍が勢いをくじかれたとするのが本来の形と考えて良いであろう。〈四〉の場合、布陣記事の後に当該記事があるため、平家全軍の攻撃かのように読めるが、その攻撃により、「源氏の先陣」が「射白まされ」たと記すように、〈四〉の場合も、先陣の山鹿秀遠の「強弓精兵五百余人」の攻撃と読むべきか。なお、当初は劣勢だった源氏が逆転して勝利することを、壇浦付近の潮流の変化によるとする説があり、〈集成〉（下―二四七頁）なども取り入れているが、これは、壇浦合戦の勝敗を義経の戦術の巧みさによって説明したいと考えた黒板勝美（一四二～一四八頁）が、当時の潮流観測データに基づいて創作したもので、そうした解釈の裏付けとなる史料があるわけではない。『平家物語』諸本について言えば、まず、〈四・延・盛〉は潮流について全く触れない。〈松〉は、大勢が決した後に、「門司・赤間ノ瀬戸《セト》（迫門セト）ノ塩満来ル時ヲ計ツヽ、一艘モ洩サズ攻ラルベキノ由、串崎ノ者共計申シ、十七艘案内者シテ先陣ニ係テ寄タリケレバ、落行ベキ方無リケリ」（一二三頁）とあり、敗残の平家を逃がさないために潮流を考慮したとするが、これは合戦の勝敗とは関係ない。一方、〈長・南・屋・覚・中〉では、合戦記事の初めに「門司・赤間・壇の浦はたぎりて落つる塩なれば、源氏の舟は塩にむかふて、心ならずをし落さる。平家の舟は塩に負うてぞ出できたる」（〈覚〉下―二八七頁）のような記述があり、これが、合戦当初は平家が潮流に乗って有利に戦いを進めたという唯一の根拠か。しかし、この記事は、知盛の下知の前、つまり本格的な開戦以前の記事であり、しかも、進んでくる平家の船を梶原が待ち受けて乗り移り、高名を挙げたという記事に続いていて、別段、平家が潮流に乗って勝利を収めたと記すわけではない。流布本などは、「平家の舟は、心ならず潮に向（つ）て押落さる。源氏の船は、自ら潮に追（ふ）てぞ出来る」（梶原正昭・桜楓社、七〇三頁）と、全く逆に書いているが、戦局としてはそれでも違和感がない。他に、潮流に触れる史料は無い。黒板勝美が根拠とした潮流のデータは、荒川秀俊・金指正三・赤木登によって否定されており、そもそも、相対的な対水速度が問題となる海上戦闘に潮流は全く無関係であるという石井謙治（二三五頁）の意見が重要であろう。なお、源氏の勝因として義経の戦術を考える黒板の発想は、その後も合戦の理解を規制した面がある。次節「壇浦合戦③」後半の注解「源氏は皆、平家の船に乱れ乗りぬ…」参照。

〇源氏の方より、白篠の十三束三伏に、鵠・鴾・鶴の羽を以て作ぎたる矢の…　ここから「遠矢」記事となる。「遠矢」記事を中心に、諸本の記事構成を確認すれば次のようになる。

〈四〉平家の攻勢→遠矢→奇瑞（白旗）→成良の裏切り→奇瑞（鰒）
〈延〉山鹿の攻勢→遠矢→親能弓射→成良の裏切り→奇瑞（白旗・いるか）
〈長〉親能弓射→遠矢→知盛諸将に訓令→知盛成良を憂う→山鹿菊池攻勢→奇瑞（鯨・白旗）→成良裏切
〈盛〉菊池原田の攻勢→奇瑞（白旗）→遠矢→親義弓射→成良裏切り→奇瑞（いるか）
〈松〉山鹿の攻勢→奇瑞（白旗）→成良裏切り→遠矢→親義弓射→奇瑞（いるか）
〈南・屋・覚〉山鹿攻勢→遠矢→奇瑞（白旗・いるか）→成良裏切
〈中〉山鹿攻勢→遠矢→成良裏切り1→奇瑞（白旗・いるか）→成良裏切り2

遠矢の挿入位置から見ても、平家（山鹿、菊池・原田）の攻勢記事の後に置くものが多いことが分かるが、その前後の記事構成は複雑である。それぞれの諸本の義盛の登場場面について次に検討してみよう。〈四〉では、平家の攻勢により源氏がたじろぐなか、源氏の方から義盛が登場し遠矢を射たとする。〈延〉では、平家の攻勢に対し源氏も強弓精兵の兵達を揃えて反撃するなか登場するのが義盛。〈長〉では、対岸の親義と知盛の船の者達が言い合うなか次に登場するのが義盛。〈盛〉では、白旗の奇瑞に源氏の軍兵が勇みのしったものの勝劣は見えないなか、義盛が登場したとするが、白旗の奇瑞で事態が好転したわけでもなく、せっかくの奇瑞に特に意味が与えられないのは問題であろう。

〈松〉では、白旗の奇瑞の後、成良が裏切り、平家の軍兵が騒ぎ乱れるなか、義盛等の遠矢合戦が始まったとする。しかし、「遠矢」の位置は戦いの初めがふさわしく、成良の裏切りの後に遠矢合戦が繰り広げられるのは物語の展開としておかしい。〈南・屋・覚〉では、平家攻勢に喜びの鬨を挙げるなか、源氏の対岸の光景として義盛が登場する。〈中〉では、平家が攻勢に喜びの鬨を挙げるなか、「源氏のかたには、ぐんにぬけて」（5―二五九頁）戦う者が多かったとして登場するのが義盛。なお、「白篠」に該当する語、〈延〉なし、〈長・盛・松・南・屋・覚・中〉「白篦（しらの）」。「白篦」とあるのが良いか。焼いたり塗ったりしていない竹を矢柄に用いた矢を言う。「白篠」が正しいとしても、加工していない篠竹の矢の意となろう。「十三束三伏」、〈延〉なし、〈長・松・南・屋〉同、〈覚・中〉「十三束二伏」。鵠は白鳥の古名。鴾（「鴇」の別字）はとき。付訓「タウ」は未詳。「鵠・鴾・鶴の羽」は、〈延〉「山鶏ノ羽」（巻十一―三三オ）、〈長〉「鷹の羽、染羽、中ぐろわりあはせて」（5―九九頁）、〈盛〉「山鳥ノ尾」（6―一五二頁）、〈松〉「雁ノ本白、鵠ノ羽」（一三頁）、〈南〉「白鳥ノ羽」（八六三頁）、〈屋〉「鵠羽」（七八八頁）、〈覚〉「鶴のもとじろ、こうの羽」（下―二九〇頁）、〈中〉「くゞゐの羽」と多様。**○踏纏より一束置きて**　〈延〉「本巻ノ上一寸計置テ」（巻十一―三三オ）、〈長〉「口まきより一そくあけて」（5―九九頁）、〈盛〉「羽本一寸バカリ置テ」（6―一五二頁）、〈松〉「クツマキヨリ上」（一三頁）、〈南〉「篦巻ヨリ一束ヲイテ」（下―八六三頁）、〈屋〉「沓巻ヨリ上ミ一束置テ」（七八八頁）、〈覚〉「くつまきより一足ばかりをいて」（下―二九〇頁）、〈中〉「のまき一そくばかりをきて」（下―二五九頁）。沓巻は、「矢篦の先端で鏃をさしこんだ口もとを堅く糸で巻きしめてある部分」（〈日国大〉）。篦巻に同義。〈延〉の「本巻」未詳。「沓巻」のことを言うのか。沓巻から手の甲一つほど間を空けて。**○和田小太郎義盛**　〈長・南・屋・覚・中〉同、〈延〉「三浦平太郎義盛」（巻十一―三三オ）、〈盛〉「三浦小太郎義盛」（6―一五二頁）。〈延・盛〉は、「遠矢」に限って、義盛を「三浦」と呼称する。義盛は、『平家物語』では、屋島合戦でも義経麾下の兵として記されるが、実際は、『吾妻鏡』元暦二年（一一八五）正月十二日、同二十六日、三月九日、四月二十一日の各条にも見るように、範頼に属していた。その点は、巻十一「義経・範頼西国発向」の注解「㉓和田小太郎義盛」にも見たとおり。ここで陸上からの参戦を描かれるのは、範頼勢に属していたことに関わるか。笠栄治は、もともと範頼に属した義盛が、範頼とも別行動によって参戦したとすれば、「陸上からの参戦しか想定できまい」とする（二五頁）。

○焼き験を為たりけるぞ　〈延・南・屋・覚・中〉「漆ニテ書タリケル」（〈延〉巻十一―三三オ）、〈長〉「焼書」（下―九九頁）、〈盛〉「焼絵」（6―一五二頁）、〈松〉「焼付タリ」（一三頁）。〈延〉「（重忠）紫スソゴノ大中黒ノ征矢焼絵シタルヲ負タリケリ」（巻九―二四ウ）なども同様か。　**○遠くにも行き、物にも強く立ちける**　〈長〉「此矢ぞ物にもつよくたちてとをくも行ける」（5―九九頁）、〈松〉「物ニ中ツテモ健ク、遠モ行ケル」（一三頁）に近似する。〈延〉「物ニモツヨクタチ、アダ矢モ無リケル」（巻十一―三三オ）。〈盛・松・南・屋・覚・中〉なし。遠くにも飛び、物にも強く突き刺さったの意。　**○義盛、船に乗らずして渚に打立ち**　〈長・盛・松・南・屋・覚・中〉も同様に、義盛は、船に乗らず対岸から遠矢を射たとする点同じ。〈延〉はその点不記。〈延〉「一陣ニ漕向ヘタル透遠ガ一党、筑紫武者ノ精兵ヲソロエテ、船ノ舳ニ立テ舳ヲ並テ、矢サキヲ調テ散々ニ射サセケレバ、源氏ノ軍兵射白マサレテ兵船ヲ指退ケレバ、御方勝ヌトテ攻鼓ヲ打テ訇リケル程ニ、源氏、ツヨ弓精兵ノ矢継早ノ手全共ヲソロヘテ射サセケル中ニ」（巻十一―三三オ）。一陣の秀遠の猛攻により兵船を引き退けた源氏であったが、問題は、傍線部の源氏の者達がどこから遠矢を射掛けたかである。一旦退いた兵船からとも、他本のように対岸からとも考えられるが不明。なお、義盛が陸上から射ていることについては、前掲注解「和田小太郎義盛」参照。　**○鎧を脱ぎ、鐙践み張り樋き立ち挙がりて射る。三町が内外の者は却さず**　〈南〉「甲ヲヌギテ鐙ミ踏ソラシ、引取々々射ケレバ、三町ノ内ノ者ヲバ射ハヅサズ」（下―八六二頁）、〈覚〉「甲をば脱いで人に持たせ、あぶみのはな踏みそらし、よッぴいて射ければ、三町がうちとの物は、はづさずよう射けり」（下―二八九頁）。〈延・長・盛・松・屋・中〉なし。〈四〉の「鎧を脱ぎ」は、「甲を脱ぎ」の誤り。遠矢を射る際、吹返が邪魔になるため甲を脱いだのであろう。橋合戦の仲綱の描写に、「弓をつようひかんとて、これも甲は着ざりけり」（〈覚〉上―二四〇頁）とある。〈南・覚〉では、鐙の先端が反り返るほど両足を突っ張り、馬上に腰を据える様（新大系下―二八九頁脚注）だが、〈四〉の場合は、鐙を踏ん張って馬上に立ち上がって射る様を言おう。**○殊に遠く射ける矢を…**　この前に近似本文を記す〈南・覚〉は、次のように記す。〈南〉「殊ニ遠ク射タル矢ヲ其矢給ハラント招ケバ」（下―八六二～八六三頁）、〈覚〉「そのなかにことにとをう射たるとおぼしきを、「その矢給はらん」とぞまねひたる」（下―二八九頁）。〈南・覚〉では、〈南〉「引取々々」（下―八六二頁）、〈覚〉「そのなかにことにとをう射たるとおぼしきを」とあるように、義盛が何本か射た中で、特に遠く飛んだ矢を取り寄せてみると、矢に義盛の名があったとする。このように、知盛が義盛の名を確認したとするのは、他に〈長・松・屋・中〉。〈盛〉「中納言此矢ヲ抜セテ、舌振シテ立給ヘリ」（6―一五二頁）と記す〈盛〉も同様に読んで良かろう。〈延〉は、「物ニモツヨクタチ、アダ矢モ無リケル」（巻十一―三三オ）と記すのみで、知盛が義盛の名を確認したことは記さない。〈四〉も確認したことは記さない。**○平家の方は、伊与国の住人新居紀四郎と云ふ者に、「射返せ」とて射させたり**　新居の訓みは、「にゐ」が正しい。〈延〉「新井四郎家長」（巻十一―三九八頁）、〈長〉「新紀四郎親家」（5―九九頁）、〈盛〉「新居紀四郎宗長」（6―一五三頁）、〈松〉「新居紀四郎近家」（一三頁）、〈南〉「二井ノ紀四郎近清」（下―八六三頁）、〈屋〉「新居紀四郎親家」（七八九頁）、〈覚〉「仁井の紀四郎親清」（下―二九〇頁）、〈中〉「にゐのき四郎親家」（下―二五九頁）と多様に記される。『予章記』に「平家物語十一巻ニ、長門国赤間関ニテ、平家方ヨリ、「伊与国ノ住人新居橘四郎」トテ、和田太郎義盛ガ矢ヲ射返ケルニ、義盛ガ矢道ニ三段計射越テ弓精ノ名ヲ挙タリケルトアリ」（『伝承文学注釈叢書　予章記』四三頁）とある。新居氏は、古代の伊予国越智郡一帯を本拠として勢威を振るった越智氏の継承者で、本来は河野氏とは別の勢力であり、源平合戦期には平家側について、反平家の河野氏と対立した。しかし、鎌倉時代には河野武士団に統合された（山内譲―二三七～二四八頁）。なお、一ノ谷合戦で平家陣にいて、山から落ちてきた鹿を射たとされる「高市武者所清則」（本全釈巻九―二二七頁）も同族と見られる。**○義盛の後ろ一**

段ばかりぞ射超しける　「一段」〈南・覚〉同、「二段」〈中〉、「三段」〈延〉、「四段」〈盛・松〉、不記〈屋〉。〈長〉は、「和田太郎はなぎさより奥へ二町あまり三町をこそ射たるに、これは奥よりなぎさへむかひて四町あまりぞ射たりける」（5―九九頁）とする。つまり、義盛が二～三町を射たのに対し、新紀四郎親家は四町余り射たわけだから、一～二町遠くに飛ばしたことになる。一段は六間、約一一メートル（徳竹由明）。本全釈「倶利伽羅落」の注解「五六段を隔てて」（巻七―九一～九二頁）参照。　**○其の後、遠矢は射ざりけり**　〈延〉に「其後源氏モ平氏モ遠矢ハ止ニケリ」（巻十一―三三ウ）と近似文あり。〈延・長〉の場合、「遠矢」の応酬はこれで終わった意。しかし、〈四〉の場合は、この後にまた遠矢を射る話が続くため、義盛は、もはや遠矢を射返さなかったと解することとなろう。なお、〈延・長・南・屋・覚・中〉は、遠矢では新居に射劣ったものの、「アキマ算ノ手《て》吴《きき》」（〈延〉巻十一―三三ウ）である義盛は、小船に乗って敵兵を射取ったとする。　**○判官、此の矢を抜かせて見たまへば**　「此の矢」は、新居紀四郎が射た矢。とすれば、新居が対岸の義盛に向かって射た矢を、船の上にいる義経が取り寄せて見たことになるが、状況としておかしい。同様なことは、〈盛〉「判官宗長ガ矢ヲ取テ、『コレ返ベキ者ヤアル』ト被尋ケレバ」（6―一五四頁）や、〈松〉「判官近家ガ矢ヲ取テ、『是射返スベキ者ヤ有』ト宣ケルニ」（一三頁）においても言えよう。一方、〈延・長〉は、前項に見たように新居が射返したところで話を終えるので問題は無い。また、〈南・屋・覚・中〉では、「又判官の乗り給へる舟に、奥よりしらののおほ矢をひとつ射立てて、和田がやうに、『こなたへ給はらん』とぞまねいたる。判官これを抜かせて見給へば、しらのに山どりの尾をもッてはいだりける矢の、十四そく三ぶせあるに、『伊与国住人、仁井紀四郎親清』とぞかきつけたる」（〈覚〉下―二九〇頁）と、先ほど義盛に大矢を射返した新居が、再び、今度は義経の乗る船に向かって矢を射たとしていて、〈四・盛・松〉に見た問題を解消している。一応〈集成〉頭注のように「和田小太郎の遠矢を射返したのをきっかけに、自分も射距離を誇ろうと即席に名入りの矢をこしらえたのである」（下―二四五頁）と読めるが、恐らくは〈四・盛・松〉型に基づきつつ合理化したものと考えられよう。なお、〈延・長〉は、

「遠矢」を、新居が射返したところで話が終わるが、弓箭譚として関連する親能話が、〈延〉では「遠矢」の次に、〈長〉では「遠矢」の前に位置する。〈長〉では、平家の者に文官の親能が弓を取ることを笑われたという嘲笑譚でしかないのに対し、〈延〉では、親能は言葉でもやり返し、手並みをけなした男の頸の骨を射て、味方の称賛を浴びたとする。〈延〉の場合、遠矢の応酬で新居が義盛を上回ったことで、平家側の勢いを描いた文脈から、親能の応戦により、再び源氏の勢いを描くことになる。但し、〈延〉が源氏の勢いをそのままうまく盛り上げて文脈を築いてゆくわけではない（次節の注解「白雲と見るに、白幡、大夫判官が船の艫に当たりて」参照）。　**○切逼の十四束に**　「切逼」未詳。〈盛〉に「黒塗ノ箭ノ、十四束ナルヲ、只今漆ヲチト削ノケ」（6―一五三頁）とある傍線部に関わる語か。あるいは、『武家名目抄』（故実叢書六―五〇四頁）は、「切目矢」の用例として、〈長〉「しらほしの甲に滋藤の弓もち、切めの矢をひて」（4―二三七頁）を引く。傍線部は、〈延〉では、「白星ノ甲着テ、重藤ノ弓ニ切府矢負テ」（巻九―七二オ）とあり、とすれば、「切逼」は、「切めの」矢か「切斑の」矢の誤りかとも考えられる。　**○「甲斐国の源氏に阿佐利与一義成とて精兵有り。之を以て射返さん」と云へば**　〈四〉は、発話者を記さないが、〈盛・松〉は、土肥次郎実平、〈南・屋・覚・中〉は後藤兵衛実基とする。明記すべきだろう。浅利余一の諱は、〈四・覚〉〈尊卑〉「義成」、〈盛〉「遠忠」、『吾妻鏡』建仁元年六月二十九日条「義遠」。『北酒出本系図』に「義成〈本遠義、号浅利与一〉」（佐々木紀一、四頁）とある。　**○「此の矢は篠なれば弱く、矢束も短ければ、義成が矢にて、一町四五段ばかり仕らん」とて**　ここも発話者を記さないが、浅利余一義成。この前に、呼び出された義成に対して、例えば〈覚〉に見る一文「判官の給ひけるは、『おきよりこの矢を射て候が、射かへせとまねき候。御へんあそばし候なんや』。『給はッて見候はん』とて、つまよッて」（下―二九一頁）があるべきだろう。当該句に近似するのは、〈南・屋・覚・中〉。〈覚〉「これは、のがすこしよはう候。矢づかもちッとみじかう候。おなじうは義成が具足にてつかまつり候はん」（下―二九一頁）。〈南・屋・覚・中〉に倣えば、「此の矢は篠《の》（箆）が弱く」と訓むべきだろう。強力な新居の矢も、浅利余一には弱く短い矢であったとする。また、「一町四五段ばかり仕らん」は、〈四〉の独自異文で、意味が取りにくい。先に、和田義盛は「三町が内外の者は却さず」とあった上に、新居は義盛よりも一段ばかり遠く飛ばしたと記すことからしても、「一町四五段」では、遠矢としては余りに短すぎる。〈南〉は、浅利が実際に飛ばした距離を、「三町計ヲツット射越テ」（八六五頁）とし、〈覚・中〉は「四町余をつッと射わたして」（〈覚〉下―二九一頁）と、三～四町を飛ばしたとする。従って、〈四〉の「一町四五段」は、あるいは「三町四五段」の誤りとも考えられる。しかし、〈四〉の場合、この後に、「大方、義成は二町が内外の者は却さざりけり」とあることからすれば、単純な誤りではないかもしれない。あるいは、〈四〉の場合、浅利余一義成を、遠矢においては和田義盛以下だが、近距離では正確かつ強力な射手として描いているのかもしれない。そのように考えれば、「一町四五段ばかりならば仕らん」あるいは、「…義成が矢にて仕らん』とて、一町四五段ばかりの船の艫に…」のように訓み、「一町四五段ばかり」を、義成の船から敵（新居紀四郎）の乗った船までの距離を言うとする読解もあり得ようか。このように訓むとすれば、義成は遠矢の距離を競ったわけではなく、新居紀四郎を狙って、確実に射倒す役割を負ったことになる。**○船の艫に黒革鬼の鎧着たる男の、人に勝れて大きなるが立つ方を見て**　浅利義成が射返そうと狙い定める「男」とは、先に遠矢を射た新居紀四郎のこと。新居のいる場所、様子を記すのは〈盛・松・南・屋・覚・中〉。〈盛〉「艫屋形ノ前ニ扇披ツカヒテ、鎧武者ノ立タル」（6―一五五頁）、〈松〉「帆柱ニヨリカ、リテ、扇開キ仕テ立タリケル」（一三頁）、〈南・屋・覚・中〉「大舟のへに立ッたる」（〈覚〉下―二九一頁）。**○十四束三伏の矢**　〈盛・松〉十四束二伏。但し、〈盛〉は、浅利が「黄河原毛馬ニ、白覆輪ノ鞍置テゾ乗タリケル」（6―一五四頁）とする。しかし、浅利は船から新居を狙っているわけだから、こうした設定はおかしい。〈南・屋・覚・中〉「十五束」。**○胸板に中りたる程に、死生は知らず**　義成の射た矢が新居の胸板に当たったとするのは、〈盛・松〉。〈盛〉「鎧ノ胸板カケスツト射トヲシ、其矢ハ抜テ海上五段計ニサト入」（6―一五五頁）。〈南・屋・中〉は「内甲」（〈南〉下―八六五頁）、〈覚〉は「まッたゞなか」

〈下―二九一頁〉を射たとする。また、「死生は知らず」を記すのは、〈南・覚〉。**○其の後は彼の矢を射ざりけり**　近似する文を記すのは〈盛・松〉。〈盛〉「其後源平ノ遠矢ハナカリケリ」（6―一五五頁）、〈松〉「其後遠矢ハ無リケリ」（一三頁）。〈四〉の場合は、義成は、この後遠矢を射なかったの意か。**○大方、義成は二町が内外の者は却さざりけり**　近似する文を記すのは〈南・覚〉。〈覚〉「阿佐里の与一は、もとより勢兵の手きゝなり、二町にはしるしかをば、はづさず射けるとぞ聞えし」（下―二九一頁）。〈南・覚〉では、浅利は二町先を走る鹿でも射外すことはないほどだから、三（四）町離れた船の舳に立つ新居を射止めることはさほどむつかしいことではなかったの意か。〈四〉の場合は、二町程の距離ならば射外すことはない義成だから、今回、一町四五段程離れた新居を射外すことはないの意か。**○後には義盛・義成は、小船に乗りて漕がせ、平家の深重だる中を射ければ**　〈延・長・盛・松・南・屋・覚・中〉では、遠矢で恥を掻いた義盛が小船に乗って奮戦した様を記すが、義成を記すのは〈四〉の独自趣向。当該本文を読むのに際し参考となるのが〈南〉。「和田小太郎安カラヌ事ナリトテ小船ニ乗テ押出サセ、平家ノ船ノシグラウダル中ヲ引ツメ〳〵射ケレバ、多ノ者ヲゾ射殺シケル」（下―八六三～八六四頁）。これによれば、〈四〉「深重」は、「シグラウダル」と訓むのであろう。〈四〉には、巻九―一二左に「深茂」を「シグラム」と訓む例が見られる（本全釈巻九―七八頁）。平家の密集したところを射たところの意。**○持楯も残らず**　〈四〉の独自異文。やや言葉足らずの感があるが、矢を防ぐための持楯も、義盛や義成の矢に射立てられ、用を為さなくなった様子を言うか。「持楯」は、「各人が手に持って使う楯。手楯」（〈日国大〉）。『太平記』に用例が多く見られる。

【引用研究文献】

＊赤木登「壇之浦における文治元年三月二十四日の潮流」（古代文化三八巻一号、一九八六・1）
＊荒川秀俊「壇の浦合戦に際しての潮流の役割―黒板勝美氏の所論批判―」（日本歴史二一七号、一九六七・4）
＊石井謙治『和船Ⅱ』（法政大学出版局一九九五・7）

＊恵良宏「荘園と水運(その二)―北九州・遠賀川流域荘園を中心として―」(宇部工業高等専門学校研究報告二一号、一九七五・12)
＊金指正三「壇の浦合戦と潮流」(海事史研究一二号、一九六九・4)
＊黒板勝美『義経伝』(創元社一九三九・6。中公文庫一九九一・9。引用は後者による)
＊佐々木紀一「溢れ源氏考証補闕」(山形県立米沢女子短期大学附属生活文化研究所報告三四号、二〇〇七・3)
＊徳竹由明「中世期「一段」考―『今昔物語集』と『平家物語』諸本の用例を中心に―」(駒場東邦研究紀要二九号、二〇〇一・3)
＊外山幹夫『肥前　松浦一族』(新人物往来社二〇〇八・3)
＊村井章介「鎌倉時代松浦党の一族結合―系図の復元を中心に―」(『鎌倉遺文研究Ⅱ　鎌倉時代の社会と文化』東京堂出版一九九九・4)
＊山内譲「伊予国における武士団の成立と展開」(日本歴史三七九号、一九七九・12。『中世瀬戸内海地域史の研究』法政大学出版局一九九八・2再録。引用は後者による)
＊笠栄治「「見るべき程の事は見つ」考(下)―平家物語「壇の浦」合戦譚群の構成―」(福岡教育大学国語国文学会誌三〇号、一九八九・2)

壇浦合戦（③源氏勝利へ）

【原文】

是ク支ヘ源氏先陳[1]被射白船共指シ却《ノ》ケ有ス如何《カ》思フ処見ルニ白雲白幡当大夫判官船艫落チ下《サ》カリ々々見ユル棹着《ヲツケヲ》緒之程下リケレ八幡大菩薩現シ在ニコソ目出ク皆奉幣《ヒ》[2]シ之憑シカリ平家方山鹿兵藤次秀遠名乗漕キ廻リ射間源氏引ヘタル船平家見之勝ヌ矢合打〔大〕[3]鼓作ル喜時▽一七六右四国者共[4]不《ネ》合セ声成恠ミ之処差シ合セ射[5]スル平家見之平家亦劇騒シ新中納言吉ク言[6]下スケル物大臣殿後悔シ下ヘ無其甲斐而ル程自源氏方云レフ鰒《フカ》魚向ケレハ平家方大臣殿召小博士信明《ラ》ヲ被ケレ仰勘《カンカ》ヘ申セ喰ミ返リ候源氏被[7]レ射〔討歟〕可候喰通リ候御方危ク候申セ彼魚《ウヲ》通平家中ヲ今降候申▽一七六左源氏兵共唐船《ラ》不懸目哀《ツ》シテ乗リ下責大将軍船ソ唐船乗大将軍之由《シ》大臣殿以下可然ル人々乗兵船責サセ唐船中取込メ射[8]クト議《タ》ケレ阿波民部返仲シテケレ平家支度悉ク相違シ不及手向ヘモ嗔騒ク源氏皆乱乗ヌ平家船乗リ替迫ヌレ[9]水《カ》取梶取共捨梠械直《ナラ》[10]スニハ船不及被射伏被切伏▽一七七右在船底是ク成ケレ散々新中納言少シモ無ク二騒ク気色モ参下ヘハ女院北政所ナン御船女房達何乎々々嗔騒[11]下ヘハ今不及菟角申被御覧セ珍シキ東《アツマ》男共コソ候ハスラメ打咲ヒ下ヘ成是程世中穏便気気《ケ》色戯言《レコ》仕《シ》下フコソ不レ思浅猿ケレ被思食合

【釈文】

是く支へけれども、源氏の先陣[1]（陳）は射白まされて、船共を指し却《の》けて、「如何《いかか》有らんずらん」と思ふ処に、白雲と見るに、白幡、大夫判官が船の艫《とも》に当たりて、落ち下《サ》がり落ち下がり、棹着《サヲツケ》の緒《ヲ》の見ゆる程に下がりければ、「八幡大菩薩の現じ在すにこそ、耻たけれ」とて、皆之を奉幣《ヒ》(弊)[2]しけるこそ憑《たのも》しかりけれ。

平家の方には、「山鹿兵藤次秀遠」と名乗りて、漕ぎ廻りて射る間、源氏は船を引かへたるに、平家之を見て、「矢合に勝ちぬ」とて、大鼓[3]を打ちて喜びの時を作る。▽一七六右 四国の者共は声を合はせね[4]ば、怯しみを成す処に、差し合はせて平家を射る[5]。之を見て、平家は亦劇騒しければ、「新中納言は吉く言《のタマ》[6]ひけるものを」と、大臣殿後悔したまへども、其の甲斐ぞ無き。

而る程に、源氏の方より鰒《フカ》と云ふ魚の平家の方へ向かひければ、大臣殿、小博士信明《ラ》を召して、「勘《カンカ》へ申せ」と仰せられければ、「喰《は》み返り候はば、源氏討たれ[7]候ふべし。喰み通り候はば、御方危く候ふ」と申せば、彼の魚《ウヲ》、平家の中を通りけり。「今は降《かう》▽一七六左候ふ」とぞ申しける。

源氏の兵共は、唐《カラ》船には目も懸けず、衰《ヤツ》して乗りたまふ大将軍の船をぞ責めたりける。唐船には大将軍乗りたまふ由《ヨシ》して、大臣殿以下然るべき人々は、兵船に乗りたまひて、唐船を責めさせ、中に取り込めて射ん[8]と議《タバカ》りけれども、阿波民部の返り忠(仲)してければ、平家は支度悉く相違し、手向かへも及ばず、喠《あは》て騒く。

源氏は皆、平家の船に乱れ乗りぬ。乗り替へて迫め[9]ぬれば、水取《カこ》・梶取《かんどり》共、梠械《ろかい》を捨てて、船を直《ナヲ》[10]すには及ばず、射伏せ▽一七七右られ切り伏せられて船底に在りけり。是く散々と成りにけれども、新中納言は少しも騒く気色も無く、女院・北政所なんどの御船に参りたまへば、女房達、「何《い》かにや何《い》かにや」と喠《あは》て[11]騒きたまへば、「今は菟角申すに及ばず。珍しき東《アヅマ》男共をこそ御覧ぜられ候はんずらめ」と打ち咲《わら》ひたまへば、「是程に成りたる世の中に、穏便気《ケ》なる気色にて戯言仕《サレコトシ》たまふとこそ思はぬに、浅猿《あさま》しけれ」と思し食し合はれけり。

【校異・訓読】 1〈底・昭〉「陳」、〈書〉「陣」。2〈底・昭・書〉「弊」。3〈底・昭〉「大」傍書補入、〈書〉通常表記。4〈昭〉「不《ウ》」。但し振仮名「ウ」は判読微妙。5〈底・昭〉「射ルス」。6〈底・昭〉「言ス下ケル」。7〈底〉「射」の右上に「討歟」と傍書。〈昭〉「射」の右に「討レ」と傍書。〈書〉「被討」。8〈昭〉「射ント」。9〈昭〉「迫メン」。10〈昭〉「直《ナヲ》スニハ」。11〈昭〉「騒キ下ヘハ」。

【注解】○是く支へけれども、源氏の先陣は射白まされて 奇瑞の前までの記事は、〈四〉の独自異文。前節に見たように、源氏の武士和田義盛や阿佐利義成等の奮戦はあったものの、源氏の劣勢を押し戻すほどではなかったことを言う。つまり、遠矢による応戦はあったものの、前節の初めの記事に見るように、山鹿秀遠等平家先陣の猛攻撃により、「源氏の先陣、射白まされける」状況に変わりはなかったとするのであろう。**○船共を指し却けて、「如何有らんずらん」と思ふ処に** 平家先陣の猛攻に遭い、源氏の先陣は、一旦退却し、さあどうしたらよいのであろうかと思い煩っていた時にの意。**○白雲と見るに、白幡、大夫判官が船の艫に当たりて** 以下が、白旗の奇瑞記事となる。壇浦合戦の構成を、白旗とイルカ（フカ）の奇瑞記事に着目して見ると、次のとおり。

〈四〉知盛下知・進言→成良裏切疑い→山鹿奮戦→遠矢→白旗奇瑞→山鹿奮戦→四国勢裏切→フカ奇瑞→成良裏切→源氏兵船攻撃→知盛戯言→先帝入水

〈延〉知盛下知・進言→成良裏切疑い→山鹿奮戦→遠矢→親能奮戦→成良裏切→源氏兵船攻撃→知盛戯言→白旗・イルカ奇瑞→先帝入水

〈長〉潮流・梶原分捕→親能嘲笑→遠矢→知盛下知・進言→成良裏切疑い→山鹿奮戦→鯨奇瑞→白旗奇瑞→成良裏切→源氏兵船攻撃→知盛戯言→先帝入水

〈盛〉知盛下知・進言→成良裏切疑い→菊池等奮戦→白旗奇瑞→遠矢→親能嘲笑→成良裏切→源氏兵船攻撃→知盛戯言→イルカ奇瑞→宗盛替子→先帝入水

〈松〉知盛下知・進言→成良裏切疑い→梶原・義経同士軍→山鹿奮戦→白旗奇瑞→成良裏切→遠矢→親能嘲笑→海鹿奇瑞→成良裏切→源氏兵船攻撃→知盛戯言→先帝入水

〈南・屋・覚・中〉梶原・義経同士軍→潮流・梶原分捕→知盛下知・進言→成良裏切疑い→山鹿奮戦→遠矢→白旗奇瑞→イルカ奇瑞→成良裏切→源氏兵船攻撃→知盛戯言→先帝入水

〈南・屋・覚・中〉の場合、当初、山鹿奮戦により平家が優位に立つが、遠矢によって互角の戦いが描かれた後、白旗とイルカの奇瑞を転換点として、成良裏切から、戦局は一気に源氏の勝利に向かって行く。戦況の推移がわかりやすく構成されていると言えよう。一方、〈四〉では、一度描かれた山鹿の奮戦が白旗の後にもう一度繰り返され、更にその後に四国勢の裏切りもフカの奇瑞に分断されて記されるなど、同趣の記事の分断・繰り返しが多いためでもあるが、奇瑞と戦局の転換が一致する形で描かれ得ていない。〈延〉では、成良裏切から知盛戯言まで記し、平家の敗色が濃厚になった後に、「猿程ニ源氏ノ大将軍九郎判官、源氏ヨハクミヘテ平家カツニノル、心ウク覚テ、八幡大菩薩ヲ拝シ奉給フ」（巻十一―三五オ～三五ウ）として、奇瑞が記される。鈴木彰は、右の引用部を、平家軍の劣勢を語る流れになじんでおらず、「ひとたびできあがった文脈の間に補入された話題であった可能性が高い」（一二四頁）とする。但し、奇瑞の記事を後から補入したのだとしても、挿入する位置を誤ったように見える構成と言えよう。〈盛〉も白旗とイルカが大きく隔てられ、いずれも戦局の転換点としては効果的に描かれえていない。その点は〈松〉も同じ。〈長〉は、山鹿奮戦で平家が「悦の時」を作ったところで鯨の奇瑞を記し、続いて「ほうぐわんは射しろまされて、いかゞあるべきとおもひわづらひ給ける」（5―一〇一頁）という時に白旗の奇瑞があったとして、成良裏切に続く。奇瑞が戦局の転換の位置に置かれていると言えよう。なお、『吾妻鏡』元暦二年（一一八五）四月二十一日条に載る梶原景時の報告には、西海の合戦であったという奇瑞が四種記される。①石清水の使者が出現したこと、②長門国で捕らえ、放した大亀が壇浦に再び現れたこと、③平家の最後の時に白鳩が二羽出現したこと、④周防国の合戦で、一本の白旗が現れ、最後は雲の中に消え去ったことである。これらは梶原の報告であり、範頼麾下での話なのだろうが、特に④の白旗の話は、『平家物語』にも類似し、注意される。こうした話が、合戦直後から実際に種々喧伝されていたものか。『吾妻鏡』に載る奇瑞は、〈全注釈〉（下一―五〇七頁）が指摘するように、八幡の示現という色彩が強い。鳩の奇瑞は早く『陸奥話記』の厨川・嫗戸落城場面（新編全集一七二頁）にも見え、『平家物語』でも、〈闘・延・長・盛・南〉では、富士川合戦で飛び立った水鳥の中に鳩がいたという形で見えていた（〈四・屋・覚〉にはなし。『四部合戦状本平家物語評釈・九』八七～八八頁参照）。また、『八幡愚童訓』甲本・下巻は、頼朝が八幡大菩薩に祈って戦った結果、「初度ノ打手ヲバ、水鳥ニ鳩交リテ追帰ス。結句ノ合戦ニハ、白旗天ヨリ下リ、山鳩空ニ翔ケリ」（思想大系『寺社縁起』一九六頁）とする。『平家物語』の影響だろうが、『平家物語』諸本の壇浦合戦では鳩が描かれない点、注意される。また、鈴木彰は、弘安の役で、「紫ノ幡」が天上に翻ったとする延慶二年（一三〇九）六月付「肥前武雄社大宮司藤原国門申状案」（『鎌倉遺文』二三七二一）との類似を指摘する（一二四～一二五頁）。なお、〈延〉では、白旗が海上に落ちてイルカになったとするが、その他は『吾妻鏡』を含めて旗は空中に出現して消えたという話である。旗がイルカになるのは、本来別の伝承であるイルカの件とつなぎ合わせたとも考えられる。但し、生形貴重は、一まとまりの〈延〉の形が本来の奇瑞・霊験譚の姿であったと考える（三一一頁）。　**○白雲と見るに、白幡、大夫判官が船の艫に当たりて、落ち下がり落ち下がり、棹着の緒の見ゆる程に下がりければ**　近似本文は〈南・屋・覚・中〉に見える。〈覚〉「しばしは白雲かとおぼしくて、虚空にたゞよひけるが、雲にてはなかりけり。主もなき白幡ひとながれ舞いさがッて、源氏の舟のへに、さほづけのおのさはる程にぞ見えたりける」（下―二九一頁）。「棹着の緒」は、「旗を竿に結びつけるための紐」（〈日国大〉）。　**○八幡大菩薩の現じ在すにこそ**　戦場における八幡神の奇瑞が、源氏の氏神として類型的に語られることは、前々項注解に見たとおりだが、八幡神は同時に、二所宗廟神の一つでもあった。ここでは、その八幡神が、平家が擁する安徳天皇を見限ったことをも意味すると読めよう（名波弘彰一一八頁）。但し、原田敦史は、〈覚〉においてはこの前に「平家の方には、十善帝王、三種の神器を帯してわたらせ給へば」(下―二九一頁)とあることから、〈覚〉では「宗廟八幡信仰をとらない」(二二五頁)と考える。なお、当該記事は、〈南〉に近似する。〈南〉「判官、『八幡大菩薩ノ現ジ給ヘルニコソ』ト悦ビテ、甲ヲヌギ手水ウガイシテ、是ヲ拝シ奉ル」(下―八六六頁)。但し、〈南〉では、白旗を奉幣したのは義経。　**○平家の方には、「山鹿兵藤次秀遠」と名乗りて、漕ぎ廻りて射る間**　〈四〉では、前節冒頭で、先陣山鹿秀遠が、強弓・精兵の五百余人と共に三百余艘で攻撃し、源氏を圧倒したことが記されていたし、本節の冒頭記事も、それを受けたものと読める。当該記事は、さらに、山鹿秀遠が先陣として戦ったことをもう一度記したもので、内容的には重出する。山鹿の奮戦で平家が攻勢に戦いを進めるなか、成良を初めとする四国の者達の裏切りが生じたとする。源氏が退却したとする記事を整理すれば、次のようになる。

①〈本節冒頭〉是く支へけれども、源氏の先陣は射白まされて、船共を指し却けて

②〈次項以下〉源氏は船を引かへたるに、平家之を見て、「矢合に勝ちぬ」とて、大鼓を打ちて喜びの時を作る

①②に関連する当該記事は、〈延・長・盛・松・南・屋・覚・中〉の総てに見られ、いずれも山鹿秀遠(或いは、〈盛〉のように、一陣の菊池原田)の猛攻を記す記事の後に位置する。例えば、〈延〉は、次のように記されている。〈延〉「一陣ニ漕向ヘタル透遠ガ一党、筑紫武者ノ精兵ヲソロエテ、舟ノ舳ニ立テ舳ヲ並テ、矢サキヲ調テ散々ニ射サセケレバ、Ⓐ源氏ノ軍兵射白マサレテ兵船ヲ指退ケレバ、Ⓑ『御方勝ヌ』トテ、攻皷ヲ打テ訇リケル程ニ」(巻十一―二二オ)。つまり、〈四〉は、〈延〉に見るような、ⒶとⒷの記事を分散させて、①と②の記事として再構成したと考えられる。

○源氏は船を引かへたるに　先にも「船共を指し却け」とあった。同じ内容を指そう。源氏は平家の猛攻に耐えかねて、進撃を一旦止めた(あるいは退却した)ことを言う。なお、〈延・長・盛・松・南・屋・中〉はいずれも「(指・引・漕)退」とする。　**○平家之を見て、「矢合に勝ちぬ」とて**　「矢合に勝ちぬ」とあるのは、この山鹿秀遠の猛攻を、遠矢記事の後に記しはするものの、合戦直後の先陣での合戦のことと認識するためだろう。その意味では、この

山鹿奮戦はもっと早い位置にあるのが妥当か（前々項注解参照）。なお、「矢合に勝ちぬ」に該当する句、〈延・長・盛・松・南・屋・覚・中〉は、「御方勝ヌ」（〈延〉）など。　**○大鼓を打ちて喜びの時を作る**　「攻鼓ヲ打テ」（〈延〉）とするのは、他に〈長・盛・松・屋・覚・中〉。〈南〉「鼓ヲ打テ」（下―八六二頁）。「喜びの時を作る」とするのは、他に〈長・南・屋・覚・中〉。当該部の〈盛〉には、「平家ハ勝ヌトテ、阿波国住人新居紀三郎行俊、唐鼓ノ上ニ昇テ、責鼓ヲ打テ訇ケリ」（6―一五一頁）とある。黒田彰は、唐鼓とは「吉備大臣入唐絵巻などに見られる、唐船の艫の櫓に置かれた大鼓」のことかとし、『山槐記』治承三年六月二十二日条や『高倉院厳島御幸記』などにより、唐船には大鼓が積まれ、進発の合図に打たれていたとし、〈盛〉の場合も、行俊が唐船の高殿の屋上に設置された大鼓を打って、平氏の船団に進軍の合図を送ったと解する（一八九～一九二頁）。諸本に記される大鼓の音も唐船からのものと思われる（今井正之助七〇頁）。　**○四国の者共は声を合はせねば、恠しみを成す処に**　矢合せに勝ったとして、大鼓を打って鬨の声を平家の者達が挙げるにも関わらず、四国の者達が鬨の声を合わせないため不思議に思っていたところの意。なお、成良の裏切りは、この後、鮑の奇瑞記事の後でもう一度記される。四国勢が鬨の声を合わせず、逆に平家を射たという記事は、〈長・松〉に類似する。〈長・松〉は、〈四〉と同様に、当該記事を白旗奇瑞記事の後に置く。〈松〉「平家ハ一陣矢合ニ勝ヌトテ時ヲ作ケル。四国ノ軍兵百余艘、進テモ戦ハズ。怪ヲ成ス処ニ、阿波ノ民部成良《シケヤス》ガ一類、四国ノ物ドモ、指合セテ平家ヲ射ル。平家ノ軍兵騒キ乱テ、『中納言能宣ツル物ヲ』トゾ、大臣殿後悔シ給ケレドモ甲斐ゾナキ」（一一二頁）。この傍線部（直線・波線の双方）は、〈四〉本文とほぼ一致する本文。さらに、成良裏切によって混乱する平家を描く記事から、波線部の宗盛の後悔に直接接続する構成も、〈四〉に近い。次に、〈長〉の本文を三つに分けて整理すれば、まず①鬨の声を合わせなかったことが、「平家は四国九国の兵をば、後陣の武者にたのみて、さだめてともに時をあはせんずらむとおもひ給ければ、四国のものども源氏と一になりて、平家を中にとりこめてさん〴〵に射。平家周章てまよひ給ひにけり」（5―一〇一頁）と描かれ、その後に、②返り忠した成良が、源氏に唐船のからくりを教えたことが記され、その後に、③宗盛の後悔を、「あはれ新中納言のよくの給つるものをと、人々後悔しけれどもかひなし」（一〇二頁）と描く。〈長〉の場合、〈松〉ほど〈四〉に近いわけではなく、厳密に一致する本文は見当たらないが、内容的には〈四〉にかなり近いといえよう。〈四〉は、〈長〉の①③②の順で述べ、③と②の間に鰒の奇瑞記事を挟み込んだ形である。 **○差し合はせて平家を射る** 前項に引用した〈松〉に一致する。四国の者達が、源氏と一緒になって平家に矢を射掛けたことを言う。〈盛〉「平家ノ大勢、ナヲ三草・小野原越ニ向テ、両方ヨリ指合セ、源氏ヲ中ニ取籠テ、漏サジト支度ス也」（5—三二八頁）。 **○平家は亦劇騒しければ** 「劇騒」は大騒ぎする意だろうが、用例は、〈四〉には他に二例見られる。「禁中の上下劇騒《ケキサウ》シ京の中の貴賤走迷《セリ》《ヘリ》」（巻一—六〇左）。他作品での用例未詳。なお、「亦」は、先の白旗の奇瑞の時と同様に、今回もまた平家の者達が大騒ぎしたの意。 **○「新中納言は吉く言ひけるものを」と、大臣殿後悔したまへども、其の甲斐ぞ無き** 後悔したのを、〈四・延・盛・松〉「大臣殿」、〈長〉「人々」、〈南・覚〉「新中納言」、〈中〉「おほいどのも、新中納言も」（下—二六一頁）、〈屋〉は欠く。「新中納言、『やすからぬ。重能めを、きッて捨つべかりつる物を』と、千たび後悔せられけれどもかなはず」（〈覚〉下—二九二〜二九三頁）と記す〈南・覚〉の場合、知盛を積極的に宗盛批判者として位置づけることになる（池田敬子二一七頁）。**○源氏の方より鰒と云ふ魚の平家の方へ向かひければ** 先の白旗の奇瑞が源氏に呈示された奇瑞であるのに対し、当該話は、平家に呈示された奇瑞。「鰒」の訓「フカ」と付すが、〈名義抄〉（僧下五）には「アハビ」の訓があり、「鮑」と同じ意となる（〈名義抄〉では「フカ」に該当するのは「鮝」（僧下六））。しかし、ここではもちろん、アワビでは意味が通らない。「フカ」は、『日葡辞書』に「Fuca 鮫の類」（『邦訳日葡辞書』二六九頁。「鮫」の原語「tubarão」は「ホホジロザメ」の意—杉山和也による）とある。また、『名語記』巻五に、「魚ノワニ、フカノフカ、如何」（勉誠社版五八三頁）とある。杉山和也は、中世では、「サメ」は水産物として意識された面の強い語であるのに対し、「フカ」は「ワニ」と同様に、人を襲う大魚と認識されていたと指摘する（八二一〜八二三頁）。要するに、「フカ」は、現代語で言う鮫のことである。他本では、〈延・南・覚・中〉「イルカ」、〈盛・松〉「海鹿」、〈長〉「鯨」、〈屋〉は「鯆」（「イルワ」の振仮名があるが別筆か。七九二頁。「鯆」は〈名義抄〉僧下三に「ナハサバ」の訓あり）。諸本は概ね、イルカまたは鯨と認識していると言って良いだろう。〈四〉も、この後に「喰み返り」「喰み通り」とあるが、これは、イルカや鯨にふさわしく、「フカ」ではおかしい（次々項注解参照）。また、他本では、イルカなどが、〈延〉「一ムレ」（巻十一―三五ウ）、「いくらといふかずをしらず」（5―一〇一頁）、〈盛・松〉「二三百」、〈南・屋・覚〉「一二千」、〈中〉「三千ばかり」（下―二六一頁）、平家の船に向かってきたとする。多数の群れを作る習性は、鮫よりもイルカにふさわしいだろう。おそらく、〈四〉の「鰒」（及び〈屋〉の「鯆」）は、魚偏の何らかの字の誤写であり、本来は「イルカ」を指す語であったと考えられよう。　**○小博士信明**　〈延〉「小博士清基」（巻十一―三五ウ）、〈長〉「小博士」（5―一〇一頁）、〈盛・松・南・屋・覚・中〉（安倍）「晴延（信）」。「清基」は、安倍泰基の子、密奏清基（〈全注釈〉下一―五〇六～五〇七頁）。『阿倍氏系図』「泰基〈密奏宣旨従四位上主税助右京亮〉―清基〈密奏〉」（続群書七上―三〇七頁）。晴延（信）は系譜未詳。屋島合戦の折、宗盛のもとから教経に小博士が遣わされたが同一人物か（〈延〉は、共に「小博士清基」）。「屋島合戦①」の注解「大臣殿、小博士を御使にて能登守の許へ仰せられけるは」参照。宗盛の身近に常に仕えた人物としての設定があろう。　**○喰み返り候はば、源氏討たれ候ふべし。喰み通り候はば、御方危く候ふ**　〈延・長・盛・松・南・屋・覚・中〉同。「喰み」は、イルカや鯨が、「海面上に口を出し開閉するのを言うのであろう」（〈全注釈〉下一―五〇六頁）。そのような動作をしながら、戻って行くならば源氏の凶兆、そのまま行き過ぎるようならば平家の凶兆だという。なお、山本唯一の『易経』の解釈によれば、水中にいるイルカが水上に浮かぶ船の下を通るのは坤下乾上の否の卦であり、破滅の相であるとする。帝位に相当する第五爻については「否を休む。大人は吉なり。其れ亡びん其れ亡びん、苞桑に繋る」という。大人には吉であるが、そうでなければ「其れ亡びん其れ亡びん」である。安徳天皇はまだ幼く、後者に該当するという（九八～九九頁）。　**○源氏の兵共は、唐船には目も懸けず、**

衰して乗りたまふ大将軍の船をぞ責めたりける　源氏の兵がなぜ唐船を攻めなかったのか、突然の記述のため唐突だが、説明がこの後に倒置されている。この策略については、〈延〉では、既に知盛の発案として記されていた（巻十一—三〇ウ）。『平家物語』諸本を読む限りは、奇瑞は別として、現実的な戦術レベルで勝敗を決定した最大の原因は、成良の裏切りによるこの策略の失敗である（次項注解参照）。平家が唐船を使用していたことは、『山槐記』治承三年（一一七九）六月二十二日条（八日の記録）に、「大相国又御乗船、別船也〈入道被レ乗二唐船一…〉」からも分かるし、『高倉院厳島御幸記』にも、「福原の入道は唐の船にてぞ、海よりまいらる、」（新大系一二頁）からも分かろう。この唐船を壇浦合戦に使用したのであろう（黒田彰二九〇〜二九二頁）。なお、当該本文は、〈南・覚〉に近似する。〈覚〉「唐船には目もかけず、大将軍のやつし乗り給へる兵船をぞ攻めたりける」（下—二九二頁）。**〇中に取り込めて射んと議りけれども、阿波民部の返り忠してければ**　当該本文も〈南・覚〉に近似する。〈覚〉「なかにとりこめて討たんとしたくせられたりけれども、阿波民部がかへりちうのうへは」（下—二九二頁。〈南〉傍線部は、「討ン」）。〈四〉の「射んと」は、先の校異6に見るように、この「射」も、「討」の誤写と考えられよう。とすれば、「中に取り込めて討たんと議りけれども」と読むことになろう。〈名義抄〉「議　ハカル、タハカル、ソシル」（法上六〇）。なお、成良が実際に裏切ったのかどうか、詳細は不明。『醍醐雑事記』巻十（醍醐寺限定版四〇七頁）や『吾妻鏡』元暦二年四月十一日条では、生け捕られたとされる。金指正三は、『吾妻鏡』に生け捕りとあることを「内応説」の反証とするが、合戦が始まった後での裏切りであったとすれば、「生捕」と記録されることもあり得ると考えるべきだろう。**〇源氏は皆、平家の船に乱れ乗りぬ。乗り替へて迫めぬれば、水取・梶取共、梠械を捨てて…**　〈四〉により近似するのは〈延〉。〈延〉「源氏ノ者共イトゞ力付テ、平家ノ船ニ漕寄ス。乗移〳〵責ケリ。カ、リケレバ、平家ノ船ノ水手梶取、櫓ヲ捨カヒヲステ、、船ヲナヲスニ不及、射伏ラレ切伏ラレテ船底ニアリ」（巻十一—三四ウ〜三五オ）。「水取」の「取」は「手」と音が同じであることからも、「水手」の意で、「すいしゆ」と訓むのであろう。このように、源氏の兵が平家の船に乗り移って攻めたので水手等が梶を捨ててしまったとの記事は、〈盛・南・覚〉にも共通。〈松・長・屋・中〉は、「兵船にをしよせて、水手梶とりどもを射ふせ切ふせければ、船をなをすにおよばず」（〈長〉5―一〇二頁）と、その叙述は微妙だが、「射ふせ切ふせければ」とあるように、矢による攻撃と白兵戦の両方による被害である。金指正三は、「平氏軍の兵船の梶取・水主を専ら射殺」した「奇襲戦法」（一四頁）を、源氏の勝因とする。しかし、『平家物語』諸本の記事構成に従う限り、源氏の水手への攻撃は、成良の裏切りによって大勢が決した結果として生じたことである（前掲注解「白雲と見るに、白幡…」に見た、諸本記事一覧の「源氏兵船攻撃」参照）。諸本とも、この攻撃によって源氏が勝利したと語るわけではなく、成良の裏切りによって兵船が攻撃され、その結果として水手が殺されたという展開なのである。それを源氏の勝因とするのは恣意的な読解と言わざるを得ないし、『平家物語』以外に水手への攻撃を記す史料は無い。また、それが「奇襲戦法」であったとする点も、確証を欠き、想像の域を出ない。そもそも、源氏の勝因を義経の戦術に求めるという発想自体が、前節の注解「精兵の手聞を調へて射さすれば…」に見た黒板勝美の潮流説の枠組に規制されたものと言うべきだろう。『平家物語』諸本を虚心に読む限り、源氏の現実的な勝因は、まず多数の味方を確保して開戦前から優勢を築いたことであり、次に、そうした力関係によって、開戦後、平家陣営の内部崩壊をもたらしたことである。義経の特殊な戦術が無ければ源氏が勝てなかったかのように考えること自体が、この合戦の現実から遊離したものであろう。　**○是く散々と成りにけれども、新中納言は少しも騒く気色も無く、女院・北政所なんどの御船に参りたまへば…**　最も近似する本文は〈延〉。「カク散々ト成ニケレドモ、新中納言ハ少モ周章タル気色モシ給ワズ。女院、北政所ナムドノ御船ニ参リ給ヒタリケレバ…」（巻十一―三五オ）。〈延〉では、その後、知盛は、女房達の問いに答えると共に、船掃除を指示したとする。〈延〉の本文を四分割すれば、次のとおり。「1（女房達の問）女房達音々ニ、『イカニ〳〵』ト、アワテフタメキ問給ケレバ、2（既に絶望）今ハトカク申ニ不及。軍ハ今ハカウ候。夷共舟ニ乱入候ヌ。3（珍しき東男）只今東ノメヅラシキ男共、御覧候ワンズルコソ浦山敷候へ。4（船掃除）御所ノ御船ニモ見苦物候ハヾ、能々取捨サセ給へ」（巻十一—三五オ）。これに基づいて、諸本の記事構成を表示すれば、次のようになる。なお、2には繁簡の差が大きい。また、④は、知盛自ら掃除したとするもの。〈覚〉「手づから掃除せられけり」（下—二九三頁）。

〈四〉	〈延〉	〈長・屋〉	〈盛〉	〈松〉	〈南・覚〉	〈中〉
1女房問	1女房問	4船掃除	1女房問	1女房問	2既に絶望	④船掃除
2既に絶望	2既に絶望	1女房問	2既に絶望	2既に絶望	④船掃除	1女房問
3東男	3東男	2既に絶望	3東男	4船掃除	1女房問	2既に絶望
	4船掃除	3東男	④船掃除	3東男	3東男	3東男

4船掃除を欠くのは〈四〉のみ。〈長・南・屋・覚・中〉では、女房達の問の前に、まず船掃除をした（または指示した）とされるので、知盛がこの船に乗り移った目的としては、掃除が重要であったようにも見える。船掃除は、佐藤信彦によって「清浄な美しさを欲してゐる」（一三七頁）ものとされ、石母田正も、運命を見届けた人としての「知盛の性格が浮彫されている」（一五頁）とする。だが、田村睦美は、知盛の行為には、自害や逃亡の前に自邸を焼き（自焼）、あるいは掃除をする武士達の一般的な行動と共通するものがあるととらえ、武士らしい名誉意識を読み取れると考える。

○珍しき東男共をこそ御覧ぜられ候はんずらめ　前項注解に見たように、諸本に見られる言葉だが、小異がある。〈延〉「只今東ノメヅラシキ男共、御覧候ワンズルコソ、浦山敷候へ」（三五オ）、〈南〉「今日ヨリハ、珍敷キ東男ヲコソ、御覧ゼラレ候ハンズラメ」（八六八～八六九頁）、〈屋〉今日ヨリ後ハ、女房達ノ珍シキ東《アツマ》男共ヲコソ、御覧ゼンズラメ」（七九四頁）、〈中〉「けふよりは、たれも〳〵めづらしきあづまおとこ、御らんぜられんずらん」（下—二六二頁）など。女が男を「御覧ぜられ」即ち「見る」とは、しばしば、男女が会う、交わることを意味する。知盛の言葉は、単に「間もなく東男がこの船にやって来るでしょう」という意味ではなく、女房達が東男と交わる運命にあることを意味したものであろう。その意味で、高木信が「ここでは性的陵辱行為を指しているのだろう」（七五頁）というのは正しい。但し、〈南・屋・中〉の傍線部は、直接的には「これから、あなたたちは東男と暮らすのですよ」という意味であり、また、〈延〉の傍線部「浦山敷候へ」は、そうした交わりを「うらやましい」と言って見せたものである。いずれも、女性達の過酷な運命を、一般的な男女の交わりのごとくに言いなした、きわどい冗談であると言えよう（〈延〉ではその後、掃除の指示に続くので、「船をきれいにして東男を迎えよ」との含意があるようにも読める）。いずれにせよ、運命を悟った知盛を描いていることに変わりはないが、「平家物語の作者は、この知盛の笑い声に、運命を見とどけたものの爽快さを響かせている」（一六頁）とした石母田正の読解とは、いささか異なる知盛像を考える余地があろう。　**○穏便気なる気色にて**　「穏便気」に該当する語、〈延〉「ノドカゲナル」（巻十一―三五オ）、〈松〉「心閑ナル」（一三頁）。〈四〉には、「穏便《ヲだやカ》ならず」（本全釈巻六―四六頁）、「穏《お》便《タ》しからん」（本全釈巻七―二〇五頁）等の用例がある。「おだやかげ」或いは「おだしげ」と訓むか。　**○浅猿しけれ」と思し食し合はれけり**　知盛の言葉を聞いた女性達の反応としては、諸本中で最も穏やかな描き方。〈延〉「音ヲ調ヘテ、ヲメキ叫給ヘリ」（三五オ）、〈長〉「なきあひ給けり」（5―一〇二頁）、〈覚〉「声々におめきさけび給ひけり」（下―二九四頁）など。高木信は、〈覚〉に基づいて、知盛は「女房たちを集団パニックに陥れた」（七八頁）と読む。なお、〈延〉には、生け捕られた女房達が都へ護送される記事の中で、「新中納言ノ今ワノ時、タワブレテ宣シ事サヘ思出ラレテ、悲カラズト云事ナシ」（巻十一―四六オ～四六ウ）との記事がある。その後の女房達への待遇の中に、知盛の言葉を思い出させるものがあったとも解せようか。知盛の回想について、角田文衞は、『平家物語』に描かれた「壇の浦の合戦における知盛の最後の挙止言動は、ほとんど真相に近いものと考えられる」（四八四頁）とし、知盛の近くで見ていた帥典侍や治部卿局などが、最期の姿を語り伝えたと想定する。日下力も、治部卿局が夫知盛の思い出話を語ったと想定し、「夫に身びいきする色合いの濃い」語りがなされていったろうと想定する（一八〇頁）。

【引用研究文献】

＊池田敬子「覚一本の知盛」（国文学四七巻一二号、二〇一四・10）
＊石母田正『平家物語』（岩波書店一九五七・11）
＊今井正之助「中世軍記物語と太鼓」（『中世軍記の展望台』和泉書院二〇〇六・7）
＊生形貴重「「新中納言物語」の可能性―延慶本『平家物語』壇浦合戦をめぐって―」（大谷女子短期大学紀要三一号、一九八八・3）
＊金指正三「壇の浦合戦と潮流」（海事史研究一二号、一九六九・4）
＊日下力「軍記作品に伴う時代の影―知盛の女の存在」（国文学研究一一五号、一九九五・3。『平家物語の誕生』岩波書店二〇〇一・4。引用は後者による）
＊黒田彰「源平盛衰記難語考―唐船には軍将の乗りたる体―」（『軍記物語の窓　第一集』和泉書院一九九七・12）
＊佐藤信彦「平家物語と人間探究」（『日本諸学振興委員会研究報告』文部省教学局一九四一・11。『人間の美しさ』私家版一九七八・2再録。引用は後者による）
＊杉山和也「日本に於けるサメの認識―朝比奈義秀のサメ捕獲譚のことなど―」（軍記と語り物五二号、二〇一六・3）
＊鈴木彰「蒙古襲来と軍記物語の生成―『八幡愚童訓』甲本を窓として―」（『いくさと物語の中世』汲古書院二〇一五・8）
＊高木信「知盛〈神話〉解体―教室で『平家物語』を読むことの（不）可能性」（日本文学二〇〇六・6。『死の美学化に抗する―『平家物語』の語り方―』青弓社二〇〇九・3再録。引用は後者による）
＊田村睦美「『平家物語』知盛船掃除考」（青山語文四二号、二〇一二・3）
＊角田文衞「平知盛」（歴史と人物第五年一〇号、一九七五・10。『王朝の明暗』東京堂出版一九七七・3再録。引用は後者による）

＊名波弘彰「『平家物語』の成立圏（畿内）」（『軍記文学研究叢書5　平家物語の生成』汲古書院一九九七・6）。なお、この論旨は「延慶本平家物語の終局部の構想における壇浦合戦譚の位置と意味」（文芸言語研究〔文芸篇〕四五巻、二〇〇四・3）で、さらに展開されている。

＊原田敦史「覚一本『平家物語』終局部の構造」（国語と国文学二〇〇六・9。『平家物語の文学史』東京大学出版会二〇一二・12再録。引用は後者による）

＊山本唯一『易占と日本文学』（清水弘文堂一九七六・5）

壇浦合戦（④先帝入水）

【原文】

二位殿今限思下ケレ練袴傍《リマソハ》高挟ミ奉懐先帝帯ヒ奉結イ▽一七七左合セ我御身宝剣差シ腰神璽挟腋引負キ鈍色《ニフイロ》二ヘ衣ヌ

（原文一行空白）

入リヌ海ヘ悲哉無常劇シキ風忽奉ル散シ二花躰一心憂キ哉分段荒波早ク奉レル沈メ二玉躰殿竝レ[1]〔擬《ナソラフ》〕長生門被シ立不老トコソ雲上

龍下成下フ海底魚トソ抑皇后宮▽一七八右大夫俊成卿集撰之間後徳大寺左大将実定卿秀歌太多被読ミ送中

（原文一行空白）

有ケレ乍ラ感シ珍重此歌有禁忌モ不被入今思合スレ不思議奉始国母建礼門院先帝御乳母帥内侍大納言内侍已下女房達調ヘ▽一七八左声喚叫2玉フ事震シ《タ、》3不レ劣ラ軍呼4《ヨハヒニモ》リモ《ヨハフ》先帝今年成ラセ下八歳自リモ5御年程老シク見サセ下御皃モ厳《セ》ク御髪黒クシ由良々々トシテ過キ6御肩御背《セ》中《カ》懸リ房々《サ》二位殿是ク摼メ《シタ、》臨ミ下ヘ船艫鳴叫玉ヘル御気色尼瀬行クソ何ヘ被ケレ仰参ルソヨ西方浄土ヘ君入下女院不奉後レ7連キ入セ御在云渡辺源次馬允之者以熊手8《クマテ》奉引キ▽一七九右上《アキレ》ケ着セ進セ9已小袖奉取留普賢寺殿ノ北政所《マン》モ飛入下10人亦奉取11留メ帥内侍殿被引ヘ船艫不入得下二位殿深ク沈ミ不見ヘ下夷《ス》共乱入リヌ御船一捻《ネチ》12破ハ内侍所唐《ラ》櫃《ヒツ》ノ鏁《クサリ》奉リ▽一七九左取出シ解《ト》キ御箱搦《カラケ》柄欲シケレ開《カン》13ケント蓋忽眼14モ〔目イ〕暗レ鼻血モ垂ニケリ平大納言見之咹《アレ》内侍所渡ラセ下フ15物被ケレ仰セ武士共奉捨16浪波々々遁《ノ》キ大夫判官見之仰セ平大納言如本奉納唐櫃世未ナレ是ク霊験御在コソ眦ケレ

【釈文】

二位殿は、「今は限り」と思ひ**たま**ひ**けれ**ば、練袴《ねりばかま》の傍《ソハ》高く挟《はさ》**み**て、先帝を懐き奉り、帯《おひ》にて我が御身に▽一七七左結ひ(**い**)合は**せ**奉りて、宝剣をば腰に差**し**、神璽をば腋に挟みて、鈍色《ニフイロ》の二衣《ふたへきヌ》引き負《かづ》**き**、海**へ**入**りぬ**。悲しき**かな**、無常の劇**しき**風、忽ちに花の躰《すがた》を散ら**し**奉**る**。心憂**きかな**、分段の荒き波、早く玉躰を沈**め**奉**る**。殿をば長生と擬《ナソラ》1へて、門をば不老**とこそ**立て**られし**かど、雲上の龍下りて、海底の魚**とぞ**成り**たまふ**。

(原文一行空白)

抑も皇后宮▽一七八右大夫俊成卿、集撰**の**間、後徳大寺左大将実定卿、秀歌を太多《あまた》読**み**送ら**れ**ける中に、

(原文一行空白)

と有り**けれ**ば、珍重《やさ》しく感**じながら**も、「此の歌、禁忌**も**有り」とて入れ**られ**ず。今思ひ合は**すれ**ば不思議

なり。

国母建礼門院を始め奉りて、先帝の御乳母帥内侍《すけ》・大納言内侍《すけ》已下の女房達、▽一七八左声を調へて喚き叫び[2]たまふ事震《おびタタ》し。軍《いくさ》[4]呼《ヨハヒ》にも劣らざり[3]けり。

先帝、今年は八歳に成らせたまひけるが、御年の程より[5]も老《おとな》しく、御皃《かんばせ》も厳《いつく》しく見えさせたまふ。御髪黒くして由良《ゆら》〳〵として、御肩に過ぎ[6]て御背《せ》中《なか》に房々《ふさふさ》と懸かりたまへり。二位殿是く搟《シタタ》めて、船の艫に臨みたまへば、鳴叫《アキレ》たまへる御気色にて、「尼瀬、何《いづ》ちへ行くぞ」と仰せられければ、「西方浄土へ参るぞよ」とて、君入らせたまふ。

女院も後れ奉らじと連き[7]て入らせ御在しけるを、渡辺源次馬允と云ふ者、[8]熊手《クマテ》を以て引き▽一七九右上げ奉り、已[9]（巳）の小袖を着せ進らせて取り留め奉る。普賢寺殿の北政所《マン》も飛び入らせ[10]たまひけるを、人亦取り[11]留め奉る。帥内侍殿は船の艫に引かへられて入り得たまはず。二位殿は深く沈みて見え（へ）たまはず。

夷《えびス》共、御船に乱れ入りぬ。内侍所の唐櫃《カラヒツ》の鏁《クサリ》を捻《ネ》ぢ破り[12]て取り出だし奉り、御箱の搦柄《カラケ》を解《ト》きて、蓋を[13]開けんと欲《シ》ければ、忽ちに[14]眼（目ィ）も暗《く》れ、鼻血も垂れにけり。平大納言之を見て、「咹《アレ》は内侍所の渡[15]らせたまふものを」と仰せられければ、▽一七九左武士共捨て奉り、[16]波浪波浪《はら》と《ノ》遁きにけり。大夫判官之を見て、平大納言に仰せて、本のごとく唐櫃に納め奉りにけり。世の末なれども、是く霊験の御在すこそ䀹《めでた》けれ。

【校異・訓読】 1〈底〉「竝《レ》」に「擬《ナソラフ》」と傍書、〈昭〉「竝」に「擬《ナソラフ》」と傍書、〈書〉「並擬」。2〈底・昭〉「叫《フ》《玉フ》」。3〈昭〉「不」。4〈昭〉「呼《ヨハヒニモ》《リヲモ》《ヨハフ》」。5〈昭〉「自」。6〈昭〉「過」。7〈昭〉「連」。8〈昭〉「熊《クマ》手」。9〈底〉「巳」、〈昭・書〉「已」。10〈昭〉「入《リド》」。11〈昭〉「留」。12〈底・昭〉「破《ハ》」。13〈底・昭〉「開《カン》《ケント》」。14〈底・昭〉「眼《モ》」の左に「目イ」

と傍書。〈書〉「眼」。15〈昭〉「渡フセドフ」。16〈昭〉「浪レ波々々遁〳〵」。「浪レ波」の返り点は、「波浪波浪《はらはら》」と読ませるためのものか。

【注解】〇二位殿は、「今は限り」と思ひたまひければ、練袴の傍高く挟みて…　二位殿時子の姿、「…宝剣をば腰に差し、神璽をば腋に挟みて、鈍色の二衣引き負き」まで、〈延・長・盛・松・南・屋・覚・中〉同。〈四〉と近似するのが、〈延・松〉、その中でも最も近似するのが〈延〉。〈盛〉は、「二位殿ハ今ヲ限ニコソト聞給ケレバ、（　）二位殿今ハ限ト見ハテ給ニケレバ」（6―一五九～一六一頁）と、傍線部を重複させ、（　）部分に、二位殿の回想として、宗盛は清水寺の唐笠法橋の子を取り替えたため実子ではないとし、壇浦では自害も出来ず生け捕られることになろうと思ったとする特異な記事構成を示す。　〇先帝を懐き奉り　〈延〉は、「先帝ヲ負奉リ」（巻十一―三六オ）とする。『平家物語』諸本はいずれも二位殿が安徳天皇を抱いて（背負って）入水したとする。『愚管抄』巻五も同。「主上ヲバムバノ二位〈宗盛母〉イダキマイラセテ、神璽・宝剣トリグシテ海ニ入リニケリ。ユ、シカリケル女房也」（旧大系二六四頁）。他に、『百練抄』元暦二年（一一八五）三月二十四日条、『東寺長者補任』（文治元年条）、『六代勝事記』も二位殿が安徳天皇を抱いて入水したとする。しかし、『吾妻鏡』元暦二年三月二十四日条に、「二品禅尼持二宝剣一、按察局奉レ抱二先帝一〈春秋八歳〉。共以没二海底一」とあり、『保暦間記』も「二位殿、今ハ限ト思ハレケレバ、宝剣ヲバ腰ニサシ、神璽ヲバ脇ニハサミテ、先帝ヲバ按察局ニ懐カシ奉リ、海へゾ入給ケル」（『校本保暦間記』五八頁）と、二位殿が宝剣や神璽を、按察局が安徳天皇を抱いて入水したと記す。按察局は、上西門院と関わりが強かったことや、入水の際に重要な役割を演じていることからも、平家一門の長老たる教盛の妻であったかとされる（角田文衛四九六～四九八頁）。いずれの伝承が正しいか真相は不明だが、角田文衛は、『平家物語』の作者とされる藤原行長や時長が、安徳天皇の入水について伯（叔）母の師典侍から詳しい目撃談を聴聞していたことは確かであるとし、公経と交流が深かった慈円も、公経の叔（伯）母の按察局と会い、入水に際しての体験談を親しく聞いていただろうことからも、二位殿が安徳天皇を抱きかかえて入水したという『愚管抄』や『平家物語』の叙述は真実を伝えているとする。一方、『吾妻鏡』の記載を裏付ける義経提出の『一巻記』は、あわただしく起草されたものであり、内容に少々の誤りがあるのは、やむを得なかったとする（四九八〜五〇一頁）。一方、栗山圭子は、神器に加え安徳をも伴わせることにより、平家のゴッドマザーとしての時子の存在を印象的に描き出そうとする意図を、『平家物語』は持っていたのではないかとする（三二五頁）。**○帯にて我が御身に結ひ合はせ奉りて**　〈延・盛・松〉同（但し、〈延〉は天皇を負っていたとする）、〈長・屋・中〉「我身に二所ゆいつけたてまつる」（〈長〉5―一〇二頁）。二位殿の強い意志を示す形。〈南・覚〉欠く。なお、〈四〉に記事が近似する、『王年代記』（佐々木紀一①、一五頁）や『神明鏡』（佐々木紀一②、六頁）は、いずれも当該句を欠き、二位殿は安徳を「懐」いていたとする。**○宝剣をば腰に差し、神璽をば腋に挟みて**　二位殿が、三種の神器を帯して入水しようとした理由について、角田文衛は、天皇と平家一門を破滅の境地に追い詰めた後白河法皇や頼朝に対する意趣の他に、後白河法皇の立てた後鳥羽天皇は正統の天皇ではなく、僭主であったため、今上天皇である安徳天皇は、何処へ行幸しようと、たとい海底の竜宮に赴こうと、天皇の身辺から離れることがなかった三種の神器を携行せねばならなかったとする。譲位されぬ限り、今上天皇が神器を帯同することは、皇祖皇宗の至上命令であるという固い信念を二位尼は抱いていたとする（五〇一〜五〇四頁）。**○鈍色の二衣引き負き**　「二衣」は「ふたつぎぬ」と訓むのが良い。二衣といううちくつろいだ着装法は、貴族社会、特に主従関係の存する場では、尊貴・上﨟の褻の衣装であった（斎藤慎一①、二三頁）。なお、諸本では、入水前に二位殿と安徳天皇の会話を記すが、〈四〉では後に記す。後掲注解「「尼瀬、何ちへ行くぞ」と…」参照。**○（原文一行空白）海へ入りぬ**　空白には和歌が入る（後掲注解「（原文一行空白）と有りければ」参照）。〈延・長・盛・松〉が入水直前に詠んだ歌として引く、「今ゾシルミモスソ川ノ流ニハ浪ノ下ニモ都アリトハ」（〈延〉巻十一―三六ウ。〈長〉第三句「御ながれ」〔5―一〇三頁〕）が該当しよう。〈四〉と近似本文を記す『神明鏡』『王年代記』もほぼ同じ歌を記す。但し、『神明鏡』は、第三句・四句「流ニテ浪ノ底ニモ」（佐々木紀一②、六頁）、『王年代記』は、第三句「流ニテ」（佐々木紀一①、一五頁）とある。一方、〈南・屋・覚・中〉は、この歌を欠くが、〈覚〉は、入水直前の二位殿の言葉に、「『浪のしたにも都のさぶらふぞ』となぐさめたてまッて、ちいろの底へぞ入給ふ」（下—二九五頁）とする。〈覚〉の場合、単に幼い安徳天皇を慰めた子供だましの言葉のようにも読めるが、〈四・延・長・盛・松〉の載せる歌からは、安徳こそが正統の天皇であるとする主張に基づいて、「都とは天皇がいる場所のことなのだから、たとえ海底であっても、そこへ天皇が行くならそこが都になるのだ」という論理を読み取ることができる。あるいは〈覚〉からも、そうした含意を読むことが可能かもしれない（なお、諸本は、この他にも、二位殿が安徳天皇に語りかけた言葉を記す。前項注解参照）。『愚管抄』巻五には、入水に際して次の記事が見られる。「海ニシヅマセ給ヒヌルコトハ、コノ王ヲ平相国イノリ出シマイラスル事ハ、安芸ノイツクシマノ明神ノ利生ナリ。コノイツクシマト云フハ龍王ノムスメナリト申ツタヘタリ、コノ御神ノ、心ザシフカキニコタヘテ、我身ノコノ王ト成テムマレタリケルナリ。サテハテニハ海ヘカヘリヌル也トゾ、コノ子細シリタル人ハ申ケル。コノ事ハ誠ナラントヲボユ」（旧大系二六五頁）。角田文衞は、慈円が「コノ事ハ誠ナラントヲボユ」と信じ込んでいたことを想起すれば、「波の下にも都がある」との二位尼の最期の言葉は、あながち無稽な創作とは断じ難いものがあるとする（五〇三～五〇四頁）。

○悲しきかな、無常の劇しき風、忽ちに花の躰を散らし奉る。心憂きかな、分段の荒き波、早く玉躰を沈め奉る　以下の対句は、『六代勝事記』の後白河法皇崩御の条によりつつ、作り替えられたもの（冨倉徳次郎一七五頁）。『六代勝事記』「分段の秋の霧、玉体をおかして、無常の春の風、花のすがたをさそひき」（中世の文学七三～七四頁）。傍線部は〈四〉に一致する箇所。〈延・長・屋・覚〉は次のとおりである。〈延〉「悲哉、無常ノ暴風、花ノ皃ヲ散シ奉リ、恨哉、分段ノハゲシキ波、玉躰ヲ奉沈〆事ヲ」（巻十一—三七オ）、〈長〉「かなしきかなや、無常の風、たちまちに花のすがたをちらしたてまつる。いたはしきかなや、分段のあらき波、たちまちに玉体をしづめたてまつる」（5—一〇三頁）、〈屋〉「哀成哉無常春風花姿ヲ誘引奉リ、悲哉分

段ノ荒キ浪　龍顔ヲ沈メ春ル」（七九五頁）、〈覚〉「悲哉、無常の春の風、忽に花の御すがたを散らし、なさけなきかな、分段のあらき浪、玉体を沈めたてまつる」（下―二九五頁）。〈四〉に一番近似するのは、〈長〉。『六代勝事記』の「秋の霧」「春の風」の対句を、〈屋・覚〉では、「春風」「荒キ浪」の対句に変えたのは、「秋の霧」では先帝入水の時節（三月二十四日）にそぐわないとの配慮からだろう（弓削繁一四二頁）。　**○殿をば長生と擬へて、門をば不老とこそ立てられしかど**　『和漢朗詠集』雑・祝「長生殿裏春秋富　不老門前日月遅」（七七五）の詩句を下敷きにした対句。〈延〉は、「殿ヲバ長生ト名テ、長キ栖ト定メ、門ヲバ不老ト号シテ、老セヌ門ト祝キ」（巻十一―三七オ）と、『和漢朗詠集』に見る「長生・不老」の語を鏤めながら、傍線部を補い対句仕立てにしている。同様の構成を取るのが、〈南・覚〉。〈松〉は「殿ヲバ長生ト祝ヒ、門ヲバ不老ト名ケテ老セヌ宿ト祈シニ」（一四頁）と、対句仕立てを崩した形。〈四〉の形は、〈屋〉「殿ヲバ長生ト准へ、門ヲ不老ト事ヨセシニ」（七九五～七九六頁。〈長・盛・中〉もほぼ同）の形に近いが、「擬へて」は、〈長・中〉「名付」、〈盛〉「祝」（6―一六二頁）。「竝」とするものはなく、傍記の「擬」が良い。「立てられしかど」とするのは他になく、〈長〉「かうせしかども」（5―一〇三頁）、〈盛〉「名シカ共」（6―一六二頁）、〈屋・中〉「事ヨセシニ」（〈屋〉）とする。「立てられしかど」は改変された形であろう。　**○雲上の龍下りて、海底の魚とぞ成りたまふ**　〈延〉はこの前に、「河漢ノ星ヲ宝簭ニ喩へ、海浜ノ砂ヲ治世ニヨソヘ奉リシカドモ」（巻十一―三七オ）を挿入する。これ以外に、〈南・覚〉は「Aいまだ十歳のうちにして、底のみくづとならせ給ふ。B十善帝位の御果報、申すもなか〳〵おろかなり」（〈覚〉下―二九五頁）を記し、〈屋・中〉はAを記す。〈四〉に近似するのは、〈松・屋・覚・中〉。安徳天皇が入水したことを暗示的に言う。なお、『平家打聞』は、「雲上者、内裏、主上渡玉御殿」、「竜者、先帝、人間ノ上ナレハ、喩二竜、践下ヘハ二万人頂ヲ一、云雲上、竜、住ナリ雲上二」、「海底者、先帝安徳天皇、御身ヲ投レ海事、波ノ下ナレハ、喩ナリ魚」とする。　**○皇后宮大夫俊成卿、集撰の間**　以下、「（原文一行空白）」の後の「今思ひ合はすれば不思議なり」まで、〈四〉の独自記事。俊成の皇后宮大夫任官は、嘉応二年（一一七〇）七月二十六日。承安二年

（一一七二）二月十日に皇太后宮権大夫、承安三年に皇太后宮大夫、安元二年（一一七六）九月二十八日に、病により出家。ここでは「皇太后宮大夫」が良い。「集撰」とは、『千載集』撰進作業を指そう。後白河院の勅撰集撰進の院宣が俊成に下ったのは、寿永二年（一一八三）二月。 **○後徳大寺左大将実定卿、秀歌を太多読み送られける中に** 実定の左大将任官は、治承元年（一一七七）十二月二十七日のこと。なお、俊成は実定の母方の叔父にあたる（実定の母は俊忠の女で俊成の妹）。実定は『林下集』を残した歌人で、『千載和歌集』『新古今和歌集』にそれぞれ十六首入集している。しかし、実定が、秀歌を俊成のもとに送ったものの、『千載和歌集』入集は見送られたという件の事実性は未詳。「忠度都落」で、忠度が俊成のもとを訪れて自撰歌集を提出、『千載和歌集』に読み人知らずとして入れられたとする話や、「徳大寺の沙汰」に見る、清盛に追従する実定像などが加わって創作された話と考えられようか。次項注解参照。 **○（原文一行空白）と有りければ** 〈四〉には、巻五に四首、巻六に一首、巻七に三首、巻九に四首、巻十に八首、巻十一に三首の計二十三首分に当たる和歌空白部分がある。しかし、当該の和歌空白部分については、『平家打聞』により和歌が特定できる。『平家打聞』は、本段該当部分に注解項目を多く立てている。前々々項に引いたように、「雲上」「竜」「海底」を立項するが、その後に次の記事が続く。A「欲入日洗者、先帝、喩《フ》日《ニ》、行幸、在《シカハ》西国一、日《ノ》入方《ナレハ》、云入日《トハ》、終《ニ》崩御《下ヘハ》、喩入日二」、B「洋律白波者、凶徒等《ノ》名、自本恣人云、洋律白波、在二日本紀、无《キ》大気一有《レハ》心一、爾云」。しかし、〈四〉本文には、Aの見出し語「欲入日洗」、Bの見出し語「洋律白波」に該当する記事は見当たらない。ところが、そのBに続いて、『平家打聞』が立項する「珍重」は、一行空白部分の直後に見られる言葉である（次項注解参照）。〈四〉の原文（一七七左6～一七八右4）を改めて示せば、次のようになる。

雲上龍下成《下フ》海底魚《トツ》抑皇后宮大夫俊成卿集撰之間後徳大寺左大将実定卿秀歌太多被読《ミ》送中

（原文一行空白）

有《ケレ》乍《ラ》感《シ》珍重此歌有禁忌《モ》不被入

見出し語のＡ「欲入日洗」・Ｂ「洋律白波」は、傍線を付した「海底」と「珍重」に挟まれた部分、つまり今は空白となっている「(原文一行空白)」部分に記されていた和歌の句であったことが分かる。そこで、「欲入日洗」・「洋律白波」に近似した歌句を持つ実定作の和歌を、勅撰集の中に探ると、次に引く『新古今和歌集』の歌に突き当たる。「晩霞といふことをよめる　後徳大寺左大臣　なごの海の霞のまよりながむれば入る日をあらふ沖つ白浪」(春上・三五)。『平家打聞』の「洋律」を「洋津《おきつ》」の誤りと見れば、「欲入日洗」「洋律白波」とは、この歌の下の句「入る日をあらふ沖つ白浪」を抜き出したものと推測できる。従って、〈四〉のこの箇所は本来空白だったわけではなく、この実定の歌が書かれていたものと判断できよう。この事例からしても、〈四〉に見る二十三箇所の和歌空白部には、本来は歌が書かれていたことが推測される(早川厚一、四八〜五〇頁)。『平家打聞』が依拠した〈四〉本文は、既に誤写を抱えたものであったことが判明しているが(早川厚一、三四〜三八頁)、この事例からは、『平家打聞』が依拠した〈四〉本文は、未だ和歌を空白表記にはしていなかったことになる。つまり、〈四〉原本が成立後、転写されてゆく中で、誤写を生じつつも、未だ和歌を空白にはしていない段階があったと考えられ、現存〈四〉本文は、それよりも後の段階のものということになろう。

○珍重しく感じながらも、「此の歌、禁忌も有り」とて入れられず　『平家打聞』は、「珍重者、替花《ヤカナル》色事《ヲ》」とするが、〈四〉では概ね「やさし」と訓読すべき語で、ここでは、良い歌だと思った意。前項注解に見た実定の歌が、良い歌であるにもかかわらず、「禁忌」故に『千載和歌集』に入集されなかったという。だが、〈四〉を読む限りでは、いかなる「禁忌」なのか明確ではない。しかし、前項に引いた『平家打聞』によれば、凶徒(おきつ白波)により西国に追いやられ、ついに崩御した安徳天皇を「入る日」に喩えたので、不吉だということになるのだろう。この歌を「禁忌」とする理由は他に考えられないので、〈四〉の編者も同様に解していたと見るべきだろう。「白波」が盗賊を指すことは事実だが、実定の歌をそのように解釈して禁忌と判断し、故に勅撰集に入れないという理解は、和歌文学の伝統からはおよそ隔絶したものと言わねばなるまい。この歌は一般的な叙景歌として

『新古今和歌集』に入集しているのであり、「禁忌」などという理解はあるべくもない。佐伯真一①は、〈四〉が成立する最終段階で行われた改作（最終的改作）の特徴として、王朝文化に対する無理解を含む荒唐無稽な創作・改作があることを指摘し、この歌の問題もその中に数える（一七六頁）。その改作は、『平家打聞』『平家族伝抄』や、真名本『曽我物語』、『神道集』などと同一圏内でなされたと見られるものであり、ここでは、〈四〉が『平家打聞』との間で、特異な理解を濃密に共有していることが注目されよう。　**○国母建礼門院を始め奉りて…**　「軍呼にも劣らざりけり」までの記事を記すのは、他に〈延・盛・松・屋〉。当該記事の挿入位置は様々だが、いずれも二位殿や安徳天皇の入水記事、あるいは入水しようとする記事の後に位置する。その様子を見て悲痛の叫びを発する建礼門院以下女房達の様子を記したもの。なお、〈長〉は、当該記事を、灌頂巻の女院の語りの中で記し（5―一二一頁）、〈盛〉は、そこでも重出（巻四十八。6―四八八～四九九頁）。〈延・南・屋・覚・中〉も、女院の六道語りの地獄道の中で、人々の叫びを記し、〈南・屋・覚・中〉は叫喚地獄になぞらえる（本文は本段とは異なる）。　**○帥内侍**　「帥典侍」が良い。「内侍」は「典侍」（ないしのすけ）の誤りか。安徳天皇の乳母。中山中納言藤原顕時の娘、平時忠の北の方。『平家打聞』「帥内侍者、中山中納言娘、平大納言北方」。　**○大納言内侍**　「大納言典侍」「大納言佐」が良い（前項注解と同様）。安徳天皇の乳母。藤原邦綱の娘、平重衡の北の方。『平家打聞』「大納言内侍者、五条大納言邦綱入道ノ娘、本三位中将重衡卿北方」。後掲章段「重衡北の方の事」参照。　**○先帝、今年は八歳に成らせたまひけるが、御年の程よりも老しく…**　「鳴叫たまへる御気色にて」まで、〈延・盛・松・南・覚・中〉は、当該記事を、いずれも安徳天皇を抱いた二位尼が「今ハ限ノ船バタニゾ臨マセ給ケル」（〈延〉巻十一―三六オ）の後に置く。〈屋〉も基本的に同様だが、直前に、二位殿の言葉に、建礼門院を初め女房達が喚き叫んだとする記事（前々項注解）あり。〈長〉は欠く（但し「八歳にならせ給ふ先帝」の語はある。5―一〇二頁）。〈四〉も、この後に、「君入らせたまふ」とするように、入水前の光景とするのだが、〈四〉の場合、既に安徳天皇が「海へ入りぬ」「海底の魚とぞ成りたまふ」と言うように、入水したことが記されていて不自然と言えよう。〈高山釈文〉は、〈四〉の当該記事に「本文の混乱」を指摘し、「国母建礼門院を始め奉りて…」から「西方浄土へ参るぞよ」までを、「海へ入りぬ。悲しきかな、無常の劇しき風…」の前に移すと、「他の諸本に近い展開となる」とする（五一五〜五一六頁。巻十一補注五。これに従えば、〈屋〉に近い構成となる）。錯簡などの単純な誤りではなく、先の和歌説話等の挿入に関わる改編の際の不手際と考えられようか。なお、〈延・松・南・覚〉は、安徳天皇が、「山鳩色ノ御衣」（〈延〉巻十一―三六オ）を着ていたとする。山鳩色とは青色の別名で、青色の袍を、つまり束帯を着ていたことになる。青色の袍の場合、成人天皇は両脇を縫い、裾に襴を入れた様式になるが、幼帝は、両脇を縫わずに襴もないスリットの入った様式になる（近藤好和①二六頁）。

○御髪黒くして由良〳〵として、御肩に過ぎて御背中に房々と懸かりたまへり　〈延・盛・松・南・屋・覚・中〉同、〈長〉欠く。〈覚〉にはこの後に「びんづら」（下―二九五頁）を結っていたとの記述がある。大原御幸時の建礼門院の回想では、〈延〉では「御グシノ肩ノ渡リニユラ〳〵房々ト懸テ」（巻十二―七二ウ）、〈覚〉では「び《ン》づらいはせ給ひて」（下―四〇五頁）などとある。「びんづら」は「みづら」。「頭の中央から髪を左右に分け、耳のあたりで輪になるように緒で結び耳の前に垂らしたもの」（『角川古語大事典』「みづら」）とされる。『満佐須計装束抄』二に、「みづらをゆふこと。まづときぐしにて、ちごのかみをときまはして、ひらかうがいにて、わけめのすぢよりおなじをわけくだして、まづ右のかみをかみねり（かみひねりカ）してゆひて、左のかみをよくけづりて、あぶらわたつけなでなどして、もとゞりをとるやうにけづりよせて（中略）かみのすゑをば、みゝのうへよりこして、びんぷくのうちにはさむべし」（群書8―五七〜五八頁）などとあり、髪を括って耳の前に垂らす方法が詳しく説明されている。〈全注釈〉（下一―五一八頁）は、「びんづら」を結ったとしながら髪が背にかかるというのは矛盾であると指摘するが、斎藤慎一②は、京都栗棘庵の童子八幡神像（『日本絵画館4　鎌倉』講談社四八頁掲載）を、「豊かな髪を、両耳の辺りでわけ」る「みづら」姿でありながら、「優優として御せなかをすぎる」姿であるとして、この場面の安徳天皇の姿を髣髴させるものとする。同時に、「みづら」姿は神仏の化現を象徴すると見る（二三頁）。一方、生形貴重は、矛盾とする点については〈全注釈〉説を採りつつ、神仏化現の姿という点では斎藤説を採って、日常性を越えた芸術性を獲得しているとする（二二頁）。『閑居友』下―八話では、建礼門院の回想の中で、「今上は何心もなく、振り分け髪にみづら結ひて」（〈新大系〉四四〇頁）と語られており、これによれば、安徳天皇は「振り分け髪」で「みづら」も結っていたことになる。原田敦史は、出家の際に、氏神を拝んだ後「鬢連」を結ったとする、『中右記』承徳二年（一〇九八）八月二十七日条の例を指摘し、「出家作法のイメージを重ねることができる」とする（二二八頁）。また、田中貴子は、髪型が『源氏物語』「若紫」巻に出てくる幼い若紫の髪型の表現と酷似していることに着目し、安徳天皇は、性別を云々するよりも、童子という男女の性の混沌とした存在であったのではないかとする（四〇頁）。**〇二位殿是く擢めて**　〈延〉同、〈長・盛・松・南・屋・覚・中〉欠く。「是く擢めて」の内容は、この節冒頭の宝剣・神璽を腰に差し、安徳天皇を抱き抱えたことを指す。〈延〉では比較的分かりやすいが、〈四〉では当該記事と離れすぎていて分かりにくくなっている。**〇「尼瀬、何ちへ行くぞ」と仰せられければ、「西方浄土へ参るぞよ」とて**　二位殿の言葉の内容が、ほぼ「西方浄土へ参る」ことのみであるのは、他に〈長・屋・中〉。〈南〉では、その言葉の後に、まず伊勢大神宮に御暇を申し、次に西方浄土からの来迎を祈るべきであると告げる（八七〇頁）。〈覚〉ではその前に、「安徳天皇は前世の善業によって王に生まれたが、もはや運が尽きた」の意の言葉がある（下―二九四頁）。〈延〉は、天照大神と正八幡宮に呼びかける形で、A「安徳天皇は前世の善業によって王に生まれた」、B「王に生まれ、また、幼くて何の悪行もないのに、神の鎮護を失った」、C「これは、我々平家一門が雅意（我意）に任せて驕ったためである」、D「来世は『大日遍照弥陀如来』による救済を願う」という趣旨の、独自の長文を置く（三六ウ）。Aは〈覚〉と重なるが、それ以外は独自。天照大神と八幡神に呼びかける点で、名波弘彰①は二所宗廟観の存在を指摘した（一一八～一一九頁）。また、Dの「大日遍照弥陀如来」は、牧野和夫によって、覚鑁の教義を踏まえた言葉で、伝法院方の加筆であることを示すと指摘されたものである（一〇六

〜一〇七頁）。それらを受けて、源健一郎は、〈覚〉（〈南〉も同様となる）には、皇統の護持は天照大神一神の神慮によって保証されるという継体観が見られるのに対し、〈延〉には、天照大神即大日、八幡即弥陀という中世の神仏習合的な体系のもとに王権の安泰が願われているとする（六〜八頁）。牧野の指摘を受ければ、〈延〉のA〜D全体が、根来における最終的な加筆である可能性がある。但し、「大日遍照弥陀如来」を、宗廟神たる天照大神と八幡大菩薩の表現と考える名波弘彰②の見解もある（大日如来は天照大神と習合され、阿弥陀仏は八幡神の本地とされる）。また、B・Cの、安徳天皇の悲運の原因を平家一門の悪行に求める論理は、〈延〉では巻十二の建礼門院の語り（巻十二―七三オ〜ウ）とも重なる。佐伯真一②は、巻十二の建礼門院の語りを、『平家物語』の鎮魂のあり方を示すものと見る（二〇頁）。そうした点もふまえて、検討を要するだろう。なお、〈盛〉では、以上の諸本とは異なり、「兵共ガ御舟ニ矢ヲ進候ヘバ、別ノ御船ヘ行幸ナシ進セ候」（6―一六一頁）とする。　**○女院も後れ奉らじと連きて入らせ御在しけるを**　〈延・長・盛・松・南・覚〉では、建礼門院は、左右の袂に焼石と硯（〈松〉は硯）を入れ入水したとする。〈屋・中〉も重りとしたことを欠く。知盛主従がこの後、鎧を二両着重ねて入水したように、沈むための重りとしたのである。但し、〈四〉は、その場面でも、その旨の記載を欠く。なお、本段該当部では、諸本とも、建礼門院が入水して引き上げられたとしているが、〈延〉（巻十二―七二ウ）や〈覚〉（下―四〇四頁）の、大原御幸時の建礼門院の回想の中では、二位殿によって「女人は殺されないから生き残って供養をせよ」と説得されたとあって、入水は語られず、入水しなかったようにも読める。『閑居友』下―八話（〈新大系〉四四〇頁）も同様。　**○渡辺源次馬允**　〈延〉「渡辺源五馬允番ガ子、源兵衛尉昵」（巻十一―三七ウ）、〈長〉「渡辺右馬允昵」（5―一〇三頁）、〈盛〉「渡辺源次兵衛尉番ガ子ニ源五馬允昵」（6―一六三頁）、〈松〉「源五右馬允昵《ムツ》」（一四頁）、〈南〉「源五馬允馴《ムツフ》ガ子ニ番《ツカウ》」（下―八七一頁）、〈屋・中〉「源五右馬允番」（〈屋〉七九六頁）、〈覚〉「源五馬允むつる」（下―一九六頁）。『吾妻鏡』「建礼門院〈藤重御衣〉入水御之処、渡部党源五馬允以㆓熊手㆒奉㆑取㆑之」（元暦二年三月二十四日条）。〈四〉と同様に、〈長・松・南・屋・

覚・中〉は、熊手に髪を搦めて引き上げたとするが、〈延・盛〉は、昵が飛び込み潜き上げたところを、父の番〈盛〉は、郎等〉が、熊手に髪を搦めて船に引き上げたとする。昵・番については、佐々木紀一③の研究に詳しい。昵は、「内舎人正六位上源朝臣昵」（『玉葉』治承三年正月十九日条）と見え、大阪府立図書館蔵禅通寺本『渡辺系図』甲本に、「親《ムツル》─番《ツカウ》〈馬允惣官〉」とある。また、番は、成功で右馬少允に任じられており（『吉記』養和元年九月二十三日条）、馬允とする点は確認できる。さらに、東京大学史料編纂所蔵『古系図集』所収系図や禅通寺本『渡辺系図』によれば、「後源次馬允」とするのが良い（一六〜一七頁）。また、番は渡辺氏の正嫡で、番が建礼門院の救助者に目されたのは、一門内の地位と無関係ではないとする（佐々木紀一④一九四頁）。なお、〈延・盛・松〉によれば、建礼門院は、「比ハ三月ノ末ノ事ナレバ、藤重ノ十二単ヲゾ被召ケル」（〈延〉巻十一─三七ウ）とする。藤重とする点は、前項に引いた『吾妻鏡』に確認できるが、ここに見る「十二単」とは、公家の成人女子の正装である女房装束のことではなく、袿十二枚の重ね袿姿の意味である（近藤好和②二一四〜二一六頁）。 **○己の小袖を着せ進らせて取り留め奉る** 〈四〉では、渡辺源次馬允が、自分の着ていた小袖を脱いで建礼門院に着せたかのように読める。しかし、〈延・盛・松・屋・中〉は、次のように記す。〈延〉「女院ハ取上ラレサセ給テ、シヲ〱トシテ渡セ給ケルヲ、昵ヨロヒ唐櫃ノ中ヨリ、白小袖一重取出シテ進セテ」（巻十一─三七ウ。なお、〈盛〉では、昵は「モシヤノ時トテ」〈6─一六三頁〉鎧唐櫃の底に唐綾の白小袖を入れてあったのを取り出したとする）。武士が自分の小袖を着せたとするよりは、この方が妥当だろう。「己の小袖」は、あるいは「白き小袖」を誤った可能性もあるか。 **○普賢寺殿の北政所も飛び入らせたまひけるを、人亦取り留め奉る** 〈延・盛・松〉同、但し「近衛殿北政所」とする。〈南・屋〉は、「北政所・廊ノ御方・帥典侍以下ノ女房達皆捕レ給ケリ」（〈屋〉七九六頁）と簡単に触れる。近衛殿・普賢寺殿は共に藤原基通のこと。『平家打聞』は、「普賢寺殿者、清盛入道次男、八島大臣殿」と、宗盛のこととするが誤り。また、『平家打聞』は「北政所者、右大臣為隆卿娘」とするが、藤原為隆（為房の男。一〇七〇〜一一三〇年）は参議が極官であり、為隆の娘に基通や宗盛の妻となった人物はいない。基通の北政所は、清盛の五女完子。〈四〉「第五近衛の入道殿下の北政所月の輪殿と申す」（巻一―一四左）。平家の都落ちの際、北の方のみ都落ちした。**○帥内侍殿は船の艫に引かへられて入り得たまはず**　「船の艫に引かへられて」は、やや不明瞭。〈延・盛・松〉は、「帥佐殿モ後レ奉ラジト飛入給ケルヲ、御袴ト衣ノスソトヲ船バタニ被射付テ、沈ミ給ハザリケルヲ、是モ昵ガ取上奉テケリ」（〈延〉巻十一―三七ウ）と記す傍線部に見るように、舷に衣服諸共に射付けられ入水できなかったとする。なお、〈長・南・屋・覚・中〉では、大納言典侍が内侍所を持って入水しようとしたところ、着物の裾を舷に射付けられたため入水できなかったとする。これらの諸本では、安徳天皇の皇統としての正当性を主張して、宝剣と神璽を身に着けて安徳天皇と共に入水した二位殿の意を受けて、大納言典侍は、残る三種の神器の一つである内侍所を持って入水しようとしたと考えられる（杉山友美一七頁）。

○二位殿は深く沈みて見えたまはず　〈延・盛・松〉同、〈長・南・屋・覚・中〉欠く。**○夷共、御船に乱れ入りぬ。内侍所の唐櫃の鏁を捻ぢ破りて取り出だし奉り…**　先に大納言典侍が内侍所を持って入水しようとしたとする〈長・南・屋・覚・中〉の場合、武士達は、内侍所とは知らなかったものの、貴重なものと知った上で、鎖をねじ切ろうとしたと考えられる。一方、そうした記事のない〈四・延・盛・松〉の場合は、乱入した武士は、唐櫃を見つけ何かあるかとの思いで鎖をねじ切り箱を開けようとしたと考えられる。**○平大納言之を見て**　〈長・南・屋・覚・中〉は、時忠は、既に生け捕られて、そこにいたとする。〈四・延・盛・松〉はそう記さないが、源氏の兵に指示をするのは同様の状況と考えられよう。但し、〈四〉は次段で時忠が碇を負って入水したとするので、捕らわれていなかったように読めるが、それでは、ここで時忠が誰にどのように指示したのかがわからない（あるいは、未だ捕らわれていなかった時忠が、源氏の兵を叱咤したと解しているのだろうか）。しかし、それではこの後の「大夫判官之を見て、平大納言に仰せて、本のごとく唐櫃に納め奉りにけり」が理解できないし、時忠が生け捕られたことは、その後の記述からも明らかである。次段冒頭の注解「平大納言時忠」参照。**○世の末なれども、是く霊験の御在すこそ目出けれ**　〈延・

盛・松・屋・中〉同、〈長・南・覚〉欠く。この後、「鏡」で内侍所の霊験が記されるように、こうした評語はここにもあるべきであろう。

【引用研究文献】

＊生形貴重「「平家物語」の始発とその基層—平氏のモノガタリとして—」（日本文学一九七八・12。『「平家物語」の基層と構造—水の神と物語—』近代文藝社一九八四・12再録。引用は後者による）
＊栗山圭子「池禅尼と二位尼—平家の後家たち」（『中世の人物　京・鎌倉の時代編第一巻　保元・平治の乱と平氏の栄華』清文堂出版二〇一四・3）
＊近藤好和①「時代劇を読む　天皇の装束」（本郷五四号、二〇〇四・11）
＊近藤好和②「時代劇を読む　女房装束と十二単」（本郷五六号、二〇〇五・3）
＊斎藤慎一①「「二つ衣」と「白き袴」—小宰相と能登殿—」（古典教室七号、一九七四・6）
＊斎藤慎一②「平家物語の人物形象をめぐって—教室での風俗考証—」（国語科通信一九六号、一九七七・5）
＊佐伯真一①「四部本『平家物語』最終的改作の輪郭」（青山語文二六号、一九九六・3。『平家物語遡源』若草書房一九九六・9再録。引用は後者による）
＊佐伯真一②「『平家物語』と鎮魂」（『いくさと物語の中世』汲古書院二〇一五・8）
＊佐々木紀一①「『王年代記』所引の四部合戦状本『平家物語』について(上)」（山形県立米沢女子短期大学附属生活文化研究所報告二八号、二〇〇一・3）
＊佐々木紀一②「能登殿最期演変—『神明鏡』所引『平家物語』巻十一本文について—」（山形県立米沢女子短期大学附属生活文化研究所報告三六号、二〇〇九・3）
＊佐々木紀一③「渡辺党古系図と『平家物語』「鵜」説話の源流(上)」（米沢史学一八号、二〇〇二・12）
＊佐々木紀一④「渡辺党古系図と『平家物語』「鵜」説話の源流(下)」（山形県立米沢女子短期大学紀要三七号、二〇〇二・

12)
*杉山友美「『平家物語』の帥典侍と大納言典侍―院政期における乳母―」(学習院大学大学院日本語日本文学五号、二〇〇九・3)
*角田文衞「安徳天皇の入水」(古代文化二七巻九号、一九七五・9。『王朝の明暗』東京堂出版一九七七・3再録。引用は後者による)
*田中貴子「安徳天皇女性説の背景―女と子供の成仏をめぐって―」(日本文学二〇〇二・7)
*冨倉徳次郎『平家物語研究』(角川書店一九六四・11)
*名波弘彰①「『平家物語』の成立圏(畿内)」(『軍記文学研究叢書5　平家物語の生成』汲古書院一九九七・6)。なお、この論旨は、「延慶本平家物語の終局部の構想における壇浦合戦譚の位置と意味」(文芸言語研究〔文芸篇〕四五巻、二〇〇四・3)で、さらに展開されている。
*名波弘彰②「延慶本平家物語にみえる二つの「先帝」入水の物語」(文芸言語研究〔文芸篇〕五一巻、二〇〇七・3)
*早川厚一「『平家打聞』と『四部合戦状本平家物語』」(名古屋学院大学論集〔人文・自然科学篇〕二四巻二号、一九八八・1)
*原田敦史「覚一本『平家物語』終局部の構造」(国語と国文学二〇〇六・9。『平家物語の文学史』東京大学出版会二〇一二・12再録。引用は後者による)
*牧野和夫「延慶本『平家物語』の一側面」(芸文研究三六号、一九七七・3。『延慶本平家物語の説話と学問』思文閣出版二〇〇五・10再録。引用は後者による)
*源健一郎「『平家物語』の継体観―〈四宮即位〉と〈先帝入水〉との脈絡―」(日本文学二〇〇一・6)
*弓削繁「六代勝事記と平家物語」(中世文学二一号、一九七六・10。『六代勝事記の成立と展開』風間書房二〇〇三・1再録。引用は後者による)

壇浦合戦（⑤人々入水）

【原文】

平大納言時忠平[1]掌相教盛修理大夫経盛鎧上負《カク》[2]《ヲヒ》〔錠《イカリ》〕[3]碇ラ入レ下フ海ヘ[4]小松殿御子六人御シ此彼《コヽカシ》失下ヒ成二リ下フ三人一末子丹後侍従忠房自屋島落不知行方新三位中将資盛▽一八〇右欲シケレ奉生執腹昇切死ニ下ヌ少将有盛入下ヌ海ヘ[5]

【釈文】

平大納言時忠・平宰[1]（掌）相教盛・修理大夫経盛は、鎧の上に碇《いかり》[3]〔錠《イカリ》〕を《ヲ》[2]負**ひ**て海**へ**[4]入り**たまふ**。小松殿の御子は六人御**し**けるが、此彼《ココカシこ》にて失せ**たまひ**て三人に成**りたまふ**。末子丹後侍従忠房は、屋島**より**落ちて行方を知らず。新三位中将資盛は、▽一八〇右生執《いけど》り奉らんと欲《シ》**けれ**ば、腹昇き切りて死**にたまひぬ**。少将有盛、海**へ**[5]入り**たまひぬ**。

【校異・訓読】 1〈底・昭・書〉「掌相」。2〈昭〉「負《カ》《ヲヒ》」。3〈底・昭〉「碇ラ」（送り仮名「ラ」は、「ヲ」の誤りか）の右上に「錠《イカリ》」を補入、〈書〉「碇」を記さず、「錠」を通常行に記す。4〈昭〉「海」。5〈昭〉「海」。

【注解】 〇**平大納言時忠** 時忠が、教盛や経盛と同様に入水したとする記述は〈四〉にのみ見られるが、不可解なものである。時忠は、前段で、源氏の兵に向かって内侍所の扱いを指示していたので、既に捕らわれていたと解され、ここで碇を負って入水することはあり得ない。前段末尾注解「平大納言之を見て」に見たように、〈長・南・屋・覚・

中〉では、時忠は既に生け捕られて源氏の船にいたとするし、〈四・延・盛・松〉でも同様に読めるはずだが、〈四〉は、前段の文脈を誤解している可能性がある。時忠が生け捕りとなって生存していることは、この後生虜の名寄せに名が上がることや、その後も「文の沙汰」では義経と交渉したこと、巻十二で流罪が語られることなどから、明らかである。　**○平宰相教盛・修理大夫経盛は、鎧の上に碇〔錠〕を負ひて海へ入りたまふ**　〈四〉は、平宰相とするが、〈延・盛・松・覚〉平中納言、〈長・南・屋・中〉門脇中納言（但し、〈中〉は、「たゞもり」と誤る）。教盛の任参議は、仁安三年（一一六八）八月十日、任権中納言は、養和元年（一一八一）十二月四日。ここは中納言とあるのが正しい。〈延〉「平中納言教盛、修理大夫経盛二人ハ、敵ノ船ニ乗移リケルヲ打払テ被立一タリケルガ、『主上既ニ海へ入セ給ヌ』ト冑リケレバ、『イザ御共セム』トテ、鎧ノ上ニ碇ヲ置テ、手ヲ取組テ海へ被入一ニケリ」（巻十一―三八ウ）。「負ひて」は、一方の付訓「カ」によれば、「負《かづ》きて」と訓むことになる。当該部、〈延〉「置テ」（巻十一―三八ウ）、〈長・屋〉「をひて」（〈長〉5―一〇三頁）、〈松〉「負テ」（一四頁）、〈南〉「負」（下―八七二頁）、〈覚〉「負ひ」（下―二九六～二九七頁）、〈中〉「かけて」（下―二六四頁）。なお、〈松〉は「石ヲ負テ」とする。壇浦合戦では、『吾妻鏡』（元暦二年〔一一八五〕）によれば、教盛と経盛は、「前中納言〈教盛。号二門脇一〉入水。前参議〈経盛〉出二戦場一、至二陸地一出家。立還又沈二波底一」とあり、『平家物語』が記すように、一緒に入水したようには読めない。但し、『平家物語』諸本の中でも〈盛〉は、教盛は知盛と共に入水、経盛は船を逃れ去って、南山に入り自害して埋められたという独自の異伝を記す。〈盛〉「前修理大夫経盛卿ハ、船ヲ遁去テ入南山、自害シテ被堀埋ニケリ。去難不去死、骨ヲ埋共不埋名」（6―一七三頁）。同様の記事は、この後院御所にもたらされた注進状にも、「前修理大夫経盛卿〈登山自害堀埋〉」（6―一八一頁）と見える。この経盛伝は、先に引いた『吾妻鏡』の経盛伝と重なり合う部分が多く、何らかの関係を想定すべきかもしれない。『吾妻鏡』の経盛伝については、壇浦合戦の折に、戦場を一旦抜け出て上陸し出家した後に戻って海の藻屑となったと解するのか、あるいは壇浦合戦以前に出家していたが、壇浦では平家勢の船中に戻り、入水したと解して良いのか不明瞭だが、あるいは〈盛〉的な経盛出家の伝承と、その他の諸本に見る経盛入水の伝承とを継ぎ合わせたものかとも考えられようか。なお、『醍醐雑事記』は、「自害」に「中納言教盛」の名を記し、「不知行方人」に「修理大夫経盛」の名を記す（四〇八頁）。当該話やこれに続く小松公達の入水話が、宗盛親子の話と対照されていることは確かだが、日下力は、〈覚〉のこの部分の話が、子を失った教盛・経盛の入水、父を失った小松の公達と行盛の入水に対して、父子健在であるが故に死にきれぬ宗盛父子を対照的に取り合わせた記述として織り成されていると読む（三三六～三三九頁）。　**○小松殿の御子は六人御しけるが、此彼にて失せたまひて三人に成りたまふ**　重盛の子が六人いたことを記すのは〈松〉同。〈松〉「小松殿ノ君達六人御座シガ、此彼ニテ三所ハ失給ヌ」（一四頁）。但し、〈延・長〉の忠房誅殺記事の冒頭に、「小松殿子息六人オハセシモ、此コ彼コニテ被失ケル中ニ」（〈延〉巻十二―八三オ）と近似本文あり。既に亡くなっていた三人とは、維盛・清経・師盛。維盛は、一谷合戦前に脱出し、那智の沖で入水。本全釈巻十「維盛入水②」参照。清経は、諸本巻八該当部で、緒方の攻撃により大宰府を落ちた後、入水したとされる（〈覚〉では「大宰府落」）。〈四〉も同様に記していたものだろうが、巻八は欠巻。灌頂巻で女院の回想の中に記される（二八六右～二八六左）。『建礼門院右京大夫集』に「この三位中将、清経の中将と、心とかくなりぬるなど、さまざま人のいひ扱ふにも」（古典集成一〇六頁）とあることから、入水は事実である可能性があると考えられている。師盛は一谷合戦の折に討死。本全釈巻九「師盛最期」参照。なお、〈四〉と同様に、まだ三人生き残っていたとするのは、〈延・長・松・南〉同。　**○末子丹後侍従忠房は、屋島より落ちて行方を知らず**　〈四・延・松・南〉は、屋島で離脱と明記。〈盛・屋・覚・中〉は、ここでは忠房の動向を記さない。なお、〈四・延・長・南・屋・覚・中〉では、巻十二で、屋島から落ちた忠房は湯浅城に籠もり投降したが、其の後頼朝に誅殺されたことが記される。なお、〈盛〉は忠房の動向を、巻四十六に元暦二年（一一八五）の「十二月十七日、侍従忠房、前左兵衛尉実元ガ預タリケルヲ、野路辺ニテ斬首」（6―三八四頁）と、誅殺記事のみを記す。　**○新三位中将資盛は、生執り奉らんと欲ければ、腹昇き切り**

て死にたまひぬ　〈四〉と同様に、資盛が単独で自害したとするのは、他に〈延〉。〈長・松〉は有盛と二人で、〈南・屋・覚・中〉は、有盛といとこの行盛三人で手を取り合って入水したとする。但し、〈盛〉巻四十三は、屋島合戦の前、資盛と清経は豊後武士に討たれたとする独自の記事を記す（6―七四頁）。あるいは、『玉葉』寿永三年（一一八四）二月十九日条と関わる可能性もあろう。「又聞、資盛・貞能等為二豊後住人等一乍レ生被レ取了云々。此説日来雖二風聞一、人不二信受一之処、事已実説云々」。これによれば、九州近辺にいたのであろう資盛と貞能が、豊後の住人等に生け捕られたという。あくまでも風聞であり、人も信用していなかったのだが、やはり実説であったというのである。〈盛〉では、資盛と清経であり、また、生け捕りではなく討たれたとする点、異なっており、直接的な関係は考えがたいものの、豊後の国での話という共通点は、全く無関係とは言い得ないであろう。なお、資盛・有盛は、『吾妻鏡』（三月二十四日条）では入水、『醍醐雑事記』では、資盛には触れず、有盛・行盛は「殺人」に数える（四〇八頁）。**〇少将有盛、海へ入りたまひぬ**　〈四〉は、入水を記すのみだが、〈延〉「弟小将有盛、人々海へ入給ヲ見給テ、ツヾキテ海へ入ラレニケリ」（巻十一―三八ウ～三九オ）、〈長〉「小松御子息新三位中将資盛、左少将有盛、わかくいとけなき人々の弓をさしちがへ、手をとりくみて抱合て一所に入給ふ」（5―一〇四頁）、〈松〉「三位中将資盛・小松小将有盛、皆若ク厳シゲナル人々、一所ニサシツドイ、各目ヲ見合テ立給タリケルガ、敵ノ船双テ乗移ケレバ、皆海へ飛入給ヌ」（一四頁）、〈南・屋・覚・中〉は、資盛と有盛、いとこの行盛三人が手を取り合って入水したとする。但し、〈盛〉は、当該記事では有盛の消息を記さないが、院御所にもたらされた注進状には、「戦死者、前左馬頭行盛朝臣・前左少将有盛朝臣」（5―一八一頁）と異伝を記す。前項の注解に引いた『醍醐雑事記』の記載に重なる。

【引用研究文献】

＊日下力「『平家物語』の整合性―「教盛・経盛」の場合―（リポート笠間二八号、一九八七・10。『平家物語の誕生』岩波書店二〇〇一・4再録。引用は後者による）

壇浦合戦⑥宗盛生捕

【原文】

屋島大臣殿不[1]サリケレハ〔レ入レ下〕海[2]ヘ侍共合レセ心逆奉《マ》[3]タル樋キ入レ御子右衛門督モ飛ヒ入下究竟水練《レン》種々遊シ波上御在シ[4]大臣殿右衛門督成《ナリ》下ラント如何《カ》一不審ク右衛門督ハ亦父ノ大臣殿ヲ成《ナリ》[5]二下ヌルカト如何《カ》一不審シ互無心本不沈モ遣リ下之程伊勢三郎▽一八〇左義盛右衛門督以熊手奉ル引揚ケ大臣殿見下フ之上《ヘ》心弱ク覚ケレハ浮ヒ御在大臣殿ヲモ同ク義守奉取揚被取[6]二此人々[7]一ノ見御乳母子飛騨三郎左衛門尉景経何ナル者ナレ奉[8]リ下取揚君飛懸伊勢三郎童隔リケレリケルカ中甲鉢健被打甲落ケレニケリ第二太刀首打落シツ義守モ已可被計堀弥大郎立チカ▽一八一右重打内甲所臆《ヒル》[9]モ堀弥大郎捨弓得[10]リヤ懐タリ成上成下組程弥太郎々等引上景経鎧草摺差シケレ内甲手痛手弱上ヘ是ク被差成下不リケレ働ラカ取首大臣殿被引揚景経是成見下思下ヒケン何計事

【釈文】

屋島の大臣殿は海[2]へ入らせたまはざりければ[1]、侍共心を合はせて逆《さかさマ》に樋《つ》き入れ奉りたるに[3]、御子右衛門督も飛び入りたまふ。究竟の水練《すいレン》なれば、種々の游《およ》（遊）ぎして、波の上に御在しけり[4]。大臣殿は右衛門督を、「如何《いかカナ》成りたまふらん」と不審《おぼつかな》く、右衛門督は亦、父の大臣殿を「如何《いかカ》[5]成《ナ》りたまひぬるか」と不審《おぼつかな》し。互ひに心本無く、沈みも遣りたまはぬ程に、伊勢三郎義盛、▽一八〇左右衛門督を熊手を以て引き揚げ奉るを、大臣殿見たまふ上《へ》は、心弱く覚えければ浮かびて御在す。大臣殿をも同じく義守取り揚げ奉る。此の人々[7]の取られ[6]たまふを見て、御乳母子の飛驒三郎左衛門尉景経、「何かなる者なれば君を取り揚げ奉[8]りたまふぞ」とて、飛び懸かりけるを、伊勢三郎が童、中に隔たりけるが、甲の鉢を健《したた》かに打たれて、甲落ちにけり。第二の太刀に首を打ち落としつ。義守も已に討（計）たるべかりけるを、堀弥太（大）郎立ち▽一八一右重《カ》なりて内甲を打てば、[9]臆《ヒル》みける所を、堀弥太（大）郎弓を捨てて、「得[10]たりや」とて懐《いだ》きたり。上に成り下に成り組む程に、弥太（大）郎が郎等、景経が鎧の草摺を引き上げて差しければ、内甲の手も痛手にて弱りたりける上《うへ》に、是く差されて下に成り、働《ラ》かざりければ、首を取りてけり。大臣殿引き揚げられて、景経が是く成るを見たまひて、何《い》かばかりの事をか思ひたまひけん。

【校異・訓読】 1〈底〉「不サリケレハ」の下に○印（補入符）、右下に「レ入下レ」と傍書。〈昭〉「不サリケレハ」の下に補入符はあるが、傍書はなし。〈書〉「不入」。2〈昭〉「海」。3〈昭〉「奉ケレ」。4〈昭〉「在」。5〈昭〉「成《ナリ》下ヌルハト二」。但し「ハ」は難読。〈底〉「成《ナリ》下ヌルカト二」の「カ」もやや難読。6〈昭〉「被レ」。7〈昭〉「々ノ」。8〈昭〉「奉リト」。9〈昭〉「臆《ヒル》ミ」。10〈底〉「得リヤ」の「リ」は「ソ」にも見える。〈昭〉「得リヤ」。

【注解】○屋島の大臣殿は　本節は宗盛父子の生捕を描く。宗盛生捕と教経入水の記事は、ほとんどの諸本が〈四〉と同様に宗盛・教経の順だが、〈盛〉は逆に教経・宗盛の順。また、宗盛一人のこととして語り始めるのが〈四・長・松・屋・中〉、「大臣殿父子」などと宗盛・清宗父子のこととして語り始めるのが〈延・盛・南・覚〉。日下力は〈覚〉に即した読解として、息子を失った父（教盛・経盛）と、父を亡くした息子（資盛・有盛・行盛）の入水の後に、「互いに健在であるがゆえにかえって親子の情にほだされて」（三三六頁）死にきれない宗盛父子の物語が位置すると読む。これに対して、高橋昌明は、宗盛が死なかったのは、総帥という立場上、最後まで見届ける責任があり、軽々に自死が許されなかったからだろうとし、しかし、『平家物語』を初めとして、人はそれを卑怯、未練と見たのだろうとする（一八四頁）。　**〇海へ入らせたまはざりければ**　〈四〉は入水しなかったと描くのみだが、他本はより詳しい。〈延〉は「大臣殿父子ハ、御命惜ゲニテ、海ヘモ入得給ハズ、船ノトモヘニアチコチ違ヒ行給ケルヲ」（三九オ）と、命を惜しんで歩き回っていたとする。〈盛・松〉もこれに近いが、〈松〉も「御命惜マレゲニテ」（一四頁）とする。一方、〈長〉は、「大臣殿は入らんともし給はず、舟ばたにたちて四方を見まはしておはしけるを」（5―一〇四頁）と、呆然と立ち尽くしていたとする。〈南・屋・覚・中〉もこれに近い。〈覚〉は「大臣殿おやこは、（中略）ふなばたに立出でて、四方見めぐらし、あきれたるさまにておはしけるを」（下―二九七頁）と、「あきれたる」様子を描く。山下宏明は、生きようとする宗盛が、「その行動の支えとしてあった主上と神器の行方を見て茫然自失し」（八四頁）たものと読む。

〇侍共心を合はせて逆に樋き入れ奉りたるに　基本的には諸本同様だが、〈延〉「侍共余ノニクサニ心ヲ合テ通様ニ逆ニツキ入奉ル」（三九オ）のように、〈四〉にはない要素が交じる。まず、傍線部のように侍達が「憎さ」によって突き落としたとするのは、〈延・長・盛・屋〉。〈南・覚・中〉は「心うさ」（〈覚〉下―二九七頁）とする。また、二重傍線部のように「通様に」（そばを通るようなふりをして）とするのは、〈延・長・盛・覚・中〉（〈長〉「とをるやうにて」、〈中〉「御そばをはしりとほるやうにて」など）。傍らを通る時に誤って体が当たってしまったように装った意だろう。さらに、波線部のように「逆に」とするのは、〈四・延〉。「逆に」とは、宗盛の体が頭から海に落ちるようにした意か。「通様ニ」を有する〈延〉とそれのない〈四〉では微妙に文脈が異なるが、総大将である宗盛を、平家の軍兵があからさまに海に放り込むようなことをしたと読むのは無理があり、結果的に宗盛が頭から落ちた意と読むのが穏当だろう。　**〇御子右衛門督も飛び入りたまふ**　〈延・長・松・南・屋・覚〉同様。〈中〉「御子ゑもんのかみ、つゞきて入給ふ」（下―二六四頁）も同様だろう。一方、〈盛〉は該当文がなく、父子共に突き落とされたように読める。この後、生け捕りとなって鎌倉に護送され、斬首されるまでの間、清宗は諸本で、宗盛と対比的に若年ながら恥を重んじる武士として描かれる（〈四〉は該当記事を欠く）。そうした意味では、ここで父と共に突き落とされたとするよりは、父が侍に落とされたのを見て自ら飛び込んだとする方が、人物像に揺らぎが少ないといえよう。　**〇究竟の水練なれば、種々の游（遊）ぎして、波の上に御在しけり**　「遊」は「游」の誤りであろう。〈名義抄〉「遊　アソブ　ウカル　ミユタハフル　ヲトリ　メクル　スミヤカニ」（仏上―五三）、「游　オヨグ　ウカフ　アソフ　ケカル　ユク」（法上―一七）。諸本に同様の記事あり。〈延・長・盛・松・南・覚〉は、その他に「皆人ハ重キ鎧ノ上ニ重キ物ヲ負タリ懐タリシテ入レバコソ沈ケレ、是ハ父子共ニスワダニテ」（〈延〉三九オ）といった内容の記述がある（「スワタ」はスハダ、素肌。鎧を着ていない意）。〈長〉は、重い物を負う他に「あるひはいだきあひて入ばこそ」（5―一〇四頁）とも加える。「種々の遊ぎ」について、〈長〉は「たちおよぎにしつ、抜手およぎにしつ、犬掻游して」、〈盛〉は「竪サマ、横サマ、立チ游、犬游シテ」（6―一七二頁）と、具体的に記す。宗盛が水練の達者で、泳いでいて生け捕られたことは、『愚管抄』巻五にも、「宗盛ハ水練ヲスル者ニテ、ウキアガリ〳〵シテ、イカント思フ心ツキニケリ。サテイケドリニセラレヌ」（旧大系二六四頁）と見える。「水練」は、「「早態・飛越・水練・相撲（『八幡愚童訓』）」と並べられるように、武芸の一」（『角川古語大辞典』）。だが、ここは生に執着するぶざまな姿を描く場面で、「究竟の水練」は皮肉な表現であり、〈長・盛〉の泳ぎの手の列挙も戯画的なものといえよう。〈四〉の「種々の游ぎして」は、具体的な泳ぎ方は記されないものの、〈長・盛〉的な表現に繋がるものがあると言えよう。なお「究竟の水練」とするのは〈延・長・盛・南・覚〉も同様。諸本はいずれも、宗盛ばかりか清宗の有様としても記している。　**〇大臣殿は右衛門督を、「如何成りたまふらん」と不審く…**　宗盛と清宗が互いの行方を気遣いつつ泳ぎ続け、沈まなかったとする点は、諸本同様。表現には小異があり、〈四〉と同様に宗盛の心中を先に描くのが〈長・松・屋・覚・中〉、清宗を先に描くのが〈延・盛・南〉。また、〈延〉「右衛門督ハ、父沈給ハヾ清宗モ沈ム、父助リ給ハヾ我モ助ント思テ…」（三九オ）のように、相手が沈めば沈み、助かれば助かろうと思っていたとする記述が多い。〈四〉の「大臣殿は右衛門督を、「如何成りたまふらん」と不審く、右衛門督は亦、父の大臣殿を「如何成りたまひぬるか」と不審し。互ひに心本無く、沈みも遣りたまはぬ程に」に比較的近いのは、双方の傍線部に見るように、〈松〉「大臣殿ハ右衛門督イカニ成ラン、沈マバトモニト思食ス。右衛門督ハ父イカニ成給ハンズラント、互ニオボツカナクテ沈モヤリ給ハズ」（一四頁）か。櫻井陽子は、「己の〝生きる〟執念の為に生きのびたというよりは、子供にひかれて〝死ねなかった〟ところに、宗盛の〝弱さ〟が決定づけられ」（一一二頁）ていると読む。佐倉由泰は、物語の中で宗盛は「初めて他から存在価値を認められている」（三〇八頁）と読む。　**○伊勢三郎義盛、右衛門督を熊手を以て引き揚げ奉るを**　伊勢三郎義盛が、宗盛父子を熊手にかけて引き上げたとする点、また、先に清宗、次に宗盛を捕らえたとする点も諸本同様。『吾妻鏡』三月二十四日条も、「前内府〈宗盛〉、右衛門督〈清宗〉等者、為㆓伊勢三郎能盛㆒被㆓生虜㆒」とする。なお熊手については、「弓流」の注解「船より悪七兵衛景清、熊手を以て」を参照。　**○大臣殿見たまふ上は、心弱く覚えければ浮かびて御在す**　清宗が捕らえられたのを見て、宗盛が抵抗どころか沈むそぶりも全くなく捕らえられたとする点は諸本同様。〈四〉では、宗盛はそのままじっと浮かんでいたようにも読めるが、〈延・長・盛〉は、宗盛は自分から近寄って捕らえられたと描く。〈延〉「大臣殿見給ケル上ハ、イトヾ心細クテ沈モヤリ給ワズ、能盛ガ船ハタヘ游ヨテ取上ラレ給ニケリ」（三九ウ）、〈長〉「大臣殿はわざと游寄て捕れ給ぬ」（5―一〇四頁）、〈盛〉「大臣殿、此様ヲ見テ態義盛ガ船近ク游寄テ被㆓取上㆒給ニケリ」（6―一七二頁）。〈松〉「大臣殿見給テ、手ヲ捧テ浮ミ泳給ケルヲ」（一四頁）も、降伏の意思表示をしたと解せようか。　**○御乳母子の飛驒三郎左衛門尉景経**　景経の戦いを描く点は諸本同様。〈南・覚〉は景経が小船を寄せて義盛の船に乗り移ったとする。景経は、飛驒守藤原景家の男。飛驒太郎判官景高の弟であろう。〈四・延・長・盛・南・屋・覚〉は乳母子とするが、〈松〉は乳母、〈中〉は宗盛との関係を記さない。『吾妻鏡』元暦二年四月十一日条では、壇浦合戦で生け捕りになった人物の中に「飛驒左衛門尉経景」を記し、同年五月十六日条でも、宗盛の鎌倉入りに従った郎等の中に経景を記す。『参考源平盛衰記』巻四十三は、『吾妻鏡』の「経景」と同一人物と見て、『平家物語』諸本の「景経」討死の史実性を疑っている（改定史籍集覧・下―四四六頁）。景経の討死を虚構と断定できるかどうかは問題だろうが、以下、景経が討死するのを眼前で見ながら、むざむざと捕らえられる宗盛の描写には、乳母子と共に入水する知盛と対比する意図があろう。本節末尾の注解「大臣殿引き揚げられて…」参照。さらに、乳母子盛長に裏切られた重衡というように、清盛の子ら三人とその乳母子との有様を三者三様に描き分けていることが分かる（辻本恭子八四頁）。

○伊勢三郎が童、中に隔たりけるが、甲の鉢を健かに打たれて、甲落ちにけり　主語がややわかりにくいが、伊勢三郎義盛の童が、義盛と景経の間に割って入ったが、景経に強く打たれて兜を落とされた意。〈延・長・盛・松・南〉も同様。〈覚〉「景経がうつ太刀に甲のまッかううちわられ」（下―二九八頁）。〈屋・中〉は一度で首を打ち落としたとする。

○第二の太刀に首を打ち落としつ　〈延・盛・松・南・覚〉同。〈長〉「次の刀に頭を二にきりわりぬ」（5―一〇五頁）も首を打ち落とした意であろう。〈屋・中〉は前項参照。近藤好和は、太刀は「打撃用」の攻撃具であり、「注目すべき太刀の使用法として、敵の兜の鉢を打つことがあげられ」るとして、この場面などを引き、大鎧の上から切りつけても効果がないので、兜の鉢を思い切り叩く攻撃が効果的だったのだと見る（一九七～一九九頁）。

○堀弥太郎　〈延・長・屋・中〉は〈四〉と同様に実名を記さない。〈盛・松〉「堀弥大郎親弘」、〈南・覚〉「堀弥太郎親経」。〈盛〉巻四十二の勝浦合戦で、義経勢の一人として所見（6―七二頁）。〈四〉は該当記事を欠くが、諸本の宗盛斬首場面では、清宗の斬手を務める。この斬首場面では、〈長・盛・松・南・屋・覚・中〉「堀弥太郎」と実名は記さない。〈延〉は堀弥三郎（七七オ）。また、『吾妻鏡』元暦二年六月二十一日条は「堀弥太郎景光」が清宗を斬ったとする。『吾妻鏡』文治元年十一月三日条では義経の都落に同行した者の中に「堀弥太郎」が見える。また、『玉葉』文治二年九月二十日～二十二日条や、同年十月十八日・二十八日条には、「義行郎従」の「堀弥太郎景光」が生け捕られ、義経の動向を白状したことが見え、このことは、『吾妻鏡』同月二十二日条にも「与州家人堀弥太郎景光」として所見。『平家物語』諸本に見える「堀弥太郎」と同一人物であろう。『義経記』では義経の側近として登場、流布本『平治物語』巻下では「堀弥太郎と申すは金商人なり」（旧大系―四六四頁）と、金売り吉次と景光を同一人物とするが、信じ難い。野口実は、堀弥太郎が義経と後白河院の近臣藤原範季との連絡役を務めていたと見られることに注目している（九一頁）。　**○立ち重なりて内甲を打てば**　「立ち重なりて…打てば」は、組打をしているように読めるが、この後、「弓を捨てて」（次項注解参照）とあるので、ここでは弓で射た意でなければならない。〈延〉「堀弥太郎寄合デ立留テ射タリケルニ、内甲ニ中テ」（三九ウ）。この「寄合デ」を、北原・小川翻刻（勉誠出版）は「よせあはせて」、『校訂延慶本平家物語』（汲古書院）は「よりあひて」と読むが、〈長〉「堀弥太郎、ちかくはよらで、たちとゞまりて、よくひきてはなつ矢に…」（5―一〇五頁）を参照すれば、「よりあはで」と読むべきだろう。つまり、〈延・長〉は、「堀弥太郎は景経の近くには寄らず、もといた位置に立ち止まったままで弓を射た」と解される。伊勢三郎に襲いかかり、割って入った童を　気に討ち取った景経の勢いを見て、とりあえず接近戦を避け、弓で狙ったわけである。〈四〉「立《チ》重《カ》」は、あるいは「立留テ」に類する本文を誤ったものか。その他諸本は「寄合デ立留テ」に類する本文はないが、弓を射たとする点は同様。〈盛・松〉「堀弥大郎親弘引固テ放矢ニ」（〈盛〉6―一七二頁）。〈南・屋・覚・中〉は「並びの舟」（〈覚〉下―二九八頁）から射たとする。　**○臆みける所を、堀弥太郎弓を捨てて、「得たりや」とて懐きたり**　前項注解に見たように、景経の内甲を射当てた堀弥太郎が、景経は弱ったと見て組み付いた場面。諸本基本的に同様だが、「得たりや」（得たり）があるのは、他に〈盛・松〉。「並びの舟」から射たとする〈南・屋・覚・中〉は、船を乗り移って組み付いたとする。「得たり」は、矢が当たった時などに発する、「やったぞ」の意の歓声。「得タリヲウト、矢叫ヲコソシタリケレ」（〈延〉巻四―八八ウ）は、ヌエを射た頼政の声。　**○上に成り下に成り組む程に、弥太郎が郎等、景経が鎧の草摺を引き上げて差しければ**　堀弥太郎が有利な状況で景経との組み打ちが続いたが、その上に堀弥太郎の郎等が加勢し、景経を刺したとする。〈延・盛・松・南・屋・覚・中〉も、この郎等を描く。〈四〉に特に近似するのは〈延〉。〈長〉はこの郎等を登場させないが、それを除く諸本は、内甲を射られながら、なおも堀弥太郎と対等の勝負を展開し、二人目の敵によってついに討ち取られるという、景経の不屈の奮戦を描いている。**〇内甲の手も痛手にて弱りたりける上に、是く差されて下に成り、働かざりければ、首を取りてけり**　〈延・松・南・屋・覚〉も、二重に痛手を負って弱る景経を描く。〈盛・中〉はこうした描写はなく、堀弥太郎の郎等が景経の首を取ったと記す。**〇大臣殿引き揚げられて、景経が是く成るを見たまひて、何かばかりの事をか思ひたまひけん**　乳母子景経が奮戦の末に討たれる様子を眼前に見て、どのように思っただろうかと、批判的な視点から宗盛の心を描く。諸本基本的に同様であり、乳母子と共に入水する知盛や、前節で入水していった人々と対比して、総大将でありながら生に執着して、おめおめと生捕にされた宗盛を批判的に描く。但し、〈南・屋・覚〉は〈覚〉「いかなる心地かせられけん」（下―二九八頁）のように、〈四〉と同様の言葉で結ぶが、〈延・長〉は、〈延〉「何計ノ事ヲカ思食ケムト無慚也」（四〇オ）、〈長〉「いかなる御こゝちし給けんとおもふぞあさましき」（5―一〇五頁）と、一言批評を加える。〈盛〉「目ノ当見給ヘバ、サコソ悲ク覚シケメ」（6―一七三頁）、〈松〉「カク成ヲ見給ケン心ノ内、サコソハ悲ク思ハレケメ」（一四頁）は心中の悲しさを推測し、〈中〉「かくなり行を見給に、いとせんかたなうこそおもはれけれ」（下―二六五頁）は、絶望的な心情を描く。また、〈盛〉は、その後に続けて「前内大臣宗盛ハ、苟モ為二征夷之将一忽囚二匹夫之手一永懸二訕於万人之脣一独残二恥於累祖之跡一無慙ト云モ疎也」（6―一七三頁）と、宗盛に批判的な一文で結ぶ。〈盛〉に典型的なように、諸本は、宗盛を批判しつつ、その心中を思いやる姿勢をも見せているといえようか。池田敬子は、〈覚〉の形を、「厳しい非難を浴びせているとしか読めないであろう。『愚管抄』に見える都落の騒ぎの中での「返事ヲダニモエセズ、心モウセテミエケレバ」と同じ状態に、壇浦での宗盛は陥っていたとおぼしい」（一一一頁）と読み、日下力は、「含みのある表現」としつつ、「はたして景経の悲痛な思いが本当に通じたのかどうなのか、そんな問いかけが宿されているように見える」とし、「主君の側の精神的背信が語られている」と読む（三二九～三三〇頁）。

【引用研究文献】

＊池田敬子「宗盛造型の意図するもの―覚一本『平家物語』の手法―」（『軍記物語の窓　第一集』一九九七・12）
＊日下力「『平家物語』の整合性―「教盛・経盛」の場合―」（リポート笠間二八号、一九八七・10。『平家物語の誕生』岩波書店二〇〇一・4再録。引用は後者による）
＊近藤好和『弓矢と刀剣―中世合戦の実像―』（吉川弘文館一九九七・8）
＊佐倉由泰「『平家物語』における平宗盛―その存在の特異性をめぐって―」（信州大学教養部紀要・人文科学二七号、一九九三・3。『軍記物語の機構』汲古書院二〇一一・2再録。引用は後者による）
＊櫻井陽子「平家物語にみられる人物造型―平宗盛の場合―」（お茶の水女子大学・国文五一号、一九七九・7）
＊高橋昌明『平家の群像　物語から史実へ』（岩波書店二〇〇九・10）
＊辻本恭子「乳母子伊賀平内左衛門家長―理想化された知盛の死―」（日本文芸研究五六巻四号、二〇〇五・3）
＊野口実「義経を支えた人たち」（『源義経　流浪の勇者―京都・鎌倉・平泉―』文英堂二〇〇四・9）
＊山下宏明「平家物語論のために―物語と人物像―」（日本文学一九八一・9。『軍記物語の方法』有精堂一九八三・8再録。引用は後者による）

壇浦合戦（⑦教経・知盛最期）

【原文】

能登守教経門腋平中納言子息ニテ御在大力強弓精兵矢次早手聞▽一八一左無《ナシ》廻ル矢崎之者又豪人御在[1]シ上[2]ヘ今限リ被ケレハ思敵責メ来ケレ少シモ不臆《ヲクレ》マ[3]戦下フ矢種射尽シ取リ下ヘ[4]打物其レモ[5]打折リ力戦ヒ下フ[6]其モ不堪《ネ》ラヘ奪ヒ取敵大刀被支ヘ近付者提ケ投ケ海ヘ入レナント被レケレ為《セ》新中納言見下之能登殿痛ク罪ナ不造《ソ》リ下而リ吉キ敵[7]カハト被レケレ仰組メトコサンナレ大将軍欲《ツ》レ[8]シケレ緩二マント大夫判官[9]一不見知リ下判官兼被ケレ用意立ッ▽一八二右面様進二マスレ郎等共一[10]兎角違《チカヒ》不[11]被レ下組能登守船向ヘ下東之処躵《ネライ》ヒ能登守見思躵寄リ下フ程能登守見付判官成ッ、喜飛懸ル[12]大夫判官能登守長[13]モ勢モ劣リケル早態勇キ人間弓杖三町計船[14]ヘ鎧乍レ着飛ヒ還入[15]リ和下ヌ田船ヘ能登守心武ケレ指賀是レ程不[16]リケレハ彶ヒ得下不及力教経見送▽一八二左判官方咹《ア》被レ超[17]ヘ被[18]感判官聞レ之今ヲ始事[19]《カトフ》カヤトソ被二打咲一爰源氏方土佐国住人安芸大領子有大刀[20]豪者少シモ不ヌ劣ラ郎等具シ二人乗小船行長《ケ》十丈鬼我等三人取付タ且ク何可キ不ル支ヘ倍シ凡夫境《キヤウ》界取二捨我等三[21]人一者世モ不《シ》レ有物会二ヒ釈ヒ能登殿一奉レハコソ付ケ被ハレ取リハ▽一八三右捨一度樋寄為《セン》生執押シ並ヘ大船船艫懸手三人一度樋寄ル一番寄ル者ヲハ蹴下ヘ膝節海ヘ仰ケ入残二人舁挟ミ左右腋去将《イサウレ》入リ下ヌ海ヘ其後亦モ不見ヘ下新中納言知盛見下之為無キ由之事者哉[22]娉《キヤ》〔娉〕奴《ツ》原恠《アル》者共ニコソ[23]可見事見ッ今為《セン》何《カニ》々家長被ケレ仰伊賀平内左衛門承之契不マシ▽一八三左違ヘ進候大臣殿モ右衛門督殿モ被下ヌト生執申シ樋近寄ル阿那心憂々々ヤ再ヒ被仰家長手取組知盛御手入リ下ヌ

海親[24]《シキ》侍共六人連《ト》入海上赤旗赤験捜《カ》《カナ》捨如《シ》紅葉風吹乱海変《シ》寄渚波《モ》皆紅空《キ》船随[25]風波《ニ》被涌踊行《クソ》悲《シキ》

【釈文】

能登守教経は、門腋平中納言の子息にて御在しけるが、大力の強弓精兵、矢次早の手聞にて、▽一八一左 矢崎に廻る者無《ナ》し。又、豪の人に御在[1]しける上[2]《うへ》、「今は限り」と思はれければ、敵責め来たりけれども、少しも臆[3]《ひる》まず戦ひたまふ。矢種射尽くして、打物を取り[4]たまへども、其[5]《そレ》も打ち折りて、刀(力)[6]にて戦ひたまふ。其も堪《こラ》へねば、敵の太(大)刀を奪ひ取りて支へられけり。近付く者を提《ひさ》げて投げ、海へ入れなんど為《せ》られければ、新中納言之《これ》を見たまひて、「能登殿、痛く罪な造りたまひそ。而りとて吉き敵かは[7]」と仰せられければ、「大将軍に組めとごさんなれ」とて、大夫判官に[9]緩《く》まんと欲[8]《シ》けれども、見知りたまはず。判官は兼ねて用意せられ▽一八二右ければ、面に立つ様に郎等共を[10]進ますれば、兎角違《チカ》ひて組まれ[11]たまはず。能登守の船を東に向かへたまふ処にて、能登守を躵《ネラ》ひ、見んと思ひて躵ひ寄りたまふ程に、能登守は判官を見付け、喜びを成しつつ飛び懸か[12]る。大夫判官は、能登守には長[13]《たけ》も勢も劣りけるが、早態の勇《ゆゆ》しき人なれば、間弓杖三町ばかりの船[14]へ、鎧を着ながら飛びて、[15]和田の船へ還り入りたまひぬ。能登守、心は武けれども、指賀《さすが》に是《レ》程には彶《ふるま》ひ得たまはざ[16]りければ、力及ばず。教経、▽一八二左 判官の方を見送りて、「咹《ア》れ、超[17]え(へ)られたり」と感ぜられ[18]けり。判官、之を聞きて、「今を始めたる事かや[19]」とぞ打ち咲《わら》はれける。

爰に源氏の方に、土佐国の住人安芸大領が子に、大力[20](刀)の豪の者有り。少しも劣らぬ郎等二人具し、小船に乗りて行く。「長《たケ》十丈の鬼なりとも、我等三人取り付きたらんには、且《しばら》く何どか支へざるべき。倍《ま》して凡夫の境界《キャウがい》にて、我等三[21]人を取り捨てん者は世《よ》も有るまじきものを。能登殿に会《あ》ひ釈《しら》ひて付け奉ればこそ、

▽一八三右取りは捨てられめ。一度に樋《つ》と寄りて、生執《いけどり》に為《せ》ん」とて、大船に押し並べ、船の艫に手を懸け、三人一度に樋と寄る。一番に寄る者をば、膝節を蹴たまへば、海へ仰《あふ》のけに入りにけり。残る二人を左右の腋に舁き挟み、「去将《イサウレ》」とて、海へ入りたまひぬ。其の後は亦も見え（へ）たまはず。

新中納言知盛、之を見たまひて、「由無き事為《し》つる者かな。[22]嫐奴原《キヤツばら》は恠《け》しかる者共にこそ。見るべ[23]き事は見つ。今は何《い》かに為《せ》ん。何《い》かに家長」と仰せられければ、伊賀平内左衛門、▽一八三左之を承りて、「契り違へ進らせ候ふまじ。大臣殿も右衛門督殿も生け執られたまひぬ」と申して、樋《つ》と近寄る。「阿那《あな》、心憂や、心憂や」と、再び仰せられて、家長が手に知盛の御手を取り組みて、海へ入りたまひぬ。親[24]しき侍共六人、連《つづ》かんとて入りにけり。

海上に赤旗・赤験《あかじるし》、捜《カナ》ぐり捨てて、紅葉を風の吹き乱したるがごとし。海変じて、渚に寄する波も皆紅なり。空しき船、[25]風に随ひて、波に涌《ゆ》られ踊り行くぞ悲しき。

【校異・訓読】 1〈昭〉「御在」。2〈昭〉「上」。3〈昭〉「臆《マ》《ツクレ》」。「ひるまず」「をくれず」両様の訓みが考えられるが、前節「壇浦合戦⑥」では、「ひるむ」と訓んでいたので（〔校異・訓読〕7参照）、ここも「ひるまず」と訓む。4〈昭〉「取フ下ヘ」。5〈昭〉「其レミ」。6〈昭〉「刀」、〈書〉「力」。7〈昭〉「敵カト」。8〈昭〉「欲シケレレ」。9〈昭〉「判官」。10〈昭〉「共」。11〈昭〉「被シ下」。12〈昭〉「懸」。13〈昭〉「長」。14〈昭〉「船」。15〈昭〉「入リ下ヌ和田」。16〈昭〉「不リケレ」。17〈昭〉「超」。18〈昭〉「被レ感」。19〈昭〉「事《カヤトソ》《カトソ》」。20〈底・昭〉「刀」、〈書〉「力」。21〈昭〉「三人」。22〈底・昭〉「嫐奴《キヤツ》」の左に「〔娐〕」と傍書。〈書〉「嫐奴」。23〈昭〉「可レ」。24〈昭〉「親」。25〈昭〉「随レ風」。

【注解】 ○能登守教経は、門脇平中納言の子息にて御在しけるが、大力の強弓精兵、矢次早の手聞にて、矢崎に廻る者無し　本節は、教経の奮戦と自害に続いて知盛の入水を語る。教経の記事は、〈延・長・松・南・屋・覚・中〉では、

〈四〉と同様、宗盛生捕に続いて記される。〈盛〉のみ、後藤三範綱と盛嗣の戦いの後、宗盛生捕の前に記す（6―一六八頁以下）。教経を、門脇宰相教盛の子息として改めて紹介する点は、〈長〉「平中納言教盛の御子能登守教経は、太《大》力のかうの人、つよ弓のせいびやう、矢つぎばやの手きゝ也。打物とりては鬼神にもまけまじとふるまひ給ふ。二十七にぞなり給ふ」（5―一〇五頁）も類似。その他諸本はこうした文がなく、教経の紹介に近いのは、〈盛〉「前能登守教経ハ元来心甲ニ身健ニシテ、有二進事一無二退事一」（6―一六八頁）、〈松〉「能登守教経ハ歳廿七、所々ノ軍ニイマダ疵一所モ負ハズ」（一四頁）ぐらいか。〈延・南・屋・覚・中〉は教経の紹介なしに、〈延〉「能登守ハ、今ハカウト思給ケレバ」（四〇オ）、〈屋〉「能登前司ハ矢種皆射尽シ、今ハ最後ト被レ思ケレバ」（八〇〇頁。〈中〉は傍線部を欠くが類似）、〈覚〉「凡そ能登守教経の矢さきにまはる物こそなかりけれ」（下―二九八頁。〈南〉類似）のように始める。教経を既知の人物として扱っているといえよう。なお、教経は、『吾妻鏡』元暦二年四月十一日条の義経による壇浦合戦報告では、名が見えない。『吾妻鏡』としては、教経は一谷合戦で亡くなったとしているものか。教経は、一谷合戦で首を取られたという情報があり、教経のものと称する首が渡されたようでもあるが（『吾妻鏡』寿永三年二月七日条、『玉葉』同年二月十九日条）、『玉葉』の「於二教経一定現存」は、教経が生きている意に解するべきであり、『吾妻鏡』は誤報の収載と見るべきか。文治二年（一一八六）の成立とされる『醍醐雑事記』巻十は教経を壇浦での死者（自害）に数えており（醍醐寺一九三一・7。四〇八頁）、実際には壇浦合戦に参加していたと見るべきだろう。この点については、巻九「坂落（②平家逃亡）」の注解「能登守教経は、毎度の合戦に一度も不覚無かりしが…」（本全釈・巻九―三三五頁）参照。日下力は、『吾妻鏡』の所伝が訂正されることがなかった理由として、教経の首が誤りと判明したところで、教経の首級をあげた人物とされる遠江守安田義定の出自と働きを考慮すれば、その勲功を帳消しにはできなかったためではないかとする（一三九頁）。

○又、豪の人に御在しける上、「今は限り」と思はれければ、敵責め来たりけれども、少しも臆まず戦ひたまふ　教経が、これを最期と思い、死を覚悟して奮戦したとの記述は、多くの諸本に共通するが、〈長〉にはそうした語句が見当たらない。しかし、教経の覚悟は奮戦の描写を通じて読み取れるところではあろう。　**○矢種射尽くして、打物を取りたまへども、其も打ち折りて、刀にて戦ひたまふ**　〈延・長・盛・松〉は、弓矢や打物（長刀・太刀）で戦い、あるいは近づく敵を海に投げ入れる教経の戦いぶりを、さまざまに描く。〈延〉「矢比ニ廻ル者ヲバ悉ク射伏セ、近付者ヲバ寄合ツ、引サゲテ海へ投入ケレバ、面ヲ向ル者無リケリ」（四○オ）。〈長〉「矢比にまいる物いころさずといふ事なし。矢だねみな射つくして、うち物もちてぞたゝかひ給ける。むかふものをばないだり射たり、にぐる物をば追かけて、さん〴〵にうちとり給けり」（5―一○五頁）。〈盛〉「矢ゴロニ廻者ヲバ指詰々々射ケルニ、更ニアダ矢ナシ。近付者ヲバ引寄、提テ海へ抛入ケレバ、面ヲ向ガタシ。大刀ニテ切ハ少ク、水ニハマルハ多シ」（6―一六八頁）。〈松〉「矢サキニ回ル者悉ク射伏ラル。矢種尽ケレバ、打物ヲ持テ散々ニ戦ケリ。太刀長刀モ打折リ、腰ノ刀モ落ヌ」（一四頁）。一方、〈南・屋・覚〉は、矢種を射尽くして長刀や太刀で戦う姿を中心に据える。〈覚〉「矢だねの有程射尽して、けふを最後とや思はれけむ、赤地の錦の直垂に、唐綾おどしの鎧着て、いかものづくりの大太刀抜き、しら柄の大長刀のさやをはづし、左右に持ッてなぎまはり給ふに、おもてをあはする物ぞなき」（下―二九八頁）。〈中〉は、矢種を射尽くす記述はなく、三尺八寸の大太刀と白柄の長刀を両手に持って、「かたきの舟に、のりうつり〳〵、へよりともへ、きりてまはり、ともよりへへなぎ、おきよりいそにつき、磯より沖にうつり、さん〴〵にふるまひ給ふに、おもてをむかふるものぞなき」（下―二六五頁）と描く。〈四〉の場合、矢種が尽きて長刀で、長刀が折れて太刀、さらに腰刀で戦うという描写は、巻四「橋合戦」の浄妙房明秀を思わせる。〈松〉もやや類似する。もっとも、〈四〉の巻四では、明秀は弓矢で戦う描写がなく、最初から長刀で戦っていた（野村本巻四、文学一九六六・11翻刻―九六頁、「四部合戦状本平家物語評釈・七」一五三頁）。また、その他諸本の描写も多様で、敵を海に投げ込む描写も印象的であり（〈四〉では次々項）、明秀にはあまり似ていない。　**○其も堪へねば、敵の太刀を奪ひ取りて支へられけり**　類似の文は〈長〉に見られる。「我太刀長刀みなうちおり、むかふ敵によせあはせて、あしをあげてふみたをして、その太刀長刀をうばひとりてたゝかひ給けり」（5―一〇五頁）。その他諸本には見あたらない。類型的ではなく、教経の剛勇を示す個性的な描写というべきか。　**〇近付く者を提げて投げ、海へ入れなんど為られければ**　類似の描写は〈延・長・盛・松〉にあり。〈延・盛〉は前々項注解参照。〈長〉は、次項注解に見るように、教経が「所知しらんとおもはんものは…」と呼びかけた後、「よするものをば、かいつかんで海へなげ入ふみ入」（5―一〇五頁）戦ったとする。〈松〉は知盛の言葉を受けて義経を狙うところで、「物具ノヨキ者ヲバ其ト、多ク海へ取入ケリ」（一四頁）と、どれが義経かわからないので、良い鎧を着けている者を片端から海に放り込んだとする。いずれにせよ、鎧を着ていれば、海に投げ込まれただけで命が危ういわけで、海戦特有の戦い方というべきか。〈名義抄〉「提　ヒサク」（仏下本七八）。　**〇能登殿、痛く罪な造りたまひそ。而りとて吉き敵かは**　知盛の言葉。〈延・松・南・屋・覚・中〉も、ほぼ同内容。〈盛〉も類似だが、「由ナキ事シ給者哉。此輩ハ皆歩兵ニコソ侍メル。強ニ目ニタテ給ベキニアラズ。自害ヲモシ給ヘカシ」（6―一六八頁）と、「自害」を言う点が異なる。しかし、そう言われた教経は、「倩ハ九郎冠者ニ組トニコソ。其ハ存ル処也」（同前）と受け止めるので、文脈に相違はない。〈長〉は前後の構成が異なり、まず、教経が鎧の袖や草摺をちぎり捨て、「大あらは（大童か）になりてなにももたず、左右の手をひろげて」、「所知しらんとおもはんものは、我をいけどりにして、鎌倉に行て、頼朝にいふべき事あり。たいめんせさせよ」（以上5―一〇五頁）と呼ばわり、組み付こうとする者達を次々に海に落とす（前項注解参照）。そこで敵味方がこれに注目し、義経が「あはれ能登守は手もきゝ心もかうなるものかな。あのとのひとりをたすけて大将にせばや」（5―一〇六頁）云々と感心したと描く。しかし、その後、知盛に「能登守や、いたく罪なつくり給ふ《ママ》そ。させるよきものにてもなかりけり」（同前）と言われて義経を探し、出会った時に打物もなく鎧甲を着してないはずの「能登守は鎧甲に小長刀持ておはしましけり」（6―一〇六頁）とするのは矛盾。次々項注解参照。なお、〈南・屋・覚・中〉は、知盛は使者を介して言ったとするが、〈四・延・長・盛・松〉では、知盛は教経に直接言ったようにも読める。

○大将軍に組めとごさんなれ」とて　知盛の言葉を、教経は、「それでは大将軍の義経と組み打ちをせよというのだな」と解した。従来、教経は知盛の言葉を誤解したのだとする読解と、知盛の意図を察したのだとする読解の二つの方向がある。前者として、〈全注釈〉（下一—五二七頁）は、「知盛は殺生をやめよと言ったのだが、教経は「よき敵かは」にかえって闘志を燃やしたのである」とし、梶原正昭は、「知盛の真意は、勝敗のすでに決まったこの戦いで、これ以上無益な殺生を重ねることをいましめたもので、「痛う罪な作り給ひそ」に力点が置かれていたのだが、教経はこれを「さればとて好き敵かは」の方へ比重をかけ、自分の戦いぶりへの詰問と受けと」ったのだとする（四三〇頁）。一方、後者の例としては、長野甞一が、教経は「知盛の意中をすぐに察して行動を変え」たと読む例がある（四三三頁）。刑部久は、洗練された〈覚〉本文では、どちらの解釈も成り立つと読む（六六頁）。〈覚〉に限らず、多くの本文は両様に解釈できよう。また、前項注解に見たように、「自害ヲモシ給ヘカシ」と言った知盛に対して「倩ハ九郎冠者ニ組トニコソ」と反応したという〈盛〉の記述は、前者に近い（三一〜三二頁）。〈延〉の場合、知盛がこれまでの叙述の中で、義経を討ちたいと繰り返し発言してきたことや、そうした知盛像が、後代、謡曲「船弁慶」等々に継承されることは、「壇浦合戦①知盛下知」の注解「何の料に命を惜しむべきぞ。何かにも為て九郎冠者を取りて海へ入れよ」にも見たとおりである。また、佐々木紀一（八頁）が紹介するように、『神明鏡』では、この問答が「新中納言宣《ケルハ》、『能登殿、哀、九郎《ヲ》取《テ》入海《ニ》バヤ』ト有《ケレバ》、『教常《モ》角《コソ》存候ヘ』トテ」とある。知盛が義経を討てと言い、教経がそれを承諾したと明瞭に描くものである。『神明鏡』は、全体として〈四〉に近い本文に基づきつつ変化を遂げたものと見られるが、こうした理解が中世に存在したことは確かであり、少なくともこうした理解を生む可能性が『平家物語』の古層の段階から存在したことは確かだろう。それが見えにくくなった一因は、後掲注解「見るべき事は見つ。今は何かに為ん」に見るように、石母田正などによって冷静な知将としての知盛像が一般化したためでもあろうか。

○大夫判官に緩まんと欲ければども、見知りたまはず　教経は義経に組み打ちを挑もうとしたが、義経の顔を知らないので見つけられなかった意。教経が義経を見知らなかったとの記述は、〈南・覚〉にもあり。一方、〈延・長・盛・松・屋・中〉では、義経を見知らないために苦労する記述はなく、次々と船を乗り移り戦ううちに出会ったとする。〈長〉「いかにもしてあひかまへてくまむとおもひ給に、能登殿と判官とよせあはする事二度有けり。…能登守、判官と見てければ、すなはち乗うつり給て」（5―一〇六頁）、〈松〉「能登守判官ヲ見テケレバ、此ナルハ義経カトテ…」（一五頁）や、〈中〉「いでさらばくまんとて、源氏の舟をつくして大将をたづね給程に、あやまたず、判官の舟にのりうつり給ふ。のと殿くまんとかゝられければ」（下―二六六頁）では、義経を一目で見分けたようにも読める。なお、〈延〉では、知盛の言葉を聞いた教経は「大童ニ成テ『我生取ニセラレテ鎌倉へ下ラント云志アリ。寄合ヤ者共トレヤ者共』トテ、判官ノ船ニ乗移ラレニケリ」（四〇オ）とあるが、石井由紀夫は、この描写が〈覚〉では義経を討ち損ねた後のことであるのに注意し、〈延〉の「編纂時の混乱ではなかろうか」（四九～五〇頁）と指摘する。この点、〈長〉も、大童になって「頼朝にいふべき事」云々と呼ばわったのは、義経に会う以前（知盛の言葉以前）とする（前々項注解参照）。〈延〉の場合、大童になった（兜を脱いだ）のは、義経を探そうと視界を広くし、また、身軽になって義経を追いかけようとしたものと読める。生捕にせよという呼びかけは、義経に向けたものと解せようか。しかし、多くの軍兵を挑発して寄ってこられては、義経との組み打ちはしにくくなる点は不審。また、〈長〉のように鎧の袖や草摺を捨て、「なにもたず」に義経を探すのは解し難い。後掲注解「教経、判官の方を見送りて」に見るように、〈南・屋・覚・中〉では〈長〉に近い記事を義経を討ち損ねた後に置くが、〈長〉に比べれば、その方が分かりやすいことは確かである。　**○判官は兼ねて用意せられければ、面に立つ様に郎等共を進ますれば、兎角違ひて組まれたまはず**　義経が注意深く教経などとの接近を避けていたという記述は、〈延〉「判官サル人ニテ、心得テ鎧ヲ着替、身ヲヤツシテ、尋常ナル鎧モキ給ワズ、アチ、ガヒ、コチ、ガヒ、ツマル事無リケルガ」（四〇オ）、〈盛〉「判官兼テ存知シテ、兎角違テ組ジ〳〵ト紛行」（6―一六九頁）にも見られる。〈四〉の場合、「郎等を前面に進ませて自分はその陰に隠れ、直接ぶつかるのを避けていた」の意か。〈松〉「判官ヲ組セジト兵ドモ立塞ケレドモ」（一五頁）は教経に見つけられた後の記述。〈長〉「其後は判官、人をすゝめんとて、面にたつやうにせられけれ共、人だにもすゝめば、かひまぎれてうちへ入る」（五―一〇六頁）は、教経から逃れた後の記述だが、義経の行動としては類似するといえよう。〈長〉の場合、教経との戦いの後、義経は、郎等を正面に進ませようとして義経自らが陣頭に立つようになさったが、郎等が正面に進むと、身を潜めて内へ入ったの意だろう。こうした義経の用心深さについては、「壇浦合戦（①知盛下知）」に「身を衰《ヤツ》して尋常なる鎧なんども着ざるなり」とあったが、先に見た諸本記事の中では〈延〉に近い。義経が自分の非力を意識していることは、「弓流」にも見たとおりである。**○能登守の船を東に向かへたまふ処にて、能登守を躵ひ、見んと思ひて躵ひ寄りたまふ程に**　わかりにくい記述。一応、「教経の船が東に向かって来たところで、（義経は）教経に気づき、教経を見ようと思って近づいたところ」と解するか。義経の方から教経に近づいた結果、教経に見つかってしまったことになる。しかし、教経が義経を狙い、義経は出会うのを避けていたという文脈からは、不自然な本文となる。「ねらって」いるのは、基本的に教経の方であって、義経ではない。あるいは、「能登守の船を東に向かへたまふ処、躵ひたる能登守を見て、躵ひ寄りたまふと思ふ程に」と訓読して、「教経の船が東に向かって来たところで、（義経を）狙っている教経に気づいて、（義経は）教経が自分を狙って近づいてきたのだと思った、その時」と解するか。義経が教経に気づいたのとほとんど同時に教経も義経に気づき、飛びかかってきたという、緊迫した場面を描くことになる。前後の文脈には整合するが、やや錯雑した訓読文となる。あるいは、本文自体に何か誤りがある可能性もあろうか。なお、壇浦合戦では、基本的に源氏は東から西へ、平家は西から東へ向かって攻めた。他本に該当文は見当たらず、〈延〉「（義経はうまくかわしていたが）イカヾシタリケム、追ツメラレテ」（四〇オ～四〇ウ）、〈盛〉「判官ノ舟ト能登守ノ舟ト、スリ合テ通ケリ。能登守可レ然トテ判官ノ舟ニ乗移」（6―一六八～一六九頁）、〈覚〉「いかゞしたりけむ、判官の舟に乗りあたッて」（下―二九九頁）などと、偶然出会ってしまったと描く。**○能**

登守は判官を見付け、喜びを成しつつ飛び懸かる　教経が喜んで飛びかかったとする点、〈屋〉も「能登殿悦テ打テ懸処ニ」（八〇〇頁）も同様。だが、先に、教経は義経を「見知りたまはず」とあり、教経がどうして義経を見分けたのか、わかりにくい。もっとも、この点は諸本基本的に同様といえよう。例えば、〈延・南・屋・覚〉では、細心の注意を払って対戦を避けていた義経が教経に遭遇した理由については、「アチ、ガヒコチ、ガヒ、ツマル事無リケルガ、イカヾシタリケム、追ツメラレテ」（〈延〉四〇オ～四〇ウ）としか記さないし、〈盛〉「サスガ大将軍ト覚テ鎧ニ小長刀突テ武者一人アリ。能登守懸ㇾ目テ、軍将義経ト見ハ僻事カ…」（6―一六九頁）、〈松〉「能登守判官ヲ見テケレバ、此ナルハ義経カトテ」（一五頁）、〈覚〉「あはやと目をかけてとんでかゝるに」（下―二九九頁）などは、相手が義経だと確信していたわけではないと読めよう。〈延〉（前項注解参照）は、どこかの段階で教経が義経をそれと認識していたと読める。　**〇大夫判官は、能登守には長も勢も劣りけるが、早態の勇しき人なれば**　「長」（たけ）は身長、「勢」は体全体の大きさや体力をいう。義経は「色白き男の長短きが」（一七二左～一七三右）と記されていた。教経に比べても、体は小さく力は劣るものの、早業は優れていたという記述は、諸本に基本的に共通する。〈長〉「能登殿はやわざやおとり給けむ」（5―一〇六頁。〈南・覚・中〉ほぼ同文）、〈盛〉「能登守ハ力コソ勝タリケレ共、早態ハ判官ニ及バネバ」（6―一七〇頁）、〈屋〉「能登前司心ハ猛ケレ共、早態ヤ被ㇾ劣タリケム」（八〇一頁）のように、教経側から描くものが多い。但し、〈延〉には義経が教経を、「力は強くとも、早業は及ばないな」と嘲笑する会話文あり（後掲注解「判官、之を聞きて…」参照）。この義経の嘲笑の理由について、生形貴重は、知盛の執念が果たされずに終わった事を表現していると読む（三二一頁）。また、〈南・屋・覚・中〉は、〈覚〉「判官かなはじとや思はれけん」（下―二九九頁）のように、義経の心情を描く。それらに比べても、〈四〉はこのあたり、義経側の視点に立った記述が目立つ。後掲注解「教経、判官の方を見送りて…」「判官、之を聞きて…」参照。　**〇間弓杖三町計りの船へ、鎧を着ながら飛びて**　義経が「弓杖三町」離れた舟に飛び移ったとあるが、「弓杖三町」は意味不明。距離が「三町」ならば、三〇〇メートル以上飛んだことになってしまう。〈盛〉は「弓長二ツバカリナル隣ノ舟ヘツト飛移」(6―一六九〜一七〇頁)。この「弓長」(ゆみたけ・ゆんだけ)は、弓一張りの長さの意。〈四〉の「弓杖」は「弓長」と同じ意味に用いることがあり、〈覚〉巻八「瀬尾最期」の「福竜寺縄手は、はたばり弓杖一たけばかりにて、とをさは西国一里也」(下―九六頁)のように、弓長(弓杖)は「一たけ、二たけ…」(一杖・二杖…)とも数える。要するに、〈四〉の「弓杖三町」は、弓長三つ分を意味する「弓杖三杖」あるいは「弓杖三挺」などの誤りであろう。「弓杖一たけ」は七尺五寸が標準とされる(〈新大系〉下―九六頁脚注七など)。従って、〈盛〉「弓長二ツ」は一丈五尺、〈四〉は二丈二尺余り(約六・八メートル)の意となる。義経が飛んだ距離は、〈延・南・覚・中〉「二丈計」、〈長〉「八尺あまり一丈計」(5―一〇六頁)、〈松・屋〉「二丈計」(〈松〉「傍ナル舟ノ一丈計ナルニ、曳ヤトテユラリト飛入ケレバ、舟踏レテ二丈バカリサト退ク」一五頁)。従って、〈四〉は諸本中最も長い距離ではあるが、それ以外の諸本と大差はないといえよう。最も短い〈長〉の「八尺あまり」でも、揺れる船の上で鎧を着たまま二メートル半近くも飛べれば「早態」といえようが、まして、六メートル以上とする〈四・延・南・覚・中〉では、人間業とは思えない域に達している(〈延〉では、教経が飛び移ろうとする義経の鎧の袖をつかまえて引いたものの、引きちぎって飛んだとする)。なお、〈長〉は「かゝる事二度有けり」(5―一〇六頁)とするが、その他の諸本では、義経は一度飛び移っただけで、いわゆる「八艘飛び」はしていない。「八艘飛び」が語られるようになるのは、近世のことと見られる(但し、「八艘飛」は何度も飛ぶことではなく、八艘分の距離を飛んだのが原義かともいう。島津久基三三九〜三四〇頁)。 **〇和田の船へ還り入りたまひぬ** 義経が飛び移った先が「和田の船」だったとするのは、〈四〉独自。しかし、〈四〉を含む諸本は、和田義盛は船に乗らず、陸上から参戦していたと描いていた。「壇浦合戦(②遠矢)」の注解「和田小太郎義盛」「義盛、船に乗らずして渚に打立ち」参照。義盛が陸上にいる以上、「和田の船」が参戦していたとは考えにくく、不注意な増補記事か。 **〇能登守、心は武けれども、指賀に是程には伋び得たまはざりければ、力及ばず** 教経が義経に比べて早業では劣っていたため、それ以上追うことはできなかったとする点は、諸本基本的に同様。前掲注解「大夫判官は、能登守には長も勢も劣りけるが…」参照。　**○教経、判官の方を見送りて、「唼れ、超えられたり」と感ぜられけり**　教経の感嘆を記すのは、他に〈盛〉「力ナクシテ船ニ留、『ア、飛タリ〳〵』ト嘆」（6―一七〇頁）のみ。〈松〉は「『運ノ尽ヌルト云ナガラ、目ニ係タル九郎冠者取逃シヌルヨ』トテ立タル。イカナル鬼神モカクコソト、怖シカリケリ」（一五頁）と、慨嘆しつつ恐ろしい形相で立ち尽くす教経を描く。また、『神明鏡』は、「船ノ中デ跳上々々搔レキ髪ヲテゾ立タリケル」（佐々木紀一、一〇頁）と、教経の無念を描く。〈四〉の場合、〈松〉とは異なり、「那須与一」に見られたような、妙技への敵味方を越えた感嘆にも似るが、平家の滅亡寸前、教経にとっても最後の機会であっただけに、もはや余裕はなく、妙技への手放しの称賛はふさわしくない場面である。あるいは、「感ぜられけり」に絶望を読み取るべきなのかもしれないが、次項の義経の笑いに続くため、あまり深刻な思いは感じ取りにくい。佐々木紀一は、「敵を称賛する四・盛の教経も現代人には不自然であるが、飽くまで鷹揚さを失はない大将としての改作であらう」（一六頁）とする。なお、〈南・屋・覚・中〉では、ここで教経が追撃を断念、太刀や甲を捨てて、自分を生け捕りにせよと源氏に呼びかける（これに類する教経の言葉は、〈延・長〉では前出―前掲注解「大夫判官に緩まんと欲けれども、見知りたまはず」参照）。　**○判官、之を聞きて、「今を始めたる事かや」とぞ打ち咲はれける**　この場面で義経の笑いを描くのは、他に、〈延〉「『力コソ強クトモ、早態ハ義経ニハ及ビ給ワヌナ』ト云テ、アザ咲テ被立タリ」（巻十一―四〇ウ）、〈盛〉「長刀取直テ、舷ニ莞爾笑テ立タリ」（6―一七〇頁）がある。また、八坂系四類本の米沢本などに「イカニヤ能登殿、是迄ハ大事カヨ」との挑発がある（佐々木紀一指摘、一五頁）。〈四〉の場合、教経の感嘆に対して「自分の身軽さは以前からわかっていたはずだ」と言ったことになろうが、初対面の教経に対して、なぜこのように言うのか、今ひとつわかりにくい。一谷の坂落や屋島の奇襲で知っていたはずだというのだろうか。　**○爰に源氏の方に、土佐国の住人安芸大領が子に、大力の豪の者有り**　「土佐国の住人」は、〈松・南・屋・覚・中〉同。〈延・盛〉

「阿波国住人」、〈長〉不記。「安芸大領」は、〈延・長・盛・屋〉同（〈延〉「安キ大領」）、〈松・南〉「安芸ノ大領実泰」、〈覚〉「安芸大領実康」、〈中〉「あきの大りやうすけみつ」。但し、〈南・屋・覚・中〉は、「安芸郷を知行しける安芸大領」（〈覚〉下―二九九頁。「安芸郷」は、〈南〉「安城卿《アキノ》」、〈屋〉「安芸郡」）のように記す。また、〈四〉は「安芸大領が子」のみで、当人の名を記さないが、〈延〉「安芸太郎光実」、〈長・松・南・屋・覚・中〉「安芸太郎実（真）光」、〈盛〉「安芸太郎時家」。〈中〉は弟の「二郎季光」の名も記す。「安芸郡」は、土佐国東部、現高知県室戸市・安芸市あたり。阿波国に隣接する地域だが、〈延・盛〉の「阿波国住人」は疑問（〈姓氏〉1―四一頁）。「大領《たいりょう》」は、令制で、郡司の長官。在地の有力豪族を任用する（〈日国大〉）。なお、〈屋〉は、安芸太郎が弟や郎等と相談した後、義経の前に行き、教経と組むと言った後、「但、組奉ル程ニテハ、命生テ二度還事難レ有候。土州ニ二歳ニ成候少キ者候。御不便ニ可レ預候」（八〇二頁）と、自分達の死後、褒賞を幼い子に与えて欲しいと願ったとする。この一節は百二十句本などにも見られ、〈集成〉（下―二五三頁）補説は、「ここでは教経最後談が同時に安芸兄弟の追悼談でもあるわけで、この話題の出所は案外安芸の遺族の間からであったかもしれない」とする。　**○少しも劣らぬ郎等二人具し、小船に乗りて行く**　安芸太郎と郎等二人とする点は、〈延・盛・松〉同。〈長〉「我身におとらぬしたたかもの二人をかたらひて」（5―一〇六頁）は、郎等というよりは同僚の武士か。〈南・屋・覚・中〉では兄弟二人と郎等一人。〈延・盛・南・屋・覚・中〉では、安芸太郎は三十人力、弟や郎等も主人に劣らぬ大力であったとする。　**○長十丈の鬼なりとも、我等三人取り付きたらんには、且く何どか支へざるべき**　以下、安芸太郎等の言葉。本項は、〈長・南・屋・覚・中〉同様。〈長〉「我等三人とりつきたらんには、たけ十丈の鬼神なりとも、しばしはなどかひかへざるべき」（5―一〇七頁）。〈延・盛・松〉は「長十丈」はないが、〈延〉「何ナル鬼神ニモ組マケジ物ヲ」（四一オ）などとする。　**○倍して凡夫の境界にて、我等三人を取り捨てん者は世も有るまじきものを**　〈四〉の独自異文。「凡夫の境界」は、凡夫の境涯の意。『澄憲作文集』「実凡夫境界口惜カリケル事ハ」（大曽根章介四二四頁）。まして鬼でもない普通の人間の身で、我等三人を全く相手ともしない者などよもやいますまいの意。　**〇能登殿に会ひ釈ひて付け奉ればこそ、取りは捨てられめ。一度に樋と寄りて、生執に為ん**　「能登殿に御挨拶してから組み付くというような悠長なことをすれば撃退されてしまうだろうが、三人が一度にどっと襲いかかれば生け捕りにできるだろう」といった意。やや似るのが、〈長〉「一人づゝよすればこそとりつめらるれ、我等三人とりつきたらんには…」（5―一〇七頁）。〈松〉「能登守ニ一度ニ付ヨ」（一五頁）も、一度に襲いかかる意。　**〇大船に押し並べ、船の艫に手を懸け、三人一度に樋と寄る**　三人は小舟に乗って、教経の乗っていた大船に接近し、船尾に手を掛けて乗り移り、一斉に襲いかかったのであろう。比較的近いのが、〈長〉「三人小舟に乗て、能登殿の船の袂に小船の舳をがはとつかせて、打物にて飛てかゝりけり」（5―一〇七頁）、〈松〉「大船へ乗移リ一度ニ付ント寄ヲ」（一五頁）、〈南・屋〉「三人小船ニ乗テ能登殿ノ船ニ押双ラベ、甲ノシコロヲカタムケテ太刀ヲ抜テカヽル」（〈南〉八七八頁）。　**〇一番に寄る者をば、膝節を蹴たまへば、海へ仰のけに入りにけり**　三人のうち、一人目を海に蹴り込んだとする点は、諸本同様。「膝節」を蹴ったとする点は〈延〉同。〈南・屋・覚・中〉の「裾ヲ合テチヤウトケ給ヘバ」（〈屋〉八〇三頁）も足を払ったもので、類似。〈松〉は「胸板」。　**〇残る二人を左右の腋に舁き挟み、「去将」とて、海へ入りたまひぬ**　残る二人を両脇に挟んで入水する点は、諸本同様。呼びかけた言葉は、〈延〉「サラバ、イザウレ」（四一オ）。〈長〉「いざこれ、さらばをのれら」（5―一〇七頁。「これ」は「うれ」の誤りか）。〈松〉「己等御供ニ」（一五頁）。〈盛〉「イザヲノレラ、教経ガ御伴申セ。南無阿弥陀仏〳〵」（6―一七一頁）。〈覚〉「いざうれ、さらばおのれら、死途《シデ》の山のともせよ」（下―三〇〇頁）。〈南・屋・中〉は〈覚〉に近い。いずれも、教経の心情は同様に読めよう。なお、〈延・長〉は、「左右ノ脇ニカヒハサミテ、暫シメテ見給フニ、手当叶マジトヤ被思ケン」（〈延〉四一オ。傍線部〈長〉は「すこしこはしとや」（一〇七頁））とする。教経は、最初は二人の男を倒そうと思い、左右の脇に挟んで締め付けたが、思ったより手強いと感じて、二人の男を道連れにして入水したと読めようか。　**〇其の後は亦も見えたまはず**　他に〈長〉にも「其後は又もうかび出ざりけり」（一〇七頁〉とある。海中に没し、それきり浮かんでこなかった意。〈盛〉は、「海ノ底ヘゾ沈ケル」の後に「異説ニハ自害云々」と加える。〈盛〉を含めて諸本の描く教経の死に様は自害といって差し支えのないものであると思われるが、あるいはここまでの記述を「討死」ととらえて、異説を注記したものだろうか。『醍醐雑事記』巻十では、教経を教盛・知盛と共に「自害」に数えていることについては、本節冒頭の注解「能登守教経は、門脇平中納言の子息にて…」参照。　**○新中納言知盛、之を見たまひて**　教経の最期に続けて知盛入水を語る点は、〈延・長・松・南・屋・覚・中〉同様。〈盛〉はここに宗盛生捕・経盛自害記事を挟んでから知盛入水に続く。　**○由無き事為つる者かな。婬奴原は恠しかる者共にこそ**　知盛の言葉。〈延・長〉ほぼ同。但し、〈延〉では「哀レ無由事シツル者哉」（四一オ）の一文が先にあり、〈長〉では「見べき事は見つ。いまはさてこそあらめ」（5―一〇七頁）が先にある。〈盛・松・南・屋・覚・中〉は該当句なし。石井由紀夫は、語り本は該当句を消去したものと見る（五三頁）。「けしかる」は、「あやしい。異様である。えたいが知れない」（〈日国大〉）。ここでは、卑しい、身分が低い意。〈四・延・長〉では、知盛は教経の最期に対する反応としての言葉であり、次項も同様に読める。　**○見るべき事は見つ。今は何かに為ん**　「見るべき事は見つ」に類する言葉は諸本にあるが、〈四・延・長〉では、前項の教経最期に対する批評の前後にあり、「今は何かに為ん」（〈延〉「今ハカウゴサンナレ」四一オ、〈長〉「いまはさてこそあらめ」5―一〇七頁）を伴う。それに対して、〈盛〉では教経最期とは切り離され、宗盛生捕・経盛最期の後、知盛が家長を召して「イカニ家長、見ルベキ事ハ見ツ」（6―一七三頁）と言う。〈盛〉ではその後、先帝をはじめとする人々の入水により「今マデモ角アレバ強面命ヲ惜ニ似タリ」と述べ、家長から宗盛生捕の報告を受けて「穴心憂。ナド深ハ沈給ハザリケルゾト二度宣テ、涙ヲハラ〳〵ト」流し、「今ハ何ヲカ可見聞。家長、日比ノ約束ハイカニ」と言う（6―一七四頁）。〈松〉は教経最期の後、知盛が家長を召し、「見べキ事ハ見給ヌ。家長日比ノ約束イカニ」（一五頁）と言う。〈南・屋・覚・中〉も、教経最期の後。言葉は、〈南〉「見ルベキ程ノ事ハ見ツ。今ハ海ヘ入ラン」（八七八頁）、〈屋〉「何ニ家長。今ハ見ベキ程ノ事ハ皆見終ツ。此後有トテモ、何事ヲカ見べキ」（八〇三頁）、〈覚〉「見るべき程の事は見つ。いまは自害せん」（下―三〇〇頁）、〈中〉「今は見るべき事はみなみつ。日比のやくそくはいかに」（下―二六七頁）。要するに、この言葉は、〈四・延・長〉では教経が義経を討ち損ねたのを見て、もうしかたがないとあきらめた言葉と読める。その点、梶原正昭が、「「見るべき程の事をば見つ」という知盛の言葉は、文脈の上では教経の最期のさまに直接関連して述べられたものであることがわかる」（四三六頁）としているのは、正しい指摘だろう。だが、〈松・南・屋・覚・中〉では、教経最期の場面に続くものの、必ずしも義経を討ち損ねたことへの反応ではなく、むしろ自害の決意を表した言葉であり、〈盛〉では、教経最期場面と切り離されているわけである。〈覚〉の「見るべき程の事は見つ」について、佐藤信彦は「眼前に展開された我が一門の運命に対する正確な認識と、諦観」（一〇四～一〇五頁）を読み、また石母田正は、知盛が見たのは「内乱の歴史の変動と、そこにくりひろげられた人間の一切の浮沈、喜劇と悲劇であり、それを通して厳として存在する運命の支配」（一六頁）であるとした。とりわけ石母田の読解が、その後非常に大きな影響力を持ったのは周知の通りである。しかし、生形貴重（三三頁）が、〈延〉では義経の討ち漏らしへの悔恨の言葉であると指摘するように、「見るべき事（もの）」とは、〈四・延・長〉では義経を討ち取れるかどうかを中心としている。知盛が、〈延〉などでは義経に強く執着する人物として描かれていることは、「壇浦合戦①知盛下知）」の注解「何の料に命を惜しむべきぞ。何かにも為て九郎冠者を取りて海へ入れよ」などで見てきたとおりであり、義経を討つ執念に満ちた知盛像は、謡曲「船弁慶」、幸若舞曲「四国落」、浄瑠璃「義経千本桜」などに引き継がれていて、前近代には、むしろそうした知盛像の方が一般的であったといえよう。また、この場面に至るまでの知盛について、以倉紘平が、〈四〉では「ことさら、運命観との結びつきで解釈しなければならない点はみられなかった」（二一一頁）とする。以上の指摘を受けて、佐々木紀一は、『神明鏡』作者も、知盛の執念を読み取り、明確に描いているとした（一六頁）。また、小林美和が、〈延〉では「弓矢取る家」としての名を惜しむ人物として描かれていると指摘する（一六一～一六六頁）点も注意すべきだろう。さらに言えば、後掲注解「大臣殿も右衛門督殿も生け執られたまひぬ」に見るように、〈四・延・盛〉では、知盛が宗盛生捕を知るのはこの後、家長の報告によるのであり、この言葉を発した時には、未だ宗盛生捕を知らず、それを知ると「心憂や」と概嘆していて、決してすべてを受け入れた諦観などを見せてはいない。〈覚〉などにおいて、この言葉が「自分を取りまいて起った総ての人間の悲劇と喜劇、長いようで実に短かった、短いようで実に長かった三十八年間というもの」を「一瞬のうちに見た」（木下順二、二二三頁）というようにも読めることは、あながち否定できないものの、そうした方向をあまり強調することは、『平家物語』本来の性格としては疑問視されるわけである。　**○何かに家長**　ここで、知盛が家長に呼びかけたとする点、〈長・盛・松・南・屋・覚・中〉同様。一方、〈延〉では、教経の最期を見届けて「今ハカウゴサンナレ」と立った知盛に、「中納言ノ御命ニモ替奉ムト云契シ侍五六人アリケル中ニ、伊賀平内左衛門家長」（四一オ）が寄って来て、宗盛父子が生け捕られたことを報告したとする。家長の素姓については次項注解参照。　**○伊賀平内左衛門、之を承りて**　「伊賀平内左衛門」の呼称は、〈延・長・盛・松・南・屋・覚〉同。〈中〉「伊賀左衛門のぜう家仲」（下―二六七頁）。〈長・南・覚〉は知盛の乳母子とする。しかし、石井由紀夫は、『健寿御前日記』（たまきはる）に知盛の乳母子を「紀」とすることなどから、これを疑った（五三頁）。また、辻本恭子はこの疑問を継承し、知盛の末子とされる知忠の乳父、もしくは知盛の乳父に紀伊為教の名が見え、『たまきはる』と符節が合うことなどから、家長を知盛の乳母子とするのは虚構であると指摘した。前項注解に見たように、〈延〉では、家長は知盛の最側近の侍の一人に過ぎない（但し、家長は〈延〉巻九―七九オでも、知章と共に討死したかと描かれ、「家長ハ伊賀ノ平内左衛門、是ハ新中納言一二ノ者ナリケレバ、命ニモカワリ、一所ニテ何ニモ成ムト契深カリケル者共也」（巻九―七九オ）とされていた。その他、知盛に命じられて熊谷からの書状を受け取る役割でも登場していた。巻九―七四オ）。なお、家長の素姓は不明。「伊賀」とあるので、伊賀にあった平氏一族か。『系図纂要』（八―三四九頁）では、家貞の子に「家長」を記し、右に「服部」、左に「平内左衛門　仕二知盛卿」」と注する。「服部」とあるのは、近世に伊賀の服部氏の祖先とする伝（『寛政重修諸家譜』など）があるためだろうが、史実は疑わしい（辻本恭子七五頁）。一方、『尊卑分脈脱漏』には家貞の子に「家長〈平六〉」があるが〈続群書〉五上―一三八頁）、これは「薩摩平六」と通称される家長か。〈延〉の殿上闇打で、家貞と共に殿上の小庭に伺候したとされる（巻一―一八オ。但し、この家長が、〈延〉巻十二―七九オで、東大寺供養の際に頼朝を狙ったとするのは年齢的に疑わしい）。家貞の子に「家長」があったとしても、それがここに登場する知盛の侍かどうかはわからないわけである。なお、高橋昌明は、根拠は示さないが、「おそらく家貞の子」（一五六頁）とする。**○契り違へ進らせ候ふまじ**　類似の言葉は諸本にあるが、〈四・延・屋〉では知盛の方からは「契り」や「約束」の言葉を出さず、家長の方から「日来ノ御約束タガヘ進セ候マジ」（〈延〉四一ウ）などと言う形。一方、〈長・盛・松・南・覚・中〉では、知盛が「いかに家長やくそくは」と言うと、家長が「忘候まじ」と答える（〈長〉5―一〇七頁。但し、岡山大学本の翻刻では、「いかに家長や、くそくは」とする。「くそく」は「具足」で、この後に「主にもよろい二両をきせたてまつる」とあるように、鎧の準備はしたのかと解したものか。しかし、ここは諸本に見るように、「いかに家長、約束は」と解するのが良い）などの形。〈盛〉は「今更君ニ離奉テ、イヅチヘ行ベキニ候ハズ、御伴也」（6―一七四頁）、〈松〉「家長日比ノ約束イカニト宣ヘバ、御供候ト申テ」（一五頁）、〈覚〉「いかに、約束はたがうまじきかとの給へば、子細にや及候」（下―三〇〇頁）など。　**○大臣殿も右衛門督殿も生け執られたまひぬ**　家長の言葉。「見るべき事」云々の後で、宗盛父子の件を家長が報告する形は、〈延・盛〉同様、その他諸本なし。〈四・延・盛〉では、知盛は、宗盛の行方を直接には見ていなかったわけである。当然ながら、知盛もまた、戦場で戦っていた一人の人物に過ぎず、すべてを見ていたわけではない。例えば、梶原正昭の、知盛は「幼帝の痛ましい最期も、未練な宗盛父子の末路も、荒々しい能登守教経の死にざまも、すべてを見届けた」（四三六頁）という読解は、〈四・延・盛〉の「見るべき事は見つ」には必ずしも適合しない。前掲注解「見るべき事は見つ。今は何かに為ん」参照。　**○阿那、心憂や、心憂や**

〈延・盛〉同様、その他諸本なし。宗盛生捕への感想。小林美和（一六一〜一六六頁）が指摘したように、知盛は特に〈延〉では一貫して武士としての名を惜しむ人物であり、その眼からは、宗盛の振る舞いは憂うべきものであった。執着していた義経殺害を断念し、総大将宗盛の醜態を憂えて死んでゆく〈四・延・盛〉の知盛は、この後宗盛親子とは違う覚悟の入水を遂げることからも明らかなように、必ずしも、「運命を見とどけたものの爽快さ」（石母田正・一六頁）ばかりを漂わせているわけではなく、悲憤を抱いて死んでゆくという面があるだろう。 **○家長が手に知盛の御手を取り組みて、海へ入りたまひぬ** 知盛と家長が手を取り組んで入水する点は、〈延・長・松・南・屋・覚・中〉同様。〈延・長・南・屋・覚・中〉は、二人とも鎧一両を着重ね二両を着たとする。〈中〉は、「をもよろい（重鎧）」とするように、入水後浮き上がることがないようにするためのもの。一方、〈盛〉は、知盛と教盛が共に「冑脱捨テ、西ニ向、念仏申テ、両人被㆓自害㆒ケレバ」（6—一七四頁）という独自の形。これは入水ではなく、自刃か（次項注解参照）。『吾妻鏡』元暦二年四月十一日条は「入㆑海人々」、『醍醐雑事記』巻十は「自害」の中に知盛を記す。『醍醐雑事記』の場合、「入水」「入海」などといった項目を立てないので、入水した者も「自害」に分類したと考えられようか（但し、「先帝」は「不知行方人」に分類される）。 **○親しき侍共六人、連かんとて入りにけり** 〈延〉ほぼ同。〈松〉は八人、〈南・屋・覚・中〉は二十余人が入水したとする。〈長〉なし。〈盛〉「有国・家長已下侍八人、同枕ニ自害シテ伏ヌ」（6—一七四頁）は、前項に続き、船上で切腹するなど、自刃したものと読める。また、〈盛〉はその後、一字下げで「一説云」として、知盛・家長の入水と侍八人の入水を記した後、「年三十計ノ男」が、知盛等の入水した海面をしばらく見つめ、やがて入水したとし、これは知盛が入水後、浮き上がってきた場合の処置のために用意したものだろうとして、知盛を称賛する（6—一七五〜一七七頁）。 **○海上に赤旗・赤験、捜ぐり捨てて、紅葉を風の吹き乱したるがごとし** 「捜」を「かなぐり」と訓む例は、妙本寺本『曽我物語』巻六に一例見える（角川貴重古典籍叢刊・一一九頁）。〈延・南・屋・覚〉に、「カナグリステ、」（〈延〉巻十一—四一ウ）と見える。平家の赤旗などが海上に散乱したと描く点は、諸本同様。但し、知盛入水の後、この描写の前に、〈長〉では八代の大夫重安が泳いで助かった記事あり。〈盛・松〉では、赤旗描写などの後に「豊後国八代宮ノ神主ニ七郎兵衛尉某」（〈盛〉6―一七七頁）としてより詳しく語る。〈盛〉では、さらにその後に、八田知家が船に流れ着いた臼を詠んだ秀句の記事がある。いずれも笑いを含む記事で、叙述が平家滅亡の悲劇に集約していかない感がある。また、〈南・覚〉では、知盛入水と赤旗描写の間に、盛嗣・忠光・景清等の逃亡を記す記事あり。〈延・屋〉では、巻十二の知忠挙兵の際に彼等が馳せ参じたとして、そこで記す。　**○海変じて、渚に寄する波も皆紅なり**　〈四〉では前項の赤旗などのために海が赤く染まった意のように読める。〈南・屋・覚・中〉も類似するが、いずれも「うすぐれなゐ」（〈覚〉下―三〇一頁）とする。「薄紅」は、〈覚〉巻九「落足」に、「一谷の小篠原、緑の色をひきかへて、うす紅にぞ成にける」（下―一八一頁）とあるように、血で染まった意であろう。〈延・長・盛〉では、「海水血ニ変ジテ、渚ニ寄ル白波モ薄紅ニゾ似リケル」（〈延〉四一ウ）などと、海水が血に染まったと明記する。〈松〉「潮淖《ミナギリテ》而一ニ変ジテ」（一五頁）はわかりにくいが、「一ニ」は「血ニ」の誤りか。従って、〈四〉ではわかりにくいものの、本来は海水が血で染まった意であろう。　**○空しき船、風に随ひて、波に涌られ踊り行くぞ悲しき**　〈延・長・南・屋・覚・中〉も類似文があるが、「悲しき」は、〈南・覚〉同様、〈延〉「無慚ナル」（四一ウ）、〈長・屋・中〉なし。〈盛〉は「主ヲ失ヘル船ハ、風ニ随塩ニ引レテ、越路ノ雁連ヲ乱レルガ如ク、膚ヲ離タル衣ハ水ニ浮、波ニ諍テ、蜀江ノ錦、色ヲ洗カト疑ハル。玉楼金殿ノ昔ノ栄花、船ノ中浪ノ底今ノ有様、思並テ哀ナリ」（6―一七七頁）と独自。〈松〉該当文なし。なお、「涌られ踊り行くぞ」でも、意味は解しうるが、あるいは「踊」は「涌」の誤記であったものが傍記された可能性もあるか。「涌」を「ユ（ラレ）」と訓む用例としては、「志度合戦」に「風に随ひて涌（ユ）られ行くぞ」がある。また、当該記事で、諸本中、「踊り行く」とするものはなく、「ゆられ（行）」とするのは、〈延・長・屋・覚・中〉。

【引用研究文献】

＊以倉紘平「二ツの知盛像―四部合戦状本から屋代本・覚一本へ―」（日本文学一九六八・6）
＊石井由紀夫「壇之浦合戦の平知盛について」（国学院大学大学院紀要七号、一九七六・3。『軍記物語　戦人と環境―修羅の群像』三弥井書店二〇一四・9再録。引用は後者による）
＊石母田正『平家物語』（岩波書店一九五七・11）
＊生形貴重「「新中納言物語」の可能性―延慶本『平家物語』壇浦合戦をめぐって―」（大谷女子大紀要三一号、一九八八・3）
＊大曽根章介「澄憲作文集」（『中世文学の研究』東京大学出版会一九七二・7）
＊刑部久「『平家物語』壇浦合戦譚に見るいくさ語りの完成―叙事詩的作物にとって表現とは如何なるものか―」（山下宏明編『平家物語研究と批評』有精堂一九九六・6）
＊梶原正昭『鑑賞日本の古典11　平家物語』（尚学図書一九八二・6）
＊木下順二『古典を読む18　平家物語』（岩波書店一九八五・1）
＊日下力『いくさ物語の世界―中世軍記物語を読む』（岩波書店二〇〇八・6）
＊小林美和「滅びに至る一つの脈絡―延慶本の阿波民部と知盛をとおして―」（山下宏明編『軍記物語の生成と表現』和泉書院一九九五・3。『平家物語の成立』和泉書院二〇〇〇・3再録。引用は後者による）
＊佐々木紀一「能登殿最期演変―『神明鏡』所引『平家物語』巻十一本文について―」（山形県立米沢女子短期大学附属生活文化研究所報告三六号、二〇〇九・3）
＊佐藤信彦「知盛の幽霊」（三田文学一九四一・8。『人間の美しさ』私家版一九七八・2再録。引用は後者による）
＊島津久基『義経伝説と文学』（明治書院一九三五・1。大学堂一九七七・5再版。引用は後者による）
＊高橋昌明「平氏家人と源平合戦―譜代相伝の家人を中心として―」（軍記と語り物三八号、二〇〇二・3。『平家と六波羅幕府』東京大学出版会二〇一三・2再録。引用は後者による）

＊辻本恭子「乳母子伊賀平内左衛門家長—理想化された知盛の死—」（日本文芸研究五六巻四号、二〇〇五・3）
＊長野甞一『平家物語の鑑賞と批評』（明治書院一九七五・9）

平家生捕名寄

【原文】

生執前内大臣宗盛平大納言時忠▽一八四右右衛門督清宗讃岐中将時実内蔵頭信基兵部少輔尹明二位僧都全親法勝寺執行能円中納言律師忠快鏡[1]《ケ》誦《レ》坊阿闍梨侍藤内左衛門尉信康橘《キチ》内左衛門尉季康橘[2]《タ》《ハフノ》右馬允公長《ミ》已下聞《ヘシ》有官無官者共三十八人《トソ》源大夫判官季貞▽一八四左摂津判官盛澄阿波民部成良子息田内左衛門尉則良等為降人此外大臣殿御子副将御前御在[3]聞《シ》生年八歳《ノ》[4]女房奉《レ》始《メ》女院北政所冷泉殿〔帥〕[5]輔内侍殿大納言内侍殿人々北方上臈中臈下臈凡廿三人伏《シ》[6]辷《ッ》、船底喚叫《ヒ玉モ》▽一八五右理而二位殿越前三位北方外無《シ》投《ル》身之人《シハ》[7]一目《モ》不《レ》《リシ》見懸《リ》物府手帰都《ヘ》王昭君懸伏手[8]趣《シ》[9]胡《ヘ》国之思《モ》喩《ヘレ》之不《ヤ》物数《ナラ》有《ケン》凡三月廿四日於《二モ》長門国壇浦赤間筑前《ノ》国門司田浦《一》亡《ヒ》了《ハテ》也

【釈文】

生執には、前内大臣宗盛・平大納言時忠・▽一八四右右衛門督清宗・讃岐中将時実・内蔵頭信基・兵部少輔尹明・二位僧都全親・法勝寺執行能円・中納言律師忠快・[1]鏡誦《ケうじゅ》坊阿闍梨、侍には、藤内左衛門尉信康・橘《キチ》内左衛門尉

季康・橘《タちハなノ》[2]右馬允公長《きミなが》已下、有官無官の者共三十八人とぞ聞こえ(へ)し。源大夫判官季貞▽一八四左・摂津判官盛澄・阿波民部成良・子息田内左衛門尉則良等は降人と為る。此の外、大臣殿の御子副将御前も[3]御在す。生年八歳[4]とぞ聞こえし。

女房には、女院・北政所を始め奉りて、冷泉殿・帥輔[5](脯)内侍殿・大納言内侍殿・人々の北の方、上﨟・中﨟・下﨟凡て廿三人[6]なり。船底に伏し辷《まろ》びつつ、喚き叫びたまふも理なり。▽一八五右而れども二位殿・越前三位の北の方の外は、身を投ぐる人[7]は無し。一目も見ざりし物府《もののふ》の手に懸かりて、都へ帰りたまひしは、王昭君が狄[8](伏)の手に懸かりて胡国へ趣[9]きし思ひも、之に喩ふ(へ)れば物の数ならずや有りけん。

凡《およ》そ三月廿四日、長門国壇浦・赤間、筑前国門司・田浦に於いても、亡《ノ》び了《ハ》てけるなり。

【校異・訓読】1〈底〉「鏡《ケ》誦《レ》」の振仮名「レ」は「ユ」にも似る。〈昭〉「鏡《ケ》誦《ユ》」。2〈昭〉「橘《タ》ハ—ノ」(「—」は直線)。〈底・昭〉とも「橘《タ》ハナノ」の誤りであろう。3〈昭〉「前モ」。4〈昭〉「歳ソ」。5〈底〉「脯」の上に○印(補入符)を記し、右上に「帥」と記す。〈昭〉「脯」の右上に「帥」と記す。〈書〉は「帥」のみ。6〈昭〉「人ノ」。7〈底・昭〉「人ハシ」の「シ」は、本来は次行の「伏」に付された送仮名を誤ったものか。8〈底〉「伏」、〈昭・書〉「伏」。字体の似る「狄」の誤り。9〈昭〉「趣」。

【注解】〇生執には…　本段は、生け捕りにされた平家の人々の名寄せ。一門の主要人物・僧・侍・女房の順で記し、さらに「降人」を記す。〈延・松・南・覚〉も基本的に同様だが、〈松・南・覚〉は一門・僧・侍・降人・女房の順で記す。〈長・屋・中〉は「降人」を記さず、〈長・屋〉は一門・僧・侍・女房、〈中〉は一門・僧・女房・侍の順で記す。一方、〈盛〉は、義経からの注進状として、合戦の勝利、宗盛以下の生捕、神璽・内侍所の確保、宝剣は探索中であることを記した後、「虜人」として建礼門院を筆頭に名寄せを記し、さらに「自害人」として教盛ら、「戦死者」として行盛ら、「入海中人」として先帝ら、「侍虜」として則清ら、「降人」として景弘らを記す、独自の形。義経の注進とする点は『吾妻鏡』元暦二年四月一日条に類似。『吾妻鏡』同日条に見える義経書状の報告は、先帝及び二位尼らの入水、若宮・建礼門院の身柄確保を記した後、「生虜人々」を主要人物・侍・女房・僧の順で区分しつつ記すもので、『平家物語』諸本との一致度が高く、類似の資料に基づいている可能性があろうか。また、『醍醐雑事記』巻十の壇浦合戦記録(四〇七～四〇八頁)は、「生取」「降人」「自害」「殺人」「不知行方人」に分類し、そのうち「生取」の人名列挙は、区分を明記しないものの、主要人物・僧・侍の順で記した後に、「女院　若宮」として終わる。〈盛〉とも、その他『平家物語』諸本とも、やや異なる。以下、これらに挙げられる人名を一覧しておく。順序は基本的に〈四〉による。まず、一門の主要人物と僧・侍を対照する。○は人名あり、×はなし。人名表記に注意すべき異同がある場合は欄内に記した。人名に付した番号により、注意すべきものは後に注解を加える。

	〈四〉	〈延〉	〈長〉	〈盛〉	〈松〉	〈南〉	〈屋〉	〈覚〉	〈中〉	〈吾〉	〈醍〉
一門											
①宗盛	○	○	○	○	○	○	○	○	○	○	○
②時忠	○	○	○	○	○	○	○	○	○	○	○
③清宗	○	○	○	○	○	○	○	○	○	○	○
④時実	○	○	○	○	○	○	○	○	○	○	○
⑤信基	○	○	○	○	○	○	○	○	○	○	○
⑥尹明	○	○	○	○	○	政明	○	雅明	○	○	×
⑦親房	×	×	×	○	×	×	×	×	×	×	×
僧											
⑧全親	全親	全親	全親	全真	全真	全親	還真	宣真	全真	公真	全真

⑨能円	○	○	×	○	○	○	○	○	○	○	○
⑩忠快	○	○	○	×	○	○	○	仲快	○	○	×
⑪祐円	○	祐円	祐円	×	有円	祐円	融円	融円	○	×	×
⑫印弘	×	○	×	×	×	×	×	×	×	×	×
⑬行明	×	○	×	×	×	×	×	×	×	○	×
侍											
⑭信康	○	○	×	○	○	信泰	信泰	○	×	○	○
⑮季康	季康	秀康	季康	×	季康	季康	季泰	季康	季康	×	×
⑯公長	○	×	×	×	×	×	×	×	×	×	×
⑰貞能	×	×	○	×	×	×	×	×	×	×	×
⑱則清	×	×	×	則清	章清	×	×	×	×	○	×
⑲盛国	×	×	×	×	×	×	×	×	○	×	×
⑳季国	×	×	×	×	×	×	×	×	○	×	×
㉑経景	×	○	×	×	×	×	×	×	×	○	×

④時実　時忠の嫡男。『玉葉』元暦二年五月二十一日条・『吾妻鏡』同六月二日条所載の配流官符によれば、時忠は能登、時実は周防国に流された。しかし時実は配流先に赴かず、挙兵した義経と行動を共にした。**⑤信基**　平信範の男、時忠の従兄弟。巻七「主上都落」では、時忠と共に衣冠で供奉したと記されていた（巻七―三二七左。本全釈二三九頁）。前記配流官符によれば、信基は備後国に流された。**⑥尹明**　「尹明」の表記は、〈延・長・盛・松・屋・中〉同、〈南〉「政明」、〈覚〉「雅明」。藤原知通の男。尹明は、元暦元年二月四日、一谷合戦直前に福原で行われた除目で、五位蔵人になされたとされていた（巻九―二八左）。尹明は、〈四・延・長・盛・南・屋〉の「一門都落」には名が見えず、

『玉葉』寿永二年十月十四日条には、鎮西に入国した平家の情報を兼実に伝えたことが見え、平家都落後、しばらくは都に留まっていたとも考えられる（本全釈巻九―一六二頁、注解「兵部小輔尹明は五位蔵人に成さる」参照）。平藤幸①は、『玉葉』寿永三年三月四日条に尹明が願文を草進した記事があることも指摘、尹明が当初から都落に同行していたわけではない可能性があるとする。しかし、寿永三年二月七日の一谷合戦以前には平家に合流したと見るのが自然か。なお、高橋昌明によれば、尹明が都落ちしたのは妻の母が忠盛の娘であり、宗盛身辺の人物だったためかとする（一四一頁）。配流官符（④時実項参照）によれば、出雲国に流された。⑦**親房** 〈盛〉のみあり、「蔵人大夫親房」とするが、未詳。〈延〉巻八「平家一類百八十余人解官セラル、事」に「越前守親房」が載るが関係は未詳。越前守親房は、平基親息（『吉記』養和元年八月十五日条）、平通盛弟（〈補任〉寿永二年条の通盛注記）。⑧**全親** 「全真」が良いか。『吾妻鏡』の「公真」は誤りか。藤原親隆男、母は平時信女（〈尊卑〉2―一一九頁）。二位僧都と呼ばれるように、全親は、二位尼時子の猶子であり（『山槐記』治承三年一月十七日条）、その関係から都落ちしていた。巻七「一門都落」に記され（本全釈巻七―二八一頁）、巻九「維盛都を恋ふる事」（同巻九―一三一頁）では、一谷合戦直前には福原にいたとして、梶井宮承仁法親王との贈答歌が記されていた。但し、平藤幸①は、『僧綱補任残闕』寿永三年条の「全真」項に「二月日西国下」とある点を指摘、前記の尹明と同様、平家には後から合流したと見る。配流官符（④時実項参照）によれば、安芸国に流された。⑨**能円** 藤原顕憲の男、母は二条大宮の半物で、時子・時忠の異父弟。時子の猶子となっていた（『愚管抄』二五八頁）。配流官符（④時実項参照）によれば、備中国に流された。⑩**忠快** 教盛の男。巻九「小宰相身投」では、小宰相に残された乳母女房の髪を剃り、戒を授けている（本全釈巻九―四六四頁）。配流官符（④時実項参照）によれば、伊豆国に流されたが、赦免後、鎌倉と京都を往復して活動したことが注目されている（角田文衞①三四九〜三五五頁、五味文彦二〇〜二五頁、日下力①二一四〜二一七頁、安齋貢など）。⑪**祐円** 〈四〉は「鏡誦《けうじゆ》坊阿闍梨」としか記さないが、諸本「ユウエン」（〈延・長・南〉「祐円」、〈松〉「有円」、〈屋・覚〉「融円」）の名を記す。また、「鏡誦坊」は、〈延・長〉「経誦房（坊）」、〈松・南・屋〉「経寿房（坊）」、〈覚〉「経誦房」。系譜未詳。『桓武平氏系図』に、平経盛の男として「祐円〈阿闍梨経寿房〉」（続群書六上―二二頁）と見える。⑫**印弘**　ここでは〈延〉のみに見える。〈延〉では、生捕の配流を記す記事の中に、「中納言僧都印弘ヲハ久世奉テ阿波国へ遣ス」（巻十二―七ウ）とある。〈盛〉巻四十五は、該当の人名を「中納言律師良弘」（6―二七四頁）とする。配流官符（④時実項参照）によれば、「良弘」がよい（阿波国に流された）。醍醐寺僧、藤原孝能の男（〈尊卑〉1―二五七頁）。〈延〉も、橋合戦記事の後では、謀叛調伏の祈禱を行った僧として、「権少僧都良弘」（巻四―七一ウ）を記す。⑬**行明**　〈延〉「熊野別当行明」、『吾妻鏡』「法眼行明〈熊野別当〉」。『熊野別当系図』に、熊野別当行範の男として見える「行命〈法眼〉」（続群書六下―三五五頁）であろう。『玉葉』養和元年十月十一日条に、「熊野行命法眼〈称二南法眼一、熊野輩之中、只一人有レ志二於官軍一者也〉」が、上洛しようとして、子息郎従等を散々に討たれたことが見える。阪本敏行によれば、行命はその後、平氏を頼って熊野から京都方面に逃れた後、後白河院政の下で平氏の推挙を受け、叔父の範智の後を継ぎ前権別当の湛増を差しおいて別当に補任されたが、熊野三山の人々は平氏によって擁立された行命を認めることはなかった。壇浦で捕虜となった後、法眼位を剝奪されたか、その後間もなくして死亡したかとする（四三頁）。配流官符（④時実項参照）は、『玉葉』では「行命」とし、『吾妻鏡』では「行明」とし、配流先は不記。配流先は常陸とする。⑭**信康**　「藤内左衛門（尉）」の表記は、諸本や『醍醐雑事記』に概ね一致するが、〈盛〉「左衛門尉」、『吾妻鏡』「後藤内左衛門尉」。藤原信康。『参考源平盛衰記』巻四十三は、「系図作二信安一。藤信広子」（改定史籍集覧・下―四五〇頁）とする。〈尊卑〉2―三四頁に見える、藤原氏良門流の信広の子、「信安左衛門尉」か。『吾妻鏡』元暦二年五月十六日条によれば、平宗盛父子が鎌倉に入った際、「家人則清・盛国入道・季貞〈以上前廷尉〉、盛澄・経景・信康・家村等」が、騎馬で従ったという。信康もその一人。信康はその後赦され、鎌倉幕府の御家人になっている（『吾妻鏡』建仁元年九月十五日条）。⑮**季康**　〈長・松・覚・中〉「季康」、〈屋〉「季泰」。〈延・南〉「秀康」。「橘内左衛門（尉）」

は諸本同様。平家都落直前、後白河院が行方不明になったことを平宗盛に注進した人物とされていた（本全釈巻七―二三一頁参照）。該当部も〈四〉などは季康、〈延〉は「秀康」。系譜未詳。佐々木紀一は、高松宮本『諸院行幸部類記』に、北面下﨟として「橘季康〈武者所〉」の名が見えることを指摘する。⑯**公長**　ここでは〈四〉のみ記す。〈盛・南・屋・覚〉の「大臣殿被斬」では宗盛の首切り役として所見。『吾妻鏡』元暦二年六月二十一日条も同様。〈延・長〉では公長の子・公忠とする。〈中〉「たちばなの馬のぜうともなが」（下―二九三頁）。〈四〉は該当部を欠き、『平家族伝抄』には相当する人名無し。『吾妻鏡』治承四年十二月十九日条によれば、「右馬允橘公長」は、子息橘太公忠・橘次公成を連れて鎌倉に着いた。もとは知盛の家人で重衡の東国攻めに従軍したが、平家の運が傾いたとみて離脱、鎌倉に帰参したという。以後、御家人として活動し、『吾妻鏡』元暦元年六月一日条では、帰洛する頼盛を送る餞別にも同席している。この時点で平家に属して生け捕られたという〈四〉の孤立した記述は、何かの誤りか。なお、〈覚〉の一谷合戦の師盛最期に、知盛の侍である「清衛門公長」（下―一八〇頁）が見えるが、これは、「馬允」ではない上、該当部、〈四〉「清四郎馬允」、〈南〉「清四郎馬允能清」、〈延・長〉「豊島九郎直治」、〈盛〉「豊島九郎実治」等と異同が多く（本全釈巻九―三九四頁参照）、別人であろう。⑰**貞能**　ここでは〈長〉のみ記す。都落の際、重盛の遺骨を処理して落ちていったとあり、〈屋・覚〉はそのまま宇都宮を頼って東国に落ちたとするが、〈四・延・長・盛〉は一旦は平家に合流し、後に東国へ赴いたと読める。〈延〉では巻十二・卅五「肥後守貞能預観音利生事」の逸話も記される。『玉葉』寿永二年九月五日条・閏十月二日条によれば西国にいたようであり、寿永三年二月十九日条には、「資盛・貞能等、為㆓豊後住人等㆒乍㆑生被㆑取了云々」といった風聞も記される。また、『吾妻鏡』元暦二年七月七日条によれば、「西海合戦不㆑敗以前逐電、不㆑知㆓行方㆒」であった貞能が、出家した姿で忽然と宇都宮朝綱のもとに現れ、朝綱の強い申請によって保護されたという。これらを総合すれば、実際には、壇浦合戦以前に出家して一門を離れていたものであろう。但し、貞能とその父・家貞に多様な所伝があることは、岡田三津子の指摘するとおりである。⑱**則清**　〈盛〉「美濃守則清」

〈6―一八一頁〉、〈松〉「美濃守章清」（一五頁）。『吾妻鏡』「美濃前司則清」。源光遠の男、光行の兄。『吾妻鏡』元暦二年五月十六日条（⑭信康項参照）でも、宗盛の鎌倉入りに従っている。『吾妻鏡』建保二年（一二一四）十二月十七日条に、「故屋島前内府家人則清子則種」が、鎌倉に参上して仕官を望み、許されたことが見える。**⑲盛国**　〈中〉のみ「しゅめの判官盛国」と記す。〈四〉及び〈延・盛〉では、巻十で、重衡海道下りの直前に、義経に捕縛されたと記される（本全釈巻十―一一六頁、注解「同じき五日、主馬入道盛国…」参照）。壇浦合戦への参加は疑問。『吾妻鏡』元暦二年五月十六日条（⑭信康項参照）では、宗盛の鎌倉入りに従っている。**⑳季国**　〈中〉のみ「藤内ひやうゑすへくに」と記す。未詳。河内判官季国（源季国）であれば、諸本が北国下向の名寄に載せるが、〈四・延・長・盛〉は、その後の動向不記。平家都落後は都にとどまり、法住寺合戦後に解官（『吉記』寿永二年十一月二十八日条）。壇浦合戦への参加は疑問。**㉑経景**　『吾妻鏡』のみ記す。「飛騨左衛門尉経景」。『吾妻鏡』元暦二年五月十六日条（⑭信康項参照）でも、宗盛の鎌倉入りに従っている。宗盛生捕の際に討死した飛騨三郎左衛門尉景経との関係が問題とされる。壇浦合戦（⑥宗盛生捕）の注解「飛騨三郎左衛門尉景経」参照。　**○有官無官の者共三十八人とぞ聞こえし**　〈延〉同。〈松・南・覚〉も、「降人」を記す前に、副将も含め、三十八人とする。〈四・延・松・南・覚〉では、「降人」を別として三十八人と読めようか。一方、「降人」を区別しない〈長・屋・中〉も、生捕の数を〈長・屋〉三十八人、〈中〉「三十よ人」とする。〈盛〉と『吾妻鏡』は合計数を示さないが、計二十四名の生捕の名を記す。『醍醐雑事記』も合計数を記さず、計十一人の「生取」の名を記す。なお後世のもので語り物的側面があるとされる『古川状』には、「生虜《イケトリ》三十六人」（伊藤信六五頁）とある。

○源大夫判官季貞・摂津判官盛澄・阿波民部成良・子息田内左衛門尉則良等は降人と為る　降人の名寄せ。本段冒頭の注解「生執には…」に見たように、「降人」を生捕と別に記すのは、〈四・延・盛・松・南・覚〉。このうち〈覚〉は、菊池高直・原田種直を、「いくさ以前より郎等どもあひ具して降人に参る」（下―三〇一頁。〈南〉は傍線部「軍センヨリ」）と、合戦には参加しなかったものとする。〈長・屋・中〉は「降人」という分類を記さない。生捕と降人の違いについて、笠榮治は、生捕は軍場で生捕にされた者を指し、降人は戦場でなく、人手にかからず、首をのべて参った者を指すとする。これらの違いが截然と区別されるのは、戦後の処遇、論功行賞とからむためであろう（五頁）。こうした側面に注意すれば、〈四・延・盛・松・南・覚〉がより古い形態を留めていると言えよう。なお、〈四〉など、いずれかの異本が降人とする人物を、右記の表と同様の要領で対照する。○×は右表と同様だが、△は「降人」とはせず、

	〈四〉	〈延〉	〈長〉	〈盛〉	〈松〉	〈南〉	〈屋〉	〈覚〉	〈中〉	〈吾〉	〈醍〉
㉒季貞	○	○	△	×	○	△	△	△	△	△	○
㉓盛澄	○	○	△	×	○	△	△	△	△	△	○
㉔成良	○	○	×	△	○	△	×	△	×	△	△
㉕則良	○	×	×	則長	△	△	×	△	×	×	×
㉖景弘	×	×	×	○	×	×	×	×	×	×	×
㉗景信	×	×	×	○	×	×	×	×	×	×	×
㉘貞経	×	×	×	○	×	×	×	×	×	×	×
㉙家村	×	×	×	○	△	×	×	×	×	△	×
㉚高村	×	×	×	○	△	×	×	×	×	×	×
㉛家直	×	×	×	○	×	×	×	×	×	×	×
㉜種直	×	×	×	×	×	○	×	○	×	×	×
㉝高直	×	×	×	×	×	○	×	○	×	×	×

生け捕りと区別していないもの。番号は、右表に続き㉒から始めることとする。㉒**季貞**　〈延・松〉及び『醍醐雑事記』も、生捕と区別して降人とする他、生捕として〈盛〉を除く諸本及び『吾妻鏡』に見える。源季遠の男。『玉葉』元暦二年四月二十六日条に、平家の人々の帰洛を記して、「盛隆（澄カ）・季貞以下生虜并帰降之輩、騎馬在㆓車後㆒」とあり、降人となったものであろう。その際、生捕の者も降人の者もいずれも騎馬して続いたことが分かる。『吾妻鏡』同年六月五日条によれば、「囚人前廷尉季貞子息、源太宗季」が、父の存亡を気遣って鎌倉に下向、宗季は矢作りの名人であったことから頼朝の御家人に取り立てられた。また、季貞は元久元年（一二〇四）まで生きながらえたことからすれば、宗季によって助命嘆願がなされ、頼朝に認められたと考えられる（平藤幸②五九一頁）。㉓**盛澄**　〈延・松〉及び『醍醐雑事記』も、生捕と

区別して降人とする他、生捕として〈盛〉を除く諸本及び『吾妻鏡』に見える。⑲平盛国の孫。摂津守盛信の男。前項に見た『玉葉』四月二十六日条に、宗盛等と共に入洛したとされる「盛隆」は盛澄であろう。**㉔成良・㉕則良**〈延〉及び『吾妻鏡』『醍醐雑事記』は、成良のみ記す(『醍醐雑事記』は、降人とは区別して生捕の中に記す)。〈四・盛・松・南・覚〉は、父子共に記すが、〈四〉が共に降人とするのに対し、〈盛〉は生捕の中に「阿波民部太輔成良」、降人の中に「伝内左衛門尉則長」と記し、〈松〉は逆に生捕の中に「田内左衛門則良」、降人の中に「阿波民大夫成良」と別に記す。〈覚〉は生捕の中に「阿波民部重能父子」と記す。諸本の記述からは、則良は屋島合戦直後に伊勢三郎にだまされて降人となったものであり、成良はそれによって壇浦合戦直前に裏切りを思い立ち、合戦のさなかに裏切ったと解される。その意味では、成良は生捕・降人いずれの扱いもできようが、則良は降人とすべきだろう。**㉖景弘**〈盛〉のみ、「前安芸守景弘〈厳島神主〉」と記す。佐伯景弘。〈盛〉は、この後、義経に命じられて宝剣の探索にあたったとする(6—一八二頁)。実際、景弘が宝剣を探索したことは、『玉葉』文治二年三月四日条、『百練抄』文治三年七月二十日条に見え、このうち『百練抄』によれば、景弘は「合戦之時在二彼国一。存二知宝剣沈没之所一」とある。壇浦にいたとすれば、平家に同行していた可能性が強い。なお林薫によれば、厳島神主職は、景弘の後彼の子息景信にではなく幕府推挙の藤原親実に渡ったようだが、平氏滅亡後も景弘は神主としてしばらく在任していたようである(八三頁)。**㉗景信**〈盛〉のみ、「民部大輔景信」と記す。〈盛〉では、景弘に続くことからすれば、景弘の息の景信か。「神主景弘朝臣在京之間、息男左兵衛尉平景信官幣並御神宝物等請文加判云々」(治承三年七月三日社蔵文書)。景弘は上京在京していたばかりでなく、息の景信も左兵衛尉として在京していて、彼等一族が不断に京都に往来して社運興隆のために活動していた(小倉豊文三〇頁、上横手雅敬一〇四頁)。景信の民部大輔任官は確認できないが、父景弘の治承三年時点での民部大夫任官は確認できる(『平安遺文』三九二九、三〇〇三頁)。**㉘貞経**〈盛〉のみ、「雅楽助貞経〈貞能男〉」と記す。〈尊卑〉(4—二四頁)では、貞能の子は通貞・貞頼しか記されない。未詳。**㉙家村・㉚高村**

〈盛〉「矢野右馬允家村、同舎弟高村」（6―一八一頁）、〈松〉「矢野右馬允家村兄弟」（一五頁）。『吾妻鏡』「右馬允家村」。〈姓氏〉は、「矢野」第2項で平姓とし、伊勢国一志郡矢野邑より起こるとする（下―六二三〇頁）。**㉛家直** 〈盛〉のみ「相模国住人熊代三郎家直」（6―一八一頁）と記す。未詳。**㉜種直** 〈南・覚〉「原田大夫種直」。次項の菊池と共に九州の武士だが、菊池が平家に叛き、貞能に鎮圧されてやむを得ず平家に従ったのに対して、原田は一貫して平家方だった。原田の所領は没収されている（『吾妻鏡』元暦二年七月十二日条）。種直が降人となったことは確認できない。〈延〉巻十二・十一「原田大夫高直被誅事」は、元暦二年十一月一日、「原田大夫高直」が「若命計ヤ生ラル、ト参リタリシカドモ、終ニ今日切ラレニケリ」（巻十二―一九ウ）とする。しかし、「原田高直」は、菊池高直の誤りか（〈盛〉も同様に「原田大夫高直」と誤るが、原田種直との混同であろう）。次項参照。**㉝高直** 〈南・覚〉「菊池次郎高直」。『醍醐雑事記』は「殺人」の中に「菊池次郎」を記す。〈四〉巻十二や〈長〉巻十九は、前項に見た〈延〉の「原田大夫高直被誅事」該当部に、菊池次郎高直（隆直）が斬られたことを記す（〈四〉下―二二二左、〈長〉5―一六五～一六六頁）。また、〈南・覚・中〉は、義経が頼朝に叛くにあたって緒方氏を頼り、緒方が菊池を斬ることを条件として引き受けたので斬ったのだとする。〈延〉の「原田大夫高直被誅事」は、やはり菊池の誤りだろう。〈長〉によれば、菊池は、「平家滅亡の後は安堵しがたくして、もしやいのちいきるとて、二位殿に降人にまいりたり」（5―一六五～一六六頁）という。壇浦合戦後に降人になった意である。これが史実に近いとすれば、〈南・覚〉が壇浦合戦に際して降人になったとするのは、こうした所伝を誤ったものとも考えられよう。 **○此の外、大臣殿の御子副将御前も御在す** ここで副将について記すのは、他に〈長・松・南・覚〉。『吾妻鏡』も、生捕に続けて「内府子息六歳童形〈字副将丸〉」と記す。〈延・盛・屋・中〉は触れない。後掲「副将」の段の冒頭に、「抑も生執三十八人の中に、「八〔五ィ〕歳の童」と注されたりしは、大臣殿の末子の若君なり」と記される。該当部参照。 **○生年八歳とぞ聞こえし** 副将の年齢については、〈長・南・覚〉同。〈松〉不記。『平家物語』諸本には、八歳と五歳の二つの記載があり、『吾妻鏡』は前項に見たように六歳とする。「副将」の段冒頭の注解参照。

○女房には、女院・北政所を始め奉りて…　以下、捕らえられた女性達の名寄。番号は右表に続いて㉞から始め、同様に○×を記す。〈長〉の「?」は「重衡北政所」という記載があり、北政所(完子)を指すのか大納言典侍を指すのか不明である意　**㉞建礼門院**　建礼門院は、『平家物語』諸本では「女房」の最初に挙げる。『吾妻鏡』では入水と生け捕りの間に特記する。『醍醐雑事記』では、「生取」の最後に「女院若宮」と記す。**㉟北政所**　清盛の女で藤原基通の北の方、完子。先帝に続いて入水しようとしたが、できなかったことが、「壇浦合戦④先帝入水」に見えていた。建礼門院等と共に帰洛した

	〈四〉	〈延〉	〈長〉	〈盛〉	〈松〉	〈南〉	〈屋〉	〈覚〉	〈中〉	〈吾〉	〈醍〉
㉞建礼門院	○	○	○	○	○	○	○	○	○	○	○
㉟北政所	○	○	?	×	○	○	○	○	○	×	×
㊱冷泉殿	○	○	×	○	○	×	×	×	×	×	×
㊲帥典侍	帥輔内侍	○	×	○	○	○	○	○	○	○	×
㊳大納言典侍	○	○	?	○	○	○	○	○	○	○	×
㊴廊御方	×	×	×	×	×	○	○	○	○	×	×
㊵治部卿局	×	×	×	×	×	○	○	○	○	×	×
㊶帥局	×	×	×	×	×	×	×	×	×	○	×
㊷按察局	×	×	×	×	×	×	×	×	×	○	×
㊸若宮	×	×	×	○	×	×	×	×	×	○	○

はずだが、その後の消息は未詳。**㊱冷泉殿**　〈四・延・盛・松〉に見えるが、未詳(〈四・延・松〉「冷泉殿」、〈盛〉「冷泉局」)。『参考源平盛衰記』は平時信女に比定するが(改定史籍集覧・下―四四九頁)、時信女の「冷泉局」(建春門院平滋子の女房。滋子の姉)は、治承四年八月十四日死去(『山槐記』同日条)。また、〈盛〉巻四十四の副将被斬で、副将の乳母の女房が「冷泉殿」と呼ばれているが(6―二三九頁)、「冷泉殿」の名が〈盛〉にしか見えない上、建礼門院や北政所などと並べて記される身分とは考えにくい。「冷泉」は平安後期に多い女房名で、他にも見られるが(『平安時代史事典』「冷泉」項)、該当者は不明。なお、「冷泉」の名からは、冷泉大納言隆房の北の方(建礼門院の妹。巻一

「吾身栄花」や、建礼門院大原入の世話をしたことで物語に登場)も連想されるが、この時点で平家と行動を共にしていたとは考えられない。㊲**帥典侍**　〈四〉は「帥輔内侍」とするが、「帥典侍」がよい。時忠の北の方。藤原顕時の女、領子。先帝に続いて入水しようとしたが、できなかったことが、「壇浦合戦④先帝入水」に見えていた。巻十二「平大納言流罪」では、能登へ流される時忠との別れが描かれる。㊳**大納言典侍**　「大納言内侍」は「大納言典侍」がよい。重衡の北の方。藤原邦綱の女、輔子。安徳天皇の乳母。帰洛後、重衡と再会し、その死後に供養につとめることなどが描かれる。㊴**廊御方**　ここでは〈南・屋・覚・中〉が記す。清盛の女。母は常葉。諸本巻一で、清盛の栄華を描く中で記す八人の娘の八番目(〈四〉では一四左から一五右)。そこでは藤原兼雅の上臈女房となったと記されていた。都落ちに同行したのかどうかは不明。角田文衞①は、壇浦から帰洛した後に兼雅に仕えたものと見る(一七八頁)。㊵**治部卿局**　ここでは〈南・屋・覚・中〉が記す。知盛の北の方。時子に仕えた時には南御方といい庶務を管掌、知盛と結婚後は高倉帝后七条院に仕え、治部卿局と称した。帰洛後、上西門院に仕えて宣旨を務め、承久の乱後、守貞親王が院政を開始すると四条局と改称し執権となった(日下力②一一八、一六五頁)。㊶**帥局**　『吾妻鏡』のみ、帥典侍とは別に「帥局〈二品妹〉」と記す。平時信の女、時子の妹で、建春門院の女房を経て建礼門院の女房となった(角田文衞①二一一頁)。㊷**按察局**　藤原公通の娘、建春門院に仕え、一条局とも呼ばれた。教盛の妻であったかとされる。『吾妻鏡』のみに、「按察局〈奉㆑抱㆓先帝㆒雖㆓入水㆒存命〉」と見える。『吾妻鏡』三月二十四日条では、「按察局奉㆑抱㆓先帝〈春秋八歳〉㆒、共以没㆓海底㆒(中略―建礼門院の救出)按察局同存命」とあった(なお、按察局が安徳天皇を抱いて入水したとの記事は、『保暦間記』にもあり)。また角田文衞②は、按察局は平家の有力人物の妻であっただろうとしつつ、実際には安徳天皇を抱いて入水したのは按察局ではないだろうと見る(四九四～五〇三頁)。㊸**若宮**　〈盛〉は建礼門院と冷泉局の間に記す。『吾妻鏡』は、入水と生け捕りの間に、建礼門院と共に特記する。『醍醐雑事記』は建礼門院と共に生捕の中に記す。若宮は、高倉天皇の第二皇子守貞親王。平家と共に西国落ちしていた。薨去後、後高倉院の院号が贈られた。 **○上臈・中臈・下臈凡て廿三人なり** 「廿三人」は、〈延・長・松〉同。〈南・屋・覚・中〉「四十三人」。詳細は不明。 **○船底に伏し辷びつつ、喚き叫びたまふも理なり** 生け捕られた女人達が、収容された船底で泣き悲しむ様。類似の文は、〈延・盛・松〉にあり。但し、〈盛〉は生捕名寄記事の後、藤判官信盛を西国に下したことを記し、その後に「奉㆑始㆓建礼門院㆒、北政所・帥典侍・大納言典侍以下、或ハ討レ、或捕レタル人々北方、上臈下臈、船底ニ臥マロビ、声ヲ調テ、オメキ叫給ヘリ」（6―一八三頁）と、文脈がやや異なる。〈長・南・屋・覚・中〉なし。 **○而れども二位殿・越前三位の北の方の外は、身を投ぐる人は無し** 類似の文は、〈延・長・松〉にあるが、「二位殿」のみで、「越前三位の北の方」（小宰相）には触れない。小宰相が入水したのは一谷合戦後であり、ここで記すのは不審。小宰相について、「小宰相身投（④人々の歎き）」末尾では、「昔も今も、夫に後るる人は多けれども、躰《さま》なんど替ふるは尋常の事なり。忽ちに身を投ぐる人は為師《ためし》少なしとこそ承れ」（本全釈巻九―四六五頁）と記していた（該当部諸本同様）。こうした批評に関わる評言か。なお、建礼門院・北政所・治部卿局なども身を投げようとしていたことは、「壇浦合戦（④先帝入水）」に見たとおり。 **○王昭君が狄の手に懸かりて胡国へ趣きし思ひも、之に喩ふれば物の数ならずや有りけん** 一度も目にしたことのない武士に引かれて帰洛した女性達の心情を王昭君の思いに喩える一文、諸本には、基本的に同様の文あり（〈盛〉の記事構成については前々項注解参照）。但し、〈延〉は、生捕名寄の前にも、「元暦二年ノ春ノ暮、何ナル年月ナレバ、一人海中ニ沈給ヒ、百官波上ニ浮ラン。一門ノ名将ハ千万ノ軍俗ニ囚レ、国母菜女ハ東夷西戎ノ手ニ懸テ各ノ故郷へ被帰㆒ケン、心ノ中コソ悲シケレ。買臣ガ故郷ニハ錦袴ヲキヌ事ヲ歎キ、照君ガ旧里ニハ再帰ラン事ヲ喜ブ。思合ラレテ哀也」（四二オ）とあり、傍線部の王昭君に関する記述はやや重複する（但し、旧里に帰ることを喜ぶとする点は相違）。また、その前に波線部の「一門ノ名将」云々や朱買臣の故事の記述は、〈南・屋・覚・中〉に類似する。〈覚〉「国母・官女は、東夷・西戎の手に従ひ、臣下卿相は、数万の軍旅にとらはれて、旧里にかへり給ひしに、或は朱買臣が錦を着ざる事をなげき、或は王照君が故国におもむきし恨もかくやとぞ、かなしみ給ひける」（下—三〇一頁）。〈四・長・盛・松〉には該当記事なし。〈延〉の形は、〈四・長・盛・松〉に見える記事と〈南・屋・覚・中〉に見える記事の双方を取り入れたものとも見られる。 **○凡そ三月廿四日、長門国壇浦・赤間、筑前国門司・田浦に於いても、亡び了てけるなり** 〈四〉の独自異文。但し、他本にも若干類似する文があるが、むしろ、〈四〉次段冒頭「元暦二年乙巳の春の暮は、何かなる年月なれば…」に該当する文と見るべきものである。次段冒頭注解参照。「壇浦」「赤間」「門司」は既出（「平家壇浦に着く事」）。「田浦」は現福岡県北九州市門司区田野浦。関門海峡の東側に九州側から突き出た企救半島の先端付近。壇浦・赤間・門司・田浦の海域で、平家がすっかり滅亡した意。

【引用研究文献】

＊安齋貢「忠快小論—頼朝と慈円を繋ぐ人物として—」（日本文学研究〔大東文化大学〕四三号、二〇〇四・2）
＊伊藤信「「古川状」について」（仙台市博物館調査研究報告一六号、一九九六・3）
＊上横手雅敬「佐伯景弘とその周辺」（仏教芸術五二号、一九六三・11）
＊岡田三津子「延慶本『平家物語』の人物造型—平家貞・貞能の場合を中心として—」（中世文学三二号、一九八七・5）
＊小倉豊文「平家の厳島信仰について」（『瀬戸内海地域の社会史的研究』柳原書店一九五二・3）
＊日下力①「軍記物語誕生の脈絡—武家社会への鍾鉛—」（文学・季刊七巻二号、一九九六・4。『平家物語の誕生』岩波書店二〇〇一・4再録。引用は後者による）
＊日下力②「軍記作品に伴う時代の影—知盛の女の存在—」（国文学研究一一五号、一九九五・3。『平家物語の誕生』岩波書店二〇〇一・4再録。引用は後者による）
＊五味文彦「説話の場、語りの場」（文学五五巻二号、一九八七・2。『平家物語、史と説話』平凡社一九八七・11再録。引用は後者による）
＊阪本敏行「寿永二年・三年・元暦二年における熊野別当家関係者と周辺の人々—「僧綱補任」岩瀬文庫蔵本考察を一連の

考察の終論として―」（和歌山地方史研究五七号、二〇〇九・8）
＊佐々木紀一「橘内左衛門尉季康覚書」（季刊ぐんしょ再刊六二号、二〇〇三・10）
＊高橋昌明『平家の群像』（岩波書店二〇〇九・10）
＊角田文衛①『平家後抄』（朝日新聞社一九七八・9）
＊角田文衛②「安徳天皇の入水」（古代文化二七巻九号、一九七五・9。『王朝の明暗』東京堂一九七七・3再録。引用は後者による）
＊林薫「平氏家人の存在形態―厳島神社神主佐伯景弘を事例として―」（中央史学二八号、二〇〇五・3）
＊平藤幸①「平家都落ちをめぐって―尹明と全真の場合―」（『中世の文学　附録34（平治物語）』三弥井書店二〇一〇・6）
＊平藤幸②「源季貞論続貂」（『これからの国文学研究のために―池田利夫追悼論集』笠間書院二〇一四・10）
＊笠栄治「「壇の浦」合戦譚群の展開―覚一本から流布本へ―」（福岡教育大学国語科研究論集三五号、一九九四・2）

安徳天皇の事

【原文】

元暦二年乙己[1]春暮レハ何年月ナレ主上沈ミ海底▽一八五左百官浮ヒケン海上此帝受禅日御座茵《ヘウ》縁犬喰《クヒ》於モ夜ル御《ミ》殿御張フ内鴿《ハト》入リ籠リ即位日高ケ[2]御座後ロ女房俄絶入《シウ》御禊《ケイ》内百子帳前《ヘ》夫男居ル上《ヘ》御在位三ケ年間天変地夭《ウ》打連キ無シ隙モ従諸寺諸社奏フ達《ツ》事頻春夏旱颼秋冬大風浦々島々海賊路々▽一八六右関々山賊東国北国謀叛騒動天行時行飢饉疫癘大兵乱大焼亡三災七

難無所残真観[3]日照リ永祚《イ》風有ケレ上代モ無シトソ此帝御時程承ル御裳濯河御流レハ可斯ル乎ヤトトソ人申合ヘリシソモ秦始皇非ス二荘《シヤウ》
譲《シヤウ》王子一ニハ呂《テウ》[4]子々韋《イ》子ナリシカトモ治ツ天下有リキ三十七年云[5]キケレハ有ル人[6]亦申異国多シ下▽一八六左如是之例上重花申シス帝自民間《カン》出トコソ
申シ、漢高祖大公子ケレ付キ位我朝為シ人臣子践ム位事未[7]タストソ聞申

【釈文】

元暦二年乙巳[1](己)の春の暮《くれ》は、何《い》かなる年月なれば、主上海底に▽一八五左沈み、百官海上に浮かびけん。

此の帝、受禅の日、御座の茵《へウ》の縁を犬喰《く》ひ、夜《る》の御殿《みとの》に於ても、御帳(張ッ)の内に鴿《ハト》入り籠り、即位の日、[2]高御座《たかみくら》の後ろに女房俄に絶入《ぜつシウ》し、御禊《ケイ》の内に、百子の帳の前《へ》に夫《ぶ》男《をとこ》 上《うへ》に居る。御在位三ヶ年の間、天変地《ち》夭《えウ》打ち連《つづ》きて隙も無し。諸寺・諸社より奏達《そうたツ》する事頻りなり。春夏は旱魃(颰)、秋冬は大風、浦々島々には海賊、路々関々には▽一八六右山賊、東国・北国には謀叛騒動、天行時行、飢饉疫癘、大兵乱、大焼亡、三災七難残る所無し。貞(真)[3]観の日照り、永祚《えイそ》の風、上代にも有りけれども、此の帝の御時程は無しとぞ承る。「御裳濯河の御流れは斯かるべしや」とぞ、人申し合へりし。「秦の始皇は荘《シヤク》譲《シヤウ》王が子には非ず、呂《テウ》[4]不(子々)韋《イ》が子なりしかども、天下を治めつつ三十七年有りき」と云[5]ひければ、有る人[6]亦申しけるは、「異国には是くのご▽一八六左とき例多し。重花と申しし帝は、民間《カン》より出でたりとこそ申ししか。漢の高祖も大公が子なりけれども位に付きにけり。我が朝には人臣の子と為《シ》て位を践《ふ》む事、未[7]だ聞かず」とぞ申しける。

【校異・訓読】 1〈底・昭・書〉「己」。2〈底・昭〉「高ケ」。「日高《た》け、御座の…」と訓んでいた可能性があるが、「高御座」と解した。注解参照。3〈底・昭・書〉「真観」。4〈底・昭〉「呂《テウ》子々韋《イ》」。〈底〉の「呂」は「召」にも似る。〈書〉「呂子々寿」の「呂」も同様。5〈昭〉「云ヘケレハ」。6〈底〉「久」にも見える字体。〈昭・書〉「人」。7〈昭〉「未タ」。

【注解】○元暦二年乙巳の春の暮は、何かなる年月なれば、主上海底に沈み、百官海上に浮かびけん　この一文は諸本で位置が異なる。〈延〉では、生け捕りの女房達を屋形に押し込めた記事の後に、「元暦二年ノ春ノ暮、何ナル年月ナレバ一人海中ニ沈給ヒ、百官波上ニ浮ラン。一門ノ名将ハ千万ノ軍俗ニ囚レ…（中略）買臣ガ故郷ニハ錦袴ヲキヌ事ヲ歎キ、照君ガ旧里ニハ再帰ラン事ヲ喜ブ」（四二オ）と続く（前段「平家生捕名寄」末尾注解「王昭君が狄の手に懸かりて…」参照）。「照君」以下は、〈四〉では前段にあった文に近い。〈長〉では、本段該当記事の末尾に、この一文（〈四〉にほぼ同）を置く（5―一〇九頁）。〈盛〉では、〈四〉前々段末尾に該当する、海上に浮かぶ赤旗の描写の後に、一字下げで「元暦二年ノ春ノ暮、如何ナル年、如何ナル日ゾ。一人海底ニ沈、百官水泡ト消ユ」（6―一七七頁）と記す。〈松〉も、〈盛〉と同位置に、「悲哉、寿永ノ秋ノ初ノ七月下旬、イカナル年ナレバ、天子鳳闕ヲ去テ西海ノ浪ノ上ニ漂フ。哀哉、元暦二年三月廿四日、イカナル月日ニテ、月卿雲客、百官卿相、悉ク底ノ藻朽《モクヅ》氷ト成給ケン」（一五頁）と記す。〈南・屋・覚・中〉では、生捕の名寄の後にこの一文（〈四〉にほぼ同）を置き、その後、「国母・官女は、東夷・西戎の手に従ひ…」（〈覚〉下―三〇一頁）と、〈延〉に類似の文が続く（なお、〈南〉は名寄で巻十一を結び、この一文から巻十二を始める。八八三頁）。本項の一文は、前段末尾に続いている感もあり、前段に属すると見るのも有力だが、〈長〉は本段の内容に含めた形であり、〈南〉の様態からは、この一文を何らかの冒頭記事とする意識も見られる。〈四〉の場合、〈底・昭・書〉とも、この一文から改行して以下の文に続けており、この一文を本段冒頭とする意識があったものと判断した。なお、こうした「○年×月はいかなる年月なれば…」に類する表現は、〈延〉では巻十二―七七ウに「寿永元暦歟二年ハ何ナル年ゾヤ、天子翠体悉ク西海波下ニ流ケム。三月下旬ハ何ナル月ゾヤ、月卿雲客併ラ関路ノ湖底ニ朽ニケム」と見られる。巻四―六六ウの「木津河イカナル流ゾヤ、頼政ガ党類、皆ミジカ夜ノ夢ニ同ジ」も、類似表現といえよう。唱導文の類型表現か。　**○此の帝…**　以下、本段は、安徳天皇の受禅・即位に際しては不吉な怪異が多く、在位中も災害が絶えなかったことを記す。該当記事は、〈延・長・盛・松〉あり、〈南・屋・覚・中〉なし。

〈盛〉の場合、建礼門院をはじめとする女性達が捕らわれて都に帰ったと記した後、「抑、依二諸国七道合戦一、公家モ武家モ騒動シ、諸寺諸山モ破滅ス。春夏ハ旱魃シテ、秋冬ハ大風・洪水、適雖レ致二東作之業一、終不レ及二西収之勤一」（6—一八三〜一八四頁）云々と、この時期の惨状を全般的に述べた後で、該当の安徳天皇関係記事に入るが、この惨状の記述は、〈四・延・松〉、特に〈延・長〉では安徳天皇関係の記事として記す内容に重なり、また、一部は養和の飢饉の記事に重なる。後掲注解「春夏は旱魃、秋冬は大風」参照。本段の内容について、生形貴重は、「人臣の血で皇統の聖なる血脈を穢した」安徳天皇が、「朝家から疎外されるべきモノであったことを物語ろうとする廃帝物語の構想によるもの」（六六〜六七頁）ととらえた。武久堅は、〈盛〉の「先帝モ猶帝徳ノ至マシマサヾリケルヲ、入道横ニ計申タレバ」（6—一八七頁）との記述を重視し、帝徳の欠如と清盛の悪行の報いによって平家が滅びたと語る物語構築の一環ととらえた（二四〜二六頁）。一方、名波弘彰は、〈盛〉の帝徳論は「唐土（古代中国）流の天道論・帝徳論の影響」（七二頁）であり、南北朝期の思想によるものであるのに対して、〈延〉における安徳天皇批判の論理は、清盛による宗廟信仰の侵犯を問題としたものだと考えた（五六〜五八頁）。それに対して、徐萍は、董仲舒などによって唱えられた中国の天人相関思想は、日本にも古代から受容されていたことを指摘し、〈延〉の記述も天人相関思想を用いて、怪異・災害で帝徳の欠如を示唆し、それによって安徳帝の死を説明したとみなされると考えた。高村圭子も、〈延〉には「「天」の思想」が見られると指摘、本段も天人相関思想による説明であるとする（二六頁）。災害などを安徳天皇の問題として論ずる点は〈四・延・長・盛・松〉の該当記事に共通しており、「帝徳」の語の有無にかかわらず、天人相関思想の影響を認めるべきだろう。但し、徐萍（二一〇〜二一一頁）が指摘するように、天人相関思想は日本的に変容し、また、平安末期には重要性が低下していた。そうした中で、安徳天皇を本段のような形でとらえた、古い段階の『平家物語』作者の立場は、改めて問われねばなるまい。**〇受禅の日、御座の茵の縁を犬喰ひ**　以下、受禅・即位・御禊に際しての不吉な怪異を語る。〈延〉が、「受禅ノ日様々ノ怪異在ケリ」（巻十一—四三オ）とした上で記すように、本項・次項は受禅の日の怪異と読める。〈長・盛・松〉も基本的に同様。本項の異同は、「御座」が〈延・長・盛〉「昼ノ御座ノ御茵」（〈延〉四三オ）、〈松〉「昼ノ御座ノ筵」（一五頁）。「犬喰ひ」が、〈延〉「犬ノケガシヲシ」、〈長〉「犬喰やぶり」（5―一〇八頁）、〈盛・松〉「犬食損」（〈盛〉6―一八四頁）。「昼御座」（ひのおまし。日御座とも）は、「天皇が日中に出御する平敷の御座。清涼殿の東廂に畳二枚を敷き、上に茵《しとね》を置いて、天皇が日中いるところとした」（〈日国大〉）。〈四・長・盛・松〉では、犬がそのしとねを食い破った意だが、〈延〉は犬が糞をした意か（『日葡辞書』「Qegaxi　ケガシ（穢し）犬の糞」）。安徳天皇の受禅は、治承四年二月二十一日のことだが（『玉葉』『山槐記』同日条その他）、該当の事件は『山槐記』同年三月十四日条に、「今日辰時、昼御座茵為レ犬被二喰損一。無《甚カ》怪異也。可レ有二御卜一云々」と見える。この件を、受禅当日のことのように虚構したものか（徐萍二二頁）。内容は、昼御座の茵を食い損じたとする点で、〈長・盛・松〉の記述に近い。

〇夜の御殿に於ても、御帳の内に鴿入り籠り　〈延・長・盛・松〉も同様だが、「鴿」は、〈延〉「山鳩」、〈長・盛・松〉「鳩」。〈名義抄〉（僧中―一二六）に「鴿　イヘハト　ヤマハト」とある。「御帳」は、貴人の御座所のとばり、几帳。受禅の日に鳩が飛び込む怪異があったことは未詳だが、鳩が飛び込む怪異によって卜占や物忌みなどが行われた例が、『中右記』長治元年（一一〇四）八月二十五日条や『殿暦』同日条に見られ、凶兆と考えられていたことが推測できる（徐萍二二頁）。『中右記』嘉保二年（一〇九五）八月十四日条に引く承保の例、『殿暦』天仁二年（一一〇九）六月二十一日条も同様。

〇即位の日、高御座の後ろに女房俄に絶入し　〈延・長・盛・松〉も同様だが、「高御座」は、〈延〉「高御座《タカミサ》」、〈長〉「高御厨」、〈盛〉「高御厨子」、〈松〉「御座」。〈校異・訓読〉2に見たように、〈四〉は「即位の日高《た》け、御座の後ろに…」と訓んでいた可能性があるが、本来は「高御《たかみ》座《くら》」である。「高御《たかみ》座《くら》」は、「即位や朝賀などの大儀に、大極殿または紫宸殿の中央に飾る浜床《はまゆか》の上に御帳をめぐらした天皇の玉座」（〈日国大〉）の意。安徳天皇の即位は、治承四年四月二十二日だが（『玉葉』『山槐記』『吉記』同日条など）、このような事件は確認できない。だが、『中右記』承徳二年（一〇九八）九月七日条「巳時許女房俄以絶入、不

㆑知㆓東西㆒、立㆓種々願㆒、修㆓所所諷誦㆒、経㆓一時㆒落居。（中略）近曽家中怪異頻呈、卜筮不㆑軽」、同嘉承元年（一一〇六）十月十九日条「女房俄絶入、是邪気者。（中略）立㆓種々願㆒企（念イ）、一々祈頗無㆓其験㆒」などに見るように、女房の絶入（気絶）は、卜筮や祈禱を行うべき怪異と認識されていた（徐萍二三頁）。

○御禊の内に、百子の帳の前に夫男上に居る 〈延・長・盛・松〉も同様だが、「御禊の内」は、〈延・長・盛・松〉「御禊ノ日」（〈延〉四三オ）が良い。「百子の帳」は、〈延・長・盛〉も同様だが、〈延〉は「百千ノ帳」と読める字体。〈松〉「御帳」。「上に居る」は、〈底・昭〉「居ル上ヘ」によって訓んだが、〈延〉「上居リ」、〈長〉「上リ居」、〈盛〉「昇居キ」によれば、本来は「上り居り」か。〈松〉「昇居タリ」。「百子帳」は、「檳榔で頂上を覆い、四方に帳をかけ、中に毯《たん》を敷いて大床子をたてたもの。前後を開いて出入する」〈日国大〉。安徳天皇が入御する百子帳の辺に下人が上がりこんでいたの意だろう。「御禊」は、大嘗会などの前に天皇が行う禊。安徳天皇の大嘗会は、遷都や高倉院崩御などで延引し、寿永元年に行われた（本全釈巻六「大嘗会延引の事」二二五頁参照）。御禊は同年十月二十一日に行われた（『玉葉』同日条）。しかし、このような事件については未詳。

○御在位三ヶ年の間、天変地夭打ち連きて隙も無し 〈延・長・盛・松〉も同様だが、「地夭」は〈長〉同、〈延・松〉「地妖」、〈盛〉「地震」。「地夭」「地妖」は、「地上に起こる怪しい変異。地上に生じるふしぎなわざわい。天変に対していう」（〈日国大〉）。なお、『平家打聞』に「北夭者、中夭」とあるが、「北夭」という項目名は、本項の「地夭」を誤ったものか。後掲注解「天行時行、飢饉疫癘、大兵乱、大焼亡」参照。安徳天皇の在位は、治承四年（一一八〇）二月から元暦二年（一一八五）三月までだが、「三ヶ年」とするのは、寿永二年（一一八三）七月の都落までを三年あまりと見たものか。この間の「天変地夭」としては、治承四年四月の辻風（〈延〉巻三―十九「辻風荒吹事」参照）や、養和二年二月の太白犯昴星（〈延〉巻七―二「大伯昴星事」参照）などがあろうか。辻風が、『方丈記』に「サルベキ物ノ諭《サトシ》」とされることや、〈延〉巻五―八九オに、高倉院厳島御幸の理由の一つとして、「天変頻ニ示シ地夭常ニアテ」とあるのは、後の時代の回想かもしれないが、『玉葉』治承四年十一月二十六日条が、福原遷都を非難して、「神不レ降レ福、人皆称レ禍、依二彼不可一致二此災異一、所謂天変地妖之難、旱水風虫之損、厳神霊社之怪、関東鎮西之乱等是也」と述べるように、不安定な世相の中で、「天変地妖」が多いと意識されたことはある程度事実であったといえようか。　**○諸寺・諸社より奏達する事頻りなり**　〈延・長・盛・松〉も同様だが、「諸社」は〈延・長・松〉同、〈盛〉「諸山」。また、「奏達する」は、〈延・長・松〉「怪ヲ奏ル」（〈延〉四三オ）、〈盛〉「サトシヲ奏スル」（6―一八五頁）。前項に見た「天変地夭」に関する報告。　**○春夏は旱魃、秋冬は大風**　〈延〉「春夏ハ旱魃・洪水、秋冬ハ大風・蝗損」（四三オ）、〈長・松〉「春夏は旱魃、秋冬は大風・洪水」（〈長〉五―一〇八頁）。また、〈延・長〉は、この後に、「五月無雨一シテ冷風起、青苗枯乾、黄麦不秀。九月降霜一シテ秋早寒、万草萎傾、禾《クワ》《ホ》穂《ケイ》不熟一。サレバ天下ノ人民餓死ニ及。纔ニ命計生ル者モ、譜代相伝ノ所ヲ捨テ、境ヲ越家ヲ失テ、山野ニ交リ、海渚ニ髣フ。浪人衢ニ倒臥シ、愁ノ声郷ニ満リ」（〈延〉四三オ～四三ウ。〈長〉は冒頭「三月」など小異）の長文がある。『新楽府』「杜陵叟」「三月無レ雨、旱風起。麦苗不レ秀、多黄死。九月降レ霜、秋早寒。禾穂未レ熟、皆青乾」によるもの。一方、〈盛〉は、「春夏」「秋冬」を記さず、次項以下の内容と併せて、「山賊・海賊・闘諍・合戦・天行・飢饉・疫病・焼亡・大風・洪水、三災七難残ル事ナシ」（一八五頁）とする。但し、〈盛〉の場合、前掲注解「此の帝…」に見たように、本段該当記事直前に当時の惨状を述べる記事を置く中で、「春夏ハ旱魃シテ、秋冬ハ大風・洪水」（一八四頁）と記し、内容的に重複している（この記事は、「杜陵叟」依拠の文とも重なる）。〈四〉の「春夏は旱魃、秋冬は大風・洪水」という形は、〈盛〉のその記事を含めれば、〈長・盛・松〉に共通するといえる。〈延〉も、巻六―七九オでは、養和の飢饉を「春夏ノ炎早ヲビタ、シク、秋冬大風洪水打連僅ニ雖致ト東作之勤一ヲ、西収ノ業《ワカ》如シ無一カ」と描いていた（〈長・盛〉も同様であり、「炎早」は「炎旱」とする。なお、前掲注解「此の帝…」に見たように、〈盛〉が本段直前に記す記事も、この飢饉記事に類似）。この記事は、『方丈記』「養和ノコロトカ、久クナリテ覚ヘズ。二年ガアヒダ、世中飢渇シテ、アサマシキ事侍リキ。或ハ春夏ヒデリ、或ハ秋大風洪水ナド、ヨカラヌ事ドモウチ続キテ、五穀事〴〵ク生ラズ。夏植フルイトナミアリテ、秋刈リ冬収ムルソメキハナシ」（新大系一〇頁）によったものであろう。本段もおそらくその延長上に、「春夏は旱魃、秋冬は大風・洪水」と記した形が本来か。なお、これは養和の飢饉をいうものであり、その主因は治承四・五年の旱魃と見られるが、治承四年秋・冬には大風や大雨もあった。とりわけ、治承四年十月二十九日には、近畿地方が暴風雨に襲われたようで、『玉葉』同日条「未刻許俄天陰、大雨・大風・雷鳴、是天変歟。可レ悲々々」、『山槐記』同日条「午剋天陰、雷鳴風烈雹降〈其勢如二大角豆一〉、積レ地不レ消。頃レ之休止。後聞、淀河船等漂転、多溺死者云云」、『吉記』十一月一日条「昨日暴風之間、於二川尻並淀川一漂倒舟已多」などの記録がある。その他、『山槐記』八月二十六日条には「大雨大風、晩頭風雨止」、『玉葉』十一月二十六日条には「昨日大風之間、雑船多以入海」など、「大風」に関する記録がある。前項に見た『玉葉』治承四年十一月二十六日条にも「旱水風虫之損」とある。　**○浦々島々には海賊、路々関々には山賊、東国・北国には謀叛騒動**　〈延・長・松〉基本的に同様。〈盛〉も前項に見たように「山賊・海賊・闘諍・合戦…」（一八五頁）の一文あり。「東国・北国には謀叛騒動」は、頼朝や義仲等の戦いを、海賊・山賊と並べて「謀叛騒動」と表現したことになる。　**○天行時行、飢饉疫癘、大兵乱、大焼亡**　〈延・長・松〉基本的に同様。〈盛〉も前々項注解に見たように、類似文あり。「時行」は、〈延〉同、〈長〉「時」、〈松〉「地行」、〈盛〉なし。「天行」は、「時節によって流行する病気。はやりやまい」（〈日国大〉）。『三代実録』貞観五年（八六三）三月十五日条「検二卜筮一、今茲可レ有二天行之疫一。預能修レ善、可レ防二将来一者」。「時行」は流行病。『御堂関白記』長和二年（一〇一三）五月十九日条「有二御悩気一。似二時行一」。『平家打聞』は、「天行者天変、北夭者中夭」とする。「天行」は本項の語だが、「北夭」にあたる語は〈四〉本文に見えない。「三災」「七難」の前に位置する点から見て、本項の語句のいずれかを誤ったものかとも考えられるが、「天行」の前に位置する「天変地夭」の「地夭」を、字形の近似によって誤ったものか。但し、前後して記される点は不審。「中夭」は、〈日国大〉「非常な災難。大難」の意。　**○三災七難残る所無し**　〈延・長・盛・松〉同様。「三災」「七難」は仏教語。「三災」は、「世界が壊滅する劫末のときに起こるという三つの災害。減劫の終わりに起こる刀兵災・疾疫災・飢饉災を小三災といい、壊劫の終わりに起こる火災・水災・風災を大三災という」（〈日国大〉）。『阿毘達磨倶舎論』巻十二「此小三災中劫末起。三災者。一刀兵。二疾疫。三飢饉」（大正二九・六五c）。「七難」の内容は経典によって異なるが、『仁王般若経』受持品では、日月失レ度・星宿失レ度・大火・大水・大風・天地国土亢陽・賊乱の難をいう（大正八―八三二c）。『平家打聞』は、「三災、一者兵乱。闘諍口等。二者疾病。天下ニ疫病起テ人民ノ失スル事。三者飢渇。飯ニ飢タル云飢、水飢云渇。是云刀疾飢ノ三災也」とする。この内容は、前述『倶舎論』の「小三災」に近い。また、「七難者、日月失度、時節反逆、或赤日出二三四五日出、或日蝕月蝕テ、無光一、或日輪一重二三四五重ノ輪現、是ヲ為第一難ト。廿八宿失度、金星・輪星・鬼星・火星・水星・風星・刀星・南斗・北斗・五鎮大星・一切国主星・三公星・百官星、如是諸星各々変現、是為第二難ト也。大火焼国、万姓焼尽ス、或鬼火・龍火・天火・山神火・人火・樹木火・賊火、如是変怪スル、是為第三難也。大水漂没シテ百姓、時節返逆シ、冬雨、夏雪、冬ノ時ノ雷電・礔礰、六月雨氷・霜・雹、雨赤水・青水・黒水、雨石・礫石、江河逆流、浮山流石、如是変時、名テ為第四難也。大風吹殺ス二万姓国土山河樹木一時ニ滅没、非時ニ大風・黒風・赤風・青風・天風・地風・火風・水風、如是変スル時名第五難也。天地国土亢陽、炎火洞然トシテ、百草亢旱、五穀不成、土地赫燃、万姓滅尽ス、如是時名第六難也。四方賊来侵国、内外賊起、火賊・水賊・風賊・鬼賊、百姓荒乱、刀兵劫起ル、如是怪時名為第七難也」とする（松平文庫本による。傍線部「亢」は「允」にも見え、山岸文庫本は「凡」にも見えるが、『仁王般若経』「亢」）。この本文は、前述の『仁王般若経』に近い。　**○貞観の日照り、永祚の風、上代にも有りけれども、此の帝の御時程は無しとぞ承る**　〈延・長〉同様。〈盛〉は「承平ノ煙塵・正暦ノ疾疫」（一八五頁）を加える。『澄憲作文集』「我カ朝ニハ貞元ノ旱《ヒテリ》　永《求イ》祚ノ風一セ　承《セウイ》平ノ煙塵　正歴《リヤクノ》　之疾疫」（大曽根章介四三七頁）に同じ。〈松〉なし。「貞観の日照り」は、貞観八年（八六六）旱魃。『日本三代実録』同年六月二十八日条に、「是月。天下大旱。民多飢餓」とある。「永祚の風」は、永祚元年（九八九）八月十三日の大風。『日本紀略』同日条に、「酉戌刻。大風。

宮城門舎多以顚倒。承明門東西廊。建礼門（中略）左右京人家。顚倒破壊。不レ可ニ勝計一。又鴨河堤所々流損。（中略）天下大災。古今無レ比」などとある。その他、『扶桑略記』『百練抄』『帝王編年記』などに所見。〈盛〉の記す「正暦ノ疾疫」は、正暦六年（九九五）の疾病。『日本紀略』同年二月九日条に「天下疾病」と見え、同二十二日条によれば長徳改元の原因ともなった。

○「御裳濯河の御流れは斯かるべしや」とぞ、人申し合へりし　この一文を同位置に置くのは〈盛・松〉。〈盛〉「御裳濯河ノ御流懸ベシヤト人傾申ケリ」（6—一八五頁）。〈盛〉はその後に秦始皇・舜王の例を引き、日本では臣下の子が即位することはなく、安徳天皇は正統な皇子だが、清盛が無理に高倉天皇を退位させて即位させ、悪行を行ったために神の怒りを呼んで滅びたのだと説明する。〈延〉は、次項以下にあたる中国の例を述べた後、「此ハ正キ御裳濯川ノ御流、カ、ルベシヤトゾ人申ケル」（四三ウ）とする。〈長〉なし。「御裳濯川」は皇統を意味する。生形貴重は、〈四〉本文により、平氏が「皇統譜を犯す一族として観念されていた」（一五頁）と見た。一方、武久堅は、「延慶本の作者は安徳帝の皇統としての正統性を決して疑ってはいない」（二五頁）とする。但し、〈盛〉の「人」は「傾申ケリ」と「不審の思いを抱いて首をかしげる」（同前）が、正統な天皇が何故滅びたのかという疑いは、清盛の悪行と安徳天皇が帝徳に欠けたことによって説明されると読む。名波弘彰は、入水時の二位尼の「吾君十善ノ戒行限リ御坐セバ、我国ノ主ト生サセ給タレドモ、未幼クオワシマセバ、善悪ノ政ヲ行給ワズ」（巻十一—三六ウ）云々や、六道語りの後の建礼門院の「我朝ニハ御裳濯川ノ御流之外ハ、此国ヲ治メ給ワズ」（巻十二—七三オ）云々といった言葉も考慮して、〈延〉については正当性を疑っていないと解した（五六〜六三頁）。徐萍も〈延〉によって「『平家物語』は安徳天皇の正統性を疑ってはいない」（一二三頁）と解し、帝位を全うできなかった理由を天人相関思想で解釈したものとする。〈延〉の場合、「此ハ正キ御裳濯川ノ御流」という文脈は安徳天皇の正統性を述べたものと解するのが自然だが、〈盛〉や〈四〉の場合、正統性自体に疑問を投げかけた文とも読める。しかし、〈盛〉の場合、その後、安徳天皇が滅びた原因を、正統性の問題ではなく、清盛の悪行などに求める記事が続く。〈四〉及び〈松〉の場合、そうした記事がないので、疑問は疑問のまま放置され、安徳天皇の正統性が疑われているように読める形になっている。

○秦の始皇は荘譲王が子には非ず、呂不韋が子なりしかども、天下を治めつつ三十七年有りき　〈延・長〉も同様だが、「三十七年」は〈延〉「三十八年」。〈盛〉は、「秦始皇ハ呂不韋ガ子、荘襄王ノ譲ヲ得」（6―一八五頁）とし、「三十七年」は不記。〈松〉は以下の記事を欠く。『史記』秦始皇本紀第六冒頭に「秦始皇帝者、秦荘襄王子也。荘襄王、為レ秦質二子於趙一。見二呂不韋姫一、悦而取レ之。生二始皇一」（新釈漢文大系『史記・一』三〇四頁）とする。だが、呂不韋列伝第二十五によれば、子楚（若き日の荘譲王）が趙に人質になっていた時、呂不韋はこれに近づき、子楚の望みに応じて邯鄲の美女を与えたが、彼女は既に孕んでいた（同前『史記・九』三七五頁）。従って、生まれた子・政（始皇帝）は、実は呂不韋の子であるという。なお、始皇帝は秦王となって二十六年間で天下を統一し、始皇帝と号して十一年で崩じた（『史記』秦本紀第五、同前『史記・一』三〇一頁）。その治世は三十七年とされる（『史記』秦始皇本紀第六、同前・三五八頁）。但し、それは即位の翌年（紀元前二四六年）を元年としたものであり、現在の事典類では在位期間を紀元前二四七年～二一〇年とすることが多い。これなら足かけ三十八年間となる。　**○有る人亦申しけるは、「異国には是くのごとき例多し。重花と申しし帝は、民間より出でたりとこそ申ししか**　〈延・長〉同様。但し、「民間」は〈延〉同、〈長〉「民家」。〈盛〉は秦始皇の記事（前項）に続けて「舜王ハ瞽瞍ガ息、堯王天下ヲ任タリ」（6―一八五頁）とする。「重花」は舜帝。『史記』五帝本紀「虞舜者、名曰二重華一。重華父曰二瞽叟一」（新釈漢文大系『史記・一』五一頁）。『平家打聞』「重花者舜王」。　**○漢の高祖も大公が子なりけれども位に付きにけり**　〈延・長〉同様。〈盛〉は、秦始皇の前に「漢高祖ハ太公子、秦王ヲ討テ即位」（6―一八五頁）とする。『史記』高祖本紀第八に、「高祖、沛豊邑中陽里人。姓劉氏、字季。父曰二太公一、母曰二劉媼一」（新釈漢文大系『史記・二』五〇四頁）とある。　**○我が朝には人臣の子と為て位を践む事、未だ聞かず」とぞ申しける**　〈延・長・盛〉に同様の文があるが、その後、各々異なる文を置く。〈延〉「此ハ正キ御裳濯川ノ御流、カ、ルベシヤトゾ人申ケル」（四三ウ）。〈長〉「元暦二年の春の暮、いかなる年月なればにや、一人海中にしづみ、百官浪の上にたゞよふらむ」(5―一〇九頁。〈四〉では本段冒頭の文)。〈盛〉は、清盛が無理に高倉天皇を退位させて即位させ、悪行を行ったために神の怒りを呼んで滅びたのだという説明を加える。〈松〉は該当句なし。〈延・長・盛〉いずれにおいても、安徳天皇の血統上の正統性は認めた上で、その滅亡の原因を考えようとする位置にある文といえよう。〈四〉の場合、「御裳濯河の御流れは斯かるべしや」との疑問に対する答えがなく、さらにこの一文で本段を終えるため、安徳天皇が「人臣の子」として即位したと非難しているようにも読める文脈となっている。前掲注解「「御裳濯河の御流れは…」参照。

【引用研究文献】
＊生形貴重「『平家物語』の構想試論―廃帝物語と、神々の加護と放逐の構想・延慶本を中心にして―」(日本文学一九八三・4。『「平家物語」の基層と構造―水の神と物語―』近代文藝社一九八四・12再録。引用は後者による)
＊大曽根章介「『澄憲作文集』」(『中世文学の研究』東京大学出版会一九七二・7)
＊徐萍「延慶本『平家物語』の「天人相関思想」」(国語と国文学二〇一一・8)
＊高村圭子「『平家物語』における「天」の思想―延慶本を中心に―」(日本文学二〇一四・6)
＊武久堅「滅亡物語の構築―平家物語の全体像―」(文学一九八八・3。『平家物語の全体像』和泉書院一九九六・8再録。引用は後者による)
＊名波弘彰「延慶本平家物語の終局部の構想における壇浦合戦譚の位置と意味」(文芸言語研究(文芸編)四五巻、二〇〇四・3)

内侍所都入

【原文】

四月三日九郎大夫判官義経使者進《セ》院《ヘ》申《ケルハ》去《シヌル》[1]月廿四日長門国壇《ノ》浦筑前国門司関《ニテ》呵《マス》[2]落[3]平家大将軍前内大臣宗盛▽一八七右以下生執《シ》三種神器無《ク》事故《ヘ》奉返《シ》入《レ》[4]之由被《ケレ》申使者源八兵衛広綱召御壺合戦次第委《ク》有御尋次第有任奏聞御感余《リ》被《ルケリ》[5]召《シ》仰《セ》左衛門尉㆒上下喜《フ》事無《シレ》限《リ》同五日尚御不審間北面下﨟藤判官信盛下《シ》遣[6]西国《ヘ》不《シ》返宿所《ヘモ》則挙《ケ》鞭馳《セ》[7]下《ニルケリ》[8]▽一八七左同十六日九郎大夫判官生執共相具《シ》被上洛着《ケレ》播磨国明石浦染《ケ》行《ク》任月《ハ》[9]無《キシククキ》曲《マ》不《ケレリケリ》[10]劣《ラ》秋空《モ》女房達首《ヘ》差《シ》聚《ツトヒ》忍音泣《下》[11]中帥内侍殿詠《メ下ヒ》寒《サヘ》行天《ソラ》無《カリケレ》最思残《ス》[12]事枕《モ》寝《コモ》浮《キヌ》計

（原文一行空白）

▽一八八右口呼《スサミ下》爾《コソ》物《モ》悲《ク》昔《モ》恋《ク》思《下ラメ》折節哀《レ》聞九郎大夫判官東《マ》人《ナレ》優《ユウニ》有《ル》情《ケ》気《レテ》色物目出《カリ》人[13]染《シミナレレハ》身哀[14]〔只言〕[15]覚《ケレ》感歎《シ》

同廿五日内侍所付《セ下ケレ》鳥羽勘解由小路中納言経房高倉宰相中将奉[16]通権右中弁兼忠蔵人左衛門権佐親雅榎木《エノキ》▽一八八左並《ナミ》中将公時〔明イ〕但馬中将範能参《レリ》迎候《シ》御友大夫判官義経石河判官代義兼伊[17]豆蔵人大夫頼兼右衛門尉有綱《トソ》聞《ヘシ》子剋先《ッ》入御大政官庁《ヘ》内侍所騒[18]《シ》御箱返入《ラセ下》御事目出《ケレモ》宝剣失神璽浮《ヒ下ヲ》海上片岳大郎経[19]治《ルトソ》奉《リケルトソ》取

揚承《リルシ》[20]

【釈文】

四月三日、九郎大夫判官義経、使者を院へ進らせて申しけるは、「去[1]んぬる月廿四日、長門国壇《ノ》浦、筑前国門司関にて平家を呵め[2]落[3]として、大将軍前内大臣宗盛以下▽一八七右生執にして、三種の神器事故無《へ》く返し入れ[4]奉る」由申されければ、使者の源八兵衛広綱を御壺に召して、合戦の次第を委しく御尋ね有り。次第有りの任に奏聞しければ、御感の余りに左衛門尉に召し仰[5]せられけり。上下喜ぶ事限り無し。

同じき五日、尚御不審の間、北面の下臈、藤判官信盛を西国[6]へ下し遣はす。宿所へも返らずして、則て鞭を挙げて馳[7]せ下りにけり。

[8]▽一八七左同じき十六日、九郎大夫判官、生執共相ひ具して上洛せられけるが、播（幡）磨国明石浦に着きければ、深《ふ》（染）け行く任《まま》に月《つき》は曲《くま》[9]無くて、秋の空にも劣[10]らざりけり。女房達、首《かうべ》を差し聚《ツド》ひて、忍び音に泣きたまひけり。中[11]にも帥内侍殿、寒《サ》へ行く天《ソラ》を詠めたまひて、最《いと》思ひ残[12]す事無かりければ、枕も寝《とこ》も浮きぬばかりにて、

（原文一行空白）

と口▽一八八右呼《スサ》みたまひけり。「爾《さ》こそ物も悲しく、昔も恋しく思ひたまふらめ」と、折節哀れに聞こえければ、九郎大夫判官は東《あづま》人なれども、優《ユウ》に情け有る気色し（れ）て、物目出《めでた》かりける人なれ[13]ば、身に染《シ》みて哀れ[14]に覚え[15]ければ感歎しけり。

同じき廿五日、内侍所鳥羽に付かせたまひければ、勘解由小路中納言経房・高倉宰相中将泰（奉）[16]通・権右中弁兼忠・蔵人左衛門権佐親雅・榎《エノキ》木並《ナミ》▽一八八左中将公時〔明イ〕・但馬中将範能、迎へに参りけり。御友に候ひしは、

大夫判官義経・石河判官代義兼・伊豆蔵人大夫頼兼[17]・右衛門尉有綱とぞ聞こえ（へ）し。子の剋に先づ太（大）政官庁へ入御す。内侍所・験《しるシ》[18]（騒）の御箱の返し入らせたまふ御事は聞けれども、宝剣は失せにけり。神璽は海上に浮かびたまふを、片岳太（大）郎経治《ル》[19]取り揚げ奉りけるとぞ承[20]る。

【校異・訓読】 1送り仮名「シ」に従えば、「去んじ」とも訓める。2〈昭〉「呵《マヌ》」。〈底・昭〉共に、付訓は「セメ」の誤りか。注解参照。3〈昭〉「落《シ》」。4〈昭〉「入《シ》」。5送り仮名「ル」に従えば、「召し仰せらる」とも訓める。6〈昭〉「西国《ヘ》二」。7送り仮名「ル」に従えば、「馳せ下る」とも訓める。8〈書〉ここから改行。〈底・昭〉の場合、前文の文末が前の行の最後まで記されているため、改行の有無不明。9〈底・昭〉の送り仮名による訓み不明。あるいは「クキ」は「クテ」の誤りか。10送り仮名「ケレ」に従えば、「劣らざりければ」と訓むか。11前文に続けて、「泣きたまひける中に」とも訓める。注解参照。12〈昭〉「残」。13〈昭〉「人《ナレハ》」。〈底〉では、「ナレハ」は、誤って次の「染」の左横に付されている。14あるいは、「哀れとこそ感歎して覚えけれ」とも訓めるか。注解参照。15〈底・昭〉「哀」の左下、「覚」の左上に「只言」傍書、〈書〉なし。訓読については、注解参照。16〈底・昭・書〉「奉通」。17〈昭・書〉「立」。18〈昭・書〉「験」。19右訓の「ルトソ」は、〈昭〉では、「奉《リケルトソ》」の右訓。この場合、「ル」は、「治」の訓ではなく、「奉るとぞ」と訓むもう一つの訓を示す。20〈底・昭〉「承《ル》《リシ》」。「リシ」に従えば、「承りし」とも訓める。

【注解】 **○四月三日、九郎大夫判官義経、使者を院へ進らせて申しけるは**　後白河院御所への義経の使者到着の日を、四月三日とする点、〈延・長・松・南・屋・覚・中〉同、〈盛〉「四月四日」。『玉葉』四日条によれば、兼実は四日の「早旦」に「人告」によって「於二長門国一誅二伐平氏一等了云々」との情報を得ており、同日未刻には大蔵卿泰経から「義経伐二平家一了由言上」との知らせを受け、続いて後白河院の使者であった頭弁光雅から、「追討大将軍義経、去夜進二飛脚一〈相二副札一〉申云」として、三月二十四日の壇浦合戦の詳しい情報を得ている。また、『吾妻鏡』四日条によれば、「去夜源廷尉〈義経〉使駈申二京都一。今日又以二源兵衛尉弘綱一。註二傷死生虜之交名一奉二仙洞一云々」とする。『百練抄』は四月四日条に「今日、追二討平氏一之由言上」とするが、『玉葉』『吾妻鏡』からは、義経からの飛脚は、三日夜に京都に到着したと考えられる。使者の院御所への到着時刻を、〈延〉は巳剋、〈長〉は未の刻というように昼前後のこととするが、その情報源は不明。なお、平田俊春は、『玉葉』四日条では未だ「旧主御事不二分明一」としているので、これは第一報の情報であり、『百練抄』三月二十四日の条は、安徳天皇の入水を記すことから、四日に入った第二報によって書いた記事と想定する。平田が想定する「第二報」は、『玉葉』には記されておらず、該当部分の現存しない『吉記』に記されていたと想定されるもので、それが『百練抄』や『平家物語』のもとになったという想像にもつながる(一一四二頁)。だが、後の編纂になる『百練抄』の依拠資料を、「第一報」か「第二報」かと論ずることにはあまり意味が無いし、失われた『吉記』を『百練抄』や『平家物語』の資料と推定することも、憶測の域を出ないというべきだろう。　**○去んぬる月廿四日…**　義経の報告の内容は、次の三箇条にまとめられる。諸本の所収状況は次のとおり。

①三月二十四日、平家を壇浦に攻め落とした　〈四・延・盛・松・南・屋・覚〉
②宗盛等を生け捕った　〈四・延・盛・松・屋・中〉
③三種の神器を無事奪還した　〈四・延・長・松・南・屋・覚・中〉

この内、〈長〉は、①②を「去月廿四日長門国だんのうら門司関にて、平家のともがら悉くいけどりにして」(5—一〇九頁)とする。〈盛〉は、注進状を引き、最も詳細で、②については、生捕り名寄せを記し、③については宝剣喪失、捜索中と記す。〈南・覚〉は②を欠く。〈中〉は、最も大事な①を欠き、「平家のいけどり共、ならびに、しんじ、ないし所入まいらするよし」(下—二六八頁)とする。先に見たように、『玉葉』四日条では、院の使者・光雅によってもたらされた大将軍義経の飛脚の詳細な報告が引かれる。「追討大将軍義経、去夜進二飛脚一〈相二副札一〉申云、去三月廿四日午刻、於二長門国団一合戦〈於二海上一合戦云々〉、自二午正一至レ晡時、云二伐取一之者、云二生取一之輩、不レ知二其数一、此中前内大臣・右衛門督清宗〈内府子也〉・平大納言時忠・全真僧都等為二生虜一云々、又宝物等御坐之由、同所二申上一也。但旧主御事不二分明一云々」。また、『百練抄』四月四日条によれば、「追二討平氏一之由言上」の次に記されるのが、「前内大臣宗盛已下多生二虜之一云々」であった。その点は、『吾妻鏡』四日条も同様で、「平家悉以討滅之由、去夜源廷尉〈義経〉使馳申二京都一。今日又以二源兵衛尉弘綱一、註二傷死生虜之交名一奉二仙洞一云々」とある。さらに、『吾妻鏡』四月十一日条では、義経が送った「一巻記〈中原信泰書レ之云々〉」による詳細な報告が記されるが、その部分は、①合戦の日時と簡単な経過、②安徳天皇及び平家の人々の死者と生け捕りの名簿、③三種の神器の安否の順序で記され、②が特に詳しい。このように、『平家物語』諸本の記す報告は、当時実際に送られた報告に近い順序で記されているといえよう。なお、五味文彦は、『吾妻鏡』十一日条に見える義経の「一巻記〈中原信泰書レ之云々〉」について、中原信康が作った合戦記録を想定し、それが『平家物語』のもとにもなった可能性を想定する。

○長門国壇浦、筑前国門司関にて　〈延〉「長門国門司関」（巻十一―四四オ）、〈長〉「長門国だんのうら門司関」（5―一〇九頁）、〈盛〉「長門国壇浦」（6―一八〇頁）、〈南〉「長門国壇浦赤間関豊前国田ノ浦門司関」（下―八八三頁）、〈屋〉「長門国壇浦赤間関豊前国田浦門司関」（八〇六頁）、〈覚〉「豊前国田の浦、門司関、長門国壇浦、赤間が関」（下―三〇一頁）、〈中〉不記。壇浦は長門国、門司関は豊前国が正しいが、『百練抄』文治五年三月二十四日、四月四日条（「長門門司関」）に見るように、関門海峡を隔てて赤間関と向き合う門司関は、長門国や、同様に向き合う筑前国とも誤認されやすかったようである。〈南・屋・覚〉は正しく記す。〈四〉では、門司は、「筑前国門司赤間」（一七一左）、「筑前国門司田浦」（一八五右）と筑前国とするのに対し、〈延〉では、いずれも長門国とする。「長門国檀浦、門司関」（巻十一―三〇オ）、「長州門司之関」（四四ウ）、「長門国檀浦、門司赤間ノ関」（巻十二―六八オ～六八ウ）。

○平家を呵め落として

〈底・昭〉の振り仮名「マス」「マヌ」は、いずれも「セメ」の誤りだろう。〈延〉の「政落《ママ》テ」(四四オ)に倣った。天文本『字鏡鈔』「呵 セム」(六六六)。

〇大将軍前内大臣宗盛以下生執にして 先に引いた『玉葉』四日条では、宗盛・清宗・時忠・全真の生け捕りがいち早く伝わっている。『吾妻鏡』十一日条では、主な生け捕りとして、宗盛・時忠・清宗・信基・時実・尹明・副将を記す。

〇三種の神器事故無く返し入れ奉る 三種の神器について、当初「事故無く」入洛すると記すのは、〈四・延・長・南・覚〉(〈松〉「相違ナク」)。但し、〈延〉は、この記事の直後に宝剣喪失を前提として、その発見を宇佐八幡に祈る願書を載せており、神器が「事故無ク」返るという報告とは齟齬する。一方、〈盛〉は、飛脚によってもたらされた注進状に、「神璽・内侍所無為可二帰入御座一。宝剣厳島神主景弘仰探二求海底一」(6―一八〇頁)と記し、〈屋・中〉は、初めに使者の「内侍所神璽還入セ御坐ス」(〈屋〉八〇六頁)の言葉を記した後、二十五日の内侍所鳥羽殿に到着記事の中で、神璽は浪の上に浮かんでいたのを取り上げたが、「宝剣ハ永ク沈テ見ヘ給ハズ」(八〇八頁)と記す。「去んぬる月廿四日…」注解に引いた『玉葉』に見るように、三種の神器については、当初「宝物等御坐之由」と伝えられていた。これによれば、三種の神器は当初総てが回収されたかのように受け取られたようである。但し、『玉葉』の四日条に見える光雅の情報は、意見を求めるために院から伝えられたものだが、院への回答の中で、兼実は、「追討之条雖レ無レ疑、三種宝物事、猶以有二不審一〈是脚力申状不二分明一之由、光雅所レ申也〉」と、疑念を告げている。光雅によれば、飛脚の申し条が今一つはっきりしないので、神器の安否についてはなお不審だというわけである。この後の注解「同じき廿五日、内侍所鳥羽に付かせたまひければ」に引く『有職抄』によれば、この時の上卿経房が船津で神器を実検したところ、神璽の唐櫃の中に、昼御座の御剣が入れられてあったという。こうした状況では、神器が揃っているのかどうか、判断が難しかったのかもしれない。いずれにせよ、大まかには「宝物等御坐之由」と伝えられていたものの、詳しく情報を聞いた光雅や兼実は、不安を感じていた。その後の八日条には、「神鏡神璽帰御之間事、可三注二申子細一。先日余令レ申趣、頗叶二叡慮一云々」とあり、十一日条には、

「大外記頼業持㆓来神鏡神璽帰御之間勘草㆒」とある。無事に回収できたのが「神鏡神璽」のみであり、宝剣は失われたことが、この段階では意識されていると見られよう。宝剣が失われたことが『玉葉』に初めて明確に記されるのは、四月二十一日条の「但宝剣不㆑御、頗似㆓遺恨㆒」とする記事である。ともあれ、当初は、不分明ながら、三種の神器も無事と伝えられていたのであり、〈盛・屋・中〉を除く『平家物語』諸本もその様相を伝えているわけだろう。なお、「三種の神器事故なく」に類する表現は、物語の中では、院から神器を取り戻すように仰せ下された時の言葉でもあり、壇浦合戦以前に祈願の言葉として用いられていた慣用的な表現でもあった。ここではそれが繰り返されたのであろう。〈延〉「十日伊与守義仲、平家追討ノ為ニ、西国へ可下向之由奏聞シケリ。被仰ケルハ、『我朝ニ神代ヨリ伝ハリタル三種ノ宝物アリ。即、神璽・宝剣・内侍所是也。無事故㆒都へ返シ入奉レ』ト被仰下ケレバ、畏テ罷出ヌ」（巻九―二ウ）、「十四日、伊勢大神宮、石清水、賀茂ニ、院ヨリ奉幣使ヲ立ラル。平家追討幷三種神器事故ナク、都へ返入セ給ベキヨシヲ祈申サル」（巻十一―五オ）。「三種の神器」という表現が、実際にはこの時期に定着していたわけではないことについては、本全釈巻十「重衡大路渡」の「重衡千人万人が命にも…」注解（三九～四〇頁）参照。『吾妻鏡』では、五日条に、大夫尉信盛が勅使として長門国に遣わされているが、その伝言として、「宝物等無為可㆑奉㆑入之由、依㆑被㆑仰㆓義経朝臣㆒也」とある。

○使者の源八兵衛広綱　使を広綱とする点、諸本同（〈四・延・長・盛・松・南・覚〉「広綱」、〈屋〉「弘綱」、〈中〉「ひろつな」）。呼称「源八」とする点、〈四・延・長・松・南・屋・中〉同。本段冒頭の注解に見たように、『吾妻鏡』元暦二年（一一八五）四月四日条では、四日に京都に到着し、前夜到着した死者に続く第二報を伝えたのが、「源兵衛尉弘綱」。義経の側近。系譜未詳だが、『大夫尉義経畏申記』（群書七）に、義経が検非違使に任命された後、そのお礼に院に行った時（元暦元年十月十一日）、義経に付き従った兵（「御共衛府」）の一人に「（源八兵衛）左兵衛尉藤弘綱」（六二八頁）がいる。これによれば、広綱（弘綱）は藤姓。野口実①は、義経に付き従った広綱を初めとする武士達の多くは、もともと中央の武官であったかとする（二〇三～二〇四頁）。

○次第有りの任に奏聞しければ、御感の余りに左衛門尉に召し仰せられけり　「次第有りの任に奏聞しければ」は、〈四〉の独自異文。後白河院が、御感の余りに、広綱に官職を与えたとする点は、〈延・長・盛・松・南・覚・中〉同。〈屋〉は、当該の記事を欠き、奏聞の後、「法皇御不審ノ余ニ、北面ニ候藤判官信守ヲ召テ、西国へ遣ハサル」（八〇六頁）に続く。先に三種の神器の内、内侍所と神璽の還入しかないことを記していたことと関わるか。故に、法皇は、喜ぶどころでなく、ご不審の余りに北面の信盛を西国へ遣わしたとするのである。なお、任官については、〈四・延・南〉「左衛門尉」、〈長・盛・松・覚〉「左兵衛尉」、〈中〉「ひやうゑ」。前項に引いた『大夫尉義経畏申記』によれば、これ以前に左兵衛尉であった。『吾妻鏡』の四月四日条とも齟齬しない。御感の余りに広綱が左衛門尉（左兵衛尉）に任命されたというのは虚構と考えられる。　**○上下喜ぶ事限り無し**　広綱の院への報告に対して、貴賤の者達が喜んだ。〈延・長・盛・松・南・覚〉は、当該記事を、「使者の源八兵衛広綱を御壷に召して」の前に置く。　**○同じき五日、尚御不審の間、北面の下臈、藤判官信盛を西国へ下し遣はす**　〈屋・中〉が日付の「五日」を欠く他は、〈延・長・盛・松・南・屋・覚・中〉同。『吾妻鏡』四月五日条「大夫尉信盛為二勅使一赴二長門国一。征伐已顕二武威一。大功之至殊所二感思召一也。又宝物等無為可レ奉レ入之由、依レ被レ仰二義経朝臣一也」。先の注解「三種の神器事故無く返し入れ奉る」に見たように、飛脚によってもたらされた第一報によれば、不分明な点はあるものの、三種の神器は無事と伝えられていたらしい。『吾妻鏡』の五日条によっても、大夫尉信盛が勅使として長門国へ赴いたのは、今回の平家討滅に対する院のお褒めの言葉と、宝物等を無事に都へお入れするよう義経にお告げになるためであったとする。宝剣のことは、この時、特に話題になっていないように読める。しかし、「去んぬる月廿四日…」注解に見た『吾妻鏡』四月十一日条によれば、この日に鎌倉に届いた義経の「一巻記」は、合戦経過と死者と生け捕りに関する報告の後に、「内侍所・神璽雖二御坐一、宝剣紛失。愚慮之所レ覃奉二捜一求之一」とある。新城常三によれば、京都・鎌倉間の飛脚による所要日数は、「最短満三日より最長数十日に及ぶが、五・六・七日が比較的多い」（八五頁）という。この場合、緊急を要する重大報告であり、所要日数の中では、比較的早いものとなろう。詳細さから言っても、宝剣紛失に明確に触れる点からいっても、京都にもたらされた第一報とは別のものだろう。では、『平家物語』諸本が記す「御不審」とは何に関わる不審なのだろうか。その点を明確に記すのが〈覚〉である。〈覚〉「『一定かへり入らせ給ふか、見て参れ』とて、五日日、北面に候ける藤判官信盛を西国へさしつかはさる」（下―三〇二頁）。この記事の傍線部は、使者広綱のもたらした情報の内の「三種神器事ゆへなくかへし入奉る」を受けており、「三種の神器が確かに戻されるか見て参れ」の意だろう。単に「御不審」としか記さない他本の場合は、三種の神器の問題に限定できないが、宝剣は失われ、捜索中であると既に報告されている〈盛〉や、返還されるのは内侍所・神璽であると報告されている〈屋・中〉の場合は、その点の不安による使者派遣と読める。〈四・延・長・南〉では、三種の神器について不審を抱いた理由が不明だが、やはり同様に読むべきか。後鳥羽天皇の即位は神器のないまま行われており、神器の返還は大きな問題であった。なお、先にも引いた『玉葉』四日条によれば、この段階の兼実は、「追討之条雖レ無レ疑、三種宝物事、①猶以有二不審一〈是脚力申状不二分明一之由、光雅所レ申也〉。②縦雖二安穏御坐一、非レ無二帰路之恐一」、即ち、①三種の神器の総てが都に戻るのだろうかという「不審」と、②譬え三種の神器が無事であったとしても、道中何事もなく都に戻されるのだろうかという不安と、二つの問題を感じていた。この「不審」は、「三種の神器事故無く返し入れ奉る」注解に見たように、間もなく宝剣喪失への失望に変わる。また、藤判官信盛は、後白河院の寵臣。『地下家伝』（3―九一五頁）や〈尊卑〉傍注（2―三四頁）によれば、もと随身磯部公春の子であったが、後白河院の勅定により、北面下﨟藤原盛景の猶子となった。盛景の父盛重は元来周防国の住人であったが、白河院に召し出され破格の寵遇を受けて下北面に列せられた。このことが家例となって、その子盛道・盛景・猶子成景は皆鳥羽院北面下﨟に加えられた。信盛が盛景の猶子とされたのは、このような家格を与えるためであった（米谷豊之祐一八六〜一八八頁）。　**〇同じき十六日、九郎大夫判官、生執共相ひ具して上洛せられけるが…**　〈延・長・盛・松・南・屋〉同。〈覚〉「十四日」。この時の行程について詳細は不明だが、『吾妻鏡』の四月十二日条によれば、この日、範頼は暫く九州に滞在し、没官領のことをはからい、義経は生虜等を具して上洛することが定められ、飛脚が鎮西に赴いている。もちろん、義経は、飛脚の到着を待って上洛の準備を始めたのではなく、『玉葉』の四月二十日条には、「神鏡等已着二御渡辺一之由、義経自レ路進二飛脚一〈去夜到来云々〉」とあるので、前夜の十九日までには、渡辺の地に到着していたことが分かる。とすれば、十六日に、明石の浦に逗留し、鎌倉からの飛脚を待ちながら、上洛途中にいたというのは妥当な設定か。

○播磨国明石浦に着きければ、深(染)け行く任に月は曲無くて、秋の空にも劣らざりけり　「染」は「深」の誤りと見た。「深」は天文本『字鏡鈔』巻一に「ヨフク」の訓あり(一九六頁)。明石の浦は、播磨守の任を終えた忠盛が、「明石の浦の月は何《イ》かに」(〈四〉巻一―三右)と人に尋ねられたように、「名ヲ得タル浦」(〈延〉巻十一―四五オ。〈盛・南・屋・覚〉同)であった。また、明石の浦の月は、〈南・覚〉が「一とせこれをとをりしには、か、るべしとは思はざりき」〈覚〉下―三〇二頁)と記すように、寿永二年(一一八三)七月の都落ちの際、落ち行く平家の人々が眺めた月でもあった。〈延〉「須磨明石ハ名ヲ得タル名所ナレバ、水益之船、司《シ》天乃月ヲ穿《ウカツ》。菅家昔被遷鎮西一ヘ給時、一句之詩ヲ詠ジテ其志ヲ顕シ、源氏ノ大将ノ駅ノ長ニ孔子ヲ待ケムマデモ思遣レテ、人々感涙難押一」(巻七―九〇ウ～九一オ)。なお、〈覚〉の「一とせ」について、〈全注釈〉(下一―五四〇頁)・旧大系(下―三四三頁)・新大系(下―三〇二頁)は、「一年前の寿永二年に西国から一の谷に帰った時を回想していう」(旧大系)とするが、平家が福原に渡ったのは、寿永三年一月二十日の義仲滅亡以後のことと考えられる。仮に平家の軍勢の一部がもっと早くから福原に進出していたとしても、女房達が福原に戻るために明石を通ったとすれば、やはり寿永三年の一月、一谷合戦の直前頃と考えられる(本全釈巻九「平家、一谷に城郭を構ふる事」一二三～一二五頁参照)。とすれば、「一とせ」(先年)の意に適うのは、「二年足らず前の寿永二年(一一八三)七月末、都を落ちて筑紫へ下って行く途中のこと」(三弥井古典文庫『平家物語』下―三一四頁)と解するのが良かろう。さらに、この明石の地で、この後、女房達の不安な思いが綴られるのは、明石の浦こそ、「都に近づいたことを強く意識する場所であり、それ故、帰洛後に自分たちを待ち受けているものへの不安を抱く場所でもあった」（岡田三津子二〇三頁）からである。**〇中にも帥内侍殿**　帥内侍殿は、〈延〉等「帥典侍」、時忠の室、藤原領子。〈四〉は、「大納言典侍」も、「大納言内侍」と表記していた。「典侍」が「ないしのすけ」であることから生じた表記か。本全釈巻十「屋島院宣」の注解「大納言内侍殿へも御文奉りたくは思はれけれども…」（八八頁）参照。なお、「中にも」は、次の傍線部のように、両様に訓める。〈延〉「女房達指ツドヒテ忍音ニテ泣ツヽ、鼻打カミナンドシケル中ニ、帥典侍ツクゞゝト詠給テ」（四五オ～四五ウ）、〈長〉「女房たちかしらさしつどひてしのび声になく。さらぬだに物あはれなるべき磯のとま屋のたびねなりければ、さこそはかなしくおぼしけめ。なかにも帥典侍殿つくゞゝとながめ給て」（5―一〇九～一一〇頁）。次項に見るように、この後に続く文は〈長〉に近いため、〈長〉に倣って訓んだ。**〇寒へ行く天を詠めたまひて、最思ひ残す事無かりければ、枕も寝も浮きぬばかりにて**　類似文は〈長・松・南・覚〉にあるが、〈南〉に最も近い。〈長〉「いとおぼしめし残す事なかりければ、枕もうかぶばかりにて」（5―一一〇頁）、〈松〉「イト思残ス事ヲハセザリケレバ、涙ニ床モウクバカリニテ」、〈南〉「ツクゞゝ月ヲ詠テイト思ヒノコス事無リケレバ、枕モ床モ浮ヌバカリニテ」（下―八八四～八八五頁）、〈覚〉「つくゞゝ月をながめ給ひ、いと思ひ残す事もおはせざりければ、涙にとこもうくばかりにて」（下―三〇二頁）。「寒へ行く」は、月の光が澄みわたっている様を言う。弘和元年（一三八一）十二月三日成立とされる『新葉集』恋二に、「枕も床も浮きぬ」の類句が見られる。「涙川枕もとこもうくものを身はいかなればしづみはつらん」（七六七。二品法親王深勝。『新編国歌大観』1）。深勝は、亀山天皇の孫、恒明親王の王子。**〇（原文一行空白）**　〈延・長・盛・南・屋・覚・中〉が、帥典侍の歌とする。次の二首が該当する。〈延〉を引用する。

①ナガムレバヌル、タモトニ宿ケリ月ヨ雲井ノ物語セヨ

②雲ノ上ニミシニカワラヌ月カゲハスムニ付テモ物ゾ悲キ（巻十一―四五ウ。「月カゲハ」…〈盛・覚〉「月カゲノ」）

①の歌は、〈延・長・盛・松・南・屋・覚・中〉、②の歌は、〈延・長・盛・松・南・覚〉に見られる。但し、①②の順で、師典侍の歌として引用するのが、〈延・長・松・南・覚〉で、〈屋・中〉は、①の歌のみを引用する。また、〈盛〉は、師典侍が②の歌を詠んだのに対して、義経が「都ニテ見シニ替ヌ月影ノ明石浦ニ旅ネヲゾスル」と詠み、師典侍が再び①の歌を詠むと、時忠が通う心に「我思人ハ波路ヲ隔テツ、心イク度浦ツタフラン」（6―一八八頁）と詠んだとする独自の形。しかし、いずれにしても、師典侍が詠んだ歌には大きな異同はない。結局、〈四〉の一行空白部には、①か②のいずれかが入ると考えられるが、「枕も寝も浮きぬばかりにて」や、この後の「爾こそ物も悲しく、昔も恋しく思ひたまふらめ」とあることからすれば、どちらかといえば、昔の宮中の生活を思う面の強い①歌がふさわしいか。次項の注解参照。なお、①の歌は、『玄玉和歌集』によれば、源仲綱の歌。「蔵人おりてのちの秋、月を見てよめる　ながむればぬるる袂にやどりけり月よ雲ゐの物がたりせよ」（巻三天地歌下、一五四。『新編国歌大観』2）。仲綱は頼政の子で、保元三年（一一五八）八月六位蔵人。同年八月二十三日に従五位下となり蔵人を去る。その年の秋の歌か。②の歌は、出典未詳だが、『拾遺和歌集』恋三「京に思ふ人を置きてはるかなる所にまかりける道に月の明かゝりける夜　宮こにて見しに変らぬ月影を慰めにても明かす頃哉」（七九〇。よみ人しらず）に似る。関連は未詳。その他、〈延・長・南・覚〉は、大納言佐の歌として、「我ラコソ明石ノ浦ニタビネセメヲナジ水ニモヤドル月カナ」（〈延〉四五ウ）を挙げる。この歌は、『金葉和歌集』秋に「われこそは明石のせとに旅寝せめおなじ水にも宿る月かな」（二度本・一七九。春宮大夫公実）と見える歌。さらに、〈延・長・盛〉は、道真の古歌として、「名ニシホフ明石ノ浦ノ月ナレド都ヨリ猶クモル袖カナ」（〈延〉四五ウ）を載せる。これは、道真仮託歌集に見られる歌。武井和人の資料紹介によれば、国会図書館蔵『聖廟御詠』（武井の分類では歌集B系統）一五七や、宮内庁書陵部蔵『菅家御集』（同E系統）六四に、ほぼ同じ形で見える（後者は第五句「くもる空かな」）。

○爾こそ物も悲しく、昔も恋しく思ひたまふらめ　〈延〉は、師典侍の二首の歌、大納言典侍の歌の後、道真の大宰府配流途中に明石の浦で詠んだ歌を紹介した後、「サレドモソレハ御身一ノ恨ナリ。此ハサシモムツマジカリシ人々ハ、底ノミクヅト成ハテヌ。故郷へ帰リタリトテモ、空キ跡ノミ涙ニ咽ム事モ心憂。只コ、ニテイカニモナリナバヤトゾ思食ケル」（四五ウ〜四六オ）と記した後、当該の句を含む「サルマ、ニハ、『月ヨ雲居ノ物語セヨ』ト、取カヘシ〳〵口ズサミ給ケリ。『ゲニサコソハ昔モ恋ク、物モ悲ク思給ラメ』ト、折シモ哀ニ聞ヘケレバ」と続く。〈延〉の場合、「月ヨ雲井ノ物語セヨ」の歌を何度も口ずさんだのは、帥典侍を初めとする女房達だったろう。「昔モ恋ク、物モ悲ク思給ラメ」との評は、帥典侍等の歌を聞いた人々の思いであろうが、それは、帥典侍の一番目の歌「月ヨ雲井ノ物語セヨ」に対してのものという面が強いといえようか。に対して、〈長・松・南・覚〉では、帥典侍の二首の歌と大納言典侍の歌の後に、「サコソ物カナシク昔シ恋シク思召シケント哀ナリ」（〈南〉八八五頁）と続く。この場合は、三首の歌全体に対する評となる。〈四〉の場合は、帥典侍の一番目の歌「月ヨ雲井ノ物語セヨ」の評として記された〈延〉の本文を引き継ぐものか。　**○九郎大夫判官は東人なれども、優に情け有る気色して、物詘かりける人なれば**　女房達の歌を聞いて、東夷ではあるが、物の情を解する義経が哀れに思ったとする点、〈延・長・盛・松・南・屋・覚・中〉同。当該句は、〈延・長〉の本文に近い。〈延〉「九郎判官ハ東夷ナレドモ、優ニ艶アル心シテ、物メデシケル人ナレバ、身ニシミテ哀レトゾ被思ケル」（四六オ）。〈四〉の「物詘かりける人なれば」は、〈延・長・盛〉の「物メデシケル人ナレバ」（〈延〉）が正しい。「物メデシケル」を真字化の際に、「物メデタカリケル」と解したための誤りか。なお、『平家物語』では、義経の情け深さが、都の貴賤の人々の歓心を買い、そうした義経人気が、逆に頼朝の不興を買うことになって、その結果、二人の確執はさらに深まっていくことになったと記される（早川厚一、五〜七頁）。　**○身に染みて哀れに覚えければ感歎しけり**　〈延・長〉「身ニシミテ哀レトゾ被思ケル」（〈延〉巻一一―四六オ）とあるが、〈四〉の「感歎シ」がどのように接続するか分かりづらい。あるいは、「哀れとこそ感歎して覚えけれ」と訓むか。また、校異15「只言」が、「只」は補入、「言」は、「覚」に付された校異と解すれば、「哀れとこそ只感歎して言《のたま》ひけれ」とも訓めるか。　**○同じき廿五日、内侍所鳥羽**

に付かせたまひければ　「廿五日」、〈長・盛・松・南・屋・覚・中〉同、〈延〉「廿四日」。『百練抄』四月二十五日条「廿五日戊寅、戌時神鏡神璽自二鳥羽一入二御坐朝所一。権中納言経房卿、参議泰通卿、権弁兼忠朝臣已下次将等供奉。大夫判官義経等奉レ相二具若宮一御入洛。侍従信清相二具院御車一奉レ迎云々」、『吾妻鏡』同日条「廿四日丁丑。賢所神璽令レ着二今津辺一御。仍頭中将通資朝臣参二其所一。入レ夜藤中納言〈経房〉・宰相中将〈泰通〉・権右中弁兼忠朝臣・左中将公時朝臣・右少将範能朝臣・蔵人左衛門権佐親雅等参二向桂河一。大祓之後、経二朱雀大路幷六条一自二大宮一入二御待賢門一、渡二御官朝所一〈経二東門一〉。此間大夫判官義経着レ鎧供奉、候二官東門一。看督長着二布衣一、取二松明一在レ前云々」。『愚管抄』巻五「神璽・内侍所ハ同キ四月廿五日ニカヘリイラセ給ニケリ」（旧大系二六四頁）。『百練抄』によれば、二十五日戌時に、神器は鳥羽から朝所に入御している。その時供奉して迎え入れたのが上卿経房を初めとする一行であった。に対して、『吾妻鏡』によれば、神器が今津辺りに到着したのが二十四日。その夜、上卿経房等が桂川に向かい大祓の後、朝所に神器を移したとする。『玉葉』によれば、神器の朝所への入御は二十五日夜のことであった。『玉葉』二十五日条「廿五日〈戊寅〉。天晴、雅頼密々相二具行事弁一参二向草津一。（中略）上卿権中納言藤原経房、参議左中将藤原泰通等卿、権右中弁源兼忠朝臣着二北幄座一、蔵人頭左中将源通資朝臣、蔵人左衛門権佐藤原親雅、左中将藤原公時、右少将藤原範能等朝臣着二東幄一。官掌・召使無二指座一歟。左右近将監已下参否可レ尋レ之。内侍所命婦〈讃岐釆女也。称云々一博士〉・女官等参仕。秉燭之後、職事等入二御船中一、令二博士一奉レ令三移二入賢所於省辛櫃一了。（中略）路自二作路一経二羅城門一、自二朱雀大路一北行、於二六条朱雀一、有二院御見物一〈御車〉云々。自二六条一東行、自二宮城東大路一北行、自二待賢門官東門一入御、奉レ安二朝所一」。行路は、作道から羅城門を経て朱雀大路を北行し、六条大路を右折。その六条朱雀で後白河院は牛車に乗り見物していた。その後、東大宮大路に出て北行し、待賢門から朝所に入御したという。また、この時、上卿であった経房の『吉記』のこの部分は現存しないが、『古事類苑』帝王部（三・神器下。一五四頁）に引く『有職抄』が引用する「権大納言経房ノ記」（『吉記』であろう）には次のようにある。早稲田大学図書館のホームページに公開されている早稲田大学蔵『有職抄』（宝永四年〔一七〇七〕写）を引く。「元暦二年四月廿五日権大納言経房ノ記ニ云。今日神鏡神璽等西海ヨリ入洛アルベシ。予上卿トシテ参向。船津ニヲイテ宝《ママ》検セシムルノ所ニ、両器ノ外、昼御座ノ御剣是アリ。神璽ノ辛櫃ニ入加ヘ奉ルト云々」（中―一二）。以上からも、実際に神器が鳥羽についたのは恐らく二十四日であり、上卿経房等が参向し、神器を朝所に納めたのが二十五日夜と解して良かろう。

○勘解由小路中納言経房・高倉宰相中将泰通・権右中弁兼忠・蔵人左衛門権佐親雅・榎木並中将公時〔明ィ〕・但馬中将範能　神器を迎えに参向した上卿等は、①勘解由小路中納言経房、②高倉宰相中将泰通、③権右中弁兼忠、④蔵人左衛門権佐親雅、⑤榎木並中将公時、⑥但馬中将範能の六名が挙げられる。〈屋〉は④親雅を欠く。脱落だろう。『玉葉』二十五日条では、この他、右記③と④の間に蔵人頭左中将源通資を挙げる。①藤原経房。権右中弁光房二男、母権中納言藤原俊忠女。この時、正三位権中納言。②藤原泰通。権大納言成通猶子（実は参議為通男）、母大納言藤原師輔女。この時、従三位参議。左中将、近江権守。『玉葉』二十三日条に、「可レ参二御迎一人事」として、兼実は、「弁官・職事各一人、諸衛・諸司等無二異儀一。其上可レ被レ副二公卿一人一也。兼近将之参議宜歟。上卿之条不レ可二必然一歟」と進言している。③源兼忠。権中納言雅頼二男、母中納言藤原家成女。この時、従四位下権右中弁。〈四・延・長・屋・覚〉「権右中弁」、〈盛〉「左少弁」、〈南〉「右中弁」。泰通の注解に引用した『玉葉』二十三日条の「弁官」一人に該当する。④藤原親雅。参議親隆三男、母平知信女。この時、正五位下蔵人左衛門権佐。⑤藤原公時。権大納言実国嫡男、母中納言藤原家成女。経房の娘婿。この時、正四位下左中将伊予介。なお、傍書の「公明」と一致するのが、〈屋〉。〈中〉「公有」。〈四〉の「榎木並」は、〈延・長〉「榎並」、〈南〉「江並」、〈屋〉「江波」、〈覚〉「江浪」、〈中〉「ゑなみ」。呼称の理由未詳。⑥藤原範能。参議修範一男、母藤原範家女。この時、従四位下右少将但馬守。〈盛〉「右中将」、〈延・長・南・屋・覚・中〉「但馬少将」。「範能」、〈屋〉「範義」、〈覚〉「教能」、〈中〉「のりよし」。この他、『玉葉』の記す源通資は、内大臣雅通二男、母源通親女。この時、正四位下左中将・兼加賀権介、蔵人頭。『玉葉』二十三日条に、「職事誰人可ㇾ参哉事」として、兼実は、「頭中将参可ㇾ宜歟」と進言している。通資に該当する。**○御友に候ひしは、大夫判官義経・石河判官代義兼・伊豆蔵人大夫頼兼・右衛門尉有綱**　義経に従った武士は三人。①石川判官代義兼、②伊豆蔵人大夫頼兼、③右衛門尉有綱。この時、義経に従った武士の名は、記録類には見られない。『平家物語』諸本の内、〈盛〉は、武士の名不記。①石川判官代義兼。〈延・長・南・屋〉同、〈覚〉「石川判官代能兼」（下―三〇三頁）、〈中〉「あしかゞの蔵人よしかぬ」（下―二六九頁）。本全釈巻六「義基法師の首、渡さるる事」の注解「同じき子息石河判官代義兼」（五六～五七頁）参照。②伊豆蔵人大夫頼兼・③右衛門尉有綱。頼兼は源頼政の子。有綱は頼政の孫、父は仲綱。但し、〈延・長・南・屋・覚〉は、有綱の官職を「左衛門尉」とするが、『吾妻鏡』〈尊卑〉等によれば、「右衛門尉」が正しい。野口実①は、頼兼が文治元年（一一八五）十月二十四日の勝長寿院供養の際に、源氏一門中最上位を占め（『吾妻鏡』同日条）、有綱が源義経の婿となっている事に注目する。これらは、頼政の子で仲綱の猶子となった広綱が元暦元年（一一八四）六月に、頼朝の吹挙によって駿河守に補されたように、頼政敗死ののち、ほとんど内乱過程で功績の認められない頼政の子孫を政権樹立後の頼朝が厚く遇していることを意味すると考える（二〇六・二一六頁）。なお、有綱は義経の婿となっているが、後年、義経と共に逃亡し自害している。なお、〈中〉は、「あしかゞの蔵人よしかぬ、さぶらひには、とひの二郎真平、左衛門のぜうありたね」（下―二六九頁）と異伝を記す。足利蔵人義兼は、源蔵人大夫頼兼との混同が原因の誤伝だろう（本全釈巻十「範頼西国下向」の注解「足利蔵人義兼」参照。三九二頁）。また、「左衛門のぜうありたね」は、有綱の誤伝と考えられる。**○子の剋に先づ太政官庁へ入御す**　〈延・長・南・屋・覚〉同。『百練抄』「廿五日戊寅。戌時神鏡神璽自㆓鳥羽㆒入御坐㆓朝所㆒」。「子の刻」は確認できないが、夜間の入御は確か。また、「朝所」入御の件は、『玉葉』四月二十五日条にも確認できる。「朝所」は、太政官の北東にあった。**○内侍所・験の御箱の返し入らせたまふ御事は目出けれども…**　〈延・長・南〉同。〈長〉「内侍所注の御箱帰いらせ給ふ事はめでたけれども、宝剣はうせにけり」（5―一一一頁）。神璽を「しるしの御箱」

とする点、〈長・盛・南・屋・覚・中〉同。〈屋〉「神璽ヲバ注ノ御箱トモ申ス」（八〇八頁）、〈盛〉「神璽ヲバ注ノ御箱ト申、国ノ手璽也。王者ノ印ナリ。有習云々」（6―一九八頁）。神璽が「しるしの御箱」に入っていたこと、或いはその箱の中身は誰も見られないので、箱だけで神璽を意味することは、『花園院宸記』応長二年（一三一二）正月一日・二月三日・同十八日・同十九日条から明らか。十九日条には、「璽筥姿」が載る。**〇神璽は海上に浮かびたまふを、片岳太郎経治取り揚げ奉りけるとぞ承る**　〈延・長・盛・松・南・覚〉では、片岡太郎経春が、〈屋・中〉では、方岳（〈中〉「かたをかの」）太郎親経が、海上に浮かんでいた神璽を拾い上げたとする点は同。『愚管抄』巻五に、「宝剣ハ海ニシヅミヌ。ソノシルシノ御ハコハウキテ有ケルヲ、武者トリテ尹明ガムスメノ内侍ニテアリケルニミセナンドシタリケリ」（旧大系二六四頁）とあり、経春のこととはしないものの、「武者」が取り上げたとする点は類似。但し、記録類には確認できない。なお、経治は、「神代本千葉系図」（『房総叢書』一七七頁）・「徳島本千葉系図」（千葉市立郷土博物館研究紀要七、二〇〇一・3。三六頁）・「平朝臣徳島系図」（同前三二頁）によれば、海上庄司常幹の子常晴〈片岡太郎〉。片岡氏は常陸国鹿島郡片岡を苗字の地として、平忠常の子孫の両総平氏一族の出で、皇嘉門院領下総国三崎庄が本来の所領であった。その地は藤原親正の勢力圏の北に接することから、片岡氏は、保身のために藤原氏と結び、常陸源氏の佐竹氏とも姻戚関係を結んでいた。しかし、片岡氏は、藤原親正が千葉氏を攻めた時も、佐竹征伐の時にも兵を動かすことなく、鎌倉政権成立後も従来の所領は安堵されたものの、幕府内での立場は外様的なものにならざるをえなかった。三崎庄は、養和元年に頼朝の怒りを買い没収され広常に与えられたが、広常が誅殺された寿永二年末頃に、その所領は再び常春に返付されたらしい。その後御家人としての身分を回復した常春・為春（弘経）兄弟は、義経の軍に編入されて、義仲や平家の追討に進発した。その時の海に浮かぶ神璽を拾い上げるという功績は、海の武士団でもある片岡氏にはふさわしいものといえるが、頼朝の片岡氏に対する警戒は緩むことなく、文治元年十月には、佐竹太郎と同心して謀叛を企てたとして再び三崎庄は没収され、千葉常胤に与えられている。その後、文治五年三月に三崎庄は再び常春に返付されているが、その後の常春の動向は不明である（野口実②一二六〜一二七頁）。

【引用研究文献】

＊岡田三津子「建礼門院と八条院の周辺―女性たちの世界―」（軍記文学研究叢書6『平家物語　主題・構想・表現』汲古書院一九九八・10）
＊五味文彦「合戦記の方法」（軍記と語り物二五号、一九八九・3。『吾妻鏡の方法』吉川弘文館一九九〇・1再録）
＊米谷豊之祐『院政期軍事・警察史拾遺』（近代文藝社一九九三・7）
＊武井和人『中世和歌の文献学的研究』（笠間書院一九八九・7）
＊新城常三「中世の駅制」（史淵九四輯、一九六五・3）
＊野口実①『武門源氏の血脈―為義から義経まで』（中央公論新社二〇一二・1）
＊野口実②「義経の郎等たち」（歴史読本二七巻七号、一九八二・6）
＊早川厚一「『平家物語』の成立―源義経像の形象―」（名古屋学院大学論集（人文・自然科学篇）四一巻1号、二〇〇四・7）
＊平田俊春『平家物語の批判的研究・中』（国書刊行会一九九〇・6）

剣巻（①素盞烏尊）

【原文】

抑モ従神代伝霊剣[1]〔駄〕〔験歟〕有レ三ツ[2]▽一八九右一者草投キ剣二者天《アマノハイ》蠅切剣三者戸東《ツカ》剣是戸東剣被タリ籠メ二大和国布流《フル》社一天蠅切剣在二ス尾張国熱田宮一草投剣留内裏代々帝御守[3]即宝剣是彼剣白素盞烏《ソサヲ》尊ノ被下サセ下タリケルニ流出雲国ヘ簸《ヒル》河源上有下大蛇尾頭ラ共有レ八恠ケ《アヤシクシテ》化上ソ八尾頭迸《ホトハシリ》二八谷一眼如ク日月光背ロニハ▽一八九左苔[4]ムシ燃[5]諸木生年々食フ人親被ヲヤレ呑子悲子[6]被レハ飲親ハ歎ク哭村南村北之声ヘ不レ絶素盞烏尊哀之八船湛ヘ酒与ヘ下リ大蛇々々飽マテ飲酔ヒ[7]フ伏帯ハ、下抜[8]戸東剣大蛇切リ二下ヘ寸々《ツタ〳〵》一其ノ尾中有[9]一剣尊《ミコト》取レ之奉リ下天照大神此剣在大蛇尾中之時黒雲恒覆[10]ヲ、其上故号▽一九〇右天《アマ》村雲剣フ天孫《マコ》天ヨリ降リ下シ天照大神授下三種神器其一而崇神天王御時恐下神威不ト可息内殿更造ラ剣鋳《チウ》鏡《タウ》モ為シ御守其古キヲハ奉レリ下フ遷[11]二シ伊勢大神宮一ヘ

【釈文】

抑《そもそ》も神代より伝はりたりける霊剣[1]三つ[2]▽一八九右有り。一つは草投《くさなキ》の剣、二つは天《アマノハイきり》蠅切の剣、三つは戸東《とツカ》の剣、是なり。戸東の剣は、大和国布流《フル》の社に籠められたり。天《あまのはいきり》蠅切の剣は尾張国熱田の宮に在《まし》ます。草投《くさなぎ》の剣は内裏に留め、代々の帝の御守[3]りなり。即ち宝剣是なり。

彼の剣と白《まう》すは、素盞烏《ソサのヲ》尊の出雲国へ流されさせたまひたりけるに、簸河《ヒルかは》の源上《みなかみ》に、大蛇の尾・頭《かしラ》共に

八つ有りて、恠《アヤ》しくして化したるぞ有りける。八つの尾・頭、八つの谷に迸《ホトハシ》りて、眼は日月の▽一八九左ごとく光り、背《うし》ろには苔[4]燃《ム》し諸[5]の木生ひて、年々に人を食らふ。親《ヲヤ》を呑まるれば子悲[6]しみ、子飲まるれば親は歎く。村南・村北に哭する声《こへ》絶えず。素盞烏尊、之《これ》を哀れみて、八つの船に酒を湛へ、大蛇に与へたまへり。大蛇飽くまで飲みて酔ひ伏《フ》[7]したり。帯《ハ》きたまへる戸[8]東(東)の剣を抜きて、大蛇を寸々《ツタ〳〵》に切りたまへば、其の尾の中に一つの剣有り。[9]尊《ミコト》之《これ》を取りて天照大神に奉りたまふ。此の剣、大蛇の尾の中に在りける時、黒雲恒《つね》に其の上を[10]覆《ヲ、》へり。故に▽一九〇右天《アマの》 村雲《むらくも》の剣と号す。

天孫《すめみま》天より降りたまひしに、天照大神、三種の神器を授けたまふ、其の一つなり。而るを崇神天王の御時、神威に恐れたまひて、内殿に息むべからずとて、更《さラ》に剣を造り、鏡も鋳《チウ》して御守と為《シ》て、其の古きをば伊勢大神宮へ遷[11]し奉りたまふ。

【校異・訓読】 1〈底〉「剣」の右に「駄」、左に「験歟」と傍書。〈昭〉は左の傍書は底本と同様だが、右は「駁」か。〈書〉傍書なし。2〈昭〉「有レレ三《ツ》」。3〈昭〉「守リ」。4〈昭〉「燃《ハシ》」。5〈昭〉「諸」と「木」の間に、左右に線あり。音読符や訓読符に見えるが、右側はあるいは「ノ」か。6〈昭〉「悲《ミ》」。7〈昭〉「伏《ラ》」。8〈底・昭〉「戸東」。〈書〉「戸東」。9〈昭〉「有リ」。10〈昭〉「覆《ラ、》」。11〈昭〉「遷《シ》」。

【注解】 **〇抑も神代より伝はりたりける霊剣三つ有り**　本段は、いわゆる「剣巻」。『平家物語』諸本は同位置にあるが、異同が多い。〈四〉に比較的近いのは〈屋・中〉。また、百二十句本がこの位置(第百七・百八句)に収めるのは、いわゆる『平家剣巻』の内容である。これは、〈屋〉では別冊、近世の〈盛〉板本や『太平記』板本などでは付冊とし、他にも、田中本・長禄本など、独立作品としての『剣巻』として存在するものである。これらを含め、宝剣説話に関わる書物は、記紀以来、きわめて多数にのぼり、特に中世には多様な記事を生んだ。伊藤正義①が、『太平記』において卜部兼員の説として語られる宝剣の由来説話をきっかけに、「中世日本紀」と呼ぶべき「中世的教養」のあり方を説いて以来、多種多様な関連文献の存在が明らかにされている。そのすべてを参照することはとうていできないが、『平家物語』諸本の他に、主な文献を比較して注解に引用する。左記がその一覧だが、成立年代不明の書が多いので、まず八岐大蛇から宝剣を得た説話記事を含む文献を、書物の性格によって便宜的に（A）から（E）に分類し、その中で年代を考慮して並べることとした。但し、性格の近いものを一括する便宜上、必ずしも年代によらずに配列した場合もある（D6百二十句本など）。頁数は、該当の文献において、本節の八岐大蛇退治説話該当部及び宝剣関係記事を載せる部分（依拠本文が単行本以外である場合、この欄には論文などの題目のみ掲げ、書誌データは段末の【引用研究文献】欄にまとめて記した）。さらに、宝剣に関する記事はあるが八岐大蛇退治などの説話を欠くものを、（F）として参考に掲げた。

〔八岐大蛇退治説話関連資料一覧〕

（A）記紀及び神代史、『日本書紀』注釈書とその派生書

A1　『古事記』上巻…岩波旧大系―八四～八八頁
A2　『日本書紀』神代上巻第八段…岩波旧大系・上―一二一～一二七頁
A3　『古語拾遺』…『新撰日本古典文庫・四　古語拾遺・高橋氏文』一九五～一九六頁
A4　『先代旧事本紀』巻三…『新訂増補国史大系・七』三七～三八頁
A5　『信西日本紀鈔』第七六・一三二・一三三頁（中村啓信『信西日本紀鈔とその研究』高科書店一九九〇・6）
A6　『神代巻取意文』…伊藤正義②「日本記一　神代巻取意文」―一〇一～一〇二頁
A7　『神代巻私見聞』…阿部泰郎・佐伯真一「神代巻私見聞（高野山持明院蔵）」四一六～四一九頁

(B)歌学書・古今集注釈

B1 『和歌童蒙抄』第六…『歌学大系・別巻一』二二九〜二三〇頁

B2 『奥義抄』第一八項…『歌学大系・一』三六三〜三六五頁

B3 『勝命序注』陽明文庫蔵…新井栄蔵「影印 陽明文庫蔵古今和歌集序注解説」二三五〜二四二頁

B4 『古今和歌集教長注』…竹岡正夫『古今和歌集全評釈・上』六三〜六四頁(右文書院一九七六・11)

B5 『顕昭古今集注』…『歌学大系・別巻四』一三一〜一三三頁(『日本書紀』及び『古語拾遺』の引用の後、「今案云」として「教長卿所レ注古今序」「公任卿注」などを引く。ここでは主に「今案云」以下の部分を引く)

B6 『袖中抄』第七…橋本不美男・後藤祥子『袖中抄校本と研究』一五九〜一六二頁(笠間書院一九八五・2)

B7 『和歌色葉』中巻第八六項…『歌学大系・三』二〇七〜二〇八頁

B8 『古今序聞書三流抄』…『中世古今集注釈書解題・二』二四二〜二四三頁

B9 『古今和歌集頓阿序注』…『中世古今集注釈書解題・二』三〇七〜三一〇頁

B10 『古今集・為相註』(大江広貞注)…『古今集註 京都大学蔵』三八〜四二頁(京都大学国語国文資料叢書四八、臨川書店一九八四・11)

B11 『六巻抄』古今聞書第一…『中世古今集注釈書解題・三下』三五〇〜三五一頁

B12 『毘沙門堂本古今集注』巻一…『毘沙門堂本古今集注』一一〜一二頁(八木書店一九九八・10)

B13 『玉伝深秘』(玉伝深秘巻)…『中世古今集注釈書解題・五』五七七〜五七九頁

(C)熱田縁起・神道物語

C1 『尾張国熱田太神宮縁起』…『神道大系・神社編一九・熱田』一一〜一二頁(本段関連部分は『日本書紀』とほぼ同文)

C2『熱田宮秘釈見聞』…『神道大系・神社編一九・熱田』三〇頁（真福寺蔵本。南北朝頃写―神道大系解説。神剣に関する断片的な記述。C3『百録』との関係については阿部泰郎①参照）

C3『熱田太神宮秘密百録』…『神道大系・神社編一九・熱田』三八～三九頁（室町時代成立―神道大系解説）

C4『三種神祇幷神道秘密』…『真福寺善本叢刊・第一期・七　中世日本紀集』四四七～四四九頁（臨川書店一九九九・9。天文十一年〔一五四二〕写本）

C5『神祇官』…伊藤正義③「続・熱田の深秘―資料『神祇官』―」一一～一二頁（中世末～近世初期の写本三種あり）

C6『神道由来の事』…『室町時代物語大成・七』四四〇～四四二頁（C5『神祇官』と内容的に重なること、また本来は『熱田の深秘』と一体の書であることを、伊藤正義③④が指摘している）

C7『神祇陰陽秘書抄』別伝…伊藤正義③「続・熱田の深秘―資料『神祇官』―」二二一～二二二頁（天理図書館吉田文庫本。大永二年〔一五二二〕の異筆の年記あり）

(D)宝剣説話の独立作品

D1『宝剣御事』…『神道大系・神社編一九・熱田』一〇四～一〇五頁（熱田神宮本。応永四年〔一三九七〕写―神道大系解説）

D2　屋代本別冊「平家剣巻」下…影印版一〇二〇～一〇二三頁

D3　田中本『剣巻』…高橋貞一①「田中本平家剣巻解説」五〇～五一頁

D4　長禄本『剣巻』…市古貞次『完訳日本の古典　平家物語・四』四三七～四四〇頁（小学館一九八七・3）

D5『太平記』（慶長十五年古活字本）付冊『剣巻』…黒田彰・角田美穂「校訂剣巻」三二六～三二八頁

D6　百二十句本巻十一（第百七句）…斯道文庫片仮名本影印版―六七九～六八二頁（『百二十句本平家物語』汲古書院

一九七〇・1）

D7『平家物語補闕剣巻』…黒田彰①「内閣文庫蔵　平家物語補闕鏡巻、剣巻（影印、翻刻）」九五〜九七頁

D8『雲州樋河上天淵記』…『群書類従・二』四五一〜四五四頁

(E)その他の諸書に引かれる記事

E1『醍醐雑事記』巻十、元暦二年六月条…醍醐寺刊限定版―四一〇頁（一九三一・7）

E2『秋津島物語』巻一…沼沢龍雄「桂宮本「秋津島物語」―解説と本文―」二〇六〜二〇七頁（建保六年（一二一八）成立か）

E3『元亨釈書』巻二一・資治表二・天智天皇七年条…『新訂増補国史大系・三一』三〇九頁

E4『神皇正統記』「大日孁尊」…岩波旧大系―五七頁

E5 玄玖本『太平記』巻二十六「自㆓伊勢㆒進㆓宝剣㆒之事」…勉誠社影印版・四―三三〜三六頁（なお、この部分の『太平記』本文は、西源院本・流布本などと玄玖本・南都本などの二系統に大別され、神田本はその混態かとされる―石井由紀夫二〇二〜二二一頁）

E6 流布本『太平記』巻二十五「自㆓伊勢㆒進㆓宝剣㆒事」…岩波旧大系・二―四五七〜四五九頁

E7『三国伝記』巻一―六…『三弥井中世の文学・三国伝記』上―五八〜五九頁

E8『伊吹山酒典童子』（赤木文庫旧蔵本）…『室町時代物語大成・二』三五八〜三六〇頁

(F)八岐大蛇退治などの説話を欠くが、宝剣に関する記事

F1『熱田明神講式』…『神道大系・神社編一九・熱田』一五〜一八頁（一条天皇時代の撰述か―神道大系解説）

F2『禁秘抄』上・宝剣神璽条…群書類従二六―三六九頁

F3『八雲御抄』巻三・雑物部…歌学大系別巻三―三四五〜三四六頁

F4　『水鏡』流布本・上・神武天皇条…『水鏡　本文及び総索引』一七頁
F5　『神道集』巻一―一「神道由来之事」…『神道大系・文学編一・神道集』二～三頁
F6　『類聚既験抄』三鏡三剣事…続群書類従三上―八一頁

※（補記）

○D類の作品と、『平家物語』の語り本系や読み本系グループ諸本とは系統を異にすることが、伊藤正義④により明らかにされている。また、D類については、松尾葦江により五類に分類されている。なお、D類の『剣巻』前半部に類する資料として、三千院円融蔵『三種神器大事』があることが、阿部泰郎（②三八頁以下、③二一三頁以下）によって紹介されている。

○『壒嚢抄』巻五―四六「三種ノ神器トハ何事ゾ」（臨川書店刊『塵添壒嚢抄・壒嚢抄』影印版―五三六～五三七頁）は、『太平記』の引用であることが知られている（高橋貞一②四三頁、小秋元段三七頁）。

○『神道雑々集』坤（下）巻・三十八「慈恵大師物忌事」付載「霊剣」記事は、〈南〉に近いことが、西脇哲夫（七二頁）・牧野和夫（九六頁）・内田康①（五五頁）の指摘によって知られている。また、同書の乾（上）巻・二十三「熱田大明神之事」には、天村雲剣は大蛇の尾から出た剣、十握剣は大蛇を斬った剣という一般的な説を記す他に、天村雲剣は国常立尊の所造、十握剣は胎蔵界の大日如来の化身などといった説を記す。

○『榻鴫暁筆』（『三弥井中世の文学・榻鴫暁筆』三三二～三三四頁）の記事は、『平家物語』の宝剣説話をもとにしているとされる。内田康①（五五頁）。

まず、三つの「霊剣」から説き起こす点は、『平家物語』諸本同様。右の諸文献では、（D）とした宝剣説話の独立作品に類似する形。D1『宝剣御事』も、冒頭に「吾朝ニ自二神代一伝給ッ霊剣三有、一ハ草薙剣、一ハ天ノ蠅斫《ハヘキリノ》剣、十束《ツカノ》

剣是也」とする。D7『平家物語補闕剣巻』は、文章や剣の名が異なるが、やはり三種の剣を記す。D8『雲州樋河上天淵記』は該当記事なし。一方、D2～D6の『剣巻』は、いずれも「霊剣」を二つとする（『剣巻』が霊剣を二つとするのは、源家の宝剣を二つとすることに対応するものかと考えられる――高橋貞一③四〇〇頁、馬目泰宏一九頁。この点、E1『醍醐雑事記』も宝剣を二種とするが、その理由は異なるだろう――次項及び「素戔烏尊の出雲国へ流されたまひたりけるに」注解参照）。その他、C4『三種神祇幷神道秘密』は、宝剣説話の後に「三ノ霊剣」を記す（次項注解参照）。しかし、A～Eの諸文献の多くは、素戔烏命の八岐大蛇退治を語るにあたって、こうした形を取らない。それらはこの説話を語る目的を必ずしも宝剣の由来に置くわけではないが、『平家物語』諸本やD類の宝剣説話は、関心の中心が剣そのものにある形である。但し、三つの霊剣（宝剣）の存在を語ることは、八岐大蛇退治を伴わないF類の文献にも見える（次項注解参照）。

○一つは草投の剣、二つは天蠅切の剣、三つは戸束の剣、是なり　〈延・長・松・南・屋・覚・中〉は、表記や順序に異同はあるが、この三つの剣を挙げる点は同様。「草投剣」は「草薙剣」、「戸束剣」は「十握剣」が一般的な表記。表記の異同については以下の注解参照。〈盛〉は、草薙剣と天蠅切剣を欠き、「天十握剣・天藂雲剣・布流剣」の三つとする（この後、日本武尊の物語で、「草薙剣」と「天藂雲剣」を同一の剣とする）。また、D1は、前項に見たように、冒頭では『平家物語』諸本と同様だが、大蛇退治の後で、天村雲剣と天蠅切剣を同じ剣とする。『剣巻』のD2～D5は、霊剣として、まず天村雲剣、天蠅切剣の二つを挙げ、十握剣は大蛇を斬って後、天蠅切剣と名を変えたとする（その後、大蛇の尾から出た天村雲剣は草薙剣と同一の剣とする）。D6は「十束剣・雨村雲剣」の二つを挙げるが、「十束剣」は「雨蛟《ハエ》切剣」と同じとするので、D2～D5と同様となる。D7は「布都御魂剣」「天羽々斬剣＝十握剣＝韓鋤剣」「草薙八握剣＝天叢雲剣」の三つとする。剣の名をめぐっては異説がきわめて多い。たとえば、A6『神代巻取意文』は、「十束剣」と「天蠅切剣」「草薙剣」は同じものでこれが宝剣、他に「天村雲剣」、「焼鎌剣＝布留剣」の二つがあったとする。C4『三種神祇幷神道秘密』は、

「我朝ニ三ノ霊剣アリ。一ニハ天《アメ》ノハユキ（ママ）リ剣。一ニハ南留河剣。一ニハ村雲剣、是也」とし、日本武尊はこの三剣を持って東征したが、村雲剣を草薙に用いたので、これが草薙剣となったとする。E1『醍醐雑事記』は、宝剣には二種あるとして、「一ヲバ大和国石上布瑠大神ニ奉レ崇、一ヲバ尾張国熱田大神ニ奉レ崇」とするが、各々の名を明記せず、大蛇の尾の中から出てきた剣が「村雲」であり、それが「草那義」と改められたとする。『太平記』ではE5玄玖本は、大蛇を斬ったのが十握剣、大蛇の尾から出たのが天村雲剣で、後者が後の草薙剣であるという一般的な説を記すが、E6流布本は、「草薙ノ剣」「天ノ群雲ノ剣」「十束ノ剣」を、すべて八岐大蛇の尾の中から出た剣の異称とする。各々の剣については、以下の注解参照。また、三つの宝剣を記す点は、大蛇退治を記さないF類にも共通。F2『禁秘抄』は、「神代ニ有二三剣一其一也。子細雖レ多トモ不レ能レ注スニ」と、内裏に伝わる剣を三剣の一つとしつつ、その詳細を記さないが、F1『熱田明神講式』・F4『水鏡』・F5『神道集』・F6『類聚既験抄』は、三剣の所在地を、内裏・石上（布留）・熱田とする（剣の名は記さない）。『神道集』は、これらを天孫降臨に際して天下った「三腰ノ剣」であるとする。内田康①（五四頁）は、『水鏡』が三剣及び三鏡を記すことから、その原拠である『扶桑略記』にもその記事が存在したものと考え（『扶桑略記』の現存抄出本には三剣の記事が存在しないものの、原『扶桑略記』には存在したと推定）、こうした説は原『扶桑略記』が成立した堀河天皇の時代まで遡り得るものと見る。なお、F3『八雲御抄』は、「三のたから。まがり玉。やたの鏡。草薙剣〈是は自レ昔天下宝也。元在二蛇上一。（中略—日本武尊説話）今在二熱田宮一。本名天村雲剣云々〉。あめのとつかのたち〈在二石上宮一〉かへ。こまつるぎ。たまつるぎ。とつかのたち〈いざなぎの剣。火神を切〉。はへきりのたち。そさのをのみことのたち也」と、「三剣」以外も含めて剣を列挙する。

○戸束の剣は、大和国布流の社に籠められたり　「戸束」の表記は、〈延〉「取柄」、〈長〉「十握」、〈盛・南〉「十握」（〈盛〉は「十把」とも）、〈松・屋〉「十束」、〈覚・中〉「十つか」。「十握」がA2『日本書紀』及びA3・A4・A5・B3・B5・C7・D5・D7・D8・E3・E4・E5などに見える他、「十拳」がA1・C1~C3、「十束」がA6・D1・D

6・E6、「十柄」がB10・C4・D3、「十つか」がB9、「とつか」がB2・B7・B12・B13・C5・C6・D2・D4・F3などに見える。「十握剣」は、記紀以来、素盞烏尊が八岐大蛇を斬ったとされる剣の名（後掲注解「帯きたまへる戸束の剣を抜きて」参照）。また、それ以前に、『日本書紀』神代上第五段第六の一書や『古事記』上巻などでは、イザナミの死後、イザナギがカグツチを斬った剣とされている。本来、「つか」は握ったときの、人差指から小指までの長さ（〈日国大〉）で、「とつか」の原義は、A5『信西日本紀鈔』一三三項が「トツカトハ、トニギリト云也」（B3も同様）とするように、十握りの大きさ、大刀の意。B10『為相註』は「十柄剣は十拳ありければ、十握とかきて十柄と云也」と、右の三種の表記を見せつつ説明、E6流布本『太平記』は、「其尺僅ニ十束ナレバ又十束ノ剣トモ名付タリ」と説明する。これが「布流の社」（布留社）にあるとする点は、『平家物語』諸本で基本的に同様だが、〈盛〉は、「十把剣」の別名を「羽々斬剣」「蠅斬剣」とし、これが「石上ノ宮」にあるとした後、草薙剣に触れ、さらにその後、「布留剣ハ即大和国添上郡礒上布留明神是也」（6―一九八～一九九頁）として、布留河の上流から剣が流れてきて、洗濯していた女の布で留まったという布留社の縁起譚を記す。黒田彰②（七九～八五頁）は、〈盛〉が諸本の中でやや異色の形を取り、D類の『剣巻』や『平家物語補闕剣巻』などにも類似する点に注意する。なお、布留社の縁起は、『袖中抄』第一三や『色葉和難集』巻一、『古今集・為相註』などにも所見、能（廃曲）「布留」『和州布留大明神御縁記』などが残る（小林健二）。さて、剣が石上にあるという説の起源は、A2『日本書紀』第八段第二の一書の、「其断レ蛇剣、号曰二蛇之麁正一。此今在二石上一也」（一二五頁）との記述にあり、A3・A4、B2・B3・B7、D1～D6等々に引き継がれている。B5『顕昭古今集注』は、十握剣＝草薙剣が熱田神宮にあるとする説と、大蛇を斬った剣が石上にあるとする説を並記する。また、D7『平家物語補闕剣巻』は、「布都御魂剣」が「石上布留神宮」にあるとする（現在の石上神宮の社伝に同）。F3『八雲御抄』は、「あめのとつかのたち」が「石上宮」にあるとするが、「とつかのたち」は「いざなぎの剣。火神を切」として、これと区別する。布留社は現奈良県天理市の石上神宮。

〇天蠅切の剣は尾張国熱田の宮に在す　「天蠅切」の表記は、諸本基本的に同様だが、「切」は〈延・長・南〉「斫」。〈松・覚・中〉は「天ノハヤキリノ剣」（〈松〉一六頁）とする。また、〈延・長・盛〉は、この剣の名の由来を語る。〈延・盛〉では、「此剣ノ刃ノ上ニ居ル蠅、自ラ斫ズト云事ナシ」（〈延〉四七オ）とし、〈長〉も同様だが、「蠅」を「蛇」とする。〈延・盛〉と同様の記述はB3「勝命序注」・B7『和歌色葉』にも見えるが、本来は『釈日本紀』七の「私記曰、問蠅斫之号其義如何。答師説、此剣尤利剣也。若居二其刃上一者、即其蠅自斫。此鋭鋒之甚也」に基づくのであろう（黒田彰③一五五頁）。但し、「蠅切」は、〈長〉の記すように「蛇斬り」の意であろう。〈長〉が「ハハキリ」の名の由来を「此剣の刃のうへにあたる蛇の、自ラ斫れずという事なし」（5―一一一頁）と説明するのは、おそらく後の派生であり、本来は「ハハ＝蛇＝八岐大蛇」を斬った意の名と見られる。A3『古語拾遺』が、「天十握剣」に注して、「其名天羽斬、今在二石上神宮一、古語大蛇謂二之羽一、言レ斬レ蛇也」（一九五頁）とするように、「ハハ」は古く蛇を言ったようである。B2『奥義抄』にも、「尊の天のとつかの剣をば天羽々斬と云ふ。大蛇をはゞといふゆゑ也」とある（B7『和歌色葉』同文。B5『顕昭古今集注』も同内容）。〈盛〉も「羽々トハ大蛇ノ名也」（6―一九八頁）とする。A2『日本書紀』の第四の一書では、八岐大蛇を斬った剣を「天蠅斫剣」とする。また、A6『神代巻取意文』に、「一二十束剣、此ヲ索盞烏尊所持シ、大蛇ヲ切リ玉フ。彼ノ大蛇ヲ天ノ蠅ト名ク（中略）故ニ天蠅切剣ト申」とある。もっとも、八岐大蛇を斬った剣だとすると、十握剣と天蠅切剣は同じ剣だということになり、実際、『古語拾遺』をはじめ、A6『神代巻取意文』やB2『奥義抄』、B7『和歌色葉』及び『剣巻』（D2～D6）などはそのように説明する。しかし、〈四・延・長・松・南・屋・覚・中〉及びD1『宝剣御事』はその説を採らず、十握剣は布留社、天蠅切剣は熱田に収められたとして、両者を区別する。但し、本節末尾から次節の記述によれば、熱田に納められたのは八岐大蛇の尾から現れた天村雲剣＝草薙剣であるように読め、天蠅切剣との関係は不分明である。〈盛〉は、「十把（握）剣」（前項）の別名が「羽々斬剣」「蠅斬剣」であり、これが「石上ノ宮」にとどまったとする点、

『古語拾遺』等に近い。しかし、それとは別に「大和国添上郡礒上布留明神」に収められた「布留剣」があったとするのは不審。前項に見たように「石上ノ宮」と「布留明神」は同一のはずである。「尾張国熱田の宮」は、現名古屋市熱田区の熱田神宮。なお、『熱田明神講式』(一八頁)は、大蛇の尾から出た剣は「八剣大明神」であるとする。いずれにせよ、次節に見るように、熱田神宮には草薙剣があったとする伝承が有力であり、『平家物語』諸本も、〈四〉を含め多くの諸本がそのように記す。『平家物語』諸本が本項・次項で、天蠅切剣は熱田、草薙剣は内裏にあると記すことがそうした伝承とどのように整合するのかは難しい問題である(次節後半「天武天王の御宇朱鳥元年に…」注解参照)。

〇草投の剣は内裏に留め、代々の帝の御守なり　「草投」の表記は、〈延・長・盛・松・南〉「草薙」、〈屋〉「草苅」、〈覚〉「草なぎ」、〈中〉「くさなぎ」。以下、これはもともと八岐大蛇の尾から出てきた「天村雲の剣」であるとされ、それが「草薙剣」と名付けられた由来は、次節「剣巻②」に見るように、日本武尊が草を薙ぎ払って難を逃れたことによるとされる。これは一般的な説で、A2『日本書紀』以下、A3・A4・A7、B2・B3・B5・B7・B9・B10・B13、C1・C4、『剣巻』類(D1~D6)・D8、E1・E3~E7等々、きわめて多くの書に見られる。但し、A1『古事記』は、大蛇の尾の中から出てきた段階で「草那芸之太刀」の名を用いており、ヤマトタケルがこの剣で草を薙ぎ払ったとは記すが、それを「草薙」の命名由来とするわけではない。また、『日本書紀』景行天皇四十年十月条においても、倭姫命が日本武尊にこの剣を授ける段階で既に「草薙」の名を用いている し、その後、「草薙剣」の名称の由来を日本武尊が草を薙ぎ払ったことによるとする説を記してはいるが、それは「一云」としての注記にとどまる。さらに、倭姫がこの剣を授ける段階で既に「草薙」の名を用いる点は、A3『古語拾遺』も同様である。佐竹昭広(二八~三二頁)は、「クサナギ」とは本来は「臭蛇」であり、草を薙ぎ払ったために付けられた名とするのは民間語源説の所産であると考える。岡田精司は、「クサナギノツルギ」とよばれた宝剣は少なくとも四本はあったと指摘、それは名刀・名剣を讃美した名称としてしばしば付けられたものとし、一つの特定の剣の名とする見方を否定する（二四二〜二四八頁）。「草薙剣」を天村雲剣ではなく、大蛇を斬った「十束剣」と同一の剣とする異説もある。B４『教長注』は、素盞烏尊が出雲国で「クサシゲリテミチモナキトコロヲバ、コノ剣シテナギツ、ヲハシケレバ、コノ剣ヲバ、クサナギトナンナヅケ、ル」と、八岐大蛇退治以前に「クサナギ」の名があり、素盞烏尊はこの剣で大蛇を斬ったとする。A６『神代巻取意文』「十束剣モ、命ノ草ヲ薙給シヨリ、草薙ノ剣ト申ケリ」や、B５『顕昭古今集注』が一説として記す「素戔嗚尊下二向出雲一之間、薙レ草云々」も、教長注の所伝に近い。なお、E１『醍醐雑事記』は、坂東の野で焼け死にそうになった時、この剣をふるって免れたという話を「曽佐乃於」（スサノヲ）のこととして記す。　**○即ち宝剣是なり**　「宝剣」は、朝廷に伝えられてきたとされる剣を指す。以下はその由来譚であり、八岐大蛇の尾から出てきた「天村雲剣」が、素盞烏尊から天照大神に献上され、天孫降臨によって地上に伝わり、朝廷に伝えられてきたと語る。この骨子は諸本同様であり、前項注解に見たように、記紀以来の一般的な説である。但し、この後、本節末尾に見る崇神朝の改鋳（模造剣創作）や次節で見る道行の事件後の記述により、二位尼・安徳天皇と共に海に沈んだのが本来の剣だったのか、模造された新剣だったのかについては、記述が分かれ、内裏に伝えられたのは草薙剣そのものなのか新剣なのか、わかりにくい（本節末尾近くの注解「而るを崇神天王の御時…」、次節末尾近くの注解「天武天王の御宇朱鳥元年に…」参照）。さらに、内裏に伝わったのが新剣だとすれば、熱田に伝えられたのが本来の草薙剣ということになるが、だとすれば熱田にあったのは天蠅切剣であるという前々項の記述との整合性も問題であろう。　**○素盞烏尊の出雲国へ流されたまひたりけるに**　霊剣の概説から素戔嗚尊の八岐大蛇退治に続く点は、〈延・盛・屋〉同様。〈長・松・南・覚・中〉は、霊剣概説の後、「八雲立つ」歌を記してから八岐大蛇退治を語る。素盞烏尊が出雲に「流され」たという表現は、〈延・長・屋・中〉同。〈盛〉「天ヨリ出雲国へ降給ケルニ」（６—一九九頁）。「降（下）る」という表現は、〈松・南・覚〉に共通。記紀では、素盞烏尊の乱行に驚いた天照大神が天石窟戸に隠れ、それを引き出した神々が素盞烏尊を追放したという文脈で、「是時、素戔嗚尊、自㆑天而降㆓到於出雲国簸之川上㆒」（『日本書紀』上—一二一頁）などと語られる。B類では、B1『和歌童蒙抄』「天より出雲簸之河上にくだります時に」といった表現が多い。一方、A6『神代巻取意文』「索《(ママ)》盞烏ノ命、雲州ニ流レテ、曽我ノ里ニ年ヲ経玉ウ」、C4『三種神祇幷神道秘密』「雲州ニ流カサレ」のように、「流される」という表現を用いるものもある。他にD2〜D6など。A6・C4では、素盞烏尊が狩りをして、脚摩乳・手摩乳に宿を借りたのが発端だったとする。また、E2『秋津島物語』では、素盞烏尊が新羅国「曽戸茂梨《ソシモリ》」に赴いた後、船を作って「ひんがしのかた出雲国簸川《ヒノカハ》のほとり」に来たとする（素盞烏尊がまず新羅国に降ったとする説は、A7『神代巻私見聞』にも一説として所見）。なお、E1『醍醐雑事記』は、「天古耶根ノ御子」の八人の子の末弟「蘇佐乃於乃御子」が大蛇に食われそうになったが、八重雲に隠されて見えなくなっているところを、「天古耶根ノ御子」が天下って大蛇を斬り殺し、蛇の尾から出た剣「村雲」を「国王之護」として「曽《(蘇)》佐乃於乃御子」に奉ったという特異な所伝を見せ、「故少納言入道通憲之説云々」即ち信西の説であるとの注記を加える。この所伝について、近藤喜博は「全くの素朴な異伝的な神代物語の古態の伝承」（四四頁）と捉えた。小川豊生は「国王の護り」としての宝剣出現の根源を明かす「本説」としての位相を持つ「中世日本紀」の基本的属性を備えたものと見た（四三頁）。内田康②は、草薙剣を熱田の剣と語る点に注目する（二〇七頁）。

○簸河の源上に、大蛇の尾・頭共に八つ有りて、恠しくして化したるぞ有りける　〈四〉は、素盞烏尊が流されたという記述から、直ちに八岐大蛇の記述に移る。この点は、〈屋・中〉に共通。〈延・長・盛・松・南・覚〉は、「簸河」上流で脚摩乳・手摩乳に会い、その娘の奇稲田姫が八岐大蛇に呑まれるのだと聞いて大蛇退治を企てる展開で、これは、記紀以来の多くの文献に基本的に共通する。この物語は素盞烏尊と奇稲田姫の婚姻に展開するのが基本的な形であり、その意味では奇稲田姫の登場しない物語は考えられない。また、たとえば、B類の歌学書では「ゆつのつまぐし」の注としてこの説話を語るものが多いが（B1・B2・B3・B6・B7・B10・B13）、これは「立化㆓奇稲田姫㆒為㆓湯津爪櫛㆒」という『日本書紀』の記述に基づいたもので、これも奇稲田姫の存在を前提とするものである。しかし、〈四・屋〉では脚摩乳・手摩乳・奇稲田姫のいずれも登場せず、〈中〉では「みことの御さいあひの、いなだひめと申しんじよ」（下―二七〇頁）を登場させるが、大蛇退治以前に「いなだひめ」を「最愛」しているというのは明らかに原話と異なる。〈四・屋・中〉は原態と異なる略述型と考えるべきだろう。「簸河」は、平仮名書きを含めれば諸本同。現島根県東部を流れる斐伊川。A2『日本書紀』に「自レ天而降二到於出雲国簸川上一」とあり、同様に表記する書が多い。「大蛇の尾・頭…」以下、八岐大蛇の具体的形象を記す文の位置は、〈屋・中〉同様。〈延・長・盛〉では大蛇の出現場面、〈松・南・覚〉では脚摩乳の言葉の中で語られるもの。『日本書紀』は〈延・長・盛〉と同様の大蛇出現場面に置き、B2・B4・B5・B7・B13・C1・E2なども同様。一方、〈松・南・覚〉と同様、脚摩乳の言葉の中で語るものとしては、A1『古事記』をはじめ、A4・A6・B8・B10・B12・C4・D7・D8・E3・E7などがある。B9『頓阿序注』のように、「あしなづち」の言葉の中で「頭も八、尾も八ありて、身はひとつなり」、その後の出現場面で「眼は日月のごとく、口はくれなひにして、せなかには大木・古木生ひて」と、双方で記すものもある。E5・E6『太平記』・E8も双方で記す。D1『宝剣御事』やD2～D6の『剣巻』は、場面設定がわかりにくく、地の文での解説をはさんだものと読むべきか。なお、B9『頓阿序注』の頭・尾が八つ、身は一つという描き方は、D7『平家物語補闕剣巻』にも共通するが、黒田彰③（一五三頁）は、D7の問答部分はA4『先代旧事本紀』に拠っていると指摘する。**〇八つの尾・頭、八つの谷に迸りて**　以下、大蛇の描写。諸本に類似の記述あり（位置は前項注解参照、詳細は以下の注解参照）。「迸」は、〈名義抄〉仏上―四六に「ホドハシル　チル　ソ、ク　トバシル」の訓があり、この字を「ホドハシリ」と訓むことは妥当だが、該当語は、〈延〉「這渡リ」（四八オ）、〈長〉「匍はびこれり」（5―一一二頁）、〈盛〉「ハビコレリ」（〈盛〉6―二〇一頁）。〈松・屋・覚・中〉は〈長〉と同様（〈覚〉「はひはびこれり」三〇四頁）、〈南〉は〈盛〉と同様。前後の構成が〈四〉に近い〈屋・中〉も「はひはびこる」の語を用いており、「はびこる」などの語があるべきところか。『日本書紀』「蔓二延於八丘八谷之間二」。B2『奥義抄』「はひわたれり」（B7同）、E5玄玖本『太平記』「匍渡《ハイ》」、E7『三国伝記』「盤《ワダカマリ》」。　**○眼は日月のごとく光り**　諸本同様。A2『日本書紀』では、眼は「赤酸醤」（アカカガチ）のようであったとする。A1『古事記』「赤加賀智」。A4『先代旧事本紀』、B5『古今集序注』、C1『尾張国熱田太神宮縁起』、D7『平家物語補闕剣巻』、E2『秋津島物語』も同様。一方、「日月の如し」の類例は、B9『頓阿序注』や、D1～D6『剣巻』、D8『雲州樋河上天淵記』、E6流布本『太平記』、E7『三国伝記』などに見出せる。E5玄玖本『太平記』「面上ノ眼ハ其高天ニ耀ケル百錬ノ鏡ノ如ク」。「赤酸醤」は、たとえば『釈日本紀』巻七に「其色如二赤血一也。其目耀絶猶如二赤血一也。（中略）是今保々都岐者也」（国史大系一〇六頁）とあるように、赤いホオヅキの意だが、一般にはわかりにくく、次第に「日月の如し」などといった表現に置き換えられていったものか。　**○背ろには苔燃し諸の木生ひて、年々に人を食らふ**　類似の描写は諸本にあるが、「背ろには苔燃し…人を食らふ」の部分は異同が多い。〈四〉に近いのは、〈屋〉「背ニハ苔蒸テ、諸ノ草木生タリ」（八〇八頁）。〈長・盛・中〉は〈屋〉に近い。〈延〉「背ニハ霊草異木生滋テ山岳ヲ見ニ似リ」（四八オ）。〈松・南・覚〉は〈延〉に近い。A2『日本書紀』「松柏生二於背上一」。A1『古事記』「其身生二蘿及檜椙一」。A4『先代旧事本紀』「其身生二蘿亦松柏椙檜於背上一」。「松柏」はB2・B5・B7・B13・C1・D7・E2・E5・E6などに共通。〈四・長・盛・中〉に近いものとして、B9『頓阿序注』「せなかには大木・古木生ひて」、D1『宝剣御事』「背ニハ草木生ヒ苔生《ムシ》」、D3田中本『剣巻』「背ニハ苔茂テ諸ノ草木生タリ」（D2～D6同様）など。E7『三国伝記』「背ニハ旧苔ノ毛ハ針ヲ増シ、頂新樹角鉾ヲ添タリ」。〈延〉の「霊草異木」に近い表現は見あたらない。　**○親を呑まるれば子悲しみ、子飲まるれば親は歎く**　〈延・松・南・屋・覚・中〉同様。〈盛〉「親ヲ食ル、子呑、子親互ニ相歎テ」（6—一九九頁）。〈長〉なし。記紀では、脚摩乳・手摩乳の八人の娘達が年々に食われ、残るのが奇稲田姫のみであるとするので、こうした記述は見せない。『平家物語』諸本では、次項も含めてこの地域全体が大蛇の被害を受けていると読めるが、〈延・盛・松・南・覚〉には、脚摩乳の娘達が次々に食われているという記述もある。『平家物語』諸本の本項と近似の文を見せるものに、C5『神祇官』、C6『神道由来の事』、C7『神祇陰陽秘書抄』、D1『宝剣御事』、D2～D6『剣巻』、E8『伊吹山酒典童子』がある（なお、『伊吹山酒典童子』と『剣巻』『平家物語』などの類似を指摘した西脇哲夫は、これらは直接関係ではなく、宝剣にまつわる秘事・口伝が錯綜していたと想定する―七五～七六頁）。また、多数が被害を受けているとする点で類似するものに、B4『古今和歌集教長注』には、従者眷属や父や母も食われたとするものや、B9『古今著聞集頓阿序注』「我が子に限らず、もろ〳〵の人の子をなくし侍る也」、B8『三流抄』「是多クノ人ヲ取ル」、B12『毘沙門堂本古今集注』「此アタリノ小神人ナムドヲ取クラヒテ」、E6流布本『太平記』「毎夜人ヲ以テ食トシ候間、野人村老皆食尽」などがある。**○村南・村北に哭する声絶えず**　諸本同様。『新楽府』「新豊折臂翁」の「村南村北哭声哀」に拠った表現であろう。雲南遠征に多くの若者が駆り出されて亡くなり、嘆いているさま。〈延〉巻七―四〇オにも「村南村北ニ哭スル声悲シ」とあり、よく知られた句。その他の資料では、前項と同様、C5『神祇官』、C6『神道由来の事』、C7『神祇陰陽秘書抄』、D1～D5、E8に類句が見られる。**○素盞烏尊、之を哀れみて**　素戔嗚尊がこの地の人々の惨状を哀れんで、八岐大蛇退治を決意したとする。〈屋・中〉同様。〈延・長・盛・松・覚〉も「哀れむ」に類する表現はあるが、〈延・長・盛〉では奇稲田姫との結婚を条件に大蛇退治を引き受ける。この点は、記紀以来の基本的な形であり、奇稲田姫との結婚を抜きに、人々の惨状への哀れみから大蛇を退治したように読めるのは、他にD1『宝剣御事』があるものの、珍しい形といえよう。**○八つの船に酒を湛へ、大蛇に与へたまへり**　大蛇退治の策略として、八つの酒槽に酒をたたえて飲ませたとするのは諸本同様だが、そのことしか記さない点は、〈四〉独自。〈延・長・盛・松・南・屋・覚・中〉は、女性またはその人形を高い所に立たせ、酒槽に影を映すという策を記す。また、〈延・長・松・南・覚〉は、奇稲田姫を湯津妻櫛にとりなしたとも記す（また、〈延・長・盛〉はこの後、鬼または醜女に追われた人が妻櫛を投げて助かったとの説話をも記す。類似記事は、B2『奥義抄』・B6『袖中抄』B7

『和歌色葉』・B13『玉伝深秘巻』などにも見える）。但し、〈盛〉は湯津爪櫛の解釈が独自で、「小女湯津々々トハ祝浄詞也。女ヲ后ニ祝ヘバ也。浄櫛ヲ御髪ニサシ給。浄櫛トハ潔斎ノ義也」（6―二〇〇頁）とあるが、これはこの後の一字下げ注記記事と関わろう。「彼老公女ヲ尊ニ奉ル時、潔斎ノ義ニテ、浄櫛ヲサス。奉祝后湯津シケリ。湯ハ祝ノ義也。津ハ詞ノ助也」（6―二〇二頁）。そして、これらの所説は、『奥義抄』（他に、『袖中抄』『色葉和難集』『玉伝深秘巻』など）の所説をそのまま引用したものとされる（黒田彰②八五～八七頁）。酒槽に影を映す策について、〈延・松・覚〉では美女の人形を作って岡の上に立てたとし、〈南〉は「美女」を高い山に、〈屋〉は「良吉女」を選んで高い丘に立てたとする。〈長・盛〉は姫自身を大蛇のいた山の上に立たせたとするが、〈長〉では奇稲田姫を湯津妻櫛にとりなしたとしていることとの整合性に不審がある。また、〈中〉は、「いなだひめと申しんじよ」を「ゆかのうへ」に立たせたとする（下―二七〇頁）。〈中〉が突然「いなだひめ」を登場させる点の奇妙さは、前掲注解「簸河の源上に、大蛇の尾・頭共に八つ有りて…」参照。八つの酒槽に酒をたたえて飲ませたのは、記紀以来の基本的な形。姫や美女、またはその人形を立たせたとするのは、奇稲田姫を湯津妻櫛にとりなしたという、これも記紀以来の所伝の変形か。B類の歌学書は、「ゆつつまぐし」の注として本話を語っているものが多いが、B2『奥義抄』に「女をつまぐしにとりなすこともおぼつかなし」とあるように不審を呼ぶ記述なので、異伝を産む母胎となったことが想像される。『奥義抄』は〈盛〉に類似する潔斎説も挙げて諸説あるとしながらも、「くしにとりなして蛇に見せじとし給ひけるにや」を一応の答えとしており、それは、A5『信西日本紀鈔』七六項が「ソサノヲ尊、クシイナダ姫ヲ髪ニコメテ、ユツノツマグシニシテ、髪サシ給テケリ」とするのと同様、素盞烏尊が奇稲田姫を櫛に変えて自分の髪に挿したとするものだろう。それは『日本書紀』の解釈としてまっとうなものであろうが、伊藤正義①（四三～四四頁）や黒田彰①（八六～八八頁）などが指摘するように、これとは異なる解釈を記す書も少なくない。B9『頓阿序注』「かの姫にゆづのつまぐしをとりそへて、たぶさの中へさしおさめ、ひめの影を八そうの酒の中へうつして待給へば」の場合、

「ゆづのつまぐし」を具体的にどう用いたのかはわかりにくいが、その魔除けの力によって、現実の姫の姿は隠れ、姫の影が酒に映ったと読めようか。B10『為相註』「此いなだ姫を□りてひねりけんは、ゆつのつまぐしにひねりなして、髪もさしかくして」も類似するがわかりにくい。これに類似するものに、『剣巻』のうちD2屋代本「床ヲ高クカキテ、床ノ上ニ稲田姫ヲイト厳シフ出立セテ、髪ニ黄楊《ツゲ》ノ妻櫛ヲ指テ立テ」（D3〜D5も同様だが、D6百二十句本は「黄楊ノ妻櫛」にふれない）や、E6流布本『太平記』の、湯津妻櫛を八つ作って姫の髻に差し、酒槽の上に棚を作って姫を置いたとする所伝がある。E8『伊吹山酒典童子』も、稲田姫の髪に湯津爪櫛を挿して山に登らせ、酒船に影を映したとする。これらは、湯津妻櫛を姫の髪にさしたとするもの。D1『宝剣御事』の、八つの酒槽に酒を入れて飲まそうとしたが大蛇が飲まないので、稲田姫を「湯津ノ妻櫛取成、御髪ニ指挟、山ノ峯ニ立給ケレバ、稲田姫ノ影船ノ酒ノ底ニ移テ見」とする記事や、E5玄玖本『太平記』「湯津《ユヅ》爪《ツマ》櫛ヲ鬘《カツラ》ニ刺シ」、E7『三国伝記』「后ノ御装束ヲ荘リ、湯津爪櫛《ツマグシ》ト曰物ニ取成シ、御髪ニ指玉テ高丘ニ奉レ居《スヘ》」などは、「御髪」「鬘」が素戔烏尊の髪なのか奇稲田姫の髪なのかわかりにくく、いずれにしても文意が通じにくいが、おそらくは『剣巻』などに類似の所伝か。その他、A6『神代巻取意文』やC4『三種神祇幷神道秘密』は、棚の上に美女を八人据えて酒槽に姿を映したとする。C5『神祇官』は奇稲田姫を美しく着飾らせて峯に置き、姿を酒槽に映したとする（C6『神道由来の事』、C7『神祇陰陽秘書抄』もこれに近い）。D8『雲州樋河上天淵記』は、「艾偶女」（人形であろう）を作って山頂に置いたとする。その他、A6『神代巻取意文』やC4『三種神祇幷神道秘密』は、垣を八重にして稲田姫を隠したとし、「八雲立つ」歌をここで記す。

○大蛇飽くまで飲みて酔ひ伏したり　大蛇が八つの酒槽の酒を飲み干して酔いつぶれたとする点は諸本同様。但し、前項注解に見たように、〈延・長・盛・松・南・屋・覚・中〉は、酒の中に映った影を見て、女を飲むつもりで酒を飲んだとする。この点は、前項注解に見た、女の姿を映す策を記す諸書に共通。

○帯きたまへる戸束の剣を抜きて　「戸束の剣」は、いわゆる「十握剣」。表記の異同などについては、前掲注解「戸束の剣は、大和国布流の社に籠められたり」参照。大蛇を斬ったのが十握剣であったとする点は、〈延・長・盛・松・南・覚〉同。〈屋・中〉は、「佩給ヘル剣ヲ抜テ」（〈屋〉八〇九頁）とするのみで、剣の名を記さない。「十握剣」を八岐大蛇を斬った剣の名とすることは、記紀以来の一般的な説。大蛇を斬った剣とされるため、天蠅切（斫）剣と同一とされることもあるという点については、前掲注解「天蠅切の剣は尾張国熱田の宮に在す」参照。E2『秋津島物語』では、天蠅斫の剣で斬ったとする。但し、B4『教長注』は「クサナギノ剣」で大蛇を斬ったとし、A6『神代巻取意文』は「十束剣」と「草薙剣」を同一とする（前掲注解「草投の剣は内裏に留め、代々の帝の御守なり」参照）。　**〇大蛇を寸々に切りたまへば**　「寸々」、〈延・長・盛〉同。〈松〉「クダ〳〵」、〈南〉「散々」、〈屋〉「タン〳〵」、〈覚・中〉「つた〳〵」。A2『日本書紀』「寸斬二其蛇一」。『日本書紀私記』乙本に、「寸〈岐《ツ》陀《ダ》々々〉」（国史大系八二頁）とあり、「ツダツダ」が本来の訓であろう。〈四〉は本来の表記と訓を伝えているものと見られる。但し、『日本書紀私記』乙本の「岐陀々々」は「キダキダ」とも訓めるか。〈名義抄〉「寸　キダ〳〵　ツダ〳〵」（法下一一四三）。A4・B5・C1・D7「寸」、A7・C4・C5・C7・D1・D2・D5・D8・E5・E6・E7「寸　々」、A6・B8・B12・D3・D6「段々」、B2・B7・B9・B13・E2・E4・E8「つた〳〵」、C6「すん〳〵」。なお、A7『神代巻私見聞』は、「大蛇ヲ寸々ニ斬ト者、円教ノ四十二品、断無明ノ意也」とする。　**〇其の尾の中に一つの剣有り**　大蛇の尾の中から剣を取り出す点は、諸本共通。次々項に見るように天村雲剣。以下に見るように、これが宝剣として内裏に伝わり、さらに次節に見るように草薙剣となったと語られる。記紀以来の基本的な所伝である。　**〇尊之を取りて天照大神に奉りたまふ**　大蛇の尾から取り出した剣を天照大神に奉ったとする点は諸本同様。〈延〉は、天照大神が「此剣ハ我高天原ニ有シ時今ノ近江国伊吹山ノ上ニテ落タリシ剣也」（四八オ）と述べたとする。〈長・盛・松・南・覚・中〉も同様。但し、〈長・盛〉は、「高天原ニ有シ時」を、「我天岩戸にとぢこもりたりし時」（〈長〉5―一一三頁）とする。また、〈松・南・覚・中〉は、高天原で落としたとするのみで、「今ノ近江国伊吹山ノ上ニテ」を欠く。天照大神が落とした剣とする記述を欠くのは、〈四〉の他に〈屋〉。この剣を天照大神に奉ったとする点は記紀以来の所伝で諸書に見え、宝剣説話の根幹をなす。また、これを本来は天照大神が持っていた剣であったとする点は、A6、C4・C6、D1・D8、E3・E5・E6・E7に共通し、中世には多く語られた所伝といえよう。伊吹山に落としたとするのは、この後、日本武尊が伊吹山の神によって病となり、亡くなったとされる点に関わるか（なお、E8『伊吹山酒典童子』は八岐大蛇の本体は伊吹大明神だったとする）。また、『剣巻』のうちD2〜D5は、この天村雲剣を、天蠅切剣・鏡と共に天照大神に献上したとする。一方、B4『教長注』は大蛇を斬った「クサナギノ剣」と大蛇の尾から出た「ムラクモ」の剣を天照大神に献上したとする。これに対してB5『顕昭古今集注』は、「叢雲剣」は天照大神に献上した剣であるのに対して、「草薙剣」は熱田明神であるという点など、いくつもの疑問を提示している。**〇此の剣、大蛇の尾の中に在りける時、黒雲恒に其の上を覆へり。故に天村雲の剣と号す**　諸本同様。但し、「黒雲」を、〈松・覚〉は「村雲」、〈南〉は「五色ノ雲」とする。A2『日本書紀』は、この剣を「此所謂草薙剣也」とした後、割注で「一書云、本名天叢雲剣。蓋大蛇所居之上、常有㆓雲気㆒。故以名歟。至㆓日本武皇子㆒、改㆑名曰㆓草薙剣㆒」とする。大蛇が雲に覆われていた故の名とする点、A3『古語拾遺』、A4『先代旧事本紀』の他、A6、B2・B5・B7、C1・C5・C7、D2〜D5・D7、E1・E2・E4・E6・E8なども同様（但し「黒雲」は、B8『三流抄』やB9『頓阿序注』、B12『毘沙門堂本古今集注』、C4『三種神祇幷神道秘密』、C7『神祇陰陽秘書抄』の一説やD6百二十句本では「八色ノ雲」、C6『神道由来の事』、E4『三国伝記』では「紫雲」、B10『為相註』では「色〳〵の雲」、D8『雲州樋河上天淵記』では「八雲」）。もっとも、A1『古事記』は「草那芸之大刀」とするのみで、雲に覆われていたとは記さない。異伝もいくつかある。A7『神代巻私見聞』は、この雲によって「八雲立つ」の歌が詠まれたとする。D1『宝剣御事』は、斬り殺された大蛇がこの剣を惜しんで雲が立ったとする。**〇天孫天より降りたまひしに、天照大神、三種の神器を授けたまふ、其の一つなり**　天村雲剣を、天照大神が、天孫降臨に際して授けたとする点は諸本同様で、宝剣説話の基本的な骨格。但し、「三種の神器(神祇)の一つ」であったとする表現は、〈盛・屋・中〉同様。〈延・松・覚〉は「此剣ヲ御鏡ニ副テ献リ給ケリ」(〈延〉四八ウ)などとする。〈長〉は、その両方に該当する文あり。〈南〉「天孫ヲ下シ奉リ給シ時、三種ノ神祇《器》譲リ給シ時、此剣ヲ御鏡ニ副テ奉リ給ケリ」(八九〇頁)も、両方を取り込んでいる。『日本書紀』は、神代下・第九段本文ではこのことを記さないが、その段の第一の一書で、「故天照大神、乃賜二天津彦彦火瓊瓊杵尊、八坂瓊曲玉及八咫鏡・草薙剣、三種宝物一」(旧大系一四七頁)とし、また、第二の一書では、「宝鏡」(一五二頁)を授けたとする。『古事記』上巻や『先代旧事本紀』巻三は、『日本書紀』の第一の一書と同様に玉・剣・鏡を授けたとするが、『古事記』には「三種宝物」の語は見えない。一方、A3『古語拾遺』は、「即以二八咫鏡及薙《マヽ》草剣二種神宝一、授二賜皇孫一、永為二天璽一」と、剣・鏡の「二種神宝」を授けたとする。その他、D1『宝剣御事』やD7『平家物語補闕剣巻』も、天孫降臨に際して、鏡と剣を授けたとする。津田左右吉は、「神宝の起源の話に於いては、初は鏡のみが語られ、次に鏡剣二種の物語が現はれた」(五二七頁)と推定、「三種」とするのは「最後に世に現はれたもの」(五二九頁)と見る。また、「三種」という認識が成立してからも、直ちに「三種の神器」の語が定着したわけではなく、たとえば『玉葉』では「三神」「三ヶ宝物」「三種宝物」の語が用いられていて、『平家物語』の成立した時代には、「三種神器」は「用語としてはまだ未熟」(鶴巻由美五一頁)であったとされる。そうした想定に基づくならば、〈延・松・覚〉や〈長〉、またD1・D7などが、ここではより古い形の伝承を反映している可能性もあろうか。また、内田康②(二一二～二一三頁)は、順徳院が、『禁秘抄』上では、神代伝来の「三剣のその一」が内裏にある宝剣であるとする一方、『八雲御抄』巻三では、「三のたから」の一つである「草なぎの剣」が「今熱田の宮に在り」とするところに注目、壇浦での宝剣水没以降、「三種宝物」としての「草薙剣」と、「神代伝来の剣」としての「宝剣」という観念を結びつけることが困難になっていたとする。なお、前掲のA類では、A6『神代巻取意文』に「三ノ御宝」、E類では、E2『秋津島物語』に「三種のくにのたから」「三のたから」など、

E3『元亨釈書』に「三神器」の語が見られ、E4『神皇正統記』、E5・6『太平記』、E7『三国伝記』に「三種神器」の語が見られる。

○而るを崇神天王の御時、神威に恐れたまひて、内殿に息むべからずとて、更に剣を造り

剣を新たに造ったことは、〈延・長・盛・松・南・覚・中〉あり、〈屋〉なし。〈延・長・南〉では、「第十代帝崇神天皇ノ御宇六年神剣ノ霊威ニ怖テ、天照大神、豊鋤《スキ》入姫命ニ授奉テ、大和国笠縫村磯城《シキト》ヒボロキニ遷奉リ給タリシカドモ、猶霊威ニ怖給テ、天照大神返シ副奉給。彼御時石凝《イシコリ》姫ト天目《アメ》一《ヒトツ、》筒ノ二神ノ苗裔ニテ、剣ヲ鋳替テ御守トシ給」（〈延〉四九オ）のように、天照大神を笠縫の地に遷した際、剣をそれに添えて遷したため、新たに剣を造って内裏の守りとしたと、詳しく記述する。〈松・覚〉は、やや簡略だがこれに近い。〈盛〉は、「崇神天皇御宇、恐㆓神威㆒御座、同殿不㆑輙トテ、更ニ剣ヲ改鏡ヲ鋳移シ、古ヲバ太神宮ニ奉㆓返送㆒、新鏡・新剣ヲ御守トス」（6―二〇四頁）と、天照大神の遷座には触れないが、剣を模造したことは同様。なお、〈盛〉は、この後の一字下げ記事の中で、「疑崇神天皇御宇、恐㆓霊威㆒新鏡新剣ヲ移シテ、本ヲバ大神宮ニ被㆑送トイヘリ。然者壇浦ノ海ニ入ハ新剣ナルベシ」（6―二一五頁）とし、壇浦に沈んだのはこの時模造された新剣であったとする（山本岳史は、新剣が沈み本剣は現存すると明記するのは、『平家物語』諸本では〈盛〉だけであると指摘する。一二九～一三〇頁）。〈中〉「第十代の御門、しゆじん天皇の御時、れいいにをそれまいらせ給て、さらにつるぎをつくりあらため給て、かのつるぎをば、伊勢太神宮へ返し入まいらせさせ給けり」（下―二七一頁）。一方、〈屋〉では、「第十代ノ御門崇神天皇之御時、神威ニ恐レテ此剣ヲ伊勢大神宮へ奉㆑返給ケリ」（八一〇頁）とするが、剣を模造したことを記さない。〈盛・屋・中〉の場合、剣を模造したか否かにかかわらず、もとの剣を伊勢大神宮に「返」したという表現が見られるが、これ以前に剣が伊勢にあったという記述はなく、不審。〈屋〉は剣の模造を記さない点で、諸本の中で孤立しているともいえるが、伊勢への「返送」を記す点では〈盛・中〉との共通性を有するともいえようか。また、〈延・長・盛・松・南・覚〉は、「霊威本ノ剣ニ相劣ラズ。今ノ宝剣即是也」（〈延〉四九オ。傍線部は〈延〉のみ）のように、新剣（模造剣）がもとの剣と同様の霊異を持っていたと記す（この点は〈四・中〉なし）。『日本書紀』によれば、天照大神・倭大国魂の二神はもともと天皇と同殿に祀っていたが、崇神天皇六年、百姓の流離や反乱によってそれをやめ、天照大神は豊鍬入姫命につけて倭笠縫邑（位置未詳）に遷した。その後、垂仁天皇二十五年三月、天照大神を倭姫命につけて伊勢国に遷し祀らせた。但し、それに伴って宝剣も遷したことは、『日本書紀』には見えない。剣の模造は、『古語拾遺』に、崇神天皇の代に神威を恐れて同殿をやめ、「令㆔斎部氏率㆓石凝姥神裔・天目一箇神裔二氏㆒、更鋳㆑鏡、造㆑剣、以為㆓護御璽㆒」（新撰日本古典文庫・二〇〇頁）と見えるのが、現存文献では最古。但し、『古語拾遺』では、その後、垂仁朝に天照大神を伊勢に遷したことを記すが、〈延・長・南〉や〈松・覚〉では、その点を記していないため、剣が伊勢に置かれたことがわかりにくくなっている。その他の資料では、D類・E類に類似記事あり。D1『宝剣御事』は、崇神天皇六年に剣・鏡を笠縫邑に遷し、「石凝姥姫両神ノ苗裔」が「蠅斫剣」の姿を写して作り、「宝剣」と号したとする。D7『平家物語補闕剣巻』は、崇神天皇六年九月に剣・鏡を笠縫邑に遷し、その後、伊勢に遷したが、「天目一箇命ノ裔」によって「天叢雲剣ヲ像シ造シメ」たとする（次項注解参照）。D2（一〇二六頁）〜D5『剣巻』やD8『雲州樋河上天淵記』も、剣の模造及び本来の剣を伊勢へ「返」したことを簡略に記す。但し、D6百二十句本は、剣を伊勢神宮へ遷したとして、剣の模造には触れない。この点は〈屋〉と同様であり、剣はその後も一本しかないことになる。E3『元亨釈書』は、崇神朝に剣の霊異を恐れて、新剣を作って内裏に留め、本来の剣は伊勢に遷したとする。E4『神皇正統記』は、崇神天皇六年に、石凝姥神の末裔に鏡を、天目一箇神の末裔に剣を造らせて笠縫で崇めたとする（七二〜七三頁）。E5玄玖本『太平記』は、崇神朝に石凝姥神と天目一箇神の末裔に鏡・剣を造らせて帝の護りとし、垂仁朝には伊勢大神宮に参らせたとする（三九頁）。E6流布本『太平記』は、崇神朝に剣を伊勢大神宮に奉ったとのみ記し、模造は記さない。E7『三国伝記』は、崇神朝に霊異に恐れて鏡・剣を模造して内裏に安置し、本来のものは「天照大神へ奉㆑渡」とする。その他、この剣の模造（改鋳）説が、神道書の『倭姫世記』『伊勢二所皇太神御鎮座伝記』や『旧事本紀玄義』『瑚璉集』などに継承されてゆくことについては、内田康③（九二～九三頁）や多田圭子（一三九頁）などの指摘がある。『神皇正統記』後鳥羽院条が、「〈神鏡は火事に遭ったが正体は無事であるように〉宝剣モ正体ハ天ノ藂雲ノ剣〈後ニハ草薙ト云〉ト申ハ、熱田ノ神宮ニイワヒ奉ル。西海ニシヅミシハ崇神ノ御代ニオナジクツクリカヘラレシ剣也」（旧大系一五三頁）と記すように、この説が中世にしばしば説かれた背景には、安徳天皇と共に海に沈んだ宝剣は模造されたものであり、本来の剣は沈んでいないという主張があるだろう。だが、内田康③（九三～九六頁）は、そうした主張は伊勢神道家の間で作られたもので、『平家物語』の場合には、宝剣の模造は必ずしも王権の「王権の厳存」の主張に結びつけられていないとし、また、剣の模造が語られるその他のテキストにも、熱田における宝剣の現存の主張、あるいはそれによる王権の安泰など、いくつかの異なる主張が見られるとする。なお、剣の模造を記さない〈屋〉の場合、壇浦に沈んだ剣は本来の宝剣だったことになるが、剣の模造を記す〈四・延・長・盛・松・南・覚・中〉の場合、壇浦に沈んだ剣が本来の宝剣か、それとも崇神朝に模造された剣だったかという問題は、次節「剣巻②日本武尊・道行」」の道行（〈四〉道鏡）譚の記述などによって左右されることとなる。次節注解参照。　**〇鏡も鋳して御守と為て**　剣と共に鏡も新しく造られたとする点、〈延・長・盛・南〉同様。〈松・屋・覚・中〉なし。剣の模造と共に『古語拾遺』以下の諸書に見えることは、前項注解参照。D7・E4・E5・E7は鏡・剣の模造を共に記すが、D2～D5、D8、E3は鏡に触れない。D1『宝剣御事』の場合、剣・鏡を笠縫邑に遷し、「石凝姥姫両神ノ苗裔」が剣を造ったとするが（一〇五頁）、鏡の制作には触れない。本来、石凝姥神・天目一箇神の「両神ノ苗裔」が、鏡・剣を造ったとあるべき記事を誤ったか。　**〇其の古きをば伊勢大神宮へ遷し奉りたまふ**　「古き」は、本来の宝剣（天村雲剣＝草薙剣）を指す。〈盛・屋・中〉に類似文があるが、いずれも伊勢に「返す」という表現が不審であること、〈屋〉は剣の模造を記さないことについては、前々項注解参照。一方、〈延・長・南〉や〈松・覚〉では、本来の剣を天照大神と共に笠縫に移したとは記すが、垂仁朝に天照大神を伊勢に遷したことを記していないため、剣が伊勢に置かれたことがわかりにくいことも、前々項注解に見たとおり。但し、〈延・長・南〉には「草薙剣ハ、崇《ソウ》神天皇ヨリ景行天皇ニ至給マデ三代ハ、天照大神ノ社檀ニ崇置レタリケルヲ」（〈延〉四九オ）といった一文があり、この「天照大神ノ社檀」は伊勢をいう。伊勢に遷された宝剣は、次節で倭姫（日本姫）から日本武尊に渡され、草薙の逸話へと展開することになる。

【引用研究文献】

＊阿部泰郎①「熱田宮の縁起―『とはずがたり』の縁起語りから―」（国文学解釈と鑑賞一九九八・12）
＊阿部泰郎②「中世王権と中世日本紀―即位法と三種神器説をめぐりて―」（日本文学一九八五・5）
＊阿部泰郎③「日本紀と説話」（『説話の講座3　説話の場―唱導・注釈』勉誠社一九九三・2）
＊阿部泰郎・佐伯真一「神代巻私見聞（高野山持明院蔵）」（伊藤正義監修『磯馴帖　村雨篇』和泉書院二〇〇二・7）
＊新井栄蔵「影印　陽明文庫蔵古今和歌集序注解説」（『和歌文学の世界・七　論集古今和歌集』笠間書院九八一・6）
＊石井由紀夫「太平記「従伊勢国進宝剣事」をめぐって」（伝承文学研究一九号、一九七六・6。『軍記物語　戦人と環境―修羅の群像―』三弥井書店二〇一四・9再録。引用は後者による）
＊伊藤正義①「中世日本紀の輪郭―太平記における卜部兼員説をめぐって―」（文学一九七二・10）
＊伊藤正義②「日本記一　神代巻取意文」（人文研究二七巻第九分冊、一九七五・12）
＊伊藤正義③「続・熱田の深秘―資料『神祇官』―」（人文研究三四巻第四分冊、一九八二・11）
＊伊藤正義④「熱田の深秘―中世日本紀私注―」（人文研究三一巻第九分冊、一九八〇・3）
＊内田康①「「剣巻」をめぐって―」（軍記と語り物三五号、一九九九・3）
＊内田康②「日本の古代・中世における〈宝剣説話〉の流通について―〈「宝剣」＝「草薙剣」〉という物語の始発をめぐって―」（台湾日本語文学報一七号、二〇〇二・12）
＊内田康③「『平家物語』〈宝剣説話〉考―崇神朝改鋳記事の意味づけをめぐって―」（説話文学研究三〇号、一九九五・6）

＊岡田精司「草薙剣の伝承をめぐって」（櫻井徳太郎編『日本社会の変革と再生』弘文堂一九八八・12。『古代祭祀の史的研究』塙書房一九九二・10再録。引用は後者による）
＊小川豊生「院政期の本説と日本紀」（仏教文学一六号、一九九二・3）
＊黒田彰①「内閣文庫蔵　平家物語補闕鏡巻、剣巻（影印、翻刻）」（説林〔愛知県立大学〕四七号、一九九九・3）
＊黒田彰②「源平盛衰記と中世日本紀―三種宝剣をめぐって―」（国語と国文学一九九四・11）
＊黒田彰③「平家物語補闕鏡巻、剣巻をめぐって―軍記物語と日本紀―」（国文学解釈と鑑賞一九九九・3）
＊黒田彰・角田美穂「校訂剣巻」（伊藤正義監修『磯馴帖　村雨篇』和泉書院二〇〇二・7）
＊小秋元段「『壒嚢抄』の中の『太平記』（上）」（江戸川女子短期大学紀要一一号、一九九六・3）
＊小林健二「大方家所蔵文献資料調査覚書（一）―『和州布留大明神御縁記』『大念仏寺旧記』―」（大谷女子大国文一八号、一九八八・3。『中世劇文学の研究―能と幸若舞曲―』三弥井書店二〇〇一・2再録。引用は後者による）
＊近藤喜博「軍記物語と地方文芸―東国の語り物のために―」（国文学解釈と鑑賞一九六三・3）
＊佐竹昭広『古語雑談』（岩波書店一九八六・9）
＊高橋貞一①「田中本平家剣巻解説」（国語国文三六巻七号、一九六七・7）
＊高橋貞一②「壒嚢抄と太平記」（国語と国文学一九五九・8。『太平記諸本の研究』思文閣一九八〇・4再録。引用は後者による）
＊高橋貞一③『平家物語諸本の研究』（冨山房一九四三・8）
＊多田圭子「中世軍記物語における刀剣説話について」（国文目白二八号、一九八八・11）
＊津田左右吉『日本古典の研究・上』（岩波書店一九四八・8。『津田左右吉著作集・一』再録。引用は後者による）
＊鶴巻由美「「三種の神器」の創定と『平家物語』」（軍記と語り物三〇号、一九九四・3）
＊西脇哲夫「八岐大蛇神話の変容と中世芸能―多武峯延年風流と能「大蛇」―」（國學院雑誌一九八四・11）

＊沼沢龍雄「桂宮本「秋津島物語」―解説と本文―」（『松井博士古稀記念論文集』目黒書店一九三二・2。『日本文学研究資料叢書　歴史物語Ⅱ』有精堂一九七三・7再録。頁数は後者による）
＊松尾葦江「『剣巻』の意味するもの」（日本古典文学会々報一一二号、一九八七・7）
＊牧野和夫「〈書評・紹介〉武久堅著『平家物語成立過程考』」（國學院雑誌一九八七・10）
＊馬目泰宏「「平家剣巻考」序論」（茨城キリスト教学園中学校高等学校紀要「新泉」一六号、一九九二・7）
＊山本岳史「『源平盛衰記』宝剣説話考―龍神の登場場面を中心に―」（伝承文学研究六〇号、二〇一一・8）

剣巻（②日本武尊・道行）

【原文】

景行天王御宇四十年夏六月東夷多ク背ヒ自レ関東[1]依レ不レ鎮ラ同キ天王皇子大和[2]〔日本〕武《タケキ》尊《ミコトシ》為大将軍相[3]ニ具シ軍
▽一九〇左兵責下リ下同年冬十月出レ下フ京ッ先ニ下参伊勢大神宮斎[5]《イ下ヘリツ、》　院宮日本[6]《ヤマト》〔目〕姫命ニ随天王命趣ク東征《イ》之由被ケレ申慎《ツ、》勿レ怠事
崇神天王御時自内裏奉遷奉天村雲剣日本武尊賜之趣下東国ヘ駿河国彼国凶徒等誑《スカシ》　尊此野鹿多シ狩リシテ遊ハセ御在セ
勧メ申時出野遊下凶徒等▽一九一右合心野放火欲シ奉焼殺王子之時日本武尊見之帯《ハキ》下[7]〔抜〕[8]天村雲剣一投レキ下ケレ草火留又自此剣火
出タリケレハ風忽吹負ヒ夷《イ》賊《ソク》方ヘ凶徒等悉ク焼死其後此所云焼賊[9]《カキヲルト》　天村雲剣名草投剣日本武尊自此入奥州平ラケ国々凶

徒鎮メ所々悪神同四十三年〈癸丑〉[10]帰下ヌ尾張国▽一九一左ヘ則遷リ下伊勢国ヘ生執ノ夷共進二セ下大社ヘ日本武尊終失下草投剣在リシ尾張国熱田社天武天王御宇七年沙門道鏡ヲ[11]〔境〕盗執之趣キシ新羅国ヘ之道波風荒レ迷ヒ帰リ天武天王御宇朱鳥元年被奉返尾張国熱田社ヘ世有レリシ代ニテ程是クコソ有ケレ平氏取之出都外二位殿差シ▽一九二右腰入玉トモ海ヘ上古カラマシ何可キ失末代コソ悲ケレ[12]波盆《カツキスル》 仰セ海人求サセ下之召下長二水練之者上被レケレ入不見ヘ天神地祇捧ケ奉[13]幣祈リ在[14]シ被[15]レケレ行大法秘[16]モ法無シ験モ龍神取之深ク納ケレ龍宮終不リ出来

【釈文】

景行天王の御宇四十年夏六月に、東夷多く背い（ひ）て、[1]関《せき》より東鎮まらざるに依りて、同じき天王の皇子、[2]大和〔日本〕武尊《タケキミコト》を大将軍と為《シ》て、▽一九〇左[3]軍兵を相ひ具して責め下りたまふに、同じき年の冬十月に[4]京を出でたまふ。先づ伊勢大神宮へ参りたまひて、[5]斎院宮[6]日本《ヤマト》姫命をして、「天王の命に随ひて、東征《せい》に趣く」由申されければ、「慎《ツヽし》みて怠る事勿《なか》れ」とて、崇神天王の御時、内裏より遷し奉りける天村雲の剣を奉りたまふ。日本武尊之を賜りて東国へ趣きたまふ。駿河国にて、彼の国の凶徒等、尊を誑《スカ》して、「此の野には鹿多し。狩《かり》して遊ばせ御在せ」と勧め申しける時に、野に出でて遊ばせたまふ。凶徒等▽一九一右心を合はせて、野に火を放ち、王子を焼き殺し奉らんと欲《シ》ける時に、日本武尊之《これ》を見て、帯《ハ》きたまへる[8]天村雲の剣を[7]抜きて、草を投《な》ぎたまひければ、火留まりにけり。又、此の剣より火出でたりければ、風忽ちに夷賊《イソク》の方へ吹き負《おほ》ひて、凶徒等悉く焼け死にけり。其の後、此の所を[9]焼賊《やキヲル》と云ふ。天村雲の剣は草投の剣と名づく。日本武尊、此より奥州へ入り、国々の凶徒を平らげ、所々の悪神を鎮め、同じき四十三年〈癸丑〉[10]尾張国▽一九一左へ帰りたまひぬ。則て伊勢国へ遷りたまひて、生執の夷共を大社へ進らせたまひて、日本武尊終に失せたまひぬ。

草投《くさなぎ》の剣は尾張国熱田の社に在りしを、天武天王の御宇七年、沙門[11]道鏡之《これ》を盗み執りて、新羅国へ趣きし道にて、波風荒れて迷ひ帰り、天武天王の御宇朱鳥元年に、尾張国熱田の社へ返し奉る。世の代にて有りし程は、是《か》くこそ有りけれ。

「平氏之《これ》を取りて都の外へ出でて、二位殿腰に▽一九二右差して海へ入らせたまへども、上古ならましかば何《な》じかは失すべき。末代こそ悲しけれ」とて、[12]波盆《カツキ》する海人に仰せて之を求めさせたまふに、水練に長ぜる者を召して入れられけれども、見え（へ）ず。天神地祇に[13]奉幣を捧げて祈り[14]在して、大法[16]秘法も行は[15]れけれども験《しるし》も無し。龍神之を取りて深く龍宮に納めければ、終《つひ》に出で来たらざりけり。

【校異・訓読】 1〈昭〉「関《キ》」。2〈底・昭〉「大和」の右に「日本」と傍書。〈書〉傍書なし。3〈昭〉「相具」。4〈昭〉「京先ッ参下」。底本の訓点「ッ」「下」は、誤って一字分ずつ上にずれたものか。5〈昭〉「斎《イ下ヘリツキ》院宮」。〈底・昭〉は、「斎院宮」の振仮名「イツキノミヤ」を誤ったか、あるいは「斎院宮」を名詞と認識せず、「斎」を動詞「いつく」「いはふ」などと訓んで混乱したものか。6〈底〉「日本《ヤマト》」の右に「目」と傍書。〈昭〉も同様だが、傍書は「日」ないし「曰」に見える。〈書〉「日本」、傍書なし。7〈底・昭〉「帯《ハキ》下」と「天」の間に「抜」を傍書補入。〈書〉通常表記。8〈昭〉「天村雲剣」。9〈昭〉「焼賊《ヤキクルト》」。10「癸丑」を、〈高山釈文〉は「癸巳」と読む。しかし、〈底・昭・書〉とも字体は「癸丑」であろう。参考として、上―二二九左3「辛丑」（巻六巻頭）、下―一四六左3「乙巳」（巻十一巻頭）が挙げられる。11〈底〉「道鏡ヲ」（「ヲ」は「ラ」のようにも見える）の左下に「境」と傍書。〈昭〉「道鏡ラ」の左下に「境」と傍書。〈書〉「道鏡」、傍書なし。12〈昭〉「波盆《カツテスル》」。13〈昭・書〉「奉弊」。14〈昭〉「在」。15〈昭〉「被ケレ」。16〈底・昭〉「秘モ法」。「モ」は位置がずれたか。

【注解】 **〇景行天王の御宇四十年夏六月に、東夷多く背い（ひ）て、関より東鎮まらざるに依りて…** 以下、本節前半は、日本武尊の東征による、草薙剣の説話を記す。前節冒頭注解の〔八岐大蛇退治説話関連資料一覧〕と同様、日本武尊東征関係記事の所在を記しておく。前節の記号との混同を避けて、（a）（b）（c）…を用いる。各資料の性格などについて、前節の〔関連資料一覧〕で紹介したものは、本節では省略した。道行説話を含むものについては、頁数に道行説話記載頁を含めている（『日本書紀』を除く）。

〔関連資料一覧〕

（a）記紀及び神代史、『日本書紀』注釈書とその派生書

a1『古事記』中巻…岩波旧大系―二一〇～二二四頁
a2『日本書紀』景行天皇四十年条…岩波旧大系・上―三〇一～三一三頁
a3『古語拾遺』…『新撰日本古典文庫・四　古語拾遺・高橋氏文』二〇一頁
a4『神代巻取意文』…伊藤正義①「日本記一　神代巻取意文」一〇二～一〇三頁
a5『神代巻私見聞』…阿部泰郎・佐伯真一「神代巻私見聞（高野山持明院蔵）」四一八～四一九頁
a6『日本書紀聞書』天理本…『神道大系・古典註釈編四・日本書紀註釈（下）』三八五～三八六頁（吉田兼右講義聞書、永禄十年〈一五六七〉）

（b）歌学書・古今集注釈

b1『奥義抄』第一八項…『歌学大系・一』三六四頁
b2『顕昭古今集注』…『歌学大系・別巻四』一三二頁
b3『和歌色葉』中巻第八六項…『歌学大系・三』二〇八頁
b4『古今和歌集頓阿序注』…『中世古今集注釈書解題・二』三一〇頁

b5 『古今集・為相註』（大江広貞注）…『古今集註　京都大学蔵』四〇～四一頁（京都大学国語国文資料叢書四八、臨川書店一九八四・11）

b6 『玉伝深秘』（玉伝深秘巻）…『中世古今集注釈書解題・五』五七八頁

(c)熱田及び伊勢関係

c1 『尾張国熱田太神宮縁起』…『神道大系・神社編一九・熱田』四～一三頁

c2 『伊勢二所太神宮神名秘書』斎宮条…『神道大系・論説編五・伊勢神道(上)』二三四～二三五頁（度会行忠。弘安八年〈一二八五〉）

c3 『熱田太神宮秘密百録』…『神道大系・神社編一九・熱田』三九頁、五四～五五頁

c4 『三種神祇幷神道秘密』…『真福寺善本叢刊・第一期・七　中世日本紀集』四四九～四五〇頁

c5 『神祇官』…伊藤正義②「続・熱田の深秘―資料・『神祇官』―」一四～一六頁

c6 『熱田の神秘』…『室町時代物語大成・一』五二八～五三三頁

c7 『神祇陰陽秘書抄』別伝…伊藤正義②「続・熱田の深秘―資料・『神祇官』―」二一～二四頁

c8 『神道大事聞書』…黒田彰①「源平盛衰記と中世日本紀―熱田の深秘続貂―」一七六～一七七頁

(d)宝剣説話の独立作品

d1 『宝剣御事』…『神道大系・神社編一九・熱田』一〇五～一〇八頁

d2 屋代本別冊「平家剣巻」下…影印版～一〇二六～一〇四〇頁

d3 田中本『剣巻』…高橋貞一「田中本平家剣巻解説」五一～五四頁

d4 長禄本『剣巻』…市古貞次『完訳日本の古典　平家物語・四』四四〇～四四六頁（小学館一九八七・3）

d5 『太平記』（慶長十五年古活字本）付冊『剣巻』…黒田彰・角田美穂「校訂剣巻」三二八～三三一頁

d6　百二十句本巻十一（第百七句）…斯道文庫片仮名本影印版—六八二～六八四頁（『百二十句本平家物語』汲古書院一九七〇・1）
d7　『平家物語補闕剣巻』…黒田彰②「内閣文庫蔵　平家物語補闕鏡巻、剣巻（影印、翻刻）」九八～九九頁
d8　『雲州樋河上天淵記』…『群書類従・二』四五三頁

（e）その他

e1　『元亨釈書』巻二一・資治表二・天智天皇七年条…『新訂増補国史大系・三一』三〇九頁
e2　『神皇正統記』景行天皇条…岩波旧大系—七四～七六頁
e3　玄玖本『太平記』巻二十六「自二伊勢一進二宝剣一之事」…勉誠社影印版・四—三九～四〇頁
e4　流布本『太平記』巻二十五「自二伊勢一進二宝剣一事」…岩波旧大系・二—四五九頁
e5　『三国伝記』巻一—六…『三弥井中世の文学・三国伝記』上—五八～六〇頁
e6　『兼邦百首歌抄』…『続群書類従・三下』六七四頁（文明十八年〔一四八六〕成立—『和歌大辞典』）
e7　『武家繁昌』…『室町時代物語大成・一一』三九八～三九九頁
e8　『塵荊鈔』…古典文庫下—四八～五〇頁

※他に、ごく短い記事だが、『八雲御抄』巻三・雑物部に、「三のたから」の一つとして「草薙剣」に触れ、「日本武尊、東国会二野火一、草をなぎたる也。今在二熱田宮一。本名天村雲剣云々」（歌学大系別巻三—三四五～三四六頁）と注する。

※その他、卜部兼倶『倭国軍記』があるが（佐伯真一）、『日本書紀』と全く同文なので比較対象とはしない。

まず、景行天皇の代に東夷が背いたとする点は、基本的に諸本同様だが、「景行天王（皇）」の表記は、〈盛・松・屋・

覚・中〉同様、〈延・長・南〉「巻向《マキムク》日代ノ朝《ミカト》」（〈延〉四九オ）。また、〈中〉は「四十年六月」を欠き、〈延・長〉は「六月」なし、〈松〉「四十二年」。『日本書紀』景行天皇四十年条では、六月に「蝦夷」が叛いたとする。**○同じき天王の皇子、大和〔日本〕武尊を大将軍と為て、軍兵を相ひ具して責め下りたまふに**　「大和〔日本〕武尊」の表記は、〈延・長・松・南・屋・覚〉「日本武尊」、〈盛〉「倭武尊」、〈中〉「やまとたけの御こと」。『日本書紀』「日本武尊」、『古事記』「倭建命」、『古語拾遺』「日本武命」。その他、b1『奥義抄』・b2『顕昭注』・b3『和歌色葉』・b6『玉伝深秘』などに「倭武尊」、c4『三種神祇幷神道秘密』・c7『神祇陰陽秘書抄』・c8『神道大事聞書』に「大和武尊」、c6『熱田の神秘』に「やまとたけの御こと」の表記も見られる。なお、〈盛・南・屋〉は数万の軍兵を率いて下ったとするが、『日本書紀』などは軍兵の数を記さない。d1『宝剣御事』は「十□〔万カ〕余騎」とする。**○同じき年の冬十月に京を出でたまふ**　「十月」を記す点、〈延・盛・屋〉同様。〈長・松・南・覚・中〉不記。『日本書紀』景行天皇四十年条・c1『尾張国熱田太神宮縁起』、d1『宝剣御事』・d2『平家剣巻』・d3田中本『剣巻』・d4長禄本『剣巻』・d6『百二十句本』、e2『神皇正統記』では、十月出発とする。**○先づ伊勢大神宮へ参りたまひて**　日本武尊が「伊勢大神宮」に立ち寄ったとする点、〈延・長・盛・中〉同。〈松・覚〉「天照大神」、〈南〉「大神宮」、〈屋〉「伊勢」も、伊勢神宮を指す点は同様。『日本書紀』「伊勢神宮」。伊勢に立ち寄り、倭姫から天村雲剣を受け取って東征したとするのが以下の話の前提であり、多くの書が伊勢に立ち寄り、あるいは倭姫から剣を受け取ったと記す。但し、a4『神代巻取意文』「御妹ノ斉宮日本姫宮ヲモツテ、帝ノ御命ニ随テ東夷平ゲニ罷リ向ウ由、申給ヘバ、左大臣ヲ召テ、三ノ剣ト火打袋トヲ給リ、東国ヘト下向シ給」（一〇二頁）は、伊勢に立ち寄ったか否かが不分明。それに似るが、より簡略なのが、c4『三種神祇幷神道秘密』「大和《ヤマ》武尊《トタケ》、左右ノ大臣ヲ召テ、三ノ剣ト火打袋ヲ下シ給フ」（四四九頁）。c5『神祇官』やc6『熱田の神秘』は、伊勢大神宮で「昔ヨリ大裏ニ納メ玉フ宝剣」（c5）を賜ったとする。c7『神祇陰陽秘書抄』は同様に、「昔内裡ヨリ納〔ママ〕玉ヘ十握剣」を賜ったとする。b4『頓阿序注』は、伊勢や倭姫にふれず、単に「此村雲剣をさづけ給ふ」とある。　**○斎院宮日本姫命**　〈延〉「イツキノ宮大和姫命」（巻十一―四九ウ）、〈盛〉「厳宮倭姫命」も同様。〈長〉「和姫命」。〈南〉「御イモフト大和姫ノ尊」（下―八九一頁）、〈松・覚〉「御いもうといつきの尊」（〈覚〉下―三〇六頁）、〈屋〉「御妹ノ斎ノ宮、日本姫宮」（八一〇頁）、〈中〉「御いもうと、いつきの宮」（下―二七一頁）。『日本書紀』「倭姫命」（倭姫命は、垂仁紀十五年八月条に、垂仁天皇と皇后日葉酢媛命の第四子、即ち景行天皇の妹とする。また、同二十五年三月条に、伊勢に斎宮を建て、天照大神を祀ったとする）。『古事記』は「伊勢大御神宮」に参り、「其姨倭比売命」と語り合ったとする（倭比売は倭建命の叔母にあたる）。a4『神代巻取意文』「御妹ノ斉宮日本姫ノ宮」（前項注解参照）。a5『神代巻私見聞』「日本姫ノ皇女ハ、伯母ニテ御座ス」。a6『日本書紀聞書』「日本武《ヤマトタケ》ニハ伯母《ヲバ》也」。c1『熱田縁起』「斎王倭姫命〈斎王者、倭武尊之姑也〉」。c2「倭姫命」。『剣巻』は、d2屋代本「イツキノ宮ウク姫《ヤウライ》」、d3田中本「斎宮大和姫」、d4長禄本「タケヒコノ尊」、d5『太平記』「ヤウラ姫ノ尊」、d6百二十句本「御妹ノ斎《イツキノ》宮日本姫ノ宮」と、表記が分かれる。b1〜b6、c3〜c7、d8、e1・e3・e4は、その名を記さない。なお、c5『神祇官』は、この位置で、日本武尊が「尾張ノ国マツコノ島、源大夫師介」の娘「ミヤズ姫」に心を移したと記し、c6・c7もそれに近い。「ミヤズ姫」は、『日本書紀』では日本武尊が東征の帰途に娶ったとする「尾張氏之女宮簀媛」（三〇九頁）によるものであろう。d2〜d6『剣巻』では、前記の伊勢斎宮とは別に、「源大夫」の娘「岩戸姫」として語られる。いわゆる「熱田源大夫」説話であり、原克昭①は、『神道集』などを含めて関連記事を精査し、「在地の縁起伝承から宝剱ゆかりの言説として滲透していく過程で、それがふたたび神代紀の文脈で捉え返されていく」（二七三頁）と見る。　**○「天王の命に随ひて、東征に趣く」由申されければ**　日本武尊の言葉。〈延・盛〉同様。〈南・屋・中〉も「御門ノ御命ニ随テ東夷ニ向フ由申サセ給ヘバ」（〈南〉八九一頁）のように、同内容。〈長・松・覚〉なし。『日本書紀』「今被㆓天皇之命㆒、而東征将㆑誅㆓諸叛者㆒」。a4『神代巻取意文』・c1『熱田縁起』やc2『神名秘書』、d2〜d6『剣巻』にも類似文がある。だが、『古事記』では倭建命が「天皇既所㆔以思㆓吾死㆒乎」（二一二頁）と、不満を訴えるところであり、a3・a5・a6、b1〜6、c3〜7、d1・d8、e1〜e8には該当記事なし（c5〜c7は、直前の記事を受けて「此由申セバ」（c5）とし、c8「我㆑今度逆徒ヲ治ントス」、e4「事ノ由ヲ奏シ給ヒケルニ」・e5「御暇《イトマ》ヲ申シ玉シ時」とする）。次項も含め、〈四・延・盛〉は『日本書紀』に近い。**○慎みて怠る事勿れ** 倭姫の言葉。〈延・盛・松・南・屋・覚・中〉同様（〈松・南・屋・覚・中〉は天照大神の言葉とする）。〈長〉なし。『日本書紀』「慎之。莫怠也」。a3『古語拾遺』や、c2・c6・d1・d6・d7、e2〜e5も同様の記事あり。『古事記』及びc1『熱田縁起』では、火打袋を渡し、緊急の際にはその口を開くようにと言う。a4〜a6、b1〜b6、c3〜c8、d2〜d5・d8、e1・e6〜e8には該当記事なし。前項に続き、『日本書紀』に近い記事といえる。**○崇神天王の御時、内裏より遷し奉りける天村雲の剣を奉りたまふ** 〈延・長・南・屋〉同様。〈盛・松・覚・中〉は「崇神天王の御時、内裏より遷し奉りける」を欠くが、直前に記した内容を繰り返していないだけで、同内容と読める。但し、〈盛〉は「藂雲剣ニ錦袋ヲ被㆑付タリ」（6―二〇四頁）とする。「錦袋」は、次項以下に見る野火の難に際して向かい火を放った火打ち石が入っていたもの。倭姫がこれを与えたことは、『日本書紀』では記さないが、『古事記』では、倭比売が剣と共に「御嚢」を与えたとする。a4・a5・a6、c1・c4、d1・d7も、これを記している（d7『補闕剣巻』の『古事記』との一致については、黒田彰③に指摘あり）。後掲注解「日本武尊之を見て…」「又、此の剣より火出でたりければ…」参照。岡田精司は、伊勢神宮の霊験としては本来火打石の方が重要であったと見る（二四八頁）。さて、日本武尊が賜った剣（草薙剣）は、即ち「天村雲（叢雲・藂雲）剣」であるとするのは、諸書に一般的な説である。但し、前節〈剣巻①〉の「草投の剣は内裏に留め、代々の帝の御守なり」注解に見たように、『日本書紀』『古事記』『古語拾遺』では、この段階で「天村雲剣」ではなく、「草薙剣」の名を用いており（『古事記』では、大蛇の尾の中から出てきた時、既に「草那芸之太刀」の名を用いている）、一方、両者を同一としない異説もある。また、a4『神代巻取意文』

や c4『三種神祇幷神道秘密』では、ここで「三ノ剣」を賜ったとする。前節冒頭の三種の霊剣を言うか。未詳。天村雲剣については、前節（剣巻①）冒頭の「一つは草投の剣、二つは天蠅切の剣…」や、後半の「草投の剣は内裏に留め…」、「此の剣、大地の尾の中に在りける時…」注解等参照。**○駿河国にて、彼の国の凶徒等、尊を誑して…**　以下、駿河国で野火の難に遭ったとする点、諸本同様。〈延・長・盛〉では、「浮島原」でのこととする。『日本書紀』も同様で、多くの書が駿河国でのこととする（a4～a6、b5、c1・c2・c4、d1～d6・d8、e1・e7・e8）。このうち、地名をより詳しく記すのが、a4・c4「富士野」、d2～d5・e6・e7「富士ノスソ野」（d2）、a5・a6「焼山」、d7「焼津野」、d1・d6・d8・e1「浮島原」。しかし、『古事記』は「相武」（相模）国とし、歌学書のb1～3・b6も相模国とする。また、両説を並記（注記）するのが、c8「駿河国ニ下落シ、無レ程相模ノ国ノ世屋ト云所ニ、御陣ヲ召シ」、d7『平家物語補闕剣巻』「駿河〈或相模〉」、e2『神皇正統記』「駿河ニ〈駿河日本紀説、或相模古語拾遺説〉」。これを「焼津」の地名起源説話とする点は、『日本書紀』『古事記』に共通であり、これを現静岡県焼津市とすれば駿河国となるが、岡田精司は、「はじめは相武のヤイヅについて語られていたのであろうが、物語の重点が火打袋から剣の方に移ると共に、クサナギ信仰のある駿河に舞台を移動したものであろう」（二四九頁）と考える。c1『熱田縁起』やd7『平家物語補闕剣巻』も、地名起源説話の形を残す。それ以外の諸書は、地名起源説話とはしない。その他、e3・e4『太平記』（玄玖本・流布本）やe6『兼邦百首歌抄』は、「武蔵野」とする。b4・e5は国名不記。a3『古語拾遺』や、c3・c5～c7は野火の難を記さない。**○此の野には鹿多し。狩して遊ばせ御在せ**　敵が日本武尊を狩に誘った言葉。野に誘い出して火をつけたとする点も含め、諸本同様。『日本書紀』「其処賊、陽従之欺曰、是野也、麋鹿甚多。気如二朝霧一、足如二茂林一。臨而応レ狩」（上―三〇五頁）。狩に誘ったとする点は多くの書が同様。『古事記』では、大沼に住む「甚道《ち》速振《はやぶる》神」を見よと勧めたとする。前項該当部で、国名を相模国としていたb1～3・b6・e8は該当記事なし。a5『神代巻私見聞』は、狩に誘ったことを記さず、「火ノ夷ス、責来ル」とする。　**○日本武尊之を見て、帯きたまへる天村雲の剣を抜きて、草を投ぎたまひければ、火留まりにけり**　天村雲剣で草を薙ぎ払い、火を止めたとする点は、基本的に諸本同様。但し、〈延〉では「ハムケノ草三十余町薙伏テ」（五〇オ）、〈盛・松・南・屋・覚・中〉では「刃向草一里マデコソ切レタリケレ」（〈盛〉6—一〇五頁）といった要素が加わる。〈長〉なし。『日本書紀』では、「則以レ燧出レ火之、向焼而得レ免」とした後、「一云」として「王所レ佩剣叢雲自抽之、薙二攘王之傍草一。因レ是、得レ免。故号二其剣一曰二草薙一也」と、天叢雲剣（草薙剣）のことを注記する。『日本書紀』や『古事記』などでは、この野火の事件よりも前から「草薙剣」の名称を用いていたことは、前掲注解「崇神天王の御時…」参照。なお、「燧」を持っていたことについては、『古事記』では先に倭比売から与えられたとしていたが（前掲注解「崇神天王の御時…」参照）、『日本書紀』では記されていなかった。諸書の火打石の記事については、次項注解参照。また、〈四・長〉以外の諸本が記す、「三十余町」「一里」といった要素は、『日本書紀』『古事記』などにはないが、いくつかの書に見える。a4『神代巻取意文』「一里ガ中ノ草木ニ付ケタル火ニ忽《ママ》ニ消ケリ」。b4『頓阿序注』「三里計の内、草木みななぎふして」。c4「一里カ内ノ草木流テ、火モ即モエカヘリヌ」。c8「四方三里カ程ノ草ヲ、一時ニカリタヲシ」。d1『宝剣御事』「四方一里苑《ツ、》草ヲ薙伏給」。d2屋代本『剣巻』「剣ノハムケノ三十余町切伏ラル」（d3〜d6も類同）。e1『元亨釈書』「四旁一里、草木芟夷《ヤリタイラゲテ》、其火自止」（d8『天淵記』も類同）。e3玄玖本『太平記』「刃ノ向方二三里ガ間草木悉ク被薙《ナキ》伏テ」（e4流布本も類同）。e6『兼邦百首歌抄』「方一里の草ことごとくなぎふせ給ぬ」。e8「方一里ノ草薙除ヌ」。これらは剣の神秘的な力を語るものといえよう。神秘的な力としては、c1『熱田縁起』の「神剣、自然《ヲノツカラ》抽出《ヌキイテ、》」という記述もある（c2『神名秘書』、d7『補闕剣巻』、e8『塵荊鈔』も類同）。　**○又、此の剣より火出でたりければ、風忽ちに夷賊の方へ吹き負ひて、凶徒等悉く焼け死にけり**　剣から火が出たとする点は、〈四〉独自。〈延・長・松・南・覚〉は、〈延〉「尊ノ□方ヨリ火ヲ出給タリケレバ」（五〇オ。□は一字空白）のように、向かい火を放ったとするが、火を付けた方法は特に記さない。〈盛〉は火打石を出して火を付けたとし、この火打石の由来を天照大神の鋳造した鏡によると語る。〈屋・中〉は向かい火を放ったとはせず、〈中〉「おりふし、風、いぞくのかたへふきおほいて」（下—二七一頁）のように、火は風向きのために敵の方に向かったとする。『日本書紀』は、前項注解に見たように、火打石を用いて向かい火を放ったとする。この点は、『日本書紀』『古事記』の他、a4・a6、c1・c4、d1・d7、e2にも見られる。a6は「火打袋」の起源とする。火打石は、前掲注解「崇神天王の御時…」に見たように、『古事記』をはじめとする多くの書において、倭姫から賜ったとされていたもの。また、d2〜d5『剣巻』は、尊が「火石・水石」という二つの石を持っており、水石を投げて火を消した後、火石を投げて敵を焼き殺したとする。なお、この剣が火を放ったという所伝としては、c6『熱田の神秘』（c5・c7も類似）やd2（一〇三四〜一〇三五頁）〜d6などに見える、日本武尊の死後、この剣を杉の木に立てかけておいたところ、剣が火となって木が焼け折れたという所伝、あるいは、d8『雲州樋河上天淵記』に見える、日本武尊が宮簀姫に心を移した時、剣を松の木に掛けたところ、剣が「霊火」を発し、木が田の中に倒れて熱水となったという所伝がある（e5『三国伝記』にも類似の記事があるが、剣が火を発したとはしない）。だが、いずれも熱田の地名起源に結びつくもので、〈四〉とは別の所伝である。

○其の後、此の所を焼賊と云ふ　「焼賊」は、〈延〉「焼ツロ」、〈長〉「焼つほ」、〈盛〉「焼詰ノ里」。〈松・南・屋・覚・中〉なし。『日本書紀』「焼津」、『古事記』「焼遺」。a6「焼山」、c1『熱田縁起』・d7『補闕剣巻』も「焼津」とするが、c8『神道大事聞書』に「ヤキツメノ野」、d類では、d1『宝剣御事』「焼《ツル》野」、d2屋代本『剣巻』「天《アマノ》焼《ヤケ》ツ《ソ》メノ野」、d3田中本「天焼爪野」、d4長禄本「アマノ焼キツメノ」、d5太平記付冊「天ノ焼ソ〔ツ〕メ野」。地名起源がこの説話に伴って語られることは比較的少ないが、〈四・延・長・盛〉の表記の揺れは、d類と合わせて、いくつかの異伝があったことを示すものか。

○天村雲の剣は草投の剣と名づく　諸本同様。『日本書紀』が、この点を「一云」として記すことは、前掲注解「日本武尊之を見て…」に見たとおり。『古事記』はこの改名を記さない。

「クサナギノ剣」が、本来、日本武尊が草を薙いだことによる名とは必ずしも考えられないことは、前節（剣巻①）後半の「草投の剣は内裏に留め…」注解等参照。しかし、この事件により「草薙剣」の名がついたとする書が多い（a4、b1～b6、c1・c2・c4・c8、d1～d6、e1～e8）。　**〇日本武尊、此より奥州へ入り、国々の凶徒を平らげ、所々の悪神を鎮め**　類似の文は〈延・長・盛〉にもあるが、〈延〉は「悪神」を「惣神」とし（誤写か）、〈長〉は奥州に入ったことを記さない。一方、〈盛〉は、上総に渡る船で「御志深キ下女」（『日本書紀』の「弟橘媛」）が入水したことや「吾妻」の語源を語った後、「東夷ノ凶賊ヲ誅平、所々ノ悪神ヲ鎮給テ」（6―二〇七頁）とする。〈松・南・覚〉は、「尊、猶おくへ攻め入ッて、三箇年があひだ、ところ〴〵の賊徒を討ちたいらげ」（〈覚〉下―三〇六頁）などとする。〈屋〉「角テ三ヶ年ノ中ニ東ヲ攻随へ、国々凶徒ヲ平ゲ」（八一一頁）、〈中〉「かくて三か年に、とういをこと〴〵くせめしたがへ、いぞくらをいけどりて」（下―二七一～二七二頁）。『日本書紀』では、相模から上総へ渡り、さらに陸奥に入って、「蝦夷賊首、島津神・国津神等」（上―三〇五頁）を従えて、「日高見国」（三〇七頁）から常陸に帰ったとする（c1『熱田縁起』もこれに近い）。『古事記』では、「荒夫琉蝦夷等」や「山河荒神等」を従えたとするが、「奥」にあたる地名はない。宝剣の由来としては草薙剣の命名までで十分なので、以下、日本武尊のその後について語る記事は記さないものも多い。a4『神代巻取意文』「武蔵ノ国ヲ通リ、上総《カツサ》ノ国訖《マデ》下リ、夷ヲ悉ク亡シ給テ」（c4も類同）。d1『宝剣御事』「鎮二所々凶徒等一、奥州迄有二御下一、向国々東夷帰伏、慎二悪神一」。d2～d5『剣巻』は、「尊ハ是ヨリ奥へ入リ給テ、国々ノ凶徒ヲ多ク平ラゲ、所々ノ悪事ヲ鎮メ」（d2屋代本による。傍線部「悪事」はd3田中本同、d4長禄本・d5太平記付冊「悪神」）と、〈四・延・長・盛〉に近い。他にe2『神皇正統記』に、「上総ニイタリ、転ジテ陸奥国ニイリ、日高見ノ国〈ソノ所異説アリ〉ニイタリ、悉蝦夷ヲ平ゲ給」とある。　**〇同じき四十三年〈癸丑〉尾張国へ帰りたまひぬ**　「同四十三年〈癸丑〉」は、〈盛〉同（「尾張国へ」はなく、単に「帰上給ケルガ」とする）。〈延〉「同四十二年〈癸巳〉十月」、〈長〉「同四年〈癸丑〉」。〈松・南・屋・覚・中〉なし（前項注解に見たように、三箇年で帰ったとする）。『日本書紀』では、帰途の年次を特に記さず、尾張国に戻って宮簀媛を娶り、しばらく滞在した後、病んで伊勢に行き、能褒野で亡くなったとし、その年が景行天皇四十三年であったとする。「癸丑」は、景行天皇四十三年の干支として正しい（景行天皇元年条に「是年、太歳辛未」とあるのによれば、四十三年は癸丑となる）。『古事記』は年次を記さない。〈四・延・長・盛〉に近いのはd類。d1『宝剣御事』「同四十三年〈癸巳〉、尾張国帰給」。『剣巻』は、いずれも尾張国に帰った年として、d2屋代本・d4長禄本「同四十三年癸丑」（但し、d2は「四」に「五」と傍記）、d3田中本「同四十三年発巳《ママ》」、d5太平記付冊「同五（四）十三年〈癸丑〉」、d6百二十句本「同四十三年癸未」とする。その他、e5『三国伝記』「同四十三年〈癸子〉、尾張国水田ト曰処マデ帰玉テ」。　**○則て伊勢国へ遷りたまひて、生執の夷共を大社へ進らせたまひて**　該当文は諸本にあり。〈延・長〉では、伊吹山で山神の毒気にあてられて病み、生け捕りを伊勢大神宮に奉ったとする。〈盛〉では、「異賊ノ為ニ被二呪咀一給テ」発熱し、近江国醒井で冷水にひたって熱を冷ましたものの、病がいよいよ重くなり、伊勢に移って、生け捕りと草薙剣を「天神」に返したとする。また、〈延・長・盛〉は武彦尊を使として天皇に奏上したとする（武彦尊は、〈延〉「我彦」、〈長〉「日本武の彦」、〈盛〉「御弟ノ武彦尊」）。〈松〉は、日本武尊の死後に「武彦ノ尊ヲ以テ御門へ返シ奉ラセ給フ」（一七頁）とあるが、文意不通。〈覚〉が同位置に「いけどりのゑびす共をば、御子たけひこのみことをもッて、御門へたてまつらせ給ふ。草なぎの剣をば、熱田の社におさめらる」（下―三〇六頁）とする形の誤脱か。〈南・屋・中〉は、日本武尊の死を記す前に、武彦尊を使として、生け捕りを都（帝）に奉ったとする（武彦尊は、〈南〉「御子武仁ノ尊」、〈屋〉「武彦宮」、〈中〉「御子たけひこのみこと」）。『日本書紀』では、前項注解に見たように、尾張国にしばらく滞在した後、伊吹山神に行って山神の毒気にあてられて病み、醒ヶ井を経て帰り、伊勢に赴いて能褒野に至り、生け捕りの蝦夷を神宮に奉り、また、吉備武彦を使者として天皇に奏上し、亡くなったとする（c1『熱田縁起』も、ほぼ同様）。『平家物語』諸本は基本的に『日本書紀』の記述を受け継いでいるが、各々、省略や変化がある。〈四〉は武彦を使者として奏上した件を省略したものか。『古事記』は倭建命の死に至る過程は類似するものの、本項該当記事はなし。a3『古語拾遺』は、伊吹山で毒にあたって亡くなったとするのみ。a4『神代巻取意文』は死までの過程を同様に記し、「三ノ霊剣、火打袋ヲ都へ奉」ったとする。三つの剣と火打袋を都に奉ったとする点は、c4『三種神祇幷神道秘密』も同様。d類では、d1『宝剣御事』が、伊吹山で毒気にあてられて病み、熱田に帰って、生け捕りを天照大神に参らせ、「御子武彦」を都に上らせて奏上したとし、『平家物語』諸本に近い。『剣巻』は、日本武尊が尾張国から都へ向かう途中、伊吹山で病み、生け捕りを大神宮に奉り、天皇に奏上した後、「近江国千ノ松原」（d4〜d6同）で、尋ねてきた岩戸姫に看とられて亡くなったとする（d2屋代本による。d3田中本「千本松原」。また、d4長禄本・d5太平記付冊は天皇への奏上を武彦に託したとし、d6百二十句本は生け捕りを武彦に託して帝に奉ったとする。なお、この所伝はc5〜c7『熱田の神秘』類に近いが、これらは生け捕りの処置などには触れない）。e2『神皇正統記』は、「武彦ノ命」による奏上は記すが、生け捕りには触れない。e5『三国伝記』は、生け捕りを大神宮に奉り、「御ッ子ノ武彦」を都に送って奏上してから上洛したが、近江国磨針山の辺で蛇毒にあたって亡くなったとする。

〇日本武尊終に失せたまひぬ　前項注解に見たように、〈延・長〉では伊吹山の山神の毒気により、また、〈盛〉では異賊の呪咀によって病となり、亡くなったとする。〈延〉は、尾張国に帰って御器所で亡くなったとするが、〈長・盛〉は伊勢で亡くなったと読める。また、〈延・長・盛〉には、亡くなった日本武尊が白鳥（〈盛〉「白鶴」）となって飛び去り、讃岐国白鳥明神となったとする記事もある。〈南・屋・覚・中〉では、都に帰る途中で病み、「尾張国」（〈南・屋〉）、「尾張国熱田のへん」（〈覚〉）、「あつたの宮」（〈中〉）で亡くなったとし、白鳥となったことも記す（〈中〉は讃岐国の白鳥明神となったとも記す）。〈松〉は、「尾張ノ国熱田ノ辺」で亡くなったとするのみ。なお、〈松・南・覚〉は、「御とし卅と申七月」（〈覚〉下─三〇六頁）と、享年も記す。『日本書紀』では、前項注解に見たように能褒野で亡くなったとし、享年三十歳とする。そして、能褒野の陵に葬ったが、白鳥となって大和国の琴弾原へ、さらに河内国の古市へ飛び去ったとする。『古事記』も同様だが、国思歌を歌って亡くなり、白鳥となって飛び去る様を詳しく描く。亡くなった地は、伊勢と読めるのが、c1『熱田縁起』、d8『雲州樋河上天淵記』、e2『神皇正統記』、尾張と読めるのが、a4『神代巻取意文』、c4『三種神祇幷神道秘密』、d1『宝剣御事』、d6百二十句本『剣巻』、e8『塵荊鈔』、近江と読めるのが、c5〜c7『熱田の神秘』類（c5・c6は近江の「千松原」、c7「松原」）、d2〜d5『剣巻』（d2・d4・d5「千松原」、d3「千本松原」）、e5『三国伝記』（「千松原」）。a5『神代巻私見聞』やa6『日本書紀聞書』も、明記しないが近江の醒井近くと読むのが自然か。また、白鳥となって飛び去ったことは、a4・a5、b5、c1・c3・c4〜c7、d1〜d6・d8、e2・e5・e8などに見えるが、異同が多い。a4『神代巻取意文』やc4『三種神祇幷神道秘密』では尾張から讃岐へ、a5『神代巻私見聞』では醒井あたりから熱田へ（その後、大和・河内へ）、c1『尾張国熱田太神宮縁起』やe2『神皇正統記』・e8『塵荊鈔』は、伊勢から大和の琴弾原、河内の古市に飛び、それぞれに陵が作られたとし（『日本書紀』に同）、c5〜c7『熱田の神秘』類では近江から熊野へ、d2〜d5『剣巻』では近江から紀伊国名草郡へ、さらに尾張の松子島へ飛んだとする。d1『宝剣御事』の場合、熱田で亡くなり、「白鳥ト成リ、塚ノ上ヨリ西ヲ指テ飛去給ケリ。白鳥ノ塚将トテ熱田宮ニ在レ之」とするのは、飛び立った場所に関わる伝承である。また、行く先については、「何ノ国ニ落留給ラム」として、日本全国六十六ヶ国に一つずつ「白鳥宮」を作ったともいう。d8『雲州樋河上天淵記』は、「褒野原」で亡くなったあと、白鳥となって逍遥したとする。

〇草投の剣は尾張国熱田の社に在りしを　草薙剣が熱田社に置かれたとする点は、諸本同様。〈延〉「草薙剣ハ尾張国熱田社ニ納ラレヌ」（五〇ウ）のように、日本武尊が東征から持ち帰ったものを、その死後、熱田に納めたと解される。〈盛〉「天神ヨリ尾張国熱田社ニ預置」（6―一〇八頁）は、「則て伊勢国へ遷りたまひて…」注解に見たように、日本武尊が草薙剣を「天神」即ち伊勢に返したものを、伊勢から熱田に預けたとするもの。但し、草薙剣が熱田にあったのだとすれば、前節冒頭に見た「天蠅切の剣は尾張国熱田の宮に在す。草投の剣は内裏に留め、代々の帝の御守なり」という記述との整合性がどうなるのかは問題である。後掲注解「天武天王の御宇朱鳥元年に…」参照。『日本書紀』も、「初日本武尊所佩草薙横刀、是今在二尾張国年魚市郡熱田社一也」（三一三頁）と、草薙剣は熱田社にあるとする。草薙剣が熱田社にあるとする点は、a3、b1〜b3・b5、c1〜c7、d1〜d6・d8、e1〜e3・e6・e8及び補記に記した『八雲御抄』など、大半の書に共通する。但し、このうちb2『顕昭注』が、「叢雲剣」は天照大神に献上した剣であるのに対して、「草薙剣」は熱田明神であるという点に疑問を提示していることは、前段「剣巻①」後半の注解「尊之を取りて天照大神に奉りたまふ」に見たとおり。一方、草薙剣が熱田ではなく内裏に伝わったとするものに、a4『神代巻取意文』「草薙剣・天ノ村雲ノ剣、是ニ八内裡ニ留メ置給フ」、b4『頓阿序注』「そののち大内におさまりて、代々の御門御宝とす」がある。『太平記』の場合、e3玄玖本は、禁裏にあった宝剣を天武天皇の代に熱田社に納めたとするが、e4流布本は、天武天皇の代に内裏に納めたとする。なお、d1『宝剣御事』は、「或説ニハ」として、剣は八になって空に舞い上がり、ついに落ちた所が熱田の八剣宮であるとする説を記す。

○天武天王の御宇七年　以下、道行説話（次項注解に見るように、〈四〉の「道鏡」は「道行」がよい）。諸本にあるが、「天武天王」は、「天智天皇」がよい（同じ誤りが、『神道雑々集』坤〔下〕巻・二十一「三種神器事」にも見られる─内田康①七六頁指摘）。〈延〉「天智天皇位ニ即セ給テ七年ト申ニ」（五〇ウ）。〈長・盛・屋〉も天智天皇七年。〈松・南・覚〉「あめの御門の御宇七年」（〈覚〉下─三〇六頁）も天智天皇七年の意（天智天皇は「天命《あめみこと》開別《ひらかすわけの》天皇」）。〈中〉「天智天皇の御宇しゆてう元年」は、天武天皇の代の朱鳥元年（六八六）との混同。『日本書紀』天智天皇七年是歳条に、「是歳、沙門道行、盗二草薙剣一、逃二向新羅一。而中路風雨、荒迷而帰」（旧大系・下─三七一頁）とある。この記事は簡略なもので、「草薙剣」をどこから盗んだとも書いていない。岡田精司は「草薙剣」はあちこちにあったという想定に基づき、住吉神社などの畿内の大社の神宝だったかと見る（一二五五頁）。しかし、後代にはこれがさまざまな伝承の起点となった。道行の宝剣略奪失敗譚は、本節冒頭に掲げた諸書では、a類では『日本書紀』以外には『古語拾遺』に「外賊偸逃不レ能レ出レ境」（新撰古典文庫・二〇三頁）と、ごく簡単に見えるのみであり、b類にも見えないが、c1〜c7（c4を除く）、d1〜d8、e1・e8に見える他、e6『兼邦百首歌抄』では新羅僧「日羅」のこととして所見。その他、次項注解に見るように僧の名を記さない所伝など、関連する伝承が多くの書に見られる。ここでは、前掲a〜eの記号を継承しつつ、その他の書名を適宜補って述べてゆくこととする。まず、「天智天皇七年」は、c1『熱田縁起』、d1『宝剣御事』、d6百二十句本『剣巻』、d7『補闕剣巻』、e1『元亨釈書』同様（『元亨釈書』は、前節に見た素盞烏尊の八岐大蛇退治を含め、草薙剣の物語全体を天智天皇伝の七年条に記す）。c3『熱田秘密百録』「天智天皇ノ御代」、d8『雲州樋河上天淵記』「天智帝白鳳八年」。その他、道行説話を記す比較的古い資料と見られる『朱鳥官符』では、「白鳳廿（九ィ）年七月十三日」とする（『神道大系・神社編一九・熱田』七三頁。平安末期〜南北朝頃の成立か―神道大系解説）。**○沙門道鏡之を盗み執りて**　「道鏡」は〈屋〉も同じ表記だが、「道行」がよい。〈延・長〉「新羅ノ沙門道行」。〈盛〉「沙門道行ト云僧アリ。本新羅国者也」（6―二〇八頁）。〈松・覚〉「新羅の沙門道慶」、〈南〉「沙門道行」（後述のように新羅僧とする）、〈中〉「しんだんより、しやもんだうぎやうと申もの、我朝にわたりて」（下―二七二頁）。道行がこれを盗もうとした事情や経緯について、〈延・長・松・屋・覚・中〉では、〈延〉「此剣ヲ盗取テ、我国ノ宝トセムト思テ」（五〇ウ）、〈中〉「我朝にわたりて、このつるぎをぬすみ、きたうせんとしけるに」（下―二七二頁）程度しか語らない。但し、〈延〉では盗まれたのは内裏にあった新剣であるとする点、独自の形であり、他の諸本は熱田から盗まれたと読める（次々項注解参照）。一方、〈盛〉は「草薙剣ノ霊験ヲ聞テ熱田社ニ三七日籠テ剣ノ秘法ヲ行テ、社壇ニ入、盗出シテ」（6―二〇八頁）云々と詳しく語り、以下、五帖の袈裟に包んで出ようとしたところ、黒雲が剣を奪い返したので、さらに百日行を重ね、九帖の袈裟に包んで近江国蒲生郡大磯森（老蘇森か）まで行ったが、また黒雲に取り返され、さらに千日の行を重ね、二十五帖の袈裟に包んで筑紫から船出したと詳しく語る。また、〈南〉は、「新羅ノ皇、剣ヲ尋ラレケルニ、『自レ是東、葦原国ニコソ目出度剣ノ光ハサセ』トテ、沙門道行ト云者ヲ差遣シ、此剣ヲ盗取テ我国ノ宝トセント思テ」（八九二頁）とする。〈盛〉の説に類似するものとして、c1『熱田縁起』は、最初は七条袈裟で盗んで伊勢まで行き、次は九条袈裟で包んで難波津から船に乗ったとする。d8『雲州樋河上天淵記』は、最初は「持誦一七日」で黒雲に奪い返され、次は「持誦五十日」で五条袈裟に包み、近江蒲生郡で奪い返され、三度目には「持念百日」で九条袈裟に包み、筑紫まで行ったが、天照大神・八幡両神に船を蹴破られたとする。e1『元亨釈書』もこれに近いが、「五条袈裟」は不記、三度目は「僧伽梨」に包んだとし、天照大神・八幡の名は不記、暴風によって失敗したとする。また、〈南〉の説に類似するものとして、c3『熱田秘密百録』は、道行が新羅から「遥ニ見テ紫雲立ヲ」来たとする。さらに、〈盛・南〉双方に類似する説として、c5『神祇官』は、剣の発する光はそれに当たる者を成仏させるもので、道行がそれを見つけ、新羅王の命令で盗もうとし、最初は五条の袈裟に包んで伊勢国日長まで、次は九条の袈裟に包んで筑紫の羽片（博多か）まで逃げたが、住吉明神に蹴殺されたとする。c6『熱田の神秘』、c7『神祇陰陽秘書抄』も同様。d2〜d5『剣巻』は、道行が剣の光を見つけて新羅王の命令で盗もうとし、最初は五帖、二度目は七帖の袈裟で包んだが失敗、三度目は九帖の袈裟で包み、筑紫の博多まで逃げたが、住吉明神に殺され、奪い返されたとする（なお、d6百二十句本はこうした詳細な記述を欠くが、「生不動」が七本の剣を持って来たものの熱田明神に倒され、剣を奪われたとする八剣明神由来譚は共通）。これらの所伝に先行するかと思われる『朱鳥官符』では、紫雲を見て道行が渡日、最初は伊勢国桑名まで、二度目は播磨印南野まで、三度目は「筑紫国墓方《ハカタノ》津《ツ》」まで行ったとする。また、独自の説を見せるのがd1『宝剣御事』で、神功皇后の新羅征討の際、討ち漏らされた太子が、もとは第二皇子であった道行に命じて、黒色の不動明王と共に渡日、神々を捕らえて水瓶に閉じ込め、草薙剣を奪ったとする。しかし、博多から船出したところ、風波が荒く、祈禱しているうちに、内裏で十二歳の女房に草薙剣の霊が憑いて託宣、「当初は五帖袈裟で包まれたのを蹴破ったが、七帖袈裟で包まれて他国へ渡されそうである」と述べる。そこで、貴僧百人に命じて難波津で大般若経を七日間読誦すると、剣は七帖袈裟を蹴破って道行の首を切り落としたとする。さて、大江匡房『筥崎宮記』にも、関連の所伝が見える。建保七年（一二一九）の奥書のある石清水八幡宮所蔵・口不足本『諸縁起』所収『筥崎宮紀』（『石清水八幡宮史料叢書・二』石清水八幡宮社務所一九七六・9。二三〜二四頁。『朝野群載』巻三所収本文にはないが、この部分も匡房作か―吉原浩人）では、かつて新羅僧が日本の神々を呪縛して瓶の中に閉じ込め、熱田明神は剣に変じて逃げようとしたが袈裟で覆って収め、宇佐八幡も取り込めようとしたが失敗し、蹴り殺されてしまったとの話を加える。この説話は「道行」の名は記さないが、道行説話と類似点が多い。道行の名を記さない同類話には、a6『日本書紀聞書』の、「大唐玄宗皇帝」の使いとする八剣宮の由来譚がある。謡曲「八剣」（『校註謡曲叢書・三』四九二頁）が、「異国より草薙の剣を奪んと」「七武等将軍」が押し寄せたとするのも、関連しよう。『日本書紀』の簡単な道行記事が、『筥崎宮記』などに見える所伝の影響をも受けつつ成長していったと考えられることは、早く阿部泰郎（八三頁）が指摘したが、その後、原克昭②は、諸書に見える道行説話を網羅的に検討し、〈八剣起源譚〉への展開、あるいは楊貴妃伝説との関わりなどについても検討している。また、松本真輔は、新羅の皇子が日本の神々を水瓶に閉じ込める話が叡山文庫本『聖徳太子伝』や『宮寺縁事抄』『東大寺八幡験記集』『八幡宇佐宮御託宣集』『類聚既験抄』などにも見えることを指摘し（松本真輔①二七〇〜二七一頁）、『筥崎宮紀』末尾の記事が、鎌倉前期の『天王寺秘決』（『四天王寺古文書・一』清文堂一九九六・3。四六頁）では日羅の説話として展開することなどを指摘、新羅の脅威の喧伝を展望する（松本真輔②一一二頁。なお、新羅皇子が神々を水瓶に閉じ込める話は『八幡愚童訓』甲本・思想大系『寺社縁起』一八〇頁にも見え、「日羅」とする形はe6『兼邦百首歌抄』にも見える）。この他、『熱田宮秘釈見聞』（『神道大系・神社編一九・熱田』三二一頁）には、道行を弘法大師の化身とする道行説話も見え、c6『熱田の神秘』に継承される。原克昭②は、『神道雑々集』や彰考館蔵『神祇金五代日本記内示聞書』との関連を指摘する（二九〇〜二九二頁）。e8『塵荊鈔』では、道行は大蛇が剣を取り返すために、新羅大王の皇子として生まれ変わったとする。**〇新羅国へ趣きし道にて、波風荒れて迷ひ帰り**　〈延〉「蜜ニ船ニ隠シテ本国へ行ケル程ニ、風荒ク浪動テ、忽ニ海底へ沈ムトス。是霊剣ノ祟ナリトテ、即罪ヲ謝シテ前途ヲ遂ズ」（五〇ウ）。〈松・南・屋・覚・中〉も、嵐によって本望を遂げなかったとする。〈長〉は嵐によって「これ霊剣の祟なりとて、彼剣を海中に没つ。龍王是をのせて奉献す」（5―一一四頁）とする。〈盛〉は、前項注解に見たように三度にわたる失敗を詳述した後、剣を海中に捨て、龍王が熱田社に送り届けたとする。『平家物語』諸本では道行の末路には触れず、d7『補闕剣巻』「亡迷テ、剣ヲバ棄テナン帰ケル」に近い描き方といえよう。一方、前掲諸書では殺されたとするものが多い。斬首されたとするc1、剣に殺されたとするc3・d1、神（住吉明神・八幡神など）に殺されたとするc5～c7、d2～d6、「没死」とするd8など。**〇天武天王の御宇朱鳥元年に、尾張国熱田の社へ返し奉らる**　「天武天皇朱鳥元年」は、〈延・盛・松・南・屋・覚〉同様。〈長〉は「天智天皇朱鳥元年」と誤る。〈中〉なし。朱鳥元年（六八六）は、天武朝末期の元号。〈盛〉は、一字下げ記事の中で、「（道行が天智天皇七年から三年かけて宝剣を盗んだのだとしても、それから）天武天皇朱鳥元年ハ十四年ヲ隔タリ」（6―一一〇頁）と指摘する。ここで、剣がどこに返されたのかについては、諸本の記述が分かれる。〈四〉及び〈長・中〉では、熱田から盗まれた剣が熱田に返されたと読める。〈四〉や〈中〉の場合、天智天皇七年から朱鳥元年までの間に、道行から誰がどのように奪い返し、保管したのかは明らかではないが、熱田から盗まれた剣が熱田に返されたとするのはわかりやすい。〈長〉の場合、「龍王」が日本に送り返した剣が、間もなく熱田に戻った意と読めようか。ともあれ、前節末尾で、崇神朝に新しい剣を造り、内裏に置いたとあったので、以後、内裏には新剣（模造剣）、熱田には本剣が置かれたことになる。但し、熱田に草薙剣が伝えられたのだとすると、前節冒頭の「天蠅切の剣は尾張国熱田の宮に在す。草投の剣は内裏に留め、代々の帝の御守なり」との関係が問題となろう（この点は、〈延・盛・南〉も同様）。一方、〈延〉では、内裏から盗まれた剣を、「天武天皇朱鳥元年ニ本国へ持帰テ、如ㇾ元大内ニ奉ㇾ返テケリ」（五〇ウ）とする。〈延〉の場合、道行が盗んだのは崇神朝に改鋳した新剣であり、それが内裏に戻ったとするわけである。これも内裏には新剣（模造剣）、熱田には本剣が置かれる点は同様だが、前項注解に見たように、道行説話がもっぱら熱田の神威との関係で語られることとは合致しない。また、〈盛〉では、道行が盗んだ剣は熱田に戻るが、その後、朱鳥元年六月に「天皇病祟、草薙剣ヲ尾張国熱田社ニ被二送置一」（6―二〇九頁）とする。しかし、内裏にあった剣（崇神朝に作られた新剣）を熱田に送ってしまったとすると、熱田社に新剣・本剣の双方が置かれ、内裏には剣がなくなってしまう点、疑問（なお、〈盛〉一字下げ記事の中では、崇神朝に本剣を熱田に送ったとする記事により、内裏にあって壇浦に沈んだのは新剣だろうと指摘し、それを龍神が宝としたという記事に疑問を呈しているが、本項に該当する天武朝の記事には言及していない。6―二一五頁）。〈松・屋・覚〉では、「天武天皇朱鳥元年に、これを召して内裏にをかる」（〈覚〉下―三〇七頁。但し、〈松〉は「朱雀元年」と誤る）とする。道行の手から熱田社に戻った剣を、朱鳥元年に内裏に召し置いたとするわけである。前節冒頭の「天蠅切の剣は尾張国熱田の宮に在す。草投の剣は内裏に留め、代々の帝の御守なり」という記述との整合性については、「天蠅切剣」と熱田の宝剣との関係はともかくとして、内裏に草薙剣があったという点は、この形で納得できる。しかし、〈松・覚〉の場合、内裏には崇神朝に作られた新剣があったはずで、〈盛〉とは逆に、内裏に新剣・本剣の双方が置かれたことになってしまう点、疑問。どちらも内裏にあったのだとすれば、壇浦に沈んだのは本剣か新剣かはわからないことになるが、その点に関する記述はない。本物の宝剣が失われたのだとすれば、それが物語として本来なのかどうか、意見が分かれるところか。〈屋〉の場合、剣の模造を記さず、宝剣は一本しかないとするので、矛盾はなく、前節冒頭の「草投の剣は内裏に留め」との整合性にも問題はないが、平家滅亡時には唯一の宝剣が海に沈んだことになる。熱田には宝剣が伝わらないことになる点は諸書との乖離が大きく、また、本物の宝剣が失われたとすることとの問題は〈松・覚〉と同様。最後に〈南〉は、「其後内裏ニ置レタリケルヲ、天武天皇朱鳥元年ニ、又都ヨリ尾張国熱田社へ返シ入奉ル。作リ替ラル、剣ハ内裏ニ有リ。今ノ宝剣是ナリ」（八九三頁）と、道行の手から熱田社に戻った剣を、その後内裏に置いたが、朱鳥元年に熱田社に戻したとするわけで、内裏に新剣、熱田に本剣が置かれたという〈四・延・長・中〉と同様の結論を明記するわけである（道行から熱田に返された剣を内裏に召した理由は特に記されない）。『平家物語』諸本以外の諸書の道行説話では、単に熱田に返されたとするものが多いが、d類では、d8を除き、その後の経過がやや詳しい。d1『宝剣御事』では、剣は一旦都に送られたが、内侍に霊が憑き、元通り熱田に帰りたいと託宣があったので熱田に送られたとする。d2～d5『剣巻』は、住吉神が道行から剣を奪い返し、熱田に返したのが天武天皇朱鳥元年だったとする。従って、〈四・長・南・中〉と同様の経過で、本剣は熱田、新剣は内裏にあったと読め、壇浦に沈んだのは新剣だったことになる。これらは、風水龍王が八岐大蛇となって素盞烏尊から奪われた剣を、新羅王となって奪い返そうとしたが果たさず、安徳天皇に生まれて取り返したのだとし、「本ノ剣ハ叶ハネバ、後ノ宝剣ヲ取持テ都ノ外ニ出テ、西海ノ波ノ底ニゾ沈ミケル」（d2屋代本――一〇三九～一〇四〇頁）と説明する。一方、d6百二十句本『剣巻』は、前節末尾「而るを崇神天王の御時…」注解に見たように、崇神朝の改鋳を記していなかったが、ここでは熱田に戻った宝剣を、「天武天皇ノ御宇朱鳥元年ニ内裡ニ納奉リ玉ヒ、宝剣ト号《ナツケ》ラル」（六八四頁）とする。つまり、同本では草薙剣は一本しかなく、〈屋〉と同様の経過をたどったことになる。d7『補闕剣巻』は、道行が捨てた剣を筑紫国造等が献上、しばらく温明殿に置かれたが、天武天皇朱鳥元年に熱田に移したとする。〈南〉と同様の経過となるが、剣が一旦内裏に置かれた事情はわかりやすい。

以上、『平家物語』諸本及びd2～7の『剣巻』における宝剣の移動を図示すると、上のようになる。「（内裏）」「（熱田）」は、特に記述がないので、そのまま内裏や熱田に置かれていると読める意。

〈四・長・中〉d2～d5『剣巻』	本剣	熱田→盗難→熱田
	新剣	内裏　→（内裏）
〈延〉	本剣	熱田　→（熱田）
	新剣	内裏→盗難→内裏
〈盛〉	本剣	熱田→盗難→熱田
	新剣	内裏　→　熱田

〈松・覚〉	本剣	熱田→盗難→熱田→内裏
	新剣	内裏　→（内裏）
〈屋〉 d6百二十句本『剣巻』	本剣	熱田→盗難→熱田→内裏
〈南〉 d7『補闕剣巻』	本剣	熱田→盗難→内裏→熱田
	新剣	内裏　→　内裏

このような諸本の展開について、〈全注釈・下一〉は、前節冒頭の〈天蠅切剣＝熱田〉〈草薙剣＝内裏〉という記述との整合性を重視し、〈屋〉の形が本来で、「読みもの系はそれを史実に忠実なものにするために書き改めた」（五五七頁）と考えた。一方、多田圭子は、改鋳記事や道行による盗難事件などの経緯に注目、「水没した剣を草薙剣とする略本系、改鋳された新剣とする広本系とに区別でき、後者の中では特に延慶本がそれを強調している」（一三九頁）とした上で、延慶本の主張をより明確に示しているのが『剣巻』であるとする。高木信は、〈覚〉は、「本物の剣が沈んだ」とする点に注目、それは大蛇に取り返されたのだという記述との照応により、「支配の正当性が奪われることの正当性を立証してしまった」ものと読み、「構造的古態性・始源性が浮かびあがる」とする（二三四〜二三七頁）。内田康②は、崇神朝の「改鋳」を、「水没した宝剣は新剣であり、本剣は熱田に現存する」という主張に結びつけ、さらにそれを王権安泰の保証に結びつけていったのは、伊勢神道家、とりわけ慈遍などの所為であり、『平家物語』諸本にはそうした観念は見られないとして、むしろ、「神代以来伝えられてきた霊剣が失われてしまったと語るからこそ物語はインパクトを持つ」とする。いずれにせよ、諸本は非常に錯綜した形を見せるわけで、どれが本来の形であるかを判断することは難しい。前節冒頭の〈天蠅切剣＝熱田〉〈草薙剣＝内裏〉という記述との整合性と、本剣・新剣の関係の整合性を共に満足させることは至難であろう。これは、おそらく、日本紀由来の神話や熱田関係の説話など、性格の異なるいくつもの逸話をつなぎ合わせて織り上げたことによるものであり、『剣巻』は別として、『平家物語』諸本については、いずれの形も、何らかの意図のもとに練り上げられた形とは言いにくい。壇浦に没した剣を新剣とすることにより、本剣は失われていないのだという主張も『平家物語』諸本では明確ではなく、崇神朝

の改鋳記事がそうした主張によって取り入れられたかどうかも判断しにくい。一方、百二十句本を除く『剣巻』では、『神皇正統記』同様、本剣は失われていないのだという主張が明確になっていることは、多田圭子などが指摘するとおりである。但し、内田康③は、『剣巻』は天皇への「神器」の伝授を語らない点で『神皇正統記』ともズレがあると指摘し(二〇二頁)、源家大将軍の由緒来歴を語る物語であるとする(二〇六頁)。**〇世の代にて有りし程は、是くこそ有りけれ** 世が本来のまっとうな世であれば、宝剣はこのように霊験を発揮したのだという意。類似の文は、〈延・長・松・南・屋・覚・中〉にあり、特に〈長〉「世の世にてある程はかうこそ有けれ」(5—一一四〜一一五頁)、〈屋〉「代ノ代ニテ有シ程ハ、カウコソ有シニ」(八一二頁)が近い。他は〈延〉「上古中古マデハカクノミ渡ラセ給ケルニ」(五一オ)など。但し、これらのうち〈延・長・松・南・覚〉は、この前に、陽成院が宝剣を抜いたところ、稲妻のように光ったので恐れて投げ捨てると、自ら鞘に戻ったという逸話を記す。〈屋・中〉は〈四〉と同様、これを欠く。一方、〈盛〉は、本項該当文はなく、次項以下に続く。**〇平氏之を取りて都の外へ出でて、二位殿腰に差して海へ入らせたまへども、上古ならましかば何じかは失すべき** 宝剣が本来の霊験を発揮する世であれば、道行が盗もうとしても盗めなかったように、壇浦で水没しても戻って来たはずだという意。〈延・長・盛〉同様。〈松・南・覚〉では、「『たとひ二位殿腰にさして海に沈み給ふとも、たやすう失すべからず』とて、すぐれたるあまうどもを召して…」(〈覚〉下—三〇七頁)のように、海女による宝剣探索に望みを託す言葉。〈屋・中〉では、「今ハ二位殿ノ腰ニ指テ海ニ沈ミ給シ後ハ…」(〈屋〉八一二頁)と、実際に探したが見つからなかったという文脈に続く。〈四・延・長・盛〉も次項の探索に続くが、「末代こそ悲しけれ」に類する文があるため、宝剣が出現しないことを確認してから次項以下に続く感が強い。**〇波盆する海人に仰せて之を求めさせたまふに、水練に長ぜる者を召して入れられけれども、見えず** 類似の内容は〈延・長・盛・松・南・屋・覚〉にあり、〈中〉なし。〈長・屋〉「かづきするあまにおほせてこれをもとめさせ、すいれんするものをめしているれども見へず」(〈長〉5—一一五頁)が近い。「波盆」を「カヅキ」と訓むことは未詳。宝剣の探索については、『吾妻鏡』元暦二年五月五日条に、「可レ奉レ尋二宝剣一之由、以二雑色一為二飛脚一、下二知参州一給」とあり、実際に海女が捜索したことは、『愚管抄』巻五に、「宝剣ノ沙汰ヤウ〳〵ニアリシカド、終ニヱアマモカヅキシカネテ出デコズ」（旧大系二六四頁）と見えるが、それ以上の詳細は不明。**○天神地祇に奉幣を捧げて祈り在して、大法秘法も行はれけれども験も無し**　類似の内容は〈延・長・盛・松・南・屋・覚〉にあり、〈中〉なし。〈長〉「天神地祇に幣帛を奉ていのり、大法秘法おこなはれけれ共そのしるしなし」（5―一一五頁）が特に近い。宝剣出来祈願については、『玉葉』元暦二年五月六日条に、「此日被三発二遣廿二社奉幣一〈当日先有二定事一〉、被三報二賽追討成功一之由、兼又宝剣可二出来一之由、同被二祈申一也」とある。『吉記』同日条にはより詳しく、「今日為三報二賽平家追討事一、被レ行二廿二社奉幣一。宣命之趣、去三月廿四日、魁首以下生虜既多、神鏡・御璽安穏帰御、神々所レ致也。但又凶党、宝剣投二海底一訖。冥徳可二顕現一之子細等也」とあるが、それ以上は未詳。**○龍神之を取りて深く龍宮に納めければ、終に出で来たらざりけり**　類似の内容は諸本にあり。〈長〉「龍神これを取て龍宮に納てければにや、つゐに出来らざりけり」（5―一一五頁）が特に近い。〈四・屋・中〉は、この内容の文のみで本話を終わるが、〈延・長・盛・松・覚〉はもう少し詳しい。〈延〉は、「時ノ有識ノ人々」が、神々の加護があるので、さすがに帝運が尽きたということはあるまいと言うと、「或儒士」が、昔素盞烏尊に斬られた大蛇が、「人王八十代ノ後、八歳ノ帝ト成テ」、霊剣を取り返して海底に入ったのだと述べ、「九重ノ淵底ノ龍神ノ宝ト成ニケレバ、再人間ニ帰ラザルモ理トコソ覚ケレ」と述べたとする（五一オ～五一ウ）。これに近いのが〈松・覚〉で、「或儒士」に該当する人物を「ある博士」（〈覚〉下―三〇七頁）とする。また、〈盛〉は、法皇が霊夢を得て老松・若松という海女に宝剣を探させたところ、龍宮で大蛇に会い、宝剣は素盞烏尊に奪われたが、取り返したのだと語るのを聞いたという物語を記す。〈南〉は、法皇が霊夢で、素盞烏尊に剣を奪われた大蛇が安徳帝として生まれ、剣を取り返したのだと見たとする。龍神の化身たる安徳天皇が宝剣を奪ったのだとする考えが、『愚管抄』巻五にも、「海ニシヅマセ給ヒヌルコトハ、コノ王ヲ平相国イノリ出シマイラスル事ハ、安芸ノイツクシマノ明神ノ利生ナリ。コノイツクシマト云フハ龍王ノムスメナリト申ツタヘタリ、コノ御神ノ、心ザシフカキニコタヘテ、我身ノコノ王ト成テムマレタリケルナリ、サテハテニハ海ヘカヘリヌル也トゾ、コノ子細シリタル人ハ申ケル。コノ事ハ誠ナラントヲボユ」（旧大系二六五頁）と見えることは著名。安徳天皇を龍に関連づけるこうした発想を、素盞烏尊の大蛇退治から始まる宝剣神話に結びつければ、『平家物語』諸本の本章段の基本的な骨格ができあがるわけである。生形貴重は、安徳天皇のみならず、清盛も龍になって地震を起こした（『愚管抄』巻五、旧大系二六八頁）と語られることや、龍神を鎮めることが盲僧の役割と語られることと結びつけ、龍神の眷属の祟りを鎮めることを、『平家物語』の基本的な性格と考えた。

【引用研究文献】

＊阿部泰郎「八幡縁起と中世日本紀―『百合若大臣』の世界から―」（現代思想二〇巻四号、一九九二・4）
＊阿部泰郎・佐伯真一「神代巻私見聞（高野山持明院蔵）」（伊藤正義監修『磯馴帖　村雨篇』和泉書院二〇〇二・7）
＊伊藤正義①「日本記一　神代巻取意文」（人文研究二七巻第九分冊、一九七五・12）
＊伊藤正義②「続・熱田の深秘―資料・『神祇官』―」（人文研究三四巻第四分冊、一九八二・11）
＊内田康①「『平家物語』の構想と〈宝剣説話〉―延慶本の場合を中心に―」（漢陽日本学四輯、一九九六・2）
＊内田康②「『平家物語』〈宝剣説話〉考―崇神朝改鋳記事の意味づけをめぐって―」（説話文学研究三〇号、一九九五・6）
＊内田康③「『剣巻』をどうとらえるか―その歴史叙述方法への考察を中心に―」（『平家物語の多角的研究』ひつじ書房二〇一一・11）
＊生形貴重「「平家物語」の始発とその基層―平氏のモノガタリとして―」（日本文学一九七八・12。『平家物語の基層と構造―水の神と物語―』近代文藝社一九八四・12再録。引用は後者による）
＊岡田精司「草薙剣の伝承をめぐって」（櫻井徳太郎編『日本社会の変革と再生』弘文堂一九八八・12。『古代祭祀の史的研究』塙書房一九九二・10再録。引用は後者による）

＊黒田彰①「源平盛衰記と中世日本紀―熱田の深秘続貂」（和漢比較文学叢書『軍記と漢文学』汲古書院所引一九九三・4）
＊黒田彰②「内閣文庫蔵　平家物語補闕鏡巻、剣巻（影印、翻刻）」（説林〈愛知県立大学〉四七号、一九九九・3）
＊黒田彰③「平家物語補闕鏡巻、剣巻をめぐって―軍記物語と日本紀―」（国文学解釈と鑑賞一九九九・3）
＊黒田彰・角田美穂「校訂剣巻」（伊藤正義監修『磯馴帖　村雨篇』和泉書院二〇〇二・7）
＊佐伯真一「翻刻・紹介『倭国軍記』」（青山語文四四号、二〇一四・3）
＊高木信「『平家物語』「剣巻」の〈カタリ〉―正統性の神話が崩壊するとき―」（日本文学一九九二・12。『平家物語・想像する語り』森話社二〇〇一・4再録）
＊高橋貞一「田中本平家剣巻解説」（国語国文三六巻七号、一九六七・7）
＊多田圭子「中世軍記物語における刀剣説話について」（国文目白二八号、一九八八・11）
＊原克昭①「「源大夫説話」とその周辺―熱田をめぐる中世日本紀の一齣―」（説話文学研究三二号、一九九七・6。『中世日本紀論考―註釈の思想史―』法蔵館二〇一二・5再録。引用は後者による）
＊原克昭②「熱田の縁起と伝承―「新羅沙門道行譚」をめぐる覚書―」（国文学解釈と鑑賞一九九五・12。『中世日本紀論考―註釈の思想史―』法蔵館二〇一二・5再録。引用は後者による）
＊松本真輔①「海を渡った来目皇子―中世太子伝における新羅侵攻譚の展開」（日本文学二〇〇二・2。『聖徳太子伝と合戦譚』勉誠出版二〇〇七・10再録。引用は後者による）
＊松本真輔②「古代・中世における仮想敵国としての新羅」（『日本と〈異国〉の合戦と文学』笠間書院二〇一二・10）
＊吉原浩人「『筥崎宮記』考・附譯注」（東洋の思想と宗教七号、一九九〇・6）。

二宮都入

【原文】

二宮モ今夜都ヘ入[1]御自レ院被レ進ルセ御車七条侍従信清ノ御友被候セ入ラセ下七条坊城御母儀宿所ヘ▽一九二左是レ渡二ラセ下当時帝御一腹兄有若シヤ御事モ儲二位殿讒々シク被具シ進セ都御在セ此[2]宮コソ可キ即カセ下位可キ然ル御事ナレ尚四宮御運目出ク渡ラセ御在トソ時人々申ケル待賢《タイケン》[3]不御心ナラ出サセ旅空御在波上過サセ下ケレ三[4]年セ御[5]母議御乳母侍[6]明門院宰[7]相不審ク恋ク被奉思無ク別御事モ入下ケレ誰々モ喜ヒ泣シテソ▽一九三右御在今年成ラセ下七歳也

【釈文】

二宮も今夜都へ入[1]御す。院より御車進らせらる。七条侍従信清の御友に候せらる。七条坊城の御母儀の宿▽一九二左所へ入らせたまふ。是は当時の帝の御一腹の兄にて渡らせたまひけるを、若しやの御事も有らば儲けにとて、二位殿讒々《さかさか》しく具し進らせられたるなり。「都に御在さ(せ)ば、此[2]の宮こそ位に即かせたまふべきに、然るべき御事なれども、尚も四宮の御運の目出《めでた》く渡らせ御在す」とぞ、時の人々申しける。御心ならぬ旅の空に出でさせ御在して、波の上に三《み》年《とせ》[4]過ごさせたまひければ、御母儀(議)[5]も御乳母の侍明[6]〔待賢《タイケン》[3]〕門院の宰相[7]も、不審《おぼつかな》く恋しく思ひ奉られけるに、別の御事も無く入らせたまひければ、誰々も喜び泣きしてぞ御在す。▽一九三右今年は七歳に成らせたまふなり。

【校異・訓読】 1〈延〉「入セ給フ」（五一ウ）、〈長〉「いらせおはします」（5―一一五頁）によれば、「入らせ御す」とも訓める。 2〈昭・書〉「北」。 3〈昭〉「待《タイ》賢」、〈書〉「待賢」。「待賢」は、左の行の「待明門院」への注記が本行に混入したものと見た。 4〈昭〉「三年」。 5〈昭〉「御母儀モ」、〈書〉「御母儀」。 6〈昭・書〉「待明門院」。「待賢」の注記は校異3参照。 7〈昭〉「宰相モ」。

【注解】 〇二宮　二宮帰洛の記事は諸本にあるが、〈松・南・屋・覚・中〉はやや簡略。二宮は、守貞親王。治承三年（一一七九）～貞応二年（一二二三）。高倉天皇第二皇子。母は七条修理大夫信隆の女七条院藤原殖子。諡号は後高倉院。後鳥羽院の実兄。安徳天皇とは一歳違いの異母弟。誕生と同時に知盛夫婦のもとで養育された。『山槐記』「今日修理大夫信隆女〈内女房也。母故大蔵卿通基朝臣女〉生二皇子一云々。其所五条坊門北大宮西大宮面大舎人頭兼盛宅云々。右兵衛督知盛卿可レ奉レ養云々」（治承三年二月二十八日条）。産所となった兼盛は、治承三年六月十七日に死去した清盛の女白河殿盛子の遺領の管理を、後白河院の指示で、白川殿倉預の名目で行うことになった人物。このことが、治承三年十一月の政変の一因にもなっているように、兼盛は、後白河院の近臣で、院近習の藤原能盛の弟（高橋昌明一八七～一八八頁）。都落ちの時には、この後にも記されるように安徳天皇の後継の可能性を考えて、西国に同行させられた。〈延〉「寿永二年八月五日、高倉院ノ御子、先帝之外三所御坐ケルヲ、二宮ヲバ為レ奉二儲君一シ平家取奉テ西国ニオワシマシケリ」（巻八―二オ）。西国からは、乳母の治部卿局（知盛の妻）と共に帰還した。二宮の乳母には、他に頼盛の女がいたが、その女と持明院宰相基家との間に生まれた陳子（後の北白河院）と守貞親王が結婚し、後堀河天皇を儲けることになる（日下力、一一八頁）。承久の乱後は、守貞親王は太上天皇の尊号を受け、二年間院政を執ったが、貞応二年（一二二三）崩御。そうした晩年の栄達について、『平家物語』は触れない。ただ、〈四〉巻十二「二宮コソ御学文モ不怠ラセ下正理為《シ》先御在セ即ケ位進セ行ナハセ二進世御政一モ計ケレ右大将御セシ程不叶」（二五七右～二五七左）、〈延〉巻十二「後高倉院ヲバ其比ハ二宮ト申ケリ。二宮コソ御学問モオコタラセ給ハズ、正理ヲ先トシテオハシマセトテ、位ニ即マヒラセテ世ノ政行ハセマヒラセムト計ケレドモ、鎌倉ノ大将オハセシカギリハ叶ハザリケリ」（九〇ウ～九一オ）などと、後鳥羽天皇との対比で好意的に描いてはいる。**〇今夜都へ入御す**　「今夜」は、「内侍所都入」の元暦二年四月「廿五日」を受ける。〈長・盛・屋・覚・中〉同、〈延〉は、二十四日、〈南〉は、二十六日のこととする。『百練抄』「大夫判官義経等奉二相一具若宮一御入洛。侍従信清相二具院御車一奉レ迎云々」（四月二十五日条）、『吾妻鏡』「若宮〈今上兄〉御二坐船津一之間、侍従信清令二参向一奉レ迎レ之。奉レ入二七条坊門亭一云々」（四月二十八日条）。『愚管抄』は、二十五日の神璽・内侍所入洛記事に続く形で、「二宮モトラレサセ給テ上西門院ニヤシナハレテヲハシケリ」（旧大系二六四頁）とある。神器が鳥羽についたのは、恐らく二十四日、上卿経房等が参向し、神器を朝所に納めたのが二十五日夜（「内侍所都入」の「同じき廿五日、内侍所鳥羽に付かせたまひければ」注解参照）、二十六日には平家一門が入京、内侍所の温明殿渡御は二十七日のことと考えられる。一方、二宮入御の日付については、『平家物語』諸本にも揺れがあり、『百練抄』や『吾妻鏡』も異なるように、確かなことは不明だが、平家一門の入洛二十六日より前か後のことと考えて良かろう。**〇院より御車進らせらる**　〈延・長・盛・松・南・屋・覚〉同。迎えの車が院より遣わされたことは、前項に引いた『百練抄』に確認できる。『吾妻鏡』二十八日条によれば、船津に到着した二宮のもとに院の御車が遣わされたのである。なお、早稲田大学蔵『有職抄』によれば、到着した神器実検の時にも、上卿経房は「船津」に向かっている。「内侍所都入」の注解「同じき廿五日、内侍所鳥羽に付かせたまひければ」参照。船津は、現京都市伏見区柿《かき》ノ木《き》浜《はま》町にあった港湾（〈平凡社地名・京都市〉三六八頁）。**〇七条侍従信清の御友に候せらる**　信清が御供に祗候したこと、〈延・長・盛〉及び『百練抄』『吾妻鏡』同、〈南・屋〉は、「紀伊守範光」も同道したとする。〈松・覚・中〉欠く。藤原信清は、一一五九～一二一六。正三位修理大夫信隆の嫡男、母は大蔵卿正四位下藤原通基女。同母姉に、後白河院妃で、後鳥羽院や後高倉院の母后となった七条院殖子がいる（〈尊卑〉1―三二三～三二四頁）。承安元年（一一七一）四月七日任侍従、元暦二年（一一八五）四月当時、正五位下侍従（〈補任〉建久八年）。一方、信隆・信清親子は清盛とも深い関係を築いていた。信隆は清盛女婿となりその間に隆清を儲け、信清の娘婿隆衡も清盛の孫であった。また、殖子も初めは徳子に仕え、高倉院典侍となったのであった。こうした二代にわたって築き上げた清盛との関係が、信隆親子が新しい後宮を清盛に警戒されることもなく築き上げた要因の一つであったという。その後、信清は、建暦元年（一二一一）内大臣となり、建保四年（一二一六）三月嵯峨別業で薨じた。この間信清は、七条院、後鳥羽院別当を歴任し、実朝の岳父、上皇の外舅となった。（須田春子五一～五四頁）。もう一人の同行者紀伊守範光は、藤原範光。一一五四～一二一三。刑部卿従三位範兼男、母は伊勢守源俊重女。寿永二年（一一八三）八月十六日任紀伊守。元暦二年四月当時正五位下紀伊守兼式部権少輔（〈補任〉建仁元年）。姉妹に、後鳥羽の乳母となった範子（承明門院母、土御門天皇外祖母。刑部卿三位）・兼子（卿二位。『愚管抄』では、「京ニハ卿二位ヒシト世ヲ取タリ。女人入眼ノ日本国イヨ〳〵マコト也ケリ」〔三〇四頁〕とされる女傑）がいる（〈尊卑〉2―四七七～四七八頁）。また、範光は、叔父藤原範季の猶子となった（〈補任〉建久八年）。なお、範季は能兼の実子で、範光の父範兼の弟だが、範兼の猶子となった―〈尊卑〉）。範季の女重子（修明門院）は後鳥羽院との間に守成親王（順徳天皇）を産み（建久八年九月）、範光はその後見役となった。このように、範光の一族は、後鳥羽天皇と極めて緊密な関係にあった（須田春子五五～五七頁）。『平家物語』によれば、西国に落ちた法勝寺執行能円が、都にいた妻（範子）と四宮（後鳥羽）を呼び出そうとした時、「御乳母ノ妹ノ紀伊守範光、コ、カシコ尋穴グリ奉テゾ留マヒラセタリケル」（〈延〉巻八―三オ）とする。〈南・屋〉が、守貞親王を迎える供の一人として範光を書き加えたのは、こうした事情によるのであろう。　**○七条坊城の御母儀の宿所へ入らせたまふ**　「七条坊城」、〈延・盛・屋・中〉同、『吾妻鏡』「七条坊門亭」（四月二十八日条）、〈松・南・覚〉『百練抄』記述無し。なお、〈長〉は、「七条坊城の御母儀のもとにわたらせ給けるを、もしの事あらば儲の君にとて…」（5―一一五頁）と次々項の内容に続けるが、誤り。「宿所へ入らせたまふ。是は当時の帝の御一腹の兄にて渡らせたまひけるを、若しやの御事も有らば儲けにとて…」といった〈四・延・盛〉に類する本文を誤脱したのであろう。七条坊城亭は、七条院殖子と後鳥羽天皇が御所として使用していた。ここは殖子の父修理大夫藤原（坊門）信隆の邸宅であった（『平安京提要』二九一～二九二頁）。左京八条一坊八町かとの伝えもある（『中古京師内外地図』）。『山槐記』「修理大夫〈信隆〉孫皇子〈去月廿八日誕生〉自二降誕之所一、今日令レ渡二匠作亭一〈七条坊城、猶子〉」（治承三年三月十五日条）。この時生まれた皇子が守貞である。**○是は当時の帝の御一腹の兄にて渡らせたまひけるを**　〈延・盛〉ほぼ同文だが、〈延〉に近似する。〈延〉「是ハ当帝ノ御一腹ノ御兄ニテ渡セ給ケルヲ」（五一ウ）。後鳥羽天皇と同じ、七条院殖子腹の皇子である意。**○若しやの御事も有らば儲けにとて、二位殿譼々しく具し進らせられたるなり**　万一、安徳天皇が亡くなるようなことがあった場合、後を嗣がせようとして、二位殿時子の計らいで守貞親王を西国へお連れしたとする点、〈延・長・盛〉同。〈南・屋・覚・中〉なし。但し、〈延・長・盛・南・屋・覚・中〉は、巻八当該部の、後鳥羽が即位することとなった経緯を記す箇所で、二位殿の計らいとはしないが、〈延〉「二宮ヲバ為奉儲君一ニシ、平家取奉テ西国ニオワシマシケリ」（巻八―二オ）のように記す。〈四〉は、巻八が欠巻のため不明だが、当然記されていたであろう。**○都に御在さば、此の宮こそ位に即かせたまふべきに**　〈延・長・盛・屋〉に近似本文あり。〈延〉「若シ渡セ御バ、此宮コソ位ニ即セ御ナマシ」（五一ウ）、〈長〉「都にましまさば、此宮こそ御位につかせをはしまさましか」（5―一一五頁）、〈盛〉「都ニ御座バ、此宮コソ御位ニモ即セ給ベキニ」（6―二一六頁）、〈屋〉「都ニダニモ坐々バ、此宮コソ位ニ付セ給ベキニ」（八一三頁）。掲出の「即かせたまふべきに」は、〈盛・屋〉の訓みに倣った。〈延・長〉の訓みに従えば、「位に即かせたまふべきなれ」とでも訓むか。**○然るべき御事なれども、尚も四宮の御運の聉く渡らせ御在す**　〈延・長・盛〉ほぼ同。〈屋〉は「然るべき御事なれども」がなく、「是モ只四宮ノ御運ノ目出渡ラセ給ニヨテ也」（八一三頁）とする。「然るべき御事なれども」については、いずれも〈盛〉の本文に対する注解だが、水原一『新定源平盛衰記』「それも定まった運命であるが」（6―六一頁）、『完訳源平盛衰記』「それが適当な事であるけれども」（8―五六頁。訳者石黒吉次郎）と解する。巻八該当部〈四〉は欠巻）で、後鳥羽天皇が、次帝に選ばれた経緯を記す記事で、四宮（後鳥羽）も西国へ下るはずのところ、能円の機転によって都に留まることになったと記した後の記事には、次のようにある。

・御乳母ノ妹ノ紀伊守範光、コ、カシコ尋穴グリ奉テゾ留マヒラセタリケル。「夫モ可然御事ナレドモ、範光ユ、シキ奉公」トコソ被申ケレ（〈延〉巻八―三オ。〈長〉ほぼ同）

・ソモ帝運ノ可然事ト申ナガラ、範光ハユ、シキ奉公ノ者也トゾ人申ケル（〈盛〉4―四九一頁）

・其次ノ日ゾ法皇ヨリ御迎ノ人ハ参タリケル。何事モ然ルベキ事ト申ナガラ、此範光ハ由々シキ奉公ノ人カナトゾ申ケル（〈南〉上―四五八頁。〈屋・覚・中〉もほぼ同）

いずれも、「後鳥羽天皇がそうなるべき（即位すべき）運命であるとは言うものの」の意であろう。ここも、「そうなるべき運命であったとはいえ、（二宮が連れ去られて都にいなかったために四宮が即位することになったのは）四宮の御運がすばらしいものであったためだろう」の意であろう。

○御心ならぬ旅の空に　「御心ならぬ」、〈延・盛〉同。〈長・松・南・屋・覚〉のように、「御心ならず」とも訓める。以下の本文、〈盛〉に近似する。〈盛〉「御心ナラヌ旅ノ空ニ出テ、三年ヲ過ケレバ、御母儀モ御乳人持明院ノ宰相モ、奢奉恋思ケルニ、事故ナク入セ給タレバ、奉見テハ誰々モ悦泣シテゾ御座ケル」（6―二一六頁）。

○御母儀も御乳母の侍明〔待賢〕門院の宰相も…　「御母儀」は、守貞親王の母、七条修理大夫信隆の女七条院藤原殖子。「御乳母の侍明〔待賢〕門院の宰相」は、〈延〉「御乳人ノ持明院ノ宰相」（五二オ）が正しい。藤原基家のこと。基家の妻（平頼盛の女）は、守貞親王の乳母であった。「侍明」は、「持明」の誤りで、偏の近似による誤読乃至は誤写によるのだろう。但し、持明門院と言うのは「持明院」の誤りで、そうした誤りが先ずあったことにより、「待賢」という誤った注記が施されることとなったのであろう。校異3参照。守貞親王の母七条院も乳父の持明院宰相基家も、西国に連れ出された守貞親王のことを不安にも恋しくもお思い申し上げていたのだが、何事もなく帰還なされたのでの意。この基家と頼盛の女との間に生まれた陳子(北白河院)が、守貞親王と結婚し、後堀河天皇が生まれた。日下力は、『平家物語』の全諸本が、守貞親王の帰還時のこうした逸話を漏れなく共有していることは、持明院の派閥が幅を利かせていた『平家物語』成立当時の政治状況の投影と推察できるとする(一二〇頁)。

【引用研究文献】

＊日下力「後堀河・四条朝の平氏—維盛北の方の再婚と定家の人脈—」(国文学研究一一四集、一九九四・10。『平家物語の誕生』岩波書店二〇〇一・4再録。引用は後者による)

＊須田春子「女人入眼の日本国(一)—平氏・清盛傘下の女院—」(古代文化史論攷六号、一九八六・11)

＊高橋昌明『平清盛　福原の夢』(講談社二〇〇七・11)

一門大路渡(①生捕入京)

【原文】

廿六日ニハ内大臣以下生執共入ル京ヘ奉リ[1]乗セ下小八葉車上挙ケ前後簾《レ》開キツ二、左右物見一着ソ下[2]浄衣ヲソ右衛門督清宗生年十七歳着テソ白キ直垂乗リ下フ車尻季貞盛澄馬候ス平大納言時忠卿モ同ク遣《ヤ》リ連ク子息讃岐中将時実ハ同車可被レ[3]渡▽一九三左現所労ケレ不被渡内蔵頭信基〈範輔祖父親輔治部卿三位親[4]父時忠祖父舎弟〉被リケレレ疵自《ス》二閑《カン》道一入リヌ軍兵打[5]二囲前後左右不知下ラ云フ幾良之数上ケル[6]如二シ雲霞一内大臣見廻ラシ四方一痛ク無シ思入リ[7]気色一モ指シモ花族ヤカニ清気シ人不ヌ有ラ物疲セ衰[8]ヘドルワ哀右衛門督低伏《ウツ》シ目モ不見揚ケ下深ク思入気色貴賤上下見ル人[9]ヲハ不限ラ都▽一九四右内モ従下近国遠国山々寺々[10]上老少上リ集至鳥羽南門造路《リチ》四塚《ツカ》人不[11]三得二ヘ返見ル事一車轅[12]ヲ廻ラス事不能仏智恵尚難シ数ヘ尽クシ治承養和飢饉東国西国合戦人皆死失思シ[13]見二ヘシ残尚多ク有一トソ落玉都僅中一年無下間近事ナレ眦[14]キカリシ事ヲモ共不忘[15]レ下今日有様《マ》夢幻《シ》モ分ケ兼無レ情ケ▽一九四左婢男婢女マモ流涙莫シ不拭ラ袖倍シ馴近付懸リシ詞伝《ツテ》モ之人被ケレ思二何計《カ》リ[16]事蒙年来重恩従[17]リケレ親祖父時之伝リ輩モ我身難置多ク付[18]シャ源氏昔由見忽非レ可忘ル何悲カリケレ被推量哀而[19]〔袖モ〕押シ当顔有[20]下ケルトカヤ目モ不見揚ケ之人モ

【釈文】

廿六日には、内大臣以下の生執共京へ入る。小八葉の車に乗せ奉[1]り、前後の簾《レ》を挙げ、左右の物見を開きつつ浄衣をぞ着[2]たまふ。右衛門督清宗、生年十七歳、白き直垂を着てぞ、車の尻に乗りたまふ。季貞・盛澄馬にて候す。平大納言時忠卿も同じく遣《ヤ》り連《つづ》く。子息讃岐中将時実は、同車して渡さ[3]▽一九三左るべかりしが、現所労なりければ渡されず。内蔵頭信基〈範輔の祖父。親輔治部卿三位の親父[4]。時忠の祖父の舎弟〉は、疵《ス》を被りければ、閑《カン》道より入りぬ。軍兵前後左右に打囲[5]みて、幾良《いくら》と云ふ数[6]を知らず、雲霞のごとし。内大臣は四方を見廻らして、痛く思ひ入りたる気[7]色も無し。指しも花族《はなヤカ》に清気なりし人の、有らぬ物に疲《や》せ衰[8]へたまへるぞ哀れなる。右衛門督は低伏《ウツぶ》して、目も見揚げたまはず。深く思ひ入りたる気色なり。貴賤上下、見る人は[9]都の▽一九四右内にも限らず、近国・遠国・山々寺々[10]より老少上り集まりて、鳥羽の南門・造《つくりみチ》路・四塚《よツづか》に至るまで、人は[11]返り見る事を得ず、車は[12]轅《ながへ》を廻らす事能はず。仏の智恵なりとも、尚数へ尽くし難し。治承・養和の飢饉、東国・西国の合戦に、人は皆死に失せたると思ひしに、残り尚多く有りとぞ見え[13]（へ）し。都を落ちたまひて僅かに中一年、無下に間近き事なれば、[14]瑿《めでた》かりし事をも共に忘れ[15]たまはず。今日の有様、夢《マ》幻《シ》とも分け兼ねたり。▽一九四左情け無き婢《しづのを》男・婢《しづのめ》女までも、涙を流し袖を搾《しぼ》らぬは莫《な》し。倍《ま》して馴れ近付き詞の伝《つて》にも懸かりし人、何《い》かばかりの事[16]をか思はれけん（れ）。年来重恩を蒙りて、親・祖父の時より[17]伝はりたる輩も、我が身の置き難さに、多く源氏に付き[18]しかども、昔の由見《よしみ》は忽ちに忘るべきに非ず。何《い》かに悲しかりけん（れ）、推し量られて哀れなり。[19]而れば袖を顔に押し当てて、目も見揚げぬ人も有り[20]けるとかや。

【校異・訓読】 1〈昭〉「奉レリ」。2〈昭〉「着下フ」。3〈昭〉「可レ被レ渡」。4〈昭・書〉「文」。5〈昭〉「打囲」。6〈底・昭〉「数上ケル」。7〈昭〉「気色モ」。8〈昭〉「衰ヘ下ヘルソ」。9〈昭〉「人ソハ」。〈底〉の「ヲ」難読、〈昭〉の「ソ」存疑。10〈昭〉「寺々」。11〈昭〉「不得返《へ》リ見ル事ニ」。12〈昭〉「轅」。13〈昭〉「見」。14〈昭〉「瑿キカツシ事共ヲモ」。15〈昭〉「忘」。16〈昭〉「事二」。17〈底・昭〉「従リケレ」。「ケレ」未詳。18〈底・昭〉「付シャ」。「ヤ」は、「カ」の誤りか。19〈底・昭〉「而」の下に補入記号、その右に「袖レ」、左に「袖」傍記、〈書〉「而袖押」。20〈底・昭〉「有下ケルトカヤ」。「下」未詳。

【注解】 **○廿六日には、内大臣以下の生執共京へ入る**　平家の生捕の入京を二十六日とする点、諸本同。『玉葉』『百練抄』『吾妻鏡』同。但し、〈盛〉『吾妻鏡』は、「中時」のこととする。『玉葉』『百練抄』は時刻を記さないが、宗盛等の乗った車の前後の簾は上げられ、物見も開けられていたとすることからも、日中の入京であったことは確か。**○小八葉の車に乗せ奉り**　生虜となった宗盛等が乗っていた車を、「小八葉の車」とするのは、〈四〉以外には、葉子十行本・京師本系統の一方系語り本で、〈延・長・盛・松・南・屋・覚〉は「八葉ノ車」（〈延〉五二オ）とする。以下に引く『玉葉』『百練抄』は「車」、『吾妻鏡』「八葉車」。源通方による鎌倉中期の有職故実書『餝抄』によれば、「八葉（付小八葉）大八葉五緒長物見。極位人大臣乗レ之。而近代多乗用不レ可レ然云々」（改訂増補『故実叢書』三六所収『輿車図考』五三頁）とあり、同じく恵命院宣守による室町中期の故実書『海人藻芥』上巻によれば、「大八葉車ハ、俗中大臣以下公卿。僧中ハ僧正已下僧綱用レ之。小八葉ハ、四位五位雲客、僧中有職非職等用レ之」（群書一八―九一頁）とあることから、「ここは他本に「小八葉」（小紋の八葉。小八葉の牛車は四位・五位の乗用、また広く上下・男女に用いられた）とあるのが妥当である」（〈集成〉下―二五九頁）との見解もある。但し、「小八葉」とするのは、先にも見たように、〈四〉以外には一方系語り本の一部であり、〈延〉を初めとする多くの諸本は「八葉ノ車」とする。また、『吾妻鏡』にも「八葉車」とあり、朝敵となった宗盛等の今回の処遇として、四位・五位クラスの者が乗る「小八葉」の車が本当に相応しいのかどうかについては判断しがたい。但し、巻十の「重衡大路渡」の場面では、〈闘・覚〉及び一方系語り本で、重衡は、小八葉の車に乗っていたとされる。なお、重衡大路渡の件は『玉葉』『吾妻鏡』に記載が無く、史実は不明（本全釈巻十―三三頁）。本段の、宗盛以下の大路渡については、記録類に以下のように見える。『玉葉』「此日前内府幷時忠卿以下入洛云々。各乗レ車、上二車簾一着二浄衣一云々。清宗卿同二車前内府一云々。盛隆・季貞以下生虜幷帰降之輩、騎馬在二車後一。武士等囲繞云々。両人共安二置義経家一。如二風聞一者、来月四日相二具義経一可レ赴二頼朝之許一云々」（文治元年四月二十六日条）、『百練抄』「前内大臣宗盛已下入京。見物輩成レ群云々。内府浄衣駕レ車〈上レ簾、開二物見一〉。右衛門督同車。平大納言連軒著二浄衣一〈上二車簾一開二物見一〉。信基朝臣被レ疵不レ被レ渡二大路一云々」（同前）、『吾妻鏡』「今日前内府已下生虜依レ召可二入洛一之間、法皇為レ御二覧其躰一密々被レ立二御車於六条坊城一云々。申剋各入洛。前内府・平大納言〈各駕二八葉車一。上二前後簾一開二物見一云々〉・右衛門督〈乗二父車後一〉。各浄衣、立烏帽子〉。土肥二郎実平〈墨糸威鎧〉在二車前一。伊勢三郎能盛〈肩白赤威鎧〉在二同後一。其外勇士相二囲車一。又美濃前司以下同相二具之一。信基・時実等者、依レ被レ疵用二閑路一云々。皆悉入二廷尉六条室町第一云々」（同前）。なお、今回の大路渡には、首渡の要素はなく、『玉葉』に見るように、「生虜幷帰降之輩」の大路渡であった。　**○前後の簾を挙げ、左右の物見を開きつつ浄衣をぞ着たまふ**　〈延・長・盛・松・南・屋・覚・中〉同。前項に引いた『玉葉』『百練抄』『吾妻鏡』の波線部に明らかなように、宗盛（『玉葉』『百練抄』によれば、時忠も）の乗った車は、前後の簾が上げられ、左右の物見も開かれていた。また、浄衣を着ていたことも確認できる。生け捕りとなった姿を衆人に見せるための処置であり、それは首の大路渡と同様、恥辱を与える意味を持ったものであろう。**〇右衛門督清宗、生年十七歳、白き直垂を着てぞ、車の尻に乗りたまふ**　清宗が、白の直垂を着て、父の車の尻に乗っていたとする点、〈延・長・南・屋・覚〉同、〈盛〉は、「清宗卿ハ同車、…各浄衣ヲ被著タリ」(6—二一六～二一七頁)と、共に浄衣を着ていたとする。同車の件は『玉葉』『百練抄』にも確認できるが、着衣については、『吾妻鏡』に「右衛門督〈乗二父車後一。各浄衣、立烏帽子〉」とある。四重田(宇野)陽美は、清宗の「白き直垂」は、宗盛の浄衣(公家の平服)に対して、武家の平服として対比したものであるとし、この記事が、宗盛と清宗の対比描写の始発であるとする(一一～一三頁)。**〇季貞・盛澄馬にて候す**　「季貞・盛澄」、〈延〉同、〈長〉「季貞、成澄」。〈盛・松・南・屋・覚・中〉不記。『玉葉』「盛隆・季貞以下生虜幷帰降之輩、騎馬在二車後一」。季貞と盛澄が正しい。季貞のその後の消息は〈四〉には記されないが、〈延・長〉に「七日暁、九郎判官ハ平氏ノ生虜共相具テ、六条堀川ノ宿所ヲ打出テ鎌倉へ下ラル。右衛門督清宗、源大夫判官季貞、章清、盛澄ナムドモ下ルトゾ聞ヘシ」(〈延〉六六ウ～六七オ)とある。『吾妻鏡』によれば、宗盛等と共に季貞や盛澄が鎌倉入りしたのは、文治元年五月十六日。さらに六月五日条によれば、季貞の子宗季(後日逸見冠者光長の猶子となり、宗長と改名)は、父の存亡を尋ねて鎌倉に下向したが、箭造りの技術が認められて御家人に取りたてられたとする。そうしたこともあって季貞は生き延び、多賀宗隼(八三頁)によれば、『白川仲資王記』の元久元年(一二〇四)六月十四日条に、この日入滅したことが記されている。盛澄は、平盛国の孫、摂津守盛信の子。越中守盛俊は叔父に当たると考えられる(角田文衛一〇三～一〇五頁)。盛澄は、季貞と行動をよく共にして清盛に仕えた。季貞の養子の一人弘季の実父は、盛俊の子盛次であるように、季貞と盛澄は、清盛側近として平氏政権を支える親密な関係にあったと考えられる(高山かほる二〇頁)。**〇子息讃岐中将時実は、同車して渡さるべかりしが、現所労なりければ渡されず**　〈延・長・盛・松・南・屋・覚〉同、〈中〉「さぬきの中将時実は、きずをかうぶられたりければ、これも別の道よりいられけり」（下―二七三頁）。『吾妻鏡』四月二十六日条では、時実と信基は、負傷のため閑路を経て入洛したとする。「信基・時実等者、依レ被レ疵用二閑路一云々」。両人が生け捕られた時負傷していたことは、『吾妻鏡』四月十一日条に確認できる。「生虜人々　…前内蔵頭信基〈被レ疵〉　左中将〈時実、同レ上〉」。**○内蔵頭信基〈範輔の祖父。親輔治部卿三位の親父。時忠の祖父の舎弟〉は、疵を被りければ、閑道より入りぬ**　信基に付された注を除けば、〈延・長・盛・松・南・屋・覚〉同、〈中〉「くらのかみのぶもとも、どうしやして入たまふべかりしに、しよらうの心ちとて、かんだうより入たまふ」（下―二七三頁）。信基が時実と同様に、負傷していたことは、前項に引いた『吾妻鏡』に見える。信基の注記は、〈四〉の独自本文。平範輔は、信基の孫。生没年建久三年（一一九三）～嘉禎元年（一二三五）。建永元年（一二〇六）叙爵。以下、蔵人頭・右大弁（一二二五）・中宮亮・遠江権守・参議（一二二六）・加賀権守（一二三〇）・左大弁（一二三一）・権中納言（一二三四）を歴任。大弁の期間が長く、実務能力に長けていた人物。関白近衛家実の家司で、曽祖父信範に始まる家統中では、唯一の三事兼帯者。蔵人頭に昇進し、最終的には権中納言へと至り、一族中で異例の昇進を遂げた人物であった（松崎紫園一五頁）。なお、範輔の子高輔は、文永七年（一二七〇）没。正四位上右大弁。信基の子親輔は、生没年未詳。実父は、刑部権大輔信季（〈尊卑〉4―九頁、〈補任〉2―八頁）。寿永二年（一一八三）叙爵。以下、建暦元年（一二一一）十月治部卿、蔵人頭、建暦二年従三位、建保三年（一二一五）十二月出家。「時忠の祖父の舎弟」は、訓みを含めて未詳。「範季の祖父」「親輔治部卿三位の親父」の訓みに従えば、掲出のような訓みとなるが、別掲の系図（〈尊卑〉による）に見るように、信基は時忠の祖父の舎弟ではない。それは、「時忠は祖父の舎弟」と訓んでも同様。このような注が付されるなか、なぜ範輔やその父親輔が特筆されるのか、詳細は不明だが、範輔は、堂上平氏の中では異例の出世を遂げており、そうしたことが注目される理由の一つなのかもしれない。いずれにせよ、これらの注は、〈四〉にしか見られず、それは巻三

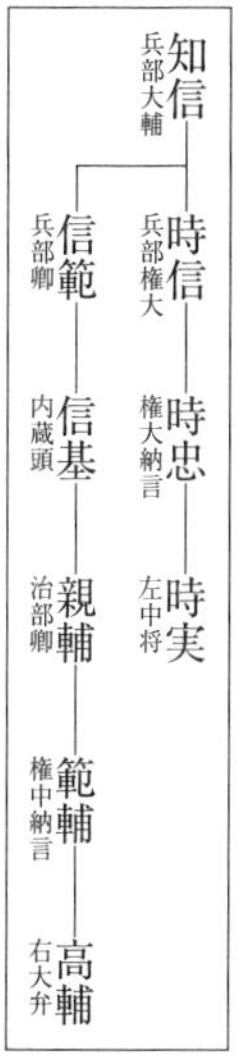

「御産の時参る人数の事」に見る、御産に参った人、不参の者に付された詳細な注と同様に、歴史考証的な姿勢が表れたものであることは確かなようである。　**〇軍兵前後左右に打囲みて、幾良と云ふ数を知らず、雲霞のごとし**〈延・長・南・屋〉同、〈中〉不記、〈盛〉「武士百余騎車ノ左右ニアリ。兵三騎又車ノ前ニアリ」（6―二一七頁）、〈松・覚〉は土肥実平の三十余騎が守護したとする。「雲霞のごとし」とされる警護の武士については、『玉葉』に「武士等囲繞」としか記されないが、実状としては、〈盛〉や〈松・覚〉の記事に近いであろう。　**〇内大臣は四方を見廻らして、痛く思ひ入りたる気色も無し**　〈延・長・盛・南・屋・覚・中〉同。この後に記される清宗の、一点を見据えて深く思い沈む姿に対して、宗盛は四方を見回す落ち着かない姿として描かれ、深く思い沈む様子は無かったと記される。壇浦で捕らえられた折には、宗盛・清宗父子は、互いに見合って沈まないという対等の描写で記されていたが、捕虜となって後の描写では、恥を知る清宗と恥を知らぬ宗盛という対比描写で記される。恐らくは、清宗と対比することにより、宗盛の軟弱さを強調しようとするのであろうが、この辺りから『平家物語』では、宗盛と清宗との対比描写が始まる。このように、『平家物語』の宗盛は、先ず重盛、続いて知盛、さらに清宗（一部重衡）と、対比する人物を変えながら、常に対比の構図のもとに描かれている（四重田陽美）。　**〇指しも花族に清気なりし人の、有らぬ物に痩せ衰へたまへるぞ哀れなる**　あんなに華やかに美しかった宗盛が、別人のように痩せ衰えていたとする点、〈延・長・盛・松・南・覚〉同。〈屋〉「指モ花声也シ人々ノ、三年ガ間ノ塩風ニ疲黒ミ給テ、其人共見ヘ給ハヌ事コソ糸惜ケレ」（八―一五頁）、〈中〉なし。なお、〈長〉は、「なさけなりし人の」（5―一一六頁）とするが、「なさけ」は、「情け」と「清け」の誤読ないしは誤写と考えて良かろう（〈長〉一一六頁の頭注）。〈盛〉は、同箇所を「麗シカリシ人ノ」（6―二一七頁）とする。〈屋〉は、宗盛と清宗との対照描写の後に、「指モ花声也シ人々ノ…」と、宗盛と清宗との様子として記す。なお、宗盛を「花族に清気なりし人」とするのは、いずれの諸本もこの箇所のみだが、巻十「御禊の行幸の事」では、安徳天皇大嘗会に先立つ御禊行幸の際の宗盛の姿を、「平家の内大臣節下にて御せしが、阿苦《コ》に付い(ひ)て、前《まへ》に龍の幡《はタ》を立てて居たまひし有様《ありさマ》、気色、間近《アたり》を払ひてぞ見え(へ)し。冠《かんむリ》の際《キは》、袖の懸かり、表《ウヘ》袴《ばかマ》の裾《スソ》までも、勝れて見え(へ)たまひき」(本全釈巻十—四一七頁)と、肯定的に描いている。**○右衛門督は低伏して、目も見揚げたまはず。深く思ひ入りたる気色なり**　〈延・長・盛・松・南・覚〉同、〈屋〉「右衛門督ハ直垂ノ袖ヲ顔ニ押当テ目モ見アゲ給ハズ」(八一五頁)、〈中〉「御子ゐもんのかみは、涙にむせびて、うつぶしておはしければ」(下—一七三頁)。**○鳥羽の南門**　〈延・長・盛・屋・覚〉同、〈南・中〉「鳥羽ノ北門」(〈南〉八九七頁)。〈松〉「鳥羽ノ南ノ作道」(一七頁)。鳥羽殿内の池跡には賀茂川の洪水による土砂の流入の形跡がなく、鳥羽殿の池と賀茂川がつながっているような構造は想定しがたいという。『平安京提要』では、細い流水路は描かれるものの、両者は完全に分離されている(美川圭九一頁)。その『平安京提要』に見る「鳥羽殿概略図」(五七六頁)やその解説によれば、京より作道を南下し鳥羽殿へ入る門として、鳥羽殿全体の正門としての北門と、南の正門としての南門があった。北門は作道と北大路の交差する位置にあるが、南門については不明。なお、南門前には賀茂川の河原が広がるが、どの程度門から離れていたのかは不明で、時代とともに変化したものと推測できる。但し、淀路の記事があるので南門を南下し賀茂川浮橋を渡り淀へ行けることが分かる(五七四〜五七五頁)。ここは船着場に近い鳥羽の南門から朱雀大路の南端の四塚まで、生け捕られた平家の者達を見るために、京の内外から多くの者達が集まったことを言うのであろう。

○人は返り見る事を得ず、車は轅を廻らす事能はず　〈延・長・盛・松・南・屋・覚・中〉同。『文選』上「西都賦」による。都長安の賑わしい様を描く場面に、「九市開レ場、貸別隧分、人不レ得レ顧、車不レ得レ旋」(「九つの市は売り場を設けて、店筋ごとにそれぞれの品物が並べられ、人はうしろを振り向くこともできず、車は巡らすこともできません」全釈漢文大系『文選』1—六六頁)とある。**○仏の智恵なりとも、尚数へ尽くし難し**　〈延・長・屋・中〉同。仏の智恵をもってしても、なお数え尽くしがたい程多くの人々が集まったとする。**○治承・養和の飢饉、東国・西国の合戦に、人は皆死に失せたると思ひしに、残り尚多く有りとぞ見えし**　〈延・長・盛・松・南・屋・覚〉同、但し、

〈延・長・屋〉は、「東国・西国の合戦」を、「東国・北国ノ合戦」（〈延〉五二ウ）とする。〈中〉は、「さんぬる治承養和の、ききん、ゑきれいに、人だねはみなつきぬとおもひしに、猶のこりはおほかりけり」（下―二七四頁）と、合戦での戦死者の件を脱落させる。「治承・養和の飢饉」で亡くなったのは、平家に動員された多くの兵士であるように、数え尽くせないほど多く集まった人達とは、「東国・西国（北国）の合戦」で亡くなったのは、都近郊の多くの人々だが、生虜を一目見ようとする物見高い京都近郊の人々だけではなく、まだ多く都近郊に残っていた平家所縁の者達をも言うのであろう。この後にも、「年来重恩を蒙りて、親・祖父の時より伝はりたる輩も、我が身の置き難さに、多く源氏に付きしかども」と、平家所縁の者達の動向が記されることからも明らかである。なお、「北国ノ合戦」とは、砺波山合戦を初めとする一連の北陸合戦を指す。その合戦では、「去んぬる四月には十万余騎にて下りしに、今六月に上るは三万余騎、都合七万余騎は、北陸道にて討たれけり。平家今度数を尽くして下されける処に、是く討たれぬる上は云ふ甲斐無し」（〈四〉。本全釈巻七―一〇七頁）と惨状が記されていた。あるいは、「一門都落」にも、落ち行く平家の名寄せの後に、「東国・北国の度々の合戦に討たれたるが残る所なり」（本全釈巻七―二八一頁）とあった。

○都を落ちたまひて僅かに中一年、無下に間近き事なれば、眦かりし事をも共に忘れたまはず　〈延・長・盛・松・南・屋・覚〉同、〈中〉なし。但し、「眦かりし事をも共に忘れたまはず」は、〈延〉「目出カリシ事共モ忘ラレズ」（五三オ）、〈長〉「めでたかりし事もわすれず」（5―一一六頁）、〈盛〉「其有様一トシテ不忘」（6―二一八頁）、〈南〉「目出度カリシ事モ忘給ハズ」（下―八九八頁）、〈屋〉「目出カリシ事共モ忘ラレズ」（八一六頁）、〈覚〉「めでたかりし事も忘られず」（下―三〇九頁）とある。〈四〉の場合、棒線部は、付訓によれば、掲出のように「眦かりし事をも共に」と訓むことになるが、ここは、〈延・屋〉のように、「事共も」と訓むべきだろう。また、〈四〉の波線部「忘れたまはず」も、〈南〉が同様に訓むが、ここは、〈延・長・盛・屋・覚〉のように、「忘れず」「忘られず」と訓むべきところだろう。ここは、生け捕られた平家の者達の大路渡しを見る人々の感懐と考えるべき。それを、「忘れたまはず」

と訓めば、大路渡しをされる平家の人々の思いを察した表現となる。**○今日の有様、夢幻とも分け兼ねたり**〈延・長・盛・松・南・覚〉同、〈屋・中〉なし。〈松・南・覚〉は、「さしもおそれおのゝきし人の、けふのありさま、夢、うつゝともわきかねたり」（〈覚〉下―三〇九頁）と、あれ程おそれおののいて仰いでいた平家の人々の、今日のうって変わった姿を見るにつけと言うように、大路渡しを見る人々の思いを指す。**○情け無き婢男・婢女までも、涙を流し袖を捶らぬは莫し…**〈延・長・盛・松・南・覚〉同、〈屋・中〉は、「何かばかりの事をか思はれけん」までなし。

【引用研究文献】

＊多賀宗隼「平清盛と側近―源大夫判官季貞―」（日本歴史五二九号、一九九二・6）
＊高山かほる「源季貞に関する一考察」（湘南史学六集、一九八三・3）
＊角田文衛『平家後抄―落日後の平家―』（朝日新聞社一九七八・9）
＊松崎紫園「平範輔　略伝」（国文鶴見四一号、二〇〇七・3）
＊美川圭「鳥羽殿の成立」（上横手雅敬編『中世公武権力の構造と展開』吉川弘文館二〇〇一・8）
＊四重田（宇野）陽美「延慶本における人物対比の方法―宗盛像をめぐって―」（同志社国文学三四号、一九九一・3）

一門大路渡（②宗盛の悲哀）

【原文】

今日車遣[1]《タリシ タリケル》牛飼木曽院《ヘ》参《リケル》時車遣出家《シ》孫《コ》二郎丸舎[2]弟《ニ》小▽一九五右三郎丸西国許[3]《ユル》《サレタル》有《ケル》男今一度遣《ハヤト》大臣殿御車思《フ》志深《シ》《カリケレ》鳥羽進《ミ》出九郎大夫判官御前舎人牛飼《ナ》申下﨟終可《キ》有情《ケ》之者《ニテモ》不候《ネ》年来被生《ロ》[4]〔成〕長進《セシ》其志不浅《ラ》而《サ》《モ》可《レ》然候者仕《ラハヤ》大臣殿御車泣々《ク》申《ケレ》大夫判官哀何可苦《カル》免合《セ》手喜[5]《ッテ》尋常装束《シ》遣道了《ラモ》流▽一九五左涙見人哀《ミテ》最度捶《シ》袖《ヲソ》法皇六条[6]東同院立御車被《ル》御覧《セ》公卿殿上人《ノ》車《モ》同被立並《ヘ》指《モ》昵《シク》被《シ》召仕御心弱《ク》哀《レ》被思食御友《ニ》候《ラ》《ハレ》人々《モ》只夢《トソ》思《ヒ》為何懸《リ》咹人詞《モ》懸《ラハヤト》目《モ》思《シ》是《ク》可《シ》見成《ス》少《シ》不《レ》《リトソ》思言《ヒ》合一年《セ》成大臣拝[7]《ヒ》賀《カ》被《シ》申公卿為《シ》始花山院大納言十二人友《シ》▽一九六右遣《リ》連[8]《ケ下フ》大[9]〔中イ〕納言《モ》四人《リ》三位中将三人[10]《ニ》御[11]《シキ》殿上人右大弁親宗以下十六人公卿《モ》殿上人《モ》今日晴《トソ》被《シ》《レ》威儀《メ》則此平[12]大納言《モ》于[13]〔其〕時左[14]〔右〕衛門督御《シキ》始院御所[15]《一》参《リ下》《ト》毎《レ》所被《下》召御前《ヘ》引出物賜《リ》被《下シ》勧[16]賞《ラセ》儀式掃《シ》間《アタリ》近事《ソカシ》可斯《ル》誰思《シ》被《下》渡大路《一》後大臣殿父子御《二シ》▽一九六左九郎大夫判官宿所六条堀河《ッ》物進《ケレ》不立《下ハ》御箸《ヲタニモ》互物不被仰《セ》父[17]子見合《セ》御目無《ク》隙被[18]《シ》流御涙《ッ》成[19]《レ》夜《ヤ》不俳《クツロ》《ケ下》装束《ヲモ》片《タ》敷御袖伏《フ》《シ玉フ》右衛門督《モ》近《ク》寄《リ》臥《シケレ》大臣殿御子息打懸《ケ下》御袖源八兵衛熊《マ》井太郎江田源三《ナント》預《リ》奉《レ》守《リ》阿那糸惜《ヤ》咹《ア》《レ》見《下ヘ》親子中計無[20]《ケレトフ》々▽一九七右慙事捶《レ》袖《ソ》

【釈文】

今日、[1]車遣りたりける牛飼は、木曽が院へ参りける時、車遣りて出家したりし孫二《コ》郎丸が[2]舎弟に小▽一九五右三郎丸なりけり。西国にて[3]許《ユル》されたる男にて有りけるが、「今一度大臣殿の御車遣らばや」と思ふ志深《シ》かりければ、鳥羽にて九郎大夫判官の御前に進み出でて、「舎人・牛飼なんど申すは下﨟の終《はて》にて、情け有るべき者にても候はねども、年来《としごロ》[4]生長《おほした》てられ進らせしかば、其の志浅からず。而《さ》も然るべく候はば、大臣殿の御車を仕らばや」と泣く泣く申しければ、大夫判官哀れがりて、「何かは苦しかるべき」とて免してけり。手を合はせて[5]喜びて、尋常に装束して遣りたりける。道了《みちすが》ら▽一九五左も涙を流しければ、見る人哀れみて最度《いとど》袖をぞ搾《しぼ》りける。

法皇、[6]六条東洞(同)院に御車を立てて御覧ぜらる。公卿・殿上人の車も、同じく立て並べられたり。指しも睦《むつま》じく召し仕はれしかば、御心弱く、哀れに思し食さる。御友に候《ラ》はれける人々も、只夢かとぞ思ひける。「何かにも為て咹《あ》の人の詞にも懸かり、目にも懸からばやと思ひしに、是く見成すべしとは、少しも思はざりけり」とぞ言《のたま》ひ合へり。一年《ひととせ》大臣に成りて、[7]拝賀《はヒガ》申されしには、公卿には花山院大納言を始めと為《シ》て、十▽一九六右二人友して[8]遣り連けたまふ。[9]大(中ィ)納言も四人《よたり》、三位中将も[10]三人にて[11]御しき。殿上人には右大弁親宗以下十六人なり。公卿も殿上人も、今日を晴とぞ威儀《きら》めかれし。則て此の[12]平大納言も、[13]時(其の時)に[14]左(右)衛門督とて御しき。院の[15]御所を始めとして、参りたまふ所毎《ゴト》に御前へ召されたまひて、引出物を賜り、[16]勧賞されたまひし儀式、間近《アタリ》を掃《はら》ひし事ぞかし。斯かるべしとは誰か思ひし。

大路を渡されたまひて後、大臣殿父子《おやこ》は、▽一九六左九郎大夫判官の宿所、六条堀河にぞ御しける。物進らせたりけれども、御箸をだにも立てたまはず。互ひに物は仰せられねども、[17]父子御目を見合はせて、隙無く[18]御涙を流されけり。夜に成[19]れども、装束をも俳《クツロ》げたまはず、御袖を片《かた》敷きてぞ伏《ふ》したまふ。右衛門督も近く寄り臥しければ、大臣殿、御子息に御袖を打懸けたまひけるを、源八兵衛・熊《くま》井太郎・江田源三なんど預かり守り奉りけるが、「阿那《あな》糸惜しや。咹《ア》れ見たまへ。親子の中ばかり無▽一九七右慙なる事こそ無[20]けれ」とて、袖をぞ搾りける。

【校異・訓読】 1〈底・昭〉「遣《リシ》《タリケル》」。「遣りし」とも訓める。〈延〉「遣タリケル」（巻十一―五三オ）。「遣りし」とする諸本本文未詳。2〈昭〉「舎弟」。3〈昭〉「許《ユル》《サレタ》有《ケル》《レ》男」。4〈底・昭〉「生」の右下に「成」を傍記、〈書〉「生成長」。5〈底・昭〉「喜《ッテ》」。6〈底・昭・書〉「東同院」。7〈昭〉「拝《ヒ》賀」。8〈昭〉「連《ケフ》」。9〈底・昭〉「大」の左に「中《イ》」を傍記。〈昭〉は「納言《モ》」の「モ」なし。〈書〉「大納言」。10〈昭〉「三人」。11〈昭〉「御」。12〈昭〉「平大納言」。13〈底・昭〉「于時」とし、「于」の左に「其」を傍記、〈書〉「其時」。14〈底・昭〉「左衛門督」とし、「左」の左に「右」を傍記、〈書〉「右衛門督」。15〈昭〉「御所」。16〈昭〉「勧賞《ウセ》」。17〈昭〉「文子」、〈書〉「父子」。18〈底・昭〉「被《シ》流御涙《ッ》」。19〈昭〉「成」。20〈昭〉「無《ケレトテ》」。

【注解】〇木曽が院へ参りける時、車遣りて出家したりし　この牛飼の兄が一時義仲に仕え、「出家」したと記す点は、〈延・盛・屋〉同様。但し、〈屋〉は、「木曽殿討レテ後、出家シテンゲリ」（八一六頁）とする。〈中〉も、「一とせ、木曽が車やりそんじて、法師になされ、ゆきかたしらずなりにけり」（下―二七三頁）とする。その他、〈長〉「木曽が院参の時、車やりて門をいだしたりし」（5―一一七頁）。〈覚〉「木曽が院参の時、車やりそんじてきられにける」（下―三一〇頁）。〈南〉は、「年来召仕ハレシ次郎丸ガ弟三郎丸ナリ」（下―八九六頁）と、この点の説明を欠く。義仲の車を遣ったというのは、諸本巻八の「猫間」（〈四〉は欠巻）に見える話だろう。〈四・延・長・盛・南・屋・覚〉が「院参」の時とすることからも、牛車に馴れない義仲を、車の中で七転八倒させた著名な話を指すと読める。〈延〉「車ニ乗テ院へ参レケルガ」（巻八―三七ウ）。しかし、これら諸本の巻八該当話には、この時、牛飼が出家した、あるいは斬られたとする記事は見られない（但し、流布本の話末には「牛飼は終に被レ斬ラにけり」（梶原正昭校注本四九三頁）とあるが、巻十一とのつじつまを合わせたものと見るべきか）。そのため、右のように、牛飼の出家や死を語る諸本の記事はわかりにくい。だが、右記の諸本の中で、〈長〉「車やりて門をいだしたりし」が注意される。これもわかりづらいが、波線部は、〈長〉の「猫間」記事の「門出に一ずはへあてたらんに、なじかはとゞこほるべき」（4―一四七頁。巻十五）の傍線部を指そう。傍線部「門出」に類する語は、諸本の「猫間」記事にも見られる。〈延〉「門出ヲ」（三八オ）、〈盛〉「車ヲ門外ニ遣出テ」（5―四七頁）、〈南〉「門ヲ出ケル所ニテ」（上―五〇一頁）、〈屋〉「門ヲ出時」（六一三頁）、〈覚〉「門出づる時」（下―九〇頁）、〈中〉「かどをいでざまに」（下―八二頁）。門を出るやいなや牛飼が牛に一鞭当てたため、疾駆したときのことを言う。〈長〉の当該部は、「車を駆って門を出た、あの時の孫次郎丸の弟」の意と解せよう。その〈長〉に見る「門出」が〈四・延・盛〉に見る「出家」へと変化していく可能性も皆無ではなかろう。いずれにせよ、次項の牛飼の名前にも見るように、巻八の「猫間」の話と、巻十一の本話とは、必ずしも整合しない話だったと考えて良いようである。かといって、巻八・巻十一の両話が全く無関係なものであったといえるわけではなく、両者は一繋がりの話だったが、巻八では、この童の兄の行末のことまで記していなかったと考えることもできよう。但し、こうした諸本の異同が、〈集成〉が言うように、「これらの話が庶民の間に活発に語られ、動いていた」（下―二六一頁）ことから生じたかどうかは明らかではない。　**〇孫二郎丸が舎弟に小三郎丸なりけり**　「孫二郎丸」「小三郎丸」、巻八「猫間」該当部に記される牛飼の名前の諸本比較は次のとおり。兄の名は、孫次郎丸・弥二郎丸・次郎丸に分かれ、弟の名は、小三郎丸・小次郎丸・三郎丸と分かれる。また、巻八「猫間」との間で、牛飼の名前が一致するのは、〈屋・中〉。「孫次郎丸」「弥次郎丸」の名の違いは、誤写・誤読レベルによる異伝の可能性が高いが、鎌倉末期成立、作者未詳の『駿牛絵詞』によれば、「弥王丸が子孫繁昌して、室町院御牛などに多くめしぐせられける」（群書二八―一一三頁）とあることからも、「弥〇丸」と称する牛飼の名前である蓋然性が大きい。他に、『駿牛絵

諸本	巻十一兄	巻十一弟	巻八「猫間」該当話
〈四〉	孫二郎丸	小三郎丸	欠巻・不明
〈延〉	弥次郎丸	小三郎丸	二郎丸
〈長〉	孫次郎丸	小次郎丸	次良丸
〈盛〉	弥次郎丸	小三郎丸	名前不記
〈松・南・覚〉	次郎丸	三郎丸	名前不記
〈屋〉	弥二郎丸	三郎丸	弥二郎丸
〈中〉	弥二郎丸	三郎丸	いや二郎まろ

詞』には、弥松丸・弥一丸・弥鷹丸・弥六丸・弥石丸・弥孫丸・弥童丸等の名前が見られる。但し、室町院に召し抱えられていた牛飼には孫太郎（他に、たか法師・さい王・弥王丸の名前が記される）もいた。しかし、「孫太郎がすゐいとうけ給りをよばざりき」とされる。に対して、「弥王は、後嵯峨院より亀山院までことにめしつかはれて、藝晴のこる所なくふるまひて、さい王・たか王などもまかりにしのちは、一のものにて子孫おほく繁昌し、嫡子いや松あとをつぎて、世にゆるされたりし」（一二一頁）と記されることからも、弥次郎丸である可能性が大きいと言えよう。 **〇西国にて許されたる男にて有りけるが** 〈延・長・南・覚〉「西国ニテハ仮リニ男ニ成テ有ケルガ」（〈延〉五三ウ）、〈盛〉「西国マデハ仮男ニ成テ、今度上タリケルガ」（6—二二七頁）。〈松〉「西国ニテバカリ男ニ成タリシカ」（一七頁）。〈屋〉「是ハカリ男ニテ有ケルガ」（八一六頁）、〈中〉「三郎丸はかり男になりて、西の京なる所に候けるが」（下—二七三頁）は、「西国」云々を欠くが、傍線部は「仮男」と読め、これらに類似。「西国にて」とは、平家都落ちと共に、彼も西国に落ちていた意か。また、「仮に男になる」（仮男）とは、垂髪の童形であった牛飼が、仮に元服して髻姿になっていた意であろう。牛飼は、「南北朝期まで、成人しても童名であり、代々その職能を世襲していた」（網野善彦四九頁）。〈四〉の場合、諸本記事を参照すれば、「西国では元服することを許された男であったが」と解することになろうが、ここは、むしろ他本の文の誤読により生じた本文と考えられるか。例えば、「西国にてはかり男にてありけるが」を、「西国にてばかり男にてありけるが」と解して「西国許有男」と真字化し、さらに付訓の際、誤読して「許」に「ユルサレタル」の訓を付したものである疑いが強いのではなかろうか。 **〇今**

一度大臣殿の御車遣らばや　池田敬子は、牛飼が、大路渡しの宗盛の牛車を御することを申し出たのは、宗盛が牛飼に対しても丁寧な扱いをしていたことの表現であるとする。こうした宗盛の思いやり深い人間像は、都落ちの決定や、都落ち後都に戻ろうとする頼盛の放置や、同道を申し出る畠山重能等に対し、関東に戻るように言う宗盛像にも繋がるとする（七六頁）。　**○舎人・牛飼なんど申すは下臈の終にて、情け有るべき者にても候はねども…**　類似の句は、〈延・長・盛・松・南・屋・覚〉にあり、〈中〉なし。鎌倉幕府法（追加法第三八三条―弘長元年二月二十日条）によれば、凡下には雑色、舎人、牛飼、力者、問注所・政所下部、侍所小舎人や職人・商人が含まれている（田中稔三一九頁）。

○生長てられ進らせしかば　〈延〉「被生シ立進テ」（五三ウ）、〈長〉「ををしたてられて」（一一七頁）。〈四〉では、「成シ長タ」（巻十二―二三二左）の他、「成サセ下ヘト長」（巻十一―二〇六右）のように、「成長《そだて》させたまへと」と訓む用例のように、二様の訓が見られる。ここは、〈延・長〉の訓みに倣った。　**○大臣殿の御車を仕らばや**　諸本同様だが、〈延・長・盛・松・南・覚・中〉は、「大臣殿ノ最後ノ御車ヲ仕リ候バヤ」（〈延〉五三ウ）と傍線部を記す。宗盛にとっても牛飼にとってもこれが最後の供となることが明かされる。〈屋〉は〈四〉に同じ。〈屋〉「大臣殿ノ御車ヲ今一度仕リ候バヤ」（八一七頁）。　**○法皇、六条東洞院に御車を立てて御覧ぜらる**　法皇が、見物した場所を「六条東洞院」とするのが、〈四・延・長・松・屋・覚〉。〈盛〉「六条朱雀」、〈南〉「東洞院」、〈中〉不記。なお、〈中〉は、この後「斯かるべしとは誰か思ひし」までの記事を欠く。他に、『吾妻鏡』元暦二年四月二十六日条に、「六条坊城」とする。宗盛等がどのようなルートをたどったか、明確ではないが、鳥羽の作道から京都に入った一行が、「大路を渡されたまひて後」（〈四〉。〈延・長・盛〉同）、義経の宿所の六条堀河に入ったとすることからは、宗盛等は、朱雀大路を北上、六条を右折して、六条堀河の義経の宿所に入ったと見るのが自然である（但し、「大路」が朱雀大路を指すとする決定的な材料はない）。しかし、それでは、〈四・延・長〉の場合、法皇が、六条堀河より東の六条東洞院で見物したという記事と齟齬する。その点、見物場所を、六条朱雀とする〈盛〉や、朱雀と堀河との間にある「六条坊城」とする『吾妻鏡』の場合は問題ない。また、〈屋〉では、宗盛一行は「大宮ヲ上リニ六条ヲ東」（八一七頁）へ渡し、法皇は「六条東洞院」で見物するのだが、その後、宗盛等は、「六条ヲ東河原マデ被渡一テ後、九郎判官ノ六条堀河宿所」（八一九頁）へ渡されたとするので、宗盛一行は、六条大路を東へ河原まで行った後、同じ道を戻ったことになり、地理的な不整合はない。〈覚〉も、法皇が「六条東洞院」（三一〇頁）で見物するなか、宗盛等は、「河原までわたされて、かへッて大臣殿父子は、九郎判官の宿所、六条堀河」（三一一頁）へ渡されたとする（〈松〉同）。しかし、〈盛・屋・覚〉などの記事は、整合化の結果である可能性も考えられよう。そもそも、宗盛大路渡を法皇が見物したとする記事自体、史実性が疑わしい。『玉葉』の四月二十六日条によれば、「武士等囲繞云々。両人共安二置義経家一」とのみあって、宗盛等を法皇が見物したとは記されていない。一方、その前日、『玉葉』二十五日条「路自二作路一経二羅城門一、自二朱雀大路一北行、於二六条朱雀一、有二院御覧見物〈御車〉一云々。自二六条一東行、自二宮城東大路一北行、自二待賢門官東門一入御、奉レ安二朝所一」によれば、神器は、朱雀大路を北行し、六条を右折し東に向かったのだが、法皇はそれを六条朱雀で見物していたという。つまり、法皇が三種の神器入洛を見物したことは確かだが、宗盛入洛を見物したかどうかは不明なのである。宗盛入洛を法皇が見物したとする『平家物語』や『吾妻鏡』の記事は、神器入洛の見物を、宗盛入洛の見物に置き換えたものである可能性も考えられよう。さらに、法皇が六条東洞院に車を立てた理由は、当時の法皇御所が六条西洞院にあったので（巻九「元暦元年年頭記事」、本全釈巻九―二頁参照）、それに近いということもあろうが、法皇が六条東洞院に車を立てて見物するという記事が、巻九の義仲首渡（本全釈巻九―一一四頁）にもあり、また宗盛の首渡では、やはり法皇が、〈延・盛〉三条東洞院、〈長〉大炊御門東洞院（〈四〉は記事無し）に車を立てて見物したとあることは、注意すべきだろう。本全釈巻九―一一六頁の「法皇、御車を六条東洞院に立てて御讃ぜらる」注解に見たように、義仲首渡を法皇が見物したという事実も不明だが、首渡の場合は、左獄に渡される時のコースが、東洞院を経過することが多いので、そこに車を立てるのは合理的である。そのような首渡の記事を参照しつつ、本段の記事が作られた可能性も考えられよう（首渡との類似性は〈屋・覚〉にも見られよう）。以上のように考えれば、「大路」を渡された宗盛等を法皇が六条東洞院で見物したという、やや曖昧で齟齬を含む〈四・延・長〉の記事は、この記事自体が、他の事件や記事によりつつ創作された事情を示しているのかもしれない。　**○指しも昵じく召し仕はれしかば、御心弱く、哀れに思し食さる。御友に候はれける人々も、只夢かとぞ思ひける**　〈延・長・盛・松・南・覚〉同、〈屋・中〉なし。「御心弱く、哀れに思し食」すのは、法皇、「御友に候はれし人々」とは、先の法皇に同道した「公卿・殿上人」の者達。　**○一年大臣に成りて、拝賀申されしには**　寿永元年（一一八二）十月十三日に、宗盛が内大臣に任官した折の拝賀を指す。巻七「宗盛大納言に還補したまふ事」に、〈四〉「十三日、喜び申し有りて、当家他家の公卿十二人遣り連け、殿上人蔵人頭以下十六人の前駈具したまふ。我劣らじと威儀きしかば、䀢き見物にてぞ有りける」（本全釈巻七—一二頁）とある記事に対応する。　**○公卿には花山院大納言を始めと為て、十二人友して遣り連けたまふ**　〈延・長・盛・松・南・屋・覚〉同。「花山院大納言」は、兼雅。養和二年三月八日、任権大納言。兼雅は、清盛の女を妻とし、治承三年の政変では解官されたものの、養和元年には建礼門院別当になっている親平氏公卿。なお、『玉葉』の記事からは、公卿十二人の内訳は分からず、兼雅の行動も不明。「此日、内大臣拝賀、…、内大臣扈従公卿十二人、殿上人十五人云々、三位中将頼実扈従、可二弾指一々々」（『玉葉』寿永元年十月十三日条）。　**○大（中ィ）納言も四人**　〈延・長・盛・松・南・覚〉「中納言」。ここは、中納言が良く、その四人とは、平時忠（寿永元年十月三日転任中納言）・平頼盛（同前）・平教盛（権中納言）・平知盛（寿永元年十月三日任権中納言）の者達か。　**○三位中将も三人にて御しき**　三位中将の三人とは、前々項に引用した『玉葉』に見る三位中将頼実の他に、平重衡と平維盛だろう（〈全注釈〉下一—五六八頁）。頼実は、左大臣経宗の嫡男で、時忠の女を妻とし、治承三年の政変の折、従三位に叙されていた。父経宗と共に親平氏公卿の一人。本全釈巻七—一五頁参照。　**○殿上人には右大弁親宗以下十六人なり**　〈延・長・盛・南・屋・覚〉同。『玉葉』によれば、殿上人は「十五人」。親宗の官職としては、〈延・長・盛〉は「蔵人頭」を加え、〈南〉「蔵人守」、〈屋・覚〉は、「蔵人頭」のみを記す。親宗は、当時蔵人頭右大弁。時忠の弟。後白河院と清盛の関係が乖離するに従い、清盛側に傾斜した兄時忠に対して、親宗は、清盛一族に関連した事蹟をも残しつつ、後白河院側近へと傾斜し、両者の政治的傾向は分かれていった（中村文一〇四頁）。親宗は頼朝に内通していたらしく（『玉葉』養和二年三月十二日条）、清盛没後は宗盛に批判的で、平家西海落ちにも同行せず（宮崎荘平三五六頁）、その後も平氏との和平を求めず、主戦論を唱えた（『玉葉』元暦元年正月二十七日条）。**〇則て此の平大納言も、時其の時に左（右）衛門督とて御しき**　「時に」とする本文未詳、〈延・盛・南・覚〉「其時ハ」（〈延〉五四オ）。「左衛門督」とするのは、〈延・長・盛・南・覚〉、「右衛門督」とする本文未詳。「左衛門督」が正しい。宗盛のことを述べる間の挿入句で、宗盛と同様に公卿でありながら大路渡しされた時忠にふれた。なお、時忠が中納言に任官したのは、宗盛が内大臣に任官したのと同日であった。**〇引出物を賜り、勧賞されたまひし儀式…**　宗盛大臣任官の拝賀の折には、院の御所を初めとして、所々で御前に召されて引出物を賜ったことをいう。「被下シ勧賞ラセ」に該当する箇所、〈延・盛・南・覚〉「モテナサレ給シ」（〈延〉五四ウ）。「勧賞」を「もてなす」と訓む事例は未見だが、〈四〉や妙本字本『曽我物語』には「賞」を「もてなす」と訓む例が多く見られ、ここはそれに倣った。**〇間近を掃ひし事ぞかし**　〈延・長・盛・南・覚〉「目出カリシ事ゾカシ」（〈延〉五四ウ）。「間近」ヲ「アタリ」と訓む例、巻十「御禊の行幸の事」に、「有様《マ》気色払ッ間近《アリ》一見ヘシ」（本全釈四一七頁）。**〇大路を渡されたまひて後**　「大路」は、どの大路を指すのか、〈四・延・長・盛・南・中〉では明示されないが、朱雀大路と六条大路と読むのが自然か。〈屋〉は、大宮大路・六条大路とする。史実は未詳。最終的に六条堀川亭に入ったので、六条大路を通ったことは確かだろうが、それ以外に決定的な決め手はない。前掲注解「法皇、六条東洞（同）院に御車を立てて御覧ぜらる」参照。**〇九郎大夫判官の宿所、六条堀河**　〈延・長・盛・南・屋・覚・中〉同。『吾妻鏡』四月二十六日条には、「皆悉入二廷尉六条室町第一云々」とある。『吾妻鏡』は、この日の他、元暦元年二月十八日、同二年七月十九日、十月十七日条等でも六条室町とするが、義経邸を六条堀川とすることは、『平家物語』諸本や『義経記』の他、『百練抄』文治元年十月十七日条等にも見え、「堀川夜討」の言葉もあって一般的である。また、『保元物語』や『平治物語』諸本では、為義邸や義朝邸が六条堀川にあったとされ、義経はそれを伝領したものとも言われる。なお、『愚管抄』巻五には、義仲が、「六条堀川ナル八条院ノハ、キ尼ガ家ヲ給リテ居ニケリ」(旧大系二五六頁)とある。『愚管抄』補注五―一九八は、『歴代皇紀』に、「木曽以二六条西洞院信業之家一為二宿所一、渡二六条堀川伯耆局家元殿下御所一」とあることを指摘する。これによれば、六条堀川には、初めは美福門院乳母伯耆局の家があり、その後基通の御所があったことが分かるが、この六条堀河邸は、『山槐記』治承三年十一月二十六日条の「今夜関白自二近衛北室町東亭一被レ渡二六条北堀川西亭一〈故美福門院御乳母伯耆局室〉」によれば、六条北堀川西に位置していたことが分かる。に対して、『中古京師内外地図』は、義経の六条堀河邸の位置を六条二坊十二町にあてている(『平安京提要』二七三頁)。『京都の歴史』第二巻(中世の明暗)別添地図によれば、その地は、六条南堀川西に位置する。源頼義が、自邸の向かいにあたる「さめうじ西洞院」に「みのわ堂」を建てたという説話もあり(『発心集』巻三―三)、六条付近は源氏嫡流代々のゆかりの地であったと見られる。文治元年十二月に、頼朝によって若宮八幡社に寄進されたのは、義経の宿所となった六条室町と六条堀川の地であろう(木内正広一〇頁)。この若宮八幡(六条八幡)は後代まで繁栄するが、頼朝による寄進の時期と、八幡の社地の範囲や社殿所在地に関しては、『吾妻鏡』の記事にも問題があるようで、『六条八幡宮文書』と対照しつつ、錯簡の可能性などが検討されている(福田豊彦二〇二頁)。

〇互ひに物は仰せられねども　訓みは、〈延・長・松・覚〉「互ニ物ハ宣ネドモ」(〈延〉五四ウ)に倣った。壇浦合戦ではまだ見られなかった宗盛・清宗の対比描写が、この大路渡あたりから始まっていることは、前節の注解「内大臣は四方を見廻らして、痛く思ひ入りたる気色も無し」に見たが、一方、父子が、お互いを気遣っているという点は、壇浦合戦以来一貫して同様であり、この場面で、父子が目を見合わせて思いを通わせるという描写は、これまでと共通しているとも言えよう。つまり、「恥」を知るかどうかという点では対照的だが、父子相互の愛情については、この二人は同様の思いの持ち主であるわけである。そうした構図は、最期の場面で、「右衛門督もすでにか」と言ったところで斬られる宗盛と、「大臣殿の最期いかがおはしましつる」とは尋ねながらも、その様を聞いて「今は思ふことなし」と言ってから斬られる清宗—という対比に至るまで続いてゆく。**〇大臣殿、御子息に御袖を打懸けたまひけるを**　宗盛が、傍らに眠る清宗に袖を打ち掛けたとする場面、〈延・長・盛・松・南・屋・覚・中〉同。なお、〈延〉は、その理由として、「折節雨打降テ夜寒ナリケルニ、大臣殿御袖ヲ打着給ケルヲ」（五四ウ）とする。**〇源八兵衛・熊井太郎・江田源三**　〈延・松・南・屋・覚〉同、〈長〉は、「熊井太郎」を「根井太郎」に、〈盛〉は「源八兵衛」を欠く、〈中〉は、「かたをかの太郎親経伊勢の三郎義盛、えだの源三、源八びやうゑ」（下—二七四頁）。いずれも義経の家人。本全釈巻九「三草勢揃」の注解二〇七～二〇八頁参照。なお、熊井太郎を、〈盛〉は、「熊井太郎忠元」とも表記する（6—七二頁、同一六六頁）。村上美登志は、これを、志内（須知）六郎の甥の熊井太郎忠基とする、『本朝武功正伝』巻三を紹介する（六四七頁）。**〇親子の中ばかり無慙なる事こそ無けれ**　諸本には次のように記されている。〈延〉「高モ賤モ親子ノ煩悩計無慚ナル者コソナケレ」（五五オ）、〈長〉「父子の煩悩ばかりむざんなる事こそなかりけれ」（5—一一八頁）、〈盛〉「恩愛ノ慈悲バカリ無慙ノ事ハアラジ。アノ身トシテ単ナル袖ヲ打キセ給タラバ、イカ計ノ寒ヲ禦ベキゾヤ、責ノ志カナ」（6—二二八頁）、〈南〉「恩愛ノ道程哀ナル事無シ。袖ヲ懸奉タラバ何程ノ事ノ有ベキゾ。セメテノ志ノ深サ哉」（下—九〇〇頁）、〈屋〉「恩愛トテ何ヤ覧。今袖ヲ着奉リ給タラバ何程ノ事カ可有ナレドモ責テノ志ノ至ス処ヨ」（八一九頁）、〈松・覚〉「たかきもいやしきも、恩愛の道程かなしかりける事はなし。御袖を着せたてまつりたらば、いく程の事あるべきぞ。せめての御心ざしのふかさかな」（〈覚〉下—三一一～三一二頁）、〈中〉「おんあいのみち程、かなしかりける事あらじ、あの御そでを、うちかけまいらせ給たらば、何程の事かあるべき」（下—二七四頁）。宗盛が、息子の清宗に袖を着せ掛けるのを見て、義経の家人達は、今更そのようなことをしたとて、いずれ処刑される身、延命が期待される身でもないのにと言ったとも、あるいは、〈盛〉のように、「どれほどの御温もりがあろうぞ」（〈全注釈〉下一—五六九頁）の意で言ったとも取れよう。〈四〉の場合、武士達は、その様子を見て、親子の情愛ほど哀れなことはないと言って涙した の意となろう。私的な場面で恩愛に引かれる宗盛に、作者が同情のこもった眼を向ける代表的な例（櫻井陽子一七頁）、子への深い愛情を持った父としての形象（佐倉由泰三一一頁）といったように、物語全体で否定的に形象される宗盛も、ここでは同情的に描かれているという読み方が一般的であろう。但し、池田敬子は、〈延〉の「親子ノ煩悩」などの語に着目し、「煩悩」は中世にあっては最も捨て去らねばならぬ往生の妨げであり罪であることから、「宗盛の子への思いは否定的に理解すべきであることを意味する」（七八頁）と読む。〈覚〉の「恩愛の道」の場合も、「『恩愛の道』は『煩悩』の一であり、わざわざ『煩悩』という語を用いずとも既に含まれている」（一一二頁）と解する。仏教が浸透している時代の文学である以上、恩愛が理念的に否定されていることは当然だが、〈覚〉が、右の文の後に、「御袖を着せたてまつりたらば、いく程の事あるべきぞ。せめての御心ざしのふかさかな」と続けるように、本文が注目するのは「心ざしのふかさ」であることを見ておくべきだろう。

【引用研究文献】

＊網野善彦「童形・鹿杖・門前」（『新版絵巻物による日本常民生活絵引』平凡社一九八四・8。『異形の王権』平凡社一九八六・8再録。引用は後者による）
＊池田敬子「宗盛造型の意図するもの—覚一本『平家物語』の手法—」（『軍記物語の窓　第一集』和泉書院一九九七・12。『軍記と室町物語』清文堂出版二〇〇一・10再録。引用は後者による）
＊木内正広「鎌倉幕府と都市京都」（日本史研究一七五号、一九七七・3）
＊佐倉由泰「『平家物語』における平宗盛—その存在の特異性をめぐって—」（信州大学教養部紀要人文科学二七号、一九九九

三・3。『軍記物語の機構』汲古書院二〇一一・2再録。引用は後者による）
＊櫻井陽子「平家物語にみられる人物造型―平宗盛の場合―」（国文五一号、一九七九・7）
＊田中稔「侍・凡下考」（史林五九巻四号、一九七六・7。『鎌倉幕府御家人制度の研究』吉川弘文館一九九一・8再録。引用は後者による）
＊中村文「平親宗伝」（立教大学日本文学五九号、一九八五・7。『後白河院時代歌人伝の研究』笠間書院二〇〇五・6再録。引用は後者による）
＊福田豊彦『中世成立期の軍政と内乱』（吉川弘文館一九九五・6。初出は、海老名尚・福田豊彦「『田中穣氏旧蔵典籍古文書』「六条八幡宮造営注文」について」国立歴史民俗博物館研究報告四五集、一九九二・12。）
＊宮崎荘平「建春門院平滋子とその周辺―「建春門院中納言日記」ノートより―」（藤女子大学・藤女子短期大学紀要第Ⅰ部一二、一九七四・12。『平安女流日記文学の研究続編』笠間書院一九八〇・10再録）
＊村上美登志「延慶本『平家物語』「三草山・一ノ谷合戦譚」の再吟味―義経の進撃路をめぐって―」（『中世文学の諸相とその時代』和泉書院一九九六・12）

建礼門院吉田入

【原文】

建礼門院立入[1]《ラセ下》東山麓吉田辺[2]《リ》所《ヘソ》中納言法橋慶恵《イエ》奈良法師坊住荒《シ》年久《ク》成《ケレ》庭草高《ク》軒葱[3]《ケフシ》茂《ツ》、簾《スタレ》絶《ヘ》甍荒《レ》雨風モ可クモ手留無シ昔磨《カ》キ玉台[4]被《ナ》レテソ纏《マツ》錦ノ帳明シ晩サセ御在シ玉シニ有リト在《リ》ルシ[5]人皆別了《ハ》テ浅猿気落付玉ヘル下朽チ坊一ソ御心何計ケン道程モ無レク何引具《トモナイ》進セ女房達モ自是成レリヌ▽一九七左散々心細サ最度消ヘ[6]入様ヲ[7]被二ケル思食一誰哀ミ誰可奉羽含ミ《ク》不見ヘ魚如上陸《クカ》[8]鳥自リモ離レレタル巣之悲シ今コソ憂カリシ波上船内御住居《ヰ》モ[9]恋イコソ被ケレ思食可[10]リシ成同ク底浜草《モクツ》責[11]罪報〔業〕残留被ケレ思食無甲斐モ天上五衰悲有人間モ物ラシ見ヘシ

【釈文】

建礼門院は、東山の麓、吉田の辺《あたり》[2]なる所へぞ立ち入らせたまひける[1]。中納言法橋慶恵《けイエ》とて奈良法師の坊なりけり。住み荒らして年久しく成りにければ、庭には草高く、軒には葱《しのぶ》[3]（葱）茂《シげ》りつつ、簾《スタレ》絶え（へ）、甍荒れて雨風も手留《たま》るべくも無し。昔は玉の台《うてナ》を磨《みカ》き、錦の帳に纏《マツ》はれてぞ[4]明かし晩《く》らさせ御在したまひしに、有りと在りし[5]人は皆別れ了《ハ》てて、浅猿気《あさましげ》なる朽ち坊にぞ落ち付きたまへる御心、何かばかりなりけん。道の程も何と無く引具《トモナ》ひ（い）進らせたる女房達も、是《これ》▽一九七左より散り散りに成りぬ。心細さに最度《いとど》消え（へ）[6]入る様にぞ[7]思し食されける。誰哀れみ、誰羽含《はぐク》み奉るべしとも見え（へ）ず。魚の陸《クガ》に上がりたるがごとし[8]。鳥の巣を離れたるよりも悲し。今こそ憂かりし波の上、船の内の御住居《すまヰ》も恋《こイ》[9]しくこそ思し食されけれ。「同じく底の浜草《モクツ》と成るべかりし[10]を、責めての罪の報ひ〔罪業〕[11]にや残り留まる」と思し食されけれども、甲斐も無し。「天上の五衰の悲しみは、人間にも有りけるものを」とぞ見え（へ）し。

【校異・訓読】 1〈昭〉「立入フセ下」。2〈昭〉「辺《フ》」。3〈昭〉「葱《シノフシ》茂ツ、」。4〈昭〉「被《レ》ラノ」。5〈底・昭〉「在《リ》ルシ」。6〈昭〉「消入」。7〈昭〉「様《ツ》」。8〈昭〉「如シ」。9〈昭〉「恋クコソ」。10〈昭〉「可シ」。11〈底・昭〉「罪報」の「報」の右に「業」と傍記。〈書〉「罪業」。

【注解】〇建礼門院は　以下、建礼門院の吉田渡御を記す。建礼門院が壇浦で捕らえられたことは、「平家生捕名寄」に記されていた。その後、本段で初めて登場することになる。この点に関する諸本の構成については、次項注解参照。建礼門院の処遇について、兼実は、泰経の「建礼門院御事如何」との尋問に対して、「被レ付二武士一事一切不レ可レ候。古来女房之罪科不レ聞事也。可レ然片山里辺可レ被レ坐歟」（『玉葉』元暦二年（一一八五）四月二十一日条）と答えている。『玉葉』によれば、建礼門院の入洛は四月二十七日のこと（同年四月二十六日条）。『吾妻鏡』「建礼門院渡二御于吉田辺一〈律師実憲坊〉」（同年四月二十八日条）。〇東山の麓、吉田の辺なる所へぞ立ち入らせたまひける　「吉田」は、現在の京都市左京区吉田。十二世紀には、六勝寺の関係もあり、僧侶の里坊が多く設けられていて、建礼門院が取り敢えず渡御したのは、そうした里坊の一つで、たまたま空家となっていた住坊であろうとされる（角田文衛二六頁）。〈四〉は、建礼門院の吉田渡御の件を、巻十一本段と、灌頂巻冒頭の二箇所に置く。このように、巻十一相当巻と灌頂巻相当巻に重複して記すのは、他に〈長・盛〉。一方、〈延・南・屋・中〉は巻十一相当巻のみに記す。また、〈覚〉は、灌頂巻のみに記す。〈松〉は現存巻十一には該当記事なし。ここまでは、この記事の記し方について、〔単独型…巻十一のみ〈延・南・屋・中〉、灌頂巻のみ〈覚〉〕、〔複数型…〈四・長・盛〉〕と整理できる。さて、〈四〉の場合、巻十一（本段）では、

①中納言法橋慶恵とて奈良法師の坊なりけり。A住み荒らして年久しく成りにければ、庭には草高く、軒には葱（葱）茂りつつ…鳥の巣を離れたるよりも悲し。

のように、①の後に傍線部Aを接続する。一方、灌頂巻では、

抑も建礼門院は、二位殿に連き奉りて海へ入らせたまへども、東夷取り揚げ奉りつつ、御上洛有りければ、B心憂かりし波の上、船の内の御住居も、今は有らぬ御事に成り了てしかば、都へ帰り上らせたまひて後、①東山の吉田の辺なる中納言律師慶恵と云ひける奈良法師の住み荒らしたる朽ち房に渡らせたまふ（一五九左）

のように、傍線部Bの後に①を記す。このBは、〈四〉の本段後半に「今こそ憂かりし波の上、船の内の御住居も恋しくこそ思し食されけれ…天上の五衰の悲しみは、人間にも有りけるものをとぞ見えし」とある記事の一部であり、重複している。この点、〈長〉も〈四〉と類似の構成を取る。〈長〉巻十八（十二巻本の巻十一に相当）には、〈四〉の巻十一と同様に、①の後にA・Bを接続させ（5—一一八〜一一九頁）、巻二十の灌頂巻では、冒頭にBを置き、その後に①に続けてAを接続させる（5—二〇三〜二〇四頁）。それに対して、〈盛〉は、巻四十四で①の後にA・Bを接続させ（6—二二九頁）、巻四十八でも、①の後にA・B（6—四五三〜四五四頁）と、ほとんど同文を繰り返す。一方、単独型の〈延〉では、Bの後に①、その後にAを接続させる（巻十一—五五ウ）。また、〈南・屋・中〉では、①の後にA・Bを接続させる（〈南〉巻十二、下—九〇七〜九〇八頁。〈屋〉巻十一、八二七〜八二八頁。〈中〉巻十一、下—二七八〜二七九頁）。また、灌頂巻のみに記す〈覚〉も、①の後にA・Bを置く。以上をまとめて表示すれば、次のようになろう。

> 単独型（巻十一または灌頂巻に記す形）
> 　巻十一…〈延〉B①A、〈南・屋・中〉①AB
> 　灌頂巻…〈覚〉①AB
> 複数型（両巻に記し、①・A・B、または①・Bが重複する形）
> 〈四〉巻十一…①AB、灌頂巻…B①
> 〈長〉巻十八…①AB、巻二十（灌頂巻）…B①A
> 〈盛〉巻四十四…①AB、巻四十八…①AB

このうち、巻十一のみに置く形が先出形態であることは明らかだろう。複数型は、巻十一の本文を灌頂巻に取り込んだものと見られるが、〈長〉灌頂巻部が、〈延〉と一致するB①Aの型を取る点は、複数型の中で比較的古い形態をとどめている可能性が高い。**○中納言法橋慶恵とて奈良法師の坊なりけり**　「中納言法橋慶恵」、〈延・長・盛・南〉同、〈屋・覚〉「中納言法印慶恵」、〈中〉「中納言の法印きやうけん」（下―二七八頁）。なお、〈四〉の灌頂巻では「中納言律師慶恵」（二五九左）としていて不整合。本段冒頭注解に掲げた『吾妻鏡』四月二十八日条によれば、「律師実憲坊」。角田文衞は、『吾妻鏡』の記載が正しいとし、『僧綱補任』の文治元年条の前僧綱の項や、承安五年（一一七五）二月の東大寺東南院文書に明記される「実憲」のこととする。それらによれば、前権律師実憲は東大寺の僧で、三位律師と呼ばれ、文治元年において七十八歳であった。権律師を辞したのは安元元年（一一七五）以前のことで、文治元年（一一八五）頃の実憲は、高齢のために専ら奈良に止住していて、洛東の里坊は無住になっていたかとする（二五頁）。一方〈集成〉は、『吾妻鏡』文治二年（一一八六）九月二十五日条の「吉田中納言阿闍梨」を、慶恵と同一人かとする（下―二六四頁）。同日条によれば由良庄における濫妨を訴えられている「藤三次郎吉助丸」が「吉田中納言阿闍梨の使」を称していたというのだが、この「吉助丸」は貞能の郎従高太入道丸の舎弟であった。但し、『全訳吾妻鏡』は、建久二年十月二十二日条に見える「中納言阿闍梨忠豪」と同一人物とする。いずれも関係はこれ以上辿れず、未詳。

○住み荒らして年久しく成りにければ…　この後の「鳥の巣を離れたるよりも悲し」までが、冒頭の注解に記したAに該当する。〈四〉と同様に、「年久しく成りにければ」とするのは、〈延・長（巻十八、灌頂巻）・盛（巻四十八）・南・覚〉。〈屋・中〉「年経ニケレバ」（〈屋〉八二七頁）。**○庭には草高く、軒には葱茂りつつ**　〈長（巻十八）〉同、〈長（灌頂巻）〉は独自改変を遂げた形。「軒には昔を忍ぶおいしげり、いとゞ露けきやど、なり、…庭には草たかくしげりて、荊棘みちをとざし」（5―二〇四頁）。〈延〉「庭ニハ草深ク、軒ニハツタシゲリツ、」（巻十一―五五ウ）、〈盛（巻四十四）〉「庭ニハ草高、軒ニハ垣衣繁」（6―二二九頁）、〈盛（巻四十八）〉「庭ニハ草深シテ、軒ニ忍茂リ」（6―四五四頁）、〈南・屋・覚〉「庭ニハ草深ク、軒ニハシノブ茂リ」（〈南〉下―九〇七頁）、〈中〉「庭にはくさふかく、のきには、あやめしげれり」（下―二七八頁）。〈盛（巻四十四）〉の「垣衣」は、「シノブ」と訓むか（蓬左写本

「しのふ」)。〈名義抄〉法中―一三六「垣衣　シノブグサ」。『節用集』では「葸」に同じとする（『五本対照改編節用集』上―八六九頁）。『平家物語』諸本では、〈延〉「軒ニハ信夫生滋リ」（巻十―三三オ）、「軒ニハ信夫匍《ハヒ》係リ」（同前三六オ）のように、「軒には…信夫（葸）」とする用例が多い。但し、謡曲「大原御幸」には、「軒には蔦《つた》朝顔はひかゝり」（『謡曲二百五十番集』二四一頁）の例もある。　**○簾絶え、甍荒れて雨風も手留るべくも無し**　〈四〉「甍荒れて」は独自の形。〈延・長（巻十八）・南・屋・覚・中〉「閨アラハニテ」（〈延〉巻十一―五五ウ）、〈長（灌頂巻）・盛（巻四十八）〉「ネヤ顕ナレバ」（〈盛〉6―四五四頁）、〈盛（巻四十四）〉「宿顕ナレバ」（6―二二九頁）。また、〈長（灌頂巻）〉は、「雨風も手留るべくも無し」を欠く。〈四〉「甍荒れて雨風も手留るべくも無し」には、〈延〉や『保元物語』鎌倉本・金刀比羅本が引く、崇徳院の墓所を訪れた西行の思いに記される次の一節の影響を見ることもできるか。〈延〉「軒傾テ暁ノ風猶ヲ危ク、甍ラ破レテ暮ノ雨メ難防キ」（巻二―一一三オ〜一一三ウ）。「甍」は、「いらか」とも「かはら」とも読めよう。なお、〈延・南・屋・覚・中〉は、この後に朗詠（『和漢朗詠集』懐旧、菅原文時）によった文飾を施す。〈延〉は、朗詠の一節を引用し、より詳細に記すのに対し、〈南・屋・覚・中〉は、略述された形。　**○昔は玉の台を磨き、錦の帳に纏はれてぞ明かし晩らさせ御在したまひしに**　以下、諸本対照のために、句ごとに符号を付す。当該句を㋐とする。〈延・長（巻十八）・盛（巻四十四、四十八）・南・屋・覚・中〉同。〈長〉（灌頂巻）なし。なお、「明かし晩らさせ御在したまひしに」は、〈延・長（巻十八）・盛（巻四十四、四十八）・南・覚〉「明シ闇シ給シニ」（〈延〉巻十一―五五ウ）、〈屋・中〉「明シ暮サセ給シニ」（〈屋〉八二七頁）。　**○有りと在りし人は皆別れ了てて、浅猿気なる朽ち坊にぞ落ち付きたまへる御心、何かばかりなりけん**　当該句を㋑とする。冒頭には、先の「昔は」に対応する「今は」があるべきところ。〈延・長（巻十八）・盛（巻四十四、四十八）・南・屋・覚・中〉あり。〈長〉（灌頂巻）は、「道のほど友なひ奉りし人々も、心々に立別て、あやしげなる朽坊の其跡ともみえぬに落つかせ給へば」（5―二〇四頁）と、次項と併せたような形。他の異同としては、〈延〉「朽坊ニ只一人落着給ヘル」（五五ウ）のように傍線部を補うのが、他に〈長（巻十八）・盛（巻四十四、四十八）〉、〈延〉「御心ノ中」とするのが、他に〈長・盛・南・屋・覚・中〉。「何かばかりなりけん」〈延・長（巻十八）・盛（巻四十八）〉同、〈盛（巻四十四）・南・覚・中〉「おしはかられて哀なり」（〈覚〉三八九頁）、〈屋〉「悲シケレ」（八二七頁）。　**○道の程も何と無く引具ひ進らせたる女房達も、是より散り散りに成りぬ**　当該句を㋒とする。「何と無く」は〈四〉の独自異文だが、その他は、〈延・長（巻十八）・盛（巻四十八）・南・屋・中〉ほぼ同。やや異文を見せるのが、〈盛〉（巻四十四）「道ノ程伴進セケル女房達モ一所ニ候ベキ様モナケレバ、是ヨリ散々ニ成ヌ」（6―二二九頁）。〈長〉（灌頂巻）は、前項と併せたような形（前項注解参照）。「引具」を「ともなふ」と訓む訓例未詳。なお、〈覚〉は当該句を欠くが脱落と考えられる。後掲「魚の陸に上がりたるがごとし。…」の注解参照。　**○心細さに最度消え入る様にぞ思し食されける**　当該句を㋓とする。〈延・長（巻十八）・盛（巻四十四、四十八）・南〉同、〈長〉（灌頂巻）「今又御心も消いるやうにぞおぼしめす」（5―二〇四頁）とやや異文あり。〈屋・覚・中〉なし。今まで付き従っていた女房もいなくなった建礼門院の心細い思いを言う。　**○誰哀れみ、誰羽含み奉るべしとも見え（へ）ず。**　当該句を㋔とする。〈盛〉（巻四十八）同、〈延〉「誰哀ミ奉ベシトモ不見㆓ヘ」（五六オ）、〈長〉（巻十八）「たれはぐゝみ奉べしとも見えず」（一一九頁）、〈盛〉（巻四十四）「誰憐誰孚ベシ共思召ネバ」（二二九頁）と小異あり。〈長（灌頂巻）・南・屋・覚・中〉なし。㋓㋔は、先の㋒の記事を受け、建礼門院をお世話する女房がいなくなった状況を描く。　**○魚の陸に上がりたるがごとし。鳥の巣を離れたるよりも悲し**　当該句を㋕とする。〈延・長（巻十八）・盛（巻四十四、四十八）・南・屋・覚・中〉同。〈長〉（灌頂巻）なし。〈延・長（巻十八）・盛（巻四十四、四十八）・南・屋・中〉は、「猶悲シ」（〈延〉五六オ）のように、「猶（尚）」を挿入する。また、〈盛〉（巻四十四、四十八）は、「鳥ノ子」とする。『江都督納言願文集』に、堀河院の追善願文に、「弟子等、如㆓魚鼈之居㆑陸、似㆓鳥雀之覆㆑巣」（山崎誠九三頁）、同じく堀河院の千日講供養願文に、「如㆓魚之失㆑水、如㆓鳥之離㆑巣」（同前五八四頁）とあるのに似る。なお、これらの譬喩は、先に見た㋒に記されるように、建礼門院のもとにお世話する女房がいない様子を言う。故に、当該句の㋕を記しながら、㋒を欠く〈覚〉の場合、その前の㋑「いまはありとしある人にはみな別はて」を受けることになるが、ここは諸本は記す㋒を、〈覚〉が脱落させた可能性が指摘できよう。　**○今こそ憂かりし波の上、船の内の御住居も恋しくこそ思し食されけれ**　当該句を㋖とする。ここから「「天上の五衰の悲しみは、人間にも有りけるものを」とぞ見えし」までが、冒頭の注解に記したBに該当する。〈延・長（巻十八、灌頂巻）・盛（巻四十四、四十八）・南・屋・覚・中〉同。〈四〉は、「今こそ」を冒頭に置くが、〈延・長・盛・覚・中〉は、「今ハ恋クゾ思召ケル」（〈延〉五六オ）と記し、〈南・屋〉は、「今更恋シクヤ被思召ケル」（〈屋〉八二八頁）と記す。つらいと思っていた波の上や船の中の住まいも、今となっては恋しく思われる意。〈四〉は「今こそ」を、「今となっては」の意で用いるか。〈長〉（巻十八）は、「憂かりし」を欠き、〈長〉（灌頂巻）は、「さるまゝには、うかりし舟の中、浪の上の御すまひ、今は引かへて恋しくもおぼしめされけり」（5―二〇四頁）と小異あり。なお、〈延・長（灌頂巻）・南・覚〉は、この後に、㋗「蒼波路遠し、思を西海千里の雲によせ、白屋苔ふかくして涙東山一庭の月に落つ」（〈覚〉下―二八九頁）あり（『和漢朗詠集』行旅・橘直幹「蒼波路遠、雲千里。白霧山深、鳥一声」、及び同・餞別・大江朝綱「前途程遠、馳二思於鴈山之暮雲一」などを意識したものか）。その中で、〈延〉は、㋗の前後に「ナゲキコシ…」歌や都良香の詩話、「タニフカキ…」歌などを記す独自の形（本段末尾注解参照）。　**○「同じく底の浜草と成るべかりしを、責めての罪の報ひ〔罪業〕にや残り留まる」と思し食されけれども、甲斐も無し**　当該句を㋘とする。〈延・長（巻十八）・盛（巻四十四、四十八）・南・屋・中〉ほぼ同だが、この後の注解参照。〈長（灌頂巻）・覚〉なし。その中でも違いの大きいのは、〈盛〉（巻四十四）「同底ノミクヅト成ベキ身ノ、責ノ罪ノ報ニヤ、被取上残留テゾ思召モ哀也」（6―二二九～二三〇頁）、〈中〉「おなじそこのみくづともなるべかりし身の、つれなくながらへぬるとおぼしめしながかせ給へどもかひぞなき」（下―二七九頁）。「『壇浦で平家の人々と共に海の藻屑となるはずであったのに、せめての前世の罪の報いによって（自分一人だけ）この世に残り留まることになったのか』とお思いになるけれども、どうしようもない」の意。

但し、〈延〉「身ノ責ノ罪ノ報ヲヤ残留」(五六オ)の「報ヲヤ」は、「報ニヤ」の誤りか、また、〈盛〉(巻四十四)の「被取上残留テゾ」の「残留テゾ」は、〈盛〉(巻四十八)「残留テト」(6―四五五頁)の誤りである可能性も考えられる。なお、〈四〉の「浜草」、〈延・長・盛・南・屋・中〉「ミクヅ」(〈延〉五六オ)。「浜草」を「もくづ」と訓む訓例未詳。また、〈四〉の傍書「罪業」とする本文も未見。　**○「天上の五衰の悲しみは、人間にも有りけるものを」とぞ見えし**　当該句を㋙とする。〈延・長(巻十八)・盛(巻四十四、四十八)・南・屋・中〉同、〈長〉(灌頂巻)「天上の五衰もかくやと思食しられてあはれなり」(5―二〇四頁)とやや異なる。〈覚〉なし。以下、㋐から㋙までの諸本記事が、〈四〉本文とどの程度近似しているかを表にした。○は近似度が高いことを示す。△はやや異なることを示す。㋙の記事で言えば、〈長〉(灌頂巻)がそうである。×は当該記事を欠くことを示す。なお、〈長・盛〉は、複数箇所に該当記事を記すため、それぞれの記事の近似度を示した。

	㋐	㋑	㋒	㋓	㋔	㋕	㋖	㋗	㋘	㋙
〈四〉	○	○	○	○	○	○	○	×	○	○
〈延〉	○	○	○	○	△	○	○	○	○	○
〈長〉巻一八	○	○	○	○	△	○	○	×	○	○
〈長〉灌頂巻	×	×	△	△	×	×	○	○	×	△
〈盛〉巻四四	○	○	△	○	○	○	○	×	△	○
〈盛〉巻四八	○	○	○	○	○	○	○	×	○	○
〈南〉	○	○	○	○	×	○	○	○	○	○
〈屋〉	○	○	○	×	×	○	○	×	○	○
〈覚〉	○	○	×	×	×	○	○	○	×	×
〈中〉	○	○	○	×	×	○	○	×	△	○

〈四〉に近似しているのは、〈長（巻十八）・盛（巻四十四、四十八）〉。当該の注解の中で具体的に記したが、例えば〈四〉が㋕で「尚（猶）」を欠く点、㋖で「今ハ」を冒頭に「今こそ憂かりし」と記す点、㋘で、諸本の「ミクヅ」を「浜草」と記す点などは、〈四〉の改変と考えられよう。なお、〈延〉は、この後、「イヅクモ旅ノ空ハ物哀ニテ、モラヌ岩屋ダニモナヲ露ケキ習ナレバ、御涙ゾ先立ケル。ソレニ付テモ昔今ノ事思召ノコス事ナキマ、ニハ」（五六オ）として、「ナゲキコシミチノツユニモマサリケリフルサトコフルソデノナミダハ」の歌、前掲㋗記事、都良香詩話、「タニフカキイホリハ人目バカリニテゲニハ心ノスマヌナリケリ」歌を連ねて建礼門院の感懐を記す。「ナゲキコシ…」は赤染衛門の著名な歌だが、第四句「フルサトコフル」は『赤染衛門集』や『後拾遺和歌集』とは異なり、『宝物集』久遠寺本に一致する。その点を指摘した武久堅は、延慶本の最終加筆である可能性を指摘する（一一六頁）。また、今井正之助は、〈延〉の『宝物集』依拠記事を独自依拠部分と〈四〉との共通部分に区分し、久遠寺本との顕著な一致は前者に見られる傾向であることを指摘して、武久説を補強した。一方、「タニフカキ」の歌の典拠は未詳。女院の境遇とその後のストーリーを意識して造られた歌である可能性もあろう。

【引用研究文献】

＊今井正之助「平家物語と宝物集―四部合戦状本・延慶本を中心に―」（長崎大学教育学部人文科学研究報告三四号、一九八五・3）
＊武久堅「『宝物集』と延慶本平家物語―身延山久遠寺本系祖本依拠について―」（関西学院大学文学部人文論究二五―一、一九七五・6。『平家物語成立過程考』桜楓社一九八六・10再録。引用は後者による）
＊角田文衞『平家後抄―落日後の平家―』（朝日新聞社一九七八・9）
＊山崎誠『江都督納言願文集注解』（塙書房二〇一〇・2）

頼朝従二位し給ふ事

【原文】

廿七日前兵衛佐頼朝従二位《シタマウ》聞《ヘシ》下前内大▽一九八右臣宗盛卿追罰勧賞[1]上《トソ》越階既為《スルソ》下《コソ》[2]二階勇《シケレ》有《ル》朝恩本上下四位《ナレハ》既三階[3]無先例ニ事

【釈文】

廿七日、前兵衛佐頼朝、従二位したまふ(う)。前内大▽一九八右臣宗盛卿追罰の勧賞[1]とぞ聞こえ(へ)し。越階《をつかい》とて、既に二階を為[2]《ス》るこそ勇《ゆゆ》しけれ。朝恩にて有るに、本は上下の四位なれば、既に三階なり。先例に[3]無き事なり。

【校異・訓読】 1〈昭〉「勧賞上」。2〈底・昭〉「為《スルソ》下《コソ》」。3〈昭〉「無《ト》」。

【注解】 **〇廿七日、前兵衛佐頼朝、従二位したまふ**　日付は、〈延・長・盛〉同。但し、〈盛〉は、内侍所・神璽の還御記事に続けて実房による宣下として記す(6―二三〇頁)。〈松・南・屋・覚・中〉「廿八日」。正しくは、文治元年(一一八五)四月二十七日のこと。〈補任〉「従二位源頼朝〈三十九〉四月廿七日叙。前右兵衛権佐(召二進前内大臣平朝臣一賞。其身在二相模国一」(文治元年)、『玉葉』「昨日被三宣二下頼朝賞一、叙二従二位一云々」(四月二十八日条)。　**〇前内大臣宗盛卿追罰の勧賞とぞ聞こえし**　〈延・長・盛〉同、〈松・南・屋・覚・中〉なし。但し、〈延〉「前内大臣宗盛以下ヲ…」、「追罰」は、〈延・長〉「追討」。『百練抄』「正四位下源頼朝朝臣依二追討賞一叙二従二位一」(文治元年四月二十七日条)。

前項引用の〈補任〉参照。　**○越階とて、既に二階を為るこそ勇しけれ。朝恩にて有るに**　「為るこそ」の訓み、「為」の付訓「下コソ」によれば、「為たまふこそ」とも訓めるが、〈延〉に倣った。〈延〉「越階トテ二階ヲスルコソユヽシケレ。朝恩ニテ有ニ」(五六ウ)。「既に」は他本になし。不要か。「越階といって二階級飛び越えることさえすばらしいことである。それだけでも朝恩と言えるが」の意。〈長〉「ゆゝしき朝恩にてあるに」(5―一一九頁)、〈松・南・屋・覚〉「ありがたき朝恩なるに」(〈覚〉下―三一二頁)が分かりやすい。〈盛〉は該当文を欠く。次項注解参照。　**○本は上下の四位なれば、既に三階なり。先例に無き事なり**　〈四〉「上下の四位」は、〈延・長・盛・南・中〉「正下ノ四位」(〈延〉五七オ)、〈屋〉「正四位下」(八二〇頁)が正しい。頼朝は、〈補任〉によれば、寿永二年(一一八三)十月九日に、本位の従五位下に復し、さらに翌年三月二十七日には、義仲追討の賞により、正四位下となっていたが、今回「召進前内大臣平朝臣賞」により、従二位となった。正四位下からであれば、正四位上の一階を飛び越えて従三位以上になることを越階と言うが、さらに前項の注解に見るように、二階を飛び越えて正三位になることはさらにすばらしいことであった。ところが、今回頼朝は三階を飛び越えて従二位になったのである。正四位下からは、正四位上→従三位→正三位→従二位と四ランクアップの越階であった。なお、当該記事は〈延・長〉同、〈松・南・覚〉「三位ヲコソシ給フベカリシニ、平家ノシ給タリシヲ忌フテナリ」(〈南〉下―九〇一頁)、〈屋〉「三位コソシ給ベカリシカ共、平家ノシタリシヲイマウテナリ。自是シテゾ鎌倉源二位殿トハ申ケル」(八二〇頁)、〈中〉「三位こそしたまふべかりしかども、よりまさのきやうの、れいをいみてなり。今はかまくらの源二位殿とぞ申ける」(下―二七四~二七五頁)。〈盛〉は、前項・次項に該当する越階の朝恩や異例さの記述を欠き、「勲功ノ越階常例也」(6―二三〇頁)と、通常のことであるかのように記す、独自形態。『玉葉』四月二十六日条によれば、頼朝の官位が従二位となった事情は次のようなことである。「光雅仰云、頼朝賞事、於レ官者指二其官一両一、可レ依レ請之由、可レ被二仰遣一也。於レ位者且可レ被レ受レ之。而先例於二殊功一者有二越階之恩一。仍可レ叙二正三位一之処、清盛之例不レ快。於二従三位一者頗無念歟。頼正雖レ無二指功一叙レ之。不レ可二必庶幾一歟。仍被レ叙二従二位一如何、可レ有二其難一哉。可二計奏一者」。光雅が使者となり、兼実のもとに頼朝の賞のことについて諮問があった。問題は頼朝に与える位階についてであった。先例では殊功ある者には越階の恩があり、今回の頼朝の場合は正三位に叙するのが適当だが、これには清盛の例（永暦元年〔一一六〇〕六月二十日に正四位下から正三位になっている）があり不適切である。また従三位の場合は、格別の功績も無く従三位に叙された頼政の例（治承二年〔一一七八〕十二月二十四日に正四位下から従三位になっている）があり、これもまた不適切である。そこで従二位に叙そうと思うがどうであろうかというものであった。〈松・南・屋・覚・中〉が記すように、清盛や頼政の例があったため従二位という案が示されたのである。これに対して、兼実は次のように答え、それに続けて言葉にはしなかったものの、思いを次のように綴っている。「正三位清盛之例、従三位頼政之例、頼朝共以不レ可二嫌申一事歟。雖レ然若有二其疑一者、被レ叙二二位一有二何難一哉。勲功之超二先代一、和漢無二比類一之故也者。光雅退出了。余竊案レ之。太為二過分一、只被レ叙二三位一、可レ被三相二加官一也。然而此儀出来之上、誰人申二不レ可レ被レ許之由一哉。勿論事歟」。頼朝の二位への叙任は、比類なき勲功からしても問題ないと答えているが、兼実はその後で、今回の加階はやはり「過分」で、本来なら三位あたりに叙して、官職を段階的に与えるべきであるのに、二位を与えてしまった以上と兼実の思いは続く。松薗斉は、この時の兼実の懸念について、今回頼朝に二位を与えてしまった以上、次に与えるべき朝恩としての官職が限定され、対頼朝政策に影響が生じることは必定だとする。今回頼朝は二位の非参議となったのだが、これまでその地位に就いた者達の多くは、年齢的に未熟で、しばらくは非参議で近衛次将などを兼任しながら待機し、やがて公卿（参議もしくは中納言）に任じられていたという。こうした先例を持つ二位の非参議というポジションに達してしまった頼朝は、朝廷にとって極めて官職的に遇しにくい存在となってしまったはずであるとする（三二一～三二二頁）。

【引用研究文献】

＊松薗斉「前右大将考―源頼朝右近衛大将任官の再検討―」（愛知学院大学文学部紀要三〇号、二〇〇一・3）

内侍所温明殿に入らせ給ふ事

【原文】

今夜内侍所自大政官庁[1]入《セ》下温《ウン》明殿《ヘ》無《ク》[2]〔成イ〕行幸三ケ夜間有《リケン》御神《カ》楽聞《シ》下長久元年九月永暦元年四月例《トツ》上右近将監多田好《ヨシ》方承別勅《ツク》伝《ヘ》家一[3]仕《マツリ》下弓立宮人云神楽秘曲[4]▽一九八左蒙[5]《コワ》勧賞珍重《ケレ》此歌祖父八条判官資方[6]《ト》〔忠イ〕申才人外無《シ》知《レル》人《モ》彼資方[7]〔忠〕奉《ツルテ》[8]授《ケ》堀河院不《シ》レ伝《ヘ》子息近方失爾被行内侍所御神楽主上《ハ》御簾中御レ[9]在《スソ》取《ラセ》下拍子授《サセ》下近方希[10]代勝事自昔未《タ》レ[11]有レ習《タランハ》レ父尋常卑[12]《シキ》孤《コ》子《ニ》施《コソ》斯《ル》面[13]目貽《ケレ》不《シ》断《タ》道被思食御計《ヒ》忝《キ》事[14]▽一九九右世斯《ヒ》面《ヒ》〔目〕承貽《ヒヒヒ》不断人伝承流感涙今世好《ヨシ》方近方子伝

【釈文】

今夜、内侍所、太[1]（大）政官庁より温《ウン》明殿へ入らせたまふ。行幸成りて[2]三ヶ夜の間、御神楽《カぐら》有りけんは、長久元年九月・永暦元年四月の例とぞ聞こえし。右近将監多田好《ヨシ》方、別勅《ベッちょク》を承りて、家に伝へたる[3]弓立・宮人と云ふ神楽の秘曲[4]▽一九八左を仕《つかマツ》りて、勧賞を蒙る[5]こそ珍《やさ》重しけれ。此の歌は祖父八条判官資方[6]〔忠イ〕と申しける才人の外、知れる人も無し。彼の資方[7]〔忠〕は堀河院に授け奉りて[8]、子息近方には伝へずして失せにけり。爾《さ》て内侍所の御神楽行はれけるに、主上は御簾《すだれ》の中《うち》に[9]御在して、拍子を取らせたまひて、近方に授けさせたまふ。[10]希代の勝事、昔より[11]未だ有らず。父に習ひたらんは尋常《よのつね》なり。[12]卑しき孤子《みなしゴ》にて斯かる[13]面目を施すこそ𥄢《めでた》けれ。「道を断たじと思し食されたる御計らひ、忝き事なり」と、[14]▽一九九右 世の人伝へ承り、感涙を流しけり。今の世の好《ヨシ》方は、近方が子にて伝へたりけるなり。

【校異・訓読】 1〈底・昭〉「大政」、〈書〉「太政」。2〈底・昭〉「無ク」の左下に「成ィ」と傍書、〈書〉「無」。3〈昭〉「家」。4〈昭〉「秘曲二」。5〈昭〉「蒙コツ」。6〈底〉「資方ト」の「方」の右に「忠ィ」と傍書、〈昭〉「資方下」の「方」の右に「忠ィ」と傍書、〈書〉「資方」に「忠ィ」と傍書。7〈底・昭〉「資方」の「方」の右上に「忠」と傍書、〈書〉「資方」。8〈底・昭〉「奉ルツテ」。9〈底・昭〉「御在スソ」。10〈底・昭〉「希」の右に縦線あり。あるいは、本来「キ」の振仮名だったとも考えられる。11〈昭〉「未タ有」。〈底〉の「有」に付されたレ点は誤り。12「卑」は、〈底・昭・書〉、特に〈昭・書〉は「早」に見える字体。「卑」の異体字を誤ったものか。13〈昭〉「面目二」。14〈昭〉「世斯ヒ面ヒ(目)承𥄢不断人」、〈書〉「世斯面(目)承𥄢不断人」。「(目)」は、〈底・昭・書〉とも、「面」の右下に傍書補入。「ヒ」は見せ消ちを示す。前の行の「斯面目𥄢不断」を再度書写してしまったためと考えられるが、その際「面目」ではなく、「面承」と書写された理由は不明。

【注解】 **○今夜、内侍所、太政官庁より温明殿へ入らせたまふ** 〈延・長〉同。「今夜」は前段冒頭の「廿七日」(元暦二年(一一八五)四月)。〈盛〉は、二十七日として内侍所(神鏡)の還御を先ず記し、三箇日臨時の御神楽・頼朝従二位、二十九日の神楽停止・五月一日の再開・好方秘曲伝授の順で記す。〈松・南・屋・覚・中〉は、前段のように二十八日のこととして頼朝の従二位を記し、「其夜」(〈覚〉下―三一二頁)として内侍所の件を記す。また、〈松・南・屋・覚〉は、「子刻」(〈覚〉下―三一二頁)のこととする。史実は、〈四・延・長・盛〉のように、二十七日のこと。『玉葉』「此日神鏡神璽自二朝所一入二御大内一、先有二行幸一云々」（四月二十七日条）、「神鏡（入）二御温明殿一之後、奉レ移二元御辛櫃一云々、神璽同入二御温明殿一。開二辛櫃蓋一、頭中将通資朝臣取レ之、持二参御殿一云々」（四月二十八日条）。神鏡（内侍所）・神璽は、太政官の東北にある朝所《あいたんどころ》から内裏の温明殿に移された。なお、〈松〉は、「霊景殿」に「温明殿」と傍書。

○行幸成りて　〈延・長・松・南・屋・覚・中〉同。〈盛〉「主上閑院ヨリ内裏ニ行幸有ケリ」（6―二三〇頁）とあるように、閑院内裏から内侍所御神楽のために内裏に行幸したもの。なお、〈四〉は、校異2に見るように、当初「行幸無く」として、「無」を「成」に訂正する。「無ク」（ナク）は、「ナリ」を「ナク」と誤読したための誤りか。

○三ヶ夜の間、御神楽有りけんは　〈延・長・盛・松・南・屋・覚・中〉同、但し〈延・長・盛・南・屋・覚〉は、「臨時ノ御神楽」（〈延〉五七オ）とする。『玉葉』「自二今夜一即被レ行二内侍所御神楽一云々」（四月二十七日条）。『百練抄』「自二閑院一行二幸大内一。内侍所自二官朝所一。渡二御温明殿一。自二今夜一三ヶ日、有二御神楽事一。神璽同奉レ渡レ之」（四月二十七日条）。『禁秘鈔』「自二一条院ノ御時一、十二月ニ有二御神楽一。但多ハ隔年行レ之ヲ。近代毎年有レ之。新所之時或被レ行。又有二臨時ノ御神楽ノ例一。寿永大乱之時御二西海一。経二三年一還洛シ玉之時、有二三夜ノ神楽一。是別ノ例也」（群書二六―三六八頁）。内侍所御神楽は毎年十二月吉日をトし、天皇の臨御を仰ぎ、神鏡を奉斎する温明殿、つまり内侍所とその西側にある綾綺殿との間の庭で行われた（倉林正次一八五頁、松前健、一五四頁）。内侍所を正面に、その前庭に庭火をたき、向かって左方に本方の座、右方に末方の座、両座の末に人長の座を設けて行われた（本田安次七八頁）。臨時の内侍所の神楽は、神鏡や、またこれを納める内侍所などに、何らかの変異があった場合に行われた（松前健、一五六頁）。

○長久元年九月・永暦元年四月の例とぞ聞こえし　〈延・長・南・屋〉同、〈盛・松・覚・中〉なし。ここでは例年の神楽とは異なり、今回の神楽と同様に、臨時の内侍所の神楽の例を取りあげたもの。初めの事例長久元年（一〇四〇）九月には、九日に内裏が焼亡し、神鏡も火に包まれた。『春記』九月九日条「内侍所神鏡不レ能レ奉二出、已在二灰燼中一」。灰の中から唐櫃の金物が出てきたため、掘り探したところ、原形を留めない有様であった。「奉レ求間僅奉レ堀二得御體一〈焼残五六寸許〉。掃部女官〈(脱字カ)子字称二河乃辺一云々〉先得二此体一、即奉レ裹レ絹入二折櫃一、又得二一切一〈二三寸許也〉。其体焼損不二分明一云々。次々得二二三寸許一。各各段々也。又如二玉金一之物数粒得レ之」(同日条)。さらに、女官が夢想によって「如二金玉一求三得一粒二」ともいう(同・十日条)。この時の内侍所の御神楽は、新造の唐櫃に神鏡を収める日でもあった九月二十八日から三日間、但し二十九日が「当国忌日」であるため、その日は除いて十月一日まで行われた(同・九月二十三日、二十八日条)。次の永暦元年(一一六〇)四月の事例は、前年末の平治の乱によって、唐櫃を破って内裏から持ち出されていた内侍所を、唐櫃を新造して温明殿に戻したもので、長久の例と同様、三箇日の神楽が行われた。『百練抄』四月二十九日条「内侍所神鏡奉レ納二新造辛櫃一。去年十二月廿六日信頼卿乱逆之間、師仲卿破二御辛櫃一、奉レ取二御躰一。於二桂辺一経二一宿一。其後奉レ渡二清盛朝臣六波羅亭一。造二仮御辛櫃一奉レ納。自二師仲卿姉小路東洞院家一、所三還二御温明殿一也。左中将忠親朝臣依二長久例一候レ之。自二今夜一三ヶ夜御神楽」。中本真人①は、これらは神鏡の神慮を慰めるという本来的な目的に加えて、神鏡を唐櫃に収める日に欠かせない行事として三ヶ夜の内侍所御神楽が催された先例であり、神鏡を温明殿に戻し、唐櫃に収める夜から三日に渡っての御神楽を行うという儀礼形式を踏襲したものとする(三五四～三五五頁)。

○右近将監多田好方　「右近将監」、〈延・長・松・南・覚・中〉同、〈屋〉「左近将監」。〈盛〉なし(〈盛〉には、「勧賞ニハ子息右近将曹好節ヲ被任将監ケリ」〈6―二三〇～二三二頁〉とあり、これは史実と認められる―豊永聡美一一三頁・注六七参照)。『兵範記』仁安四年(一一六九)一月二十日条の石清水八幡宮寺における臨時御神楽の記事や、『玉葉』建久五年(一一九四)三月十日条の中宮大原野神社試楽の記事に「右近将監多好方」とある。「多田」、〈延・盛〉「多」、〈松〉「小家《ヲフ》ノ」(一八頁)、〈南〉「多《ヲウ》ノ」(九〇一頁)、〈屋〉「ヲフノ」(八二〇頁)、〈覚〉「小家《ヲヲ》の」(下―三二二頁)、〈中〉「おほいの」(下―二七五頁)、〈長〉「はたの」(5―一一九頁)。但し、〈延〉の翻刻のうち、吉沢義則版(改造社・白帝社)や北原・小川版(勉誠出版)は、当該箇所の「多」を「ハタ」とする。水原一①は、熱田真字本の類例を引いて、この字は「多」と読むべきであると指摘するが、このように、「多」字には「ハタ」と誤読されやすい字体があり、〈長〉「はたの」は、そうした誤読によって生じたと考えられる。『多氏系図』によれば、「資忠〈右近将監。一者十五〔三ィ〕年。節資子云々。康和二年六月十六日為山村正貫被殺害。五十五〉―近方〈将監〔従ィ〕四位下。一者十七年。保延五年二月叙留。五十二歳去正月四日二条堀川行幸退〔貴ィ〕宿徳賞也。神楽典〔四ィ〕事被下堀川院勅説。父資忠被殺害之間、此道依断絶也。採桑老天王寺舞人公貞伝受之。仁平三〔二ィ〕年四月廿七日出家。同年五月四日死。六十五〉―好方〈一者廿二年〉」（続群書七上―二一二六頁）。『楽家録』「好方〈右将監。依頼朝卿命伝武臣於神楽及和琴。為其賞賜飛驒国荒木郷。建暦元死八十二〉」（日本古典全集二―五一三頁）。系譜中の「一者」とは、楽所の首官を示すもので、左方は狛氏、右方は多氏が独占した。以下、中本真人②の研究に準拠してまとめる。多氏は京の地下楽家の一つで、特に右方舞と神楽歌を専門とする家系であった。多氏の名を高めたのは堀河天皇の御神楽の師でもあった多資忠（一〇四六～一一〇〇）であった。ところが康和二年（一一〇〇）六月、資忠と嫡男節方が、舞人である山村吉貞・正連父子に殺害されたため、これまで多氏が独占的に相伝していた楽と舞が断絶しかねない状況となった。この危機に対して、堀河天皇は資忠の次男忠方と三男近方に楽と舞を習得させ、多氏の楽家としての命脈を守った。好方は御神楽を中心に奉仕するようになった庶流の近方の三男（一説に四男）として誕生した。幼い頃より父から御神楽を習得していたが、仁安元年（一一六六）に長兄の成方が死去したため、事実上好方が庶流の当主となり、御神楽の第一人者となった。さらに、文治四年（一一八八）には、右方一者を務めていた忠節が亡くなり、ほどなく好方が右方一者の地位に就き、大内楽所を代表する舞人・楽人となった（三七二～三八四頁）。中本真人①は、仁安二年・同三年、嘉応元年（一一六七～一一六九）の内侍所御神楽にも好方が奉仕していることを確認、『平家物語』諸本の記す元暦二年の三ヶ夜御神楽についても、好方が奉仕した可能性が高いとする（三六〇～三六二頁）。

○家に伝へたる弓立・宮人と云ふ神楽の秘曲を仕りて　「伝へタル」、〈屋〉同。〈延〉「伝タル」、〈長〉「つたはりたる」、〈松・南・覚〉「伝ハレル」（〈南〉九〇一頁）。「宮人」、〈長・

盛・松・南・屋・覚・中〉同、〈延〉「客人」。「宮人」が良い。たとえば『宴曲集』に、「ふりさけみれば榊葉や　立舞袖の追風に　御注連にかかる白木綿　弓立宮人こゑごゑに　この豊幣とりどりなる態までも　神の意やなびくらむ」（『早歌全詞集』五八頁）と見える。『古事談』巻六―二八話に、「宮人は荒涼に唱はざるなり」（新大系五四三頁）とあり、『楽家録』巻一は、「旧記曰」として、「抑弓立宮人両曲、最秘曲而資忠外無㆓知者㆒」（日本古典全集一―四六頁）とする。弓立・宮人という神楽が、多氏に伝えられた経緯については、この後の説話に記される。なお、中本真人①は、この時期の臨時の御神楽で宮人が歌われる場合は必ず好方が選ばれていることから、多氏の楽人が歌う時に、宮人の曲の威力が最も発揮されていると見なされていたとする（三六四頁）。また、豊永聡美は、『神楽注秘抄』が、「崇神天皇の御宇に、天照太神を大和国笠縫の村にうつしたてまつりし時」（続群書一九上―五六九頁）、豊明をして歌ったことを宮人の起源としていることなどを指摘、宮人は内侍所（神鏡）と深く結びついた曲であり、本来は神慮を慰めるために奉納された曲であったとする（一一二一～一一二三頁）。弓立の性格については未詳。　**〇此の歌は祖父八条判官資方〔忠ィ〕と申しける才人の外、知れる人も無し**　以下の秘曲伝受の説話は、次に引く『続古事談』巻五―三三話に関連する。多時助・助忠父子は敵のために殺されたため、堀河天皇を初めとして神楽の道が断絶してしまうことを嘆き、助忠の末の子忠方と近方は、いまだ幼い童であったのを召し出し成人させて、忠方は歌の才があったため神楽を習わせたとして（この部分の原文は次項注解参照）、以下の記事が続く。「ゆだち・みや人と云歌は、助忠がほかしる人なし。助忠、かたじけなく、君にさづけたてまつれり。内侍所の御神楽の時、本拍子家俊朝臣、末拍子近方つかうまつれりけるに、主上、御簾のうちにおはしまして拍子をとりて、此歌を近方に教へ給けり。誠に希代の勝事、いまだ昔にもあらぬ事也。父にならひつたへんは、よのつねの事也。いやしきみなしごにて、かゝる面目をほどこす事、此道のたえざる事を、世の人感涙をながしけり」（新大系八〇〇頁）。なお、「資方」は、〈延〉同。〈長・盛・松・南・屋・覚〉は、〈四〉の異本注記の「資忠」に同じ。〈中〉「すけとき」（下―二七五頁）。『続古事談』「助忠」。助忠・資忠が正しい。『多氏系図』によれば、「資方」は、資忠の弟。「早世」（続群書七上―二一頁）とある。水原一②は、〈四〉の修正の形を見ると、第一次の形が〈延〉と同傾向で、これを他資料または他本で修正した可能性を指摘する（二七五頁）。「才人」は、〈延・長・盛〉「舞人」、〈松・南・覚〉「伶人」。なお、「八条判官」の呼称を記すもの他になく未詳。

○彼の資方〔忠〕は堀河院に授け奉りて、子息近方には伝へずして失せにけり　〈延・長〉同。但し、〈長〉は、「後に資忠…」と誤る。〈松・屋・覚・中〉「あまりに秘して、子の親方にはをしへずして、堀河天皇御在位の時、つたへまいらせて死去したりしを」（〈覚〉下―三二二頁）。〈南〉は傍線部を欠く。資忠が弓立宮人を習わなかったのは父が殺されたからであって、父が「余りに秘し」たためではなかった。『古事談』巻六―二六話「舞人助忠、為二傍輩正連〔道イ〕二〈一者〉、被二殺害〈祇園林〉一畢」（新大系五四一頁）。『教訓抄』巻四「古記云、堀川院御時、多資忠、為二山村正貫一、被二殺害一了。仍大旨二道失了」（日本思想大系『古代中世芸術論』七二頁）。『楽家録』「旧記曰…（中略）往時有二多資忠者一、承二堀河院勅一、至二于御神楽歌之秘曲等一、奉レ授レ之矣。雖二地下一以レ長二其事一召レ之。為二師範一。其後資忠資方父子有レ故、康和二年六月十六日、為二山村政連一被レ害」（日本古典全集一―四六頁）。この点、『続古事談』では、「かゝるほどに、時助、助忠父子、かたきのためにころされにけり。君よりはじめて、此道のたえぬる事をなげき給て、助忠が末の子忠方・近方、いまだいとけなき童にてありけるを、召いでておとこになして、忠方は哥の骨あるによりて、神楽の風俗をうたはしむ」（新大系七九九〜八〇〇頁）と、助忠が殺害されたことに触れ、その時近方は「いまだいとけなき童」であったとしていた。しかし、『平家物語』諸本はその部分の記事を欠き、その後の記事から引用するため、父の資忠が弓立宮人を子の近方になぜ伝受しなかったのかが分かりづらくなっている。〈松・屋・覚・中〉は、その事情を恣意に解釈して、「余りに秘して」の一句を挿入したと考えられる（水原一②二七六頁）。なお、「右近将監多田好方」の注解参照。

○爾て内侍所の御神楽行はれけるに、主上は御簾の中に御在して、拍子を取らせたまひて、近方に授けさせたまふ　〈延・長・屋・中〉同、〈盛〉「内侍所ノ御神楽被行トテ、堀川院資忠ガ子息近方ヲ砌下ニ召置レテ、主上御簾ノ中ニシテ拍子ヲトラセ給ヒ、近方ニ被授下ケリ」（6―二三一頁）、〈松・覚〉「君、親方にをしへさせ給ひけり」（〈覚〉下―三二二頁）、〈南〉「寛治ノ比ヲヒ内侍所ノ御神楽有シニ、主上御簾ノ内ニテ拍子ヲ順セ給ツヽ、忠賢ヲ召テ授サセヲハシマス」（下―九〇一～九〇二頁）。前項注解に引いた『楽家録』には、続けて次のようにある。「至二于此等曲一、尽被レ伝レ之。而後近方十六歳時初勅令レ取二内侍所御神楽之拍子一。近方不レ誤二其伝一能堪《タヘタリ》レ任也」（日本古典全集一―四六頁）。近方十六歳の時のこととすれば、康和五年（一一〇三）のこととなる（新大系『続古事談』八〇〇頁・脚注九）。この年の内侍所の御神楽は十二月一日にあった。〈南〉が記す寛治の頃とは、一〇八七年から一〇九三年までの間で、寛治八年のこととしても近方は七歳であり、伝受する年としては早過ぎよう。なお、『教訓抄』によれば、神楽は忠方・近方兄弟を黒戸に召しすえて授けたが、秘事は近方に授けたという。「仍聖主此道ノ絶事ヲ深ク依レ有二御歎一間、彼資忠之子二人被二尋出一了。太郎ハ十五〈忠方〉、次郎十二〈近方〉。則令二元服一テ、以二勅定一道ヲ被二教継一也。（中略）神楽ハ兄弟黒戸（ニ）召居テ、令二勅下一御出。秘事ハ二男近方下給タリ」（『古代中世芸術論』七二頁。前項注解所引部に続く）。『體源鈔』十ノ上では忠方にはふれず、近方を「萩ノ戸」の辺まで近く召して伝授したとする。その伝授は、口移しの形ではなく、師時が堀河天皇と近方とを介在する形で三年かけて完成したが、近方はその時十六歳であったという。『體源鈔』「多近方ハ資忠ニハヲサナクテヲクレニケレバ、神楽ノ道ハ伝ヘザリケルヲ、堀川院資忠ガ手ヨリメデタク伝ヘメシタリケレバ、近方ヲ尋メシテ、召人ノ中ニ此道絶ナバ口惜カルベシトテ、近方ヲメシテ近衛陣ニサブラワセテ、萩ノ戸ノ辺ニチカクメシテ、御ミヅカラゾヲシヘ給ケル。但御口ウツシニモノヲバ仰ラレズシテ、師時卿シテツタヘ仰ラレケレバ、彼卿モコエゾワルカリケレドモ、此道ノハカセニハナリニケリ。ヲノヅカラ師時候ハザリケル時ハ、近方ガウタイトラザリケルカギリハ、イクタビモウタヒテゾキカセサセヲワシマシケル。ヨクナリヌトヲボシメシケルトキハ物ヲバ仰ラレズシテ、御哥ヲトゞメサセヲハシマシケリ。三年マデヨルヒルチカク候ケルニ、御口ウツシニ物ヲバ一度モ仰ラレザリケリ、古躰ナリカシヤ。又クヒモノナカリケレバ、ヲノヅカラ師時卿ナンドノタ、ウ紙ニ飯ヲイレテタビタリケレバ、其ヲワヅカニナメツリテゾ二三日モスゴシケル。カクシツ、十六歳ニナリテゾ始テ内侍所之御神楽拍子トリタリケレバ、メデタクテ、御門ヨリハジメテホメサセヲワシマシケリ。神楽ノ曲ハスデニ絶ヌベカリケル事ヲ御門ノ御口ヨリ給ケル、メデタカリケル事ナリ」（日本古典全集三―一一二七〜一一二八頁）。　**○希代の勝事、昔より未だ有らず**　「希代の勝事」、〈長〉『続古事談』同、〈延〉「希代ノ面目」、〈盛・松・南・屋・覚・中〉なし。水原一②は、〈延〉の「面目」は他の典拠があるのではなく、「勝事」が吉凶共に用いられる語である事を意識した言い換えとする（二七五頁）。この後の「カ、ル面目」に呼応させたのであろう。　**○父に習ひたらんは尋常なり**　〈延・長・盛・南・屋・中〉『続古事談』同、〈松・覚〉なし。〈名義抄〉「尋常　ヨノツネ」（法下一四三）。　**○卑しき孤子にて斯かる面目を施すこそ眦けれ**　〈延・長・南・屋・中〉『続古事談』同（但し、〈長〉は「みなしごまで」と誤る）、〈松・覚〉なし、〈盛〉「苟孤子トシテ父ニダニモ不習者が、懸面目ヲ施ス」（6―二三一頁）。なお、武久堅は、本話が、肉親離別と逆境克服を強調する頼朝話にも共通することに着目し、「平家物語の成長過程に関与した編者たちのいわゆる作家的資質の共通項をここに確認することもできよう」（一九頁）とする。　**○「道を断たじと思し食されたる御計らひ、忝き事なり」と、世の人伝へ承り、感涙を流しけり**　『続古事談』では「道のたえざる事」に対して、世の人は感涙を流したとするが、『平家物語』では、「道を断たじ」とお思いになった堀河院の「御計らひ」に対して、人々は涙を流したとする。「道を断たじ」は、〈延・屋・中〉同様（〈長〉「道を正し」は、この形の誤りか）、〈松・南・覚〉「道ヲ失ハジ」。「御計らひ」は〈長〉同、〈延〉「御恵」（御情の意だろう）、〈松・南・屋・覚・中〉「御志」。〈盛〉は、「道ヲタ、ジト思召絶タルヲ継、興レ廃給ヘレバ」（6―二三一頁）とやや離れる。なお、〈四〉の「伝へ承り」は他諸本には見られない。　**○今の世の好方は、近方が子にて伝へたりけるなり**　〈延・長〉同、〈松・南・屋・覚・中〉及び『続古事談』なし。〈盛〉は、「其ヨリ以来、今ニ伝彼家」（二三一頁）と異文。武久堅が指摘するように、好方の没年は建暦元年（一二一一）六月五日、八十二歳と『楽所補任』

（群書四―二三〇頁）にある。『多氏系図』には好方の弟好久に「建暦元年六月廿一日死。六十二」（続群書七上―二六頁）とあり混乱があるようだが、『多氏系図』の注記は概ね『楽所補任』によるようであり、問題はなかろう。しかし、武久が留保しているように、「今の（世の）」の語によって直ちに好方時代に物語の成立を考えるわけにはいかないだろう（一七～二〇頁）。「今の（世の）」は、物語中の「今」と考えるべきであろう。なお、当該秘曲伝授を記す『平家物語』諸本と『続古事談』との関係について、水原一②は〈延〉が最も『続古事談』に近接しているとするが（二七四～二七六頁）、武久堅は〈四〉が最も近いとする（一七頁）。注解に明らかなように、〈延〉や〈長〉が『続古事談』に近い例がないわけではないが、現存本では〈四〉が相対的には最もよくその姿を伝えていると言えよう。

【引用研究文献】

＊倉林正次「神楽歌」（『日本の古典芸能・第一巻　神楽』平凡社一九六九・11）
＊武久堅「伝承部と著述部―延慶本平家物語成立過程考―」（国語と国文学一九七四・1。『平家物語成立過程考』桜楓社一九八六・10再録。引用は後者による）
＊豊永聡美『中世の天皇と音楽』第一部四章「後醍醐天皇と音楽」（『中世の天皇と音楽』吉川弘文館二〇〇六・12）
＊中本真人①「延慶本『平家物語』「内侍所温明殿入セ給事」をめぐって」（『宮廷御神楽芸能史』四部三章、新典社二〇一三・10）
＊中本真人②「『教訓抄』における多好方の記事をめぐって」（国語と国文学二〇〇九・8。『宮廷御神楽芸能史』新典社二〇一三・10再録。引用は後者による）
＊本田安次「祭と神楽」（『日本の古典芸能・第一巻　神楽』平凡社一九六九・11）
＊松前健「内侍所神楽の成立」（平安博物館研究紀要四輯、一九七一・1。『古代伝承と宮廷祭祀』塙書房一九七四・4再録。引用は後者による）
＊水原一①「「ハタ」・「多」」（『延慶本平家物語考証・一』（新典社一九九二・5）

＊水原一②『延慶本平家物語論考』（加藤中道館一九七九・6）

鏡

【原文】

内侍所ト申天照大神天岩戸御在シ写シ留メ下ント御形鋳《イ》サセ御在シ御鏡我子孫見此御鏡如ク見レ我思下ヘト[1]祝ヒ同殿床為《シ》下ヘ一ッ奉下授御子[2]天 忍穂《アマノヲシヲシノ》 忍尊《ミコト》 次第伝及人代第九代帝開化《クワ》天王御時マ内侍所与《ト》レハ帝一ッ▽一九九左御殿御世[3]〔在《アリ》シカ歟〕第十代帝及崇神天王御宇恐二神威一被レケル奉レ祝別殿自近来温明《ウンメイ》殿[4]御世御遷幸後及一百六十年村上天王御宇天徳二[5]〔四イ〕年九月廿三日子剋自大内中始有焼亡一火自左衛門陣出来ケレ内侍所御在温明殿[6]モ程近カリ上《ヘ》如法夜半事ナレ▽二〇〇右内侍所女官モ[7]不参合シ[8]不サセ下ヌ奉出賢所モ小野宮殿急キ参下内侍所已焼[9]世今申《マ》[10]ニコソ御甲御涙[11]搥《シホ》レラヘセ下袖之程懸ラセ下南殿桜梢光明赫奕《カクヤク》シ朝日如下シ自二山ノ半一之出上下世末タ尽被思食喜御涙不二昇[12]キ敢一下ワ踊《ツ》キ右御膝弘二ケ左御袖一昔[13] 天照大神有下シ乎百王之云御誓其未タスハ改マラ宿ラセ▽二〇〇左実頼袖御在セ申サセ下御詞モ[14]未了ラ飛ヒ入ラセ御在奉ラセ袖裏ミ御在被[15]レケル奉レ渡シ大政官庁ヘ此[16]〔今イ〕世奉請ケ思寄ル人モ誰可有御鏡モ亦不レシ入ラセ下上代コソ瞄ケル承身毛堅[17]〔弥〕立

【釈文】

内侍所と申すは、天照大神の天岩戸に御在ししに、「御形を写し留めたまはん」とて、鋳《イ》させ御在しし御鏡なり。「我が子孫、此の御鏡を見て、我を見るがごとくに思[1]ひたまへ。同じ殿に祝ひ、床を一つに為《シ》たまへ」とて、御子の天[2]《アマノ》 忍穂《ヲシヲシノ》 忍尊《ミコト》に授け奉りたまひけるが、次第に伝はりて人代に及び、第九代の帝開化《クワ》天王の御時までは、内侍所と帝とは一つ▽一九九左御殿に御[3]在しけるが、第十代の帝崇神天王の御宇に及びて、神威に恐れて別の殿にぞ祝ひ奉られける。近来《ちかごろ》よりは温明《ウンメイ》殿に御在[4]（世）しけり。

御遷幸の後、一百六十年に及びて、村上天王の御宇、天徳二[5]〔四ィ〕年九月廿三日の子剋に、大内の中より始めて焼亡有りけり。火は左衛門の陣（陳）より出で来たりければ、内侍所の御在す温[6]明殿も程近かりける上《へ》、如法夜半の事▽二〇〇右なれば、内侍所の女官も参[7]り合はずして、賢[8]所をも出だし奉らず。小野宮殿急ぎ参らせたまひて、「内侍所已に焼[9]けさせたまひぬ。世は今《マ》は甲[10]（申）にこそ御しけれ」と申（甲）されて、御涙に袖を挿《シホ》[11]らせたまふ程に、南殿の桜の梢に懸からせたまふ。光明赫奕《カクヤク》として、朝日の山の半より出でたまひたるがごとし。「世は未だ尽きざりけり」と思し食されて、喜びの御涙昇[12]き敢へさせたまは（わ）ず。右の御膝を踊《ツ》き、左の御袖を弘げて、「昔、[13]　天照大神、百王を守（乎）らんと云ふ御誓ひ有りしに、其れ未だ改まらずは、実頼が▽二〇〇左袖に宿らせ御在せ」と申させたまふ御詞も、未[14]だ了らざるに、飛び入らせ御在しけり。袖に裹み奉らせて、御在〔所〕、太（大）政官庁へぞ渡[15]し奉られける。此[16]〔今ィ〕の世には請け奉らんと思ひ寄る人も誰か有るべき。御鏡も亦入らせたまふまじ。上代こそ目出《めでた》かりけれ（る）と承るに、身の毛堅《いよ》[17]（堅）〔弥〕立つ。

【校異・訓読】 1〈底・昭〉「思《下ヘト》」。付訓の「ト」は誤り。2〈昭〉「天《アマノ》 忍穂《ヲシウミノ》 忍尊《ミコト》」。3〈底・昭〉「御世」の右に「在《アリシカ》歟」と傍書。但し、〈底・昭〉共に「歟」は、「世」に付された傍書のようにも見える、〈書〉「御世」の右に「在」と傍書。次項の校異と同じく、「在」を「世」と誤ったための注記であろう。4〈底・昭・書〉「御世」。5〈底・昭〉

「二二」の右に「四イ」と傍書。〈書〉「四年」。6〈昭〉「温明殿」。7〈昭〉「不シテ参合シ」。8〈昭〉「不サセ下ヌ奉出二賢所モ」。〈底・昭〉は、「不」の左下に「サセ下ヌ」と送り仮名を記すが、これはもともと左の行の「焼」に付されたものと考えられる。9校異8参照。10〈底・昭・書〉共に、「甲」を「申」に、この後の「申」を「甲」に書き間違える点は同じ。11〈昭〉「捶《シホ》ラセ下レ袖」。12〈昭〉「昇キ敢下ハ一」。13〈底・昭〉「昔」と「天」の一字分空白。あるいは「天照大神」への敬意を示す欠字か。〈書〉空白なし。14〈昭〉「未タ」。15〈昭〉「被ケル奉レ渡シ」。16〈底・昭・書〉「此世」の右に「今イ」と傍書。17〈底・昭・書〉「堅」の右下に「弥」と傍書。

【注解】○内侍所と申すは　前段で、内侍所（神鏡）の還御を記したのに続き、神鏡の由来説話を述べる。この展開は諸本同様。　**○天照大神の天岩戸に御在ししに、「御形を写し留めたまはん」とて**　鏡を作った経緯の説明について、諸本は三つの形に分かれる。まず、①〈四・延・長・盛〉では、「天岩戸に御在ししに」「天磐戸ニ御ワシマシ、時」などとする。天照大神が天岩戸にお隠れになった時の意であろうが、その際に鏡を作った理由は記されない。次に②〈松・南・覚〉は、「天の岩戸に閉こもらむとせさせ給ひし時」（〈覚〉下―三一三頁）などとする。天岩戸にお隠れになろうとした時、自身の容姿を写し留めるために鏡を鋳させたの意となる。〈松・南・覚〉の場合、その後、天照大神が岩戸を少し開けて神々の様子を見た際に、「互にかほのしろく見えけるより、面白といふ詞ははじまりけるとぞうけ給はる」（〈覚〉同前）という、所謂「面白」語源説話を引く。次に、③〈屋・中〉では、岩戸隠れ・「面白」語源説話を記した後、「天照御神、『吾子孫ノ王ニ、此鏡ヲ見テハ、我ヲ見ガ如クニ思ヒテ、床ヲ一ニシ給ヘ』トテ、御形チヲ鋳移シ、内侍所ト名付テ、御子ノ　天忍穂尊ニ譲給ケリ」（〈屋〉八二二頁）とする。この場合、同系統の話を引く斯道文庫百二十句本が、「天照太神岩戸ニ住マセマシマセシ時」（汲古書院。六九六頁）とする他は、岩戸隠れと鏡の鋳造の関係が必ずしも明確ではないが、関連して岩戸隠れの話を引く点、神鏡を天照大神自らが命じて作らせたとする点は他本と同様。『日本書紀』の岩戸隠れの場面では、神代上・第七段の本文に、天児屋命等が「八咫鏡〈一云真経津鏡〉」を枝に懸けて祈った(旧大系上―一一三頁)とあり、八咫鏡は天糠戸(第二の一書・同前一一五頁)、あるいは石凝戸辺が作った(第三の一書・同前一一七頁)などともいう。また、天孫降臨の場面では、神代下・第九段の第二の一書に、「是時、天照大神、手持二宝鏡一、授二天忍穂耳尊一、而祝之曰、吾児視二此宝鏡一、当レ猶レ視レ吾。可三与同レ床共レ殿、以為二斎鏡一」(同前一五三頁)とあるが、この二つの鏡の関係は明らかではない。この点、『古事記』上巻(旧大系八〇頁・一二六頁)も基本的に同様。この点、『古語拾遺』では、岩戸隠れに際し鏡を懸けたこと(新撰日本古典文庫四〇頁)、思兼神の議により、石凝姥神が「日像鏡」を鋳て天照大神を引き出すのに用いたこと(同四二頁)、さらに天孫降臨に際して八咫鏡を授けたこと(同五八頁)が記されるが、岩戸隠れと天孫降臨の関係はやはり不明瞭である。だが、『撰集抄』巻九に、天照大神が天岩戸から出た際、「我孫をもては天下のあるじとせん。汝が孫をもては天下の政を執務せしめよ」と、天児屋根の尊などの神々に命じ、「さらば我形を鋳写て日本の主と同殿にすへ奉れとて、神達御姿をうつしとゞめ給へりける」と、鏡を作り、これが天皇家に伝えられたとするのは、『平家物語』諸本に類似する(『撰集抄校本篇』四六八～四六九頁)。また、岩戸隠れの際に、天照大神をかたどって鏡を作ったとする伝は、たとえば『頓阿序注』に「日神の御顔のたけに鏡をゐて、御正体として、さか木の枝につけて、岩戸の前にて神楽をそうし給ひて…」(『中世古今集注釈書解題』二―三〇一～三〇二頁)とあり、類似の伝が『古今序聞書三流抄』(同前二三六頁)、『了誉序註』一(徳江元正八四頁)等に見える。『毘沙門堂本古今集註』巻一(片桐洋一・八木書店影印一一頁)が、岩戸隠れの際に「天照大神ノ御方見」として鏡を作ったと記すのも、これに近いか。『榻鴫暁筆』十八・八(中世の文学三六四～三六五頁)も同様。また、天照大神をかたどったとは記さずとも、岩戸隠れに際して鏡を作ったとする伝は、良遍『神代巻私見聞』(『神道大系・天台神道・上』五七三頁)、『古今和歌集灌頂口伝』(片桐洋一、三一頁)八戸市立図書館本『古今和歌集見聞』上(佐伯真一、七〇頁)等に見える。さらに、岩戸隠れとの関連は記さないが、天照大神が自分の姿に似せて鏡を作らせたとする伝は、『神代巻取意文』に「内侍所ト申奉ハ、天照太神末代之衆生ニ吾ガ形ヲ見セントテ、写シ置キ給ン為ニ、紀伊国名草郡ニテ、金千両銀千両ヲ以テ御鏡ヲ鋳奉リ給」とある（伊藤正義一〇一頁）。　**〇鋳させ御在しし御鏡なり**　〈延・松・南・覚〉は、最初に作った鏡は気に入らなかったため再度作り替え、最初の鏡は紀伊国の日前国懸神社に納めたとする。〈中〉は、鏡を三つ作ったとするが、その行方は「一つは…日ぜんの宮」、「二つは、だいり」（下―二七六頁）として、二つしか記さない。〈長・盛・屋〉なし。類似の伝は、前項注解に見た『古語拾遺』の「日像鏡」の所伝や『撰集抄』、『古今序聞書三流抄』、『毘沙門堂本古今集註』、『了誉序注』、八戸本『古今集見聞』、良遍『神代巻私見聞』、『榻鴫暁筆』などに、最初の鏡が日前の神となったと見える。忌部正通『神代巻口訣』（神道大系『日本書紀註釈・中』六八頁）も同様。また、『神代巻取意文』は、最初の鏡は「日ノ前《クマ》」、次は「国前住ノ社」、三番目が「火打」となり、最後に内侍所ができたとする（伊藤正義一〇一頁）。　**〇「我が子孫、此の御鏡を見て、我を見るがごとくに思ひたまへ。同じ殿に祝ひ、床を一つに為たまへ」とて**　天照大神の言葉は、〈延・長・盛・屋〉同。〈松・南・覚〉は「殿をおなじうしてすみ給へ」（〈覚〉下―三一三頁）、〈中〉は「我しそんたらん人は、このかゞみを見て、われを見るがごとくにおもひたまへ」（下―二七六頁）とのみあり。この一文は、『日本書紀』天孫降臨の条、神代下第九段・第二の一書にある言葉。前々項注解の引用参照。『古事記』や『古語拾遺』にも類似の言葉がある。　**〇御子の天忍穂忍尊に授け奉りたまひけるが**　当該記事、〈中〉なし。「天忍穂忍尊」、〈延・長・盛〉「天《アマ》ノ忍穂耳《ヲシホミヽ》ノ尊」（〈延〉巻十一―五七ウ）、〈松〉「天ノニヰ《瓊》ホコ《矛》ノ尊」（一八頁）、〈屋〉「天忍穂尊」（八一二頁）、〈覚〉「あまのにいほみの尊」（下―三一三頁）。『日本書紀』「天忍穂耳尊」（上―一五二頁）。地上に降臨したニニギノミコトの父神。　**〇次第に伝はりて人代に及び**　〈延・長・盛・屋〉同、〈松・南・覚・中〉なし。〈松・南・覚〉の場合、「面白」語源説話の後、すぐに「さて内侍所は、第九代の御門、開化天皇の御時までは…」（〈覚〉下―三一三頁）などと続くため、接続がわかりにくい。　**〇第九代の帝開化天王の御時までは、内侍所と帝とは一つ御殿に御在しけるが、第十代の帝崇神天皇の御宇に及びて**　〈延・長・松・南・屋・覚・中〉同。〈盛〉は、「次第ニ相伝テ、一御殿ニ有御座ケルヲ」（6―二三二頁）と前半部を欠くが、「第十代帝崇神天皇御宇ニ及テ…」（同前）と、崇神天皇の代に別殿に移ったとして、文意は同じ。「剣巻」に見たように、『日本書紀』崇神紀六年（旧大系上―二三八頁）の天照大神移祀や、『古語拾遺』（新撰日本古典文庫九三〜九四頁）に見える剣・鏡改鋳の記事に発し、伊勢と内裏に共に鏡が伝わる問題を説明したものだろう。『撰集抄』（『撰集抄校本篇』四六九頁）、『榻鴫暁筆』（中世の文学三六五頁）は、平家諸本と同様。また、『倭姫命世記』は、崇神天皇六年九月に、「倭の笠縫邑ニ就きて、殊に磯城《シキ》ノ神籬《ヒモロキ》ヲ立テテ、天照太神及び草薙剣ヲ遷し奉ル」とし、さらに鏡・剣を鋳造したとする（思想大系『中世神道論』一一頁）。さらに、『兼倶本日本書紀神代巻抄』巻二（続群書完成会本二一〇頁）や、『宣賢本神代巻抄』（同前四二三頁）は、神鏡が九代までは天皇と同殿であったと記す。一方、『江家次第』巻一一（改訂増補故実叢書二―三四四頁）、『明文抄』一（続群書三〇下―一〇三頁）、『禁秘抄』上（改訂増補群書二一―五頁）、『神宮雑例集』巻二（神道大系・神宮編二―五四頁）、『年中行事秘抄』（群書六―五六六頁）、『公事根源』（日本文学全書一二頁）、『神祇秘抄』（次項参照）等は、神器を別殿に奉じたのは垂仁天皇の御代のこととする。　**○神威に恐れて別の殿にぞ祝ひ奉られける**　〈延・長・盛・松・南・屋・覚〉も同様だが、「神威」を「霊異」とする。〈中〉は当該記事なし。『日本書紀』「畏二其神勢一」（旧大系上―二三八頁）、『古語拾遺』「神威を畏まりて」（新撰日本古典文庫九三頁）、『公事根源』「神威を恐させ給て」（日本文学全書一二頁）。『榻鴫暁筆』「其霊威に恐れ」（中世の文学三六五頁）。『神祇秘抄』は、「或時、彼内侍局〈号二大和姫一〉、語二垂仁天皇一云、世《ヨ》倶多利、人ノ機漸曲テ、而モ与レ神同殿同坐、尤可レ有レ恐。哀、宮造シテ、奉レ遷ハヤト申給之。其時、皇帝、可レ然トテ、奉レ渡二三種神祇於此姫一」（『中世日本紀集』三七八頁）とする。なお、〈四〉の前掲「剣巻①」では、「崇神天王の御時、神威に恐れたまひて、内殿に息むべからずとて、更に剣を造り、鏡も鋳して御守と為て、其の古きをば伊勢大神宮へ遷し奉りたまふ」とあったが、もとの鏡は伊勢神宮に遷されたとする点、大内の中の別の殿に遷されたと記す本段とは齟齬する。　**○近来よりは温明殿に御在しけり**　〈延・長・南・覚〉同。〈盛・中〉も類似するが、「近来よりは」を、〈盛〉「後ニハ」（6―二三二頁）、〈中〉「中ごろよりぞ」（下―二七六頁）とする。〈松〉は「霊景殿」（一八頁）とする。〈屋〉なし。このように、『平家物語』諸本は、神鏡が温明殿に移されたのを、「近来」とも「後ニハ」とも「中ごろ」よりともする。『撰集抄』（『撰集抄校本篇』四六九頁）には、「宇多の御門の御時」とあり、『榻鴫暁筆』（中世の文学三六五頁）も同様。以上は、崇神天皇の代に「別殿」に移したこと（前項）と、温明殿に移したこととを別のこととするわけだが、『禁秘抄』上「垂仁天皇ノ御宇。始テ為二テ別殿一ト御二ス温明殿一ニ」上（改訂増補故実叢書二二―五頁）は、垂仁天皇の代に移した「別殿」が即ち温明殿であったとする。『公事根源』も同様。『古今著聞集』巻一―二には、「内侍所は、昔は清涼殿にさだめをきまいらせられたりけるを、をのづから無礼の事もあらば、其恐あるべしとて、温明殿にうつされにけり。此事いづれの御時の事にか、おぼつかなし」（旧大系五〇頁）とあり、これは、崇神ないし垂仁天皇の時の遷座ではなく、平家諸本や『撰集抄』などと同様の時期を意識するか。『體源鈔』十ノ上も同様（日本古典全集三―一一三五頁）。なお、「近来より」は、一見物語現在を指すかのように読めるが、この後に天徳四年（九六〇）の火災の記事が続くように、『平家物語』にとっての「近来」ではないことは明らかである。この件を「近来」のこととする本文をそのまま取り込んだものであろう。なお、斎藤英喜は、温明殿とは一種の倉庫（納殿）であり、そこに祭られる納戸神としての鏡が、表側の宅神へと祭り上げられていったのが神鏡であると見る（一八九～二〇三頁）。

○御遷幸の後、一百六十年に及びて　〈延・南・屋・覚〉「遷都遷幸ノ後、百六十年ヲ経テ」（〈延〉五七ウ）。ここでの「遷都」「遷幸」とは、延暦十三年（七九四）の平安京遷都を指すから、天徳四年（九六〇）までには、百六十六年経過したことになる。〈盛〉「遷都ノ後、百六十六年ヲ経テ」（6―二三二頁）。『扶桑略記』天徳四年九月二十三日条に「遷都之後、既歴二百七十年一。始有二此災一」とある他、『愚管抄』巻二も、天徳の内裏火災が平安京遷都後初めてであったことを特筆する。「天徳四年九月廿三日大内焼亡。都ウツリノ後始テ焼亡一云々」（旧大系九一頁）。

○村上天王の御宇、天徳二〔四ィ〕年九月廿三日の子剋に、大内の中より始めて焼亡有りけり　内裏焼亡の日時は、〈延・長・盛・松・南・屋・覚〉「天徳四年九月廿三日ノ子時」（〈延〉五八オ）が正しい。〈中〉「天徳三年九月廿三日の夜」（下—二七六頁）。『扶桑略記』同日条によれば、火は亥の四点より起こり丑の四点まで続いたとし、『日本紀略』では、「亥三刻」とする。「大内の中より始めて」に該当する記事、〈延〉「内裏中裏」（五八オ）、〈長〉「内裏中宮」（一一〇頁）、〈盛〉「内裏」（一三三二頁）、〈松〉「内裏ノ中ノ辺ニ」（一八頁）、〈南・屋〉「太内ノナカノヘヨリ」（〈屋〉八二三頁）、〈覚〉「内裏なかのへに」（下—三一三頁）、〈中〉「大だいの、中の衛、さひやうゑのぢんなりければ」（下—二七六頁）。〈南・屋・覚・中〉に見るように、「中重《なかのへ》」の意と考えられる。『愚管抄』「同六年正月三日中重ノ内聴ス二輦車ヲ一」（旧大系九八頁）。「中重《なかのへ》」は、〈日国大〉「内裏を囲む築地。宮垣。またそれに囲まれた内部。内裏。四方に門（東に建春門。南に建礼門のほか二門。西に宜秋門。北に朔平門、式乾門）があり、宮門と称し衛門府が警備する」。なお、以下のように、内裏焼亡の際に鏡が自ら飛び出して無事であったとする記事は、前掲「天照大神の天岩戸に御在しし…」注解にも見た『撰集抄』巻九（『撰集抄校本篇』四六九〜四七一頁）や、前掲「第九代の帝開化天王の…」注解に見た『江家次第』巻十一、『明文抄』一、『禁秘抄』上、『神宮雑例集』巻二、『年中行事秘抄』の他、『帝王編年記』（国史大系二四七頁）、『直幹申文絵詞』（日本絵巻大成一三九頁）、『神代巻取意文』（伊藤正義一〇三頁）、『體源鈔』十ノ上（日本古典全集・三—一一三六頁）等々、多くの書に見られる。これらのうちで最も古いのは『江家次第』であり、松本昭彦は、これを匡房自身の記述とみる（四三〜四四頁）。一方、『天暦御記』（村上御記）天徳四年九月二十四日条では、鏡は「頭雖レ有二小瑕一、専無レ損」という状態だったとし（『扶桑略記』同日条はこれを引用）、『日本紀略』同日条では、鏡は焼けたものの「形質不レ変、甚為二神異一」とする。これらは、鏡が飛び出したなどとはせず、比較的よく原形を保ったことを奇瑞とするわけである。こうした記録による記事と、鏡が飛び出したとの説話を併記する書も多い。『愚管抄』巻二は、記録に近い記事の後に、「或大葉椋木ニ飛出テカヽリ給フトモ云メリ。其日記ハタシカナラヌニヤ」（旧大系九一頁）と、この説話に近い記事を否定的に引く。『古今著聞集』巻一—二（旧大系五

○頁)は、この説話を引いた後で、「されど此事おぼつかなし」として、「御記」(『天暦御記』)を引く。『公事根源』もこれに近い。『榻鴫暁筆』第十八(中世の文学三六五頁)は、この説話を引いた後で、「或云」として、「只灰中を出給、損ぜずして円光明らかなり共いへり」とする。『神皇正統記』村上天皇条(旧大系一三二頁)は、『天暦御記』を引いた後で、この説話を引くが「ヒガ事」と否定する。この説話の形成について、松本昭彦は、『古事談』巻五―一話(新大系四三一頁)や『太神宮諸雑事記』第一(神道大系・神宮編一―三三七~三三八頁)に見える、伊勢神宮の神鏡が火事の際に殿舎を自ら飛び出して木にかかったとの説話が先ず存在し、内侍所神鏡の焼亡と対比される上代の先例として語られていたが、やがて内侍所神鏡そのものが火中から飛び出したとする説話に変化したものと指摘する。こうした多くの文献の中で、『平家物語』については、とりわけ、『撰集抄』『直幹申文絵詞』との類似が問題とされてきた。水原一は、『撰集抄』『直幹申文絵詞』の両作品は、『平家物語』によったわけではなく、独立した説話を各々採用したのだと考えた。しかし、右に見た諸作品の中でも三本の類似は際だっており、しかも『撰集抄』については、木下資一の白鷺池関係記事の考察で、『平家物語』依拠が明らかとなっているので、内裏焼亡記事についても、慎重な判断が必要となる。以下具体的に検証していこう。先ず、当該記事については、『撰集抄』「天暦の御世、天徳四年、なが月のすゑの比」(下―五二七頁)、『直幹申文絵詞』「其後、天徳四年九月廿三日子刻に、大内火いできたりて」(絵巻大成一三九頁)。『直幹申文絵詞』が月日から時刻まで明記し一致するのに対し、『撰集抄』は朧化した形。○**火は左衛門の陣より出で来たりければ、内侍所の御在す温明殿も程近かりける上**〈延・長・盛・松・覚〉同、〈南〉「右衛門ノ陣」とする以外は同、〈屋・中〉若干異文あり。『直幹申文絵詞』同、『撰集抄』「左衛門の陣より火出きて、禁裏みなやけけるに、温明殿も程遠からぬ上に」とやや異文。『扶桑略記』九月二十三日条には「火焼㆓左兵衛陣門㆒」とあり、『日本紀略』にも「火出㆑自㆓宣用門内方北掖陣㆒不㆑出㆓中隔外㆒」とあるように、左衛門陣のあった建春門より内、左兵衛陣のあった宣用門の辺りから出火して、その西に位置する温明殿に火が付いたと考えられる。左兵衛陣を左衛門陣と誤ったために生じた異文とも考えられる。**○如法夜半の事なれば、内侍所の女官も参り合はずして、賢所をも出だし奉らず**　校異8参照。「内侍所の女官も」、〈延・長・盛・松・南・屋・覚〉「内侍モ女官モ」(〈延〉五八オ)。〈四〉の場合は、〈中〉のように「おりふしないし所に、女くわんもさぶらひあはずして」(下―二七六頁)のように、「内侍所に女官も」とも読めよう。『撰集抄』「誠の夜中にて侍りければ、内侍女官もまいらで、取出奉らざりければ」(『撰集抄校本篇』四七〇頁)。『撰集抄』の場合は、両様に理解できるが、『撰集抄全註釈』は、「内侍所に仕える女官」(五二九頁)と解する。『直幹申文絵詞』は、「如法夜中の事なりしかば、内侍も女官も参あはずして、賢所をもいだしたてまつらず」(一三九頁)と〈延・長〉に特に近似している。**○小野宮殿急ぎ参らせたまひて、「内侍所已に焼けさせたまひぬ。世は今は甲にこそ御しけれ」と申されて**　〈延・長・松・南・屋・覚〉ほぼ同、〈延〉に特に近似する。〈盛〉「温明殿ハ、ヤ焼ケリ」(6―二三二頁)あり。〈中〉「関白殿、こはいかゞし奉るべきと、さはがせ給けるに」(下―二七六頁)と大異。『撰集抄』「清慎公いそぎまいらせ給て、内侍所已に焼させおはしましぬ覧、世はかうぞとおぼしなげき」(四七〇頁)と小異、『直幹申文絵詞』も、「少野宮殿、急ぎ参り賜て、内侍所を見たてまつらせたまうに、わたらせ給はず。『世は、今はかうにこそありけれ』とおぼして」(一三九頁)と小異あり。天徳四年当時、小野宮実頼は、正二位左大臣。『扶桑略記』『日本紀略』の内裏焼亡記事に実頼は登場しない。『天暦御記』九月二十三日条は、実頼を召して焼亡を嘆いたとし、実頼自身も『水心記』で焼亡を嘆いている(『小右記』寛弘二年十一月十七日条所引逸文。なお、松本昭彦四四頁参照)。『神代巻取意文』「村上之天皇ノ御時、内裡ニ焼亡出来ルニ、神器ワ躁《サワ》キ、温明殿ニ御座シケルニ、上下立躁キテ馳セ参リケルニ、小野宮ノ右大臣実頼卿、先《マツ》参ラセ給ケリ」(伊藤正義一〇三頁)。**○御涙に袖を捶らせたまふ程に**　同類の本文は見られるが、〈四〉に近似するものはない。〈延・長・盛・松〉「御涙ヲ流サセ給ケル程ニ」(〈延〉五八オ)。〈覚〉「御涙を流させ給ふ処に」(三一四頁)。『撰集抄』は「泪ぐんでいまそかりけるに」(四七〇頁)と離れるが、『直幹申文絵詞』は「御涙を流させ給ける程に」と〈延〉等に同。

○南殿の桜の梢に懸からせたまふ。光明赫奕として、朝日の山の半より出でたまひたるがごとし　〈延・長〉同、〈盛〉はこの前に、「灰燼上ニシテ奉見出タリケルニ、木印一面其文ニ、天下太平ノ四字アリケリ」(6―二三二〜二三三頁)の一文あり。その後に、神鏡は南殿の桜の梢に飛びかかったことになる。〈松・南・屋・覚・中〉は、「内侍所はみづから炎のなかをとび出でさせ給ひ」(〈覚〉下―三一四頁)と、内侍所が自ら飛び出したことを明記する。水原一は、こうした記事を、「桜樹にかかる神鏡を奇異な現象なりに合理的に説明するという姿勢」(二七九頁)と評する。この後に引く『江家次第』『愚管抄』『古今著聞集』の傍線部参照。『撰集抄』は、「南殿の桜の木ずゑにかゝらせ給へり。光赫奕として、あらたにましますこと、山のはをわけて出る日よりもなをあらたにていまそかりけるを」(四七〇頁)と文飾する。『直幹中文絵詞』は、〈四・延・長〉に同。『江家次第』「天徳焼亡飛出着二南殿前桜一」(改訂増補故実叢書二―三四四頁)。『愚管抄』は「大葉椋木ニ飛出テカヽリ給フトモ云メリ。其日記ハタシカナラヌニヤ」(旧大系九一頁)、『古今著聞集』は「天徳内裏焼亡に、神鏡みづから飛出給て、南殿の桜木にかゝらせ給ひたりけるを…」(旧大系五〇頁。但しこの後で「されど此事おぼつかなし」とする。なお、『古事談』(巻六―一、三八七)によれば、南殿の桜の樹は、もとは梅の樹で、桓武天皇の遷都の時に植えられたという。しかし、承和年中に枯れたため、仁明天皇が植えられたのだが、天徳四年九月二十三日の内裏焼亡により焼失したという。その後、内裏新造の折に重明親王家の桜の樹が移し植えられたという(新大系五一一頁)。天徳の内裏焼亡の折に焼失したという記事は、『禁秘抄』上にも見られる(改訂増補故実叢書二二―三六頁)。とすれば、この話に見るように、神鏡が南殿の桜の梢に懸かるということ自体ありえないこととなる。なお、火災により御神体の鏡が飛び出し木に掛かるという話の類例としては、前掲「村上天王の御宇、天徳二(四ィ)年…」注解に見た、巻五―一話(新大系四三一頁)や『太神宮諸雑事記』第一所載の伊勢の神鏡の説話が著名だが、他に、『熊野権現金剛蔵王宝殿造功日記』には、「孝安天皇御時、丙子年八月八日、熊野新宮、竜落懸焼畢。三所御聖体鏡、飛出懸二榎枝一」(真福寺善本叢刊一〇『熊野金峯大峯縁起集』七頁)と見える。　**○「世は未だ尽きざりけり」と思し食されて、喜びの御涙昇き敢へさせたまはず**　〈延・長・盛・松・南・覚〉「世ハ未失ザリケリト思食レケルニヤ、悦ノ御涙カキアヘサセ給ワズ」（〈延〉五八オ）と近似。但し、「昇き敢へ」は、〈長・盛・南・覚〉「せきあへ」（〈長〉一二〇頁）。「搔き敢へ」とも「堰き敢へ」とも、ここは両様に解し得よう。〈屋・中〉なし。『撰集抄』「悦の涙かきあへ給はず」（四七〇頁）、『直幹申文絵詞』「『世は、いまだうせざりけり』とおぼしける。感涙をさへがたくて」（一三九頁）。『古今著聞集』等にはない。　**○右の御膝を踊き、左の御袖を弘げて**　〈長・盛〉同、〈延〉「右ノ御膝ヲ地ニツキ、左ノ御袖ヲヒロゲテ申給ケルハ」（五八オ）と傍線部小異、〈松・覚〉も「なく〳〵申させ給ひけるは」（〈覚〉下―三一四頁）あり。〈南・屋〉は、初めに〈南〉「其時関白殿」（九〇四頁）〈屋〉「其時小野宮殿」（八二三〜八二四頁）あり。〈中〉「其時左大臣殿、かうべを地につけ給て」（二七六頁）と異なる。『撰集抄』「いそぎ右の御ひざをつき、左の御袂をひろげて」（四七〇頁）と傍線部小異。『直幹申文絵詞』「右の御膝をつきて、左の御袖をひろげて申させ賜けるは」（一三九頁）と〈延〉に近似。『古今著聞集』「小野宮殿ひざまづきて、御目をふさぎて警蹕をたかく唱て、御うへの衣の袖をひろげて、うけまいらせられければ」（五〇頁）。『神代巻取意文』「実頼ノ卿左右ノ袖ヲヒロゲ、蹉《ヒザマヅ》キテ」（伊藤正義一〇三頁）。　**○昔、天照大神、百王を守らんと云ふ御誓ひ有りしに、其れ未だ改まらずは、実頼が袖に宿らせ御在せ**　〈延・長・南・屋・覚〉ほぼ同、〈盛〉は、「昔天照大神為奉守百皇移留給ヘル御鏡也」（二三三頁）と、天照大神の誓いをこめて写し留めた鏡である旨の一文が入る（「移留給ヘル」とは、本段冒頭該当記事で「我御形ヲ移留給ヘル」とあるのに呼応する）。〈中〉「百王おうごの御ちかひ、あらたまらせ給はずは、しんきやう、さねよりがそでへ、うつらせおはしませ」（二七六頁）とやや簡略な形。『撰集抄』は、「実に改らずは」、「袖にうつらせ給ゑ」（四七一頁）という小異はあるものの、〈盛・中〉以外の諸本に同。『直幹申文絵詞』も〈盛・中〉以外の諸本に同。『古今著聞集』は前項注解参照。『撰集抄』は、当該話の前に、「抑『我百王を守らん。をの〳〵いかに』と仰のなり侍しに、天小屋根をはじめ奉りて、各々冠のこじを地につけて、あへて綸言にそむき奉り給はざりしかば、『さらば、我形を鋳写て、日本の主と同殿にすへ奉れ』とて、神達御姿をうつしとゞめ給へりけるに」（四六八頁）と、神鏡が作られた経緯を記す。「百王を守らんと云ふ御誓」が「内侍所」とどのように関わるのかが分かりやすく記されていると言えよう。実頼の言葉は、『江家次第』「小野宮大臣称レ警、神鏡下入二其袖一」（改訂増補故実叢書二一―三六頁）、『古今著聞集』「警蹕をたかく唱て」（前項注解参照）のように、ごく簡単に記すのが、この説話の古形であろう。『神代巻取意文』「吾ハ是レ大織冠淡海公ヨリ十代皇子、床《ユカ》ニ至テ、神明ヲ守護シ奉ル事、今ニ始ズ。寔《マコト》ニ神明ニテ御座バ、是写給《ウツラセ》ヘト申サレケレバ」（伊藤正義一〇三頁）。なお、百王思想については、本全釈巻七―一六一頁「百皇の治天、未だ其の数を尽くさずして」注解参照。　**○御詞も、未だ了らざるに、飛び入らせ御在しけり**　〈長・南・覚〉ほぼ同、〈延・屋〉「飛び入らせ」の前に「桜ノ梢ヨリ御袖ニ」（〈延〉五八ウ）を記し、〈盛〉は「高梢ヨリ」（二三三頁）を記す。〈中〉「たちまちひだりの御袖に、とびぞうつらせ給ける」（二七六頁）と異なる。『撰集抄』「…と申給へるに、神鏡忽に袂にとび入せ給へりけり」（四七一頁）と小異、『直幹申文絵詞』は〈四・長・南・覚〉に同。　**○袖に裹み奉らせて、御在［所］、太政官庁へぞ渡し奉られける**　〈延・長・盛〉「ヤガテ御袖ニ裹奉テ、御先進セテ、主上ノ御在所、大政官ノ朝所《アイタン》ヘゾ渡シ奉ラセ給ケル」（〈延〉五八ウ）。以下、傍線部は〈四〉との異文箇所に付す。〈南・屋〉「則御袖ニ裹ミ奉セ給テ、主上ノ御在所、大政官ノ朝所《アヒタントコロ》ヘゾ渡シ参セケル」（〈南〉九〇四～九〇五頁）、〈覚〉「すなはち御袖につゝんで、太政官の朝所へわたしたてまつらせ給ふ」（三一四頁）、〈中〉「をの、宮どの、ずいきの涙をながしつゝ、身づから御さき申させ給て、主上の御ざいしよ、大じやうくわんのあひたどころへ、入まいらせ給ふ」（二七六～二七七頁）。『撰集抄』は、「身づからみさきをまいらせさせ給て、大政官の賢所に渡奉給へり」（四七一頁）と、やや略述された形。『直幹申文絵詞』は、「御袖につゝみて、太政官の朝所へぞわたしたてまつられける」（二一一頁）と〈覚〉にやや近似する。なお、〈四〉の「御在」は、諸本に見るように「御在所」の「所」の脱落と考えたが、「主上の」もないことからすれば、「袖に包み奉らせ御在して」と解釈したための誤りとも考えられる。　**〇此〔今ィ〕の世には請け奉らんと思ひ寄る人も誰か有るべき。御鏡も亦入らせたまふまじ**　〈延・長・南・覚〉ほぼ同、〈盛〉は、初めに「猛火ノ中ニシテ無損失ケルコソ霊験掲焉覚ユレ」の独自異文の後に、「イマノ代ニハ誰人カ請シ奉ラン…」と、類似本文を続ける（6―二三三頁）。「イマノ代」は、〈四〉の傍記に一致する。〈屋〉「此代ニハ請奉ル臣家モ誰カハ御坐スベキ。内侍所モ宿ラセ給ベシ」（八二四頁）と小異あり。〈中〉「いにしへはかくこそめでたくおはしましけれ。今は世の末になりて、ないし所もとびうつらせ給ふまじ」（二七七頁）と大きく異なる。『撰集抄』は「末の世には、請取まいらせんと思寄人も侍らじかし。神鏡も又入せ給はじとぞ覚侍る」（四七一頁）と、〈四・延・長・南・覚〉にほぼ同じ。『直幹申文絵詞』「この世にはうけたてまつらんと思よる人もありがたく、御鏡も入給まじ」（一三九頁）と〈四・延・長・南・覚〉にほぼ同じ。　**〇上代こそ眦かりけれと承るに、身の毛竪（堅）〔弥〕立つ**　〈名義抄〉「竪　イヨタツ」（法上―九〇）。〈延〉「竪ツ」（五八ウ）、〈盛〉「竪チ」（二三四頁）。〈四〉の「竪」は、「堅」の誤り。〈延・長・南〉ほぼ同、〈盛〉「上代ハ目出カリケリト、身毛竪チ貴カリケリ」（二三三～二三四頁）とやや異なる。武久堅は、神鏡の霊験と実頼の忠節を語って「上代」を讃美し、翻って源平争乱の「今ノ世」の衰亡に「身毛竪ツ」のであると評する（二〇頁）。〈屋〉「思ヘバ上古コソ目出ケレ」（八二四頁）、〈覚〉「上代こそ猶も目出けれ」（三一四頁）、〈中〉「たゞ上ここそありがたく、末代こそかなしけれ」（二七七頁）とさらに離れる。『撰集抄』なし、『直幹申文絵詞』「上代こそ目出く侍けれ」（一一一頁）と〈覚〉に近似。以上、『撰集抄』『直幹申文絵詞』と『平家物語』諸本とは、きわめて近接していて、直接的な関係をも想定しうる程のものである。同話を記す書は多いが、『江家次第』『明文抄』『禁秘抄』『神宮雑例集』『年中行事秘抄』『帝王編年記』『體源鈔』などはごく簡略な記述であり、比較的詳細な『神代巻取意文』なども、本文は重ならない。さらに、『愚管抄』『古今著聞集』『神皇正統記』など、この説話の事実性を疑い、あるいは否定する書も少なくない。『撰集抄』『直幹申文絵詞』と『平家物語』諸本の近接度は、そうした諸書とは比較にならないといえよう。『撰集抄』の場合、既に木下資一により『平家物語』依拠が指摘されており、ここも同様に解し得よう。『平家物語』諸本の中では、〈延・長〉との関係が強いが、それら諸本を遡る祖本との関係を想定すべきであろう。

【引用研究文献】

＊伊藤正義「日本記一　神代巻取意文」（人文研究〔大阪市立大学文学会〕二七巻九号、一九七五・12）
＊片桐洋一「古今和歌集灌頂口伝（上）―解題・本文・注釈―」（女子大文学・国文篇三六号、一九八五・3）
＊木下資一「『撰集抄』と『平家物語』―その唱導的共通本文をめぐって―」（中世文学二四号、一九八〇・3）
＊斎藤英喜「平安内裏のアマテラス―内侍所神鏡をめぐる伝承と言説―」（『物語〈女と男〉』有精堂一九九九・11。『アマテラスの深みへ―古代神話を読み直す―』新曜社一九九六・10再録。引用は後者による）
＊佐伯真一「翻刻・紹介　八戸市立図書館本『古今和歌集見聞』」（国文学研究資料館紀要一八号、一九九二・3）
＊武久堅『平家物語成立過程考』（桜楓社一九八六・10）
＊松本昭彦「事実を超えさせるもの―実頼内侍所説話の形成をめぐって―」（国語国文六〇巻二号、一九九一・2）
＊徳江元正「翻刻『古今序註』其二」（日本文学論究四六号、一九八八・3）
＊水原一『延慶本平家物語論考』（加藤中道館一九七九・6）

文の沙汰

【原文】

平大納言モ子息讃岐中将モ九郎大夫判官宿所近ク御シ平大納言心武キ人御ケレ世モ是ク成[1]上《ヘ》左モ右モ可御尚命惜ク思玉ヤラン
向下▽二〇一右子息讃岐中将為ン何不《マシ》レキ散ラ文共一ツニ合《セ》セタリツレトモ被取判官彼文共タニ見ナ鎌倉人モ多ク損シ我モ世不《マシ》在歎下ケレハ讃岐中
将被申判官大方有レ情ケ承ル[2]上《ヘ》倍シ女房ナントノ打絶ヘ歎カン事[3]何不思議ナリト以不《ヌ》離レ申ナリ何苦シフ可キ候成《ナ》ラセ下ヘカシ親何トカハ
而少シ情《ケ》モ可キ不ル被奉懸言ケレ我在リシ世之時娘共女御后トコソ思シ見セン並々《ミ》人▽二〇一左不リキトテ[4]思波良々々泣中将モ揮涙今其事
不《マシ》ト[5]及仰当時北方輔内侍殿御腹今年成ラセ下十八姫君不名目ナラ厳気御在中将被ケレ思其尚モ痛シク前北方御腹
[6]成ラセ下フナリ廿八被見セ判官年少シ老ク御在ケレ[7]誇《ホソカヤヤサシケ》カニ弥気ニ厳カリ又[8]有レテ色[9]花《ヤカ》族紅顔儀芙容眦《リ》不普《ナヒ》手ナラ見ヘ下ケレ判官難レク去リ
▽二〇二右思人自本非木石合傾城之色上《ヘ》不及子細本有ケレ河越太郎重頼娘是構《シツ》ヒ別方被勧賞《フ》讃岐中将計ヒ事不違大納言御事[10]
大方情《ケ》而事不二名目一ナラ被哀ミ申サ彼文共被弁進セ大納言大喜皆焼被捨有[11]ケンケルヤラン何文人不知ラ之

【釈文】

平大納言も子息の讃岐中将も、九郎大夫判官の宿所近く御しけり。平大納言は心武き人にて御しければ、世も是く成りぬる上《へ》[1]は、左《と》ても右《かく》ても御《おは》すべきに、尚も命の惜しく思ひたまふやらん、▽二〇一右子息の讃岐中将に向かひたまひて、「何《い》かが為《せ》ん。散らすまじき文共、一つに合はせたりつれども、判官に取られたるぞとよ。彼の文共だにも鎌倉へ見えなば、人も多く損じ、我も世に在るまじ」と歎きたまひければ、讃岐中将申されけるは、「判官は大方も情《ケ》有りと承る上《へ》[2]、倍《ま》して女房なんどの打ち絶え（へ）歎かん事をば、[3]何かなる不思議なりとも、以て離れぬと申すなり。何かは苦しう（ふ）候ふべき。親しく成《ナ》らせたまへかし。何《な》どかは而らば少しの情《ケ》をも懸け奉られざるべき」と言ひければ、「我、世に在りし時は、娘共をば女御・后にとこそ思ひしか。並々《なみなみ》▽二〇一左なる人に見せんとは思[4]はざりき」とて、波良《はら》〳〵と泣きたまへば、中将も涙を揮《のご》ひて、「今は其の事、仰[5]せにも及ぶまじ」とて、「当時の北の方、輔内侍殿の御腹に、今年十八に成らせたまふ姫君の、名目《なのめ》ならず厳《いつくしげ》 気に御在しけるを」と中将は思はれけれども、其れを尚も痛はしくて、前の北の方の御腹に廿八に成[6]らせたまふをぞ、判官には見せられける。年少し老《おとな》しく御在しけれども、誇《ホソカヤ》[7] かに弥《ヤサシケ》 気に厳《いつく》しかりけ▽二〇二右り。又、色有[8]りて花族《はなヤカ》[9]に、紅顔の儀《よそほひ》、芙蓉の眦《まなじリ》、普手《ナめて》ならず見え（へ）たまひければ、判官去り難く思ひけり。人本より木石に非ず。傾城の色に合ひし上《へ》は子細に及ばず。本の河越太（大）郎重頼が娘は有りけれども、是をば別の方に構《シツら》ひて勧賞《フ》せられけり。讃岐中将の計らひ事違はず、大納言の御事[10]、大方の情《ケ》も而る事にて、名目《なのめ》ならず哀れみ申されけり。彼の文共を弁《わきま》へられて進らせけり。大納言大きに喜びて、皆焼きて捨てられけり。何かなる文にてか有り[11]けるやらん、人之を知らず。

【校異・訓読】 1〈昭〉「上」。2〈昭〉「上」。3〈昭〉「何《カ》」。4〈昭〉「思《ハ》」。5〈昭〉「仰《モ》」。6〈底・昭〉「成《ラセ下フナリ》」。7〈底・昭〉「誇《ホソカヤ》カニ」。注解参照。8〈昭〉「有レ」。9〈昭〉「花族」。10〈昭〉「御事《モ》」。11〈底・昭〉「有《ケン》ケルヤラン」。「ケン」に従えば、「有りけん」となる。

【注解】○平大納言も子息の讃岐中将も、九郎大夫判官の宿所近く御しけり　〈延・長・盛・松・南・覚〉同、〈屋・中〉「平大納言時忠卿モ、九郎判官宿所近フゾ御坐ケル」（〈屋〉八二四頁）として、この後子息の讃岐中将時実に話しかける形。義経の宿所とは、六条堀河の館（「一門大路渡」の注解「九郎大夫判官の宿所、六条堀河」参照）。『平家物語』では、この時、時忠は義経の宿所近くにいたとするが、『玉葉』によれば、義経の宿所にいた。「此日前内府幷時忠卿以下入洛云々。各乗レ車。…武士等囲繞云々。両人共安二置義経家一」（文治元年四月二十六日条）。宗盛も時忠も親子共に義経の宿所にいたと考えられる。また、『吾妻鏡』文治元年四月二十六日条にも、宗盛や時忠を初め「皆悉入二廷尉六条室町第一云々」とする。　**○平大納言は心武き人にて御しければ、世も是く成りぬる上は、左ても右ても御すべきに**　〈延・長〉同。〈盛〉は、初めに時忠の減刑願いにもかかわらず、悪行故に流罪となったことが記された後に、当該記事が続く。一方、〈中〉は当該記事を欠き、〈松・南・屋・覚〉は、「心武き人にて御しければ」を欠くが、剛胆な時忠像と、命を惜しむ時忠像とに違和感を感じたために削除したものか。時忠には、「素狂乱之人也」（『玉葉』安元二年（一一七六）七月八日条）と指摘されるように、時に軽挙妄動に走るところがあった。たとえば、応保二年（一一六二）には、二条天皇を呪咀したとして、出雲に流されている（『百練抄』六月二十三日条）。また、三度目に検非違使別当に就任した折には、多くの強盗の手を切ったり獄囚を数多く処刑したり（『山槐記』治承三年五月十九日条・『百練抄』治承四年正月二十七日条）、内裏火災の折、平家の家人を動員して消火に奮闘する（『山槐記』治承四年二月十四日条・『吉記』治承四年四月一日条）などの振る舞いがあった。「心武き人」とは、こうした事績によるか（但し、松薗斉は、別当の職務への「過剰な精励」は、清盛の強い指示によるものと見る―三四九～三五〇頁）。また、真偽は不明ながら、『平家物語』には、虜囚重衡と三種の神器の交換の交渉をした際、その使者御壺の召次花方の頬に、時忠が「浪方」という焼き印を押したとする話を載せる。こうした時忠像は、この後巻十二「平大納言被流」に詳細に記される。その他、平藤幸①が指摘するように、時忠は、実務能力の自信に支えられて、時に恣意的ともいえる独自の判断をする人物でもあった(三四頁)。こうした側面も「心武き人」という評に関わる可能性もあろうか。**○尚も命の惜しく思ひたまふやらん**　〈延・長・盛・松・南・屋・覚〉同、〈中〉なし。『玉葉』の元暦二年(一一八五)五月三日条によれば、時忠は、平家と共に西海に赴いた非は認めながら、神鏡を無事に守ったのは自分の殊功であるとして、その功によって流刑を免じ、このまま京都に住む許しを請うている。そうした実際の時忠像の反映もあろう。**○何かが為ん。散らすまじき文共、一つに合はせたりつれども**　〈四〉の場合、人目に触れてはならぬ文共を一つにまとめておいたけれどもの意となろう。それでも意は通じるが、ここは、〈延・長・盛〉が「革籠ヲ一合」(〈延〉五八ウ)、〈松・南・屋・覚・中〉が「一合」とするように、一箱の意であろう。とすれば、「一ツニ合セタリツレトモ」という〈四〉の現存本文は、先行本文を誤解したものと考えられよう。なお、「散らすまじき文共」とは、人目に触れてはならぬ機密文書を言うのだが、どのような内容の文なのかは不明。〈長〉は、当該話の最後に「かゝるわるき事をかき給けるが、日記にてぞありける」(5—一二二頁)とし、〈盛〉にも「何事ニカ有ケン、悪事共ノ日記トゾ聞エシ」(6—一二三七頁)とあるが、真偽は不明。〈評講〉は、「神鏡に関して法皇及びその側近と時忠との間に内密にかわされた書簡が多かったであろう」(下—一四四七頁)と推測する。時忠が神鏡保全の功により命を助けられたという事実による推測だが、事前に特に神鏡のみを保存する密約があったということも想像しにくい。また、〈全注釈〉は、「義仲の生存中、後白河法皇が三種神器を事なく都に迎え入れようために、種々お使を派遣しようとしたころの往復文書か、または義仲が平家と手を結んで頼朝と対抗しようとしたころの往復文書」(下一—五八四頁)かと推測する。前者だとすれば、「人も多く損じ」の中には後白河法皇周辺の人物を含むこととなる。いずれにしても、事実は不明としか言いようがないが、堂上平氏として院等との折衝や策謀の中心的役割を果たしたであろう時忠のもとに、何かと差し障りのある機密文書があったことは想像に難くない。〈延〉「此人合戦之先ヲコソカケネドモ、運籌策帷帳之中事ハ、此大納言ノシ態ナリケレバ理トゾ覚ル」(巻十二—9オ)。**○判官は大方も情有りと承る上**　義経を「情有る」者とする見方は、

『平家物語』に共通して見られる。例えば〈延〉で示せば、いずれも巻十一の例だが、①生け捕られた平家の人々が、昔を懐かしみ涙する様を見て、「九郎判官ハ東夷ナレドモ、優ニ艶アル心シテ、物メデシケル人ナレバ、身ニシミテ哀レトゾ被思ケル」（四六オ）という記事②宗盛親子の関東下向に同道した際の義経の記事、「九郎判官ハ事ニフレテ情深人ニテ、道スガラモイタワリナグサメ申サレケレバ」（七一オ）③建礼門院に対する義経の記事「判官ハアヤシノ人ノタメマデモ情ヲ当ケル人ナレバ、マシテ女院ノ御事ヲバ、ナノメナラズ心苦事ニ思奉リテ」（七一ウ〜七二オ）という記事に見られる。こうした「情深い」義経像が『平家物語』に記されることにより、義経の情深さがこの後都の貴賤の人々の歓心を買い、その義経人気が、逆に頼朝の不興を買うこととなり、義経と頼朝との確執はさらに一層深まっていくと記すことになる（早川厚一、五〜九頁）。当該話では、時忠は、義経の「情深さ」を身の保全のために利用したことになる。 **○女房なんどの打ち絶え歎かん事をば** 「打ち絶え」、ひたすら、一途にの意。〈盛〉「競思ケルハ、是程ノ大事ヲ思立給ナガラ、告給ハヌ事ハ真実ニ遺恨也。大将ノ角打タヘ語ヒ給フモイナミ難シ」（巻十四「競事」、2―三六九〜三七〇頁）。 **○以て離れぬ** 〈延〉「モテハナタレヌ」（五九オ）、〈長・南・覚〉「もてはなれぬ」（〈長〉5―一二一頁）、〈盛〉「モテハナレズ」（6―一三五頁）、〈屋〉「モチ放タズ」（八二五頁）。なお、当該箇所、〈中〉「きゝ候よし」（下―一七七頁）。「もて離る」の「もて」は接頭語。〈日国大〉「関わりを断ち切って捨て去る、遠ざける」の意。〈盛〉「宰相待受テ『イカゞ』ト問給フ。『今度ハモテ離タル事ハナシ、相計ル、旨モアリナン』ト宣ヘバ、宰相手ヲ合テ悦ノ涙ヲ流シ給ケルゾ糸惜キ」（巻九「成経等赦免」2―三三二頁）。 **○何かは苦しう候ふべき。親しく成らせたまへかし** 〈延・長〉同、〈盛〉は、この前に、「懸身々ト成ヌレバ」（6―一三五頁）と記す。どうして差し障りがありましょうか。時忠と親しくおなりなさいの意。「親しく成る」とは、〈南・屋・覚・中〉「ひめ君達あまたまし〳〵候へば、一人見せさせ給ひ」（〈覚〉三一五頁）とあるように、縁戚関係となること。 **○何どかは而らば少しの情をも懸け奉られざるべき** 〈延・長・盛〉ほぼ同、但し、「懸け奉られざるべき」、〈延・長〉「不懸奉ラ一ベキ」

〈延〉巻十一―五九オ)、〈盛〉「カケザラン」(6―一二三五～一二三六頁)、〈南・屋・覚・中〉なし。義経と縁戚関係さえ結べば、どうして義経は我々に少しの情をお懸け申し上げないことがありましょうかの意。**〇我、世に在りし時は、娘共をば女御・后にとこそ思ひしか。並々なる人に見せんとは思はざりき**　〈延・長・盛・松・南・屋・覚・中〉同。時忠の娘として、〈尊卑〉には、以下の三名の記載がある。①太政大臣藤原頼実室、頼平母〈尊卑〉1―二一〇頁)。当初建春門院の内侍を勤めた(角田文衞二〇四頁)。『たまきはる』「内侍殿　御兄人の時忠の女」(新大系二五八頁)。②内大臣藤原忠親室、忠明・兼季の母〈尊卑〉1―二〇五～二〇六頁)、建仁元年(一二〇一)に没している(角田文衞二〇四頁)。〈補任〉建保六年(一二一八)「兼季」の項。③内大臣藤原道経室、道静僧正の母〈尊卑〉1―六八頁)、道経は、平信範の娘を母としていた縁故関係から、道経は時忠の娘を本妻に迎えたか(角田文衞二〇五頁)。角田文衞は、時忠の娘には右の三名を含めて六人の存在が確認できると指摘しており(但し、そのうち一、二人は、重複している可能性があるとする)、それによれば次の二名も確認できる。④建久二年(一一九一)、賀茂祭の折、賀茂斎王の行列に従った典侍平宣子。『吾妻鏡』建久二年(一一九一)五月十二日条。帥典侍と呼ばれていたが、建久六年(一一九五)には既に典侍を退き、出家していた。そのことを記す、『吾妻鏡』建久六年七月十九日条によれば、宣子の母は、時忠の後室領子であったと考えられる。この後に記される、「当時の北の方、輔内侍殿の御腹に、今年十八に成らせたまふ姫君」に該当するか(角田文衞二〇五頁)。⑤摂政藤原師家の本妻の一人となり、元久二年(一二〇五)に高僧承澄(後に、『阿娑縛抄』を編んでいる)を産んでいる。初め、大原の建礼門院に仕えたらしい(角田文衞二〇五頁)。ここで義経に嫁いだとされるのは、以上の五名とは別の女性であろう。「並々なる人に見せんとは思はざりき」との時忠の言葉は、事実としては確認できないが、右の女性たちの経歴から見て、そうした思いがあったことは十分にあり得ると考えられる。**〇当時の北の方、輔内侍殿の御腹に、今年十八に成らせたまふ姫君の、名目ならず厳気に御在しけるを**　「輔内侍殿」は、〈延〉「帥典侍殿」(五九オ)、〈長〉「輔典侍殿」(5―一二一頁)、〈盛〉「帥典侍」(6―一二三六頁）。「帥典侍（殿）」が正しい。「輔」は、〈長〉と同様に「帥」の誤読乃至は誤写と考えられる。〈四〉には、「大納言典侍」を「大納言内侍」と書写する事例があるように、ここの「内侍殿」も本来は「典侍殿」（ないしのすけどの）か。本全釈巻十「屋島院宣」の注解「大納言内侍殿へも御文奉りたくは思はれけれども…」（八八頁）参照。帥典侍は、藤原領子、葉室顕時女。時忠の後妻。治承四年（一一八〇）二月二十一日以後「帥典侍」と呼ばれたか（服部幸造一四四頁。「三月」とするが、「二月」の誤りと解した）。帥典侍腹の子としては、他に尾張侍従時宗がいる。巻十二「平大納言被流」に詳しいが、〈南・覚〉は時家とするが誤りだろう。年齢は、文治五年（一一八五）に、十四（〈四・延・長・盛〉）、十六（〈覚〉）、十八（〈南〉）とする。ここに記される帥典侍腹の女は、〈四・延・長・盛・南・覚〉が十八歳、〈屋・中〉十七歳と記されることからすれば、時宗の姉と見なされる。角田文衞は、「十八に成らせたまふ姫君」が、典侍宣子である可能性を指摘する。前項注解の④典侍平宣子参照。この女性を「十八歳」とする記述を信用すれば、生年は仁安三年（一一六八）。平藤幸②は、『たまきはる』の記述から、帥典侍（領子）は仁安二年のうち、遅くとも仁安三年のはじめに建春門院に出仕したものと見る。時忠との結婚もその頃のこととなろうか。時忠の参議任官も、仁安二年二月のことであった。　**〇前の北の方の御腹に廿八に成らせたまふをぞ、判官には見せられける**　時忠の前妻について詳細は未詳。時実や時家の母。嫡男時実は、〈補任〉建暦元年（一二一一）の項によれば、この時六十歳。仁平二年（一一五二）誕生となるが、〈尊卑〉の「建暦三正廿八卒六十三才」（4—七頁）によれば、仁平元年（一一五一）誕生となる。「前の北の方」が時忠の室となったのは、それ以前ということになる。なお、この娘の年齢は、〈四・長・盛〉二十八歳、〈延〉二十二歳、〈松・南・屋・覚・中〉二十三歳。二十八歳ならば、娘の誕生は、保元三年（一一五八）となり、二十二歳ならば、長寛二年（一一六四）誕生となる。帥典侍が時忠の後妻となったのが、前項注解に見たように、仁安二年（一一六七）頃のことと考えられることからすれば、この娘はその直前に近い頃に生まれたと考えられる。

〇年少し老しく御在しけれども、誇かに弥気に厳しかりけり　該当句〈中〉は欠くが、〈延・長・盛・松・南・屋・

覚〉は、共に「年ゾ少シヲトナシクオワシケレドモ」（〈延〉五九ウ）とする。前項注解に見たように、前妻腹の娘の年齢は、〈四・長・盛〉二十八歳、〈延・松・南・屋・覚・中〉では二十二、三歳とされるが、「二代后」に記される多子が二十二、三歳で、「御サカリモ少シ過サセ給ケレドモ」（〈延〉巻一―四二ウ）とされる例もあり、この女性が「年ゾ少シヲトナシク」と記されることに全く違和感はないだろう。「誇かに弥気に厳しかりけり」に該当する本文は、諸本では次のとおり。〈延〉「清ゲニホコラカニ、手ウツクシクカキ」（五九ウ）、〈長〉「清げに誇かほにて、手いつくしく書」（5―一二二頁。なお、国書刊行会本は、傍線部「誇かにて」六八六頁）、〈盛〉「清タハヤカニ手跡ウツクシク」（6―二三六頁）。すなわち、〈四〉の「誇かに」に該当するのが、「ホコラカニ・誇かほにて（誇かにて）・タハヤカニ」、「弥気に」に該当するのが、「清ゲニ・清」、「厳しかりけり」に該当するのが、「手ウツクシクカキ・手いつくしく書・手跡ウツクシク」である。「ホコラカ」は、「脹《ふく》らか」、つまりふくよかな様を言う。〈延〉「イト清ゲナル御鬢茎ホコラカニ愛敬ヅキテ、御浄衣ノ袖サヘ朝露ニシホレニケルモ、イトヾ良《ラウ》タク」（巻四―一二オ～一二ウ）。〈盛〉の「タハヤカニ」は、〈日国大〉「しなやかであるさま。きゃしゃなさま。たおやか」の意。〈四〉の付訓「ホソカヤカニ」は不明だが、〈盛〉を参照すれば、「ほそやかに」の誤りの可能性もあるか。〈四〉の「厳しかりけり」は、容貌の美しさと解しうるが、ここは、〈延・長・盛〉のように、手跡が美しい様を言うのであろう。　**○色有りて花族に、紅顔の儀、芙蓉の眦、普手ならず見えたまひければ、判官去り難く思ひけり**　前妻腹の娘の色香に迷わされた義経が、ついにはこの娘と離れがたく思うようになったとする当該句を〈中〉は欠く。但し、〈延・長・盛・松・南・屋・覚〉は、〈四〉の「紅顔の儀、芙蓉の眦、普手ならず見えたまひければ」を欠く。〈名義抄〉「儀　ヨソヲヒ」（仏上三三）。「普手」の訓例は未詳だが、「なめてならず」と訓んで、並々ならずの意だろう。「紅顔の儀、芙蓉の眦」は、美人の形容の常套句。『和漢朗詠集』下「王昭君」七〇〇「翠黛紅顔錦繡粧、泣尋㆓沙塞㆒出㆓家郷㆒」（旧大系二三〇頁）、〈盛〉「桃李ノ粧芙蓉ノ眸最気高シテ」（巻十九「文覚発心」3―一六一頁）。　**○人本より木石に非ず。傾城の色に合ひし**

上は子細に及ばず　〈四〉の独自本文。「人木石に非ず」は、白氏『新楽府』「李夫人」の「人非二木石一、皆有レ情。不レ如不レ遭二傾城色一」による。この後にも記されるように、時実の思惑どおり、まんまと娘の色香に迷わされた義経に対する批評句とみなすことができよう。

○本の河越太郎重頼が娘は有りけれども、是をば別の方に構ひて勧賞せられけり　〈延・長・盛・松・南・屋・覚・中〉同。「是をば」は、時忠の娘を指す。〈延〉「是ヲバ別ノ方尋常ニ拵テ」（五九ウ）などは、本宅とは別に立派な家を構えたとあって、そこに時忠の娘を据えたことが明確（〈四・盛〉は傍線部なし）。但し、旧大系頭注が指摘するように、流布本（及び葉子十行本等）には、「それをば別の所に移し奉て」とあり、これならば河越の娘を別の所に移して、その跡に時忠娘を据えたことになるが、これは文脈の誤解による改悪だろう。「勧賞せられけり」の「勧賞」は、〈延・長・南・屋・覚〉に見るように、「もてなす」と読みたい所だが、付訓の「フ」によれば「けんじやう（ふ）」と読ませるのであろう。但し、〈四〉に見る「勧賞」は、ここ以外は総て「褒美」の意で、当該箇所は特異な事例。〈四〉には、「賞」を「もてなす」と読ませる事例が多数見られることからすれば、本来は「勧賞」ではなく「賞」とあったものかもしれない。なお、義経と河越重頼女との結婚は、元暦元年（一一八四）のことであった。『吾妻鏡』同年九月十四日条「河越太郎重頼息女上洛、為レ相二嫁源廷尉一也。是依二武衛仰一、兼日令二約諾一云々。重頼家子二人、郎従三十余輩従レ之首途云々」。翌文治元年（一一八五）には頼朝の命令で義経は阿波に向かっているように、この時期の頼朝と義経兄弟には深刻な確執はあったにせよ、まだ決定的な対立には至っていなかったと考えられる。重頼の妻は、頼朝の乳母比企尼の娘であり、頼朝は最も信頼する乳母の孫娘を義経にめあわせることで、源家一族の紐帯を深くしようとしたものであろう（細川涼一、六頁）。なお、義経は文治五年（一一八五）閏四月三十日に、陸奥国で藤原泰衡の攻撃を受け自害しているが、その時に二十二歳の妻と四歳の娘を殺し自害している。文治二年（一一八六）生まれの女児の母である二十二歳の妻は、河越重頼の娘である可能性が高い。もし重頼の娘であるならば、仁安三年（一一六八）生まれということになる（下山忍一五二～一五四頁）。細川涼一は、『吾妻鏡』が静のことを多く記す一方、河越重頼の娘については記述が少ないのは、比企尼につながる女性を隠蔽したものと見る（一二三～一五頁）。　**○讃岐中将の計らひ事違はず、大納言の御事、大方の情も而る事にて、名目ならず哀れみ申されけり**　近似した文を記すのは、〈延・長・盛〉。〈延〉「中将ノハカラヒ少モ不違、大方ノ情モサル事ニテ、大納言御事斜ナラズ憐ミ申サレケリ」（五九ウ）、〈長〉「中将のはからひすこしもちがはず、大納言の御事をもなのめならずあはれみ申されけり」（5―一二二頁）、〈盛〉「中将ノ計少シモ不違」（6―一三六頁）。〈延〉が最も近似する。「計らひ事」は、「計らひし事」とも読める。〈延〉に従えば、中将時実のもくろみと少しも違うことなく、義経は、女房に対する情はもちろん、大納言時忠の御事をもたいそう哀れみ申しあげになったの意。　**○彼の文共を弁へられて進らせけり**　〈名義抄〉「弁―ワキマウ」（僧下―六五）。義経が、押収したものの中から問題の文書を見つけて時忠に進上した意であろう。〈延・長〉は、「彼皮籠、封モトカズ、大納言ノ許ヘ奉返ラレケリ」（〈延〉五九ウ）と、封を解かなかったことをも記す。〈盛・松・南・屋・覚・中〉では、時忠の娘が、没収された文のことを義経に頼んだという記述も加えている。〈盛〉「ヤ、相馴テ後、彼文箱事申タリケレバ、判官封ヲ不披返送ケリ」（6―一三六～一三七頁）などのように。　**○何かなる文にてか有りけるやらん、人之を知らず**　どのような文であったかわからないとして本段を終える点、〈延・長・南・屋・覚・中〉同。一方、〈盛・松〉は、義経に対する世評が高まり、それに対して頼朝が不満を持ち、時忠の聟になったことも批判したと記す。義経が時忠と縁戚関係になったことが、結果的に頼朝との関係を悪化させる面があったことは事実だろう。

【引用研究文献】

＊下山忍「義経の妻妾と静伝説」（『義経とその時代』山川出版社二〇〇五・5）
＊角田文衞『平家後抄―落日後の平家―』（朝日新聞社一九七八・9）
＊服部幸造「『平家物語』瀧口出家譚」（『松村博司先生喜寿記念国語国文学論集』右文書院一九八六・11。『語り物文学叢説

―聞く語り・読む語り―』三弥井書店二〇〇一・5再録。引用は後者による）
＊早川厚一「『平家物語』の成立―源義経像の形象―」（名古屋学院大学論集〔人文・自然科学篇〕四一巻1号、二〇〇四・7）
＊平藤幸①「平時忠伝考証」（国語と国文学七九巻九号、二〇〇二・9）
＊平藤幸②「帥典侍考」（国文鶴見四五号、二〇一一・3）
＊細川涼一「河越重頼の娘―源義経の室―」（女性歴史文化研究所紀要〔京都橘大学〕一六号、二〇〇八・3）
＊松薗斉「平時忠と信範―「日記の家」と武門平氏」（『中世の人物　京・鎌倉の時代編第一巻　保元・平治の乱と平氏の栄華』清文堂出版二〇一四・3）

女院出家

【原文】

▽二〇二左五月一日建礼門院御髪下《シロ》サセ御戒師聞[1]ヘテ長楽寺印西上人トソ御布施承[2]ニル先帝御直衣一ソ印西上人賜レ之不レケレ出云レ何詞流涙掉ケルル墨染ノ袖一ソ其期[3]マ被レケレ召御移香モ未タ尽キ御形見自西国用[4]サセ下何世マテモ不レトコソ放[5]二御身一被二ケレ思食一可レ成リヌ御布施無キ御物上彼《ヘ》為[6]御菩提一聞ヘシ泣々取リ出サセ下トソ▽二〇三右女院御年十五参ラセ下内ヘ則被二下女御宣旨一十六備[7]ニリ后妃《キ》位一侍君王傍ラ朝奉リ勧朝政夜専シシ玉夜廿二有[8]シ王子御誕生一何賀立《ツ》下ヌ王太子春宮即セ下シカハ位御年廿五有院号[9]白シキ建礼門院為下入道大相国娘《メ》上之上《ヘ》天下国母御在シ世奉レル重《ヲモ》ンシ事不名目一ナラ今年成ラセ下廿九一ニソ▽二〇三左桃李儀《ヨソヲヒ》芙蓉御形モ未タ替リ下今翡《ヒ》

翠御簪《カンサシ》[10]付モ御在セ為ンナレ何ニカハ替サセ下フ御躰マ一厭ヒ憂世一入ラセ実道御在セ御歎未レタ止マ[11]人々今甲入レ下シ海ヘ之有様先帝御面ヲモ
影《カケ》何カナ世ニモ難レクソ[12]▽二〇四右忌被思食露命于今懸何不消ヘ思食連ケ御涙不昇敢ヘ一五月短夜ナレ明シ[13]兼サセ下フ[14]自ラ無二ケレ打チ寐《マトロ》マセ坐《マシマ》ス御
事一ノミモ昔事夢タモ不御覧セ背タル[15]壁残灯景ケ幽カニ打窓暗[16]ラキ雨音ト閑上陽人被シ閇籠上陽宮緑衣監使ハ守ルモ宮門有下ケレ其ノ孤《サヒ》
独上シサ是不過シキ覚ヘ成トテヤ忍フ昔之妻本家主[17]マ殖ヘ[18]キ軒近キ有蘆橘《タチハナ》ノ風馴ク[19]折節郭公音信ケレ押シ揮ハセ御涙御在シ
郭公花[20]ノ〔橘ノ〕香ヲ留テ鳴ハ[21]昔ノ人ヤ[22]恋シキ
▽二〇四左女房達二位殿外佐モ無二[23]ケレ投レケ身沈二[24]ケレ水底一シ物府懸リ荒気《アラケ》ナキ之手返下旧里ヘ心中共只可〔被シ〕[25]推量涙[26]リ不尽ヌセ若モ老モ皆
替ヘ躰マ[27]ツ疲レシ形有ルモ不[28]ルニモヌ在ラ躰テ不思懸谷底岩硼明暮マシ下フ事ソ悲[29]シキ住ミ馴シ宿上ヤリシ煙空キ跡[30]コトミ残リ成ツ、茂キ野辺見馴タリシ
人無[31]レ問ヒ来ル事モ自仙家帰値[32]ヘケレモ七世孫有是クヤ覚ヘ

【釈文】
▽二〇二左五月一日、建礼門院、御髪《みぐし》を下ろさせたまふ。御戒の師には長楽寺の印西上人とぞ聞[1]こえ（へ）し。御布施には先帝の御直衣とぞ承る[2]。印西上人之を賜りて、何と云ふ詞も出ださざりけれども、涙を流し、墨染めの袖をぞ捶《しぼ》りける。其の[3]期《ご》まで召されければ、御移香も未だ尽きず、御形見にとて、西国より用[4]《も》たせたまひたり。「何かならん世までも御身を放たじ」[5]とこそ思し食されけれども、御布施に成りぬべき御物無き上《へ》、彼の御菩提の為に[6]とて、泣く泣く取り出▽二〇三右ださせたまふとぞ聞こえ（へ）し。

女院、御年十五にて内へ参らせたまふ。則て女御の宣旨を下され、十六にて后妃《きさき》の位に備はり[7]、君王の傍《かたは》らに侍りて、朝《あした》には朝政《あさまつりごと》を勧め奉り、夜は夜を専らにしたまふ。廿二にて王子御誕生有りし[8]に、何賀《いつしか》王太子に立たせたまひぬ。春宮位に即かせたまひしかば、御年廿五にて院号有りて[9]、建礼門院と白《まう》しき。入道大

相国の娘《メ》たる上《へ》、天下の国母にて御在ししかば、世の重《ヲモ》んじ奉る事名目《なのめ》ならず。今年は廿九▽二〇三左にぞ成らせたまひける。桃李の儀《ヨソヲヒ》、芙蓉の御形も、未だ替はりたまはねども、今は翡《ヒ》翠《すい》の御簪《カンサシ》[10]付けて御在すとも何《なニ》かは為《セ》んなれば、御躰《さま》替へさせたまふ。憂き世を厭ひ、実の道に入らせ御在せども、御歎きは未だ止[11]まず。人々の「今は甲《かう》」とて海へ入りたまひし有様、先帝の御面影《ヲモカケ》、何《い》かならん世にも忘[12](忌)れ難くぞ思し食されける。「露の命、今まで何に懸かりてか消え(へ)ざらん」と思し食し連けて、御涙舁き敢へず。五月の短夜《みじかよ》なれども[13]明かし兼ねさせたまふ。[14]自づから打ち寐《マトロ》ませ坐《マシマ》す御事のみも無ければ、昔の事を夢にだにも▽二〇四右御覽ぜず。壁に[15]背きたる残灯の景幽《かゲかす》かに、窓を打つ[16]暗《くラ》き雨の音閑《おトしづ》かなり。上陽人の上陽宮に閇ぢ籠められし、緑衣の監使は宮門を守るも、其の孤独《サヒシサ》有りければども、是には過ぎじとぞ覚え(へ)し。

昔を忍ぶ[17]妻《つマ》と成れとてや、本《もと》の家主の殖ゑ(へ)たりけん、[18]軒《のキ》近きに有る蘆橘《タチハナ》の風[19]馴《なつか》しく、折節郭公《ほととぎす》の音信《おとづ》れければ、御涙を押し揮《のご》はせて御在しけり。

郭公花[20]橘の香を留めて鳴[21]くは昔の人[22]や恋ひしき

▽二〇四左女房達は、二位殿の外は佐《さ》しも身を投げ、水の底に沈[24]みけるも無[23]ければ、物府《もののふ》の荒気《アラケ》なき手に懸かりて、旧里《ふるさと》へ返りたまふ心の中共、只推し量[25]らるべし。涙[26]ぞ尽きせぬ。若きも老いたるも皆躰《さま》を替へ形を疲[27]《やツ》して、有[28]るにも在らぬ躰にて、思ひも懸けぬ谷の底、岩の硐《はざマ》に明かし暮らしたまふ事ぞ悲[29]しき。住み馴れし宿《やど》も煙と上りしかば、空しき跡[30]のみ残りて、茂き野辺と成りつつ、見馴れたりし人の問ひ来る事も無[31]し。仙家より帰《へ》りて、七世の孫に値[32]ひけんも、是くや有りけんとぞ覚え(へ)し。

【校異・訓読】1〈底・昭〉「聞ヘテシ」。2〈昭〉「承ル」。3〈昭〉「期」。4〈昭〉「用サセト」。5〈昭〉「放御身」。6〈昭〉「為二」。

7〈昭〉「備《リ》」。8〈昭〉「有《レ》」。9〈底・書〉「号」、〈昭〉「号」空白。10〈底・昭〉「付《モ》」。11〈昭〉「止《ニ》」。12〈底・昭・書〉「忌」。「忘」は他の箇所でも「忌」などと紛らわしい字体が多いが、ここでは明らかに「忌」。13〈昭〉「明」。14〈昭〉「自」。15〈昭〉「背」。16〈昭〉「暗《フ》《キ》」。17〈昭〉「妻」。18〈昭〉「軒」。19〈昭〉「馴」。20〈底・昭〉「花《ノ》」の左に「橘ノ」と傍書、〈書〉「花橘」通常表記。21〈昭〉「鳴」。22〈書〉「人ヤ恋《シ》」とするが、下方に離れて読点様の点があるのは、「キ」を誤ったものか。23〈昭〉「無《ケレ》」。24〈昭〉「沈《ケレモ》《二》」。25〈底・昭〉「推」の右に「被《シ》」と傍書、〈書〉「被《シ》」なし。26〈昭〉「涙《ツ》」。27〈昭〉「疲《ツシレ》《玉フ》」。〈昭〉によれば、訓読は「疲《やツ》したまふ」となる。28〈底・昭〉「不《ヌ》《ルニモ》在《ラ》」。29〈昭〉「悲《キ》」。30〈底・昭〉「跡《コトミ》」。「コト」(合字)は「ノ」の誤り。31〈昭〉「無《シ》」。32〈昭〉「値《ケレシ》」。

【注解】○五月一日、建礼門院、御髪を下ろさせたまふ　〈長・南・屋・覚・中〉同(〈覚〉は灌頂巻「女院出家」。下—三九〇頁)。〈松〉は本段該当記事なし(〈覚〉同様、灌頂巻に記していた可能性があるが、現存しない)。〈延〉は、「五月一日、建礼門院ハ、『憂世ヲ厭ヒ菩提ノ道ヲ尋ルナラバ、此ノクロカミヲ付テモナニ、カハセン』ト思召テ、御グシヲオロサセ給フ」(巻十一—五九ウ～六〇オ)と、出家の理由を付す。〈盛〉「同八日、建礼門院、吉田辺ニテ御餝下サセ給」(6—二四六頁)。建礼門院は、先の「建礼門院吉田入」に見たように、吉田に身を寄せていた。その地で、元暦二年(一一八五)五月一日に出家したのである。『吉記』「今日建礼門院有二御遁世一、戒師大原本成房云々」(同年五月一日条)。

○御戒の師には長楽寺の印西上人とぞ聞こえし　諸本は戒師を印西とする(〈延・長・南〉「阿称房印西」、〈盛〉「阿証坊印西上人」(6—二四六頁)、〈屋〉「阿証上人印西」(八二八頁)、〈覚〉「阿証房の上人印誓」(下—三九〇頁)、〈中〉「あせう上人にんせい」(下—二七九頁))。しかし、前項に引用した『吉記』に見るように、戒師は、大原本成房湛斅と考えられる。〈平凡社地名・京都市〉によれば、長楽寺は平安時代から中世中頃にかけ天台山門に属していた。この辺りの山奥は古来僧尼の隠棲禅定の地だったようである(三二六頁)。〈略解〉は、『左記』の「長楽寺聖人」が「先帝御衣」(群書二四—六六五頁)を所持していたとの記事を指摘、この記事を「御受戒の時の事にかけて書けるものなるべし」(一〇〇五頁)とした。次に、〈全注釈〉は、『左記』の「長楽寺聖人」を印西のこととし、『平家物語』の記事は、作者の意識的な虚構ではなく、『左記』に見える御衣の事から生じた伝承と考えられる」(下二—一六三〜一六四頁)とした(但し、『左記』については次項注解参照)。一方、渡辺貞麿は、「『平家物語』における建礼門院の念仏は、融通念仏の立場を反映しつつ語られている」(二〇二頁)との仮説に立ち、印西も湛斅も融通念仏の聖であり(二一一〜二一五頁)、髑髏尼の説話では、その救済者として、〈延・長〉では湛斅が登場するが、〈盛〉では印西がその役割を果たしていることに着目する。これは、湛斅・印西の二人には、すりかわり得るような体質が、すなわち同じ「融通念仏すゝむる聖」としての体質があったからであり、建礼門院の物語や髑髏尼の説話が融通念仏の立場にもとづく唱導であったために起こり得たと考える(二一五頁)。その背景として、『平家物語』の流動・成長が進行していた十三世紀から十四世紀にかけて、長楽寺は、融通念仏の一つの中心地として、大きな勢力を持っていたし、印西は、長楽寺の念仏活動における、もっとも傑出した存在であったとして、大原系の融通念仏の話は、印西を象徴とする東山長楽寺の念仏勧進のエネルギーの中に吸収され、建礼門院の出家にまつわる話も、印西を戒師として登場せしめることによって長楽寺側に引き寄せられ、長楽寺の権威を宣揚する唱導として語られていたのであろうと推測する(二二三〜二二四頁)。湛斅と印西が入れ替わりやすいという指摘については、兼実の娘中宮任子が懐妊した折、安産のための修法として、湛斅・印西が法然と共に加わっていることにも注意しておきたい(『三長記』建久六年(一一九五)七月十三日条。柏崎光政一四頁、村松清道七二頁)。また尾崎勇は、「印西は湛斅と同じ行動をとる聖」だったとする(五六七頁)。もっとも、印西は、史実レベルにおいて、建礼門院や平家と無縁ではない。印西は、安徳天皇の出生に際し、多数の僧の一人とはいえ祈願僧として関与しているし(『山槐記』治承二年六月二十八日条)、高倉院臨終の折には戒師をつとめ(『玉葉』治承五年正月十二日条)、さらに『建礼門院右京大夫集』によれば、平資盛の追善供養を行ったり、右京大夫の母親の七七日忌の法要を営んだりもしている。また、〈四・延〉が建礼門院崩御ないしは埋葬地と伝える鷲尾は、角田文衞の考証（五二九～五三六頁）に見るように確かに建礼門院終焉の地だった可能性が高いが、そこは長楽寺に程近い。長楽寺には、尼の庵室があり、そこで修業を積む者も多くいたと言う（大塚あや子七三～七七頁）。とすれば、印西・長楽寺の建礼門院説話への関与は、早くから生じていた可能性もあろう。青木淳は、法性寺遺仰院の阿弥陀如来像・像内納入品の結縁交名から、この像の背後には、顕真・湛斅・印西といった天台系の聖によるネットワークが想定されるとしているが（一八九～一九三頁）、そこに結縁した人々の中には、平家一門の多くの人名に交じって、平家中宮（建礼門院）の名も見いだせる（一八五頁）。また、長楽寺が早くから「御衣」などを材料として、安徳天皇追善の法会を行っていたとすれば、戒師を「印西」とした『平家物語』の基盤が、そうした勧進的な場に求められる可能性もあり、注目される。なお、村松清道は印西の伝記を考証し、出自については、印西は藤原長実の子、つまり美福門院の兄弟であろうかとする。その子の中でも、備後守を歴任した時通である可能性が高いとする（七三～七五頁）。いずれにせよ、印西が実際に建礼門院の近縁者に関わりのある存在だったこと、早くから建礼門院の戒師または安徳天皇や高倉院の慰霊者と見られていたこと、また湛斅と入れ替わりやすい存在であったことは確かであり、その意味では印西を記すこともそれほど突飛な虚構ではなかった。宗盛の善知識も務めた湛斅、重衡の最期に関わった重源等、また法然や文覚などをも含めて、こうした聖達の姿は虚実ないまぜの形で『平家物語』周辺に見え隠れしているのである。　**○御布施には先帝の御直衣とぞ承る**　前項の注解に触れた『左記』には次のようにある。「去比、長楽寺聖人奉二為彼御菩提一、有下餝二仏事一之儀上。為二結縁一潜詣二件道場一。仏前有二奇恠箱一合一。尋二問聖人一之処、為二先帝御衣一之由答。聞自二御着帯一至二御在位一。御祈勤行之事、朝暮無レ懈、寤寐不レ忘之間、当初御加持等、累年之懇志也。外土遷幸之後、又偏御帰洛之事雖レ奉レ祈レ之、皇運早尽、仏力不レ及之謂、此時殊被二思識一侍。今奉レ見二御衣一、弥啼二夢中之夢一。倍添二恨上之恨一」（群書二四―六六五頁）。「去比」とは、平家が滅亡した文治元年（一一八五）の頃を言うのであろう（筑土鈴寛二八二頁）。安徳天皇の菩提を弔うため出かけた守覚が目にしたのが見慣れない箱で、その箱に入っていたのは「先帝御衣」であったという。長楽寺聖人印西は、安徳天皇のために、誕生以前の着帯の折から、在位中は言うまでもなく、都落ち以降も、帰洛を祈り続けていたというのである。仏前に置かれた「先帝御衣」が、いつ印西のもとに施入されたものかは記されないが、「奇恠箱」との表現からは、普段は目にしないものであったと読めよう。とすれば、その御衣は、安徳天皇の菩提を弔うべく、建礼門院から施入されたものとして記されていると理解できようか。但し、守覚の著作とされる『左記』は、他の著作『右記』や『真俗交談記』『真俗擲金記』などと共に、偽書である可能性が、五味文彦によって指摘されている。五味によれば、一連の作品は、藤原光長の子で資実の猶子になった仁和寺の少僧都光遍が守覚に仮託して著したものかという(二〇六〜二一一頁)。偽書だとしても一三世紀中頃の書と見られ、遅くともその頃にはこうした所伝が存在したわけであり、それは、前項に見たように湛斅と印西が入れ替わった『平家物語』の生成を考えるにあたって、興味深い材料というべきだろう。なお、渡辺貞麿は、「先帝御衣」というような、人々の関心をそそるようなものを用いることによってその法会への参加を促進せしめるという方法は、勧進聖における常套的な手段であったとする(二一四頁)。　**〇印西上人之を賜りて、何と云ふ詞も出ださざりけれども、涙を流し、墨染めの袖をぞ捶りける**　この後、〈延・長・盛・南・屋・覚・中〉では、御衣を印西が幡に裁ち縫って(〈盛〉「十六流ノ播ニ縫」6―二四七頁)、長楽寺の常行堂(〈南・覚〉「長楽寺の仏前」、〈屋・中〉「長楽寺ノ正面」)に懸けたとする。〈平凡社地名・京都市〉によれば、「幡は今日に流伝存している」(三二六頁)という。なお、〈四〉がこの話を欠落させる点について、小林美和は、「長楽寺の幡こそ、建礼門院の長楽寺出家説が伝承、流布される上での起点となっていたであろうから」(一八四頁)、説話構成の上では後退とする(但し、小林が、〈長〉も幡に関する記事を欠くとするのは誤り。〈長〉は〈延〉と同様に長楽寺の常行堂に幡を懸けたとする。5―一二二〜一二三頁)。なお、〈延〉では、御直衣を幡にして、長楽寺の常行堂に懸けた記事の総括「同ジキ追善ト云ナガラ、莫大ノ御善根ナリ」(巻十一―六〇オ)の後に、唱導文風の文章によって女院の悲歎と往生の願を描く長大な記事が続く。そしてその記事が終わった後に、「サテモ御直衣ハ、先帝海へ入セ給シ其ノ期マデ奉タリシカバ、御移香モ不尽、御形見ニトテ西国ヨリ持セ給タリケリ」（巻十一―六一ウ）と再び直衣の件に戻る。その唱導文風の長大な描写の典拠としては、源信作の『出家授戒作法』や『澄憲作文集』が指摘されている（小林美和一八四～一九一頁）他、表白の語句には中世叡山の戒家の思想の浸透が見て取れるとされる（名波弘彰八九～九〇頁）。前後の文脈からは必ずしも必要の無いように見える、この〈延〉の独自異文を、『平家物語』諸本全体の中でどのように位置づけたら良いのか、まだ明確な解答は出されていない。本段における〈延〉の独自異文については、この後、「桃李の儀、芙蓉の御形も…」注解にも、同様の問題を指摘できよう。　**○其の期まで召されければ、御移香も未だ尽きず**　「其の期まで」、〈盛・南・屋・中〉同、〈延・長〉「先帝海へ入セ給シ其ノ期マデ」（〈延〉巻十一―六一ウ）、〈覚〉「今はの時まで」（上―三九〇頁）。入水の時まで着ていた直衣とは、入水直前まで着用していた直衣の意であろう。安徳天皇の遺体が回収されたという所伝はないので、そのように解するしかないが、入水直前に直衣を脱いだのかどうか、入水場面にも入水後の記事にも、関連した記述はない。　**○女院、御年十五にて内へ参らせたまふ…**　入内した承安元年（一一七一）時点で、十五歳とする。とすれば、保元二年（一一五七）誕生となる。但し、この年は、同母の重衡の出生年で、同年の誕生とするのは疑問。『山槐記』治承二年（一一七八）六月二十八日条の、この時「御年廿四」とする記事により、久寿二年（一一五五）生とするのが現在の通説である。『平家物語』諸本が、建礼門院の生年をいつのこととして記しているか、最も詳しく記す〈延〉を中心に検討してみよう。

①大政入道第二ノ娘、后立ノ御定アリ。今年十五ニゾ成給ケル（〈延〉巻一―六一オ）

入内当時の記事。これを回想したのが本項。傍線部〈闘・長・盛・覚〉同、〈四・南・屋・中〉不記。〈闘・延・長・盛・覚〉は、保元二年誕生と解することとなる。

②中宮ハ廿三ニゾナラセ給ケル（〈延〉巻三―一八オ）

建礼門院の懐妊記事。懐妊したのは治承二年（一一七八）。因みに安徳天皇の誕生は、治承二年十一月十二日。傍線部、〈四・盛〉不記、〈長・屋・覚・中〉「廿二」。〈延〉によれば、保元元年誕生となり、右の記事①と齟齬するが、次の③Cに一致する。〈長・屋・覚・中〉では、保元二年誕生となる。

③女院御年十五ニテ内へ参リ給シカバ、ヤガテ女院ノ宣旨被下テ、十六ニテ后妃ノ位ニ備リ、君王ノ傍ニ候ハセ給テ、朝ニハ朝政ヲ勧奉リ、夜ハ夜ヲ専ニシ給フ。廿三ニテ皇子御誕生有キ。皇子イツシカ太子ニ立セ給フ。春宮位ニ即給ニシカバ、廿五ニテ院号アリテ、建礼門院ト申キ。入道ノ御娘ノ上、天下ノ国母ニテマシ〳〵シカバ、世ノ重クシ奉事斜ナラズ。今年ハ廿九ニゾ成セ給ケル（〈延〉巻十一―六二オ）

本段に該当する記事。（A）は、①の入内記事に同じ。「十五」〈四・長・盛・中〉同。〈南・屋・覚〉が当該記事を欠く以外、諸本いずれも保元二年誕生説を採る。〈覚〉「女院は、十五にて女御の宣旨をくだされ」（下―三九〇頁）。女御の宣旨を蒙ったのは、入内があった承安元年（一一七一）の十二月二十六日。（B）は、承安二年（一一七二）二月十日に中宮となったことを言う。「十六」〈四・長・盛・南・屋・覚・中〉同。諸本いずれも保元二年誕生説。（C）は、安徳天皇の誕生、治承二年（一一七八）十一月十二日。〈延〉が、二十三歳とする点、②の〈延〉に一致（保元元年誕生説）。単純な誤写によるものではないことが分かる。〈四・長・盛・南・屋・覚・中〉二十二歳。〈延〉以外は、ここも保元二年誕生説。（D）は、養和元年（一一八一）十一月二十五日建礼門院の院号宣下。年齢〈南・覚〉不記、〈四・長・盛・屋・中〉同。〈四・延・長・盛・屋・中〉はいずれも保元二年誕生説。（E）は、元暦二年（一一八五）時点での年齢。二十九歳とする点、〈四・長・盛・南・屋・覚・中〉同。〈延〉を含めていずれも保元二年誕生説。

④十五才ニシテ后妃ノ位ニ備リ、十六才ニシテ女御ノ宣旨ヲ下シ、廿三ニシテ皇子御誕生有シカバ、イツシカ春宮位ニ立給ベキ天子ナリシカドモ（〈延〉巻十二―五一オ）

大原御幸直前に置かれた、〈延〉の独自記事。（A）は、③Aに同じ。（B）は、女御の宣旨を十六歳で下されたとするが、女御の宣下は実際には承安元年（一一七一）十二月二十六日で、保元二年誕生説によれば十五歳となるはず。ここは、③Bのように、十六歳の時に就いた「后妃の位」の誤りかもしれない。（C）は、安徳天皇誕生記事（③Cの回想）。〈延〉は②や③Cでは廿三歳（保元元年誕生説）としていたが、①やここでは「廿二」とし、保元二年誕生説となる。

⑤御年六十八ト申シ貞応二年ノ春晩ニ、紫雲空ニタナビキ、音楽雲ニ聞ヘテ、臨終正念ニシテ往生ノ素懐ヲ遂サセ給ニケリ（〈延〉巻十二―七八オ）

建礼門院の往生記事。享年とその年月を記すのは、他に〈四・長・盛〉。〈延〉の六十八歳、貞応二年（一二二三）没説の場合、保元元年（一一五六）誕生となる。〈四〉「御年六十七貞応二年春暮レ東山云鷲尾処有御往生」（灌頂巻―三〇五左）。〈四〉の場合、保元二年誕生となる。〈長〉「さとし六十一《六》と中貞応二年の春のころ、むらさきの雲のむかひを待えつゝ、御往生の素懐を遂させ給けり」（5―二二四頁）。「さとし」は、山口県立図書館本・内閣文庫本では「御年」）。「六十一」ならば、仁平元年（一一五一）誕生となり、「六十六」ならば、保元三年（一一五八）誕生となる。〈盛〉「御歳六十八ト申シ貞応三年ノ春ノ比、…往生ノ素懐ヲ遂サセ給ケルコソ貴ケレ」（6―五一四～五一五頁）。保元二年誕生となる。他に、〈覚〉は、「建久二年きさらぎの中旬に、一期遂におはらせ給ひぬ」（下―四〇八頁）とするが、年齢不記。

以上、①～⑤までの検証によれば、〈延〉に限ってみても、②・③C・④B・⑤と、保元二年誕生説とは齟齬する記事が見られるが、大半は、〈延〉以外の諸本も含めて、保元二年誕生説に基づいて記されていることが確認できよう。

〇則て女御の宣旨を下され　〈長〉同。〈延〉「ヤガテ女院ノ宣旨被下テ」（巻十一―六二オ）は、「女御ノ宣旨」の誤り。〈南・屋・覚〉は、前項の③Aに見るように、入内記事を欠き、女御の宣旨記事に集約する形（史実では、承安元年（一一七一）十二月十四日入内、十二日後の十二月二十六日に女御の宣旨が下された）。一方、〈盛・中〉は、女御の宣旨を記さず、入内記事に集約する形。十二月二十六日は今日の披露宴にあたる露顕《ところあらわし》の日で、この日女御の宣旨が下され、結婚が認知された（高橋昌明三六頁）。**〇君王の傍らに侍りて、朝には朝政を勧め奉り、夜は夜を専らにしたまふ** 〈延・長・南・屋・覚・中〉同、〈盛〉欠く。但し、〈盛〉は、巻四十八「女院六道」に「君王ノ傍ニ候テ、朝ニハ朝政ヲ進メマイラセ奉テ、夜ハヨヲ専ニシテ」（6―四九六頁）と、ほぼ諸本と同文の形で載せる。当該句は、「朝には朝政を勧め奉り」は、「二代后」にも、「朝政ヲ進メ申サセ給フ」（〈延〉巻一―四五ウ）と見られた。また、続く「夜は夜を専らにしたまふ」もまた、諸注が記すように、『長恨歌』に、楊貴妃の色香におぼれた玄宗が、「従レ此君王不二早朝一承レ歓侍レ宴無二閑暇一春従二春遊一夜専レ夜」（中国詩人選集『白居易』下―九六頁）とあるのを利用したもの。**〇何賀王太子に立たせたまひぬ** 「王太子」は、〈長・盛〉「いつしか皇太子にた丶せ給ふ」（〈長〉5―一二三頁）によれば、「皇太子」の意とも解しうるし、〈延〉「皇子イツシカ太子ニ立セ給フ」（巻十一―六二オ）によれば、「王子」の「子」を誤脱した「王子太子に」の誤りとも解しうる。あるいは、「くわうたいし」を「わうたいし」と誤読した可能性も考えられるか。安徳天皇は治承二年（一一七八）十一月十二日誕生、同年十二月十五日立太子。「何賀」（いつしか）は「早くも」の意。**〇春宮位に即かせたまひしかば、御年廿五にて院号有りて、建礼門院と白しき** 〈延・長・盛・南・覚〉同、〈屋・中〉欠く。即位は、治承四年（一一八〇）四月二十二日。建礼門院の院号宣下は、養和元年（一一八一）十一月二十五日。なお、『平家打聞』は巻十一の最後に、「院方者、国母ノ時ノ名、国母一トハ、太子即位後ノ名《ナ》、太子、不ハ御在程ノ、名二中宮一ト也」とするが、「院方」の語は〈四〉巻十一に見られない。内容や位置から考えて、この文の「院号」に対する注記であり、「号」を「方」と誤写したものだろう。「副将」の末尾注解「日来の恋しさは物の数ならず」参照。**〇入道大相国の娘たる上、天下の国母にて御在ししかば、世の重んじ奉る事名目ならず** この前後の描写は、巻一で、清盛の八人の娘達の内、建礼門院について記したものに近い。〈延〉「皇子御誕生アリシカバ、皇太子ニ立給。万乗ノ位ニ備給テ後ハ、院号有テ建礼門院ト申。大政入道娘、天下国母ニテ御坐シ上ハ、トカク申ニオヨバズ」（巻一—二九ウ）。なお、傍線部を記すのは、他に〈覚〉。〈覚〉「入道相国の御娘なるうへ」（上—一五頁）。平家の栄華の象徴を語る際には、清盛の子息の中では、重盛・宗盛兄弟の左右大将の任官の件が、娘の中では、徳子の安徳天皇即位による院号宣下と天下の国母となったことが最たることとされていると言えよう。　**○桃李の儀、芙蓉の御形も、未だ替はりたまはねども…**　「桃李」「芙蓉」はいずれも美人の形容。「翡翠のかんざし」は、美しい髪の形容。『澄憲作文集』「桃李御粧ヒ誇ニリ百年ノ春ノ花ニ一」（大曽根章介四一〇頁）。『猿源氏草紙』「さしもいつくしかりし、翡翠のかんざし、嬋娟たる鬢、桂のまゆずみ」（旧大系『御伽草子』一八三頁）。なお、〈延〉は、この後に独自異文を記す。若くして出家した者や、『法華経』巻六「如来寿量品第十六」の「我少出家、得阿耨多羅三藐三菩提」（岩波文庫下—一六頁）を引用し、若くしての出家を讃え、「弥ヨ後世ノ御事ハ憑クゾ覚ユル。上代モタメシナキニモアラズ」（巻十一—六二ウ）と記すもの。この後には、諸本にも共通する「憂世ヲイトヒ実ノ道ニ入セ給ヘドモ、御歎キハヤスマラセ給事ナシ」（同六二ウ）と続ける。出家はしたものの、建礼門院の歎きは少しも休まることはなかったとする。諸本とも、本段該当部は女院の悲歎の描写を基調として描く傾向が強いが、〈延〉はその間に出家讃嘆を挿入するわけである。先に「印西上人之を賜りて…」注解に見た長大な記事と同様、諸本の中での位置づけの検討が必要であろう。

○人々の「今は甲」とて海へ入りたまひし有様、先帝の御面影…　〈南・覚〉が「先帝・二位殿の御面影」（〈覚〉下—三九一頁）とする他は、〈延・長・盛・屋・中〉同。〈延〉によれば、イルカの奇瑞が平家の劣勢を示すものと聞いた知盛は、一門の者達が戦うのを見て、「殿原ヤ、侍共ニ禁《フセカ》セテトク〱自害シ給ヘ」（巻十一—三六オ）と言ったとする。実際、一門の者達は、主上の入水を聞いて、その後入水する者が続く。「『今は甲』とて海へ入」った人々とは、建礼門院が目にしたこうした者達のことであろう。とすれば、これに続く「先帝の御面影」もまた、安徳帝の不特定な在りし日の姿を言うのではなく、二位殿と共に入水した折のあの時の面影を指すのであろう。〈南・覚〉が、「先帝」の他に、「二位殿」を付け加えるのは、建礼門院が目にした、先帝と祖母の二位殿とが共に入水する光景をより印象づけるためではなかろうか。〈延〉を初めとする『平家物語』諸本の多くが、「最後ノ十念唱ツ、、波ノ底ヘゾ被入一ケル。是ヲ見奉給テ、国母建礼門院ヲ始奉テ、先帝ノ御乳母帥典侍、侍大納言典侍以下ノ女房達、声ヲ調テヲメキ叫給ケレバ」（〈延〉巻十一―三七オ）と記すことからも明らかなように、そうした光景を建礼門院は実際に目にしていたとするのである。　**○五月の短夜なれども明かし兼ねさせたまふ**　諸本同様。〈全注釈〉（下二―一六五頁）が指摘するように、『拾遺和歌集』夏「郭公鳴くや五月の短夜もひとりし寝れば明かしかねつも」（題知らず、よみ人しらず。一二五）による。この関連から、この後の「郭公花橘の…」の歌が引き出されることにもなる。　**○壁に背きたる残灯の景幽かに、窓を打つ暗き雨の音閑かなり**　諸注が引くように、『白氏文集』新楽府・上陽白髪人を踏まえる。帝の寵愛を得ることもなく、ついには上陽宮に閉じ込められた女の悲しみを詠んだもの。「夜長無レ睡天不レ明　耿耿残灯背レ壁影　蕭蕭暗雨打レ窓声」（『神田本白氏文集の研究』翻字文―一五～一六頁）。夜もなかなか明けがたく、壁際に立てた灯火の残り火が明るく耀き、窓を打つ夜降る雨の音が寂しく聞こえる様子。『和漢朗詠集』秋夜にも、「秋夜長

夜長無レ眠天不レ明　耿々残灯背レ壁影　蕭々暗雨打レ窓声」（旧大系一〇六頁）とある。諸本の該当句は、次のとおり。

〈延〉耿々タル残灯ノ壁ニ背ル影カスカニ、蕭々タル暗キ雨ノ窓ヲ打音閑ナリ（巻十一―六二ウ～六三オ）

〈長〉かう〱たるかべにそむけたるともし火の影はる《かすイ》かに、蕭々たる窓を打暗夜の雨の音閑なり（5―一二三頁）

〈盛〉壁ニ背タル残ノ灯影幽ニ、暗キ雨ノ窓ヲ打音モ閑ナリ（6―二四九頁）

〈屋〉壁ニ背タル灯ノ影幽ニ、終夜窓打ツ闇雨ノ音静也（八三〇頁）

〈南・覚〉壁にそむける残の灯のかげかすかに、夜もすがら窓うつくらき雨の音ぞさびしかりける（〈覚〉下―三九一頁）

〈中〉かべにそむけるのこんのともし火かげかすかに、夜もすがらまどうて《ママ》くらき雨のをとしづか也（下―二八〇頁）

〈四〉の「残灯の」は、「残り（ん）の灯」とも訓める（『和漢朗詠集』の訓み癖は「残んの灯」か）。〈延・長〉に留める「耿々タル」「蕭々タル」は、〈四・盛・南・屋・覚・中〉では消え、「かすかに」「しづかなり」のみに置き換わる形。

水原一は、「かすかに」「しづかなり」は、「耿々」「蕭々」の訳語ではなく、〈延〉が原詩を訓読体で挙げる時に挿入した補訳で、漢文訓読法としての文選読みに発するものであるとした。〈四〉はその補訳部分を継承しつつ原形を損じてしまったとする（一一三頁〜一一四頁。他に、増田欣、二四五頁）。　**〇上陽人の上陽宮に閇ぢ籠められし、緑衣の監使は宮門を守るも、其の孤独有りけれども、是には過ぎじとぞ覚えし**　〈延・長・盛・南・屋・覚・中〉は、「上陽人ノ上陽宮ニ被閉レタリケン（A）サビシサモ限リアレバ、是ニハ過ザリケントゾ思食知ラル、」（〈延〉巻十一―六三オ）とあり。〈四〉は、（A）の位置に、「緑衣の監使は宮門を守るも」が挿入された形。「緑衣の監使は宮門を守るも」は、新楽府・上陽白髪人の冒頭に、「緑衣監使守二宮門一」（『神田本白氏文集の研究』飜字文―一六頁）とある句。官女が逃げ出さないように監使が宮門を守っている意。ここは、上陽宮に閉じ込められた宮女の寂しさも、建礼門院の味わった寂しさには及ぶまいという文脈なので、「緑衣の監使」云々は必要ないが、「上陽人が上陽宮に閉じ込められた時も、全く誰もいないわけではなく、監使はいたのだが、それは孤独を慰めるものではなかった。その上陽人の寂しさも建礼門院ほどではあるまい」といった意味で引いたものか。なお、〈長・盛・南・屋・覚・中〉では、元暦二年（一一八五）七月九日の大地震によって女院が身を寄せた吉田の古坊がさらに荒廃した様を記す記事に、次のように引く。〈長〉「建礼門院、吉田には去九日の地震に、御栖もやぶれはてゝ、つゐぢもくづれ、あれたるやどもかたぶきて、すませ給べき御ありさまも見えさせ給はず。……緑衣監使、宮門をまもるもの、こゝろのなきまゝに、あれたるまがきはしげき野べよりもつゆけくて、おりしりがほに、むしのこゑ〴〵にうらむるもあはれなり」（5―一五四頁）。〈覚〉では、灌頂巻「女院出家」に、「さるほどに、七月九日の大地震に、築地もくづれ、荒たる御所もかたぶきやぶれて、いとゞすませたまふべき御たよりもなし。緑衣の監使、宮門をまぼるだにもなし」（下―三九二頁）とある。なお、〈長〉では、この記事は巻二十後半の「灌頂巻」部分にも類似記事あり（5―二〇六頁）。〈盛〉も同様で、巻十一に相当する巻四十五（6―三二九頁）と、灌頂巻に相当する巻四十八（6―四六八頁）の二箇所に見られる。以上のように、吉田の坊の荒廃に「緑衣の監使」云々を記す諸本に対して、〈延〉では、大原御幸の場面で、「女院ノ御庵室近ク成由聞食ドモ、緑衣之監使宮門ヲ守ルモナケレバ、心ノマヽニ荒タル間垣ハ、滋野辺ヨリモ露深シ」（巻十二―五三オ～五三ウ）と、寂光院周辺の荒廃した情景の描写にこの句を用いている。　**○昔を忍ぶ妻と成れとてや**　「花橘」は、昔を思い忍ぶよすがであった。『古今和歌集』夏「さつきまつ花たちばなの香をかげば昔の人の袖の香ぞする」（よみ人しらず。一三九。『伊勢物語』六十段、『和漢朗詠集』夏・橘花などにも）。五月一日に出家して以降の女院の悲歎の日々を、「五月の短夜」、「蘆橘」（はなたちばな―次項）、「郭公」と、夏を表す言葉を続けて描く。「花たちばなの香をかげば」の句からは、「昔の人の袖の香」の句を介して、布施として納めてしまった、移り香も尽きない先帝の直衣への連想が働くとも読めようか。　**○蘆橘**　〈延・長・南・屋・覚・中〉「花橘」（〈延〉巻十一―六三オ）、〈盛〉「盧橘」（6―二四九頁）。〈四〉は、「タチバナ」と訓みを振るが、「はなたちばな」と訓むか。〈名義抄〉「盧橘　ハナタチハナ」（仏下本一〇六）、『黒川本　色葉字類抄』「盧橘　ハナタチハナ　花タチバナ也」（上一七オ）。『和漢朗詠集』夏・橘花「盧橘子低山雨重　栟櫚葉戦水風涼」（旧大系九〇頁）。　**○折節郭公の音信れければ**　郭公（ほととぎす）の声から「郭公花橘の…」歌に展開するのは諸本同様。郭公と橘は夏の代表的な景物。　**○御涙を押し揮はせて御在しけり**　〈延・長〉「御涙ヲ推拭ワセ給テ、御硯ノ蓋ニカクゾ書スサマセ給ケル」（〈延〉巻十一―六三オ）、〈盛〉「角ゾ思召ツヾケヽル」（6―二四九頁）、〈南〉「古事ヲ思召出テ御涙ヲヽサヘツヽ、御硯ノ蓋ニカクゾアソバシスサマセ給ケル」（下―九一一頁）、〈屋〉「女院御硯蓋ニ古歌ヲゾ遊バサレケル」（八三一頁）、〈覚〉「女院ふるき事なれ共おぼしめし出て、御硯のふたに、かうぞあそばされける」（下―三九一頁）、〈中〉「女院、ふるきことのはを、おぼしめしいでゝ、」（下―二八〇頁）。〈四・延・長・盛〉は、女院自身の歌とも解しうる形だが、〈南・屋・覚・中〉は、「古事」「古歌」「ふるき事」「ふるきことのは」等と明記する。新大系は、「古歌だけれども思い出されて」として、「五月待つ花橘の香をかげば…」のこととするが誤り。この後に引かれる「郭公花橘の香を留めて…」を指す。　**○郭公花橘の香**

を留めて鳴くは昔の人や恋ひしき　諸本同。諸注指摘するように、『和漢朗詠集』・夏・橘花（旧大系九〇頁）、『古今和歌六帖』六・ほととぎす・三五二六四、『新古今和歌集』夏・二四四に取られる歌。いずれもよみびと知らず。『朗詠季吟注』に貫之とするが、未詳。この内『古今和歌六帖』は、第三句が「えだにゐて」。この歌は、「さつきまつ花たちばなの香をかげば昔の人の袖の香ぞする」（前掲注解「昔を忍ぶ妻と成れとてや」参照）や、「夏の夜に恋しき人の香をとめば花橘ぞしるべなりける」（『後撰和歌集』夏・一八八）等を踏まえつつ、死別・離別した一門の人々を思う女院の心情を託したものだろうが、久保田淳は、『平家物語』の場合には、「ほととぎすは蜀王望帝杜宇の化したものという伝説も背後に意識されているのであろう。すなわち、物語作者は女院にこの古歌を書かせることによって、ほととぎすに幼帝安徳天皇の霊魂を見出したいという女院の心情を暗示しようと試みたのであろう」（一二七頁）とする。また、西脇哲夫は、〈覚〉灌頂巻「女院死去」等に見える「いざさらばなみだくらべん時鳥われもうき世にねをのみぞ鳴」（下—四〇七頁。〈四〉にはなし）の歌について、本項の「郭公…」歌との呼応を指摘しつつ、「ほととぎす」については、古今注（『鷹司本古今抄』、『毘沙門堂本古今集注』、『古今和歌集灌頂口伝』など）や、朗詠注（『和漢朗詠集私注』、身延文庫本『和漢朗詠註抄』、『和漢朗詠集永済注』など）に、「郭公」を、滅亡した「郭国」の公（きみ）とする理解があったことを指摘している。そして、これらの書に見られる「郭公もまた戦いの敗者であったとする理解」が、建礼門院の歌にも関わるのではないかとする。本段の歌の場合、夏の景物としての橘や時鳥の提示という基本的理解から外れる読み込みに、どこまで深く踏み込んで良いのか、判断の難しいところではあるが、朗詠注では、「花橘」にも、「花橘ヲ、必昔人ニヨソヘテ読事ハ、死人ノ焼香ノ必花橘ニウツルニ依也」（天理本『和漢朗詠集見聞』。『和漢朗詠集古注釈集成』二—四二一頁）といった理解があったことは、注意しておくべきではあろうか。**〇女房達は、二位殿の外は佐しも身を投げ、水の底に沈みけるも無ければ…**　〈延〉は、前項「郭公花橘ノ…」歌で建礼門院関係記事を一旦終えて、「重衡卿北方事」を置き、その後で当該記事を記す。本項以下の女房達の記事を、建礼門院の出家記事とは別のものとする意識があろう。その点、重衡の北の方の記事を、当該記事の後に置く〈四・長・南・屋・覚・中〉の場合は、建礼門院の出家記事に続けて、共に西国から帰洛した人々の動向を記すという意識で、まず不特定多数の女房達の動向、次に重衡の北の方のことを記すのだろう。重衡の北の方は、次段に見るように、建礼門院の出家の折には行動を共にしていなかった。その点、〈盛〉は、先の建礼門院の「思召ツヾケ」たとする「杜鵑花タチ花ノ香ヲトメテ…」の歌に続けて、「大納言典侍聞給テ、猶モ又昔ヲカケテ忍ベトヤフリニシ軒ニカホルタチ花」（6―二四九頁）と記す。大納言典侍がその場に居合わせて詠んだ歌かのように記すが（恐らくは、この後の記事を読めば、「杜鵑花タチ花ノ…」の歌を聞いた大納言典侍が、のちに「猶モ又昔ヲカケテ…」と詠んだと解することになろうが）、いずれにしろ諸本の形を受けた改変と考えられよう。なお、〈四〉の「女房達は、二位殿の外は佐しも身を投げ、水の底に沈みけるも無ければ」の訓みは、〈長〉「女房たち、二位殿の外はさのみ猛水のそこにしづみ給はねば」（5―一二四頁）、〈屋〉「女房達、二位殿ノ様ニサノミ武ク水ノ底ニモ沈ミ給ハザレバ」（八三一頁）を参照した。入水したのは一人だけだったが、多くの女房達は泣き悲しんでいたという記述は、一谷合戦後、平家の女性達が、「倍《ま》して此の春よりは、越前三位の北の方のごとく、身を投ぐるまでの事こそ無けれども、明けても暮れても伏し沈みて、物を思ひ歎きたまへる人々なれば…」（巻十「平家屋島にて歎く事」本全釈三七〇頁）と、小宰相以外の人々が歎いていたと描かれるのに類似。〈四〉は、「平家生捕名寄」の段では、「二位殿・越前三位の北の方の外は、身を投ぐる人は無し」としていた。

○思ひも懸けぬ谷の底、岩の礀に明かし暮らしたまふ事ぞ悲しき　〈延・長・南・屋・覚・中〉同様。〈盛〉「不ニ思懸一谷ノ底ニモ柴ノ庵ヲ結、岩ノ迫ニ赤土小屋ヲ修テ、露ノ命ヲ宿シツヽ、明シ暮スゾ哀ナル」（6―二五〇頁）。女性が「岩のはざま」に住むという場合、維盛の入水を聞いて歎く北の方を、若君の乳母女房が慰めた「今は何かなる岩の峒《ハサマ》にても、少き人々を成長《おほ》し奉らんと思し食せ」（巻十「維盛の入水を聞き、北の方歎かるる事」、本全釈三六二頁）という言葉や、〈覚〉巻一で祇王の母刀自が「わごぜたちは年若ければ、いかならん岩木のはざまにても、過ごさん事やすかるべし」（上—一三頁）という言葉のように、仮想のこととして語られることが多い。しかし、ここでは現実に谷底や岩の間に粗末な庵を構えて住んだとする。　**○住み馴れし宿も煙と上りしかば、空しき跡のみ残りて、茂き野辺と成りつつ**　諸本同様。都落ちの際、六波羅を焼き払ったことをいう。その後、義仲等が上洛した時には、拠点は六条堀川にあったと見られるが、北条時政が文治元年（一一八五）十一月に上洛し、六波羅に居を構えたと見られる（高橋慎一朗—三四〜三五頁）。それが後に六波羅探題に発展してゆくわけだが、平家の人々が捕らわれて帰洛した時には、六波羅は「空しき跡」「茂き野辺」であったというのが事実と見てよかろう。　**○仙家より帰りて、七世の孫に値ひけんも、是くや有りけんとぞ覚えし**　諸本基本的に同様。〈盛〉「謬テ仙家ニ入シ樵夫ガ、里ニ出テ七世ノ孫ニ逢タレ共、誰ト咎ザリケンモ角ヤト覚テ」（6—二五〇頁）。諸注が説くように、『本朝文粋』巻十、詩序三、木部「落花乱二舞衣一詩序」後江相公大江朝綱の詩から、『和漢朗詠集』下・仙家に引かれた「謬入二仙家一雖レ為二半日之客一　恐帰二旧里一　纔逢二七世之孫一」（旧大系一八八頁）によると見て良い。漢の時代の、劉晨・阮肇の話として、『幽明録』（『太平御覧』巻四十一所引）、『続斉諧記』（準古注本・徐注本『蒙求』「劉阮天台」等所引）などに見える話。〈延〉（巻三—五〇ウ〜五一オ）に記載あり。なお、『平家物語』には、〈覚〉「浦島が子の、七世の孫にあへりしにも過ぎ」（上—五一頁）の例もあるが、「仙家」の語からも、朝綱の詩句からの引用と考えられる。

【引用研究文献】

*青木淳『日文研叢書・一九集　遣迎院阿弥陀如来像像内納入品資料』（国際日本文化研究センター一九九九・3）

*大曽根章介「『澄憲作文集』」（『中世文学の研究』東京大学出版会一九七二・7）

*大塚あや子「建礼門院徳子の戒師・印西について」（仏教文学一五号、一九九一・3）

*尾崎勇「屋代本『平家物語』の建礼門院往生の本質—『徒然草』第二百二十六段の「扶持」する慈円から—」（文学・言語学論集〔熊本学園大学〕一六巻二号、二〇〇九・12。『愚管抄の言語空間』汲古書院二〇一四・3再録。引用は後者による）

＊柏崎光政「鴨長明と政治―中原有安を通して―」（明治大学大学院紀要一四集(四)文学篇、一九七六・12）
＊久保田淳『新古今和歌集全評釈・二』（講談社一九七六・11）
＊小林美和「『平家物語』の建礼門院説話―延慶本出家説話考―」（伝承文学研究二四号、一九八〇・6。『平家物語生成論』三弥井書店一九八六・5再録。引用は後者による）
＊五味文彦「作為の交談　守覚法親王の書物世界」（『書物の中世史』みすず書房二〇〇三・12）
＊高橋昌明『平家の群像　物語から史実へ』（岩波書店二〇〇九・10）
＊高橋慎一朗「「武家地」六波羅の成立」（日本史研究三五二号、一九九一・12。『中世の都市と武士』吉川弘文館一九九六・8再録。引用は後者による）
＊筑土鈴寛「平家物語についての覚書」（『復古と叙事詩』青磁社一九四二・12。『筑土鈴寛著作集第一巻　宗教文学・復古と叙事詩』せりか書房一九七六・4再録。引用は後者による）
＊角田文衞「建礼門院の後半生」（日本歴史三〇六号、一九七三・12。『王朝の明暗』東京堂一九七七・3再録。引用は後者による）。なお、同『平家後抄』第十章（朝日新聞社一九七八・9）をも参照。
＊名波弘彰「建礼門院説話群における龍畜成仏と灌頂をめぐって」（中世文学三八号、一九九三・6）
＊西脇哲夫「建礼門院の「いざさらば」の歌に関する憶測」（並木の里三九号、一九九三・12）
＊増田欣「新楽府『新豊折臂翁』と平家物語―時長・光行合作説に関連して―」（中世文藝四〇号、一九六八・3。『中世文藝比較文学論考』汲古書院二〇〇二・2再録。引用は後者による）
＊水原一「『四部合戦状本平家物語』批判―延慶本との対比をめぐって―」（『平家物語の形成』加藤中道館一九七一・5。『延慶本平家物語論考』加藤中道館一九七九・6再録。引用は後者による）
＊村松清道「阿証房印西について」（大正大学綜合仏教研究所年報一五号、一九九三・3）
＊渡辺貞麿「平家物語と融通念仏―建礼門院の場合を中心に―」（仏教文学研究一一号、一九七二・5。『平家物語の思想』

法蔵館一九八九・3再録。引用は後者による）

重衡北の方の事

【原文】

本三位中将北方▽二〇五右五条前大納言邦綱入道御娘先帝御乳母[1]ニテ大納言内侍申シキ重衡卿一谷被生執上リ下シ京[2]ヘ北方旅空無ク憑[3]シキ人モ泣悲ミ下シカ奉リテ付先帝御セシ自西国之上後同宿《シク》シ姉三位太輔御シ氷野《ヒノ》云所ニ三位中将露命捸《スカ》[4]リ草葉不消ヘ聞[5]ケレハヘ下シ為《シ》何今一度見[6]モシ可為見ヘモ思下ヘ不叶[7]ネ〔其モ只〕無クテ▽二〇五左自泣外之呴呼一聞ヘシ明シ晩シ下トソ

【釈文】

本三位中将の北の方は、▽二〇五右五条前大納言邦綱入道の御娘、先帝の御乳母[1]にて、大納言内侍と申しき。重衡卿、一谷にて生執《いけど》りにせられて、京[2]へ上りたまひにしかば、北の方旅の空に憑[3]もしき人も無くて、泣き悲しみたまひしかども、先帝に付き奉りて御せしかば、西国より上りて後は、姉の三位太輔に同宿《シク》して、氷野《ヒノ》と云ふ所に御しけり。「三位中将の露の命、草葉に捸《スカ》[4]りて消え（へ）ず」と聞き[5]たまひければ、「何《い》かに為《シ》てか今一度《ひとたび》見[6]もし、見え（へ）も為《す》べき」と思ひたまへども、其[7]れも叶はねば、只泣くより▽二〇五左外の呴呼《なぐさみ》無くて、明かし晩したまふとぞ聞こえ（へ）し。

【校異・訓読】1〈底・昭〉「乳母《ニテ》」の「ニテ」は左にずれ、次行との行間にある。2〈昭〉「京」。3〈昭〉「憑《シ》」。4〈底・昭〉の付訓「スカリ」は「スセリ」にも見える。5〈底・昭〉「聞《ヘ下シケレハ》」。6〈昭〉「見《ルモ》」。7〈底〉「不《ネ》叶」の左下に「其《モ》只」と傍書。〈昭〉「不《ネハ》叶」の左下に「其《モ》只」と傍書、〈書〉「不叶其只」、通常表記。

【注解】**〇本三位中将の北の方は、五条前大納言邦綱入道の御娘**　本段記事の位置は、〈延・長・盛・屋・中〉では基本的に同様（但し、〈延〉には、前段「女房達は、二位殿の外は佐しも身を投げ…」注解に見た構成の相違あり）。一方、〈松・南・覚〉は「重衡被斬」該当部に置く。〈南〉では巻十二前半（下―九三八〜九三九頁）、〈松・覚〉では巻十一末尾近く（〈覚〉下―三三二頁、〈松〉二二二頁）。本項の、重衡北の方（大納言典侍、大納言佐）の素姓については、〈延・長・盛・屋・中〉同、〈松・南・覚〉「此重衡卿の北方と申は、鳥飼の中納言惟実のむすめ、五条大納言国綱卿の養子、先帝の御めのと大納言佐殿とぞ申ける」（〈覚〉下―三三二頁）。『平家打聞』は、邦綱女としていた（「平家生捕名寄」の段参照）。大納言佐は、邦綱の娘とするのが正しい。『山槐記』「輔子〈号二大納言局一、（坊時号二五条一）御乳母也〉、蔵人頭重衡朝臣妻、前大納言邦綱卿三女〉」（治承四年三月八日条）。女房名の大納言は父邦綱の官職から、安徳天皇が春宮時代の女房名五条は、邦綱の邸宅所在地に由来する（高橋伸幸七一頁）。冨倉徳次郎は、大納言佐の出自の違いの記述に着目し、建礼門院の吉田入・女院出家と大原御幸の別個成立説の根拠とする。即ち、〈四・延・長・盛・屋・中〉及び竹柏園本の巻十一相当部や、〈闘〉巻八之下「小宰相局被投身事」には、正しく邦綱娘とあるが、「大原御幸」該当記事では、諸本とも伊実の娘とあって矛盾している（諸本の該当頁を記せば次のようになる。〈四〉灌頂巻―二七二左、〈延〉巻十二―五九ウ、〈盛〉6―四八一頁、〈南〉下―九三八〜九三九頁、〈屋〉九四五頁、〈覚〉下―三九九〜四〇〇頁、〈中〉下―二九六頁。いずれも、巻十二か灌頂巻に該当する巻に位置する）。なお、〈覚〉等では伊実娘で統一されていて矛盾はないが、これは「大原御幸」の記事に引かれて改訂したもので、『平家物語』は本来矛盾を孕んでいた（原平家物語には存在しなかった「大原御幸」を取り入れた段階で矛盾を生じた）とする。また、〈長〉の場合は、灌頂巻の記事で女院に奉仕する女房を五名挙げる中に、一人を「邦綱卿御娘、大夫三位の御妹、大納言佐殿」、一人を「鳥飼中納言伊実卿御娘」と、各々別人とし(5―二〇九頁)、また、女院が花摘みから帰る場面では、女院の花摘みの供をする女性(他本では「大納言佐」と説明される)を、「大納言佐」とせず、単に「鳥飼中納言伊実卿の御娘」(二一七頁)と説明して、大納言佐の説明の矛盾を避けている。これは〈長〉作者の改訂の筆によるものとする(以上、冨倉徳次郎三三五～三三八頁)。　**○大納言内侍**　大納言典侍輔子。「大納言内侍」の表記は、〈四〉巻九―七二左に見られる「大納言内侍佐」の「佐」が脱落した形、乃至は略述された形であろう(本全釈巻九―四三〇頁の注解「本三位中将の北の方は、五条大納言邦綱入道の御娘、先帝の御乳母、大納言内侍佐と申しき」参照)。　**○北の方旅の空に憑もしき人も無くて、泣き悲しみたまひしかども**　〈延・長・盛〉同、〈屋〉「西海ノ旅ノ空ニテ歎悲給シガ」(八三二頁)。夫重衡が生け捕られて以降、妻の大納言典侍は、平家一門と共に西海を漂うなか、悲痛の思いにあったことを言う。　**○先帝に付き奉りて御せしかば、西国より上りて後**　「御せしかば」の訓みは、〈長〉「先帝につき奉てまし〳〵しかば、西国よりのぼりて」(5―二二四頁)に倣った。但し、「御せしかば」では、前後の接続がややわかりにくい。あるいは、「御せしが」と訓んで「(泣き悲しみながら)安徳帝に付き従っておられたが、その後、西国から帰洛して…」と解するか、「御せしかば」の下に「一門と行動を共にするしかなかったが、先帝が亡くなって」の意を補うべきか。〈延〉「先帝檀浦ニテ失サセ給ニシカバ、夷ニ被取テ西国ヨリ上テ」(巻十一―六三ウ)、〈盛〉「先帝ニツキ進セテ西国ニオハセシガ、水ニ入セ給ニシカバ、故郷ニ還上テ」(6―二五一頁)。　**○姉の三位太輔に同宿して、氷野と云ふ所に御しけり**　〈延・長・盛・松・南・屋・覚・中〉同様。但し、「氷野」は諸本「日野」。また、「三位太輔」は諸本「大夫三位」。邦綱の長女成子。この記述は、この後、捕らわれた重衡が、日野にいる大納言典侍のもとを訪れることになる伏線ともなっているが、〈四〉は、副将被斬・宗盛父子被斬・重衡被斬を初めとする一連の記事を欠く。二人の再会は、『愚管抄』巻五や『醍醐雑事記』巻十にも、次のように記される。『愚管抄』「重衡ヲバ頼政入道ガ子ニテ頼兼ト云者ヲソノ使ニサタシノボセテ、東大寺ヘグシテユキテ切テケリ。大津ヨリ醍醐トヲリ、ヒツ川ヘイデ、宇治橋ワタリテ奈良ヘユキケルニ、重衡ハ、邦綱ガヲトムスメニ大納言スケトテ、高倉院ニ候シガ安徳天皇ノ御メノトナリシニムコトリタルガ、アネノ大夫三位ガ日野ト醍醐トノアハイニ家ツクリテ有リシニアイグシテ居タリケル、コノモトノ妻ノモトニ便路ヲヨロコビテヲリテ、只今死ナンズル身ニテ、ナク〱小袖キカヘナドシテスギケルヲバ、頼兼モユルシテキセサセケリ」（旧大系二六七頁）。『醍醐雑事記』巻十「中将妻御前者、五条大納言邦綱女也。借二故行延寺主住房一、此月来所レ被レ住也。為レ相二逢中将一自二西辻一還而被レ入。彼房見物之者、哀二歎之一」（醍醐寺一九三一・7。四〇九～四一〇頁）によれば、当時、大納言典侍は、行延という僧（安元二年没）の旧坊を借りて住んでおり、再会はそこで果たされたようである。角田文衞は、日野の醍醐寺沿いにあった行延の住坊を借り受け、そこで夫の通過を待ち受けたものと見て、姉成子と同宿していたとする『平家物語』諸本や『愚管抄』の記述に比べ、『醍醐雑事記』が最も正確な事実を伝えるとする（五三頁）。また、『簡要類聚鈔』には、次のようにある。「日野殿　故僧正御房の御免のと女房大夫三位局ハ五条大納言邦綱卿嫡女也、宰相成頼卿の室家也。而成頼卿遁世高野山爾隠居之後、大夫三位局ハ日野ノ別業ニ被常住了、広博厳浄之営作云、堂舎人宅殆無比類云々、彼三品一期之後妹大納言典侍局平家零落之後、自西海帰洛之刻姉ノ三品ニ被眷顧、且ハ三品他界之時故僧正御房の御さなく御座けるに被申置云、わかいきて候と同事と思食候へ、偏御所をたのみまいらせ候申置候也となく〱被申候間、大納言典侍三品局有御契、御めのとの儀にて日野殿ニ被住了、三品の墓所ハ仏身寺也、此寺ハ三品局被建立之、典侍墓所又有日野殿、彼此母子之契也」（京都大学国史研究室所蔵『一乗院文書（抄）』京都大学文学部国史研究室一九八一・3。二二一頁。囲み文字は推測文字。なお、『簡要類聚鈔』の基本的性格については、大山喬平参照）。これにより、邦綱の嫡女大夫三位は、近衛基通息である興福寺一乗院院主実信の乳母であり、宰相成頼の室であることが分かる。以下読み解くと、成頼が高野山で遁世し隠居した後は、大夫三位は、日野殿に常住するようになった。その殿舎は比類を見ないものであった。妹の大納言典侍は、平家零落の後、西海から帰洛の時には大夫三位の世話になった。大夫三位は死に面した折、まだ幼い実信に妹の大納言典侍のことを私と思って大事にするよう頼みおいた。そうしたことにより、大納言典侍は、実信の乳母となり、日野殿に住むことになった。大納言典侍の墓所は日野殿にあるが、これは実信と母子の契りを結んでいるからだとする。以上の記述により、塩山貴奈は、大納言典侍が日野殿に住むようになったのは大夫三位の没後であり、『平家物語』の所伝とは異なるとする（一七～二〇頁）。但し、『簡要類聚鈔』に「自西海帰洛之刻姉ノ三品ニ被眷顧」とあるので、帰洛後の大納言典侍が大夫三位に保護されていたことは確かであり、実信の乳母として居住する以前にも、日野に滞在した可能性はあろう。　**〇三位中将の露の命、草葉に捈りて消えず**　重衡の命が、草葉の先に懸かる露がかろうじて落ちないでいるような様子をいう。〈四〉の「捈」の付訓は、「すがり」（縋り）であろう。〈長・南・屋〉「スガリテ」。「嵐ノ音モスゴクシテ、草葉ニスガル白露モアダナル命モヨソナラズ」（〈延〉巻七―八八オ）は、都を落ちる平家一門の様子。　**〇「何かに為てか今一度見もし、見えも為べき」と思ひたまへども…**　当該記事〈長〉に近似。〈長〉に倣って読んだ。〈長〉「『いかにしてかいま一たび見もし見えもすべき』とおぼしけれどもかなはねば、たゞなくよりほかのなぐさみなくて、あかしくらし給ふとぞきこえし」（5―一二四～一二五頁）。

【引用研究文献】

＊大山喬平「近衛家と南都一条院―『簡要類聚鈔』考―」（『日本政治社会史研究（下）』塙書房一九八五・3）
＊塩山貴奈「『平家物語』「重衡被斬」の成立背景」（国語国文八二巻五号、二〇一三・5）
＊高橋伸幸「平家物語「重衡被斬」研究序説―「重衡と北方との再会」を廻る平家物語諸本の成長過程（下）―」（伝承文学研究二一号、一九七八・3）
＊角田文衛『平家後抄』（朝日新聞社一九七八・9）
＊冨倉徳次郎『平家物語研究』（角川書店一九六四・11）

頼朝義経不和

【原文】

今国々モ鎮《テ》テツ[1]人通フモ無レ煩ラヒ都モ[2]穏《ラ》便ケレハ無ケレ九郎大夫判官計人コソ京中合手喜鎌倉二位殿仕《シ》出何事高名ナハ[3]云法皇御気色モ䀁シ▽二〇六右只可ナト有此人世云二位殿聞下呼何頼朝告ク[4]議リ差上セシコソ軍兵亡シタレ平家九郎計争シテハ[5]世可鎮ム是ク誇リ人云世思ヒ我任（ママ）候ヘ定議ノス[6]過分事ヲヤ[7]何賀《カ》人コソ多ケレ成平大納言聟賞二シラ[8]翫大納言一不被受ケ世モ不恐レ平大納言取モ聟無トソ謂レ言

【釈文】

今は国々も鎮まりて[1]、人の通ふも煩《わづら》ひ無し。都も穏便《おだし》[2]ければ、「九郎大夫判官ばかりの人こそ無けれ」と て、京中手を合はせて喜びけり。「鎌倉の二位殿は何事か仕《シ》出だしたる高名かは[3]」と云ひ、「法皇の御気色も䀁《めでた》し。只此の人の世にて有るべし」など云ふを、二位殿聞きたまひて、「呼《こ》は何かに。頼朝が吉(告)[4]く議《はか》り、軍兵を差し上せしこそ平家を亡ぼしたれ。九郎ばかりは、争[5]か世をも鎮むべき。是く人の云ふに誇りて、世を我が任（ママ）▽二〇六右に思ひ候へば、定めて過分の事[7]をや議《はか》[6]りぬらん。何賀《いつしか》、人こそ多けれ、平大納言の聟に成りて、大納言賞[8]して翫ふらんも受けられず。世にも恐れず、平大納言聟に取るも謂《いは》れ無し」とぞ言ひける。

【校異・訓読】 1〈昭〉「鎮《テ》■ソ」。■は「丁」に似るが難読。2〈昭〉「穏《ヲ》便ケレハ」。3〈底・昭〉「高名ナハ」。4〈底・昭〉

「告ク」、〈書〉「告」。5〈昭〉「争《シラハ》」。6〈昭〉「議ノ」。7〈昭〉「事ャ」。8〈昭〉「賞シテ二翫」。注解参照。

【注解】○今は国々も鎮まりて、人の通ふも煩ひ無し　「文の沙汰」から本段前後までの記事構成を大まかにまとめると、次のようになる（「女院出家」を丁寧に見れば、女院関係・女房関係の記事について異同が多いが、ここでは無視した）。「重衡北の方」は、〈松・南・覚〉では「重衡被斬」該当部（前段冒頭注解参照）。〈松〉は〈覚〉に準ずるものと見られるが、灌頂巻は現存しない。

〈四・延・長・中〉	〈盛〉	〈南〉	〈屋〉	〈松・覚〉
文の沙汰	文の沙汰	文の沙汰	文の沙汰	文の沙汰
女院出家	**頼朝義経不和**	女院出家	女院出家	**頼朝義経不和**
重衡北の方	副将	**頼朝義経不和**	重衡北の方	副将
頼朝義経不和	女院出家	副将	**頼朝義経不和**	（重衡北方―後出）
副将	重衡北の方	（重衡北方―後出）	副将	（女院出家―灌頂巻）

記事構成には異同が多いが、いずれも、当該記事を副将の前に置くのは、本段が、義経の東国への宗盛父子護送の前提とされるためである。また、本段冒頭を〈四〉と同様に、「今は国々も鎮まりて…」とするのは、他に〈延・長〉。〈盛・南・屋・覚・中〉は、繁簡の差はあるが、「平家ほろびて、いつしか国々しづまり」（〈覚〉下―三二六頁）などとする。いずれにしても、時期としては、元暦二年（一一八五）五月上旬の頃のこととなろう（義経が宗盛等を連れて出発するのが五月七日）。つまり、壇浦合戦後、神器関係記事、捕虜・女人関係記事の後、ここで話は一段落するので、それらの記事を総括するような意味で「今」とするのであろう。三月二十四日の壇浦合戦以降の一ヶ月余りで、ようやく諸国の交通の障害もなくなり、都も安全になって、戦乱がおさまったといえる状況になった意。**○「九郎大夫判官ばかりの人こそ無けれ」とて、京中手を合はせて喜びけり**　諸本基本的に同様。但し、「京中手を合はせて喜び

けり」は、〈延・長〉は「手ヲスリ悦アヘリ」（〈延〉巻十一—六四オ）と類似だが、〈盛・松・南・屋・覚・中〉は、〈盛〉「都ノ上下安堵シタリケレバ」（6—二三七頁）などとして該当句なし。義経に対する都人の評価を、『平家物語』は必ずしも良いものとは描いてこなかった。〈延〉「（元暦元年十月）廿三日、都ニハ御禊ノ行幸アリ。…九郎判官其日ハ本陣ニ供奉シタリキ。木曽ナムドニハ不似」是ハ事外ニ京馴テハ見ヘシカド、平家ノ中ニ撰ビ捨ラレシ人ニダニモ不及」劣リテゾ見ヘケル」（巻十一—六四ウ～六五オ）。義経は、義仲に較べ、都馴れてはいるが、平家の選屑にも劣るとの厳しい評価である。しかし、ここでは、平家を滅ぼすことによって治安を回復した実績（「高名」）が評価されたとし、頼朝はそれに反発したと描く。義経には、実際、義仲追討以降、京都の平和を守り続けた実績があり、都人は義経に京都の治安維持を期待していた（五味文彦八〇頁、元木泰雄①八五頁、一七三頁など）。そうして、都では既に義経評価の基盤が形成されていたところへ、屋島・壇浦合戦で迅速に平家を滅ぼし、全国的な平和を回復したわけだから、都人のみならず、義経への評価が高まるのは当然であった。物語はそうした当時の評価を反映していると見てよかろう。また、物語の人物造型としては、壇浦合戦後、義経の情け深さを描く記事が目立つ。既に、「文の沙汰」の注解「判官は大方も情有りと承る上」で見たように、壇浦から生捕を率い帰洛途中の義経が、明石に差し掛かった折、帥典侍と大納言典侍とが交わす歌を聞き、心から哀れみ思ったとする場面、さらに、義経が生捕りとなった建礼門院に示した温情を語る話も見られる（巻十一—四六オ）。本段より後には、宗盛父子を鎌倉に移送中の義経が、父子に示した温情を語る話もある（同—七一オ～ウ）。そこでは、義経は、宗盛父子や建礼門院ばかりではなく、「アヤシノ人」にまでも、情をかけたとする（早川厚一、五～七頁）。物語の中では、義経都落ちの際、「庁ノ下文」を義経に与えよと述べた大臣公卿の意見の中に、「義経ガ心ザマ、為世」為人」、万ヅ情深ク候ツ」（巻十二—二〇ウ）ともあり、こうした「情け深さ」が、義経の評価につながったように描いている。早川厚一は、こうした肯定的な世評が義経を増長させ、頼朝との間に確執を生じさせたと読む（六頁）。　**○「鎌倉の二位殿は何事か仕出したる高名かは」と云ひ…**　まず都人の評判を記し、それを頼朝が伝え聞いたとする点、〈延〉「『鎌倉二位殿ハ何事カシ出タル高名アル。是ハ法皇ノ御気色モヨシ。只此人ノ世ニテアレカシ』ナンド、京中ニハ沙汰アル由ヲ、二位殿聞給テ宣ケルハ」（巻十一―六四オ）と同様。但し、〈四〉の本文は、都人の言葉を、「と云ひ」「など云ふを」と二分割して記す点、〈延〉とは異なる。〈松・南・屋・覚・中〉も〈延〉に近い。一方、〈長〉は、都の人々が「手をすり悦」び合っていると聞いて、頼朝が発言した言葉の中に、都人の言葉を引く形。「此事かまくらの二位殿きゝ給て、『なに事か九郎はしいだしたる、高名などゝいふ也。法皇の御気色もめでたし、たゞこの人の世にてあるべしなどいふときこゆ…（以下も頼朝の言葉が続く）』」（5―一二五頁）。〈盛〉は本項該当句を欠く。「高名」は、ここでは「てがらをたてること。武功をたてること。また、そのてがら。功名」（〈日国大〉「高名」③）。頼朝は戦功を立てていないという世評。**○法皇の御気色も眦し**　〈延・長〉同。〈南〉「法皇ノ御気色召下シ」（下―九一二頁）は、傍線部「メデタシ」の誤りか。〈盛〉は「九郎判官神妙也ト法皇モ被思召」（6―二三七頁）と、地の文で記す。〈松・屋・覚・中〉は該当句を欠く。〈松・屋・覚・中〉では、当該記事を欠くことにより、後白河院の介在はなく、頼朝と義経との確執に集約して描くことになる。**○只此の人の世にて有るべし**　〈延・長・盛・南・屋・中〉同様。〈松・覚〉「世は一向判官のまゝにてあらばや」（〈覚〉下―三一六頁）も同内容。「九郎大夫判官ばかりの人こそ無けれ」との都人の評価は、義経への期待となり、「只此の人の世にて有るべし」との声となり、そのことを聞いた頼朝が、義経のことを不快に思ったとする。つまりは、義経を評価する都人の声が、頼朝の不興を買うこととなり、二人の確執は深まったとするのである。**○呼は何かに。頼朝が吉く議り、軍兵を差し上せしこそ平家を亡ぼしたれ。九郎ばかりは、争か世をも鎮むべき**　〈延・長・盛・松・南・屋・覚・中〉同様。「差し上せしこそ」は、〈延・長・松・覚〉「さしのぼすればこそ」（〈長〉5―一二五頁）が良いか。戦場での「高名」によって義経を評価する世評に対し、それを指令したのは自分であると言う。こうした頼朝の口吻は、『吾妻鏡』文治元年六月十三日条に、義経に与えられた平家没官領二十四箇所が没収された理由として、次のように記される記事と近似している。「所レ被三分二充于廷尉一之平家没官領二十四ケ所、悉以被レ改之。因幡前司広元、筑後権守俊兼等奉二行之一。凡謂二廷尉勲功一者、莫レ非二一品御代官一。不レ被三差二副御家人等一者、以二何神変一独可レ退二凶徒一哉。而偏為二一身大功一之由、廷尉自称」。義経の勲功と言うのは、頼朝の代官として行ったものに過ぎない。御家人等が添えられていなかったのならば、どんな神変があったとしても、凶徒を退けることなどできようはずがない。しかし、義経は、自分一人の手柄であると言っているの意。次項注解に見るように、頼朝は実際に義経に対してこうした不満を持っていたわけだろうが、京中の義経への好意的な評判がそれをもたらしたとするのは『平家物語』の視点だろう。　**○是く人の云ふに誇りて、世を我が任に思ひ候へば**　諸本同様。義経が「世を我が任に思」うという様子は、『吾妻鏡』では、文治元年(一一八五)四月二十一日条の梶原景時の壇浦合戦報告に伴う義経告発状の後に記された、「廷尉者挿二自専之慮一、曽不レ守二御旨一、偏任二雅意一、致二自由之張行一」という表現に近い。こうした認識はどう形成されたか。頼朝が義経を不快に思った最初は、前年の元暦元年八〜九月頃の、検非違使左衛門少尉任官をめぐる問題であった―とするのが、従来、一般的な認識であろう。たとえば、五味文彦は、元暦元年の自由任官問題が、同二年四月の任官問題で再燃したとする(九七頁、一一八頁)。『吾妻鏡』元暦二年四月十五日条に、任官御家人への感情的な下文が載るのは有名である。しかし、最近では、元暦元年の任官は頼朝の怒りを呼んだわけではないとする見方も有力になっている(菱沼一憲―一二六〜一三五頁、元木泰雄①―九〇〜九一頁)。では、頼朝と義経の不和は如何にして生まれたのか、現在の研究は、諸説紛々ともいうべき状況になっているといえよう。たとえば、菱沼一憲は、「自専」の目立つ義経に対する御家人達の反発がつのり、頼朝も同調せざるを得なかったのだと見る(一九九〜二一二頁)。近藤好和は、頼朝は義経の有能さを見抜き、その背後にある後白河や奥州藤原氏を警戒して、意図的に義経を潰したのだと見る(一八六〜一八七頁)。元木泰雄①は、義経の西海合戦そのものが、東国御家人の利害に反し、頼朝の構想を破壊する行為であったと見る(一〇五〜一三一頁)。その他、種々の見方があり得よう。『平家物語』においいては、本段のような都人の評価に対する頼朝の反発も記されるが、全体的には、梶原の讒言という説明が中心であるといえよう（〈四〉巻十二―二八右では、梶原の讒言に頼朝も同意したと描く）。但し、元木泰雄②は、〈延〉などでは、範頼などを見下した傲慢な造型（〈延〉巻十―一三ウ～一四オ）も見られることを指摘、実際、範頼をライバル視し、あるいは見下した義経の傲慢さが頼朝との対立をもたらしたという面もあるとする（七五頁、八八～九〇頁）。**〇定めて過分の事をや議りぬらん**　〈延・長・盛・松・南・屋・覚・中〉ほぼ同じだが、諸本が記す、〈延〉「下テモ定テ過分ノ事共計ワンズラン」（巻十一―六四オ）、〈覚〉「くだッても、定て過分のふるまひせんずらん」（下―三一六頁）の傍線部を〈四〉は持たない。「下テモ」とは、この後鎌倉に下っても の意であろう。この後、義経は、生捕となった宗盛父子を連れて鎌倉に下ってくることを指す。当然、鎌倉に来る義経と頼朝との確執を予想させる記事でもある。しかし、〈四〉は、次段の「副将」を最後に、諸本に見る以降の記事を欠く。〈四〉が「下テモ」を欠くのは、そうした〈四〉の記事構成と関係づけられるのか、あるいは単純に「下」の一文字が脱落しただけなのかは、判断がむずかしい。**〇何賀、人こそ多けれ、平大納言の聟に成りて、大納言賞して翫ふらんも受けられず**　「賞して翫」の訓み、諸本の該当部を記せば、〈延〉「モチアツカフランモ」（巻十一―六四オ）、〈長・盛・南・覚〉「もてあつかふなるも」（〈長〉5―一二五頁）、〈松〉「モテアツカフモ」（一九頁）。〈四〉の「賞翫」は「もてなしあつかふ」と読むか。あるいは、「賞」の送り仮名「シテ」（【校異・訓読】8参照）が、本来は「翫」の送り仮名であったとすれば、「賞翫して」とも読めよう。ここは、「文の沙汰」で、義経が時忠の聟となったことを受ける（本段冒頭注解に見たように、〈盛・松・覚〉は、「頼朝義経不和」記事を「文の沙汰」記事の直後に置いており、この点の連関が密である）。なお、『吾妻鏡』文治元年九月二日条には、義経が時忠の聟として、流刑地への出発を遅らせていると頼朝が怒っている記事を載せる。義経と時忠女の結婚の実際の時期については、それ以前ということしかわからないが、『平家物語』では、「文の沙汰」の位置からも本段からも、五月上旬の義経東国下向出発以前のこととして記しているわけである。結婚が壇浦からの帰洛の旅の途中でなされたわけではないとすれば、義経は、おそらく四月下旬の帰洛から十日ほどの間に結婚したということになろう。「何賀《いつしカ》」（早くも）という批判は、そうした文脈に沿っている。　**〇世にも恐れず、平大納言聟に取るも謂れ無し」とぞ言ひける**　〈延・長・盛・松・南・屋・覚・中〉同様。「世にも恐れず」は、〈延・長・盛〉同、〈松・南・屋・覚〉「世にもはゞからず」（〈覚〉下―三二六頁）。〈中〉なし。時忠が義経を聟にとれば、頼朝をはじめ、世間がどう思うかを考えもしない意。時忠の意図は、『平家物語』では機密書類の処分にあったとされるが、あるいは減刑を狙う意図もあったかもしれない。だが、義経が申し宥めようとしても叶わず、時忠は結局、流罪されたと描かれる（巻十二「平大納言流罪」）。

【引用研究文献】

＊五味文彦『源義経』（岩波書店二〇〇四・10）
＊近藤好和『源義経―後代の佳名を貽す者か―』（ミネルヴァ書房二〇〇五・9）
＊早川厚一「『平家物語』の成立―源義経像の形象―」（名古屋学院大学論集〔人文・自然科学篇〕四一―一、二〇〇四・7）
＊菱沼一憲『源義経の合戦と戦略』（角川選書二〇〇五・4）
＊元木泰雄①『源義経』（吉川弘文館二〇〇七・2）
＊元木泰雄②「延慶本『平家物語』にみる源義経」（『中世文学と隣接諸学4　中世の軍記物語と歴史叙述』竹林舎二〇一一・4）

副将

【原文】

卿生執三十八人中被注二《ヒレ》[1]八〔五イ〕[2]歳童一大臣殿末子若君北方産《ナン》《ストラ》[3]此若君云《シニ》[4]七日矢下《テ玉ニケリ》[5]北方今成限言《ケルハ》差《シ》放《テ》此子《ヲハ》不《シテ》遣下《リハナ》《ハ》[6]乳母《ナント》許《ヘ》見《ル》我思食成二《サセ》下《ヘト》[7]長御前一〔則〕[8]失下《ヘ玉ニケリ》[9]大臣殿《モ》▽二〇六左無《キ》類《ヒ》[10]有御歎《ソ》彼遺言《ナ》朝夕御前奉下《ラセ》養《ヒ》立年〔重下〕任[11]似下《ソヤ》大臣殿志無《カリケレ》和利無《ク》類悲《ク》思下御年成下《ケレ》三歳有御元服白能宗《トソ》清宗大将軍能宗副将軍《テ》常愛《シ》言《ケレ》此若君副将御前《トソ》申西国旅《ニテモ》日夜片時《モ》不離レ下《ハ》壇浦軍破後不江《エ》副得下彼若君九郎大夫判▽二〇七右官義経舅《ト》奉預[12]河越大郎[13]於《モ》[14]其宿所摂釈《カイシヤク》乳母一人女房二人《ソ》奉付副終成下《ハス》如何奉居《ヘ》女房両人中明《モ》暮《モ》泣《キ》悲大臣殿《モ》恋《ク》思下《ケレ》不江見下而《ル》程翌日聞《ヘケル》[15]鎌倉《ヘ》思《フモ》近《ノ》[16]成悲《シ》爾此若君為《シ》何今一度見成《ラヤ》[17]左《モ》右《モ》被《ケレ》思少《キ》童未世候《ハ》、見罷《リ》[18]下候者《ハ》《ヤ》被《ケレ》仰判官早々▽二〇七左被奉渡若君奉見大臣殿急《キ》下《ヲリ》女房手居下御膝大臣殿御心中可《シ》推量《ル》右衛門督《モ》摂釈女房[19]乳母《モ》涙更不昇敢奉守護浮囚《モ》捶袖若君浅猿気泣下《モ》哀日《モ》暮《ケレ》今疾《ク》返《レ》喜《シク》見《ツト》被《ケレ》仰若君親《ムツ》泣《カリ》下《ツ》、御浄衣袖彼此《ヒシ》取付下《コソ》自[20]大臣殿下奉始若干人皆流涙▽二〇八右捶袖右衛門督見下《レ》之今夜是《レ》可レ《シ》有二見苦《シキ》事一[21]共一返暁《アケ》疾《ク》可参泣々被《ケレ》仰寔《ニ》放下《チ》御袖尚不《シ》返親泣下《ムツカリ》《ソ》心苦《シキ》夜《モ》深《ケレ》而者《トテ》女房懐《キ》取出日来恋《サ》不《トソ》物数《ナラ》言下

平家物語巻十一

【釈文】

抑《そもそ》(卿)も生執《いけどり》三十八人の中に、「八〔五ィ〕[2]歳の童」と注[1]され**れ**たりしは、大臣殿の末子《ばつし》の若君なり。北の方、此の若君を産《さン》[3]**すと**て、七日と云[4]ひ**しに**失[5](矢)せ**たま**ひ**にけり**。北の方、今は限りに成りて言《のたま》ひ**けるは**、「此

の子をば、差し放ちて乳母なんどの許へ[6]遣りたまはずして、我を見ると思し食して、御前にて[7]成長《そだ》てさせたまへ」とて、[8]則て[9]失せたまひにけり。大臣殿▽二〇六左[10]も類《ヒ》無き御歎きにてぞ有りける。彼の遺言なればとて、朝夕御前にて養ひ立て奉らせたまふ。年重ねたまふ任《まま》に、大臣殿に似[11]たまふぞや、志和利無《わりな》かりければ、類無く悲しく思ひたまふ。御年三歳に成りたまひければ、御元服有りて、能宗とぞ白《まう》しける。「清宗は大将軍、能宗は副将軍」とて、常は愛し言ひければ、此の若君を副将御前とぞ申しける。西国の旅にても日夜片時も離れたまはぬに、壇浦にて軍破れにし後は、江《え》副ひ得たまはず。彼の若君をば、九郎大夫判官義経▽二〇七右の舅《しうト》、河越太[13](大)郎が[12]預かり奉りて、其の宿所に[14]於いて、摂釈《カイシャク》の乳母一人・女房二人をぞ付き副へ奉る。「終《つひ》に如何成りたまはんずらん」と、女房両人の中に居《す》ゑ(へ)奉りて、明けても暮れても泣き悲しみけり。大臣殿も恋しく思ひたまひけれども、江見えたまはず。

而る程に、翌日鎌倉へとぞ[15]聞こえ(へ)ける。[16]近く成りけると思ふも悲しければ、「爾《さ》ても此の若君を、何《い》かにも為《シ》て今一度見て、左《と》も右《かう》も[17]成らばや」と思はれければ、「少き童、未だ世に候はば、見て罷り[18]下り候はばや」と仰せられければ、判官「早く〳〵▽二〇七左」とて、渡し奉らる。若君、大臣殿を見奉りて、急ぎ女房の手を下《ヲ》りて、御膝に居たまへり。大臣殿の御心の中、推し量るべし。右衛門督も摂釈《かいしゃく》の[19]女房も乳母も涙更に舁き敢へず。守護し奉る俘《ゑ》(浮《び》)囚《す》も袖を捶りけり。若君も浅猿気《あさましげ》に泣きたまふも哀れなり。日も暮れければ、「今は疾く返れ。喜《うれ》しく見つ」と仰せられけれども、若君親泣《ムツカリ》たまひつつ、御浄衣の袖に彼此《ヒシ》と取り付きたまふこそ、[20]大臣殿より始め奉りて、若干《そこばく》の人、皆▽二〇八右涙を流して袖を捶《しぼ》りけり。右衛門督之を見たまひて、「今夜は是《コレ》に見苦しき[21]事共有るべし。返りて暁《アケ》に疾く参るべし」と泣く泣く仰せられければ、寔《まこと》に御袖は放ちた

まへども、尚返らずして、親泣《ムツカリ》たまふぞ心苦しき。夜も深ければ、「而らば」とて、女房懐き取りて出でにけり。「日来の恋しさは物の数ならず」とぞ言《のタマ》ひける。

平家物語巻十一

【校異・訓読】 1〈底・昭〉「注ヒレ二」。2〈底・書〉「八」の右に「五イ」と傍書。〈昭〉の傍書は「五―」。3〈底・昭〉「産《ナン》ストラ」。4〈昭〉「云」。5〈底・昭〉「矢下テ玉ニケリ」、〈書〉「矢」。6〈昭〉「遣リ下ハハサ」。〈昭〉の左訓に従えば、「遣はさずして」と読む。7〈底・昭〉「成サセ下ヘト二長」。送り仮名は本来「長」の下に付くべきもの。8〈底・昭〉「前一」と「失」の間に補入符、右に「則」と傍書。〈書〉「則」通常表記。9〈底・昭〉「失下ヘ玉ニケリ」。右訓に従えば、「失せたまへり」と読む。10〈昭〉「類」。11〈昭〉「似下ツヤ」。12〈昭〉「預リ」。13〈底・昭・書〉「大」。14〈底・昭〉「於モ」。15〈昭〉「聞ケレ」。16〈昭〉「近ク」。17〈昭〉「成ランヤ」。18〈昭〉「不」の左に「下」と傍書、〈書〉「不」。19〈昭〉「女房モ」。20〈底・昭〉「大臣殿下」。返り点「下」は「一」の誤りか。21〈昭〉「事共二」。

【注解】〇抑（卿）も生執三十八人の中に、「八〔五ィ〕歳の童」と注されたりしは、大臣殿の末子の若君なり　生執の数を記すのは、他に〈延・長〉「三十人」。「壇浦合戦⑧生捕名寄）」によれば、〈四・延・長・松・南・屋・覚〉はいずれも「三十八人」とする。また、副将の年齢については、〈延〉「五歳」（六四ウ）、〈長・盛・松・南・屋・覚・中〉「八歳」。他に、『吾妻鏡』「内府子息六歳童形〈字副将丸〉」（文治元年四月十一日条）。八歳とした場合、副将の誕生は、治承二年（一一七八）となるが、その治承二年に宗盛室が亡くなっていて宗盛が籠居した事実と（『平家物語』では、巻三の御産関係記事に記される）、この副将の哀話で、副将の母が彼を産んだ際に、難産のため産後間もなく亡くなったという記事に当て嵌まることから、副将の母は治承二年に難産のため亡くなったと考えられてきた。しかし、治承二年に亡くなった宗盛の室は、時信の女で中納言三位と呼ばれた女性、即ち清宗の母である。「今夜右大将〈宗盛〉室〈号二中納言三位一、内御乳母也。贈左大臣時信公女、年三十三、即将軍外戚姨母也〉出家。去月廿日煩二腫物一。而不レ加二療治一及二数日一。依二危急一遁世了。于レ時在二八条北高倉新亭一」（『山槐記』治承二年閏六月十五日条）。「年三十三」とあるが、『顕広王記』治承二年七月十六日条は、三十一とする。「右大将北面薨《ママ》。日来癰物、年卅余、即外母也〔字中納言三位、御乳母之儀也。卅一〕」（〔　〕内は傍書。高橋昌明・樋口健太郎の翻刻あり）。また、死因も、難産のためではなく、右の『山槐記』『顕広王記』に見るように腫れ物であった。『山槐記』治承二年六月二十八日条にも、「後日聞、右大将室自二廿日一腫物在レ髪」とあり、腫れ物は頭に出来たようである。『玉葉』同年七月十六日条にも、「或人云、右大将宗盛室夭亡了、日来煩二二禁一云々」とある。『平家物語』諸本の多くが、副将を八歳とするのは、副将の母の死と、治承二年の宗盛室の死・宗盛籠居とを結び付けようとするための虚構と考えられる（〈集成〉〔下―二九七頁〕、武久堅、一八四頁）。とすれば、〈延〉や〈四〉の異本注記による「五歳」説は、本来の形をとどめたものである可能性が浮かび上がる。例えば、諸本に見る副将の描写を見た場合、乳母に抱き抱えられての登場・退場や、宗盛の膝でむずかる姿、さらには殺される際の無邪気な振舞、あるいは〈延〉の場合、「フシヅケ」による殺され方など、八歳というよりも五歳の方がよりふさわしいと考えられる（佐伯真一）。次に、副将の名前は、「能宗」として良いのであろうか。例えば、〈尊卑〉には、能宗に「号二自害大夫一」（四―三五頁。『系図纂要』も同様）とあり、『尊卑分脈脱漏』には「号二自在大夫一」（続群書五上―一五〇頁）とあり、『平家物語』諸本の描く副将像にはそぐわない。但し、『玉葉』寿永二年（一一八三）二月二十一日条に、安徳帝朝覲行幸始の賞が記され、八条准后（基実の女通子〔養和元年二月十七日准后宣下。松薗斉教示〕）から従五位上を賜った平能宗の名が見える。〈延〉の年齢計算ではこの時三歳となる。兄清宗の従五位上が四歳であったから、能宗の叙位は一歳早いことになる。この『玉葉』に見る叙位記事の存在は、宗盛の息副将を能宗と見る可能性を高めることとなろう（武久堅、一八四～一八五頁）。最後に、副将の母は誰なのであろうか。〈尊卑〉によれば、宗盛室には、今一人教盛女がいる（四―二六頁）。この教盛女が副将の母ではないかと考えられる（武久堅）。『系図纂要』には、宗盛室となった教盛女に「教子」とあるが（七冊下―四八四頁）、これは間違い。教子は藤原範季の妻となり、順徳院の母修明門院を生み、従三位、仁安二年（一一六七）十一月に、清盛の女で摂政基実の未亡人盛子が准后となった時、従五位下の女房として仕えていた（日下力四三頁）。武久堅は、諸記録に宗盛室、教盛女の動静が見えないことや、能宗が一門の人々の庇護の元に瀬戸内漂泊期を過ごしているらしいこと、兄清宗に劣らぬ叙位、待遇を受けていること、その処刑に際しても乳母のみが登場することからも、能宗の母が教盛女であった可能性は大きいとする（一八四頁）。　**○此の子をば、差し放ちて乳母なんどの許へ遣りたまはずして…**〈四・延・長〉は、副将の母が出産後亡くなる際に宗盛に言い残したことを、地の文で記すのに対し、〈盛・松・南・屋・覚・中〉は、宗盛のもとに連れてこられた副将を膝の上に乗せて、宗盛が守護の武士達に掻き口説く形。なお、〈四〉では、「この子を、手元から離して、乳母のもとへ遣わしたりせず」とするばかりだが、〈延・長・盛・松・南・屋・覚・中〉は、その前に、「我ハカナク成ヌル物ナラバ、人ハ年若クオワスレバ、イカナラン人ニモ馴給テ子ヲモウミ給トモ、此子ヲバ悪マデ…」（〈延〉巻十一―六四ウ）、「いかなる人の腹に、公達をまうけ給ふとも、思ひかへずして、そだてて、わらはがかたみに御らんぜよ」（〈覚〉下―三一八頁）などと、宗盛と別の女性との間に新たな子供ができたとしてもとする。〈四〉の場合は、そうした前提が省略された形であろう。「差し放ちて」とするのは、他に〈松・南・屋・覚・中〉も同様だが、〈松・南・覚〉に特に近似する。〈覚〉「さしはなッて、めのとなンどのもとへつかはすな」（下―三一八頁）。　**○我を見ると思し食して、御前にて成長てさせたまへ**　〈延・長・南・屋・覚・中〉同、〈盛〉は、副将は厳島社の申し子であるとし、副将の母は、死が迫る中、新たな妻を儲けて子はできても、副将を不憫に思ってほしいと言うのだが、その折に、「此子出来テ、幾程モナク無墓ナラン事ノ悲サヨ。人ハ不来子ヲバ申マジカリケリ」（6―二四一頁）と、無理な申し子などすべきではなかったと言って悔やんだとする。厳島の申し子であった安徳天皇の運命（巻三「清盛皇子誕生祈願」）と重ね合わせていると読む可能性もあろうか。　**○志和利無かりければ**　〈延〉「心ザマモワリナカリケリ」（巻十一―六五オ）、〈長〉「御心ぎはもわりなかりければ」（5―一二六頁）、〈南〉「心様ワリナクイタヰケシ給タリケレバ」（下―九一六頁）、〈屋〉「心様サヘ優ニ御坐セシカバ」（八三七頁）、〈覚〉「心ざまゆうにおはしければ」（下―三一九頁）、〈中〉「心ざま世にすぐれておはしましければ」（下―二八三頁）。〈四〉の「志」では分かりにくく、「心様」「心際」等とあるべきところ。真名化の際の誤りとも考えられる。気立てがとても良いの意。　**○御年三歳に成りたまひければ、御元服有りて、能宗とぞ白しける**　〈松・南・屋・覚・中〉では、このことは宗盛・副将の対面後に地の文で記す。三歳での元服とする点、〈延・長・南・屋・覚・中〉同、〈盛〉「三ニナラバ袴著セ、五ニテ元服セサセ」（6―二四一頁）、〈松〉「二歳ニテ初冠著テ」（一九頁）。「能宗」とする点、〈延・長・盛・中〉同、〈南〉「茂宗」、〈屋・覚〉「義宗」。〈南〉の「茂」は、「義」の誤写であろう。なお、〈覚〉（旧大系）の巻十一の補注六には、『吾妻鏡』元暦二年（一一八五）四月十一日条には能宗は「童形」とあり、三歳で元服させ、「義宗」と名乗らせたとするのは、子供に任官等をさせるために名目的な元服だけをさせたのであって、実際には童形のままでおいたのであろうとする（四五九～四六〇頁）。　**○彼の若君をば、九郎大夫判官義経の舅、河越太郎が預かり奉りて**　河越重頼の娘が頼朝の命により義経と結婚するために上洛したのは、『吾妻鏡』によれば、元暦元年（一一八四）九月十四日のこと（同日条）。この九月の段階では、頼朝と義経との間に大きな亀裂はなく、むしろ弟と最も信頼する乳母の比企尼の孫娘をめあわせることで、源家一族の紐帯を深くする企図があったとされる（細川涼一、六頁）。なお、〈四〉は、副将を預かった武士を、義経の舅、河越太郎、つまり重頼のこととするが、ここは、〈延・長〉が「九郎判官ノ小舅」（〈延〉巻十一―六五オ）とし、〈延・長・盛・松・南・屋・覚・中〉が、河越（川越）小太郎重（茂）房とするように、重頼の子の重房とするのが正しい。　**○摂釈の乳母一人・女房二人をぞ付き副へ奉る**　「摂釈」は訓例未詳だが、世話をする意の「かいしゃく」（介錯）だろう。〈延〉「乳母一人、呵責ノ女房一人ゾ付タリケル。二人女房、若君ヲ中ニスヘ奉テ」（巻十一―六五オ）、〈盛〉「介錯ニ小納言殿、乳母ニ冷泉殿トテ、二人ノ女房ツキ奉」（6―二三九頁）、〈屋〉「カヒシヤク乳人トテ二人ノ女房ゾ付タリケル」（八三四頁）。〈延・長・盛・松・南・屋・覚・中〉いずれも、基本的には乳母と介錯の女房の二人が付き添っていたとする。但し、〈松・覚〉では、副将が退出する場面で、「めのとの女房いだきとッて、御車に乗せたてまつり、二人の女房どもも、袖をかほにをしあてて…」（〈覚〉下―三一九頁）のように、「めのとの女房」の他に「二人の女房」がいるかのように読める場面がある。〈四〉の場合も、乳母の他に女房二人が付き添ったとするのか。「摂釈（介錯）の乳母」という表現にも混乱があろう。但し、〈四〉の場合も、すぐ後に「女房両人」とあり、女房二人が付き添っていたと読める。　**○而る程に、翌日鎌倉へとぞ聞こえける**　〈四〉は、宗盛と副将との対面が行われた日付を記さないが、〈延・盛・松・南・屋・覚・中〉によれば、文治元年（一一八五）五月六日のこと。〈延〉「猿程ニ九郎判官、大臣殿以下生虜共相具テ、暁関東へ可下㆒ト聞ヘケレバ…（中略）…七日暁、九郎判官ハ平氏ノ生虜共相具テ、六条堀川ノ宿所ヲ打出テ鎌倉へ下ラル」（巻十一―六五オ～六六ウ）。明日暁に鎌倉に出立との噂を聞いた宗盛が、副将との対面を義経に懇願し、それが実現したという設定。〈長〉は、「暁かまくらへくだるべし」（5―一二六頁）とし「明日の暁」とはしないが、出立の前日という設定であろう。但し出立を「十六日の暁」（5―一二七頁）とする。実際の出立は、五月七日。『玉葉』「今暁左馬頭能保・大夫尉義経等下㆓向東国㆒、前内大臣父子幷郎従十余人相具ニ云々。是非㆓配流之儀㆒云々」。　**○近く成りけると思ふも悲しければ**　〈延・長〉同。〈延〉「サテハ近付ニケルコソ悲クオボヘテ」（巻十一―六五ウ）。副将との今生の別れが近づいたことを言うのであろう。　**○俘（浮）囚**　〈延・盛・松・南・屋・覚・中〉「武士（共）」（〈延〉巻十一―六五ウ）、〈長〉「ゑびす」（5―一二六頁）。「俘囚」は、〈四〉では巻五に三例（上―一四九右、一八五左、一八九左）、巻十に一例（下―一二七右、本全釈巻十―三〇〇頁）に見られた語。表記に揺れが多いが、いずれも「ゑびす」に類する意味を表す。「俘囚」は、本来は、「奈良・平安時代、律令国家に帰順した蝦夷の称」（〈日国大〉「ふしゅう」）だが、〈四〉では奥州の安倍氏を指す例が多い（右記四例のうち三例、上—一八五左、一八九左、下—一二七右）。〈四〉は、この前後、〈長〉本文との親近性が強いので、ここも〈四・長〉共通祖本には、「えびす」の意の語があったか。ここでの「えびす」は、情を解し得ない武士も涙を流したの意。「えびす」は、本来は異民族の意味が強い語だったが、中世には、「武士」特に「情を知らぬ者」としての武士の意味で用いることが一般的になった（佐伯真一②、三七一～三七五頁）。なお、ここで武士が泣くのは、〈四・長〉では、父の膝の上に座る副将の姿を見たためであり、〈盛・南・屋・覚・中〉では、宗盛の語りによってである。〈延〉は、〈四・長〉と同様に副将の将来を心配して死んでいった母親の様子を初めに記すが、最後にも〈盛・南・屋・覚・中〉と同様に、副将を心配して死んでいった母親の話を宗盛にさせていて、重複する語りを記す。**○若君も浅猿気に泣きたまふも哀れなり**　〈延〉「若君モ人々ノ顔ヲ見廻シテ、浅猿ゲニオボシテ、顔打赤メテ涙グミ給ゾ糸惜キ」（巻十一—六六オ）、〈長〉「わかぎみあさましげにおぼして、かひをつくり給ふぞいとをしき」（5—一一六頁）、〈盛〉「若公此有様ヲ見給テ、浅増ゲニゾ覚シテ、ミロ〳〵トカイヲ造給ゾ糸惜キ」（6—一四三頁）。「かひをつくる」は、口をへの字にする様。「みろみろ」は、涙ぐむ様。**○御浄衣の袖に彼此と取り付きたまふこそ**　入洛の際、宗盛は「浄衣」を、清宗は「白直垂」を着していた（「一門大路渡（①生捕入京）」）。**○大臣殿より始め奉りて、若干の人、皆涙を流して袖を搾りけり**　〈延〉「大臣殿ハ物モ宣ワズ、御涙ニ咽給ヘルゾ哀ナル」（巻十一—六六ウ）。涙に咽ぶだけの宗盛に対して、次項に見るように、副将を宥め諭すのが清宗である。このように清宗は、宗盛と対比描写される（四重田（宇野）陽美一一頁）。**○今夜は是に見苦しき事共有るべし。返りて暁に疾く参るべし**　〈延・盛・屋・中〉同。「見苦しき事共」について、〈南・覚〉は、次のように記す。〈南〉「ヤ、副将、トク〳〵帰レ。是ニ見苦キ事ノ有ンズルゾ。只今又客人ノコウズルニ、朝ハ急ギ参」（下—九一五頁）、〈覚〉「やゝ副将御前、こよひはとく〳〵かへれ。たゞいままらう人のこうずるぞ。あしたは急ぎ参れ」（下—三一八頁）。小川栄一によれば、兄弟間の会話の場合、当時の兄弟間は対立が強く、疎遠であったから相互尊敬が多いが、ここは副将が幼少であったことから、清宗は敬語を用いないのであろうとする（四三四頁）。

○日来の恋しさは物の数ならず　日頃副将を恋しく思っていたが、今のこの思いは比べものにならないとの宗盛の思いを言う。なお、〈四〉は、巻十一をこのように、副将との離別記事で閉じる。そのため、他諸本に見られる、副将被斬・腰越・宗盛被斬・重衡被斬等の一連の記事を欠く。かつての研究史では、高山利弘にまとめがあるように、当時主流であった〈四〉古態説の観点から論じられることが多く、宗盛・重衡関係の記事の欠如が古態性を示すのかどうか、あるいは祖本筆録の際の削除であるのかというように問題提起されることが多かった（二二頁）。そうした中、〈四〉巻十一巻末部に、「物語の方法」を読み取ろうとしたのが高山利弘だが、その論拠は〈覚〉との比較のみによる立論や、薄弱な論拠が目立つ。例えば、〈四〉の重衡北の方記事（本全釈では「重衡北の方の事」）は、〈覚〉とは位置が異なり、帰洛した女性達の一人としての動向描写なので、〈覚〉のように重衡との再会描写に続く必要がないとする（二二頁）。しかし、該当部注解に見たように、この記事の位置はむしろ〈覚〉が特殊なのであり、多くの諸本は〈四〉と同じなので、〈四〉の特殊性の説明にはならない。また、「頼朝の重衡に対する南都滅亡をめぐる責任追及」とそれに対する「重衡の弁明」を〈四〉が欠いていることを論拠とするが（二五～二六頁）、そうした応答を欠くのは〈四〉ばかりではなく、〈闘・南異〉や〈盛〉も同様である（本全釈巻十―一六一頁参照）。さらに、〈四〉の巻十「戒文」において、重衡が法然に対して、南都炎上は自身が火を放ったのではないと弁解していることによって、〈四〉には、「悟道に徹した重衡の死の描写が必要であるとは言えない」（二六頁）とする。しかし、こうした一文を記すのは、やはり〈四〉だけではない（本全釈巻十―七四頁参照）。さらに、〈四〉には、他の諸本ほど〈聖人重衡〉〈愚人宗盛〉という対比的な造型がなされていないので両者の対照的な死に様の叙述は必要ないという点や（二六頁）、〈四〉の灌頂巻では、建礼門院が回顧談の中で宗盛と重衡の死に触れているので、両者の死を描く「〈歴史事実としての必要性〉は一応満たされている」（二七頁）という点を、両者の最期記事が必要でない理由とする。しかし、いずれも、平家の中心人物である宗盛や重衡の最期場面を、〈四〉だけが欠く理由としては、論拠薄弱と言わざるを得ない。

とすれば、現時点では、「おそらく巻の編成に事情があって欠脱したのであろう」（新大系『平家物語』下—四二四頁）という指摘のように、欠脱を考えるしかないだろう。その場合、『平家打聞』と『平家族伝抄』について見ておく必要がある。まず、『平家打聞』が依拠した〈四〉には、宗盛や重衡の最期記事は存在しただろうか。『平家打聞』巻十一末尾の最後の項目は「院方」であるが、「院方」の語は〈四〉巻十一に見られず、「女院出家」の注解「春宮位に即かせたまひしかば、御年廿五にて院号有りて…」に見たように、この「院号」の語（二〇三右4）を「院方」と誤ったものであろう。つまり、『平家打聞』巻十一は、「女院出家」より後の章段については注記を持たないわけである。もちろん、『平家打聞』の注記の立項は、部分によって粗密の差が甚だしく、本文があっても注記しないことも多いので、注記を立項していないからといって、『平家打聞』が依拠した〈四〉にその部分が無かったとは言えないわけだが、少なくとも、副将被斬以下の記事が存在したという証拠はない。次に、『平家族伝抄』について。〈四〉の灌頂巻冒頭には、「平家灌頂巻一通　付十二巻裏書」とあるが、この「裏書」を『平家族伝抄』のことであると考えた高橋伸幸は、〈四〉が欠く「重衡南都渡」と「宗盛父子被斬」記事について、『平家族伝抄』が前者を「十巻分、本三位中将被渡南都事」、後者を「十一巻分、宗盛卿父子最後事」として収めていることに着目し、〈四〉と『平家族伝抄』との編者が同一人である可能性を指摘した。これに対して、今井正之助は、〈四〉と『平家族伝抄』との密接な関係は認めながらも、それは『平家族伝抄』が〈四〉を前提として、補遺・参考事項等広義の注釈を試みたものであり、『平家族伝抄』の創作にかかると思われるものもかなりの部分を占めると指摘（それらには〈四〉を含む『平家物語』諸本の内容と相容れないものすらある）、『平家族伝抄』は〈四〉に学んだ後人の手になるものであろうとする（四七頁）。『平家族伝抄』は確かに〈四〉が欠く記事を多く記し、〈四〉の抜書のようにも見えるが、そうではなく、むしろ〈四〉が欠く記事を補う形で作られたと考えられよう。そのように考えるならば、〈四〉は、『平家打聞』『平家族伝抄』両書の成立段階において、巻十一末尾の副将被斬以下の記事を欠いていた可能性が強い。おそらく、それらの記事は、〈四〉成立当初ないし直後から存在しなかったのではないだろうか。しかし、それらの記事を欠くことについて、〈四〉本文には何ら言及がなく、意図的な省略と考える材料はない。欠脱と考えるしかないわけだが、欠脱の理由はいまだ不明とせざるをえない。

【引用研究文献】

＊今井正之助「平家族伝抄と四部合戦状本平家物語」（中世文学二九号、一九八四・5）
＊小川栄一「延慶本平家物語における相互尊敬の条件」（武蔵大学人文学会雑誌三六巻三号、二〇〇五・1。『延慶本平家物語の日本語史的研究』勉誠出版二〇〇八・2再録。引用は後者による）
＊日下力「都の戦争体験と軍記物語の成立─高階仲国の足跡を明らかにしつつ」（栃木孝惟編『平家物語の成立・あなたが読む平家物語1』有精堂一九九三・11。『平家物語の誕生』岩波書店二〇〇一・4再録。引用は後者による）
＊佐伯真一①「副将の年齢とその母」（『延慶本平家物語考証一』新典社一九九二・5）
＊佐伯真一②「夷狄観念の受容─『平家物語』を中心に─」（『和漢比較文学叢書一五・軍記と漢文学』汲古書院一九九三・4。『平家物語遡源』一九九六・9再録。引用は後者による）
＊高橋伸幸「『四部合戦状本平家物語』の「裏書」─「刀後聞」と「平家族伝抄」─」（日本文学論究二九号、一九七〇・11）
＊高橋昌明・樋口健太郎「【資料紹介】国立歴史民俗博物館所蔵『顕広王記』承安四年・安元二年・安元三年・治承二年巻」（国立歴史民俗博物館研究報告一五三集、二〇〇九・12）
＊高山利弘「四部合戦状本平家物語論─巻十一巻末部をめぐって─」（名古屋大学国語国文学五二号、一九八三・7）
＊武久堅「宗盛伝承の様式と平家物語の構想」（日本文芸研究三八巻三、四号。一九八六・10、一九八七・1。『平家物語の全体像』和泉書院一九九六・8再録。引用は後者による）
＊細川涼一「河越重頼の娘─源義経の室─」（女性歴史文化研究所紀要一六号、二〇〇八・3）
＊四重田（宇野）陽美「延慶本における人物対比の方法─宗盛像をめぐって─」（同志社国文学三四号、一九九一・3）

〈校注者略歴〉
早川　厚一（はやかわ・こういち）
昭和二十三年（一九四八）生
名古屋学院大学教授
佐伯　真一（さえき・しんいち）
昭和二十八年（一九五三）生
青山学院大学教授
生形　貴重（うぶかた・たかしげ）
昭和二十四年（一九四九）生
千里金蘭大学名誉教授・放送大学
京都学習センター客員教授

四部合戦状本平家物語全釈　巻十一
二〇一七年一〇月二五日　初版第一刷発行
校注者　早川厚一
佐伯真一
生形貴重
発行者　廣橋研三
発行所　和泉書院
〒543-0037　大阪市天王寺区上之宮町七-六
電話　〇六-六七七一-一四六七
振替　〇〇九七〇-八-一五〇四三
印刷　亜細亜印刷／製本　渋谷文泉閣
装訂　濱崎実幸

ISBN 978-4-7576-0856-6　C3395